KNAUR

Über die Autorin:
Kirsty Manning wuchs in New South Wales im Südosten Australiens auf. Sie studierte Literatur und Kommunikation und arbeitete über zehn Jahre lang in der Verlagsbranche.
2007 bauten Kirsty und ihr Mann ein Haus in einem alten Kastanienwäldchen in den australischen Macedon Ranges. Zusammen pflanzten sie einen Obstgarten, legten einen Gemüsegarten an, erschufen lange Kräuterwege voll Salbei und Rosmarin, flochten aus Zweigen Beetumrandungen und schichteten unzählige Steinmauern auf.
Kirsty liebt es, mit ihren drei Kindern zu kochen, und besitzt mehrere große Kupfertöpfe – allesamt Familienerbstücke. Sie sind zwar nicht einfach unterzubringen, aber dafür perfekt, um Konfitüren, Chutneys und Suppen zu kochen (und manchmal auch anbrennen zu lassen).

Kirsty Manning

Der Garten der Düfte

Roman

Aus dem australischen Englisch von
Sonja Rebernik-Heidegger

KNAUR

Die australische Originalausgabe erschien 2017 unter dem Titel
»The Midsummer Garden« bei Allen & Unwin, Sydney.

Besuchen Sie uns im Internet:
www.knaur.de

Wenn Ihnen dieser Roman gefallen hat und Sie auf der Suche sind nach ähnlichen Büchern, schreiben Sie uns unter Angabe des Titels »Der Garten der Düfte« an: frauen@droemer-knaur.de

FSC
www.fsc.org
MIX
Papier aus verantwortungsvollen Quellen
FSC® C083411

Deutsche Erstausgabe April 2018
Knaur Taschenbuch

Redaktion: Birgit Förster
Covergestaltung: ZERO Werbeagentur, München
Coverabbildung: © Nikaa / Trevillion Images; FinePic® / shutterstock
Illustration im Innenteil: zzorna / Shutterstock.com
Satz: Daniela Schulz, Puchheim
Druck und Bindung: CPI books GmbH, Leck
ISBN 978-3-426-52153-3

2 4 5 3 1

Für Alex,

der immer die Hand in Richtung Horizont streckt und meint: »Nichts wie los!«

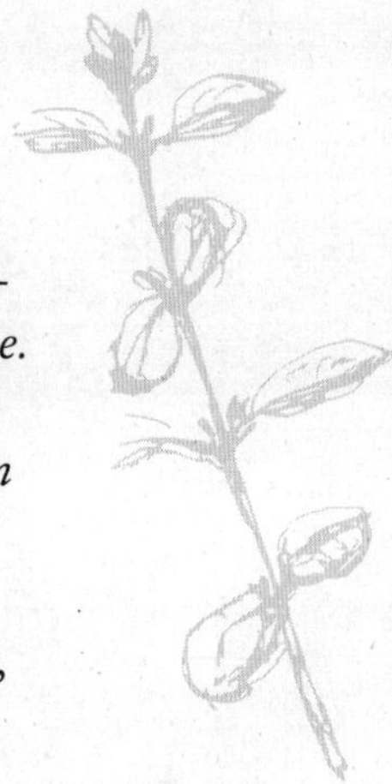

s' ist von der Rose die Geschichte, –
Wo Künst' der Minn' ich all' berichte.
Der Stoff ist neu und gut daran. –
Gott geb', daß dies nun leiden kann
Sie, der zu Lieb' ich es erdacht;
Sie hat so hohe Ehr' und Macht,
Hat sich der Lieb' so werth erweist,
Daß sie mit Recht die Rose heißt.

Das Gedicht von der Rose,
Guillaume de Lorris

Kapitel 1

Tasmanien, April 2014

Es war ein seltsames Verlobungsgeschenk. Familienerbstücke hin oder her, normalerweise waren solche Geschenke nicht rußgeschwärzt und staubbedeckt. Pip musste niesen, als sie begann, die vier Kartons mit den uralten Kupfertöpfen auszupacken. Sie waren mit Wasserflecken übersät, sodass das sanfte Morgenlicht, das von ihnen reflektiert wurde, Regenbögen auf die weißen Wände des winzigen Cottages warf, in dem früher die Gutsarbeiter untergebracht worden waren. Einige der Töpfe waren so groß, dass Pip all ihre Kraft aufbringen musste, um sie aus dem Karton zu hieven. Sie hob einen der Deckel, und ihr Blick fiel auf das geschwärzte Innere, wo der Lauf der Zeit seine Spuren hinterlassen hatte.

Die Töpfe hatten früher einen festen Platz hoch oben auf dem Küchenschrank ihrer Eltern gehabt. Sie standen dort, als Pips Mutter Mary ihr zeigte, wie man Pasta ausrollt und Apfel-Chutney zubereitet, und auch, als ihr Vater sie dazu anspornte, ihre Mathematik-, Chemie- und Biologiehausarbeiten ordentlich zu erledigen.

»Willst du sie nicht doch lieber in den Kartons lassen, bis wir mit dem Rest des Cottages fertig sind?«, fragte Jack und biss in seinen Apfel.

»Vertrau mir, diese Töpfe machen es erst zu einem richtigen Zuhause«, erwiderte Pip und stellte sich auf die Zehenspitzen, um ihm einen Abschiedskuss auf die Lippen zu drücken. »Ich werde heute erst einmal alles auspacken – Megs hilft mir.«

Jack verschluckte sich beinahe. »Na, dann viel Glück.«

Pip richtete gerade ihr erstes gemeinsames Zuhause mit Jack ein, und den Anfang machte die winzig kleine Küche – keine leichte Aufgabe, wenn man die begrenzte Anzahl blassgrüner Holzschränke und die unbegrenzte Anzahl guter Ratschläge bedachte, die ihr ihre ältere Schwester (die gerade im Wohnzimmer Staub wischte) sicher bereitwillig erteilen würde.

Pip zog das Küchenfenster auf und sah hinaus zu den hochgewachsenen Zypressen, die stolz zwischen ihrem alten Cottage mit der Holzfassade und dem herrschaftlichen Ashfield House in den Himmel ragten. Das zweistöckige Haupthaus im georgianischen Stil erhob sich über die Bäume, und der cremefarbene Giebel aus Gusseisen stieß gemeinsam mit dem Fahnenmast in den strahlend blauen Himmel des australischen Herbstes. Vier breite Erkerfenster führten auf die sanften Hügel des Weingutes hinaus. Auf die ordentlichen, in Rot, Purpur und Gelb getauchten Reihen der Rebstöcke, die sich bis hinunter zu den grauen Fluten des D'Entrecasteaux-Kanals erstreckten. Jacks Eltern wohnten im Haupthaus, und Jack plante – mit Pips Einverständnis –, sie langsam aus dem Weingut auszubezahlen und schließlich die Häuser zu tauschen, wenn seine Eltern dazu bereit waren.

Grinsend hob Pip eine kleine Bratpfanne aus einem Karton. Im Moment war sie schon glücklich darüber, mit Jack in das kleine Cottage zu ziehen.

Jack hatte ihr letzten Monat einen Antrag gemacht. Einen ganzen Tag lang hatte er Pip bei starkem Wind geholfen, heimische Muscheln und Sedimentproben in der North West Bay zu sammeln. Am Ende hatte er die vor Kälte zitternde und schlammverschmierte Pip in die Arme genommen und sie gebeten, zu ihm in das einfache Cottage auf dem Weingut zu ziehen.

Pip hielt sich lieber am Meer als in geschlossenen Räumen auf, und Jack hatte ihr versprochen, mit der Hochzeit und neuen Projekten zu warten, bis sie im November ihre Doktorarbeit abgeschlossen hatte. Er wollte ihr ein Regal für die Veranda bauen, in dem sie ihre Ausrüstung für die Bodenprobenentnahme unterbringen konnte, und außerdem noch einige Haken für ihre Taucherausrüstung montieren, damit sie diese nicht mehr zwischen der Universität und dem Strand hin- und herkarren musste. Er wollte alles tun, um ihr auf den letzten Metern zu helfen.

Doch diese Woche hatte Jack plötzlich anders geklungen. Ihr Plan war zunichtegemacht worden, als seine Eltern sie darüber unterrichteten, dass ein Konsortium umliegender Weingüter Ashfield House kaufen wollte und ihnen bereits ein fantastisches Angebot unterbreitet hatte.

Pip wischte den Staub von der Pfanne und hielt sie ins Licht, um den Glanz zu bewundern, bevor sie sie seufzend auf die Anrichte stellte. Sie fröstelte, als ein kalter Lufthauch zum Fenster hereindrang. Der Herbst hatte in diesem Jahr bereits früh dem Winter Platz gemacht. Die Obstbäume, die die schiefe Veranda umgaben, waren beinahe kahl, und grüne Granny-Smith-Äpfel lagen unter einer Schicht gelblicher Blätter auf dem Rasen verstreut. Die alten Töpfe würden sich sicher als praktisch erweisen, um Chutney zuzubereiten oder die Äpfel zu dünsten. So konnte sie mit einem einzigen Topf ein ganzes Regal füllen!

Hinter dem Zaun nahmen die ordentlichen Reihen der Pinot-Noir-Stöcke langsam einen goldenen Farbton an. Pip entdeckte Jack, der zwischen zwei Reihen entlangschritt, und nahm sich einen Moment lang Zeit, um seine breiten Schultern und die langen, gebräunten Beine zu bewundern, die aus seinen blauen Lieblingsshorts ragten. Trotz der Kälte bestand Jack darauf, Shorts bei der Arbeit zu tragen. Selbst im Winter, wenn es morgens kaum mehr als null Grad hatte. Pip spürte Wärme und Liebe in sich aufsteigen, während sie Jack beobachtete, wie er mit großen Schritten in Richtung des tiefgrauen Kanals ging und dabei immer wieder einen Ast zurück hinter den gespannten Draht steckte oder ein Blatt abriss, das eine üppige Traube verdeckte.

Sie lächelte, ehe sie erneut lautstark niesen musste. Der Staub aus den Kartons hatte sich in der ganzen Küche verteilt und kitzelte sie in der Nase.

Wie auf ein Stichwort hin stand plötzlich Megs in der Tür. Sie trug eine perfekt sitzende grüne OP-Maske, stieß ein missbilligendes Schnauben aus und schüttelte den Kopf, als ihr Blick auf die Töpfe fiel, die Pip gerade auspackte. »Das ist doch lächerlich. Einige der Töpfe sind größer als dein Badezimmer. Der da …«, sie deutete auf einen großen Bottich mit einem leichten Grünstich, »… ist eigentlich ein *Kessel,* den man übers Feuer hängt. Hast du vor, auf dem örtlichen Jahrmarkt zu kochen? Was hat Mum sich nur dabei gedacht?«

Ja, was eigentlich? Pip knallte den Deckel auf einen der Töpfe. Megs war seit vier Jahren mit ihrem Chirurgenkollegen Will verheiratet, und ihre Eltern hatten ihr bis jetzt nicht einmal einen Teelöffel vermacht. Doch nachdem Pip ihren Eltern via Skype mitgeteilt hatte, dass Jack und sie endlich ein Hochzeitsdatum für Dezember festgesetzt hatten und erst einmal zusammenziehen würden, hatte Mary ihr die Töpfe geschickt.

Megs las die Karte, die neben einem Karton auf der Arbeitsplatte lag. *»Gratulation, Pip und Jack. Ich dachte, diese Töpfe wären das perfekte Verlobungsgeschenk. Etwas Altes, um auf euch achtzugeben. In Liebe, Mum.«*

»Ich finde diese Töpfe wunderschön«, erklärte Pip und zog eine weitere Bratpfanne aus dem Karton. »Das fand ich immer schon. Auch wenn sie ein wenig … ähm … *unpraktisch* sind.«

Megs hob eine Augenbraue, rückte ihre Maske zurecht und kehrte ins Wohnzimmer zurück, um weiter Staub zu wischen. Man mochte meinen, das Cottage mit der Holzfassade wäre eine Gefahrenzone. Pip war froh, dass Jack und sie letzte Woche sämtliche Räume mehrmals mit weißer Farbe gestrichen und Hunderte Risse im Verputz ausgebessert hatten. Trotz Megs' Paranoia fühlte sich das Haus nun sehr viel frischer an. Selbst der Farbgeruch wurde vom Duft der Schwarzholzakazien- und Eukalyptusäste überlagert, von denen Pip ganze Armladungen entlang des Zaunes hinter dem Haus geerntet hatte, um sie schließlich in ihre Probeneimer aus Edelstahl zu stellen. Sie verliehen den Räumen einfach eine fröhlichere Ausstrahlung.

Pip fuhr mit dem Finger am Rand der kleinsten Pfanne entlang, bis ein Summen ertönte. Sie lehnte sich an die Anrichte, die Jack aus den alten Holzdielen des Wollschuppens zusammengezimmert hatte. Zuerst hatte Pip sich nicht vorstellen können, wie aus den rauen, unförmigen Latten, die hinter dem Schuppen aufgestapelt waren, einmal ein Küchenmöbel werden sollte, doch Jack hatte sie so lange mit Sandpapier bearbeitet, bis sie vollkommen glatt waren. Anschließend hatte er sie noch mit ein wenig Leinöl poliert, sodass sie die dunkelbraune Farbe von Leatherwood-Honig angenommen hatten. Pip strich gedankenverloren über das gemaserte Holz, während sie all die Dinge durchging, die sie in diesem Monat noch erledigen musste.

Sie hatte noch keine Zeit gefunden, den Stapel Brautmagazine durchzusehen, den Megs ihr gebracht hatte – ihre wissenschaftliche Datensammlung zu vervollständigen war Pip wichtiger als die Suche nach einem Brautkleid. Es war hingegen schwer gewesen, die Speisekarte zu ignorieren, die ihr aufgeregter Küchenchef Dan für die Hochzeit zusammengestellt hatte. Den Zettel voller Suppenflecken hatte Dan ihr letzten Dienstag während ihrer Pause im *Zest* in die Hand gedrückt.

»Ich glaube, ich brauche eine Gehaltserhöhung, Chef. Wie soll ich mir das mit dem mageren Gehalt einer Küchenhilfe leisten können?«, witzelte sie.

Pip warf einen Blick auf die Hochzeitsspeisekarte, die auf dem ehemals langweiligen Kühlschrank klebte, den sie mit Tafelfarbe aufgepeppt hatte:

Hochzeitsmenü

für

PIP ARNET UND JACK RODGERS

Canapés

Pazifische Felsenaustern
Pfannkuchen mit Pekingente und Hoisin-Sauce
Crostini mit geräuchertem Aal und Feigenmus
Crêpes mit zuckergeräuchertem Lachs
oder Regenbogenforelle
Torteletts mit Kräutern der Provence und Parmesan

Entrées

In der Pfanne gebratener antarktischer Schwarzfisch
Jakobsmuscheln mit Safran
Geeiste Tomatensuppe

Beilagen

Glasiertes Grüngemüse der Saison
Kartoffeln vom Grill mit Rosmarin und Meersalz

Hauptgang

Knusprige Entenbrust an Spinat, Kartoffelbrei,
Pilzen und Portweinsauce
Gegarte Ashfield-House-Lammschulter an Fenchel,
gedünsteten Linsen, geröstetem Knoblauch und Rosmarinjus
Geflügelgalantine mit Haselnüssen, Kresse, Oliven,
Rettich und Haselnuss-Vinaigrette
Gebackene Pilztortellini mit Gruyère

Dessert

Hochzeitstorte mit frischem Beerenkompott
und Schlagsahne

So weit, so Standard. Pip hatte sich noch für keine Hochzeitstorte entschieden. Jack war jedenfalls für Schokolade, weil – wie er meinte – einfach *jeder* Schokolade mochte.

Pip hatte die Speisekarte ein wenig abgeändert und heimische und saisonale Fische – wie etwa einen mit der Angel gefangenen Couta oder einen tasmanischen Hapuka – hinzugefügt. Außerdem fehlten Kräuter wie Thymian, Basilikum und Fenchel, um das Menü aufzupeppen. Zum Schluss hatte sie Dan noch gebeten, die Jakobsmuscheln, die pazifischen Felsenaustern und den Lachs zu streichen. Gegrillte heimische Muscheln und einige der kleineren australischen Dreiecksmuscheln – *Pipis* genannt – würden sich gut als Vorspeise eignen. Sie würde selbst ein paar Eimer voll in der North West Bay sammeln. Aber waren Muscheln für eine Hochzeit glamourös genug?

Pip warf einen Blick auf den großen, mit wasserdichten Datenblättern bedeckten Tisch. Neben den Hochzeitsvorbereitungen musste sie auch an ihre Arbeit denken. Nach zweieinhalb Jahren hatte sie das Gefühl, kurz vor einem Durchbruch zu stehen. Das unberührte tasmanische Meer und die Küstenlandschaft waren weltbekannt für ihre kostbaren Meeresfrüchte, doch sie wurden von lästigen Eindringlingen bedroht, unter anderem von bestimmten Muschelarten, die aus Europa eingeschleppt worden waren. Pip hatte es sich zur Aufgabe gemacht, herauszufinden, wie es dazu kommen konnte, und Strategien zu entwickeln, die Invasion zu verhindern. Sie musste die perfekten Umweltbedingungen bestimmen. Ein Gleichgewicht finden.

Doch letzte Woche waren plötzlich Ungereimtheiten in ihren Datensätzen aufgetaucht, und nun musste sie ganze Testreihen wiederholen, bevor der Winterregen einsetzte.

Zusätzliche Proben bedeuteten, dass das Budget explodierte und es zu Verspätungen kommen würde. Pip war jedoch fest entschlossen, rechtzeitig abzugeben. Ihre Doktorarbeit nahm jede Zelle ihres Gehirns in Anspruch und kostete sie sehr viel mehr Energie, als sie sich eingestehen wollte. Die Hochzeitstorte würde noch ein wenig warten müssen.

Am Vortag hatte Pips wissenschaftliche Betreuerin ihr bei einem Milchkaffee und einem halben Blaubeer-Muffin in ihrem spartanischen Büro mitgeteilt, dass das Budget für Forschungen in den Bereichen Umwelt und Klimawandel gekürzt werden würde.

»Es tut mir leid. Es gibt keinen Aufschub mehr, Pip«, sagte Imogen, und ihre blauen Augen blickten sie entschuldigend an.

»Aber Jack hat eine Geschäftsreise nach Italien gebucht – und es sieht so aus, als müssten wir das Weingut jetzt gleich kaufen, auch wenn wir eigentlich erst in einer Ewigkeit damit gerechnet haben …« Pip sah zur Decke hinauf und blinzelte. Sie wollte vor ihrer Betreuerin auf keinen Fall die Fassung verlieren.

»Ich weiß, ich weiß«, erwiderte Imogen nickend und warf ihr ein mitfühlendes Lächeln zu. »Und dann hast du ja auch noch eine Hochzeit zu planen.« Ihre langen Finger zupften an dem Muffin herum. »Ich habe versucht, mit den Institutsleitern und sogar mit dem Dekan zu sprechen.« Imogen zuckte mit den Schultern und schüttelte den Kopf. »Sie wissen noch nicht, welche Bereiche in den nächsten drei Jahren subventioniert werden. Aber es soll auch Einschnitte im IMAS geben.«

Imogen arbeitete sowohl mit dem Institut für Marine und antarktische Forschungen als auch mit der Universität zusammen.

»Wenn du eine Postdoktorandenstelle willst, dann musst du deine Arbeit bis November einreichen, okay?«

»Aber …«

»Keine Ausreden! Du bist überaus klug, Pip. Deine Forschung ist bahnbrechend. Wir könnten es sogar schaffen, diesen Teil des Kanals zu säubern. Aber ich kann nichts mehr für dich tun …«, sie tippte mit dem Zeigefinger auf ihre Unterlagen, »… solange du uns nicht beweist, dass du deine Arbeit abschließen kannst. Wir haben dir bereits zusätzliche Zeit eingeräumt, weil deine vorläufigen Ergebnisse so außergewöhnlich waren. Aber mehr gibt es leider nicht.« Imogen senkte den Kopf und sah Pip über den Rand ihrer Brille hinweg an. Ihre Stimme klang freundlich, aber bestimmt. »Komm schon, Pip. Nimm die Sache einfach in die Hand und bring sie zu Ende. Ich verstehe, dass die Arbeit im Labor hart sein kann – mein Gott, das haben wir doch alle einmal durchgemacht.« Sie verdrehte die Augen. »Und Italien läuft dir doch nicht davon!«

Pip nickte und ließ sich in den Stuhl zurücksinken. Welche Zukunft konnte sie Jack schon bieten? Es gab keinerlei Garantie, dass sie einen Job oder eine Forschungsstelle erhielt, wenn sie ihren Doktortitel in der Tasche hatte. *Falls* sie ihn jemals bekam. Jack hatte bereits Pläne für den Rest des Jahres gemacht, doch sie musste noch mehr Daten sammeln. Wie sollte sie beides unter einen Hut bringen?

Selbst wenn sie und Jack mit dem Angebot des Weinbaukonsortiums für Ashfield House gleichzogen, würde Pips derzeitiges Einkommen aus gelegentlichen Lehraufträgen und dem

Job als Küchenhilfe niemals reichen, um die fürchterlich hohen Hypotheken und ihren Studienkredit zurückzuzahlen. Ganz zu schweigen von den dringend notwendigen Reparaturarbeiten an den bröckelnden Wänden, den Natursteinbögen und dem übergroßen Gusseisengitter der Veranda. Und der neuen Weinbergbepflanzung. Pip wurde schwindelig – es fühlte sich alles viel zu gehetzt und gezwungen an. Zu unsicher.

Zwischen ihren Unterlagen und den herrlichen alten Töpfen blieb keine einzige freie Stelle, um etwas abzustellen. Jack dachte vermutlich, *Pip* wäre hier die invasive Meeresspezies.

Megs, die inzwischen zurück in die Küche gekommen war, folgte Pips Blick auf den Boden, wo mehrere Stapel mit Diagrammen lagen, die mit schwarzem Stift in Großbuchstaben beschriftet waren: LI, HARRY und TAJ. »Was ist denn das hier?« Sie deutete auf die Stapel.

»Stipendiaten. Ich habe das Mentoring der drei übernommen und helfe ihnen mit ihren Proben.«

Pip liebte es, den Anfängern dabei zuzusehen, wie sie sich durch Eimer voller Muscheln wühlten und versuchten, jede Spezies aufgrund ihrer Größe oder des Farbtons der Schale zu klassifizieren. Wie sie Basalfäden zählten, so dünn wie Seide; wie sie eine Napfschnecke ins Licht hielten und ihre Finger über die winzigen gelben Furchen gleiten ließen, die die Schale umrandeten; oder wie sie die perfekte grauweiße Spirale der Elefantenschnecken nachzeichneten. »Ich nehme Taj nächste Woche mit zu euch, bevor wir am Sonntag zusammen zu Abend essen. Ich helfe ihr, einige Sedimentproben in der Gezeitenzone zu sammeln. Im Watt vor eurem Haus.«

»Brrr. Es wird sicher eiskalt.«

Pip warf einen Blick auf den Papierkram und zuckte mit den Schultern. Sie war leider nicht mehr oft draußen unterwegs, seit sie mit der Datenauswertung begonnen hatte.

»Pip«, begann Megs vorsichtig. »Meinst du nicht, dass du schon genug um die Ohren hast?« Ihr Blick glitt über die vielen Kartons im Zimmer, bevor er erneut auf die Stapel mit den Diagrammen fiel. »Es erscheint mir irgendwie seltsam, dass du dir die Zeit nimmst, Studenten bei *ihrer* Arbeit zu helfen, wo du doch selbst so viel zu tun hast.« Sie hielt kurz inne. »Ich wollte dir damit nicht unterstellen, dass du, was deine *akademischen* Ambitionen betrifft, nicht klarkommst. Bitte entschuldige! Ich meinte bloß, dass du dir dieses Jahr schon viel zu viel aufgeladen hast. Du hilfst Jack im Weingarten und den Studenten bei ihrer Arbeit, du planst eine Hochzeit und übernimmst für mich das Babysitten – wofür ich dir übrigens sehr dankbar bin!«

Megs hatte wie immer ins Schwarze getroffen. Pip warf einen schnellen Blick den Flur entlang in das Gästezimmer, wo die kleine Chloé in ihrem Reisegitterbett schlief. Ihre Nanny Eva war bei ihr, und es war kein Mucks zu hören. Vielleicht waren sie beide eingeschlafen.

»Megs, ich *werde* meinen Doktor machen. Keine Sorge, das steht ganz oben auf meiner Liste.« Pip schluckte die unangenehmen Schuldgefühle hinunter, während sie einen mittelgroßen Topf auspackte. Er war perfekt, um Pink-Eye- und Kipflerkartoffeln darin zu kochen. Sie hielt den Topf mit beiden Händen hoch, um ihn ihrer Schwester zu zeigen. Megs schüttelte den Kopf.

Megs war dürr, aber äußerst zäh – ein schnittiges ebenholzschwarzes Vollblut, im Gegensatz zu Pip, die eher einem robusten Arbeitspferd glich –, doch im Moment schien Megs kaum genug Kraft zu haben, um Chloé hochzuheben. Die Tatsache, dass sie sich von einem Kaiserschnitt erholen musste, war vermutlich auch nicht von Vorteil. Als ihre Mutter Mary – die als Hebamme und Wochenbettkrankenschwester arbeitete – das letzte Mal aus Victoria zu Besuch gekommen war, hatte sie Megs angefleht, sich noch ein wenig länger beurlauben zu lassen.

Doch Megs hatte mit ernster Miene geantwortet: »Mum, ich bin Unfallchirurgin. Ich verbringe mein halbes Leben in der Notaufnahme. Will ist Chefarzt der Chirurgie. Ich denke, das Thema hatten wir schon mal.«

Pip hatte letzte Woche den Fehler gemacht, Megs zu fragen, ob sie eigentlich genug Schlaf abbekam.

Die Antwort ihrer Schwester war barsch ausgefallen: »Verdammt noch mal. Jetzt fang du nicht auch noch damit an! Mum hat mich dasselbe gefragt. Niemand fragt Will, ob es *ihm* gut geht und wie *er* es schafft, Arbeit und Baby unter einen Hut zu bekommen.«

Normalerweise war es nicht Megs' Art, zu fluchen. Pip wusste, dass sie ihre Schwester nicht unter Druck setzen durfte, aber es kam ihr vor, als würde Megs die Situation nicht richtig einschätzen. Immerhin hatte Will keinen Kaiserschnitt hinter sich und stillte auch nicht. Soweit Pip es beurteilen konnte, war er überraschend gut darin, das Baby zu baden, die Windeln zu wechseln, in Babysprache zu reden und sich als Daddy zum Narren zu machen, aber trotzdem …

Pip hatte beschlossen, Megs öfter zu besuchen. Sie wollte sich um das Baby kümmern, damit ihre Schwester auch mal einen ruhigen Spaziergang unternehmen konnte. Oder einen Kaffee trinken. Trank Megs im Moment überhaupt Kaffee, oder stand der auf ihrer Verbotsliste? Megs brauchte Sonne, Essen und Ruhe. Dagegen war doch nichts einzuwenden, oder?

»Pip! Hörst du mir überhaupt zu?« Megs schnippte vor Pips Gesicht mit den Fingern. »Hier bin ich.«

»Ja, ich höre dir zu«, erwiderte Pip lächelnd.

»Ich meine bloß, dass du *Prioritäten* setzen musst, wenn du deine Arbeit vor der Hochzeit zu Ende bringen willst.« Megs berührte Pips Arm und sprach sanft weiter. »Hey, ich weiß, du machst dir Sorgen wegen der Übernahme des Weingutes. Es ist eine große Entscheidung, die selbst mir schlaflose Nächte bescheren würde.« Sie lachte matt. »Und das will etwas heißen!«

Pip drückte die Hand ihrer Schwester. Sie war gerührt darüber, dass Megs gerade einen auch nur annähernd menschlichen Zug zugegeben hatte.

»Aber was soll dieser Plan, dass ihr beide nach Italien fliegt?«, fragte Megs, und ihre Stimme klang wieder so streng wie immer.

»Jack will sich ansehen, wie in der Toskana Wein gemacht wird. Er möchte herausfinden, ob wir hier ähnliche Methoden anwenden können.« Pip schämte sich zu sehr, zuzugeben, dass Jack die Flüge ohne Rücksicht auf ihren sich immer wieder ändernden Forschungsplan gebucht hatte. In letzter Zeit hatte Pip das Gefühl, als müsste sie ihr Leben ständig Jacks Plänen unterordnen – als wäre ihre Doktorarbeit bloß eine Art Hobby.

»Und was genau kannst *du* dazu beitragen?«

Pip lächelte so angestrengt, dass ihr Kiefer schmerzte. »Es ist eine große Verpflichtung. Wir müssen uns sicher sein.« Sie schüttelte den Kopf. Sie war sich überhaupt nicht sicher.

Außer, was Jack betraf.

»Willst du etwas essen?«, fragte Pip, um das Thema zu wechseln. Megs und Will hakten ihre Ziele ab wie andere Leute die Punkte auf ihrer Einkaufsliste – in ihrem Leben gab es keine Unsicherheiten. Es war sinnlos, Megs ihre Zwangslage zu erklären; sie würde es nicht verstehen.

Sie bedachte Megs mit einem mürrischen Blick, bereute ihre schlechte Laune jedoch sofort. Ihre Schwester sah vollkommen fertig aus. Ihre Haut war blass und beinahe durchsichtig, und selbst ihre Skinny-Jeans saßen am Hintern viel zu locker. Man konnte Megs' Alter an den dunklen Ringen unter ihren Augen ablesen. Pip würde ihr etwas Leckeres kochen. Vielleicht konnte sie ihre Schwester sogar davon überzeugen, sich nach dem Essen ein Weilchen im Gästezimmer auszuruhen? Sie hatte das Bett erst gestern Abend mit frischen weißen Laken bezogen – in denen sie dann schließlich auch geschlafen hatte. Allerdings wollte sie im Moment nicht weiter über den Grund dafür nachdenken. Es war eine dumme Umzugskabbelei gewesen, mehr nicht.

Pip würde darauf bestehen, dass sich Megs später eine Stunde lang ausruhte. Es war lieb von ihr, dass sie hergekommen war, um Pip beim Auspacken und Einräumen zu helfen, aber als sie sich umsah, wurde ihr bewusst, dass es ohnehin nur die Töpfe, ein paar Taschen mit Kleidung, drei Chardonnay-Kartons mit Tabellen und Notizen und die Taucherausrüstung draußen auf der Veranda zu verstauen gab. Sie würde bloß noch diese wunderschönen Kupfertöpfe aufstellen, und dann würde sie ihnen allen Jacks Lieblingsmittagessen zubereiten: getoastete Sandwiches mit Corned Beef, Käse und sauer eingelegten grünen Tomaten. Pip hob einen schweren Saucentopf aus dem Karton, doch der Deckel saß fest. Sie musste ihn allerdings herunterbekommen, um den letzten kleinen Topf im Inneren unterzubringen.

»Megs, gib mir doch bitte ein Messer.« Sie klemmte sich den Topf zwischen die Beine, um ihn zu fixieren, und versuchte, den Deckel mit einem Buttermesser auszuhebeln, doch wenig später stand die Klinge im rechten Winkel ab.

Pip lachte. »Der wehrt sich ganz schön. Könntest du mir bitte einen Schraubenzieher aus Jacks Werkzeugkasten dort drüben in der Ecke geben?«

Megs reichte ihn Pip mit einem Stirnrunzeln. »Sei vorsichtig, sonst stichst du dir noch ein Loch in die Hand.«

Pip zwängte den Schraubenzieher unter den Deckel und bewegte ihn hin und her. Als das Werkzeug über das Metall schrammte, klang es wie die leeren Tauchflaschen, wenn sie sie über den Rand des kleinen Bootes zog. Das Geräusch ließ sie zusammenzucken. Sie packte den Griff und zog fest daran.

Unter dem Deckel stieg der Geruch von altem, modrigem Kupfer hoch, doch sie nahm auch eine kaum merkliche holzige Note wahr. Im Inneren des schwarzen Topfes lag eine Papierrolle, etwa so lang wie ihre Hand und von einem braunen Band zusammengehalten. Pip zog das mysteriöse Päckchen vorsichtig heraus. Sofort fielen einige süß duftende, blassrosa Blütenblätter und ein vertrocknetes Pflanzenstück heraus, das aussah wie Wermut – *Artemisia.* Es war offensichtlich gepresst worden, als es noch saftig war. Aber wie lange war das schon her? Mittlerweile hatten die fedrigen Farnwedel ihre Chlorophyllpigmente verloren, waren hart geworden und hatten einen silbernen Farbton angenommen. Sie erinnerten Pip an die zarte französische Spitze, die sie für ihr Brautkleid ins Auge gefasst hatte.

Pip hielt das Farnkraut vorsichtig ins Licht. Der Aufbau

des Blattes war schlichtweg perfekt, genauso wie die geschwungenen Linien einer Muschelschale. Jede Form der Natur war in ihrer Einzigartigkeit makellos. Sie hob das zarte Blatt an die Nase und nahm den etwas bitteren und hölzernen Geruch mit einem Hauch Süßholz – und einer Menge Staub – in sich auf, bevor sie es behutsam auf die hölzerne Anrichte legte. Ihre Mutter hatte in ihrem Garten in Mount Macedon immer Wermut gepflanzt, denn der kräftige Geruch legte sich auch in den Federn der Hühner ab, wenn sie an den Pflanzen vorbeistreiften, und hielt Flöhe und Läuse fern. Wenn Mary den Verdacht hegte, dass die Mädchen Würmer hatten oder die beiden unter Bauchschmerzen litten, bekamen sie manchmal auch eine Tasse Wermuttee zu trinken. Vor allem pflückte Mary die silbrigen Pflanzen jedoch, um sie im Wohnzimmer aufzustellen, sodass sich das Licht in den Glasvasen fing.

Pip nahm die Schriftrolle, öffnete das Band und rollte sie vorsichtig auf der Arbeitsplatte aus. Es handelte sich um etwa ein Dutzend blassbraune Blätter. Das hier war doch sicher kein Pergament, oder etwa doch? Was auch immer es war, es sah jedenfalls uralt aus.

»Hier, Megs. Sieh dir das an.« Sie hielt die braunen Blätter nacheinander vor das Küchenfenster. Sie waren relativ dick, aber durchsichtig. Sie konnte sogar die einzelnen Fasern erkennen, und der Anblick erinnerte sie an Mikroalgen in Petrischalen, wenn sie sie durch das Mikroskop betrachtete.

»Es sieht aus wie handgemachtes Papier. Wie wunderschön! Ich frage mich, wie alt es wohl sein mag.« Pip drehte die Seiten um und betrachtete die Tintenbuchstaben. »Das ist Französisch.«

Megs griff über die Anrichte und in ihre Handtasche, um Pip ein Paar OP-Handschuhe zuzuwerfen. »Zieh die hier an, damit du das Papier nicht beschädigst. Wir wollen doch nicht, dass die Seiten auseinanderfallen.«

»Kaum zu fassen, dass du OP-Handschuhe mit dir herumschleppst. Das ist ja gruselig«, sagte Pip, während sie in die Handschuhe schlüpfte.

Pip warf einen Blick auf die oberste Seite. »Hmmm. Ich glaube nicht, dass es ein Brief ist. Eher eine Art Liste.« Sie las die verschnörkelte Überschrift. Die Tinte war verblasst und die Schrift übermäßig geschwungen, doch sie konnte sie gerade noch entziffern.

»*Eau de rose.* Das ist einfach: Rosenwasser. *Pour faire un lot de bon hypocras.* Ich glaube, das bedeutet: Eine Menge … von irgendetwas. Guter *Hypocras.* Was auch immer das ist.«

Sie überflog den Rest. »*Cinamonde, gingembre, garingal, vin de Beaune* – das ist Burgunder, Pinot. Ich glaube, es ist eine Art Rezept, vielleicht für Gewürzwein. Vielleicht ist das mit *Hypocras* gemeint?«

»Vielleicht.« Megs trat hinter Pip und legte das Kinn auf die Schulter ihrer kleinen Schwester, um ebenfalls zu lesen. »So etwas haben wir im Französischunterricht jedenfalls nicht durchgenommen.«

»Ich glaube, du hast vom Französischunterricht ohnehin nicht viel mitbekommen.«

»Nun ja, ich hatte eine Eins minus. War also nicht ganz so perfekt. Wie auch immer, ich arbeite als Chirurgin. Die meisten meiner Patienten sind bewusstlos. Da braucht man kein Französisch.«

»Und da fragen sich die Leute, was heutzutage mit den Ärzten los ist«, sagte Pip lachend und schüttelte den Kopf, während sie die anderen Seiten durchging. Die nächste Überschrift lautete: *Marzapane.* Marzipan? Und die nächste: *Crespes.* Sie war sich bereits ziemlich sicher, dass damit Crêpes gemeint waren, als sie die erste Zeile las: *Prenez de la fleur et déstrempez d'œufs tant moyeux comme aubuns, osté le germe …*

»Ich glaube, es ist zum Teil auf Latein. Oder Italienisch. Eine seltsame Mischung aus Französisch und Latein, würde ich sagen.«

»Warte, ich sehe mir das Latein an. Ich verstehe ein wenig davon.«

Pip wandte sich um und hob die Augenbraue. »Seit wann verstehst du Latein?«

»Medizin. Anatomie.«

»Gut, dann weiß ich auf alle Fälle mehr als du. Ich kenne mich mit Pflanzen *und* Tieren aus. Zoologie.« Pip richtete ihre Aufmerksamkeit wieder auf die Seiten. »Ich habe keine Ahnung, woher die hier stammen«, meinte sie und hielt sie noch einmal ins Licht, als würde sie eine Probe begutachten. Das Papier begann zu leuchten, als bestünde es aus feinen Härchen. Es fühlte sich fest an, obwohl es ganz offensichtlich schon sehr alt war.

Pip legte die weichen, schlammfarbigen Pergamentseiten auf die Anrichte, rollte sie wieder ein und verknotete das Band. »Unsere Eltern besitzen diese Töpfe schon seit Ewigkeiten, aber sie haben sie anscheinend nie geöffnet. Sonst hätte Mum vermutlich von diesen Notizen gewusst, nicht wahr?« Pip ging zu der hölzernen Weinkiste in der Ecke des Wohnzimmers und durchwühlte die Flaschen mit den Konservierungsmitteln, die Messbecher, Netztaschen, Siebe und Sonden, bis sie ein sauberes, tausend Milliliter fassendes Probenglas fand. »Hier drin sind sie jedenfalls geschützt und trocken, bis wir herausgefunden haben, worum es sich handelt.«

Aus dem Gästezimmer am Ende des Flurs drang plötzlich verzweifeltes Babygeschrei.

»Ich hole sie!«, meinte Pip, bevor sie eilig die Schriftrolle in das Glas steckte und den Staub von ihrem T-Shirt klopfte.

»Nein! Lass Eva das machen – du bist ja vollkommen verdreckt. Was, wenn sie Asthma hat? Oder eine Hausstauballergie?«

Das Weinen verstummte allmählich, und zwei Minuten später kam Eva ins Zimmer und wiegte eine sichtlich beruhigte Chloé im Arm. Pip schlüpfte aus ihrem staubigen Arbeitsshirt, sodass sie nur noch ein weißes Top trug, wusch sich die Hände und eilte dann zur Nanny, um ihr das Baby abzunehmen.

»Komm her, Chloé. Kuschel doch ein wenig mit deiner Tante Pip.« Sie schloss die Augen und atmete den süßen Hefegeruch des Babys ein, während sie sich an Chloés Kopf schmiegte. Sie spürte die zarten Haare auf ihrer Wange und kicherte über das unverhältnismäßig laute Schmatzen, das Chloé von sich gab, als sie eifrig an ihrer Faust lutschte. »Hat sie vielleicht Hunger? Sie macht ja ganz schön Lärm.«

»Zieh ihr die Faust besser aus dem Mund! Ich will nicht, dass sie einen Überbiss entwickelt. Ich werde mir ein Handtuch ausleihen und mich schnell duschen, damit ich sie füttern kann. Eva, kannst du bitte ein Fläschchen in einem Topf auf dem Herd für mich wärmen? Aber nimm einen kleinen Topf, nicht eines dieser verrückten Dinger.« Stirnrunzelnd deutete Megs auf die alten Töpfe.

»Wir haben eine Mikrowelle. Auch in unserem Cottage hat die moderne Technik Einzug gehalten, weißt du?«

»Keine Mikrowelle!«, befahl Megs. »Sie verteilt die Hitze ungleichmäßig, und Chloé könnte sich den Mund verbrennen.«

»Entschuuuldige!«, erwiderte Pip, warf einen Blick auf Eva und verdrehte die Augen. Eva lächelte schüchtern und machte sich an die Arbeit.

Pip drückte Chloé einen Kuss auf den Scheitel und rieb müde ihre Wange über das Babyhaar, während sie ihren Finger in die weichen schwarzen Locken in Chloés Nacken schob. Sie atmete tief ein und wiegte sie sanft vor und zurück, während sie versuchte, das vage Gefühl zu verdrängen, dass gerade etwas furchtbar schieflief.

Jack war derjenige gewesen, der darauf bestanden hatte, einen Hochzeitstermin festzulegen. Pip wusste nicht, wozu die Eile. Es war doch allen klar, dass sie früher oder später heiraten würden. Und dann hatte er auch noch den Flug gebucht, ohne sich vorher mit ihr abzusprechen. Pip verstand, warum er das Gefühl hatte, dringend nach Italien zu müssen. Er war aufgeregt, und Pip wollte ihn unbedingt begleiten. Wer hätte das nicht gewollt? Doch Imogen hatte eisern daran festgehalten, dass Pip keinen weiteren Aufschub erhielt.

Was sollte Pip bloß tun? Wie konnte sie Jack unterstützen und gleichzeitig ihre Doktorarbeit fertigstellen?

Pip tröstete sich mit einem sanften Griff um Chloés niedliches Beinchen. Das nächste Jahr lag vollkommen im Ungewissen. Ihre Forschungen waren wichtig. Den meisten Menschen fiel es nicht gerade schwer, das Geschehen im Meer einfach zu ignorieren. Wer interessierte sich schon für benthische Wirbellose? Sie würden es jedenfalls niemals auf die Titelseite der Zeitung schaffen. Aber Pips Herz schlug für diese Tiere. Sie fühlte sich diesen Kreaturen und dem Meeresgrund, den nie jemand zu Gesicht bekam, sehr verbunden. Wenn sie ihre Studien jetzt abbrach, ohne bewiesen zu haben, dass ein Umdenken notwendig war, wie sähe der D'Entrecasteaux-

Kanal, den sie so wunderbaren Babys wie Chloé hinterlassen würde, dann aus?

Aber warum tat Jack so, als wäre *sie* schwierig? Als würde sie nichts auf die Reihe bekommen?

Im Moment wusste Pip bloß, dass sie Jack unglaublich liebte, doch ihre Pläne standen im vollkommenen Gegensatz zueinander. Vielleicht sollte sie ihre Haltung zu ihrer Arbeit neu überdenken, um den Hochzeitstermin einhalten zu können? Denn darum ging es ja in der Ehe, nicht wahr? Um Kompromisse.

Der Duft der Rosenblüten und des Artemisia-Zweiges erfüllte das Wohnzimmer und drang in Pips Nase. Der schwere, süße Geruch nach Schattenblume und Anis, mit einem erdigen, bitteren Unterton.

Pip öffnete die Augen und entdeckte Jack, der im Türrahmen lehnte, sodass seine breiten Schultern ihn beinahe ausfüllten. Er hatte den Kopf zur Seite geneigt, seine dunklen Locken fielen ihm in die Stirn, die blauen Augen blickten sie neugierig an, und ein unverwechselbares Grinsen zog sich von einem Ohr zum anderen.

Wie lange stand er wohl schon dort?

Kapitel 2

Château de Boschaud, Mittsommer 1487

Andreas war an diesem frostigen Morgen besonders dankbar für den wärmenden Geruch des Rosenwassers auf seiner Haut. Er zog energisch an den Fahrleinen, um seinen Wagen zu verlangsamen, während er sich dem gusseisernen Eingangstor näherte. Es stand weit offen, denn heute würden den ganzen Tag über Fuhrwerke aus dem Dorf ein und aus fahren. Der bucklige Pförtner trat näher, um im ersten Licht der Morgendämmerung einen Blick auf sein Gesicht zu werfen. »Rein mit dir«, meinte der Alte und nickte als Zeichen des Wiedererkennens, als der junge *Épicier* seine Kapuze zurückschlug.

Andreas lächelte, nickte ebenfalls und gab seinen beiden herrlichen schwarzen Warmblütern mit einem Zügelschlag zu verstehen, dass sie weitergehen sollten. Er war heute Morgen in Eile und wollte die Waren so schnell wie möglich liefern, damit noch genug Zeit blieb, sein Geschenk zu übergeben.

Sie durften sich nicht erwischen lassen.

Er fuhr an der mächtigen Steinscheune mit den zwei identischen viereckigen Wachtürmen vorbei, die zu seiner Linken aufragte. Er hatte gehört, dass die Frauen und Kinder der angrenzenden Ländereien während der letzten blutigen

Wochen des Kreuzzuges Zuflucht hinter den dicken Mauern der Scheune gefunden hatten – in der stinkenden Hitze zusammengepfercht, während das Dorf in Brand gesteckt und ihre Brüder, Ehemänner und Söhne der Reihe nach ausgeweidet oder gehängt wurden.

Heute standen die Holztüren jedoch weit offen, und mehrere Mönche in trostlosen braunen Kutten fegten Armladungen feuchten Strohs von den Steinplatten und stopften es durch ein winziges Fenster in den benachbarten Schweinestall. Das alte Stroh würde dafür sorgen, dass sich der Gestank nach Dung und verdreckten Tieren nicht in der Hitze des Tages in der Scheune ausbreitete, wenn die Hochzeitsgäste schließlich eintrafen. Wer wollte schon auf dem Weg zum schönsten Fest des Jahres Dung riechen? Auf einem Fest zu Ehren des gefechtsmüden Chevaliers von Boschaud, Besitzer des Châteaus de Boschaud, und der schönen Demoiselle Rose, Tochter des Herzogs von Clinchy. Es wäre wohl kaum ein gutes Vorzeichen. Mit ein wenig Glück würden die Mönche anschließend noch Armladungen Lavendel und Rosmarin verteilen. Zumindest, wenn Artemisia in dieser Angelegenheit etwas zu sagen hatte. Er erschauderte vor Kälte und Vorfreude.

Hinter dem Schweinestall befanden sich die Käfige mit den Hähnen, Enten und Hühnern, die lautstark den neuen Morgen begrüßten. Sie hatten Glück gehabt, denn ihre Verwandten hingen bereits ausgeblutet auf Haken in der Küche, um schon bald auf dem Drehspieß zu landen. Andreas lief das Wasser im Munde zusammen.

Er wurde aus seinen Überlegungen gerissen, als sich die Pferde schließlich dem Château selbst näherten. Die aufgehende Sonne traf auf die Granitmauern und drang in jede Ecke, sodass es aussah, als wäre das Haus plötzlich wie durch Zauberei mitten in den weitläufigen Gärten erschienen. Er spürte dieselbe Sonne auf seinem Rücken und hielt die Pferde an, um den Anblick zu genießen, den ihm das Licht offenbarte.

Das Château schien sehr viel fachmännischer erbaut als die anderen Burgen entlang des Plateaus, und er nahm an, dass es ursprünglich dazu gedacht gewesen war, das Blut der Boschauds zu schützen und zu verteidigen. Es war ein dreistöckiges, rechteckiges Gebäude, flankiert von zwei runden Mauertürmen mit denselben konischen Schieferdächern wie die der Türme im Hauptteil der Festung. Zwischen den beiden runden Türmen erhob sich ein viereckiger Turm, der die anderen ein wenig überragte und aussah, als wäre er erst nachträglich hinzugefügt worden. Andreas konnte gerade noch das winzig kleine Fenster unter dem Dachvorsprung ausmachen. Er hatte sich immer gefragt, wofür ein so kleiner Raum wohl verwendet wurde.

Ein weiteres Mal ließ er den Blick über die klaren Linien des Châteaus schweifen. Natürlich war es sehr schlicht, doch er hätte nichts dagegen gehabt, es sein Eigen zu nennen.

Zwei Wachhunde lagen ausgestreckt auf dem weitläufigen, mit Steinen gepflasterten Vorplatz und genossen die Sonne, bevor auch für sie der Tag begann. Eine grüne Rasendecke erstreckte sich bis zur Grenzhecke in der Ferne. Roter und gelber Mohn, Mutterkraut, feine Gräser, Weizenhalme, Löwenzahn und Gänseblümchen glitzerten im Tau und wiegten sich in der sanften Morgenbrise – eingefasst von einem kreisrunden Kiesweg, so breit, dass zwei Fuhrwerke nebeneinander fahren konnten. Dahinter entdeckte Andreas einige gebückte Mönche, die plaudernd mit ihren Hacken das Gras von den Steinplatten vor dem Eingang entfernten. Auch die riesige Linde inmitten des Feldes hatte man sorgfältig zurechtgestutzt. Das war aber auch langsam Zeit geworden. Sowohl der Rasen als auch der Baum hatten mittlerweile ein wenig ungepflegt ausgesehen, und das wollte an einem so bedeutungsvollen Tag wie heute gewiss niemand. Andreas pfiff vor sich hin und tippte mit den Fingern auf das kleine Päckchen, das unter seinem Hemd verborgen war. *Ja,* dachte er, während er sanft mit den Zügeln schlug, *heute wird ein wirklich vollkommener Tag.*

Anstatt der breiten Straße zum Haupteingang zu folgen, bog Andreas auf den schmaleren Zuliefererweg ab, der am südlichen Mauerturm vorbei bis direkt vor die Küche und die Kühlkammer führte. Er warf einen Blick auf die Fuhrwerke seiner Kaufmannsgesellen aus dem Dorf. Der *Oyer,* der sich auf das Grillen von Gänsen verstand, entlud gerade ein Dutzend der gebratenen und in Leinen geschlagenen Tiere. Wenn das Tuch erst einmal entfernt wurde, würde die Haut darunter golden und das Fleisch zart und saftig sein. Der Duft nach Nelken und Muskat verriet, dass das Geflügel unter dem Leinen noch immer warm war. Andreas lief das Wasser im Munde zusammen. Er hatte heute keine Gelegenheit gehabt, seine übliche Schüssel grüne *Porée* und eine Scheibe Schinken zum Frühstück zu essen, bevor er seine Waren aufgeladen hatte.

Neben dem Wagen des *Oyers* stand der Karren des *Boulangers.* In seinen hohen Weidekörben stapelten sich Hunderte kleiner weißer Brötchen. Daneben lagerten Unmengen der weniger verlockenden Tellerbrote – jene schalen, getrockneten Fladen, die zum Servieren der Speisen verwendet wurden. Die Körbe wurden von drei untersetzten Burschen abgeladen. Andreas lehnte sich hinüber und schnappte sich augenzwinkernd eines der weichen Brötchen.

»Merci.«

Andreas lachte, als der Bäcker mit missmutigem Gesicht nach seiner Hand schlug, während er nach einem zweiten Stück greifen wollte.

Etwa zwei Meter entfernt stand der klapprige Karren des *Oubloyers.* Offensichtlich hatte die Küche im Dorf eine Wagenladung Oblaten als Beilage für die Suppen bestellt. Andreas hatte keine Ahnung, warum man sich die Mühe gemacht hatte. *Oublies* schmeckten wie Pergament. Es war reine Zeitverschwendung. Das Maultier, das neben ihm angebunden war, schien ihm zuzustimmen, denn es schnaubte und stampfte angewidert mit den Hinterhufen auf. Der blonde *Oubloyer* trug die Kisten der Reihe nach in die Küche und nickte zur Begrüßung, als er an Andreas vorbeikam. Alle waren viel zu beschäftigt damit, ihre Waren anzuliefern, um Zeit für ein paar freundliche Worte zu haben.

Auf der Fahrt von Châlus zum Château waren einige Deckel von Andreas' Terrakottatöpfen gesprungen. *»Sacrebleu!«*, fluchte er. Er hätte sich die Zeit nehmen sollen, sie mit Wachs zu versiegeln. Er hatte Glück gehabt, dass nichts herausgeschwappt war. Andreas ging um den Wagen herum und atmete den süßen Duft ein, ehe er die Deckel wieder aufsetzte. Die Hälfte der Töpfe enthielt sein besonderes Rosenwasser, das er mit Muskat, Zimt und Myrrhe verfeinerte. In den anderen Töpfen befanden sich Zucker und Salz. Das Rosenwasser – das auf Festen wie diesem zum Händewaschen verwendet wurde – wurde nach einem Geheimrezept hergestellt und war in den Châteaus der Umgebung sehr begehrt.

Sein Großvater hatte ihm einmal erzählt, dass ein längst verstorbener Pater das Rezept von den Kreuzzügen aus dem Osten mitgebracht hatte. Der Legende der Familie de Vitriaco zufolge entstammte es direkt den Händen Ibn Sīnās. Doch das war natürlich Unsinn. Es war in der Familienküche in Genua entstanden. Trotzdem waren solche Gerüchte nicht schlecht fürs Geschäft.

Andreas grinste, als der Küchenjunge Jacobus aus der Küchentür direkt auf ihn zugelaufen kam.

»*Bonjour, Monsieur de Vitriaco!*«, sagte Jacobus und nickte. »Sie sind etwas zu spät dran. Die Töpfe mit den Gewürzen müssen in die Küche, aber die Töpfe zum Händewaschen sollen die Treppe hinauf in den großen Saal. Abt Roald hat mir aufgetragen, Ihnen behilflich zu sein. Wir sollten uns besser beeilen. Er ist wieder einmal auf Streit aus. Der fette Bastard hat mir heute schon zwei Mal eins auf die Nase gegeben. Er hat furchtbar üble Laune. Er schlug mich mit der geschlossenen Faust und meinte: *Rute und Strafe gibt Weisheit; aber ein Knabe, sich selbst überlassen, macht seiner Mutter Schande.* Was auch immer das zu bedeuten hat.« Der Junge zuckte mit den Schultern. »Ich lebe nicht bei meiner *Maman* und schufte wie ein Pferd. Das ist doch sicher keine Schande, Monsieur, nicht wahr?« Das Gesicht des Jungen war vollkommen mit Ruß und Schweiß bedeckt, dennoch warf er Andreas einen trotzigen Blick zu.

»Ach, Jacobus – das *Buch der Sprichwörter* wurde wohl wieder einmal missverstanden. Und Abt Roald hat immer schlechte Laune. Warum sollte man auch eine Hochzeit feiern und ein Festessen genießen, wenn man stattdessen allen das Leben schwer machen kann? Bloß weil sich unser rechtschaffener Kaplan für ein Leben ohne Frau entschieden hat, müssen wir doch nicht alle leiden. Der Herrgott hält dich des Nachts nicht warm.« Er kicherte. »Und dem Morgenlob beizuwohnen muss grausam sein. Sieh zu, dass du eine bessere

Art findest, den Tag zu begrüßen, wenn du erst einmal älter bist.« Er zerzauste dem Kind liebevoll die Haare. »Und jetzt an die Arbeit, mein Junge.«

Andreas und der schmächtige Knabe entluden den Karren, um ihn schließlich mit den leeren Gefäßen zu beladen, die Andreas im Gegenzug erhielt. Als sie fertig waren, klebte sein blasses Leinenhemd an seinem Rücken.

»Ich muss jetzt gehen, Monsieur«, seufzte Jacobus. »Ich bin der glücklose Tropf, der heute am *Fournier* stehen darf. Und ich soll Hildegard bei der Brotsauce und der Aioli rühren helfen.« Er schüttelte ergeben seine schmutzigen blonden Haare, und Andreas tat der Junge irgendwie leid. Vor Jacobus lag ein schrecklicher, schweißtreibender Tag, denn er musste vor dem Feuer stehen und den Kohlen Luft zufächeln. Auch wenn er sich deswegen schuldig fühlte, hoffte Andreas sehr, dass der Junge wenigstens seinen Kopf von den Töpfen fernhielt. Bei der außerordentlichen Hitze in der Küche befürchtete er, dass die Läuse des Knaben direkt in die Saucen springen könnten.

Bevor sich Jacobus davonmachte, lehnte er sich noch näher an Andreas heran und flüsterte: »Artemisia ist gerade durch das seitliche Tor geschlichen, um ein paar Kräuter für ihre *Entremets* zu sammeln. Unter dem Quittenbaum, in der Nähe des Teiches. Abt Roald wird sie verfluchen, wenn er herausfindet, dass sie die Küche so lange verlassen hat. Er ist furchtbar wütend, obwohl Artemisia und Hildegard gestern bis spät in die Nacht damit beschäftigt waren, die Saucen und Süßspeisen zuzubereiten. Bitte sagen Sie ihr, sie soll sich beeilen.«

Jacobus wandte sich ab, eilte durch den riesigen Torbogen und verschwand in der Küche. Andreas blieben nur noch das Klappern der Tonkrüge und Töpfe hinter den Mauern und die trägen Pferde und Maultiere vor der Tür, die mit den Schweifen nach ihm schlugen.

Er schlich um den Turm herum und kletterte auf einen Karren, von dem gerade zahlreiche Eichenfässer abgeladen worden waren, die nun aufgereiht neben der hohen Steinmauer standen. Der Stempel verriet, dass sie aus Rivesaltes stammten. Ausgezeichnet. Er fand, dass ein süßer Muskatwein besser geeignet war, ein Festessen zu beginnen, als die herbe, trockenere *Grenache,* die einem geradewegs in den Kopf fuhr, sodass man schließlich zu betrunken war, um die restlichen Gänge zu genießen. Andreas war hocherfreut, dass der Chevalier de Boschaud dem geizigen Schatzhalter des Anwesens – Abt Roald – keine Beachtung geschenkt und seine Börse zu diesem Anlass ein wenig weiter geöffnet hatte als üblich.

Es würde herrlich werden.

Sein Blick glitt die Steinmauer entlang. In der Ferne sah er einen Schatten, der sich rasch durch eine kleine Tür in den von einer Mauer umgebenen Garten bewegte und die Lavendelbeete durchquerte.

Als Artemisia aus dem Schatten der Mauer trat und das Sonnenlicht auf sie fiel, erkannte er das verblasste Rosa ihres zerknitterten Leinenkleids. Es passte gut zu ihrer dunklen Haut und dem langen dicken Zopf. Artemisia ging gebückt und kämpfte mit dem großen, kegelförmigen Weidenkorb auf ihrem Rücken. Andreas wollte zu ihr laufen und ihr anbieten, ihn zu tragen, doch er wusste, dass sie ihn wie ein lästiges Kind davonscheuchen würde. Schlimmer noch. Sie würde ihn vermutlich verfluchen.

Stattdessen sah Andreas zu, wie sie sich die Lindenallee entlang in das Herz des Klostergartens begab. Er war für die

Mönche angelegt worden, die in dem Kloster auf der gegenüberliegenden Seite des ummauerten Gartens lebten, und wurde auf vier Seiten von in Form gebrachten Hainbuchenhecken begrenzt. Er war in vier gleich große Bereiche unterteilt und mit Rebstöcken bepflanzt, aus denen Verjus und Wein gewonnen wurden. In seiner Mitte befand sich ein großer Spiegelteich.

Artemisia hielt inne, ließ die Schultern nach vorn sinken und den Korb zu Boden gleiten. Dann setzte sie sich auf die Weidenbank und lehnte sich mit dem Rücken an die Quittenlaube. Als Andreas sah, wie Artemisia den Kopf zum Gebet senkte, hoffte er, dass ihre Gebete seinen eigenen glichen. Er warf einen Blick auf die Sonne und zählte die Stunden, bis das Festessen vorüber war und sie ihr Geheimnis nicht mehr länger für sich behalten mussten.

Kapitel 3

Tasmanien, April 2014

Jack beobachtete Pip, die mit ihrer Stipendiatin Taj nach vorn gebeugt bis zu den Knien im Watt der Stinkpot Bay stand. Er selbst half gerade Pips Schwager Will, das kleine silberne Boot durch den feinen Sand und den Schlamm zu ziehen, damit sie ausfahren konnten, um Plattköpfe zu angeln. Der Rumpf zog eine Rille hinter ihnen her, während sie das Boot durch den Schlick ins tiefere Wasser schleppten.

Das Wasser um Jacks Knöchel war eiskalt, ein untrüglicher Beweis dafür, dass der Winter bevorstand. Um sich von der Kälte abzulenken, ließ er den Blick über die weißen Schaumkronen und das flache Wasser des Wattenmeeres entlang der North West Bay schweifen.

Üblicherweise war dieser Abschnitt des Küstenvorlandes geschützter als der Großteil des D'Entrecasteaux-Kanals, wo der Wind ständig an Fahrt aufnahm und zischte und brannte wie Peitschenhiebe.

Die Ebbe stand kurz bevor, und der Nordwestwind wurde langsam stärker, weshalb sie sich wohl besser beeilten, denn die Tage wurden ebenfalls immer kürzer. Hinter der breiten Bucht ragte der Mount Wellington in den Himmel und sah aus wie ein gigantischer Elefant, dessen Kopf in den Wolken steckte. Es kam in letzter Zeit selten vor, dass der ganze Berg zu sehen war, und heute hatte sich der Himmel von einem blassen Rosa zu einem wütenden Grau verdunkelt. Es braute sich ein Sturm zusammen.

Sie navigierten das Boot durch die aus dem seichten Wasser ragenden Felszungen, und Jack warf einen Blick über die Schulter, um Pips gebräunte Beine und die straffen Oberschenkel zu bewundern, als sie sich nach vorn beugte, um im nassen Sand nach Muscheln zu suchen. Sie trug verblichene, abgeschnittene Jeans, eines seiner dunkelgrünen Arbeitsshirts und eine alte graue Polarfleecejacke, um sich gegen den Wind zu schützen. Trotz der alten Klamotten und dem schwächer werdenden Licht schien Pip regelrecht zu strahlen.

Taj beobachtete Pip, die ihr gerade zeigte, wie man das Rohr zur Probenentnahme im Sediment platzierte. Aus der Ferne sah das Werkzeug wie der Überrest eines grauen Bewässerungsrohres aus Plastik aus. Es arbeitete mit einer komplizierten Sogwirkung und musste in genau der richtigen Tiefe eingesetzt werden. Lachen klang über das Wasser, als Taj versuchte, einen Netzbeutel zu füllen, und alles danebenging. Als der letzte Beutel gefüllt und in einer zwanzig Liter fassenden Plastiktonne verstaut war, gab Pip Taj ein Daumenhoch, richtete sich auf und sah ihr nach, wie sie zurück an Land ging. Dort angekommen winkte Taj Pip zum Abschied zu, verlud die Tonne in ihr Auto und fuhr los.

Als Pip Jack entdeckte, begann sie zu grinsen und winkte ihm mit beiden Armen begeistert zu.

»Warte mal kurz«, meinte Jack zu Will, bevor er über das Watt auf Pip zulief, um ihr einen sandigen Kuss auf die Lippen zu drücken.

Pips Nase war wie üblich eiskalt. Das Blut drang scheinbar nicht bis in die Spitze vor. Jack streckte die Hand aus und rubbelte ihre Nase warm, bevor er seine marineblaue Wollmütze abnahm und sie ihr sanft über den Kopf zog. Anschließend steckte er die kastanienbraunen Haarsträhnen darunter, die ihr der Wind ins Gesicht wehte. Pip hob den Kopf, und ihre grünen Augen blickten direkt in seine, ehe sie ihm zum Dank fröhlich einen schnellen Kuss auf die Lippen drückte. Die Sommersprossen auf ihrer Stirn, der Nase und den Wangen wurden jeden Sommer mehr. Und jedes Mal machte sie Witze darüber, dass sie eines Tages zu einer geschlossenen Fläche verschmelzen würden. Er legte beide Daumen auf ihren Nasenrücken und ließ sie über die Sommersprossen auf ihren Wangen und unter ihren Augen gleiten, wo sich dunkle Ringe und Unsicherheit eingeschlichen hatten. Er wünschte, er könnte sie einfach mit den Fingern wegwischen. Stattdessen atmete Jack Pips Geruch nach Schlamm, Eukalyptus und Meersalz ein, legte beide Hände auf ihre kräftigen Schultern und drückte sie liebevoll an sich.

»Du bist ja vollkommen durchgefroren. Du solltest mit Megs ins Haus hochgehen. Und ein heißes Bad nehmen.«

»Mir geht es gut. Ich hatte ganz vergessen, dass es eine Weile dauern kann, bis man die Probenentnahme beherrscht. Aber Taj hat jetzt den Dreh raus. Sie hat sogar einige meiner Proben mitgenommen, um sie für mich zu analysieren, was ich echt nett finde.«

»Na ja, immerhin warst du an einem Sonntag zwei Stunden lang hier draußen, um ihr zu helfen.«

»Was hat denn das damit zu tun?« Pip zog irritiert die Nase kraus.

»Ich wollte damit bloß sagen, dass du ebenfalls echt nett zu ihr warst. Vor allem, wo du die Zeit auch mit mir im Bett hättest verbringen können!«

Pip legte den Kopf ein wenig zurück, und die Sonne fiel auf die Sommersprossen auf ihrer Nase. »Sicher.« Ihre Stimme klang mit einem Mal angespannt. »Aber die Proben mussten nun einmal in dieser Woche entnommen werden. Es tut mir leid, dass es nicht in deinen Terminplan gepasst hat.« Sie lächelte gezwungen. »Ich hole noch ein paar Muscheln fürs Abendessen. Wir sehen uns dann im Haus.« Dann nahm sie ihren roten Eimer und ging mit hängenden Schultern über das Schlickwatt davon.

Jack fand, dass Pip müde aussah. Sie brauchte dringend eine Pause. Genau deshalb hatte er auch ihren Arbeitsurlaub gebucht – er hatte angenommen, dass sie begeistert sein würde. Es würde ihr sicher guttun. Und es gab schließlich kein romantischeres Land als Italien. Er freute sich wirklich sehr darauf, mit Pip die Gegend um Lucca zu erkunden, doch sie seufzte immer bloß, wechselte das Thema oder verließ das Zimmer, wenn er davon zu sprechen begann. Er suchte doch nur nach einer Möglichkeit, das Weingut zu kaufen – und ihre gemeinsame Zukunft zu sichern. Warum legte sie nicht mehr Begeisterung an den Tag?

Es war Jacks großer Traum, Ashfield House und die Weinberge zu kaufen und mit Pip zu bewirtschaften. Zunächst hatte er ihr zwar versprochen, dass sie bis nach der Hochzeit damit warten würden, sodass Pip ihre Doktorarbeit abschließen und eine Anstellung finden konnte, aber zu seiner Überraschung hatten die Nachbarn ein Angebot abgegeben, was bedeutete, dass sie seine Eltern bereits jetzt auszahlen mussten. Seine stets hart arbeitende Mutter Sarah hatte die Hände gerungen, als sie ihnen die Neuigkeiten überbracht hatten. Sie hatte Jack und Pip gebeten, doch »einmal darüber nachzudenken«. Mit dem Geld aus dem Verkauf des Anwesens könnten die Rodgers Jack und Pip helfen, irgendwo anders einen Neuanfang zu wagen.

Jacks großer und überaus stämmiger Vater Max, der beinahe das gesamte Wohnzimmer des Cottages einnahm, verlagerte sein Gewicht von einem Bein aufs andere. »Junge …« Er schüttelte den Kopf, auf dem sich bereits eine Glatze zu bilden begann, und kniff besorgt die Augen zusammen. »Ich weiß, dass Pip und du uns auszahlen wollt. Und wir *wollten* ja warten.« Er seufzte. »Aber dieses Angebot … Nicko hat auch einen Blick darauf geworfen …«

»Na toll«, unterbrach Jack ihn. »Und was sagt mein cleverer älterer Bruder dazu, der auf der anderen Seite der Erde in seinem schicken Büro hockt? Das würde ich wirklich zu gerne wissen.«

Es stellte sich heraus, dass das Weinbaukonsortium plante, Ashfield House in ein Luxushotel mit einem marmorgetäfelten Bistro und einem eigenen Bereich für Weinverkostungen umzubauen. Pip und Jack hatten einfach nicht das nötige Kapital, um sich einem solchen Angebot entgegenzustellen – wie sollten sie dagegen ankommen?

Jack musste also schnell reagieren und Veränderungen in Angriff nehmen. Einen Finanzier finden. Was bedeutete, dass er in die Toskana reisen musste, um zu sehen, wie die Trauben dort geerntet und gekeltert wurden, wie lange man die Schalen in den Fässern ließ, um die besondere dunkelrote Färbung des Weines zu erzielen, und wie man verschiedene Hefen verwendete, um bestimmte Geschmacksrichtungen zu erhalten.

Wenn er Ashfield House schließlich übernahm, sollte eine Mischung aus Innovation und alten toskanischen Keltertechniken die Kassen zum Klingen bringen. Besserer Wein. Mehr Profit.

Wie sollte er die Finanzen sonst in den Griff bekommen, ohne dass sein Bruder seine schmierigen Finger im Spiel hatte?

»Du zuerst, ich halte das Boot.« Will drückte das silberfarbene Boot an seinen Oberschenkel, während Jack sich hineinschwang. Jack wartete, bis Will am Bug Platz genommen hatte, bevor er den Motor startete und sie über die Wellen dahinglitten.

Er warf einen Blick zurück auf Pip, die nach vorn gebeugt den schlammigen, unebenmäßigen Sand beäugte und mit einem Stück knorrigem Treibholz darin herumstocherte. Es war etwas anderes als das Rohr zur Probenentnahme, das sie sonst immer mit sich herumschleppte. Ihr Arbeits- und Studienplan war so unflexibel wie die Gezeiten, aber seit sie den ersten Teil ihrer Doktorarbeit fertiggestellt hatte, war sie ruhelos geworden. Er hörte oft, wie sie mitten in der Nacht den kleinen Flur des Cottages auf und ab wanderte, wenn sie dachte, er würde schlafen. Oder sie rollte sich im Bett auf die andere Seite und tat so, als würde sie schlafen, obwohl ihr scharfer, flacher Atem ihm etwas anderes verriet.

Ein Urlaub würde ihr guttun, so viel war sicher. Er konnte einfach nicht verstehen, warum sie so irritiert – und sogar ein wenig verärgert – reagiert hatte, als er ihr von der Italienreise erzählt hatte.

Jack grinste, als Will begann, die Angelruten aufzuteilen und die Ausrüstung zu überprüfen. »Warte lieber noch, bis wir um die Ecke sind, Will. Du willst doch nicht, dass sich ein Angelhaken in deinen begnadeten Händen verfängt, oder?« Er gab etwas mehr Gas, um seinen Standpunkt deutlich zu machen.

»Meine Hände sind nicht *begnadet,* Jack. Sie leisten ehrliche Arbeit!«

»Ha! Arbeit! Hast du eigentlich den Sandkasten fertig gebaut? Wenn das so weitergeht, macht Chloé vorher noch ihren Führerschein. Wollte Megs nicht, dass der Garten *vor* Chloés Geburt fertig wird?«

»Ich arbeite daran«, sagte Will und lachte. »Nur keine Eile.«

»Ja klar. Und deine Hände sind so weiß wie Bettlaken. Die sind wohl noch nie im Leben mit Dreck in Kontakt gekommen.«

»Ich nehme das als Kompliment. Und außerdem werde *ich* nachher den Tintenfisch ausnehmen, okay?«

»Aye, aye, Herr Doktor! Ich hoffe, du leistest bei deinen Patienten bessere Arbeit als …«

Der Rest des Satzes wurde von einem Windstoß davongetragen. Jack atmete ein weiteres Mal tief ein, wappnete sich gegen den eisigen Wind und nahm direkten Kurs auf das offene Wasser. Er hatte noch nie gehört, dass Pip sich über einen Sonnenbrand, Graupelschauer oder den eisigen Wind beklagt hätte – und sie blieb auch nie morgens länger im Bett. Kein einziges Mal.

Er musste sich besser abhärten. Jack wusste nicht, an wie vielen Tagen Pip vor der Morgendämmerung aus dem Bett gesprungen war, um noch vor der Flut am Strand zu sein. Und sie war immer dem Wetter entsprechend gekleidet: Im Winter trug sie einen sieben Millimeter dicken Neoprenanzug, eine Kapuzenjacke und feste Stiefel und im Sommer einen Ganzkörperbadeanzug, damit die tasmanische Sonne ihre helle Haut nicht verbrannte.

Er liebte es, wenn Pip nach Sonnenuntergang mit einem Eimer voll heimischer Muscheln oder Pipis fürs Abendessen nach Hause kam – oder, wenn er Glück hatte, sogar mit einigen kleinen Austern oder Miesmuscheln. Manchmal tauchte sie auch an ihrem »Geheimplätzchen« vor einer Felszunge nach Abalonen, doch lieber ließ sie die Tiere in Ruhe. Sie befürchtete, dass auch andere Taucher dort einfallen würden, wenn sie die genaue Position preisgab.

Pip bearbeitete das Fleisch der Abalonen immer mit einem Hammer und schnitt es anschließend so dünn, dass es beinahe durchsichtig war. Danach briet sie es auf seiner Campingplatte scharf an und rundete das Gericht mit einem Spritzer Zitrone ab. Es war magisch. Sie machte dasselbe auch mit den riesigen Jakobsmuscheln, die allerdings erst nach Ostern Saison hatten – abgesehen von der Sache mit dem Hammer.

An solchen Abenden tranken sie ein paar Flaschen Bier oder Cider zum Essen und saßen auf der Holzveranda, von der aus man das Weingut überblickte. Pip erzählte dann, ohne Luft zu holen, von ihren Proben und spekulierte über die Ergebnisse. Fragte ihn nach seiner Meinung. Sie redeten gemütlich über alle Mögliche, und Pip legte den Kopf in den Nacken und musste immer herzhaft lachen, wenn er versuchte, die Namen der verschiedensten in der Gezeitenzone lebenden Tiere richtig auszusprechen. Polychaete-Würmer. *Anapella cycladea.*

In den letzten Monaten im Labor hatte sie jedoch jegliche Energie verloren. Erst gestern Abend hatte sie ihn angefaucht, als er ihr angeboten hatte, sich ihre Resultate anzusehen. Er hatte Steaks gegrillt, während sie über den Küchentisch gebeugt dasaß, ihre Daten analysierte und ihn einfach ignorierte. Als er den Tisch gebaut hatte, hatte Pip gelacht und gemeint, dass er viel zu groß für die winzige Küche in ihrem Cottage wäre. Kurz darauf hatte sie jedoch mit einem Wasserglas voll Rosmarin, den sie im Gemüsegarten seiner Mutter gepflückt hatte, Anspruch darauf erhoben, und nun war der Küchentisch zu ihrem Lieblingsarbeitsplatz geworden.

Seit Pip von der Feldarbeit zur Laborarbeit übergegangen war und – er verzog das Gesicht – *vor allem*, seit sie dem Hochzeitstermin zugestimmt hatte, hatte es keine solch gemütlichen Abende mehr gegeben. Pip war fest entschlossen, ihre Arbeit noch vor der Hochzeit fertigzustellen, obwohl es Probleme mit den Daten gab und sich das Arbeitspensum somit erhöht hatte. Warum konnte sie ihre Arbeit nicht einfach nach der Hochzeit abgeben?

Jack atmete tief ein. Es ging um Pips Abschluss. Und sie würden ja bald heiraten, nicht wahr? Außerdem stand der Winter bevor. Vielleicht nahm er die Sache zu persönlich? Sobald die Sonne wieder schien, würden auch die Wochenenden zurückkehren, an denen sie entlang des Grates in die Wineglass Bay wanderten, um dort zu zelten und um Mitternacht nackt ins Wasser zu springen.

Er warf einen Blick zurück auf Pip, die von dem Licht, das auf die Klippen fiel, eingefangen wurde.

»Alles okay?«, brüllte Will, um den Wind zu übertönen. »Du warst eine Minute lang wie weggetreten. Und ich dachte,

Megs und ich hätten Probleme. Der Schlafmangel und so. Wartet bloß, bis ihr beide ein Baby habt.«

»Das kann noch dauern. Pip hofft auf eine Forschungsstelle, und ich werde nächstes Jahr auf dem Weingut eine Menge um die Ohren haben. Mit dem Aufbau einer neuen Kellerei. Es sieht so aus, als müssten wir beide sehr viel mehr Projekte annehmen als geplant, wenn wir Ashfield House zum Laufen bringen wollen. Mein verdammter Bruder rät Mum und Dad ständig, das Angebot des Konsortiums anzunehmen.«

»Dann kommt Nicko also nicht nach Hause?«

»Machst du Witze? Glaubst du, er will sich jetzt noch die Hände schmutzig machen, nachdem er gerade erst sein Eckbüro bei Goldman Sachs bezogen hat?«

»So wie ich, meinst du?«

»Ha. Nein, Mann. Du *versuchst* es wenigstens! Nicko bleibt wohl für immer in New York. Außerdem würde Wei niemals hierherziehen.« Jack schnaubte. Nachdem sein älterer Bruder eine Greencard bekommen hatte und mit der bekannten New Yorker Anwältin Wei Cohen liiert war, würde er sicher nie wieder nach Hause zurückkehren.

Jack erhob die Stimme, um den Wind und den röhrenden Motor zu übertönen. »Er hat mir gestern Abend eine Nachricht geschickt …« Er holte sein Telefon aus der Gesäßtasche und scrollte durch die Nachrichten, bis er die richtige gefunden hatte. *»Jack, du bist verrückt! Ich habe mit Mum und Dad gesprochen und ihnen gesagt, dass das Angebot einfach zu gut ist. Kauf dir doch ein anderes Stück Land. Ich werde dir helfen. Ruf mich an.«*

Will verzog das Gesicht. »Das ist echt hart. Ich meine, ich kann mich noch daran erinnern, wie du die ersten Weinstöcke dort gepflanzt hast. Wie lange ist das jetzt her? Sieben oder acht Jahre?«

Jack schüttelte den Kopf. »Es hat mich einiges an Überzeugungsarbeit gekostet, meinen Vater dazu zu bringen, auf dem Weideland Pinot Noir und Chardonnay anzubauen. Ich meine, immerhin hatte er bis dahin noch nie von Sangiovese gehört.« Jack lächelte verzagt. »Ich weiß, dass man sich auf nichts verlassen kann, aber ich dachte, dass ich – oder besser gesagt *wir* – wenigstens die *Chance* bekommen würden, meine Eltern auszubezahlen.«

»Das tut mir echt leid für dich, Jack«, sagte Will. »Es ist ein herber Schlag.« Er rutschte in die Mitte der Bank, sodass das Boot stabiler im Wasser lag. »Ich meine, wie sollt ihr beide gegen ein verdammtes Konsortium ankommen?«

»Genau! Wir haben keine Chance. Ich schätze, Nicko hofft, dass bei dem Verkauf die Anzahlung für ein Wochenendhaus auf den Hamptons herausspringt.« Jack lachte bitter. »Es wäre mir egal, wenn wir für immer in dem Cottage bleiben und das große Haus vermieten müssten. Am liebsten würde ich schon morgen eine Familie gründen – Chloé ist einfach großartig!« Jack lächelte, atmete tief ein und genoss die salzige Luft. »Aber Pip möchte zuerst ihre Arbeit fertigstellen. Und sie macht sich schreckliche Sorgen, dass sie am Ende doch keine Forschungsstelle bekommt. Wer's glaubt!«

»Ha! Das erinnert mich an ihre Schwester. Die beiden sind sich manchmal so ähnlich.«

Jack lachte und nickte zustimmend. »Aber ich werde Pip lieber nicht verraten, dass du das gesagt hast. Das würde sie furchtbar wütend machen.«

»Ja, das glaube ich auch.« Will grinste. »Aber jetzt lass uns Gas geben, bevor das Wetter umschlägt. Mal sehen, ob wir ein paar Plattköpfe erwischen. Falls der Wind bis zum Sonnenuntergang abflaut, habe ich auch noch die große Taschenlampe und die richtigen Köder dabei, um Tintenfische zu fangen. Ich habe erst letzte Woche ein paar schöne Exemplare erwischt. Wir haben sie mit etwas Chili, Petersilie und Weißwein gegrillt. Köstlich.«

»Das klingt großartig!«, erwiderte Jack und starrte hinüber zu Pip, deren Arme bis zu den Ellbogen im Sand steckten. Sie wirkte vollkommen entspannt in der immer schwächer werdenden Nachmittagssonne.

Aber warum hatte er trotzdem das Gefühl, dass noch viel mehr Probleme im Anmarsch waren als die Sturmwolken am Horizont?

Kapitel 4

Tasmanien, April 2014

Pip spürte, dass Jack sie beobachtete, während er mit Will das Boot zu Wasser ließ, doch sie vermied jeglichen Blickkontakt. Die beiden würden so lange unterwegs sein, wie die Bierflaschen an Bord reichten, und sie wollte die Abenddämmerung für sich allein haben.

Mit den Fingerspitzen zeichnete sie die Wellen im geriffelten Sand nach und hielt nach verräterischen kleinen Löchern und Blasen Ausschau, bevor sie ihren Arm in den Schlamm steckte und eine Handvoll Sand an die Oberfläche beförderte. Sie verteilte den Sandklumpen mit dem Fuß und holte ein paar karamellfarbene schmetterlingsförmige *Electroma papilionacea* heraus, die sie zu den Muscheln in ihrem Eimer warf. Die Sonne ging bald unter, und die Wolken wurden dunkler und nahmen Fahrt auf, als der kalte Wind stärker wurde. Ihre Wangen begannen zu brennen.

Der Motor von Wills kleinem Boot dröhnte einige Augenblicke lang zwischen den Sandsteinklippen, als die Männer Gas gaben und aufs offene Wasser fuhren. Pip hielt inne und lauschte dem Wind, der die Eukalyptuszweige am Strand hin und her peitschte und zum Singen brachte. Der starke Geruch wurde von der schweren Luft abgeschwächt, die Regen verhieß.

Pip warf einige weitere Pipis in ihren Eimer. Letzte Woche hatte Jack sie nach dem Besuch seiner Eltern in die Arme genommen, sanft ihre Schultern massiert und ihr vorgeschlagen, ihre Doktorarbeit zu verschieben, bis sie aus Italien zurück waren und die Übernahme geregelt war. »Es werden doch sicher bald wieder neue Forschungsgelder bereitstehen, nicht wahr? Ich meine, Imogen sagte doch, dass sie es nicht genau wüsste, oder?«

Eine Mischung aus Wut und Angst breitete sich in ihr aus, und ihr Magen krampfte sich zusammen. Pip biss sich auf die Lippe und verbarg ihr Gesicht in seinem grauen T-Shirt, damit er nicht sah, wie verletzt sie war. Wurde sie langsam verrückt? War ein bisschen Zeit, um ihr Studium abzuschließen, denn wirklich zu viel verlangt?

Pip verstand, dass Jack inmitten dieser Hügel, die den Kanal überblickten, tiefe Wurzeln geschlagen hatte. Er hatte nicht vor, fortzugehen. Aber warum erwartete er, dass Pip ihre Forschungsarbeit – und ihre Träume – seinem Zeitplan unterordnete? Das war einfach nicht fair. Aber wie konnte sie ihm begreiflich machen, dass seine Ziele nicht immer Priorität in ihrer Beziehung haben würden?

Pip war neun Jahre alt und stand auf dem dichten grünen Rasen in der Mitte eines alten Kolleghofes der Melbourne University. Die Torbögen aus Sandstein waren komplett von Efeu überwuchert, und die Luft roch nach Blauregen. Es war wie in einem geheimen, üppigen Garten inmitten eines verzauberten Schlosses.

Ihr Vater David trug einen kirschroten Talar mit olivfarbenem

Kragen und ausladender Kapuze und lächelte breit. Er schwenkte die Schriftrolle mit seiner Promotionsurkunde der Mikrobiologie über dem Kopf, sodass das Sonnenlicht darauffiel, während andere Erwachsene auf ihn zukamen, ihm auf den Rücken klopften und etwas von einem »Durchbruch« und »riesigen Errungenschaften« vor sich hin murmelten.

Trotz der Aufregung nahm David schließlich seinen weichen schwarzen Samthut mit der hübschen kirschroten Quaste ab und stülpte ihn über Pips Locken. Er rutschte ihr ins Gesicht, sodass sie kaum etwas sehen konnte, und als sie ihn zurückschob, kniete sich ihr Vater vor ihr nieder, um ihr in die Augen zu sehen, die genauso grün waren wie seine.

»Pip, mein Liebling«, flüsterte er. »Man ist nie zu klein, um große Träume zu haben. Arbeite hart – und nutze dieses kreative Gehirn hier.« Er tippte ihr mit dem Finger auf die Stirn, und sie kicherte. Dann wurde seine Stimme ernst, und er drückte ihre Schultern. »Liebling, versprich mir, dass du dafür sorgst, dass deine Zeit auf dieser kostbaren Erde etwas zählt. Dieser Doktor ist für dich.«

Pip nickte feierlich, bevor Megs auf sie zugeschossen kam, sich den Hut schnappte und ihn auf ihren makellosen schwarzen Bob drückte.

»Daddy, sieh mich an!«, rief Megs mit wie üblich herrischer Stimme. »*Ich* bin diejenige, die auch einmal einen Doktortitel bekommen wird. Pip sammelt bloß Muscheln. Aber auf ihrem Fensterbrett ist gar kein Platz mehr für all die stinkenden Schalen!«

Ihr Dad war mittlerweile der wissenschaftliche Dekan der Universität. Wie sollte Pip die Enttäuschung in seinen stechenden grünen Augen aushalten, wenn sie es nicht einmal schaffte, ihre Promotion abzuschließen? Sie ließ die Finger erneut über den Sand gleiten und brachte die kalten Luftblasen, die an die Oberfläche stiegen, mit ihren Fingern zum Platzen.

Das Dröhnen des Motors hallte durch die Bucht und übertönte das Geräusch der Wellen, die gegen die Felsen schlugen, und das Kreischen und Zirpen der Vögel in den dunklen Pfefferminzbäumen am Ufer.

Pip war dankbar für den Wind, der einen Hauch Eukalyptus und den satten Geruch der Herbstakazien und Blüten mit sich brachte. An heißen Tagen konnte die Stinkpot Bay ihrem Namen durchaus Ehre bereiten – nämlich dann, wenn der Schwefelwasserstoff, der unter dem Sediment lagerte, an die Oberfläche drang.

Auch wenn sie die wissenschaftlichen Grundlagen kannte, war das Watt dennoch magisch. Und es barg so viele Geheimnisse.

Wenn die Flut sich zurückzog, schien es unermesslich, hässlich und von Pockennarben übersät, doch es war vor den hohen Wellen des Ozeans geschützt und bot somit einen Lebensraum für zahlreiche Fische, Weichtiere, Krustentiere und Vögel. Einige von ihnen, wie etwa der auffällig gepunktete Handfisch oder der gelbe, lebendgebärende Seestern mit den fünf Armen, wagten sich nie aus ihren winzigen Höhlen und Zufluchtsorten entlang der Sandsteinküste hinaus.

Pip war zum ersten Mal als junge Studentin mit ihrem Professor für Zoologie hier gewesen. Jim Grant war ein fröhlicher Mann mit einem rosigen Gesicht, das er dick mit weißer Zinkcreme einschmierte und mit einem breitkrempigen mexikanischen Strohhut schützte, sobald er vor die Tür trat. Er war genauso unförmig wie seine geliebten irischen Rooster-Kartoffeln und trug das ganze Jahr über ausgebeulte Shorts.

Obwohl sein Körper nicht dazu geeignet schien, unter der sengenden tasmanischen Sommersonne zu arbeiten, zeigte Professor Grant Pip, wie man heimische Angasi-Austern im Watt aufspürte. Ihre braunen Schalen wirkten mit den terrassenförmigen Erhöhungen wie Relieflandkarten, und man konnte sie ganz einfach mithilfe einer anderen Muschelschale öffnen. Der Professor zeigte Pip die Stellen, wo die Pazifischen Felsenaustern – *Crassostrea gigas* – die Küste in Beschlag genommen hatten. Er durchwühlte riesige Haufen aus Muschel- und Austernschalen und bemühte sich dabei, die uralten handtellergroßen Werkzeuge nicht zu zerstören, die die Menschen des Mouheneener-Stammes bei ihrer Suche nach Proteinen benutzt hatten.

Die Aborigines kannten die Muster, denen das Meer und das Watt folgten. *Symbiose.* Pip selbst war eine fremde Spezies, doch sie fühlte sich hier im Watt – auf der Schwelle zwischen Wasser und Land – seltsamerweise zu Hause. Ein Hochgefühl ergriff sie. Sie gehörte hierher.

Professor Grant jubelte, als er eine seltene Gunn's-Meeresschnecke entdeckte, und verzog das Gesicht, als sein Blick auf eine invasive Neuseeland-Meeresschnecke und die ebenso gefährliche europäische Venusmuschel fiel. Sein irischer Akzent überrollte die lateinischen Vokale wie eine riesige Welle: *Gazameda gunnii, Maoricolpus roseus, Varicorbula gibba.*

»Philippa«, meinte er. »Ihre Generation muss erneut nach Mustern suchen. Sehen Sie genau hin, mein Mädchen! Dieser Muschelhaufen erzählt Ihnen eine Geschichte, doch Sie müssen *allen* benthischen Wirbellosen Gehör schenken – den Krabben, den Muscheln und den Seesternen. Sie alle leben hier in diesem Watt und bewegen sich nicht gerne vom Fleck. Studieren Sie die Nährstoffe im Sediment, zählen Sie die

Tiere, lenken Sie wie ich Ihre Aufmerksamkeit auf die gefährlichen invasiven Spezies. Das alles wird Ihnen zeigen, in welchem Ausmaß sich die Welt verändert. Haben Sie schon einmal darüber nachgedacht, was passieren wird, wenn der Meeresspiegel auch nur um vier Zentimeter steigt?« Er schüttelte den Kopf und versenkte seine Zehen im Sand und Schlick.

Pip nickte. Sie dachte über fast nichts anderes mehr nach.

»Ich bleibe jedenfalls hier.« Jim lächelte. »Einige Grad Erderwärmung, und in Tasmanien herrscht das perfekte Klima. Es braucht schon mehr als den Klimawandel, um mich nach Irland zurückzubringen.« Er erschauderte übertrieben.

Pip suchte nach einer Möglichkeit, mehr Zeit im Schlickwatt zu verbringen, und begann, sich für den Naturschutz entlang der Küste zu begeistern – und noch mehr für einen der anderen freiwilligen Helfer.

Im darauffolgenden Sommer arbeitete sie schließlich zwei Wochen lang mit Jack Rodgers zusammen, um die Schwalbensittiche zu zählen, die um die Stinkpot Bay brüteten. Schwalbensittiche waren eigentlich recht einfach zu finden. Die Freiwilligen mussten lediglich dem hohen, melodischen Zwitschern folgen, das von den Ästen einer Handvoll gefleckter Blauer Eukalyptusbäume herunterschallte. Dann hielten sie nach dem Aufblitzen limetten- und smaragdgrüner Federn mit einem Fleckchen Rot unter dem kleinen Schnabel Ausschau. Die hübschen Schwalbensittiche fraßen sich an den tasmanischen Blüten satt, bevor die kühleren Winde sie zurück nach Victoria und New South Wales trieben, wo sie es sich im Herbst in den eher kärglichen Eukalyptuswäldern des Festlandes gemütlich machten.

Zunächst verstand Pip nicht, warum der Surfer mit den

dunklen, verwegenen Haaren nicht die eisigen Wellen nahe Point Arthur eroberte. Warum um alles in der Welt war er stattdessen hier und zählte Schwalbensittiche?

Es stellte sich bald heraus, dass er im Nebenfach Biologie studiert hatte. Aber warum war sie diesem stattlichen Exemplar von Mann nie in Vorlesungen begegnet? Er erklärte ihr, dass er die ersten zwei Jahre dank eines Ruder-Stipendiums an der Melbourne University verbracht hatte. Später gestand er ihr, wie eingeengt er sich auf dem schlammigen Yarra River gefühlt hatte, bei dem aufgrund seiner starken Strömungen oft das Unterste nach oben gekehrt wurde, und wie sehr er sich nach der Weite und der Rauheit des Kanals gesehnt hatte. »Den verdammten Wind habe ich allerdings nicht vermisst«, meinte er lachend, während er sich die Arme um den Körper schlang und auf und ab hüpfte, um sich warmzuhalten.

Als die Dämmerung heraufzog, richtete Pip den Blick auf die warmen goldenen und orangefarbenen Lichtwirbel auf den Klippen. Ihre Augen schmerzten. Sobald sie die neuen Testreihen abgeschlossen hatte, konnte sie weiter an ihrer Arbeit schreiben – die Einleitung und Erläuterung ihrer Methoden waren ohnehin bereits fertig. Sie würde Imogens Zeitvorgabe einhalten, doch Italien musste warten. Ihre Arbeit stand dieses Jahr für sie an erster Stelle. Während sie den Wellen lauschte, die über eine nahe gelegene Felsnase schwappten, ging sie die Kapitel wie ein Mantra durch: »Räumliche Abweichungen«, »Saisonale Abweichungen« – immer und immer wieder.

Hatte sie genug Forschungsergebnisse? Würde sie es schaffen, noch vor der Hochzeit fertig zu werden?

Sie drehte sich um, warf einen Blick auf das immer dunkler werdende Wasser des breiten Kanals und suchte den Horizont nach einem silberfarbenen Fleckchen ab. Das Zirpen der Zikaden verriet Pip, dass es bald dunkel werden würde und auch die Flut nicht mehr weit war. Ihr roter Eimer war halb voll mit größeren Muscheln – *Katelysia scalarina* –, und sie schätzte, dass sie einige Kilogramm gesammelt hatte. Genug fürs Abendessen.

Sie hob eine der kleinen, gleichmäßigen Muscheln heraus und ließ ihre Finger über die gelben Rillen gleiten, sodass sich die Muschel zusammenzog. Vielleicht wurde es Zeit, dass sie ihrem Beispiel folgte.

Kapitel 5

Château de Boschaud, Mittsommer 1487

Artemisia senkte seufzend den Kopf und versuchte, es sich mit dem Rücken an den knorrigen Ästen der Quitte bequem zu machen, die sich um die Laube rankten. Ihr Rücken und ihre Füße schmerzten, und sie musste sich einen Moment lang ausruhen. Warum waren diese sogenannten Rückzugsorte eigentlich immer so ungemütlich? War Gott ein solcher Geizkragen, dass er unbedingt wollte, dass sich jedem, der seine Schöpfung bewunderte, Dornen ins Fleisch gruben?

Abt Roald schien der Meinung zu sein, Leid wäre heilig und recht. Doch die Damen des Châteaus merkten nichts davon, denn sie trugen gepolsterte Kleider und hatten genügend Fleisch auf dem Rücken und am Gesäß. Womöglich spürten sie gar nicht, wie sich die knorrigen Äste durch ihre Kleider bohrten, während sie hier saßen und stickten oder beteten.

Artemisia war bereits eine langgediente Dienstmagd – auch wenn sie ihr genaues Alter nicht kannte. Sie hatte vor sieben langen Sommern zum ersten Mal geblutet und war somit tatsächlich das *Weib,* als das Abt Roald sie gestern zischend bezeichnet hatte, während sie versuchte, ihre Kupfertöpfe, die größer waren als ein ganzes Schwein, auf die breite Granitbank zu wuchten.

Heute hatte Artemisia furchtbare Rückenschmerzen, die ihr jeden Tag ihres langen Dienstes in Erinnerung riefen.

Artemisia hatte als Waisenkind Zuflucht im Château de Boschaud gefunden, nachdem sie der gütige Abt Bellamy halb verhungert und verdreckt im Kastanienwald gefunden hatte, wohin er aufgebrochen war, um die ersten Frühlingspilze zu sammeln. Sie durfte auf einem Strohbett in der Scheune schlafen, und um für ihre Unterkunft aufkommen zu können, lernte sie die Kunst des Kochens – und zahllose Flüche –, indem sie sich an den Kittel der alten, buckeligen Hildegard klammerte.

Zusammen arbeiteten die beiden in der Küche, streiften durch die Gärten und Obstplantagen und durften sogar in Abt Bellamys geliebten Heilmittelgarten.

Der Abt erklärte seinem jungen Mündel, dass die Pflege eines Gartens Aufgabe der Mönche war, denn Gott selbst hatte es in seinem Ersten Buch verkündet: *Und Gott der Herr nahm den Menschen und setzte ihn in den Garten Eden, dass er ihn baute und bewahrte.*

Abt Bellamy erteilte seinen Mönchen freundliche Ratschläge, sodass sie seiner Pflanzordnung folgten. Nach dem Allerheiligenfest im November wurden die Ackerbohnen gesät und der abgestorbene Salbei entfernt. Salbei, Lavendel, Pfefferkraut und Minze wurden – abhängig vom Frost – nicht vor Februar gepflanzt, und Lauch und Salatsamen kamen von März bis zum Mittsommerfest in die Erde. Nelken wurden schließlich im Oktober, um den Namenstag des heiligen Remigius von Reims, eingesetzt oder im März für eine zweite Ernte.

Manchmal gesellte sich der Abt nach seinen Gebeten zu ihnen, zeigte Artemisia, wie man die Sonnenuhr las, oder schlug vor, dass sie sich einen Augenblick auf einem Grashügel in einer sonnigen Ecke niederlassen sollte, um sich zu besinnen. Er zeigte auf den runden Spiegelteich in der Mitte des Gitternetzes aus Beeten und meinte, dass diese Symmetrie – diese *Schönheit* – von Gottes Schaffen inspiriert worden war. Manchmal pflückte Abt Bellamy auch eine weiße Rose, auf der noch die Tautropfen schimmerten, und überreichte sie Artemisia mit einem breiten Lächeln. »Eine Rose am Morgen ist das Sinnbild der Perfektion, Artemisia. Sieh dir nur die Kirchenfenster an. Sie ist ein Sinnbild des Lebens. Der Makellosigkeit. Seines Werkes. Wir sollten dankbar für solch himmlische Schönheit sein.«

Abt Bellamy verschrieb sich mit ganzem Herzen seiner täglichen Routine und ermutigte seine Mönche, dasselbe zu tun: Morgenlob, Bibelstudium und -abschrift, die Pflege des Gartens und schließlich die Vesper. Er pflegte seine Kräuter liebevoll und studierte sie sorgfältig. So bat er Artemisia oft, sie bereits im Morgengrauen zu pflücken, damit er weitere Zeichnungen seinem klösterlichen Herbarium hinzufügen konnte.

Der Abt lehrte Artemisia und den jungen Erben von Boschaud das Lesen und Schreiben. Die beiden Kinder saßen gemeinsam in dem schattigen Kloster, rezitierten Gebete, übten Geometrie und lernten, die Zu- und Abgänge des Vermögens zu errechnen, das der junge Herr einmal erben würde. Der hellhäutige, blonde Junge mit dem frechen Grinsen saß zurückgelehnt und mit den Füßen auf dem Tisch da, während er mit einem aus Zweigen und einem Zwirn gebastelten Schwert nach Fliegen schlug. Oder er machte sich heimlich auf den Weg, um winzige braune Kaulquappen zu fangen und sie in seinen Samttaschen zu verstecken.

»Ich werde nicht für immer hier sein, mein junger Herr. Ihr müsst Euren Pflichten nachkommen. Hier in diesen Mauern gibt es viele Menschen, die sich auf Euch verlassen werden, wenn Ihr erst der Herr des Hauses seid«, erklärte Abt Bellamy und malte neue Zahlen auf das Pergament.

Der Junge kicherte und sah Artemisia mit zusammengekniffenen Augen an. »Ich habe doch Artemisia. Sie kann ohnehin besser rechnen als ich. Du wirst mir doch helfen, nicht wahr?«

Artemisia wurde rot und sah den Abt an. Wie konnte ein Mädchen, das auf einem Strohbett schlief, einem Kind helfen, das in Samt gehüllt wurde? Sie waren in etwa gleich groß und die Schultern des Herren waren breiter, doch Artemisia verspürte das seltsame Verlangen, diesen sorglosen sommersprossigen Jungen zu beschützen, der seine Tage damit verbrachte, das Gesicht in die Sonne zu halten, auf Bäume zu klettern und Hasen mit Pfeil und Bogen zu jagen.

Der Abt seufzte und verdrehte die Augen gen Himmel, als der Knabe nach seinem kleinen Holzschwert griff und es erhob. Dann lief der junge Herr davon, um an seiner Beinarbeit zu arbeiten und im Obstgarten seiner Fantasie entsprungene Drachen und niederträchtige englische Ritter zu erschlagen.

»Macht Euch keine Sorgen«, rief er über die Schulter hinweg, und seine Worte zogen sich wie ein Band durch die Sommerluft. »Artemisia wird sich darum kümmern – sie wird für immer hierbleiben.«

Artemisias Haut begann zu prickeln, und sie schloss die Augen und sprach ein Gebet zum Herrgott. Sie hoffte, dass der Junge recht hatte – sie war dankbar für ihr Bett in der Scheune und die Arbeit in der Küche. Es war mehr, als ein verdrecktes Findelkind wie sie sich jemals erträumen konnte.

Im Laufe der Jahre begann die junge Artemisia, Abt Bellamy, der immer erschöpfter wirkte und dessen Augen immer schlechter wurden, bei der Überprüfung und Berechnung der Bücher des Châteaus zu unterstützen – einschließlich sämtlicher Bestellungen für Hildegards Küche. Sie schrieb die Rezepte für die Heilmittel des Abts säuberlich nieder, damit Hildegard sie zubereiten und an die Mönche und Hofleute verteilen konnte. Darunter auch jenes für seinen bekannten *Tizanne doulce,* einem Kräutertee aus ungeschälter Gerste, Feigen und Süßholz, die man zusammen kochte, bis die Gerste aufbrach, und danach durch ein Leinentuch goss.

Aber natürlich begeisterte sich Artemisia am meisten für das wilde graue Kraut in der Ecke des Gartens, dessen zarte Zweige an einem frostigen Morgen schimmerten, um sich im Sommer dann doch stark und stolz in den Himmel zu recken. *Artemisia.* Der Abt selbst hatte darauf bestanden, sie auf diesen Namen zu taufen. »Ein Findelkind wie du gedeiht in vielen *Terroirs.* Artemisia ist die Mutter aller Kräuter – das Mutterkraut –, benannt nach der mächtigen griechischen Göttin Artemis, die in der römischen Mythologie Diana hieß. Sie wird dich beschützen, mein Kind. Verliere nie den Glauben daran.«

Mittlerweile waren zwei Winter vergangen, seit die Mönche mit ihren Spaten den gefrorenen Boden des Friedhofs aufgerissen hatten, um Abt Bellamys Körper neben der Familie Boschaud zur Ruhe zu betten. Sobald er in ein Leinentuch gewickelt in seinem Grab lag und die Erde auf seinen Körper fiel, wurde auch schon der junge Abt Roald vom Benediktinerkloster in Limoges entsandt.

Zusätzlich zu seinen Pflichten als Prior sollte Abt Roald auch sämtliche Rechnungen des Châteaus überprüfen und die Bücher führen. Abt Bellamy war der Schatzmeister, Seelsorger, Chronist, Armenpfleger und Apotheker des Châteaus gewesen – keine Aufgabe war dem gütigen alten Mann zu schwer oder zu herausfordernd erschienen. Er behandelte Herren und Bauern gleichermaßen. »Eine Seele ist eine Seele, Artemisia. Gott kümmert sich nicht um deine gesellschaftliche Stellung, mein Kind. Bloß darum, wie du dich in dieser Stellung verhältst.« Er wackelte mit dem Zeigefinger und lächelte. Es war schwer, ihm keinen Glauben zu schenken.

Unter Abt Roald wurde ein Großteil des Heilmittelgartens zerstört und durch Rebstöcke ersetzt. Er ließ Rosen an den Wurzeln aus der Erde reißen, um den Melonenanbau zu erweitern. Das Morgenlob sollte noch vor der Morgendämmerung stattfinden, und die Vesper dauerte nun doppelt so lange. Jeder Mönch und Bedienstete, der nicht erschien, wurde gnadenlos ausgepeitscht.

Doch schließlich schritt der Chevalier de Boschaud ein und befreite Artemisia und Hildegard von ihren Pflichten. Die beiden setzten die Tradition fort, die rauschendsten Feste im ganzen Süden auszutragen.

»Die Küchenbediensteten bleiben hier.« Der Chevalier de Boschaud deutete auf Artemisia. »Die Feuer sollen niemals ausgehen. Ich will Wildschwein, Hasen oder Federvieh, wann immer es mir beliebt.« Der Chevalier de Boschaud blinzelte mit seinen langen Wimpern und zog die Nase kraus, und einen Augenblick lang war er wieder der vorlaute Junge, der den Unterricht schwänzte.

Abt Roald verzog den Mund, als hätte er gerade an einer Zitrone gelutscht. Es war nicht ungewöhnlich, dass der Chevalier de Boschaud seinem obersten Jäger und dem Vorsteher sogar an einem strikten Bußtag befahl, die Pferde und die Männer für eine Jagd vorzubereiten – selbst wenn der Abt noch so vehement Einspruch erhob.

Als Artemisia den Herren näher betrachtete, sah sie die Ringe unter den Augen des jungen Mannes und die bleiche, milchige Farbe seiner Haut. Der glückliche, lachende Knabe war schon lange verschwunden, und an seine Stelle war ein kräftiger Mann getreten, dessen Schultern vom Gewicht des Kettenhemdes nach unten gedrückt wurden und der des Kämpfens müde war. Die Last, für all die Menschen innerhalb der Mauern zu sorgen, machte seine Haut dünner und seinen Schweiß sauer. Sie würde etwas frisches grünes Süßholz beiseitelegen und dem Chevalier de Boschaud einen guten *Tizanne doulce* und eine frische Brühe aus Mandelmilch und reichlich Zucker bereiten, wenn die Sonne am Zenit stand.

»Habt Ihr verstanden, Kaplan?«

Abt Roald schürzte die Lippen, nickte dem Herren zu und warf Artemisia im Verborgenen einen wütenden Blick zu. Sein Hals war um den Kragen rot angelaufen, sodass er zu seiner Kutte passte.

»Eine Sache noch …«

Abt Roald wandte seine Aufmerksamkeit erneut dem Chevalier de Boschaud zu.

»Ich will, dass sich Artemisia um die Küchenbücher kümmert. Sie kann selbst Waren bestellen, die sie für notwendig erachtet.«

»Aber mein Herr«, tobte Roald. »Wenn ich Euch hier widersprechen darf. Es ist wohl kaum angemessen, dass eine Köchin – eine *Frau* …«

Doch der Chevalier de Boschaud wollte kein Wort mehr von diesem schwitzenden, fetten neuen Abt hören. Er hob die Hand. »Genug. Sonst dürft Ihr zurück in das stinkende Rattenloch kriechen, das Ihr Kloster nennt, und die Führung unseres Klosters, der Kapelle und auch Eures Eckflügels in der alten Priorei einem anderen willigen Kandidaten überlassen. Ich bin mir sicher, dass sie nur zu glücklich wären, mir einen anderen Kaplan zu entsenden, wenn man bedenkt, wie viele Prioren dort versauern.« Er sah dem Abt in die Augen und wartete.

Abt Roald öffnete den Mund, um etwas zu erwidern, doch dann schloss er ihn wieder.

»Ich nehme an, die anderen im Kloster sind genauso befähigt, als Chronisten tätig zu sein. Nicht bloß, was die Abrechnungen betrifft, sondern auch bezüglich der Verantwortung für die Hausdienerschaft und die Verpflegung der Hofleute, wenn ich nicht hier bin. Soll ich nach einem von ihnen schicken lassen?«

Abt Roald senkte mit hochrotem Gesicht den Blick.

»Dann wohl eher nicht«, meinte Chevalier de Boschaud.

Schließlich wandte sich der Herr ab und schritt davon. Mit dem Schwert in der Hand und gefolgt von seinem dunkelhäutigen Vorsteher. Doch plötzlich hielt er noch einmal inne und wandte sich gerade genug um, dass Artemisia sein Profil erkennen konnte, als er befahl: »Und Kaplan, ich will, dass Ihr Artemisia bei jedem Vollmond die Abrechnungen übergebt. Ich will, dass sie sie überprüft – an meiner statt.«

Artemisias Kopf fuhr hoch. Aber dann sah sie das Funkeln in den braunen Augen des Herren, und einen Augenblick lang war er wieder der lebhafte Junge, der Drachen und Goldzeisige durch die Apfelbäume jagte. Natürlich würde sie tun, was er von ihr verlangte. Artemisia spürte, dass Abt Bellamys Erbe sie wie ein schützender Mantel umschloss. Dann sandte sie ein dankbares Nicken gen Himmel – bloß für den Fall.

Artemisia rieb ihren Rücken an den dunkelgrünen Blättern der Quitte und fragte sich, ob sie wohl auch bald einen Buckel wie Hildegard bekommen würde. Ihr Rücken war nach dem ständigen Bücken über Kupfertöpfe, dem Rühren, Hacken und Klopfen mürbe geworden. Die Hochzeitsvorbereitungen dauerten mittlerweile Wochen. In dieser Zeit war eine unendliche Anzahl an Flüchen auf den armen kleinen Küchenjungen Jacobus und auf Abt Roald eingeprasselt, der sie zwar mehr verdiente, aber natürlich kein Wort davon zu hören bekam.

Die kalten Steinfliesen in der Scheune, auf denen Artemisia neben Hildegard und Emmeline schlief, trugen ebenfalls nicht zur Besserung ihres Zustandes bei, egal wie viel Stroh sie unter ihr Laken stopfte. Ihre Knie und ihr Rücken waren dieser Tage so steif wie bei einem Leichnam, wenn sie sich noch vor dem Morgengrauen aus dem Bett stemmte, um die Feuer zu schüren. Sie spreizte die Hände und massierte sich einen Augenblick lang die Oberschenkel, wobei sie sich wünschte, etwas mit Arnika versetztes Nelkenöl zur Verfügung zu haben, das den Schmerz lindern würde. Sie betrachtete ihre Handflächen. Sie waren flach und breit, und ihre Finger waren voller Schwielen. Ihre Hände waren so zäh wie die Sohlen ihrer Schweinelederschuhe.

Sie nahm sich einen Augenblick lang Zeit, um dem Plätschern des Wassers zu lauschen, das aus dem Maul des schaurigen Steinlöwen in der Mitte des Teiches floss, und versuchte, den schrillen Gesang der Nachtigallen und das noch lautere Kreischen der Goldammer nicht weiter zu beachten. Nur die Süße der blauen Katzenminze und die Rosen vermochten sie aufzuheitern. Wenn die Sonne zur Sommersonnwende hoch am Himmel stand, würde die Hitze den Geruch der Blüten davontragen, sodass er über dem Anwesen verweilte, bis die Dunkelheit hereinbrach.

Artemisia rieb ihren Rücken erneut an der Quitte. In der Antike hatte man den Quittenbaum der Göttin der Liebe geweiht. Womöglich war es die Süße der gekochten Frucht, die die Menschen trunken vor Liebe gemacht hatte. Vielleicht hatte der Chevalier de Boschaud genau hier um Demoiselle Roses Hand angehalten. Dieser Ort war wohl genauso gut wie jeder andere, dachte Artemisia, während sie den Blick über den Garten schweifen ließ. Zumindest, wenn man den riesigen Löwen nicht weiter beachtete.

In den Schriften, die sie manchmal in ihrer Schürze aus der Bibliothek des Châteaus schmuggelte, stand geschrieben, dass Karl der Große angeordnet hatte, in jedem erhabenen Château Dutzende Quitten zu pflanzen. Eine Verrücktheit für die Reichen, denn immerhin konnte jeder Mensch nur eine begrenzte Menge an Konfitüre vertilgen. Und Karl der Große und seine Männer mussten auch nicht Stunden vor den riesigen Kesseln mit diesem verdammten Zeug verbringen und es mit einem Holzlöffel rühren, bis das klebrige Fruchtfleisch zu einem Brei geworden war und ihnen die Kleider schweißnass am Leib klebten.

Natürlich schmeckte die Konfitüre herrlich süß – manchmal nahm Artemisia etwas für sich selbst beiseite und strich sie auf ein ofenwarmes, weißes Brötchen –, doch es steckte auch harte Arbeit dahinter.

Im Dorf hatte sie Geschichten über Köchinnen aus dem Osten gehört, die ihre außergewöhnlich langsam gegarten Lammeintöpfe mit Quittenscheiben, Bockshornkleesamen, Knoblauch, Kreuzkümmel, Zimt, Piment und frischen Korianderblättern und -wurzeln verfeinerten. Vielleicht würde Artemisia das im Herbst, wenn die Mönche die Körbe mit der Ernte einbrachten, ebenfalls versuchen. Sie würde Andreas nicht nur nach dem Rezept fragen, sondern auch, ob er wusste, woher sie die Gewürze bekommen könnte, falls er sie nicht in seinem Laden im Dorf lagerte. Wie alle Rezepte, die Artemisia und Andreas teilten, musste auch dieses ein Geheimnis bleiben. Artemisia hatte gehört, dass manche Rezepte aus dem Osten das Herz schneller schlagen ließen und den Mund austrockneten.

Artemisia bückte sich, um etwas Schnittlauch, Schnittknoblauch, Katzenmelisse und Salbei zu pflücken, die um die Bank herum in der Laube wuchsen. Auch wenn es so aussah, als wären diese stark duftenden Kräuter ganz von selbst hier gewachsen, war es Artemisia gewesen, die sie im vergangenen Herbst unter die Quittenbäume gepflanzt hatte, um aufsässige Apfelwickler und die Larven der Kirschblattwespen zu vertreiben. Sie achtete darauf, die hübschen blauen und violetten Knospen nicht zu beschädigen, während sie die Zweige in ihrem Korb so anordnete, dass sie die wilden Erdbeeren darunter bedeckten. Es war ihr verboten, sich ohne die Erlaubnis des Abtes hinter die Gartenmauer zu begeben. Also hatte sie eine gute Ausrede benötigt, um die Küche zu verlassen, denn jeder wusste, dass man Erdbeeren am besten in der Morgendämmerung erntet.

Abt Bellamy hatte für die Untergebenen des Chevaliers de Boschaud gesorgt, wenn der Ritter längere Zeit unterwegs gewesen war, um sich gemeinsam mit den anderen Vasallen der Region auf einen Kampf vorzubereiten. Die Mönche, die im Kloster hinter der gegenüberliegenden Mauer lebten, waren Gärtner, Gelehrte und Schreiber und erledigten ihre Aufgaben liebevoll und gewissenhaft. Diese sanfte Zufriedenheit innerhalb der Mauern des Châteaus fand jedoch ein jähes Ende, als Abt Roald eintraf. Nun war der Garten sowohl Rückzugsort als auch Gefängnis.

Nachdem Abt Roald die Kontrolle über die Rechnungsbücher verloren hatte, hatte er sich stattdessen die Befehlsgewalt über die Hausbediensteten zu eigen gemacht. Es war nicht ungewöhnlich, dass Dienstmägde, Mönche und Gärtner zur Rede gestellt und geschlagen wurden, wenn dem Abt ihr Verhalten nicht behagte. Gehorsamkeit war der einzige Weg zur Vollkommenheit. Von Liebe wurde nicht mehr gesprochen.

Doch Artemisia wollte Abt Roalds schlechte Laune an diesem Hochzeitstag nicht herausfordern. Sie war fest entschlossen, Demoiselle Rose und dem Chevalier de Boschaud zu zeigen, wie viel Liebe es innerhalb dieser Mauern gab. Heute war der Mittsommertag, an dem das Hochfest Johannes' des Täufers begangen wurde – und es war ein Tag der Liebe und des Neuanfangs für alle.

Artemisias Herz machte vor Anspannung und Aufregung einen Sprung. Sie atmete tief und langsam ein und ließ die frische Morgenluft in ihre Lungen. Gestern Abend war sie die

Mauern entlanggeschlichen und hatte stark duftende Sträußchen aus Johanniskraut, Schafgarbe, Fenchel, Weinraute und Rosmarin daran befestigt, um während des Sonnenunterganges böse Geister abzuwehren. Außerdem hatte sie Demoiselle Roses Dienstmagd gebeten, ein gebundenes Sträußchen in der Jungfernkammer hoch oben im Turm zu verstecken.

Artemisia vertraute darauf, dass ihre hübschen Kräuterpäckchen heute ihren Dienst erfüllen würden.

Artemisias Kleid war feucht vom Morgentau auf den Feldern, und wenn Abt Roald sie so zu Gesicht bekam, wäre sie in großen Schwierigkeiten. Jeglicher Verstoß gegen das vorgegebene Erscheinungsbild war ein Zeichen der Respektlosigkeit gegenüber Gott, dem Heiligen Vater. Und sehr viel wahrscheinlicher auch eine Rechtfertigung für einen schnellen Schlag zwischen die Schulterblätter. Artemisia wusste, dass der Gott, mit dem Abt Bellamy sie vertraut gemacht hatte, ihr einen feuchten Saum im Tausch gegen ein paar saftige Erdbeeren verziehen hätte – doch dieser Herr war zusammen mit ihrem geliebten Lehrmeister von ihnen gegangen.

Also war Artemisia zum Morgenlob aufgestanden und hatte bis zur Morgendämmerung gewartet, um sich an der Wand entlang und durch das Tor in die Wälder zu schleichen, wo sie einen Korb voll winziger, rosiger Erdbeeren gesammelt hatte, die sich unter den braunen Blättern an den sonnigsten Stellen am felsigen Flussufer versteckten. Über jene Plätze, an denen die Beeren besonders üppig wuchsen, hatte Artemisia zum Schutz offene Weidenkörbe gestülpt. Sie hatte es satt, mit den Kaninchen und Hasen um die rosafarbenen Köstlichkeiten zu kämpfen. Sie hätte ihnen am liebsten das Fell über die Ohren gezogen – hätte sie es denn geschafft, sie einzufangen. Doch jetzt, wo sie darüber nachdachte, hingen ohnehin bereits zahllose Kaninchen in der Speisekammer. Der Chevalier de Boschaud und die Jagdgesellschaften der benachbarten Ländereien hatten sich in dieser Hinsicht als vollkommen unbarmherzig erwiesen.

Sie alle waren aufgrund der Hochzeit sehr in Eile, so viel war sicher. So sehr in Eile, dass Artemisia noch keine Möglichkeit gehabt hatte, mit dem Chevalier de Boschaud über einige Überbezahlungen für Wein und Fleisch zu sprechen. Die letzten Abrechnungen stimmten nicht mit ihren Bestellungen überein, doch als sie den Abt darauf angesprochen hatte, hatte er mit beiden Händen auf den Tisch geschlagen und Artemisia aus seinen Empfangsräumen und der Bibliothek geworfen.

Auf dem Rückweg durch den Wald hatte sie angehalten, um eine Handvoll wilden Sellerie, Nesseln, Gänsekraut und Hirtentäschel zu pflücken. Etwas Eisenkraut für das wöchentliche Bad des Abtes. Und zuletzt einen Becher voll tiefblauer Veilchen, die sie mit besonderer Freude erfüllten. Die kostbaren, zerbrechlichen, aber auch launischen Veilchen wurden zur Linderung von Angstzuständen verwendet. Und Veilchenbrühe half auch bei trockenem Husten. Sie würde noch heute etwas davon für Hildegard kochen, denn sie hatte es bis jetzt einfach nicht geschafft, den Husten der alten Frau zu lindern. Die Veilchen, die um diese Jahreszeit bereits sehr selten waren, passten auch gut zu ihren getrockneten Kräutern. Sie wirkten belebend und würden dafür sorgen, dass die Gäste am nächsten Morgen fröhlich und nicht mit bierschwerem Kopf auf ihren Daunenkissen erwachten. Die frischen, sternförmigen Blumen waren so zart, dass sie unter dem Gewicht der Tautropfen beinahe zu Boden gingen.

Die kostbaren Erdbeeren mit dem außerordentlichen Geschmack würde Artemisia später klein geschnitten über die Salate aus Spinat, Minze, Petersilie und Portulak streuen, die die Mönche in der Morgendämmerung auf ihren Wunsch hin geerntet hatten. Dazu mussten sie auch noch die winzigen Knospen, Stängel und Blätter des Sommer-Bohnenkrauts entfernen, damit Artemisia es in Verjus einlegen und danach mit etwas Mohnöl über den Salat träufeln konnte. Das Bohnenkraut würde aufgeblähte Mägen beruhigen, doch Artemisia hoffte, dass sie durch die Mischung aus Sommer-Bohnenkraut und Rosenblüten sehr viel mehr erschuf als eine einfache Salatsauce. Sie wollte der schönen Demoiselle Rose Liebe und Hoffnung schenken.

Sie wusste, dass Abt Bellamy das gutgeheißen hätte – auch wenn sein Nachfolger es nicht tat. *Liebe. Hingabe.* Demoiselle Rose wirkte benommen genug, wenn es um die Verbindung ging, die ihre Eltern sich für sie ausgedacht hatten, doch Artemisia würde dafür sorgen, dass die junge Braut trotzdem etwas Bier, einen Schluck Burgunder und eine ordentliche Portion Salat zu sich nahm.

Artemisia hatte Gefallen an dem hochwohlgeborenen Mädchen aus Clinchy gefunden und wollte, dass sie sich in dem Garten wohlfühlte, anstatt das Gefühl zu haben, hinter den hohen Steinmauern in der Falle zu sitzen. Sie wollte, dass ihrer Hochzeitsnacht ein Zauber innewohnte. Und nachdem es keine Zauberei gab, mussten etwas Likör und ein wenig Absinth Abhilfe schaffen. Obwohl Artemisia sich eingestehen musste, dass ihr dabei nicht die verschlungenen

Körper von Demoiselle Rose und dem Chevalier de Boschaud in den Sinn kamen, sondern ihr eigener und der von …

Sie hielt seufzend und mit gesenkten Schultern inne. Solche Gedanken brachten nichts Gutes, denn sie hatte noch Arbeit zu erledigen.

Artemisia entdeckte einige alte, glatzköpfige Mönche, die vornübergebeugt vor einem Beet knieten und die zarten kleinen Blätter und Blüten ernteten. Sie musste die Männer noch daran erinnern, rote und weiße Rosenblätter für den Salat zu pflücken. Sie hatte vorhin zwei Mal die Glocke in dem abgelegenen Kreuzgang geläutet, um die Mönche aus den Betten zu scheuchen. Vermutlich hatten sie sich gerade noch eng aneinandergeschmiegt – oder an die Nonnen. Es gab jedenfalls bessere Arten, den Tag zu beginnen, als zum Morgenlob zu gehen, dessen war sie sich sicher.

Der wahre Grund, warum Artemisia an diesem Morgen vor dem großen Fest in den Wäldern und im Garten herumschlich, war allerdings, dass sie noch einige Kräuter für ihr geheimes Geschenk für die Braut und den Bräutigam benötigte, die ansonsten verdorrt wären. Wenn sie erwischt wurde, würde sie Abt Roald eine dicke Scheibe von der Aal- und Flunderrogen-Pastete abschneiden, die sie gebacken hatten, um ihn bei Laune zu halten. Das sollte dem fetten Bastard den Mund stopfen. Das Klappern der Fuhrwerke, die gerade entladen wurden, und die leisen tiefen Stimmen, die von der Küche auf der anderen Seite der Mauer herüberdrangen, verrieten ihr, dass ihre Vorbereitungen wie geplant voranschritten. Vermutlich war auch Andreas irgendwo in der Nähe und entlud gerade seine wertvollen Gewürze.

Artemisia nahm ihren Korb und ging durch die Allee bis zu

dem großen Holztor, das aus dem ummauerten Garten in die Küche führte.

Sie ließ beinahe den Korb fallen, als sie Andreas entdeckte, der auf der anderen Seite auf sie wartete.

»*Bonjour, Mademoiselle*«, begrüßte er sie und vollführte eine übertriebene Verbeugung. »Ich habe gerade fünf Töpfe der von dir gewünschten *Épices de chambre* sowie Muskat und Anis geliefert – und das Rosenwasser ist in der Festhalle und bereit für die Waschschüsseln.«

»Danke.« Artemisia blickte direkt in seine dunklen, mandelförmigen Augen. Sie sehnte sich danach, ihm die widerspenstigen Locken aus dem Gesicht zu streichen, damit sie es besser sehen konnte. Doch sie wagte es nicht. Zumindest nicht hier. Sie sah, wie ihm die Röte vom Kragen ins Gesicht stieg. Sein Hemd roch nach Lavendel, Rosenwasser und Schweiß. Eines Tages würde er ihr verraten, welche Mischung er verwendete.

Artemisia sehnte sich danach, sich an Andreas zu lehnen, den Kopf an seine Brust zu schmiegen und in seinem Geruch zu versinken.

»Artemisia. Ich habe dir etwas mitgebracht. Ein Geschenk.«

»*Merci,* das ist sehr großzügig«, erwiderte sie. Sie öffnete lächelnd das in Käseleinen gewickelte Päckchen. Es war mit einem Knoten verschnürt. Wie immer hatte Andreas einen Zweig Wermut – *Artemisia* – in den Knoten gesteckt. Andreas lehnte sich zu ihr und flüsterte: *»Mère d'herbes.«*

Mutter aller Kräuter.

Seine Lippen waren so nahe, dass sie beinahe ihre Haare berührten. Artemisia ließ das Päckchen in die tiefe Tasche ihrer fleckigen Schürze gleiten. Sie wusste, dass sich eine Handvoll gezuckerte Mandeln und Gewürzsamen darin befanden, die dem Brauch zufolge nach der Hochzeit in die Luft geworfen wurden.

Allerdings hoffte sie, dass sich darunter ein noch viel süßeres Geheimnis verbarg.

Aus den Augenwinkeln sah sie den roten Saum von Abt Roalds Kutte durch das Gartentor gleiten. Ein Schaudern packte sie. Wie lange hatte er wohl dort gestanden und sie beobachtet?

Kapitel 6

Tasmanien, April 2014

Pip bahnte sich den Weg durch das trockene, stachelige Farnkraut und das seidige Gras den Hügel hinauf, bevor sie Megs' strahlend neue Küche betrat. Der Raum erinnerte Pip an die Notaufnahme, in der Megs arbeitete. Arbeitsflächen aus Edelstahl und glänzende schwarze Küchenschränke. Zum Glück sah sie kein Blut auf der Arbeitsplatte, doch Pips Blick fiel auf eine ganze Reihe von Edelstahlgeräten. Sie traute es Megs – und auch Will – zu, dass sie sich dreist einen Defibrillator aus der Notaufnahme geliehen hatten, um ihn ihrer Sammlung hinzuzufügen. Tatsächlich schien ihr die Vorstellung gar nicht so seltsam für ein Paar überambitionierte Chirurgen. Vor allem jetzt, da sie Chloé hatten. Pip kicherte – sie konnte es kaum erwarten, überall klebrige Handabdrücke auf den makellosen Wänden zu sehen.

»Hey.« Megs trat in die Küche und holte eine Flasche Chardonnay aus dem Kühlschrank. »Möchtest du einen Schluck? Er schmeckt echt gut.« Sie hielt inne. »Das behauptet zumindest *Will.* Ich darf natürlich nichts davon trinken.« Sie verzog das Gesicht.

»Aber ein Glas schadet doch sicher nicht?«

»Pip! Es ist schon schwer genug, überhaupt Milch zu

haben. Ich muss sie nicht auch noch verseuchen«, fauchte Megs. Dann schlug sie sich die Hände vors Gesicht und atmete tief durch. »Es tut mir leid. Warte, ich gieße dir ein Glas ein.«

Während sie das Weinglas aus dem Schrank holte, meinte sie: »Chloé ist jetzt endlich eingeschlafen. Gott sei Dank. Eva ist heute unterwegs. Ein heißes Date. Zum Glück habe ich morgen frei, und wie durch ein Wunder ist Will ebenfalls zu Hause. Wir hatten seit über einem Monat keinen gemeinsamen freien Tag mehr.«

»Ah, das ist also das Geheimnis eures schicken, sauberen Hauses«, lachte Pip. »Ihr seid einfach nie da! Oder liegt es an Eva?«

»Ha. Schön wär's!« Megs gähnte ausgiebig. »Ich wechsle in einem fort zwischen der Notaufnahme, der allgemeinen Chirurgie und der Intensivstation. Ich hatte letzte Woche drei Doppelschichten. Und Will ebenfalls.«

»Das ist doch verrückt, Megs. Kannst du denn keine Teilzeitstelle beantragen?« Es sah Megs nicht ähnlich, dass sie zugab, unter Druck zu stehen. Normalerweise blühte sie erst richtig auf, wenn gewöhnliche Sterbliche – wie Pip – bereits zusammenbrachen.

»Wir sind vollkommen unterbesetzt. Wenn ich versuche, mir einen Tag freizunehmen, bedeutet das bloß mehr Arbeit für die anderen. Ich muss da jetzt einfach durch.« Megs zögerte, als wollte sie noch etwas hinzufügen, doch dann seufzte sie bloß.

Pip wartete und nippte an ihrem Wein.

»Wir beide tragen nur noch OP-Kittel. Habe ich dir eigentlich schon erzählt, wie heiß Will in seinem OP-Kittel aussieht?«

»Immer noch? Also wirklich, Megs, es gibt doch sicher Regeln für zwischenmenschliche Beziehungen auf den Stationen? Ich schaue ja *Grey's Anatomy* – diese Chirurgen, die ständig herummachen.«

»Ja, ja.« Megs verdrehte die Augen und lachte müde. »Das ist irgendwie unvermeidlich, wenn man hundert Stunden die Woche im Krankenhaus verbringt. Aber das Great Southern Hospital ist nicht das Seattle Grace. Der ganze Schuppen fällt auseinander. Letzte Woche musste ich einen Infusionsständer mit Klebeband reparieren. Es ist einfach lächerlich. Die arme Krankenschwester konnte es kaum glauben.«

Pip suchte die Zutaten für den Pastateig aus den Küchenschränken und dem Kühlschrank zusammen und warf einen Blick auf ihre schlanke große Schwester. Sie bewunderte ihre Skinny-Jeans, die silberfarbenen Ballerinas und das weiße Shirt mit V-Ausschnitt und dachte bei sich, dass Megs mit ihrem dunklen Bob und dem strengen Pony wie eine französische Stilikone aussah. Sie stellte sich oft die Frage, ob sie überhaupt miteinander verwandt waren.

Schließlich machte Pip sich daran, die Küche zu verwüsten. Sie maß einen Becher Mehl ab und leerte ihn auf die kalte Edelstahlarbeitsplatte, während Megs ihr mit einer Mischung aus Entsetzen und noch etwas anderem zusah … war es Stolz? Oder Neugierde?

Pip schlug zwei Eier in die Mulde, gab einen Löffel Olivenöl dazu und knetete die mehlige Masse, bis sie zu einem weichen, seidigen Teig wurde. Dann warf sie den Teigklumpen einige Male schwungvoll auf die Edelstahlarbeitsplatte. Das Gefühl, mit beiden Händen tief in dem weichen, formbaren Teig zu stecken, löste einen Knoten in ihr.

»Also, meine Arbeit im Labor ist ins Stocken geraten. Ich

muss noch einige zusätzliche Sedimenttests durchführen, aber die Fördergelder sind aufgebraucht, und Imogen kann keine weiteren mehr auftreiben. Sie hat mir erklärt, dass ich die Arbeit einreichen muss – sonst ist es vorbei.« Pip seufzte. »›Keine Ausreden‹ – du würdest sie lieben!« Sie musste beinahe lachen. »Ihr gleicht euch wie ein Ei dem anderen.«

»Herrlich.«

»Jack will trotzdem, dass ich mit ihm nach Italien komme. Und wir müssen die Übernahme klären. Aber ich weiß einfach nicht, wie ich das alles schaffen soll – nicht, wenn ich auch noch meinen Doktor machen möchte.«

Sie hielt inne. Warum erwarteten alle, dass sie sich zwischen der Hochzeit und der Arbeit entschied? Warum konnte sie nicht ihren eigenen Weg finden? Pip ließ ihre Schuldgefühle und ihre Unsicherheit in den Teig fließen, faltete ihn doppelt und schlug dann obendrein auch noch mit der Handkante darauf ein.

»Wenigstens ist der Job im *Zest* super.« Pip nahm einen weiteren Schluck Wein.

Megs ging um die Kücheninsel herum und trat neben Pip, um mit stiller Präzision Besteck von der Spülmaschine in die Besteckschublade zu räumen. Sie warf einen skeptischen Blick auf den Eimer mit den Muscheln und den Bund frischer Petersilie, den Pip auf dem Weg ins Haus gepflückt hatte. Pip hätte wetten können, dass Megs nicht einmal gewusst hatte, dass in ihrem vernachlässigten Garten Petersilie wuchs.

»Pip«, begann Megs. »Ich weiß, wie das ist. Ich wollte die letzten Chirurgieprüfungen hinter mich bringen, bevor wir heirateten. Aber Will wollte unbedingt verreisen. Er hatte ein Haus in Deutschland aufgetrieben, erinnerst du dich? Er hatte seine Prüfungen bereits sechs Monate zuvor bestanden, aber *ich* wollte trotzdem noch abschließen. Ich wollte nicht nach Hause zurückkommen und wieder mit dem Lernen beginnen.«

»Also hat Will gewartet.« Pip erinnerte sich. »Aber du und Will hattet dieselben Ziele. Jack ist bodenständiger. Er möchte seine Eltern ausbezahlen, und dann will er eine Familie gründen.«

»Oh! Jetzt schon?«, begann Megs. »Ich meine, das ist wunderbar – wenn es auch das ist, was *du* willst. Ist es das denn?«

Pip wusste nicht, wie viel sie preisgeben sollte. »Natürlich. Ich meine, sieh dir nur Chloé an – ich könnte sie auffressen. Es ist bloß …«

Megs fing ihren Blick auf und nickte, bevor sie Pips Satz beendete: »Du willst, dass deine Studien zu etwas führen.« Sie legte eine Hand auf Pips, lehnte sich zu ihr und flüsterte: »Ich verstehe das, Pip. Und du hast recht. Du musst deine Arbeit abschließen, bevor du mit etwas Neuem beginnst. Sonst kommst du aus dem Takt und wirst niemals fertig.«

Pip nickte und war erleichtert, dass ihre Schwester sie verstand. Warum schaffte es Jack dann nicht?

Als sie über ihre Zukunft gesprochen hatten, hatte es zunächst wie ein romantischer Traum geklungen: Sie würden das Weingut übernehmen. Ein Baby bekommen. Ganz einfach.

Doch Jack hatte nicht bedacht, dass Pip eine Doktorarbeit schreiben musste und danach – hoffentlich – auch einen Job bekam, den sie liebte. Das wäre alles vorbei, wenn sie erst einmal ein Baby hatten und Ashfield House kauften. Jack meinte, er würde helfen und das Baby im Kinderwagen mitnehmen, wenn er in den Weingärten arbeitete, doch wie realistisch war das, wenn sie stillte?

Sie hatte gesehen, wie sich ihre Kolleginnen am Institut abmühten. Sie waren die ganze Nacht mit dem Baby wach und saßen dann den ganzen Tag im Labor. Sie hetzten sich ab, um ihre Kinder rechtzeitig von der Tagesbetreuung abzuholen, bevor sie nach Hause fuhren, um zu kochen und zu putzen.

»Pip, wir können echt wahnsinnig stolz auf die sogenannte *Bildung* der Frauen sein«, hatte Imogen eines Morgens mit einem riesigen Pappbecher Kaffee in der Hand gewitzelt. »Heutzutage kann ich dieselbe Arbeit machen wie mein Vater – und dann auch noch die Arbeit meiner Mutter, wenn ich nach Hause komme.«

Pip hatte bei sich gedacht, dass Imogen die Arbeitsteilung zwischen ihr und ihrem Ehemann mal überdenken sollte, aber sie konnte kaum Salz in die Wunden streuen. Will schien seinen Anteil zu übernehmen, und Megs und er hatten natürlich auch noch Eva. Trotzdem sah sie, wie erschöpft Megs war. Und Megs war die kompetenteste Person, die Pip kannte. Wie zum Teufel sollte Pip das jemals schaffen?

Pip liebte Jack. Und sie wollte das doch auch alles: ein Haus, eine Karriere, eine Familie. Sie hatte bloß nicht die Energie, irgendetwas anderes zu beginnen, bevor sie ihre Promotion abgeschlossen hatte. Und bis vorige Woche hatte Jack das genauso gesehen.

Megs schloss die Spülmaschine und wandte sich an Pip. »Hast du Jack erzählt, was in dir vorgeht?«

»Ich habe es versucht. Er ist verletzt, weil ich nicht nach Italien reisen will. Und ich verstehe das – es ist ja wirklich verrückt! Mein Verlobter hat mir ein Flugticket in die Toskana geschenkt, und ich kann nicht mitkommen. Bin ich etwa wahnsinnig geworden? Aber ich habe jetzt drei Jahre an diesen Daten gearbeitet. *Drei verdammte Jahre.* Ich muss die

Tests wiederholen und dann meine Arbeit schreiben!« Pip lehnte sich erschöpft an die Arbeitsplatte. »Ich bin nicht undankbar. Ich hab nur Angst, dass alles, wofür ich geschuftet habe, für die Schublade war.«

»Ich glaube, du hast recht: Eine Toskanareise ist in diesem Jahr vermutlich zu viel. Erkläre es Jack einfach – ich bin mir sicher, dass er es versteht.«

Genau das war das Problem. Pip *hatte* es ihm erklärt. Und er hatte es nicht verstanden.

»Ich werde heute Abend noch einmal versuchen, mit ihm zu reden. Ich bin mir sicher, dass wir eine Lösung finden werden.« Pip streckte die Hand aus und drückte die Schulter ihrer Schwester. »Danke.« Sie öffnete eine Schublade, holte ein Nudelholz hervor und begann, den Teig auszurollen. »Vielleicht stecke ich bloß in der Krise, weil ich bald dreißig werde?«

»Vielleicht«, kicherte Megs. »Aber wo wir gerade von Krisen sprechen … Hast du Wills Bart gesehen?«

»Mhm«, erwiderte Pip nickend. »Was soll das? Es gibt doch keine blonden Hipster. Der letzte nordische Gott mit Bart war Thor, soweit ich weiß. Sag ihm, er soll ihn abrasieren. Was kommt als Nächstes? Ein Haarknoten?«

Sie lachten, und die Anspannung verflüchtigte sich.

Pip legte die seidigen Pastablätter auf der Arbeitsplatte aus und begann, sie mit einem Gemüsemesser in schmale Fettuccine zu schneiden.

Der glockenspielartige Erkennungston von Skype erklang, und Megs drehte ihren schicken Mac, der am anderen Ende der Arbeitsplatte stand, zu ihnen herum.

Das lächelnde Gesicht ihrer Mutter tauchte auf dem Laptop-Bildschirm auf. Mary trug ebenfalls einen dunklen Bob und sah beinahe aus wie Megs. Sie saß am Schreibtisch im Büro, und David stand hinter ihr. Wie üblich war sein Kopf abgeschnitten, sodass die Schwestern bloß seinen rundlichen »Käse-und-Wein-Bauch« – wie ihr Dad ihn nannte – zu sehen bekamen.

»Hi, Mum!«, riefen sie wie aus einem Mund.

»Hallo, Mädchen. Schön, euch zu sehen. Hattet ihr eine schöne Woche? Euer Vater und ich haben dieses Wochenende grüne Tomaten eingelegt. Ich bringe euch ein paar Gläser mit, wenn wir euch das nächste Mal besuchen. Und wie geht's dem süßen Baby? Sie schläft vermutlich, oder?«

»Ja, Mum. Tut mir leid«, antwortete Megs. »Sie liegt eingekuschelt in ihrem Bettchen und schläft tief und fest. Chloé ist wundervoll und macht all das, was Babys eben so machen: essen und schlafen!«

»Und was ist mit dir, Schätzchen? Kommst du auch zum Schlafen?« Mary runzelte die Stirn. »Kinder, ihr habt schon wieder solche dunklen Ringe unter den Augen. Bekommt ihr genug Eisen? Und Schlaf? Pip, du machst dich doch nicht schon wieder wegen deiner Doktorarbeit verrückt, oder? Sag Jack, er soll dir ein Steak braten.«

»Ach, Mum, mir geht es gut«, log Pip und beschloss, das Thema zu wechseln. »Also, ich habe diese riesigen, alten Töpfe ausgepackt …«

»Passen sie denn auch in die Küche, Liebling?«, unterbrach Mary sie.

»Nicht ganz, aber ich arbeite daran. Jack ist gerade dabei, noch einige neue Regale zu bauen. Aber wie auch immer: In einem der Töpfe waren alte französische Rezepte und Briefe. Der Deckel steckte fest, und es war beinahe unmöglich, ihn zu öffnen.«

»Oh! Ich habe nie irgendwelche Rezepte gesehen. Du vielleicht, David?«

Ein dicker grauer Haarschopf erschien in der oberen Ecke des Bildschirms und hüpfte von einer Seite zur anderen.

»Das heißt wohl nein«, sagte Pip. »Habt ihr eine Ahnung, woher sie stammen könnten?«

»Hmmm. Lass mich mal überlegen.« Mary runzelte die Stirn und steckte sich die Haare hinter die Ohren. »Ich glaube, die Töpfe waren ein Hochzeitsgeschenk von Davids Großtante Margot. Erinnerst du dich an sie, Megs? Wir haben dich nach ihr benannt, obwohl der Name in der Vorschule natürlich sofort abgekürzt wurde. Egal – Margot stammte jedenfalls aus Frankreich. Aber ich bin mir nicht sicher, ob sie die Töpfe aus ihrer Heimat mit hierhergebracht hat. Ich meine, wäre das möglich?«

»Sie könnten auch vom Flohmarkt stammen«, grunzte David.

Mary fuhr fort: »Tante Margot hatte wohl verwandtschaftliche Beziehungen zu einem alten Château in Frankreich. In der Nähe von Châlus. Sie hat im Sommer immer dort Urlaub gemacht, wisst ihr noch? Wir haben auf unserer Frankreichreise einmal dort zu Mittag gegessen. Megs war neun, also musst du vier gewesen sein, Pip.«

»Ja, ich erinnere mich«, sagte Megs. »Eine alte Burg mit einem wuchernden Garten dahinter, der von einer Mauer umgeben war? Es wirkte irgendwie heruntergekommen.« Megs rümpfte die Nase.

»Ich erinnere mich überhaupt nicht mehr daran«, erklärte Pip. »Auch wenn man meinen sollte, man würde sich an ein solches Schickimicki-Château erinnern.«

»Es hatte zwei Türme«, fuhr Megs fort. »Und einen großen runden Turm an der Vorderseite mit einer Treppe im Inneren. Ganz oben befand sich ein winziges Zimmer mit nur einem einzigen Fenster. Die *Jungfernkammer*, wie die Besitzerin, Madame Boschaud, es nannte. Daran erinnerst du dich doch sicher, oder? Sie meinte, es würde dort spuken. Vielleicht stammen die Töpfe aus dem Château? Wie hieß es noch mal?«

»Château de Boschaud«, antwortete David.

»Genau.« Megs schnippte mit den Fingern. »Ich erinnere mich. Wir haben in einem Café am Marktplatz haltgemacht, Croissants gegessen und Orangina getrunken. Es gab da diese Tafel über Richard Löwenherz. Er hat anscheinend irgendwo in dieser Region das Zeitliche gesegnet. Im Kampf. Er starb an einer Stichwunde.« Megs legte den Kopf schief und grinste selbstbewusst. »Ich wette, *ich* hätte ihn retten können.«

Pip schüttelte den Kopf. »Also, zurück zu den alten Rezepten. Kannst du herausfinden, woher sie stammen, Mum?«

»Ich werde es versuchen, Liebling.«

»Danke. Und was ist mit euch beiden? Wie läuft's bei der Arbeit?«

»Ach, es gab diese Woche eine Menge süßer Babys in der Klinik. Es herrschte ein regelrechter Ansturm.«

Pip warf einen Blick auf ihre Schwester, die hektisch über ihre Edelstahlarbeitsfläche wischte.

»Und Dad?«

Der Bildschirm füllte sich mit Davids rosigem Gesicht. »Gut, gut. Danke, Pip. Es werden gerade grauenhafte Kämpfe um Fördergelder ausgetragen – also nichts Neues. Und ich bin die ganze Nacht wach, um Papierkram zu erledigen. Ich schätze, an eurem Institut ist es genauso. Hast du schon etwas gehört?«

»Ach, ich denke, es sollte alles okay sein«, log Pip erneut. Sie wollte nicht, dass ihre Eltern sich Sorgen machten. »Werden auch genügend eingelegte Tomaten für mich übrig bleiben?«

»Mehr als genug. Also, wie sehen deine letzten Ergebnisse aus?«

»Tut mir leid«, unterbrach Pip ihn. »Ich muss jetzt weiterkochen. Die Jungs sind gerade vom Fischen nach Hause gekommen. Wir reden bald mal wieder.« Sie drückte die Taste, um den Anruf zu beenden.

Ihre Sorgen über die Doktorarbeit würden ein anderes Mal zur Sprache kommen. Wenigstens hatten die beiden sie nicht nach der Hochzeit gefragt.

Pip trug die dampfende Pasta auf einem von Megs' eleganten, blassblauen Anrichtetellern ins Esszimmer, und der Duft nach Knoblauch und Meer breitete sich im Raum aus. Megs hatte ein Ende des Tischs für ihr gemütliches Sonntagsessen gedeckt. Große weiße Teller, bauchige Pinot-Gläser und ein kleines Glas mit einer Handvoll zarter blauer Jungfer-im-Grünen-Blüten milderten die strengen Linien der minimalistischen Möbel ab. Pip hatte die Blumen in den üppigen Beeten entdeckt, die das Haus umgaben. Doch die Tage der wuchernden, altmodischen Blumen und Rosenstöcke waren gezählt: Nächste Woche sollte ein Landschaftsgärtner Megs' Garten ein nüchternes, minimalistisches Aussehen verleihen, damit er zu den markanten Linien des renovierten Hauses passte.

Man würde die Jungfer im Grünen ausreißen und in einen

Container werfen. Zusammen mit den Kletterrosen, den roten Geranien, den sonnig orangefarbenen und gelben Dahlien und den zähen violetten Salbeipflanzen, die mit Gräsern und robusten Farnen um Platz und Sonnenlicht kämpften. Statt von bunten Blumenbeeten würde das Haus danach von edlen schwarzen Schieferplatten und einer Reihe sorgsam in Form gebrachter Buchsbaumbälle verschiedenster Größe umrandet sein. Uniformität und minimalistischer Chic – das waren Megs' Vorgaben. Pip fand, dass es eine Schande war.

Will, Jack und Megs saßen bereits am Tisch, lachten und gossen sich Wein ein, als Pip mit dem Essen eintrat. Sie stellte den Servierteller in die Mitte des Tisches.

»Rot?«, fragte Will, während sie begann, die Pasta anzurichten.

»Ja, bitte«, nickte Pip.

»Das sieht wundervoll aus, Liebling«, sagte Jack. »Weißt du was? Ich glaube, du kannst den Italienern sogar noch ein paar Dinge beibringen, wenn wir in Lucca sind. Wir müssen vermutlich zu Recherchezwecken Berge von Nudeln essen, aber ich schätze, wir werden keine Pasta finden, die diese hier übertrifft.«

Will schloss sich an: »Da hast du recht. Wieder einmal ein wirklich zauberhaftes Essen. Danke, Pip. Wir werden diese Sonntagabende vermissen. Ich werde nur noch gebackene Bohnen auf Toast essen, während ihr fort seid.«

»Hey, das ist nicht fair. Und auch nicht wahr«, mischte sich Megs ein, die gerade Mineralwasser in ihr Weinglas goss. »Du wirst gegrilltes Steak und Salat essen. Aber wie du weißt, gibt es auch noch Alternativen – du könntest zum Beispiel aktiv werden und dein Repertoire erweitern. Ich meine, wozu haben wir eigentlich diese schicke Küche? Um einen Preis damit zu gewinnen?« Megs klang schroff, doch Pip wusste, dass sie bloß scherzte. Gerade noch so.

Pip wurde rot und starrte auf ihren Teller. Megs warf ihr einen mitfühlenden Blick zu. Ihre Brust zog sich zusammen.

»Wann ist es eigentlich so weit?«, fragte Will. »Wollt ihr immer noch nach der Weinlese losziehen?«

»Ja, noch drei Wochen, dann sind wir fertig. Wir sollten gleich morgen die Tickets bestätigen. Ich kann es kaum erwarten. Wir zählen bereits die Tage, nicht wahr, Pip?«

Pip blickte von ihrem Teller hoch und sah einen Moment lang zu Megs, bevor sie einen raschen Blick auf Jack warf. Sie genoss einen Moment lang den Geschmack der seidenweichen Pasta, die sie nur mit ein wenig Olivenöl, warmem Chili und Knoblauch verfeinert hatte. Sie atmete das Aroma der frischen Petersilie ein, während sie einen weiteren Bissen Pasta auf ihre Gabel rollte, um Zeit zu gewinnen.

Jack hatte seine Gabel beiseitegelegt und starrte sie an. Und Megs und Will auch.

Alle warteten.

Megs sprach als Erste. »Du hast vorhin erwähnt, dass du unbedingt mit deinen Proben fertig werden musst, bevor die Finanzierung ausläuft.«

Pip nahm einen großen Schluck Rotwein. »Ähm, ja«, stimmte sie zu und war dankbar für die Unterstützung ihrer großen Schwester. Sie wandte sich an Jack und atmete tief ein. »Wie schon gesagt, Liebling, ich bin mir nicht sicher, ob ich mitkommen kann. Das Timing ist nicht gerade passend. Ich muss noch mehr Daten sammeln. Ich kann meine Arbeit nicht weiterschreiben, bevor ich das erledigt habe. Und ich werde keine weiteren Fördergelder mehr bekommen. Das heißt mehr oder weniger: Jetzt oder nie.« Sie lächelte matt und hatte den Blick noch immer auf Jack gerichtet. Er hatte den Kopf zur Seite geneigt, und Pip sah, wie verletzt er war. Und schockiert.

»Möchtest du noch etwas Pasta, Jack?« Will schritt wie immer rettend ein.

»Ja klar, gerne«, erwiderte Jack, der nun seinerseits jeglichen Augenkontakt mit Pip vermied.

»Ich liebe diesen Pinot. Ist es einer von deinen? Er hat kein Etikett – also was trinken wir hier eigentlich?«

»Er ist vom letzten Jahr, deshalb haben wir ihn noch nicht etikettiert. Es war ein warmer Sommer, also ist er ein wenig süßer als üblich. Man kann beinahe die Sonne schmecken, nicht wahr? Noch ein Jahr, und er wird exzellent sein. Der Beste, den wir je hatten, hoffe ich.«

»Davon gehe ich aus«, sagte Will. »Das wurde aber auch Zeit.«

»Na ja, mein Dad ist ein ziemlicher Kontrollfreak. Ich hätte so einige Ideen, was wir an den Fässern und am Wein ändern könnten. Veränderungen brauchen eben Zeit, aber ich komme langsam voran.« Jack hob sein Glas und roch an dem Wein, ehe er ihn zur Hälfte hinunterstürzte. »Das Angebot ist jetzt offiziell.« Er schüttelte den Kopf. »Nicholas hat Mum und Dad empfohlen, es anzunehmen. Wir müssen eine Entscheidung treffen, bevor wir nach Italien fliegen. Ich meine, bevor *ich* nach Italien fliege.«

Megs unterbrach ihn. »Will noch jemand Nachtisch? Ich muss morgen ohnehin dreißig Kilometer laufen, um die Kohlenhydrate wieder abzutrainieren. Du bringst mich noch um, Pip. Aber ich habe einen Zitronenkuchen gekauft und ihn mit den Brombeeren, die du gepflückt hast, garniert. Seht ihr, ich kann auch etwas zubereiten! Also haltet lieber noch ein wenig Platz in eurem Bauch frei.«

Pip lächelte, doch sie wusste, dass sie damit niemandem etwas vormachen konnte.

Kapitel 7

Château de Boschaud, Mittsommer 1487

Artemisia trug ihren Korb in der Armbeuge und befühlte mit der freien Hand ihre Schürzentasche, während sie Andreas den Rücken zuwandte. Sie musste zurück in die Küche und an die Arbeit. Sie hatte keine Ahnung, was sich in dem Käseleinen verbarg, und sie musste sich zusammennehmen, um sich nicht umzudrehen und noch einen raschen Blick auf Andreas' ernste braune Augen und seine ungezähmten Genueser Locken zu werfen.

Sie bahnte sich einen Weg zwischen den Fuhrwerken hindurch, wich den schlagenden Schweifen und scharrenden Hufen der Warmblüter aus und lief an Kisten mit Gänsen und Enten vorbei, die von Männern aus dem Dorf ins Haus getragen wurden. Als sie den süßen Geruch von gebratenem Fleisch einatmete, lief ihr das Wasser im Mund zusammen und ihr Magen begann zu knurren. Die Küchenbediensteten würden heute wieder einmal bloß Brennnessel-*Porée* zu essen bekommen, aber vielleicht konnten sie an ein paar Knochen nagen und ein wenig von den Resten des saftigen Fleisches kosten, bevor Jacobus es den Schweinen brachte. Hildegard war schwach, und auch Emmeline konnte etwas mehr Fleisch auf den Rippen vertragen, vor allem, weil das

Mädchen schon bald die Küchenaufsicht übernehmen würde.

Artemisia strich mit der Hand über ihre Schürzentasche und dachte daran, was sich alles verändern würde. Sie hatte niemandem von ihrem Vorhaben erzählt, sondern es vorgezogen, es in ihrem Herzen zu bewahren, bis der richtige Zeitpunkt gekommen war.

Stattdessen hatte sie der süßen, sanftmütigen Emmeline erklärt, wie man die wöchentlichen Bestellungen für das Fleisch, die Getränke und die Gewürze zusammenstellte. Für das heutige Festessen hatte Emmeline bereits die Senfsaucen, die Essige und den Honig bei dem Imker bestellt, der an der entlegensten Ecke des Grundstückes am Rande des Kastanienwaldes lebte.

Artemisia hatte Emmeline gezeigt, wie man den Verjus im Sommer streckte, wenn der alte bereits zu schwach und der neue noch zu scharf war, und wie man die Traubensauce je nach Jahreszeit durch eine Kirsch- oder Schlehdornsauce ersetzen konnte. Wenn der Herr und sein strenger Vorsteher von der Jagd nach Hause kamen, hatte Artemisia dem Mädchen erklärt, wie man Kaninchen aufhängte und sie schließlich zu Eintopf verarbeitete, und wenn es Lamm oder Rind von den Feldern gab, hatten sie das Fleisch gemeinsam mit Salz eingerieben.

Das Mädchen hatte während der Bibelstunden angemessen Lesen und Schreiben gelernt, ehe sie zusammen mit ihrer Mutter auf die Felder des Châteaus zog, wo sie Wein erntete, Beeren sammelte oder im Gemüsegarten arbeitete, während ihre älteren Brüder pflügten und Bäume fällten.

Letzten Herbst, als Artemisia zusammen mit Emmeline Salbei, Thymian, Katzenmelisse und Rosmarin in den Hochbeeten zurückgeschnitten hatte, hatte sie das junge Mädchen schließlich gefragt, ob sie ihr in der Küche zusehen wollte, um ihr irgendwann bei den Vorbereitungen für die Festessen im Frühling und Sommer zur Seite zu stehen.

Für die Hochzeit ihres Herren hatten die beiden Frauen gemeinsam die Speisenfolge erstellt, die Waren bestellt, Vorbereitungen getroffen und die Saucen gerührt – wodurch Artemisia auch mehr Zeit gehabt hatte, um ihr Geschenk für die Braut und den Bräutigam vorzubereiten.

Und nun war der Tag gekommen, an dem sie es offenbaren würde.

Artemisia schloss die Augen und lehnte sich einen Moment lang an die Steinmauer. Sie spürte die Hitze, die durch das dünne Leinen ihres Kleids drang.

Als sie die Augen wieder öffnete, fiel ihr Blick auf den eingebrannten Stempel der Eichenfässer, die entlang der Mauer aufgereiht worden waren. *Rivesaltes.* Der Weinhändler war nirgendwo zu sehen, doch als sie die Fässer zählte, wusste sie sofort, dass zwei Fässer mehr geliefert worden waren, als sie bestellt hatte. Das war auch beim letzten Festessen zur Frühjahrsernte passiert, und sie stieß einen missbilligenden Seufzer aus. Artemisia hatte den stets gut gelaunten Händler bereits das letzte Mal zur Rede gestellt, doch er hatte darauf bestanden, dass er lediglich die Bestellung des Châteaus de Boschaud geliefert hatte und keinen Tropfen mehr. Er meinte, Abt Roald hätte die Bestellung eigenhändig bestätigt.

Artemisia klopfte entmutigt auf ihre Schürzentasche und eilte mit großen Schritten zu der breiten, einfachen Eichentür, die in die Vorratskammer führte. Sie wollte sich ihre Lebensmittelaufzeichnungen ansehen. An der Tür angekommen griff sie unter ihre Schürze, um den großen Eisenschlüssel an dem

Lederband hervorzuholen, und ihr Blick fiel auf einen großen Strauß Johanniskraut, den sie gestern Abend auf einer Wiese gepflückt hatte.

Sie hatte ihn in einen Topf mit Wasser gesteckt und auf einem Terrakottagefäß vor der Tür der Vorratskammer platziert. Die winzigen gelben, sternförmigen Blüten glitzerten im Tau, und ihr Inneres sah aus wie zarte, mit Gold bedeckte Safranfäden. Die feinen Blätter und Stängel waren hellgrün wie die Schale einer Limette. Artemisia lächelte – es war schwer zu glauben, dass eine so zarte Blume das Böse abwehren konnte. Aber jetzt war nicht der richtige Zeitpunkt, um mit den Traditionen zu brechen. An diesem herrlichen Tag brauchte sie für das Hochzeitsfest so viel Glück wie nur möglich.

Sie erschauderte vor Aufregung, während sie ihre Schürze glatt strich und ihrer Hand erlaubte, einen Augenblick auf der Schürzentasche zu verweilen. Heute gab es hier keinen Platz für böse Geister. Vielleicht würde sie noch ein paar Spitzen der zarten Rosa Schafgarbe in ihrem Korb entzünden, damit der bittere, würzige Geruch der süßen Knospen sich entfalten konnte.

Doch zuerst musste sie ihre Arbeit erledigen. Sie beugte sich hinunter, drehte den Eisenschlüssel in der Tür und drückte sie mit der Schulter auf, wobei sie sorgsam darauf achtete, dass nichts aus dem Korb fiel, der immer noch in ihrer Armbeuge hin und her schwang.

Sie betrat die Vorratskammer, und ihr Blick fiel auf einen ordentlichen Stapel grober Leinentücher auf dem Regal, eine Reihe mittelgroßer Kupfertöpfe und Pfannen, zwei Kessel und mehrere Siebe. Artemisia wischte mit dem Arm den Staub von einem glänzenden Topf und blickte in ihr eigenes dunkles Abbild und ihre tiefen, braunen Augen. Im schwachen Kerzenschein hatte ihr langes, rabenschwarzes Haar in etwa die Farbe von schwarzem Pfeffer. Sie drehte den Kopf langsam von einer Seite zur anderen, als würde sie das glückliche Gesicht, das sie gerade sah, nicht wiedererkennen. Ihre Wangen schienen gerötet, als hätte sie sie mit den Blüten von Abt Bellamys roter Lieblingskletterrose eingerieben. Sie schnupperte an ihrem Kleid und rümpfte die Nase, als sie den starken Schweißgeruch wahrnahm.

Leider *roch* sie ganz und gar nicht wie eine Rose.

Von der Decke hingen getrockneter Schinken und Rindfleisch, und der Geruch von Zimt, Galgant, Ingwer und Anis erfüllte den Raum. An den Wänden waren Sträußchen aus getrocknetem Rosmarin, Thymian, Lavendel, Lorbeer und Salbei befestigt, die wie kleine Wimpel aus Blumen erschienen. In der Ecke lagerte eine Pyramide aus grünen und gelben Melonen, die nur darauf warteten, in Scheiben geschnitten und den ankommenden Gästen im Garten serviert zu werden.

Artemisia stellte ihren Korb auf dem Regal ab und griff nach dem Bündel Pergament, auf dem die Bestellungen verzeichnet waren. Jene, die sie auf Befehl des Chevaliers de Boschaud regelmäßig mit den Aufzeichnungen des Abts verglich. Sie blies einige verirrte Kreuzkümmelkörner beiseite und ließ sich auf der größten Melone nieder, wobei sie den Fuß auf einer anderen abstützte. Dann begann sie zu vergleichen. Als sie ihr Gewicht verlagerte, um besser das Gleichgewicht halten zu können, erinnerte sie sich, wie sie vor beinahe zehn Monden ebenfalls hier gesessen und dieselbe betrübliche Aufgabe erledigt hatte, als ein junger Mann mit dunklen, lebhaften Augen und der glühenden Hautfarbe des Südens mit einem riesigen Terrakottatopf rückwärts durch die Tür getreten war …

»Oh, *pardon*«, entschuldigte sich der Fremde, während Artemisia eilig ihre Feder und das Pergament in ihre Schürzentasche stopfte. »Mir wurde gesagt, hier wäre niemand.«

Artemisia nickte ihm misstrauisch zu, ehe sie den Deckel des Topfes hob und die Nase hineinsteckte – Nelken, Ingwer, Zimt und gemahlene Lorbeerblätter. Es war die übliche Bestellung an süßen Kräutern, die Monsieur de Vitriaco lieferte. Zumindest war es das gewesen, bis der *Épicier* vor zwei Monden unter einem umgestürzten Fuhrwerk zu Tode gekommen war. Sie hob den Kopf, um seinen neuen Laufburschen zu mustern.

Der Mann wischte sich die Hand an seinen Hosen sauber und streckte sie ihr entgegen. »Andreas de Vitriaco.«

»De Vitriaco?« Artemisia hob eine Augenbraue.

»Ja. Ich bin Vincenzos Sohn.«

»Es tut mir leid um Ihren Vater.«

Nun sah sie die Ähnlichkeit: Andreas war schlanker, doch Vater und Sohn hatten dasselbe Lächeln, dieselben leuchtenden Augen und verströmten beide den aufregenden Duft ferner Länder.

»Er war ein guter Mann und ein wahrer Meister seiner Zunft.« Artemisia zahlte immer einen angemessenen Preis für die Kräuter, aber keinen Franc zu viel. De Vitriacos Gewürze stammten von den besten Kaufleuten Genuas, und die Waren gingen dem *Épicier* nie aus. Er schickte niemals Kräuter, die ihren Duft bereits verloren hatten – die Nelken waren stets scharf riechend und wohlgeformt, die Lorbeersträußchen dick und großblättrig, und der Zimt kam in vornehm verpackten Rollen aus dem Orient. Sie hoffte, dass sie nun auch weiterhin beliefert würden.

Die Augen des jungen Mannes verdunkelten sich einen

Augenblick lang, und er seufzte. Sie roch einen Hauch Rosenwasser auf seinem Hemd.

»Und Sie sind …?«, begann Artemisia.

»… zu spät dran mit meinen Lieferungen.« Sein Blick glitt über Artemisias Körper, ehe er zu ihrem Gesicht zurückkehrte. Dann lächelte er, und sein Lächeln strahlte heller als sämtliche Kerzen in der Vorratskammer zusammen. Artemisia wusste nicht, wohin sie blicken sollte, also tippte sie mit der Zehe gegen eine Melone, bevor sie bemerkte, dass ihre Lederschuhe voller Löcher waren. Sie ließ den Fuß sinken und verbarg ihn eilig unter ihrem Kleid.

»Sitzen Sie öfter in der Vorratskammer auf den Melonen und schreiben?« Seine Stimme klang ein wenig spöttisch, doch seine Augen wirkten freundlich.

»Bringen Sie Ihre Lieferungen immer, ohne vorher anzuklopfen?«

»Na ja …« Er hielt inne. »Ich bin mir nicht sicher!« Seine gebräunten Wangen wurden rot. »Wissen Sie, das hier ist mein erstes Mal. Ich bin der neue *Épicier*-Geselle – und am Ende des Jahres werde ich Meister sein. So viel ist sicher.« Er zwinkerte. »Ich …« Er hielt inne. Die Ausbeulung in Artemisias Schürzentasche schien ihn zu verwirren. »Also, was schreiben Sie da? Einen Brief an Ihren Liebsten?« Er legte den Kopf schief und begann zu rezitieren:

Nur sie alleine lebt und webt in meinem Herzen
als edle Frau in einer kleinen Hütte:
nun bin gezeichnet ich durch ihren letzten Schritt,
nicht sterblich nur, schon tot, und sie ist herrlich.

Artemisias Ohren brannten, und sie richtete den Blick auf die Schatten an der gegenüberliegenden Wand, um die Fassung wiederzuerlangen. Warum verhöhnte er sie mit Petrarca?

Sie drückte den Rücken durch und sah ihm direkt in die Augen. »Nicht dass es Sie etwas angeht, aber ich schreibe Rezepte auf – und führe Berechnungen durch«, erklärte sie mit kaum merklichem Stolz.

In Andreas' Augen flackerten Interesse und zahlreiche unausgesprochene Fragen auf, bevor sich sein Mund erneut zu einem breiten Lächeln verzog. »Wo hat eine hübsche Magd wie Sie denn das Schreiben gelernt?«

Artemisias Brust krampfte sich zusammen, und das neue, unbekannte Gefühl der Neugierde und Hoffnung entwich durch den Spalt unter der Eichentür. Für diesen ungewöhnlichen Mann war sie nichts weiter als eine Bedienstete. Ein beweglicher Gegenstand.

»Ich bin die Köchin«, murmelte sie leise.

Aber warum ließ dieser dunkle Fremde in ihr den Wunsch nach mehr aufkommen?

Artemisia lächelte. Hätte sie damals doch schon gewusst, wie verheißungsvoll jener Tag gewesen war. Sie lehnte sich an das robuste Holzregal und ließ den Finger über die Spalten der Aufzeichnungen gleiten, bis sie die Zeile gefunden hatte, nach der sie suchte. *Rivesaltes.* Ihr Lächeln erstarb. Ihre Aufzeichnungen waren korrekt. Jemand hatte erneut die Weinbestellung abgeändert und nahm die zusätzlichen Fässer offenbar heimlich in seinen Besitz.

Das war an einem Tag wie heute, an dem so viele Fuhrwerke im Château hielten, denkbar einfach. Ein kalter Schauer überlief sie, als ihr bewusst wurde, wer dafür verantwortlich war. Es konnte niemand sonst sein. Doch dann stünde sein Wort gegen ihres.

Wem würde der Chevalier de Boschaud glauben? Und wann sollte sie ihm davon erzählen?

Kapitel 8

Tasmanien, April 2014

»Was zum Teufel sollte das, Pip?« Jacks Stimme klang angespannt, als er sich hinter das Steuer setzte und die Tür des rostigen weißen Lieferwagens mit der Doppelkabine zuknallte. Der müde Motor hustete einige Male, eher er schließlich ansprang.

Benommen hielt Pip Ausschau nach einem Platz für ihre Füße. Die Fahrerkabine war vollkommen verstaubt, und der Boden unter ihr war mit Zaundraht, Rebschnittscheren, Quittungen, Visitenkarten und einem halben Dutzend Wasserflaschen aus Metall übersät. Sie schob alles mit dem rechten Fuß beiseite, um ein wenig Platz zu haben. Warum konnte er nicht einmal seinen Wagen aufräumen?

»Hör zu, es tut mir leid – ich wollte nicht unwirsch klingen.« Jacks Stimme wurde nun eine Spur sanfter, doch er kniff seine dunkelblauen Augen frustriert zusammen. »Aber wann hattest du eigentlich vor, mir deine Entscheidung mitzuteilen?«

»Ich habe mich doch gar nicht davor gedrückt.« Pip wandte ihm das Gesicht zu, und ihre Stimme wurde allmählich lauter. »Ich habe versucht, es dir zu erklären«, meinte sie eindringlich. »Aber du warst so aufgeregt, und dann hast du die Tickets gebucht, ohne vorher mit mir darüber zu sprechen.

Und …« Sie atmete tief ein. Ihre Stimme brach, und ihr traten Tränen in die Augen. »Und ich habe mich auch gefreut. Ich freue mich *noch immer*. Für dich. Für uns.«

Sie zögerte bloß einen Herzschlag lang.

»Du …«, brachte sie schluchzend hervor. »Du hast einfach nicht zugehört.« Pip wischte sich die Tränen mit dem Handrücken ab und schmeckte das Salz, als sie sich über die Lippen fuhr.

Der Motor jaulte auf, als Jack ein wenig zu stark aufs Gas ging. Er legte unsanft den Gang ein und fuhr die Einfahrt hinunter.

»Du weißt doch, dass ich schon eine Zeit lang versuche, meine Arbeit voranzutreiben, bevor mir die Fördergelder ausgehen. Warum machst du so eine große Sache aus dieser Reise? Wir werden noch viele andere unternehmen können.«

»Weil sie so wichtig ist. Hattest du jemals vor, nach Lucca zu kommen? Willst du mich wenigstens *besuchen*, wenn ich in der Toskana arbeite? Wir könnten gemeinsam Wein ernten. Und während ich beim Keltern helfe, kannst du lange Wanderungen unternehmen – oder nach Lucca oder sonst wohin fahren. Die italienische Küche besser kennenlernen. Oder arbeiten. Was immer du willst.« Jacks Stimme klang unsicher. Pip hatte ihn noch nie weinen sehen.

»Ich habe mich schon so darauf gefreut, mehr Zeit mit dir zu verbringen. Ich dachte, wir könnten wandern, in einem kleinen Dorf Rast machen und uns betrinken, unser Körpergewicht in Mozzarella aufwiegen lassen und schließlich alles aufessen. Und dazu vielleicht etwas italienische *Amore* – was meinst du? Nur wir zwei. Mal schauen, wie wir weit weg von zu Hause miteinander klarkommen.« Jack schien sie anzuflehen.

»Es tut mir leid, ich weiß einfach nicht, was ich tun soll.«

Er zuckte mit den Schultern und warf ihr einen Blick zu. »Ich verstehe, unter welchem Druck du stehst. Auch wenn du dich wie wahnsinnig anstrengst, das zu verstecken.« Er lachte leise und trocken. »So warst du schon immer – du hattest größere Ziele als der Rest von uns zusammen. Und das liebe ich an dir.« Er hielt inne. »Aber du musst *mir* auch einen Platz in deinem Leben einräumen. Bist du dazu bereit?«

Pip stieg die Röte ins Gesicht. Jacks ungeschminkte Emotionen trafen sie vollkommen unvorbereitet. Es war, als würden sie einander mit Schleifpapier bearbeiten – sie versuchten, alle Unebenheiten auszumerzen, doch stattdessen blieben sie bloß wund und schutzlos zurück.

Pip versuchte, Jack in die Augen zu sehen, doch er starrte mit zusammengebissenen Zähnen geradeaus. Er sah aus wie eine römische Statue – wunderschön, aber reglos. Als sie sich näher an ihn heranlehnte, sah sie die Tränen, die seine Wange hinabliefen und im Mondlicht glitzerten, während er sich auf die Straße vor ihnen konzentrierte und nach Wallabys und Tasmanischen Teufeln Ausschau hielt. Das Letzte, was sie jetzt gebrauchen konnten, war ein verängstigtes Tier, das vor den Wagen sprang und einen Unfall verursachte. Pips Brust zog sich zusammen, doch sie kannte den genauen Grund dafür nicht. War es Liebe? Frustration? Ein schlechtes Gewissen?

Als Jack schließlich weitersprach, klang seine Stimme angespannt. »Deine Forschung. Der Doktortitel. Deine Vortragsabende. Die Arbeit im *Zest.* Ich komme erst am Ende einer langen Liste. Du solltest keine Rechtfertigung dafür brauchen, um Zeit mit mir zu verbringen, keinen Grund, um mit mir nach Europa zu reisen.«

»Ich habe nicht … ich bin nicht …« Pip stotterte und versuchte vorsichtig, sich auf diesem unbekannten Terrain fortzubewegen. Sie versuchte zu schlucken – ihr Mund fühlte sich furchtbar trocken an.

»Ich …« Jack hielt inne und atmete tief ein, ehe er fortfuhr. »Es tut mir leid.« Er schüttelte den Kopf. »Ich habe es satt, mich nur dann in dein Leben zwängen zu können, wenn es dir passt und alles andere erledigt ist.«

Das war unfair. »Das ist doch nicht wahr!«, protestierte sie.

»Bitte, Pip.« Er hob die Hand. »Lass mich ausreden. Ich will das einfach hinter mir lassen und dich *heiraten.* Ich will, dass du *immer* bei mir bist. Nicht nur ab und zu. Warum können wir diese Reise nicht gemeinsam unternehmen?«

Er wartete Pips Antwort nicht ab.

»Hör zu, ich verstehe, dass du deine Doktorarbeit abgeben willst, bevor du dich etwas anderem widmest. Du hast einfach viel um die Ohren.« Jack warf Pip einen gequälten Blick zu. »Das weiß ich, Pip. Was ich allerdings *nicht* weiß, ist, ob du wirklich mit mir zusammen sein willst. Du weißt schon – auf Dauer.« Er schwieg einen Moment lang und wich einem Schlagloch aus. »Ich meine: Warum sollen wir warten? Wenn du *jetzt* nicht mitkommen kannst – wenn du dir *jetzt* nicht sicher bist –, welchen Sinn hat es dann, es aufzuschieben?«

Sie atmeten beide tief durch, während Jack auf ihre Antwort wartete.

Pip sah ihn an und schlug sich mit beiden Händen auf die Oberschenkel, um ihren Standpunkt deutlich zu machen. »Jack, ich bin bei dir *eingezogen.* Wir sind *verlobt,* um Himmels willen. Wir werden alles gemeinsam erleben, aber …«

»Aber was?«

»Aber …« Sie atmete heftig aus. »Du bist vollkommen

davon besessen, die Sache mit Ashfield House zum Laufen zu bringen. Und von dieser dämlichen Reise.«

»Was ist so falsch daran?«

»Nichts! Ich verstehe es ja. Es bedeutet dir einfach *alles.* Du drängst immer weiter und weiter und schmiedest neue Pläne. Du sagst mir, was das Beste für uns beide ist. Aber was ist mit dem, was *ich* will?«

Pip zwang sich, innezuhalten. Ihre Worte erhoben sich wie eine Mauer zwischen ihnen.

Sie streckte die Hand aus, um sie auf seinen Oberschenkel zu legen, doch er schob sie wütend fort.

Sein abweisendes Verhalten ließ es ihr eng ums Herz werden. Sie fragte leise: »Warum kann ich nicht einfach beenden, was ich begonnen habe, bevor ich irgendwelche neuen Projekte starte? Das ist alles, worum ich dich bitte – um ein bisschen mehr Zeit.« Jetzt war sie an der Reihe, ihn anzuflehen.

Jack schnaufte. »Ich schaffe das nicht mehr, Pip«, sagte er mit rauer Stimme. »Ich liebe dich. Das tue ich wirklich. Und ich glaube, du liebst mich auch, aber …« Er brach ab. »Wer weiß das schon? Man kann es nicht messen, also kann man sich auch nicht darauf verlassen, nicht wahr?«

»Das ist doch verrückt.« Ihr wurde noch enger ums Herz. Er klang so entschlossen, und das machte ihr Angst.

»Tatsächlich? Also, fliegen wir jetzt zusammen nach Europa oder nicht? Bin *ich* Grund genug, um nach Europa zu reisen?«

»Das ist nicht fair, Jack, natürlich …« Pip brach ab. Sie war nicht auf ein weiteres Ultimatum vorbereitet. Sie musste nachdenken.

»Ja, ja. Du *willst* mitkommen, aber deine Forschung geht vor.« Er schlug mit der Handfläche auf das Lenkrad. »Also nein, ich bin nicht wichtig genug.« Jack biss erneut die Zähne zusammen und warf Pip einen wütenden Blick zu, bevor er sich wieder auf die Straße konzentrierte. Seine Stimme war nur noch ein kaltes Flüstern. »Pip, ich will Ashfield House *jetzt* kaufen – sonst entgeht mir diese Chance womöglich.« Er seufzte. »Deshalb muss ich sobald wie möglich nach Italien reisen. Es ist nicht zum puren Vergnügen. Ich muss herausfinden, wie ich besseren Wein produzieren kann, der sich von den anderen abhebt. Wir müssen aus der nächsten Ernte besseren Wein keltern. Das ist der einzige Weg, wie wir genug Geld verdienen können, um die hohen Ratenzahlungen zu bewältigen. Und natürlich will ich dich *jetzt* heiraten. Warum sollten wir warten, wo wir es doch ohnehin vorhaben? Das verstehe ich einfach nicht. *Du* bist es, die sich nicht sicher ist.«

»Jack! Das ist nicht fair! Ich bitte dich doch lediglich, noch ein wenig zu warten – sechs Monate, vielleicht ein Jahr –, bis ich meinen Doktor habe. Das ist alles.« Pip hielt inne. »Einfach bloß, damit ich mich konzentrieren, meine Arbeit abschließen und mich danach auf die Suche nach Geldgebern machen kann, um mein Projekt zu realisieren. Ich finde nicht, dass das zu viel verlangt ist.«

Jack schwieg. Er schien vollkommen regungslos. Pip hatte ihn noch nie so gesehen.

»Nein, vielleicht nicht«, meinte er langsam. »Aber wenn du mich jetzt nicht heiraten willst, dann wirst du es vielleicht nie wollen. Ich denke, ich habe lange genug gewartet.«

Er atmete tief ein, dann klopfte er mit dem Zeigefinger auf das Lenkrad und schüttelte den Kopf. »Dieses ständige Warten. Immer wieder Ausreden, Pip. Zuerst konntest du nicht bei mir einziehen, weil du noch Feldforschungen betreiben musstest. Jetzt willst du mich erst heiraten, wenn du deine Doktorarbeit abgegeben hast. Und es wird wohl noch einige

Jahre dauern, bis wir ein Baby bekommen. Und was, wenn du danach befördert wirst? Oder eine Post-Doktoranden-Förderung für weitere Forschungsarbeiten erhältst?«

Pip war sich nicht bewusst gewesen, dass sie den Atem angehalten hatte, bis sie gezwungen war, die Luft gierig durch die Nase einzusaugen. Sie schnappte nach Luft, und die Tränen begannen zu fließen. Das meinte Jack doch sicher nicht ernst, oder? Das war unmöglich! Sie war starr vor Entsetzen.

»Das war's. Ich kann nicht mehr.« Jacks Stimme klang eisig.

Pip wagte kaum zu atmen. Seine Worte trafen sie wie ein Hammerschlag eine Austernschale.

»Jack, bitte. Können wir nicht noch einmal darüber reden? Das ist doch verrückt.« Sie wollte die Hand ausstrecken und ihn berühren. Mit ihren Fingern über seinen Unterarm streichen, bis sie zu der langen, verblassten Narbe kam, wo er sich als Kind den Knochen gebrochen hatte und auf der keine Haare mehr wuchsen. Sie wollte ihren Kopf an seine Brust legen und seine starken Arme um sich spüren. Er sprach mit jemand anders. Pip war sich sicher, dass Jack sie liebte – trotzdem hatte er sie gerade von sich gestoßen.

Jack schüttelte den Kopf. »Ich habe es satt, dass sich unsere Gespräche ständig im Kreis drehen.«

Pip begann zu zittern. Sie wollte das alles nicht hören. Nicht jetzt. Und auch sonst nie.

»Ich bin *verrückt* nach dir, Pip. Aber das reicht nicht. Wir führen ständig dieselben Gespräche. Es ist immer derselbe Streit. Letzte Woche hast du sogar im Gästezimmer geschlafen, erinnerst du dich?«

Ob sie sich erinnerte? Wie konnte sie das jemals vergessen?

Pip war von ihrer Besprechung mit Imogen nach Hause gekommen, hatte ihre letzten Ergebnisse auf dem Esszimmertisch ausgebreitet und versuchte nun, ihre Methodik neu zu überdenken. Jack kam kurz vor der Abenddämmerung nach Hause, drückte ihr einen Kuss auf den Hinterkopf und meinte: »Warum machst du nicht eine kurze Pause? Komm, wir gehen schwimmen. Oder spazieren. Es ist so schön warm.« Er zupfte spielerisch an ihrem Arm. »Komm schon, Pip. Es wird dir guttun. Wie lange sitzt du schon hier und starrst auf diese Zahlen?«

»Willst du denn gar nicht wissen, wie meine Besprechung mit Imogen verlaufen ist?«, fauchte sie.

Jack wirkte verwirrt. »Das hast du mir doch bereits geschrieben. Du meintest, dass es keine Fördergelder mehr gäbe und du keinen weiteren Aufschub mehr bekämest.«

Pip zog eine Augenbraue hoch. »Und da kam es dir nicht in den Sinn, mich anzurufen?«

Jack zuckte mit den Schultern. »Deine Nachricht sprach doch irgendwie für sich. Auch wenn es ein wenig harsch war, wenn du mich fragst. Ich bin mir sicher, dass sie dir noch Zeit geben, wenn du es wirklich willst.« Er ging in die Küche und holte zwei Bierflaschen. Dann kam er wieder zurück und streckte Pip eine davon entgegen. »Bier?«, fragte er, als würde er einem Kleinkind Süßigkeiten anbieten.

Pips Ohren brannten, und ihre Stimme klang kühl. »Du kapierst es einfach nicht, oder?«

Jack wirkte verwirrt. »Doch, das tue ich. Du stehst einfach unter Stress. Weißt du, der Urlaub mit mir …«

»Hör auf!«, rief Pip, die eine Hand in die Hüfte gestemmt und die andere erhoben, um ihn zum Schweigen zu bringen. »Finde dich endlich damit ab, dass ich *nirgendwohin* gehen kann, bevor meine Arbeit fertig ist.«

»Du meinst, du kommst nicht mit zum Schwimmen? Es ist doch nur für eine Stunde. Und dann koche ich dir ein leckeres Abendessen. Was möchtest du?« Jack grinste.

»Ich möchte, dass du aufhörst, meinen Tagesablauf zu bestimmen. *Das* möchte ich, Jack. Geh du doch schwimmen. Ich mache erst mal meine Arbeit, danke vielmals.«

Jack sah sie fassungslos an, doch dann zuckte er mit den Schultern und stellte die zweite Bierflasche in den Kühlschrank zurück. Anschließend ging er zur Tür hinaus, ohne sich noch einmal umzudrehen.

Als er eine Stunde später wiederkam, war Pip bereits zu Bett gegangen und lag im Gästezimmer. Sie war vollkommen erschöpft, verzweifelt und wütend.

Jack kam nicht zu ihr und versuchte auch nicht, sich zu entschuldigen oder sie dazu zu bringen, ins Schlafzimmer zu kommen.

Nichts. Keine Reaktion.

Pip erinnerte sich, dass sie es gewesen war, die am nächsten Morgen den ersten Schritt in Richtung Versöhnung unternahm, als die eisige Herbstluft unter ihre dünne Wolldecke und bis in ihre Knochen drang. Sie stand auf und huschte über den Flur, um sich an Jack zu schmiegen.

Und es schien, dass sie auch heute diejenige sein musste, die ein Friedensangebot unterbreitete. Jack hatte für seine Begriffe genug gesagt. Sein Blick war starr auf die Straße gerichtet. Doch sosehr sie sich danach sehnte, die Mauer zwischen ihnen einzureißen, wusste sie auch, dass sie diesmal nicht nachgeben konnte.

Die nächsten zehn Minuten verbrachten sie damit, sich das Abendprogramm im Radio anzuhören. Alles war besser als das Schweigen zwischen ihnen. Ed Sheeran, Keith Urban und Adele sangen den ganzen Heimweg schmerzerfüllte Balladen.

Pip ließ sich am Boden zerstört in ihren Sitz zurücksinken und machte sich nicht die Mühe, die Tränen fortzuwischen, die über ihre Wangen liefen.

Sie fühlte sich leer und ausgebrannt.

Schließlich fuhren sie an dem alten Telegrafenmasten am Eingangstor vorbei und hielten vor Jacks windschiefem Cottage in der entlegensten Ecke des Weingutes Ashfield House. Die Lampe auf der Veranda flackerte jämmerlich vor sich hin und bildete die einzige Lichtquelle in dem stockdunklen Garten.

Jack stieg aus dem Wagen und trat auf Pips Seite, um seine Angelausrüstung aus dem Laderaum zu nehmen und sie im Schuppen zu verstauen. Pip wusste nicht, wohin sie sollte. Sie hatten sich beide völlig in sich selbst zurückgezogen – und sie musste so weit wie möglich von Jack fort. Aber vielleicht … wenn sie ihn nur ein einziges Mal berühren konnte …

Als Pip schließlich aus dem Wagen stieg, hörte sie ein Krachen. Jack hatte seine Angelausrüstung auf die Ablage fallen lassen. Sie sah bloß seine Silhouette und roch den ausgeprägten Geruch von Salz und feuchter Erde. Plötzlich spürte sie ihn ganz nahe, und seine Hände umfassten ihre Hüften, während er sie an den Wagen drückte. Er streckte die linke Hand aus und strich ihr die Haare aus dem Gesicht, bevor er seine Hand sanft auf ihre Wange legte. Dann hob er die andere Hand, um ihren Kopf zu streicheln. Sie atmete seinen warmen, salzigen Atem ein, als er sich nach unten beugte und sich ihre Nasen berührten.

Jack drückte sich mit den Hüften an sie und küsste sie leidenschaftlich und gierig. Pips Herz machte einen Sprung, und sie ließ die Schultern sinken, damit er auf keinen Fall aufhörte. Sie wollte ihren Körper um ihn schlingen und ihn in Besitz nehmen.

Er drückte sie mittlerweile noch fester gegen den Wagen. Sein Oberkörper und die Oberschenkel waren durch das jahrelange Surfen und Rudern steinhart geworden, und sie erschauderte jedes Mal, wenn sie die Hände über seine festen Muskeln gleiten ließ. Sie stellte sich auf die Zehenspitzen, schlang ihre Arme um seine Schultern und zog ihn enger an sich.

»Lass uns reingehen«, flüsterte er.

Pips Kopf schwirrte. Es war aus – doch sie konnte dem Verlangen, ihn zu berühren, unmöglich widerstehen. Ihr Herz raste und ihre Haut brannte, als sie Jacks aufregendem Duft nach Salzwasser und Erde ins Schlafzimmer folgte.

Später, als er eingeschlafen war, legte Pip ihren Kopf auf Jacks breite Brust. Sie vergrub ihre Nase in seinen lockigen Haaren und erinnerte sich an den Kurs »Biologie 101«, in dem ein merkwürdiger junger Dozent in Doc Martens versucht hatte, seine Vorlesung ein wenig aufzupeppen, und über Pheromone gesprochen hatte. Er berief sich auf eine Harvard-Studie, die bestätigte, dass Frauen sich von Männern aufgrund ihrer Hormone und des Geruchs, der von den männlichen Drüsen ausgesandt wird, angezogen fühlen. Pip erschien das durchaus nachvollziehbar. Sie würde Jacks Geruch jederzeit aus einer Menge herausfiltern können.

Pip atmete tief ein und seufzte. Sie fühlte sich wie ein Schiff ohne Anker. Jedes Mal, wenn sie einatmete, schmerzte ihr Herz ein wenig mehr. Ihr Magen zog sich zusammen, und ihre Arme und Beine waren zu schwer, um sie zu bewegen. Sie *musste* sich jetzt sofort von ihm losreißen. Einfach aus dem Bett steigen und hinaus in die eisige Herbstluft treten. Sich etwas Stolz bewahren. Doch ihre Wange ruhte auf Jacks Brust, und sie spürte, wie diese sich mit jedem Atemzug hob und senkte – sie konnte einfach nicht gehen.

Pip schloss die Augen. Sie wollte sich für immer an Jacks Geruch erinnern. An diese Wärme. An seine dunklen Locken auf dem Kissen. Sie schmiegte sich an seinen Hals und fragte sich, wie zum Teufel ihre ganze Welt plötzlich auseinanderbrechen konnte.

Natürlich war es ihre Schuld. Die Trennung war unausweichlich gewesen. Jack hatte eine Frau verdient, die sesshaft werden wollte – was auch immer das bedeutete. Pip schämte sich. Sie liebte ihn. Warum reichte das denn nicht?

Sie war sich nicht sicher, ob er ihr jemals verzeihen würde.

Als hätte er ihre Gedanken gelesen, legte Jack verschlafen einen Arm um sie und zog sie an sich. Ihre feuchten, warmen Körper drückten sich aneinander wie glühende Kohlen in einem offenen Kamin. Es erstaunte Pip, wie perfekt sie zusammenpassten. Ihr wurde eng ums Herz, und sie rollte sich auf den Rücken und starrte zu der toten Fliege hoch, die in einem Spinnennetz an der Decke hing.

Kapitel 9

Château de Boschaud, Mittsommer 1487

Artemisia spürte das Päckchen gegen ihr Bein schlagen, während sie sich durch die Küche bewegte, doch was auch immer sich darin befand, würde warten müssen. Sie tauchte ihren Löffel in den Kessel und kostete die dickflüssige, grüne Suppe. Sie war nicht zu bitter. Sie hatte die *Porée* mit mehreren Handvoll Brennnesseln verfeinert, die sie am Waldrand gefunden hatte. Außerdem hatte sie einige geröstete und gemahlene Fenchelsamen, Suppengrün, ein zusätzliches daumengroßes Stück Ingwer und ein paar Zimtblüten hinzugefügt, die Andreas letzte Woche heimlich hereingeschmuggelt hatte.

Zufrieden mit dem Geschmack nahm sie schließlich den großen Schöpflöffel, der neben dem Kessel hing, und goss die dunkelgrüne Flüssigkeit in vier tiefe Schüsseln, sodass sie die kleinen Klumpen goldene Butter bedeckte, die sie vorhin darin verteilt hatte. Sie rührte eilig um, damit die Butter schmolz und der Suppe einen wundervollen Glanz verlieh.

Jetzt war die einzige Zeit des Tages, zu der sich die Küchenbediensteten niederlassen und essen konnten. Sämtliche Lebensmittel waren in der Vorratskammer verstaut, das Feuer brannte, und die Braten waren mit Teig versiegelt.

Die zusätzlichen Bediensteten waren nach oben geschickt

worden, um den Dienstmägden und Dienern unter Abt Roalds strenger Aufsicht bei der Vorbereitung des Saales behilflich zu sein. Lange Eichentische mussten von der Scheune herbeigeschleppt werden, und die Bänke wurden aus der Kapelle entliehen.

Darüber hinaus hatte Abt Roald angeordnet, dass die zweihundert Silberkelche, die auf dem Anrichtetisch aufgereiht standen, neu poliert werden mussten, da er auf einem einzigen Kelch einen fettigen Fingerabdruck entdeckt hatte. Artemisia hatte den Dienstmägden zwar erst gestern aufgetragen, sämtliches Silber mit einem Lappen zu polieren, doch Abt Roald war überzeugt davon, dass es noch immer mit einer Staub- und Schmutzschicht überzogen war und noch einmal gesäubert werden musste, sodass sich sein Gesicht in ihnen spiegelte. Er hatte einen Kelch ins Licht gehalten und das Wort Gottes bemüht: *»Reinige zum Ersten das Inwendige an Becher und Schüssel, auf dass auch das Auswendige rein werde!«*

Sein verzerrtes Antlitz in dem Kelch war ein abscheulicher Anblick gewesen.

Die Sonne stieg langsam über die Lindenallee, und der Tag würde mit den Vorbereitungen für das Festessen vorübergehen. Die Feierlichkeiten würden zur Abenddämmerung beginnen und vermutlich bis zum Sonnenaufgang am nächsten Morgen andauern. Dann würde der große Saal voller adeliger Herren mit Bäuchen wie Weinfässer sein, die es sich auf den Tischen, Decken oder unbedachten Mägden bequem gemacht hatten.

Emmeline, Hildegard und Jacobus saßen bereits an dem kleinen Tisch in der Küche.

»Sitz gerade, Jacobus«, blaffte Artemisia. »Das hier wird dich aufwärmen.« Sie stellte eine Schale mit dampfender Suppe vor ihm auf den Tisch.

»Oder es bringt mich um.« Der Junge nahm lachend seinen Löffel und kostete. »Man weiß ja nie, welche seltsamen Kräuter du diesmal in die Porée gegeben hast. Letzte Woche war es …«

Emmeline unterbrach ihn: »Still jetzt, Jacobus! Du solltest dankbar sein. Jenseits der Mauer bekommst du kein Schmalz und auch keinen Schinken zur Suppe. Wenn du sie nicht willst, dann gib mir deine Schüssel. Ich bin am Verhungern.« Emmeline meinte es nicht böse, sie war bloß überarbeitet. Das Mädchen würde dafür sorgen, dass Jacobus genug Essen und Liebe bekam, dessen war Artemisia sich sicher.

Hildegard grinste, schlug zwei Mal mit dem Löffel auf den Tisch und deutete dann damit auf den Knaben, als wollte sie sagen: »Iss besser alles auf, Junge!«

Jacobus Farber war letztes Jahr auf das Anwesen der Boschauds gekommen, nachdem sein Vater aufgrund eines Ernteausfalls auf dem der Familie zugewiesenen Weizenfeld seine Steuern nicht mehr bezahlen konnte. Monsieur Farber war daher gezwungen gewesen, seinen zweiten Sohn in den Dienst der Familie Boschaud zu stellen, bis seine Schuld beglichen war. Unglücklicherweise starb Monsieur Farber kurz darauf an einem verfaulten Zahn, der schwarz geworden war und sich entzündet hatte. Das Gift wanderte seinen Hals hinab und raubte ihm schließlich den Atem. Jacobus hatte keine andere Wahl, als der Familie weiterhin zu Diensten zu sein, damit seine Mutter, sein Bruder und seine Schwester in dem nahe gelegenen Häuschen wohnen bleiben und das ihnen zugewiesene Land bestellen konnten, bis die Schuld beglichen war. Artemisia war klar, dass Jacobus für immer als Leibeigener in der heißen Küche festsaß.

»Hier, iss noch etwas Brot«, befahl sie ihm zwischen zwei

Löffeln Suppe. Die Hitze, die der schwarze Pfeffer verströmte, erstaunte sie, und sie spürte, wie sie sich ihre Kehle hinab bis in ihren Bauch ausbreitete. Sie hoffte, dass der Ingwer und der Knoblauch Erkältungen abwehren würden, wenn die Tage wieder kürzer wurden.

Sie brach ein großes Stück feines Weißbrot ab und reichte es Jacobus. Der Junge entriss es ihr mit einem Nicken, tauchte es in seine Suppe und stopfte es sich in den Mund. Dann riss er ein weiteres Stück ab.

Artemisia war es gewohnt, dass der Knabe derart fieberhaft aß. Seine Aufgaben waren schier endlos. Jacobus stand bei Sonnenaufgang auf, um die Wassereimer von den Brunnen zu holen, ehe er begann, trockenes Kastanien- und Eichenholz zu hacken, das er anschließend entlang der Küchenmauer aufschichtete, damit es in das riesige Feuer geworfen werden konnte, welches den Mittelpunkt der Küche bildete. Jacobus' Schultern waren so breit wie die jedes anderen Dreizehnjährigen, doch seine Beine und Arme waren drahtig wie die eines alten Mannes, der sein Leben lang auf dem Acker geschuftet hatte. Artemisia war froh, dass sie ihm wenigstens einmal am Tag eine ordentliche Mahlzeit bereiten konnte. Sie stellte stets sicher, dass es einen Brotlaib nur für den Jungen gab, und hielt ihn neben den alten Kohlen warm.

Ihre Küche lag versteckt an der Rückseite des Châteaus, direkt neben dem hoch aufragenden hinteren Turm, in dem sich eine Dienstbotentreppe befand, die in die Haupträume führte. Die Küche selbst war im Vergleich zu anderen Châteaus eher klein und maß von einer Wand zur anderen bloß fünf Schritte. In der dicken Granitwand im hinteren Teil befand sich ein winziges Fenster, das auf den Kräutergarten, die Allee und den dahinterliegenden Obstgarten hinausführte, in dem eine Vielzahl von Birn-, Apfel-, Pfirsich- und Aprikosenbäumen in ordentlichen Reihen wuchs. An der Innenseite der Wand verlief eine breite, abgenutzte Arbeitsplatte aus Granit, über der die Tontöpfe und die Haken befestigt waren, um die Töpfe und Bratpfannen zu halten. Dazu kam noch eine Vielzahl von Spießen und Bratrosten. Neben der Arbeitsplatte befand sich schließlich die Feuerstelle, die einen Ehrenplatz einnahm und so groß war, dass Artemisia aufrecht darin stehen konnte.

Das Feuer war das Herz der Küche, weshalb Jacobus sicherstellen musste, dass es niemals ausging.

Über das Feuer spannte sich ein Stahlrahmen so dick wie Artemisias Handgelenk, an dem mehrere schwarze *Chaudrons* hingen, in denen die Mahlzeiten für die Bewohner des Châteaus zubereitet wurden. Der kleinste dieser Töpfe war ihr eigener *Chaudron.* Darin kochte sie je nach Jahreszeit verschiedene Suppen und Eintöpfe, die sie mit Kräutern und Gemüse, einem Stück Schinken, Schmalz, Zunge, Entenfett oder Fleischresten verfeinerte.

Heute hatte sie aus einem alten, streitlustigen Hahn eine feine Hühnerbrühe zubereitet. Er war gestern Morgen mit den Beinen voran in die Küche geflattert, hatte gekratzt, gepickt und gekrächzt und damit auf Furcht einflößende Art seine Männlichkeit zur Schau gestellt. Artemisia wurde seiner Angriffe und der Striemen jedoch langsam überdrüssig, und so hatte sie ihre Schürze über ihn geworfen, ihn fest verschnürt und ihm schließlich mit einer Axt, die sie zum Holzhacken verwendeten, den Kopf abgeschlagen. Jacobus hatte den Hahn, der noch einige köstliche Speisen für den Rest der Woche verhieß, gerupft. Artemisia hatte der Suppe mit ihren Lieblingskräutern zusätzlichen Geschmack verliehen: Fenchel, Knoblauch, Sauerampfer, gemischt mit getrockneten Steinpilzen und Morcheln aus dem nahe gelegenen Kastanienwald. Alle ihre Träume waren in diesen Kessel geflossen – Gewürze aus fernen Ländern, die nach Abenteuer rochen. Sie ließ ihre Hand in ihre Schürzentasche gleiten und strich über Andreas' Päckchen. Heute Morgen würde nur wenig Zeit für Träumereien bleiben.

Hildegard schlug zwei Mal mit dem Löffel auf den Tisch, um Artemisia auf sich aufmerksam zu machen. Auch ihre liebe alte Freundin wollte noch etwas Suppe. Hildegard hustete heftig und nahm einen Schluck des mit Nelken verfeinerten Rotweins aus ihrem Becher. Anschließend griff sie in ihre Schürzentasche, um ein Stück Stoff herauszuholen, das sie an ihre Lippen drückte, bevor sie erneut zu husten begann und gar nicht mehr aufhören konnte. Sie ließ die Schultern nach vorn sacken und stützte sich mit den Ellbogen am Tisch ab, um den Anfall zu überstehen. Artemisia erhob sich, trat hinter die ältere Frau und rieb mit den Handflächen über ihren Rücken, damit sich ihre Muskeln entspannten. Sie spürte Hildegards Rippen durch das dünne Leinen hindurch und auch das verräterische Rasseln tief in ihrer Lunge. Die Hustenanfälle begannen dieses Jahr früher – sie waren zuvor noch nie vor der Sommersonnenwende zurückgekehrt. Hildegard ließ den Kopf in die Hände sinken. Als sie endlich zu husten aufhörte und das Tuch fortzog, sah Artemisia rote Spritzer auf dem Stoff. Sie stammten ganz sicher nicht vom Wein.

Artemisia trat an die Arbeitsplatte, wo sie getrocknete Veilchen und die am Morgen frisch gepflückten Blumen in kochendem Wasser eingeweicht hatte, nachdem sie aus dem Garten zurückgekommen war. Sie goss etwas von der dunkelvioletten Flüssigkeit in einen Becher und stellte ihn neben Hildegard.

»Trink«, befahl sie.

Artemisia sah Jacobus' ergebenes Gesicht. Er hatte seine Großmutter an einen Husten wie diesen verloren, das wusste sie. Ihnen beiden war bewusst, dass Hildegard den kommenden Winter nicht überleben würde.

Die alte Frau sprach nicht. Mit ihrer dunklen, ledrigen Haut, dem silbernen Haar und den wilden, funkelnden graublauen Augen erinnerte Hildegard Artemisia stets an eine Hexe. An eine *gute* Hexe natürlich, doch ihr haftete immer auch etwas Jenseitiges und Magisches an.

Hildegard arbeitete wie ein Ochse in der Küche, knetete Teig, rührte Saucen, beugte sich mit ihrem buckeligen Rücken über die Töpfe und machte dabei viel Aufhebens. Sie humpelte von früh bis spät zwischen der Küche und der Vorratskammer hin und her, und wenn es schließlich dunkel wurde, kam beinahe täglich ein anderer Feldarbeiter mit einem Leiden zu ihr: eine aufgeschobene, schwärende Stelle an der Fußsohle, ein schmerzender Finger, ein entzündeter Zehennagel oder tränende Augen, die von einem schweren Arbeitstag in einem Nebel aus Getreidestaub und trockener Erde zeugten. Hildegard beäugte die Verletzungen und öffnete die Wunden wenn nötig mit einer Nadel so lang wie ihr kleiner Finger, sodass die Flüssigkeit abfließen konnte. Danach legte sie einen Wickel an oder schickte den Betroffenen mit einer Mischung aus getrockneten Kräutern nach Hause, damit er sie als Tee zubereiten und die Nacht über trinken konnte, um die Schwellung zu lindern. Artemisia war dabei ständig in ihrer Nähe, trug Salben auf und erklärte Hildegards Handzeichen.

Hildegard hatte keine Zunge, und der Großteil ihrer Schneidezähne war ausgefallen, wodurch ihr Kinn länger und spitzer wirkte – und sie noch mehr wie eine Hexe aussah. Artemisia erschauderte, als sie sich daran erinnerte, wie einer von Hildegards Zähnen von einem besonders schlimmen Zahnwurm befallen gewesen war.

Hildegard war zu arm, um sich auf dem Wochenmarkt die Zähne von einem Barbier mit der Zange ziehen zu lassen, und es blieb Artemisia überlassen, ihre Schmerzen zu lindern.

Sie würde niemals vergessen, wie sie eines Tages hinter der knienden Hildegard gestanden und sanft den Kopf der alten Frau nach hinten gegen ihren harten Bauch gedrückt hatte, um sie zu stützen. Sie hob den rechten Arm und rammte einen Granitstößel in Hildegards Mund, um einen weiteren verfaulten, schwarzen Schneidezahn zu entfernen. Hildegard ließ die Behandlung auf den breiten Steinstufen vor der Küche bereitwillig über sich ergehen. Danach wusch sie ihren blutigen Mund mit einem Krug Rotwein aus, um den Schmerz zu betäuben und die Wunde zu versiegeln, wobei sie gurgelte und spuckte und auch ein wenig davon trank, um die Fäulnis zu bekämpfen.

Artemisia hatte Hildegard ein Päckchen aus gemahlenen Nelken und Fenchel gegeben, die sie in ein Tuch geschlagen hatte, damit Hildegard den Rest des Abends daran lutschen konnte. Jacobus flüsterte ihr später zu, dass er während der ganzen blutrünstigen Behandlung keinen einzigen Laut von der alten Frau gehört hatte. Nicht einmal ein Stöhnen.

Jacobus hingegen war noch immer durcheinander und schmiegte sich schließlich an Artemisia, ehe er ihr unter Tränen erzählte, dass sein Vater an einem faulen Zahn verstorben war. Sein Vater hatte sich damals geweigert, den kurzen Weg über die Felder zum Burgfried des Châteaus auf sich zu nehmen, damit Artemisia und Hildegard ihm helfen konnten. Er meinte, er habe keine Zeit für von sich eingenommene Heiler, die neuartige Verfahren aus fernen Ländern nutzten, und er habe auch sicher keine Zeit, um sich von zwei Frauen behandeln zu lassen. Tees und Kräuter blieben besser der Geburtshilfe vorbehalten. Seine Starrköpfigkeit führte letztlich dazu, dass er kalt wie ein Stein in einem kleinen, unmarkierten Grab am Rande seines geliebten Feldes begraben wurde. Wurmfutter. Das erklärte auch Jacobus' ausdrucksloses Gesicht und die Tatsache, dass er jedes Mal mit voller Wucht gegen einen Stein trat, wenn er auf dem Weg zu seiner Mutter, die er an einem Sonntag im Monat besuchte, über jenes unmarkierte Grab schritt. *Sacrebleu!,* dachte Jacobus dann immer und hoffte, dass der schwere Stein seinen starrköpfigen Mistkerl von Vater dort traf, wo es richtig wehtat.

Jacobus aß seine Suppenschüssel leer, leckte sie aus und stopfte sich dann noch eine Handvoll Pilze in den Mund.

»Mach mal langsam, mein Junge«, tadelte Artemisia ihn. »Ich will nicht, dass du dich hier auf meinem Küchenboden übergibst. Es liegt noch ein langer, arbeitsreicher Tag vor uns, bis dieses Festessen vorüber ist.«

Kapitel 10

Tasmanien, Mai 2014

Pip drückte sich mit ihrem Rucksack an der großen Schwingtür vorbei, die das Restaurant von der Küche trennte. Sie war spät dran und hörte, wie Dan, der Küchenchef, dem armen Beikoch Jean brüllend Befehle erteilte, damit dieser die klare Brühe richtig zubereitete.

Dan sah unglaublich wütend aus, sie war also in echten Schwierigkeiten. Zum Glück war er so beschäftigt damit, Jean Anweisungen zu erteilen und diese zu überwachen, dass er keine Zeit an Pip verschwendete. Sie stellte eine verknotete graue Plastiktüte neben Dan auf die Edelstahlarbeitsplatte und schlich sich an ihm vorbei.

»Entschuldige! Ich habe Brennnesseln mitgebracht«, flüsterte sie. »Ich mache später eine Suppe daraus – ich hab dir ja erzählt, dass meine Mutter sie immer gekocht hat, als wir noch Kinder waren. Ich würde sie für die Belegschaft kochen, wenn du willst?«

»Dann hoffe ich mal, dass sie auch wirklich gut schmeckt, Pip. Ich kann einfach nicht akzeptieren, dass du zu spät kommst, bloß weil du noch dieses verdammte Unkraut pflücken musstest.« Dans Stimme hallte durch die Küche. Er sah nicht auf, während er sie zurechtwies.

»Kann ich vielleicht etwas von dem Fond hier verwenden, falls etwas übrig bleibt?«, fragte Pip.

»Mein Gott! Sonst noch was, Schätzchen?«

»Nein, alles klar. Danke!«

Pip eilte in ihre Ecke der Küche und begann, ihre wertvolle Beute aus dem Rucksack zu holen. Ein holziger, scharfer Geruch breitete sich aus, als sie die sperrigen Bündel frischer Minze, Rosmarin, Petersilie und Kerbel herauszog, die sie im Vorbeigehen aus einem Beet im Garten des Colleges mitgenommen hatte. Sie versuchte, nicht an das kleine Beet zu denken, das Jack vor dem Cottage für sie angelegt hatte. Ob es immer noch dort war? Jack war früher als geplant nach Italien aufgebrochen und hatte ihr nicht gesagt, wann er wiederkommen würde. Als Tutorin war sie erst mal ins Studentenwohnheim zurückgekehrt, bis sie eine längerfristige Bleibe gefunden hatte.

Pips Atem ging stoßweise, und ihr Herz raste. Sie lehnte sich an die Arbeitsplatte und schloss einen Augenblick lang die Augen, bis sich ihr Puls normalisiert hatte und sie sich wieder besser fühlte. Zumindest ein wenig.

Sie machte sich auf den Weg zu dem großen Kühlschrank, um ihre Schätze darin zu verstauen. Dann griff sie erneut in ihren Rucksack und zog ein altes Einmachglas mit braunen Samen hervor. Sie schüttelte es und öffnete den Deckel, um daran zu riechen.

»Lass mich auch mal«, verlangte Dan, der plötzlich hinter ihr stand. Er hob das Glas und atmete den süßen, etwas muffigen Lakritzgeruch ein.

»Mmm, Fenchelsamen. Hast du sie selbst geröstet?«

»Ähm, ja … ich habe die Früchte letzte Woche auf dem Nachhauseweg von der Arbeit gepflückt und sie auf Zeitungspapier zum Trocknen ausgelegt. Ich dachte, ich bringe dir etwas davon mit, damit du damit experimentieren kannst.«

Dan schnupperte noch einmal an den Fenchelsamen, bevor er Pip gedankenverloren musterte. »Warum bist du hier?«, fragte er schließlich.

»Ich habe heute Dienst.«

»Nein, das meinte ich nicht. Warum arbeitest du hier in dieser Küche? Warum hast du keinen Teilzeitjob in einem Labor oder bist in dem stinkenden Watt unterwegs, von dem du immer so schwärmst?«

»Ich … ich … ich liebe die Arbeit hier.« Warum stotterte sie? Das passierte ihr doch sonst nicht. »Ich weiß es nicht. Es macht mir einfach Spaß, mal etwas anderes zu tun. Etwas Kreatives. Ich sehe dir gerne dabei zu, wie du die Gerichte zusammenstellst.« Sie hoffte, dass er ihr glaubte. Außer diesem Job gab es nichts mehr, was sie in Tasmanien hielt. Kein Jack. Ihre Brust zog sich zusammen. Wollte Dan sie jetzt etwa auch noch loswerden?

Professor Grant und Imogen hatten Pip letzte Woche zu einem Gespräch ins Institut gebeten und ihr vorgeschlagen, sich eine Zeit lang beurlauben zu lassen. Sie hatte Schwierigkeiten mit der Datenanalyse, und die beiden waren der Meinung, dass eine Auszeit »womöglich hilfreich« sein könnte.

»Ich habe dir ja gesagt, dass wir die Frist nicht mehr verlängern«, erklärte Imogen. »Und ich habe es auch so gemeint. Aber angesichts der geplatzten Hochzeit …« Imogen brach ab und steckte sich eine Strähne ihrer blonden Haare zurück in ihren strengen Pferdeschwanz. »Es gibt keine Subventionen mehr, verstehst du?«, fuhr Imogen fort.

»Keine zusätzlichen Förderungen ohne medizinisches Attest. Du bist schließlich nicht todkrank!«

Pip schluckte und nickte.

»Kurz gesagt: Wir haben auf Pause gedrückt. Die Förderabteilung der Universität hat einer Aussetzung zugestimmt.«

»Danke, ich …«

»Stopp.« Imogen hob ihre schlanke Hand. »Tu, was du tun musst. Du wurdest offiziell von der Universität beurlaubt.« Sie rückte ihre Brille zurecht. »Vielleicht schaffst du es, in zwölf Monaten um Wiederaufnahme anzusuchen. Lass uns nicht wie Idioten dastehen, Pip. Gib nicht so kurz vor dem Ziel auf.«

Pips Gesicht brannte, denn sie sah erneut die besorgten Gesichter der beiden vor sich, als sie ihr die Unterlagen für die Beurlaubung entgegenschoben und Plattitüden von sich gaben, wie etwa, dass sie sich Zeit nehmen solle, um ihre Gedanken zu ordnen, oder – am schlimmsten von allen – dass Trennungen während der Promotionsphase immer schwer zu verkraften seien.

Die Unterlagen waren bereits unterzeichnet – die Beurlaubung war schon genehmigt worden.

Pip senkte den Blick, während sie Dan zuhörte.

»Aber es ist mehr als das. Du siehst nicht nur zu.« Dan rutschte näher an sie heran, damit ihn die anderen in der Küche nicht hörten. »Jede Woche bringst du etwas mit, das du selbst angebaut hast, oder du hast irgendetwas Besonderes dabei, über das du auf dem Heimweg gestolpert bist. Oder in deinem Watt. Du beherrschst sämtliche Rezepte, die ich dir auftrage. Alles. Aber es ist mehr als das. Du kannst die Rezepte *spüren.* Ihre Geschichte. Du liebst Kräuter. Ich habe gesehen, wie du in deiner Ecke stehst und an einem Rosmarinzweig riechst, wenn keiner hinsieht. Du sammelst Brennnesseln und Fenchelsamen … instinktiv. Du hast alle

Voraussetzungen, um eine hervorragende Küchenchefin zu werden. Komm schon, Pip.« Dan sah ihr direkt in die Augen, während er sich immer noch das Glas unter die Nase hielt. Dann wandte er sich ab und machte sich auf den Weg auf die andere Seite der Küche, wobei er Befehle in alle Richtungen brüllte.

Natürlich hatte Pip bereits über eine Veränderung nachgedacht. Sie brauchte einen Job. Sie hätte nichts dagegen, keine Zahlen mehr zu wälzen, sondern etwas Kreatives zu tun – und vielleicht zu reisen –, aber sie musste an ihrem Plan festhalten, wenn sie tatsächlich Meeresbiologin werden wollte. Ihre Forschungen stagnierten, und ihre Beziehung zu Jack war beendet. Sie zog ihr Telefon aus der hinteren Hosentasche und sah nach. Nichts. Seit sie ausgezogen war, beantwortete Jack ihre Nachrichten und Anrufe nicht mehr. Pip lehnte sich einen Augenblick lang gegen die Arbeitsplatte, schloss die Augen und saugte den rauchigen Anisgeruch des Fenchels ein. Sie stellte sich vor, wie ihr Kopf auf Jacks Brust ruhte, und spürte den Rhythmus seiner Atemzüge. Sie roch den schweren Geruch nach Erde und Meer.

Pip brauchte sämtliche Energie, die sie hatte, um sich wieder aufzurichten und mit ihrer Arbeit fortzufahren.

Sie musste sich von ihrem in Trümmern liegenden Leben verabschieden und die Warteschleife verlassen, in die sie sich selbst manövriert hatte. Sie brauchte einen neuen Plan. Eine neue Umgebung und etwas Geld. Und dann würde sie sich überlegen, wie sie ihre Doktorarbeit doch noch abschließen konnte. Irgendwie.

»Ehrlich gesagt wollte ich nach der Arbeit ohnehin noch mit dir reden, Dan. Ich … ähm … ich wollte fragen, ob du einen Laden kennst, in dem ich eine Zeit lang arbeiten könnte.

Ich weiß, dass du früher in Europa gekocht hast. Ich will ein wenig reisen, denke ich. Mal hier rauskommen …« Ihr Gesicht brannte, und sie atmete tief durch. Dan wusste, dass die Hochzeit abgesagt worden war.

Der Küchenchef klopfte Pip auf die Schulter. »Also, mein bester Freund Eduardo führt ein Restaurant in Spanien. Google es mal – es heißt *Azure* und befindet sich in San Sebastián. Er hat ein eigenes Labor für Experimente, sein Schwerpunkt liegt auf Molekulargastronomie.« Dan zog eine Augenbraue hoch. »Wenn du Interesse hast, schicke ich ihm eine E-Mail. Es ist ziemlich schwer, einen Job bei ihm zu ergattern, aber wenn ich ihm von deinem wissenschaftlichen Hintergrund erzähle, weckt das vielleicht sein Interesse. Wer weiß – vielleicht beginnt dort dein Weg zur Chefköchin.«

Pip bezweifelte es. Außerdem hatte sie im Moment genug von Laborarbeit.

»Und, Pip?«

»Ja?«

»Wenn du morgen wieder zu spät kommst, dann erwürge ich dich, verdammt noch mal!«

Pip liebte die Ruhe zwischen dem Ansturm zu Mittag und am Abend. Das Lammfleisch war bereits in Würfel geschnitten, der Petersfisch filetiert und die Pazifischen Felsenaustern ausgepackt und zum Öffnen bereit. Sie runzelte die Stirn. Sie hatte keine Ahnung, warum Dan diese Muscheln immer noch bestellte. Sie hatte ihm doch erklärt, wie diese importierten Spezies die Meere kolonisierten und das Gleichgewicht des Ökosystems im Mündungsgebiet störten. Er hatte ihr zwar zugehört, doch dann hatte er gemeint, dass es schwierig sei, einen verlässlichen Lieferanten für heimische Muscheln zu finden. Aber was sollte daran so schwer sein?

Pip hatte ihre Kräuter gezupft, gehackt und in Beutel verpackt. Eine Symphonie in Grün, die aufgereiht auf der langen Edelstahlarbeitsplatte Aufstellung genommen hatte.

Von außen sah das *Zest* mit seinen großen Fenstern rechts und links neben der Eingangstür und der verblassten Holzfassade aus wie alle anderen Häuser in South Hobart, die noch aus der Zeit der Föderation stammten. Es befand sich am äußersten Rand eines Hügels, der sich bis hinunter zum Ufer des eisigen River Derwent erstreckte. Wie viele Gebäude aus der Föderationszeit zeigte es in die falsche Richtung – nach Süden. So fand die Sonne nur Ende Februar den Weg zum Haus, und auch dann stattete sie lediglich dem Garten einen Kurzbesuch ab. Dan hatte einen abgewetzten Metalltisch und einen dazu passenden Stuhl hinausgestellt, damit er in der Sonne rauchen konnte. Seinem Teint nach zu urteilen bekam er jedoch ebenfalls nur einmal im Jahr die Sonne zu Gesicht. Küchenchefs waren nicht gerade dafür bekannt, über eine rege Vitamin-D-Produktion zu verfügen.

Das Innere des *Zest* war vollkommen anders, als man vielleicht erwartet hätte. Die Wände waren mit Tapeten von Florence Broadhurst im japanischen Blumendruck tapeziert und glänzten in Rot und Gold. Von der Decke hingen große Schwarzholzkugeln, und die Tische waren mit makellosen weißen Damasttischtüchern gedeckt. So entstand eine Atmosphäre, die sowohl als gemütlich als auch als glamourös bezeichnet werden konnte. Pip konnte gut verstehen, warum das *Zest* das Lieblingsrestaurant vieler Einheimischer war.

Und dann war da natürlich auch noch das Essen. Seit Dan

das Restaurant vor fünf Jahren übernommen hatte, hatte er eine hingebungsvolle Anhängerschaft um sich geschart, und zwar nicht nur unter den Einheimischen. Für viele Besucher vom Festland stellte ein Essen im *Zest* einen der Höhepunkte ihres Tasmanien-Kurzurlaubs dar. Zusammen mit einem Spaziergang über die Salamanca-Märkte, um nach Kunsthandwerk zu stöbern, und einem Fährausflug vom Constitution Dock zu dem flippigen *Museum of Old and New Art,* bekannt unter dem Namen *MONA.*

Doch jetzt saßen Dan, Jean und Pip an ihrem runden Lieblingstisch in der Ecke, um zu Mittag zu essen, und diesmal stand Pips Kreation im Vordergrund.

»Diese Suppe ist *magnifique*«, schwärmte Jean, der aus Marseille stammte.

Dan und Jean schlürften die Suppe, rissen große Stücke von Dans Sauerteigbrot ab, das zu seinen Spezialitäten gehörte, und wischten damit den Schüsselrand sauber.

»Sie ist echt großartig«, stimmte Dan ihm zu. »Ich habe schon gehört, dass man aus Brennnesseln Suppe kochen kann, aber ich habe sie nie zuvor probiert. Woher hat deine Mum denn das Rezept?«

»Keine Ahnung«, erwiderte Pip. »Ich glaube, von Dads Seite der Familie – vielleicht von meiner Großmutter. Anscheinend gibt es irgendwo alte Familienrezepte, aber ich habe sie noch nie zu Gesicht bekommen.«

»Und wo hast du die Brennnesseln her?«, fragte Dan.

»Sie wachsen überall entlang der Straße. Aber ich achte darauf, sie nicht in der Nähe von Gehwegen zu sammeln, um sicherzugehen, dass sie kein Hund bewässert hat. Ich habe meine Haushaltshandschuhe getragen, damit meine Hände nicht jucken.«

»Wusstet ihr, dass in der Nähe von Brennnesseln auch immer irgendwo Ampfer wächst? Wenn man sich an einer Nessel brennt, dann braucht man die Stelle bloß mit einem Blatt Ampfer einzureiben, was den Schmerz lindert. Du brauchst nicht den Kopf zu schütteln, Jean – das hilft wirklich!«

Pip fuhr fort: »Meine Mum ist Hebamme, und einmal hat sie unserer Nachbarin Brennnesselsuppe gekocht, als sie Probleme mit dem Stillen hatte, weil Brennnesseln die Milchbildung fördern.«

»Das möchte ich gar nicht wissen«, meinte Dan abwehrend.

»Wirklich, Dan, es ist faszinierend!«, sagte Pip. »Zurzeit wird intensiv an den Inhaltsstoffen der Blätter geforscht. In Nepal und China nutzt man sie als Tee, um die Nieren zu reinigen, Arthritis zu bekämpfen, das Herz zu stärken und auch bei Grippe. Stell dir vor, man könnte eine Möglichkeit finden, die Inhaltsstoffe zu extrahieren und sie als Medikament einzusetzen.«

Dan zuckte mit den Schultern. »Wenn du meinst – du bist hier die Wissenschaftlerin.« Er deutete auf seine leere Schüssel. »Und außerdem auch gar keine schlechte Köchin.«

Pip wurde rot vor Stolz. »Ist dir aufgefallen, wie der Joghurt die Suppe verfeinert? Das Fett nimmt ihr die Bitterstoffe, und sie wird bekömmlicher und cremiger. Die Suppe meiner Mutter war immer etwas zähflüssiger.«

»Und die Fenchelsamen waren auch eine gute Idee«, warf Dan ein. »Sie geben der Suppe Tiefe. Das nächste Mal würde ich sie vielleicht sogar mit ein wenig Trüffelöl abrunden. Natürlich nicht zu viel, bloß einen Tropfen, damit man den warmen, erdigen Geruch wahrnehmen kann, wenn die Suppe serviert wird.« Er streckte sich. »Gut, dann zurück an die Arbeit.

Dadrin sind einige Töpfe, die sich nicht von selbst reinigen, und der Boden muss ebenfalls geschrubbt werden. Mach ein wenig sauber, bevor du mit den Vorbereitungen für den Abend beginnst. Wir sprechen dann nach der Arbeit noch über San Sebastián und Eduardo.«

Pip atmete tief durch und nickte Dan dankbar zu. Sie musste einen Neuanfang wagen, und San Sebastián klang nach einem wunderbaren Ort dafür. Vielleicht war ein Arbeitsurlaub gar keine schlechte Idee. So konnte sie einen anderen Bereich ihres Gehirns nutzen und kreativ sein. Das konnte doch nicht schaden, oder?

Kapitel 11

Château de Boschaud, Mittsommer 1487

Artemisia wischte sich mit dem Ärmel den Schweiß von der Stirn und löste den Stoff ihres schweißnassen Kleids von ihrer Brust. Sie stand vor dem Feuer und rührte die *Porée*, während Emmeline, Hildegard und Jacobus zu Ende aßen. Sie hatte die dicke grüne Suppe gerade mit einigen getrockneten Pfifferlingen verfeinert und sah zu, wie die gelben, ledrigen Pilze sich ausdehnten und matschig wurden, ehe die Flüssigkeit sie verschluckte. Sie hatte auch einige Stücke Schinken und eine Handvoll Knoblauchzehen, frische Brennnesseln und Petersilie hinzugefügt, um die Suppe für die Hausdienerschaft zu strecken, die diese vor dem Festessen zu sich nehmen würde. Sobald die Küchenbediensteten mit dem Essen fertig waren, würde Artemisia den Kammerherren, die Diener und die Dienstmägde in die Küche rufen und das Essen verteilen.

Danach sollte Emmeline eine Schüssel Suppe und ein Dutzend warme und in Stoff eingeschlagene Brötchen zu den Mönchen bringen. Sie nahmen im überdachten Kreuzgang im Schatten der Lindenallee ihr Mittagsmahl ein. Heute war ein Bußtag, und es war natürlich eine Schande, dass sie den Schinken in die Suppe getan hatte, aber sie vermutete, dass eine heimliche Portion Schweinefleisch womöglich ein Lächeln auf die alten, faltigen Gesichter zaubern und den Mönchen etwas Kraft verleihen würde. Die Männer hatten den Garten schon gehegt und gepflegt, als Artemisia noch nicht einmal über die Rosmarinhecke zu blicken vermochte, doch nun schritt Abt Roald viel zu oft die Gartenmauer entlang, lehnte sich darüber und brüllte Befehle, riss sämtliche Salatpflanzen aus, die nicht in Reih und Glied standen, und rief die Mönche zurück, um im Mondlicht weiter an den Weidenbegrenzungen für die Beete zu arbeiten. Wenn harte Arbeit und die pflichtgetreue Befolgung der Sakramente und Gebete der einzige Weg zur Erlösung waren, dann waren die buckeligen, klaglosen Mönche des Châteaus de Boschaud wahrlich auf dem besten Weg dorthin.

Jene Mönche, die im Umgang mit der Feder geübt waren, wurden nicht länger herangezogen, um die Rezepte der Kräuterheilmittel zu kopieren, die Abt Bellamy so sehr am Herzen gelegen hatten. Abt Roald verachtete die Kunst des Heilens, genauso wie er seine Pflichten als Armenpfleger vernachlässigte.

Bauern und Bedienstete des Châteaus kamen lieber an die Küchentür und klopften verzagt, um voller Zurückhaltung ihre Bitte um Behandlung vorzubringen. In der Zwischenzeit saßen die Mönche unter den Rundbögen des Kreuzganges und machten Aufzeichnungen über die ihnen zugeteilten Haushaltspflichten des Châteaus und schrieben Abrechnungen oder Abschnitte des Evangeliums nieder. Mittlerweile waren die Küchenbediensteten für den kläglichen Rest des Heilmittelgartens verantwortlich, und Artemisia gab ihr Bestes, um Abschriften der Rezepte für Arzneimittel und Tinkturen zu erstellen, damit sie diese den Aufzeichnungen des Châteaus hinzufügen konnte.

Jeden Vollmond verlangte der Abt nach einer Aufstellung der Speisen, die im Château zubereitet worden waren. Danach legte er Artemisias Pergamentblätter zwischen zwei starre Tafeln und bestätigte die Speisenfolge mit einem roten Wachssiegel, in das er seinen Ring drückte, ohne jemals ein dankbares Nicken übrig zu haben. Artemisia achtete darauf, die Rezepte immer pünktlich abzuliefern – die Aufzeichnungen und die Bibliothek des Châteaus de Boschaud galten als die besten im Limousin und Abt Roald als sachkundigster Kaplan des Landes. Nicht einmal der Himmel kam jenen zu Hilfe, die der Trägheit anheimfielen und ihm nicht das gaben, wonach er verlangte.

Heute würde Abt Roald den Hochzeitsritus im Garten vollziehen und danach zur Linken des Paares an dem einem Kaplan zustehenden Platz an der Tafel speisen. Er nahm immer vor den anderen wichtigen Bediensteten des Châteaus Platz, wie etwa dem Vorsteher, dem obersten Jäger und dem Falkner. Artemisia vermutete, dass er auch heute direkt aus dem Himmelreich eine Freistellung vom Bußtag erhalten hatte, damit er sich an dem Wildschwein und den Gänsen und Enten in Karamellkruste laben konnte, die zum Festessen serviert würden.

Sie zog ihren Schöpflöffel aus dem tiefen Topf und hängte ihn über den dicken Kupferrand, bevor sie um den Tisch herumging, um nach Emmelines *Moutarde violette* zu sehen. Das Mädchen hatte erst am Morgen eine frische Portion hergestellt. Dazu hatte sie blaue Weintrauben entkernt und zerstoßen, sodass sie eine dicke, violette Paste erhielt, die sie anschließend mit schwarzem Senfmehl vermischt hatte. Artemisia steckte einen Finger in die Schüssel und leckte ihn ab. Der scharfe, beißende Geschmack der Senfkörner wurde vom Saft der Weintrauben abgeschwächt, und die Schalen der Trauben machten die Paste griffig. Es war die beste Beigabe zum Geflügel. Artemisia griff nach dem braunen Beutel mit Salz, der auf der Arbeitsplatte stand, und gab zwei Prisen zum Senf, bevor sie umrührte und den Löffel ableckte. Viel besser. Das Salz glich die beiden unterschiedlichen Geschmacksrichtungen aus, sodass Süße und Würze nicht länger um die Vorherrschaft kämpften.

Neben dem Topf entdeckte sie einige getrocknete Pilze, die sie übersehen hatte. Sie nahm sie und gab sie mit einer weiteren Prise Salz und etwas schwarzem Senfmehl in die Suppe.

Sie sah den braunen Punkten zu, die sich auf der glänzenden Oberfläche im Kreis drehten, und die sengende Hitze des Feuers drohte sie beinahe zu übermannen, doch Artemisia lächelte und dachte an den kühlen, nebeligen Tag zurück, an dem sie die Pfifferlinge im Wald gesammelt hatte.

Artemisia und Emmeline waren am Waldrand jenseits der Mauer entlangspaziert, um ihre Körbe mit gelben Pfifferlingen zu füllen. Sie schimmerten wie Blattgoldspäne zwischen den braunen Haufen verrotteter Blätter hervor, die die seichten Wurzeln der Eichen und Edelkastanien bedeckten.

Artemisia hatte versprochen, den Abt jeden Tag nach dem Morgenlob mit einer frischen Pilzpastete zu versorgen, solange die Pfifferlinge wuchsen. Seine Fingerknöchel und Knie ächzten, und das trübte seine Stimmung. Die pfeffrigen Pilze erleichterten ihm – und somit auch allen anderen – den Start in den Tag.

Die Pasteten waren einfach zuzubereiten. Artemisia schnitt

bloß die dicken Kappen der Pfifferlinge in dünne Scheiben und vermischte sie mit weichem Käse, Salz, gemahlenem Ingwer, Zimt und Nelken, bevor sie sie in dicken Teig einschlug und zwischen die warmen Kohlen legte, damit sie aufgehen konnten. Zusätzlich bereitete sie immer auch eine kleine, vor Käse triefende Pastete zu, die sich Jacobus in die Tasche stecken konnte, wenn er hinausging, um das Holz für den neuen Tag zu holen.

An diesem besonderen Morgen war es frostig, und der Himmel war dunkel und wolkenverhangen. Emmeline und Artemisia hatten ihre Weidenkörbe beinahe bis zum Rand mit gelben Pilzen gefüllt und genossen den Duft der Pfifferlinge, die überraschend und anregend nach reifen Aprikosen rochen. Einige der Pilze waren so groß wie Artemisias Handfläche, und sie zeigte Emmeline gerade, wie sie sie vorsichtig aus dem feuchten, lehmigen Boden ziehen musste, damit sie auch im nächsten Jahr wieder an derselben Stelle wuchsen, als sie das dumpfe Schlagen von Pferdehufen auf dem harten Boden und das Klappern eines Fuhrwerkes hörte, das sich ihnen näherte.

Als sie sich zu dem ausgefahrenen Pfad umdrehte, der sich zwischen den hohen, silberfarbenen Buchenstämmen und den Edelkastanien hindurchschlängelte, sah sie ein Paar glänzend schwarze Warmblüter, die sich graziös durch den Wald bewegten. Artemisias Herz machte einen Sprung – es war der neue *Épicier.*

»Guten Morgen, meine Damen«, begrüßte Andreas die beiden und lehnte sich zurück, um an den Leinen zu ziehen und seinen Wagen damit zum Stehen zu bringen, bevor er seinen Filzhut abnahm und seinen Kopf in einer Art und Weise senkte, die viel zu gehoben für zwei einfache Küchenbedienstete war.

»Monsieur de Vitriaco.« Artemisia senkte als Antwort ebenfalls den Kopf und verbarg somit, dass sich ihre Mundwinkel sanft nach oben zogen. Er war genauso gut aussehend, wie sie ihn von ihrem ersten Treffen in der Vorratskammer in Erinnerung hatte. Seine Haut war wie feinster Zimt.

»Wie ich sehe, sind Ihre Körbe bis zum Rand gefüllt. Und Pfifferlinge noch dazu – meine Lieblingspilze.« Er hielt die Nase in die kühle Brise und schnupperte. »Es riecht, als käme noch mehr Regen. Ich denke, es wird wohl ein gutes Jahr.«

»In der Tat«, erwiderte Artemisia. Die Luft war vom Duft verwelkter Blätter, feuchter Erde und – wie Artemisia erschrocken feststellte – einem Hauch Hoffnung erfüllt. Ihr Herz hatte noch nie in Gegenwart eines Mannes zu pochen begonnen, und sie war auch noch nie um Worte verlegen gewesen. Ein Windstoß fuhr in die Bäume, und gelbe und braune Blätter regneten auf die beiden Frauen hinab. Sie lachten und wischten sich die Blätter aus dem Gesicht und von ihren Hauben.

»Und wer ist diese junge Maid?« Andreas schenkte der hübschen Emmeline mit dem blonden Haar ein Lächeln, sodass sie den Kopf senkte und errötete. Artemisias Blick fiel auf die seidig weiße Haut und das feine Haar des Mädchens, und sie spürte, wie sich ihr Magen vor Eifersucht zusammenzog. Natürlich würde jeder Mann diese hübsche, reife und üppige Jungfer bevorzugen. Gerade deshalb musste Artemisia das unschuldige Mädchen vor den anmaßenden Kaufleuten aus dem Dorf beschützen, die sie wie eine heiße Kartoffel fallen lassen würden, sobald sie bekommen hatten, wonach ihnen verlangte. Sie spürte, wie ihr Herz kaum merklich hart wurde.

»Das ist Emmeline«, erwiderte Artemisia knapp. »Sie arbeitet zusammen mit mir und Hildegard in der Küche.«

»Ah. Die Frau ohne Zunge?«, fragte Andreas. »Dann sind Sie ja ein wahrliches Dreiergespann in Ihrer Küche oben im Château.«

Er sprang von seinem Wagen und streckte eine Hand aus, während er mit der anderen die Leinen umfasst hielt. Die Pferde legten die Ohren zurück und schlugen mit den Schweifen. »Bitte. Erlauben Sie mir, Sie ins Château zurückzubringen. Ich muss ohnehin Gewürze dorthin liefern.«

Artemisia schwang ihren Korb herum und hob protestierend die Hand.

»Ich bestehe darauf«, beharrte Andreas, griff nach den Henkeln der beiden Körbe und hob sie auf seine Ladefläche.

Artemisia dachte an den langen Marsch über die brachliegenden, durchweichten Felder bis zum Château, das in der Ferne auf einem Hügel thronte, und dachte: *Warum nicht?* Sie hatte noch einen langen Tag vor sich, und ihren müden Beinen würde eine Pause guttun.

Emmeline kletterte zuerst auf den Wagen, und als sie schließlich oben war, wischte Artemisia dem Mädchen eilig die kleinen Zweige und Blätter vom Saum ihres Kleids. Das Leinen war dünn, und die Sohlen ihrer Schuhe waren durchgelaufen, sodass man die rosige Unterseite ihrer Füße sehen konnte. Artemisia bückte sich, um auch noch den Saum ihrer eigenen trostlos grauen Röcke zu säubern, wobei sie mit Bestürzen feststellte, dass er vollkommen durchnässt war. Andreas streckte die Hand aus, und sie schwang sich mit einem steifen »Danke« hinauf.

Schließlich sprang Andreas auf den Platz neben ihr, und sie sah, wie sich die Muskeln unter seinem makellosen weißen Seidenhemd spannten. Der Geruch von Rosenwasser stieg ihr in die Nase, als er sich neben ihr niederließ. Der hölzerne

Kutschbock war ein wenig schmal für drei Personen, und Artemisia spürte den strammen Schenkel des *Épiciers,* der sich an ihren Oberschenkel presste.

Andreas pfiff und trieb die Pferde an, die im schnellen Schritt weitergingen. Die Ladefläche war voller Terrakottatöpfe verschiedenster Größe, die bei jedem Schritt klimpernd und klirrend aneinanderschlugen.

»Also«, begann Andreas, »was werden Sie aus diesen wunderbaren Pfifferlingen zubereiten?«

Daraufhin entspannte sich Artemisia ein wenig und berichtete ihm den Rest der Fahrt über von ihren Rezepten, wobei er auch einige Vorschläge für die passenden Kräuter beisteuerte. Er fragte, wie man die einfache grüne *Porée,* die inmitten dieser sanften Hügel so gerne gegessen wurde, abwechslungsreicher zubereiten konnte. Sie erzählte ihm, wie das Château zu ihrem Zuhause geworden war, und Andreas berichtete von seinen Tagen als Student in Bologna, wo er lateinische Grammatik, Astronomie und Geometrie studiert und eine endlose Anzahl Pergamentrollen vollgeschrieben hatte. Nach dem Tod seines Vaters rief ihn seine Mutter, Alba, nach Hause, um seine Gesellenzeit abzuschließen und das Gewürzgeschäft der Familie de Vitriaco zu übernehmen. Schon bald würde er der Zunft vorstehen und am Marktplatz nach neuen Waren Ausschau halten, wie es sein Vater vor ihm getan hatte. Artemisia scherzte, dass sie beim Treffen mit der Bürgerschaft im Dorf seine Entlassung erwirken würde, falls die Preise für Safran und Ingwer steigen sollten. Sie lachten so unbeschwert über diesen Scherz, dass sich ihre Schultern berührten und sich ihre Blicke trafen. Artemisia vergaß sogar einen Augenblick lang, dass sie nur eine einfache Köchin war. Sie wussten beide, dass es ihr nicht erlaubt war, der Bürgerschaft gegenüberzutreten oder überhaupt eine Versammlung zu besuchen, ohne dass sich ihr Herr damit einverstanden erklärt hätte. Oder der Kaplan. Es war undenkbar. Bis zu jener Fahrt durch den Nebel auf dem Wagen dieses freundlichen Mannes, der ferne Orte bereist hatte, war Artemisia immer dankbar für ihr mit Stroh und Lavendel gestopftes Lager in der Scheune gewesen.

Das glückliche Paar vergaß beinahe auch die süße Emmeline, die sich so leise wie eine Katze in der Vorratskammer verhielt, als Andreas Artemisia die Funktionsweise eines einzigartigen neuen Fuhrwerks erklärte, das der aus Siena stammende Ingenieur Taccola entworfen hatte. Er meinte, er würde es gerne bauen lassen, weil es sich in eine Brücke verwandeln ließ. Gemeinsam fragten sie sich, aus welchem exotischen Ort im Fernen Osten das glänzende Muskatnusspulver stammte, mit dem die Araber in Venedig handelten, und ob der Preis wohl in nächster Zeit fallen würde.

Andreas fragte Artemisia, wie sie die Pilze kochte und trocknete. Sie war so erfreut, dass jemand sie bat, ihr Wissen zu teilen, dass sie ihm bereitwillig Auskunft gab.

Artemisia spürte den frischen Wind im Gesicht, und ihre Zöpfe schlugen gegen ihren Rücken, als sie schließlich den Wald hinter sich ließen. Die Pferde gingen in einen langsamen Schritt über, schüttelten ihre Mähne und schnaubten, während sie die hohe Steinmauer des Châteaus entlangfuhren. Andreas bewunderte die üppigen, leuchtend gelben Blätter, die über die mächtige Granitmauer spähten, bevor sie schließlich das gusseiserne Eingangstor erreichten und warteten, bis der alte Pförtner sie einließ.

Sie hielten vor der Vorratskammer, und Andreas begann sogleich, seine Terrakottatöpfe vom Karren zu laden. Artemisia schickte Emmeline in die Küche, um zusammen mit Hildegard die Pfifferlinge zu waschen, zu enthäuten und in feine Scheiben zu schneiden, sodass sie die Pilze danach auf einem flachen Brett auslegen und über den Kohlen trocknen konnten. Emmeline bemerkte nicht, wie Artemisia einige Handvoll goldener Pilze in ihre Schürzentasche steckte und sich heimlich in die Vorratskammer schlich.

Während Andreas die letzten Töpfe hereinbrachte, verschnürte Artemisia die Pilze und ein Stück Pergament eilig zu einem kleinen Päckchen. Das Pergament enthielt drei Rezepte. Das erste war für ihre Pfifferlingpasteten, das zweite war eine Liste der Zutaten für ein *Sauté* aus einem Pfund Pfifferlingen, Zwiebel, Butter, einer Prise frisch geriebenem Pfeffer, Ingwer und Koriandersamen, und das dritte Rezept beschrieb schließlich die Zubereitung ihrer *Porée,* die mit frischem Fisch verfeinert werden konnte. Dazu verfasste sie eine kurze Nachricht:

Werter Monsieur de Vitriaco,

ich bitte Sie, die Pilze und die Rezepte, über die wir sprachen, als Geschenk in Ihren Besitz zu nehmen. Sie können sie an Ihre Köchin übergeben, damit sie die Speisen für Sie zubereitet. Ich bin Ihnen dankbar für das Wohlwollen, das Sie der jungen Emmeline und mir entgegenbrachten – und auch für Ihr Interesse an meinen Rezepten.
Darf ich anmaßend sein und Sie um das Rezept Ihres Rosenwassers bitten?

Ihre ehrliche Dienerin und Köchin
Artemisia

(Eine Bitte noch, so Sie es erlauben? Es wäre überaus ungünstig, würde dieser Brief Abt Roald in die Hände fallen, denn er würde mich wohl übel auspeitschen, wenn er davon erführe. Der Chevalier de Boschaud ist fort, um sich auf einen Feldzug vorzubereiten, und der Abt ist in seiner Abwesenheit der Vorsteher des Châteaus. Sie können meine Rezepte sehr gerne in Ihre Sammlung aufnehmen, doch ich bitte Sie inständig, sämtliche meiner Briefe den Flammen zu übergeben.)

Artemisia faltete das dicke Pergament, legte die Pilze darauf, wickelte ihr kleines Päckchen in Käseleinen und verschnürte es mit einem Zwirn. Danach ließ sie es in ihre Schürzentasche gleiten und folgte Andreas, der gerade den letzten leeren Terrakottatopf auf seinen Wagen lud.

Er lehnte sich über die Seitenwand, um den Topf in der gegenüberliegenden Ecke zu verstauen, und Artemisia bewunderte heimlich seinen muskulösen Rücken, ehe er sich zu ihr umdrehte.

»Oh, ich bitte um Entschuldigung, Artemisia. Ich hatte Sie nicht gesehen. Ist denn alles in Ordnung mit der Bestellung?« Er runzelte die Stirn. »Ich hoffe, ich habe nichts vergessen!« Er zog eine Liste aus seiner Tasche.

Artemisia streckte die Hand aus, um ihn davon abzuhalten, und ihre Finger berührten sich. »Nein, bitte entschuldigen Sie, Monsieur de Vitriaco …«

Sie hielt inne und sah sich um. Wenn sie der Abt erwischte …

Ihr Mund wurde trocken, wenn sie auch nur daran dachte, und sie spürte, wie sich die Schmach von ihrem Hals über ihr Gesicht ausbreitete und sie rot wurde. Das Wagnis war zu groß. Sie hatte nicht das Recht, sich eine Freundschaft mit dem *Épicier* zu erwarten – sie war eine Bedienstete, um Gottes willen.

»Nennen Sie mich doch bitte Andreas.« Er neigte den Kopf und bedachte sie mit einem freundlichen Blick. Artemisia atmete tief ein und zog das kleine, in Käseleinen gewickelte Päckchen aus ihrer Tasche.

»Für Sie, Monsieur«, murmelte sie, viel zu verängstigt, um noch mehr zu sagen.

»Andreas«, berichtigte er sie und hob eine Augenbraue, während er das Päckchen an sich nahm und sich daranmachte, den Zwirn zu lösen.

Artemisia sah sich nach Abt Roald um. Es war gegen die Regeln, mit den Kaufleuten aus dem Dorf über irgendetwas anderes als die Bestellungen für die Vorratskammer zu sprechen. »Nein, nicht hier. Es ist nichts. Bloß – einige Pfifferlinge und Rezepte.« Sie wurde rot. »Um mich für die Fahrt zu bedanken. Es war überaus zuvorkommend von Ihnen.«

Andreas hob den Blick und sah sie aus seinen dunkelbraunen Augen an. Dann zwinkerte er und drückte das Päckchen an seine Brust.

»Heute ist mein Glückstag, Artemisia.« Er verstaute das Päckchen auf seinem Wagen und tippte sich an den Hut. »Bis zum nächsten Mal.«

Artemisia nickte und winkte ihm kaum merklich zu. Dann reckte sie ihr Gesicht in die kühle Luft und hielt nach einer Lücke in den dichten Wolken Ausschau, durch die sich womöglich die Sonne stehlen würde.

Kapitel 12

Tasmanien, Mai 2014

An: maryarnet@bigpond.com
Von: parnet@unitas.edu.au
Betreff: Auszeit!

Hi Mum,

ich habe gerade die nötigen Formulare eingereicht, um eine Aussetzung meiner Promotion zu erwirken. Mein zweiter Betreuer, Jim Grant, wird meine Position im Forschungsteam für mich frei halten. Es war seine – und Imogens – Idee, dass ich eine Pause einlege. Er meinte, es würde mir vielleicht helfen, die Analyse meiner Daten »klarer« zu sehen.
Natürlich war ich gekränkt – aber es erscheint mir sinnvoll. Sie haben nicht genug Fördergelder, um Zeit zu verschwenden.
Schon seit Jack und ich uns getrennt haben, spiele ich mit dem Gedanken, mir eine Pause zu gönnen und zu reisen. Ich habe es Dan gegenüber erwähnt (Dan ist der Küchenchef im *Zest,* den du bei deinem letzten Besuch in Tasmanien kennengelernt hast), und er schlug mir vor, bei seinem Freund Eduardo in San Sebastián zu arbeiten.

Eduardo ist offenbar eine große Nummer in Spanien und der Pionier einer Kochkunst, die sich Molekulargastronomie nennt. Seltsam, oder? Es klingt nach einer Mischung aus dem, worin ich gut bin: Wissenschaft und Kochen. Ihr könnt euch also zumindest freuen, dass ich meine Chemie- und Biologiekenntnisse gut nutzen werde! Ich weiß, ihr glaubt jetzt vermutlich, dass ich meine Doktorarbeit aufgeben werde. Zumindest Dad wird das sicher tun. Bitte versuche, ihn ein wenig zu beruhigen, bevor ich nach Hause komme! Im Moment habe ich nicht vor, alles hinzuwerfen!

Du weißt, wie sehr ich die Arbeit im *Zest* liebe. Ich werde einfach meine Kochkenntnisse verbessern. Also versichere Dad bitte, dass ich nicht bloß planlos um die Welt segle. Obwohl, was zum Teufel wäre eigentlich so falsch daran? Die meisten meiner Freunde tun das.

Wie auch immer, in Spanien suchen sie jeden Tag in den Bergen nach den richtigen Zutaten. Wer weiß, vielleicht eröffne ich ein eigenes Restaurant in Australien, wenn ich zurückkomme. Nein, war bloß ein Scherz!

Dan und Eduardo haben mir versichert, dass alle in der Küche Englisch verstehen. Und außerdem verstehe ich etwas von Chemie!

Bloß noch eine Sache: Ich werde Jack nicht in Italien besuchen. Es ist besser, einen klaren Schlussstrich zu ziehen. (Ich tue mein Bestes, um unsere Freundschaft zu erhalten, aber das ist nicht gerade leicht, da er nicht auf meine Anrufe reagiert.) Megs lässt mich freundlicherweise meine Habseligkeiten in ihrem Geräteschuppen im Garten zwischenlagern. (Es ist ja nicht so, dass sie den Schuppen jemals nutzen werden!)

Jedenfalls hoffe ich, dass dich dieser Brief nicht zu sehr beunruhigt hat. Oder Dad. Doch das ist vermutlich unvermeidlich.

Macht euch keine Sorgen, ich komme zurecht. Ich rufe dich morgen oder übermorgen an, damit wir ein Datum für meinen Besuch festlegen können.

Alles Liebe und viele Küsse
Pip

Kapitel 13

Château de Boschaud, Herbst 1486

Werteste Artemisia,

ich hoffe, es steht mir zu, Sie auch in meinen Briefen mit diesem Namen anzusprechen, denn ich habe vor, auf diese Weise mit Ihnen zu korrespondieren – soweit es Ihnen möglich ist. Es ist ein so überaus wundervoller Name, der der Mutter aller Kräuter und auch Platons Jägerin zuteilwurde, und es wäre eine Schande, der Versuchung zu widerstehen, auch eine weitere holde Jungfer damit zu benennen.

Es sei Ihnen versichert, dass ich Ihren Brief sofort den Flammen übergab, nachdem ich ihn gelesen hatte. Ihre Worte haben mein Innerstes erwärmt, Artemisia, und Ihre Kenntnis im Umgang mit der Feder erfreut und überrascht mich. Ihr sanftmütiger Abt Bellamy erwies weise Voraussicht, als er Ihnen das Lesen und Schreiben beibrachte. Sie haben einen Verstand, der so scharf wie Pfeffer ist, und ich habe unsere Unterhaltung auf meinem Wagen sehr genossen.

Ich hoffe, Sie werden mir erneut ein solches Treffen gewähren.

Diesem Brief beiliegend finden Sie wie gewünscht ein Rezept des Ménagier de Paris zur Herstellung von Rosenwasser. Ich nehme an, das Rezept stammt von der Köchin des Hauses, auch wenn nichts dergleichen erwähnt wird. Mein Vater würde sich im Grabe umdrehen, wenn ich Ihnen die genauen Maße sämtlicher Zutaten verriete, die wir für das besondere Rosenwasser der Familie de Vitriaco verwenden. Sie sind seit Jahrhunderten ein gut gehütetes Familiengeheimnis. Nach einigen ausführlichen Gesprächen mit der Köchin des Châteaus de Boschaud könnte ich mich jedoch womöglich überreden lassen, sie zu offenbaren.

Würden Sie mich bitten, Ihnen eine Mischung vorzuschlagen, die sich für das Waschen der Laken und Hemden eignet, würde ich eine Handvoll frische Lavendelblüten, zwei Unzen Veilchenwurzel, einen Tropfen Moschus, etwas Ambra und einen Hauch Zibet sowie vier Tropfen Nelkenöl hinzugeben. Diese Mischung sollte gut verschlossen vierzehn Tage in der Sonne ruhen. Danach gibt man einen Löffel davon in einen kleinen Bottich mit Wasser und benetzt die Stoffe vor dem Falten damit.

Rosenwasser birgt den Duft des Sommers. Für eine wohlschmeckende, zu gebratenem Huhn gereichte Sauce vermischen Sie eine Hälfte Essig mit einer Hälfte Rosenwasser und fügen einige gepresste Rosenblätter hinzu (anstelle des Essigs kann auch Orangensaft verwendet werden).

Um rotes Rosenwasser herzustellen, füllen Sie eine Flasche zur Hälfte mit Rosenwasser und zur anderen Hälfte

mit den frischen Blütenblättern junger roter Rosen, von denen Sie zuvor das weiße Ende der Blätter entfernt haben. Danach lassen Sie die Mischung neun Tage in der Sonne ruhen. Nach dieser Zeit gießen Sie die Flüssigkeit ab und bewahren sie an einem kühlen Ort auf.
Zuletzt erlauben Sie mir noch, Ihnen ein Rezept zu verraten, um den Duft Ihrer Laken und Ihre Träume zu versüßen.
Zu zwei Handvoll frischer Blüten des Lavendelstrauchs geben Sie Nelken, Sandelholz und Zimt. Dann füllen Sie drei Pfund Rosenwasser hinzu. Lassen Sie diese Mischung einen Monat lang in einem versiegelten Glas in der Sonne ruhen. Es ergibt sich ein Rosenwasser von erstaunlicher Süße.

Ihr demütigster Diener und Épicier
Andreas de Vitriaco

Kapitel 14

Mount Macedon, Victoria, Mai 2014

Pip betrachtete das verblichene, schwarz-weiße Hochzeitsfoto ihrer Eltern, das in einem einfachen Holzrahmen neben der Haustür ihres Elternhauses hing. Die kleine, dunkelhaarige Mary und der große, breitschultrige David, die beide den Kopf in den Nacken legten und mit zusammengekniffenen Augen lachend den Mund öffneten, während Rosenblätter auf sie niederschwebten. Ihre Eltern hatten, fünf Monate nachdem sie sich kennengelernt hatten, auf den breiten Steinstufen des Instituts für Biologie geheiratet, wo sie beide studierten.

Beide beendeten ihr Studium. Machten Karriere. Gründeten eine Familie. Pips Magen zog sich zusammen, und die Schuldgefühle übermannten sie. Wie konnten sich die beiden so sicher gewesen sein? Sie liebte Jack – also warum hatte er sie abgewiesen? Warum war sie ihm nicht genug?

Ihr Herz wurde schwer, als sie die Haustür öffnete und sich auf den Weg zum Berg machte.

»Oh Gott«, keuchte sie, als der eisige Herbstnebel sie umfing. Sie hatte vergessen, wie kalt es bei ihren Eltern am Mount Macedon morgens sein konnte.

Sie stülpte sich ihre marineblaue Wollmütze über, schlang

sich den Schal um den Hals und schlüpfte in die dazu passenden Handschuhe, wobei sie ihrer Mutter im Stillen dafür dankte, dass sie diese Erinnerungsstücke aus ihrer Schulzeit aufbewahrt hatte. Der Kies auf der Einfahrt knirschte unter ihren Füßen, als sie nach rechts abbog und sich auf den Weg den Hügel hinauf machte, wo sie sich mit ihrem Vater und seinem Freund Dom zum frühmorgendlichen Pilzesammeln treffen würde.

Das klare, sanfte Licht machte einen Herbstmorgen wie diesen zu Pips Lieblingstageszeit, um allein auf den Berg zu steigen. Sie liebte es, früher loszugehen und für einige Minuten die Einsamkeit zu genießen. Ihr Vater war noch im Haus, machte sich einen Espresso und füllte auch noch eine Thermoskanne mit Kaffee für unterwegs. Sie hatte also noch ein paar Minuten Zeit, bis die Männer sich zu ihr gesellten und die Wanderung begann. Einige Kookaburras durchbrachen mit ihrem gelächterartigen Gezwitscher die Stille.

Pip schritt den Kiesweg entlang, der sie an die Toskana erinnerte und mit jedem Schritt unter ihren Füßen knirschte, und genoss den Duft der Kräuterbeete ihrer Mutter, die von Rosmarinhecken begrenzt und von Salbei umrandet wurden. Sie hielt inne, pflückte etwas von ihrem Lieblingssalbei und strich mit dem breiten, weichen Blatt über ihre Haut, bevor sie es zwischen den Fingern zerrieb und das intensive, holzige Aroma einatmete. Aus Gewohnheit pflückte sie auch noch einen kleinen Zweig Rosmarin, zerrieb ihn ebenfalls zwischen den Fingern und roch daran. Der aggressive Geruch riss sie sofort aus ihrer Starre. Sie hatte immer etwas Rosmarin auf ihrem Tisch stehen gehabt, als sie für ihr Schulabschlussexamen Mathe paukte, und immer wieder daran gerochen, wenn sie sich nicht mehr konzentrieren konnte. Oder an einer grünen Miso-Paste geleckt, direkt aus der Tube. Ihre Mutter hatte damals des Öfteren gemeint: »Du bist übergeschnappt, Pip – vollkommen verrückt nach deinen Kräutern.«

Sie musste gerade reden! Mary hatte in ihrem Garten riesige Flächen mit Rosmarin, Salbei, Lavendel, Katzenmelisse und etwa fünf verschiedenen Thymianarten bepflanzt. Sie nutzte die dichten Salbeihecken als Begrenzung für ihre vier Gemüsehochbeete, um die weißen Motten vom Brokkoli und vom Kohl fernzuhalten, und setzte Katzenmelisse unter die Obstbäume, um die Bienen anzuziehen. Zum Abendessen servierte sie gebratenes Hühnchen in einem Mantel aus Katzenmelisse oder mit Kastanien, Salbei und Lavendel gefülltes Schweinefleisch oder gebratenes Lamm und knusprige Rosmarinkartoffeln.

Im Sommer pflanzte Mary saisonale Kräuter wie etwa Basilikum zwischen die Tomaten, um die Schnecken zu vertreiben; Minze, um die Blattläuse fernzuhalten; und wuchernden Borretsch, um den Brombeeren und Himbeeren Süße zu verleihen. Sie sammelte die azurblauen, sternförmigen Blüten und stellte Eiswürfel damit her, die in einer Wasserkaraffe mit etwas Minze und Zitronenscheiben einfach zauberhaft aussahen.

Pip ging weiter und blickte über das Blätterdach des kleinen Kastanienwäldchens hinweg. Dahinter ragte die vertraute Wand aus den violett-grauen Stämmen der mächtigen Riesen-Eukalyptusbäume am Fuße des Berges empor. Eine ausgedehnte Nebeldecke zog sich über die Hänge und Eukalyptusbäume hinweg bis auf die Felder weit unterhalb.

Obwohl der Pfad bis zu ihrem Treffpunkt bloß zweihundert Meter den Berg hinaufführte, atmete Pip schwer. Sie gelangte an eine Kreuzung, an der sich ein kleines Wäldchen aus Akazienbäumen erhob. Seit der Zeit, als sie als Kind mit dem Fahrrad hier hochgefahren war, nannten sie es »Pips Wald«. Megs hatte es ganz sicher kein einziges Mal bis hier herauf geschafft. Ihre Schwester fand selten den Weg in den Busch. An einigen Schwarzholz-Akazien und Eukalyptusbäumen zeigten sich verräterische Brandspuren an den Stämmen. Es war Jahrzehnte her, seit es hier zum letzten Mal gebrannt hatte, aber die Naturwacht löste alle paar Jahre kontrollierte Brände aus. Diese gerieten manchmal ein wenig außer Kontrolle und breiteten sich über die Hänge aus, sodass sich schwarze Narben durch das Unterholz zogen.

Pip lief auf der Stelle und klatschte in die Hände, um sich warm zu halten. Das Geräusch hallte den Hang hinunter. Sie war dankbar für diesen einsamen Moment, bevor die beiden Männer eintrafen. Das herbstliche Pilzesammeln war ein Ritual, das Pips Vater David und sein Freund Dom schon seit Ewigkeiten vollzogen. Seit Pip etwa sieben Jahre alt war – also alt genug, um in der Kälte den Berg hochzumarschieren, ohne sich zu beschweren –, nahmen die beiden sie auf ihre alljährliche Expedition mit. Sie gingen immer nach dem Anzac Day am 25. April, wenn der Herbstregen bereits eingesetzt hatte und die Erde weich und feucht war.

Pips Vater hatte Dom vor zwanzig Jahren kennengelernt. David und Mary hatten gerade das Kastanienwäldchen gekauft und keine Ahnung, was sie mit den Früchten der vierzig Kastanienbäume anstellen sollten. Pips Eltern hatten das Land aus einer Laune heraus erworben. Sie waren an einem Sonntag zwei Mal falsch abgebogen – und schon gehörte das Grundstück mehr oder weniger ihnen. In jenem ersten Jahr schaltete David eine Anzeige in der Zeitung *Il Globo,* die sich an italienischstämmige Australier richtete: *Kommt zum Kastanienpflücken! Gratis zum Mitnehmen!* Domenico Sculli – ein Lastkraftwagenfahrer in Rente, der 1970 aus dem Piemont nach Australien ausgewandert war – kam seit damals jeden Herbst von Northcote zu ihnen.

»*Castanea.* Die Früchte meiner Vorfahren«, hatte Dom erklärt. Und dann zeigte er David und Mary, wie man die Kastanie aus der stacheligen Schale bekam, indem man auf die runde Frucht stieg, sodass die Kastanie an der Seite herausgepresst wurde. Danach erklärte er ihnen, wie man die Schale vorsichtig entfernte. »Sie glänzen so schön wie deine Haare, Philippa. Genau die gleiche Farbe, *no?*«

Er brachte Pip bei, den Blick auf das Farnkraut und das Unkraut zu richten, die den Berg überzogen. Er riss Disteln aus und dünstete sie wie Artischocken. »Das ist die beste Art, sie zuzubereiten. Außerdem ist hier in diesem Wald ohnehin kein Platz für sie. Sie würden alles überwuchern, wie der Sauerampfer. Ein Unkraut ist bloß eine Pflanze, die am falschen Ort wächst. In meiner Heimat ist das hier eine Delikatesse.« Dom erklärte Pip, wie wichtig es war, den einheimischen Pflanzen mehr Aufmerksamkeit zu schenken, denn sie tendierten dazu, im Unterholz zu verschwinden. Er zeigte ihr, wie man tasmanischen Bergpfeffer erntete und ihn auf Zeitungspapier trocknete, und auch, wie man die jungen Sprösslinge und Samen der langblättrigen *Lomandra longifolia* gewann. Er briet sie mit Pilzen in der Pfanne oder verfeinerte damit den Salat.

Vor allem kam Dom jedoch im Herbst, um Pilze zu sammeln. Er liebte Edelreizker und die schleimig braunen Butterpilze.

»Bist du sicher, dass das hier keine Knollenblätterpilze

sind?«, fragte Pip dann immer skeptisch. »Dad meinte, ihr Gift sei tödlich.«

Doch Dom war geduldig. »Ich habe es dir doch schon tausendmal gesagt, Philippa: Die Pilze mit den orangefarbenen Lamellen und den hohlen Stielen sind *Reizker.* Gekocht schmecken sie köstlich. Und sie passen herrlich zu diesen glitschigen Butterpilzen.«

Pip warf einen Blick in den Korb und auf die dunklen Kappen und feuchtgelben Unterseiten der Pilze. Sie rochen modrig und torfig. Seit jener Zeit liebte sie Pilze.

Im Laufe der Jahre hatte Dom Pip gelehrt, überall Pilze zu entdecken: den zarten Ring feiner roter Fruchtkörper, die aus dem Moos stießen; eine Treppe aus braunen, korallenartigen Porlingen, die entlang der blassen Rinde eines Eukalyptusbaumes wuchsen; winzige fluoreszierende rote und pinkfarbene Kappen, die aus einem verrotteten, mit Erde gefüllten Baumstamm blitzten. Pip begann, nach den verräterischen Löchern Ausschau zu halten, die die Wallabys auf der Suche nach Trüffeln in die Erde gruben. Es schien, je schöner die Pilze waren, desto giftiger waren sie auch.

Megs interessierte sich nicht fürs Kochen, sondern spielte lieber in ihrem Zimmer mit ihren Barbies. Sie trennte Arme und Beine ab und steckte sie dann wieder zusammen. Pip hingegen stand in der Küche und half ihrer Mutter, warme Kastanien zu schälen, bis ihre Finger wund waren. Ihre Mutter fror die Kastanien portionsweise ein, um sie dann in eine Schweineschulter einzurollen oder sie zusammen mit etwas Knoblauch, Salbei und Rosmarin in ein Hühnchen zu stopfen …

Pip wurde aus ihren Gedanken gerissen, als Dom sie herzlich umarmte.

Ihr Vater stand strahlend neben ihr. Er trug eine alte Armeejacke und eine rote Daunenweste, aus deren Tasche eine Thermoskanne ragte. Er hielt ihr einen Korb entgegen: »Du hast das hier vergessen, als du zur Tür hinausgestürzt bist, Liebling. Du warst wie immer viel zu sehr in Eile.« Er grinste und gab ihr den Korb, und Pip erkannte, dass er leicht gebückt wirkte. Wann hatte ihr Dad begonnen, alt zu werden? Im Morgenlicht sahen seine lockigen Haare silbern aus. Es schien, als wäre er seit ihrem letzten Besuch vor sechs Monaten um zehn Jahre gealtert.

»Also, Philippa«, begann Dom, als sich das Trio auf den Weg den Berg hinauf machte. »Dein Vater hat erzählt, dass du dich bald nach Spanien aufmachst.« Er beugte sich hinunter und griff nach einem schleimigen, braunen Pilz.

»Butterpilze.«

Dom nickte anerkennend, pflückte eine Handvoll und schüttelte sie energisch, bevor er sie in seinen Korb legte. Er senkte die Stimme und lehnte sich näher heran. »Er ist sehr stolz auf dich. *Sí* – er redet ständig nur von seinen schlauen Töchtern. Und nun sieh dir das hier an, meine liebe Philippa: Sauerampfer, Kochbanane und Löwenzahn. Meine Eltern stammten aus den Bergen und ernährten sich während des Krieges nur von solchen Pflanzen. Probier mal den Sauerampfer. In dieser Jahreszeit schmeckt er bitter und sauer, aber wenn du wiederkommst, wenn die neuen Blätter aus der Erde sprießen, wirst du sehen, dass sie süß und wohlbekömmlich sind. Du kannst sie zusammen mit Rote-Bete-Blättern als Salat verwenden. Nichts ist, wie es scheint, meine liebe Philippa. Manchmal muss man zweimal hinsehen. Und manchmal ist das, was in einem Jahr noch im Überfluss vorhanden war, im nächsten Jahr verschwunden. Du musst die Augen offen halten, wenn du nach etwas Neuem suchst. Es ist eine Frage des Überlebens – für uns alle. Und das weißt du auch, *mia cara.*«

Pip nickte, während sie einen Fuß vor den anderen setzte. Ahnte Dom, dass sie sich nach etwas Neuem sehnte, weil ihr Leben so in Auflösung begriffen war wie die Blätter, über die sie gerade gingen?

Doms Stimme klang sanft. »Du stehst knietief am trüben Ufer mit seinen verfaulenden Fischen und den verrotteten Knochen. Doch aus diesem verrotteten Material werden neue Fische und Weichtiere entstehen. Das Wasser wird gefiltert, und wir bekommen neues Leben.« Er entdeckte, wonach er gesucht hatte. »Ah, da sind sie ja. Die Morcheln. Sie werden ebenfalls aus dem Verfall geboren. Eine perfekte Morchel, dem Tod entsprungen. Jedes Jahr anders. Fürchte dich nicht vor dem Neuen, *Bella.*«

Er legte die Pilze vorsichtig mit den Lamellen nach unten in seinen Korb. »Die Sporen. Sie sind ein Geschenk.«

»Was redest du da auf meine Tochter ein?« David liebte den Schlagabtausch mit Dom. »Du ermutigst sie dazu, all die Jahre an der Universität einfach fortzuwerfen? Was für eine Verschwendung!«

»Dad!«

»Ich stimme dir zu, mein Freund. Bildung ist wichtig. Der Krieg hat sie mir nicht zugestanden. Doch mein Umzug in dieses Land – in ein *unbekanntes* Land – eröffnete mir neue Möglichkeiten. Ein Leben, das ich in meinem Heimatdorf niemals hätte führen können. Deine Philippa ist ein kluges Mädchen. Das sagst du doch selbst immer: ›Meine Pip ist echt clever.‹ Aber du schlägst dir auf die Brust und raufst dir die Haare, weil sie nicht den geraden Weg geht wie Margot. Aber sie ist eben nicht wie ihre Schwester. Pip ist eine freie Seele, und sie muss auf die Jagd gehen. Sie wird einige merkwürdige Orte kennenlernen, das ist sicher. Aber wo wäre der Zauber ohne die Jagd, *no?*«

Pip grinste. Vielleicht fand sie den Zauber, nach dem sie sich sehnte, in Spanien. Ihr Vater zuckte missbilligend mit den Schultern. Für ihn waren die akademische Welt und die Forschung heilig. Es hatte keinen Sinn, mit ihm zu diskutieren. Zur Abwechslung war diesmal ihre Mutter die verständnisvollere der beiden.

Sie wanderten weiter im kühlen Morgenlicht den Berg hinauf und sammelten Pilze im Vorbeigehen. Die Stille wurde nur manchmal von dem Rascheln eines unsichtbaren Kängurus unterbrochen, das den Hang hinuntersprang.

Pip atmete den Geruch nach feuchter Erde, verrotteten Blättern und Piniennadeln ein, während sie den schweren Schritten ihres Vaters lauschte, der hinter ihr ging. David liebte das jährliche Pilzesammeln mit Dom, und normalerweise war er begeistert, wenn sie sich ihnen anschloss. Doch in diesem Jahr war es vielleicht anders. Enttäuschung umgab ihn wie ein undurchdringlicher Nebel. Ihr Vater hatte viele Doktoranden erlebt, die unter dem Druck zusammenbrachen, obwohl sie ihre Arbeiten beinahe abgeschlossen hatten. Er hätte es bloß nicht von einer seiner Töchter erwartet. *Ausdauer. Nichts als selbstverständlich erachten.* Die Worte ihrer Kindheit hallten in ihrem Kopf wider und verfolgten sie.

Pip duckte sich unter einem Ast hindurch und hörte, wie schwer ihr Dad atmete. Der Mount Macedon schien von Jahr zu Jahr steiler zu werden. Sie näherten sich mittlerweile McGregor's Garten, der eigentlich bloß eine Lichtung im Wald war. Pip sah die schlanke Silhouette ihrer Mutter, die gerade den Grill anzündete. Wie Megs hatte Mary kein Interesse daran, sich an der Pilzsuche zu beteiligen, doch sie wartete immer oben auf dem Berg auf sie, damit sie zusammen das Erntefrühstück einnehmen konnten. Pip beobachtete, wie sie zum Auto zurückkehrte, um die große, orangefarbene Gusseisenpfanne vom Rücksitz zu wuchten. Kein Wunder, dass sie die großen alten Kupfertöpfe nie verwendet hatte. Sie konnte sie nicht einmal hochheben. Neben der Pfanne hatte sie noch Butter, eine Flasche Balsamico-Essig und einige Handvoll Petersilie, Salbei und Thymian aus dem Garten mitgebracht.

Das war Pips Lieblingsmoment, wenn sie sich alle versammelten, um die Pilze zu braten. Während sie in der Pfanne brutzelten, stieg ihr der würzige, mit Thymian vermischte Geruch in die Nase.

Dom hielt eine Flasche seines selbst gekelterten Rotweines in die Höhe.

»Nein danke, mein Freund. Es ist noch ein wenig zu früh. Dein Rotwein macht mich immer ziemlich beschwipst.« David lachte und setzte sich.

»Komm schon, Dad«, protestierte Pip. »Sei kein Spielverderber. Mum nimmt auch einen.«

Mary hob ihren Emaillebecher. »Cheers.«

»Nun, deine Mutter kann tun, was immer sie will, aber denk immer daran: Dom hatte seine verdammten Füße in dem Rotwein, den du gerade trinkst. Ich will diese haarigen Dinger nicht in meinem Wein haben. Nein danke! Ich bezahle lieber zwanzig Dollar für das Privileg, beim Trinken nicht seine Schweißfüße zu schmecken. Den Höchstpreis, wenn es sein muss.«

Doms Antwort ließ nicht lange auf sich warten. »Pah, dann

magst du also die Tannine in den australischen Weinen? So süß. Zu süß. Zu viel Hitze für die Trauben. Und manchmal kann ich sogar den Eukalyptus schmecken. Die Bitterstoffe. Wirklich seltsam, dass sie dir so gut schmecken.«

»Hört auf mit dem Gezanke, Jungs«, mischte sich Mary ein. »Wer will etwas von den Pilzen? Und ich habe auch Sauerteigbrot dabei – ich habe es vorher noch schnell mit Knoblauch eingerieben.«

Pip saß am Picknicktisch und ließ das Gezanke an sich vorüberziehen. Sie sah zu, wie ihre Mutter die Pilze auf den Campingtellern aus Emaille anrichtete und bewunderte ihren mädchenhaften Charme und die Sommersprossen auf ihrer Nase. Sie wischte sich die Stirnfransen aus dem Gesicht und lachte über eine Geschichte, die Dom gerade erzählte.

David hatte sich am Brot verschluckt und begann zu husten. »Pip, deine Mutter und ich haben uns gefragt, wie es Megs wohl geht. Sie scheint in letzter Zeit so beschäftigt, dass wir keine Chance hatten, einmal in Ruhe mit ihr zu sprechen. Außerdem fällt das verdammte Skype immer wieder aus.«

Mary warf ihm einen scharfen Blick zu. Pip kannte diesen Blick nur zu gut. *Sei vorsichtig!*

»Megs? Es geht ihr gut«, sagte Pip. Sie rutschte auf ihrem Stuhl hin und her. *Wie denn auch nicht?*, dachte sie gereizt. Ihre Schwester hatte alles im Griff. Ehemann, Kind, einen anspruchsvollen Job und alle Hilfe, die sie kriegen konnte.

Doch dann erinnerte sich Pip an die dunklen Ringe unter den Augen ihrer Schwester und daran, wie Megs beinahe vor Freude geweint hatte, als Pip ihr eine Woche zuvor angeboten hatte, an Evas freiem Tag auf Chloé aufzupassen.

»Ich glaube, sie ist nur ein wenig müde«, räumte Pip ein. »Sie macht sehr viele Überstunden.«

Und obwohl sie so unter Drucks stand, hatte Megs Pip geholfen, ihre Habseligkeiten aus dem Ashfield Cottage zu holen, die Kupfertöpfe sorgfältig in Zeitungspapier zu wickeln und in großen Kartons zu verstauen, bevor sie Pip ins Flugzeug nach Melbourne gesetzt hatte, wo sie sich ein paar Streicheleinheiten bei ihren Eltern abholen konnte.

Pip richtete ihre Aufmerksamkeit wieder auf die Pilze. Der Geruch nach Rauch und Erde umfing sie, und sie schloss die Augen und genoss den süßen Geschmack des Balsamicos und die cremige Textur der Reizker in ihrem Mund.

Mary trat zu ihr und legte die Arme um sie, als wäre Pip noch immer ihr Baby, und sie alle saßen ein paar Minuten lang schweigend da, atmeten den Geruch der Eukalyptus- und Akazienbäume ein und lauschten dem Kreischen der Gelbhaubenkakadus.

Schließlich ergriff Pip das Wort. »Ich weiß, ihr habt beide viel zu tun – und Megs und Will auch –, aber sie würden sich sicher über einen Besuch freuen.«

Mary atmete tief durch. »Bist du dir sicher?« Sie hielt inne. »Ich meine, als ich das letzte Mal mit Megs sprach, fuhr sie mich an, als ich ihr vorschlug, sie solle Chloé zum Schlafen pucken. Und sie hat mir beinahe den Kopf abgerissen, als ich anmerkte, dass manche Leute einen Schnuller praktisch finden, um ihre Babys zum Durchschlafen zu bringen. Es hält sie davon ab, ständig an der Brust nuckeln zu wollen.«

»Mum! Hallo! Du bist Hebamme. Wie oft hast du uns in all den Jahren von Müttern erzählt, die sich wegen der seltsamsten Dinge in den Wahnsinn treiben ließen? Davon, dass sie keine Ratschläge annehmen wollten, obwohl sie eine harte Zeit durchmachten.«

»Genau! Und deshalb glaube ich, dass es besser ist, sich rauszuhalten, damit sie ihren eigenen Weg finden kann.«

»Mum, sie ist einfach eine Perfektionistin und macht sich selbst dafür verantwortlich, wenn die Dinge nicht so laufen wie geplant. Aber so war Megs doch schon immer, oder? Ihr solltet sie besuchen.«

»Gute Idee, Pip«, meinte David. »Wir werden uns um einen Flug kümmern, sobald wir dich in dein Flugzeug gesetzt haben.«

Mary warf ihm einen weiteren finsteren Blick zu. Glaubten die beiden etwa, dass Pip auch ihre Reise nicht allein auf die Reihe bekam? Sie hatte genug davon, dass andere ihr Leben managen wollten. Davon, sich dem Terminplan anderer Leute anzupassen.

Es wurde Zeit, eigene Pläne zu machen.

»Wunderbar«, meinte sie mit einem gezwungenen Lächeln. Dann nahm sie einen weiteren Schluck von Doms rauem Rotwein, um sich aufzuwärmen.

Sie war sich nun so sicher wie nie zuvor, dass sie fortgehen musste – dass sie Abstand zwischen sich und Jack und ihre ins Stocken geratene Doktorarbeit bringen musste. Zwischen ihre Familie und ihr Versagen.

Kapitel 15

Château de Boschaud, Mittsommer 1487

Artemisia schritt zielstrebig durch die Küche, um mit Pierre, dem *Hâteur,* über die Reihenfolge des gebratenen Fleisches auf dem Grill zu sprechen. Jetzt, wo alle wieder zurück in der Küche waren, musste sie sichergehen, dass jeder die ihm zugewiesenen Aufgaben erfüllte, denn sonst würden sie ins Straucheln geraten und am Ende alles verbrennen. Der rothaarige Junge war eigens aus dem Dorf gekommen, um die Spieße zu drehen. Es waren zehn an der Zahl, die über dem Feuer befestigt waren und verschieden schnell gedreht werden mussten. Das Zicklein sollte mit einer goldenen Sauce aus Kartoffeln und gelbem Gemüse serviert werden, und das Lamm musste mit einer Mixtur aus Petersilie, Verjus und Salz übergossen werden. Das Spanferkel würden sie mit einer Füllung aus Ingwerpulver, weichem Weißkäse, Safran, gepökeltem Schinken, Kastanien und Eiern stopfen, die Hildegard bereits in einem mächtigen Topf auf der Granitarbeitsplatte zubereitete. Ihre dunklen, astartigen Arme steckten bis zu den Ellbogen in dem Bottich, während sie die Füllung immer wieder durchknetete. Hildegard hielt einen Moment lang inne und bedeutete Artemisia in der ihr eigenen Zeichensprache, dass sie eine Nadel und etwas Darm brauchte, um die Füllung in den Bauch des Schweines einzunähen. Unter dem Drehspieß befanden sich große Metallbleche, auf denen rote Rüben, Steckrüben und Möhren von dem auf sie herabtropfenden Fett glasiert wurden.

Artemisia war froh, dass sie auch noch ein Dutzend gebratene Gänse beim *Oyer* bestellt hatte, um sie als Hauptgang zu servieren. Die Küche war einfach nicht groß genug, um alles auf einmal zuzubereiten, und sie wollte, dass das Festessen alle Wünsche erfüllte.

»Warum spricht die alte Köchin denn nicht?«, fragte Pierre über den Lärm der klappernden Töpfe hinweg und deutete mit dem Kopf in Richtung Hildegards Rücken. Pierre war neu im Dorf und liebte es, zu tratschen, doch dafür hatte Artemisia heute keine Zeit.

Sie machte einen Schritt auf ihn zu und senkte die Stimme. »Abt Roald hat ihr vor zwei Jahren die Zunge herausgeschnitten, als der Chevalier de Boschaud gerade auf der Jagd war. Er meinte, er wollte keine giftigen Worte mehr aus ihrem Munde hören. Hildegard hatte angemerkt, dass er ein Vielfraß sei und im Laufe des Winters zu viel gebratenes Fleisch gegessen habe. Sie meinte, seine Körpersäfte seien aus dem Gleichgewicht geraten und er solle einige Wochen nur Brot und Brennnessel-*Porée* zu sich nehmen.«

Artemisia brach ab und blickte ins Feuer, während sie sich an Abt Roalds genauen Wortlaut erinnerte. *Deine Zunge trachtet nach Schaden und schneidet mit Lügen wie ein scharfes Schermesser.* Sie würde den erbitterten Ausdruck auf seinem Gesicht niemals vergessen. Wenn Abt Roald auf Geheiß Gottes handelte, dann wollte sie ihren Schöpfer niemals kennenlernen, da war sich Artemisia sicher.

»Er befahl ihr, ihre Zunge gleich hier in der Küche hinauszustrecken, und schnitt sie dann mit seinem Dolch heraus.«

Emmeline, die gerade Gewürze und Samen in einem riesigen Granitmörser zerstieß, hielt in ihrer Arbeit inne, und Artemisia wandte sich zu ihr um. Sie hockte auf dem Boden und hatte sich den Bottich zwischen die Oberschenkel geklemmt. Ihr Kleid war ein wenig nach oben gerutscht, sodass ihre schmutzigen Knie hervorblitzten. Artemisia entspannte sich, als das rhythmische Klopfen des Stößels erneut erklang. Ja, Emmeline war mehr als bereit, die Küche zu übernehmen. Hildegard würde ihr natürlich helfen und Jacobus ebenso, doch die Schuldgefühle brannten dennoch wie Galle in Artemisias Leib. Sie würde sie alle vermissen.

Sie wandte sich erneut an den *Hâteur.* »Mach dich wieder an die Arbeit«, schimpfte sie. »Und sei nicht so neugierig, sonst macht Abt Roald mit dir noch dasselbe.«

Pierre wandte sich ab und blickte betrübt ins Feuer.

Artemisia ließ den Blick durch die heiße Küche mit den dampfenden Töpfen, den Spießen und den schweißbedeckten Körpern der Bediensteten schweifen, bevor sie sich auf den Weg in die Kühlkammer machte, die der Küche angeschlossen war. Der winzige Raum wurde nur von der flackernden Kerze erhellt, die sie aus der Küche mitgebracht hatte und nun auf dem Regal abstellte. Sie beugte sich nach vorn und hob die Schürze, um sich den Schweiß von der Stirn zu wischen, dann lehnte sie sich an ein Holzregal mit Tontöpfen, um wieder zu Atem zu kommen. Ihr Rücken schmerzte. Der Geruch des gebratenen Fleisches zog unter der Tür hindurch und erfüllte die kleine Kammer.

Artemisia wurde heiß und kalt zugleich, als sie in ihre Schürzentasche griff, um das Päckchen hervorzuholen. Sie legte es auf dem Regal ab, löste das Band, zog den Wermut aus dem Knoten und schlug das Leinen zurück. Ihr Geschenk war mit gesüßten Samen und Nüssen bedeckt, die man bei Hochzeiten in die Luft warf. Als sie die gezuckerten Koriandersamen aufgeregt zur Seite schob, rieselten sie zu Boden und rollten wie winzige Murmeln durch die Gegend. Sie würde sie auffegen, nachdem sie einen Blick auf ihr Verlobungsgeschenk geworfen hatte.

Kapitel 16

San Sebastián, September 2014

Pip trat kraftvoll mit den Beinen, während sie etwa fünfzig Meter vor der Küste durch das Wasser glitt. Sie hatte gerade die Hälfte ihrer täglichen Schwimmstrecke hinter sich gebracht und fühlte sich großartig. Sie hatte versucht zu surfen. Viele Male. Jack hatte sich jahrelang abgemüht, es ihr schmackhaft zu machen. Doch nichts ließ sich mit dem Gefühl des Wassers auf der nackten Haut vergleichen.

Pip liebte das Gefühl, wenn sich ihre Lungen mit Sauerstoff füllten und zu brennen begannen, während sie versuchte, so viele Züge pro Atemzug zu schaffen wie möglich. Sie spürte die Bewegung des Wassers, die ihre Beinstöße auslösten. Drei Stöße pro Schlag. Der regelmäßige Rhythmus des Schwimmens hatte ihr immer schon Trost gespendet. Die Spannung und der Schmerz, die von ihrem Körper Besitz ergriffen hatten, seit der Sommer im Süden Europas sich langsam dem Ende zuneigte, verließen ihn mit jedem Schlag.

Diese stürmische Ecke des Golfs von Biskaya war zu Pips Revier zwischen den Schichten im *Azure* geworden. Die meisten Bewohner San Sebastiáns begaben sich nachmittags zur Ruhe und genossen ihre Siesta, doch Pip nahm lieber die Gelegenheit wahr, sich in die Wellen zu stürzen, wenn sich nicht so viele Surfer in der Bucht breitmachten. Heute wehte ein starker Südwind, weshalb Pip sich bemühte, die Ellbogen hoch und die Schläge kurz zu halten, damit der Wellengang sie nicht mit sich riss. An manchen Tagen war es so heftig, dass es sich anfühlte, als würde sie in einer Waschmaschine schwimmen. Dennoch hatte sie keinen einzigen Tag auf das Schwimmen verzichtet, seit sie vor zwei Monaten hierhergekommen war.

Pip näherte sich dem östlichsten Punkt der Playa de la Zurriola und trat erneut kraftvoll aus, um die nächste Welle zu erwischen – bloß um im nächsten Moment einem Kerl auszuweichen, der, ohne es zu ahnen, mit dem Surfbrett auf ihren Kopf zielte. Pip tauchte tief in das dunkle Wasser und spürte, wie die Temperatur um fünf Grad fiel. Sie trug bloß einen marineblauen Speedo-Badeanzug und fröstelte, wobei sie sich selbst dafür verfluchte, sich keinen angemessenen Neoprenanzug zugelegt zu haben. Sie hatte es für Geldverschwendung gehalten, denn schließlich wollte sie nur für ein paar Monate in San Sebastián bleiben.

Pip wandte sich der Küste zu und ließ sich auf dem Rücken treiben, während sie die Stadt betrachtete, die seit zwei Monaten ihr Zuhause war. Es war immer noch seltsam, die fünf- und achtstöckigen eleganten Stadthäuser aus Sandstein zu sehen, die Schulter an Schulter entlang der Strandpromenade in den Himmel ragten. Die Stadt unterschied sich vollkommen von den anderen spanischen Städten und Dörfern, die Pip bis jetzt kennengelernt hatte, was laut den Einheimischen darauf zurückzuführen war, dass San Sebastián eher baskisch als spanisch war. *Donostia.* So lautete der baskische Name der Stadt.

Pips Blick fiel auf die als Wellenbrecher eingesetzten massiven schwarzen Betonblöcke in der Nähe des Strandes. Jeder

Einzelne war so groß wie ein Auto, und man hatte sie übereinandergestapelt, um das natürliche Abströmen des Sandes zu verhindern. Pip war überrascht gewesen, als die anderen Küchengehilfen ihr erzählt hatten, dass sämtlicher Sand mit Lastern hierhergekarrt worden war und von den Wellenbrechern an Ort und Stelle gehalten wurde. Der vor allem bei Surfern überaus beliebte Strand war also in Wahrheit künstlich angelegt.

Die Sonne stand hinter ihr über der Bucht, und das weiche Licht besänftigte auch Pips Gefühlswelt. Die Sandsteinhäuser mit den Schieferdächern und den geschwungenen, schmiedeeisernen Balkonen hatten etwas Feminines, Weiches an sich. Die Kunstschmiedearbeiten sahen beinahe aus wie Pflanzen.

Pip schätzte sich glücklich, in einem so herrlichen Teil der Welt gelandet zu sein. Einem *barocken* Teil der Welt, fügte sie mit einem schiefen Grinsen hinzu und dachte an ihre erste Zeit in dieser Stadt zurück.

»Barroca!«, hatte Eduardo an ihrem zweiten Tag am Petit-Four-Posten des *Azure* gebrüllt. »Donostia ist *barroca.* Und wir sind hier, um *Donostia* zu repräsentieren.«

Pip sah auf die kunstvollen schwarzen Linien hinunter, die sie auf ein Schokoplätzchen übertragen sollte, das etwa so groß wie ihr Daumennagel war, und fragte sich, warum zum Teufel sie eigentlich gerade dabei war, einen schmiedeeisernen Balkon auf ein Plätzchen zu zeichnen. Ihre Aufgabe war es, einhundert Plätzchen zu verzieren, die alle identisch aussehen sollten. Sie wollte sich der Herausforderung zwar stellen, aber sie hatte keine Ahnung, wovon der Küchenchef gerade sprach.

»Was ist *Donostia?*«, flüsterte sie Pedro, dem gut aussehenden Chef de Partie, zu.

»So heißt San Sebastián in der Sprache der Basken«, antwortete Pedro. »In dieser Küche nennen wir unsere Stadt nicht *San Sebastián.* Das tun nur die Touristen.« Er klang schroff, doch er zwinkerte Pip zu, bevor er sich an eine genauso neue und hoffnungslose Küchengehilfin wandte, die gerade Manchegokäse-Macarons aufeinanderklebte. Pip stachen Pedros lange, dunkle Wimpern ins Auge, und sie kam nicht umhin zu bemerken, dass sein Lächeln tatsächlich seine dunkelbraunen Augen erreichte. Es war wohl besser, sich wieder auf die Plätzchenbalkone zu konzentrieren.

Eduardo schleuderte ihr seit Tagen das Wort *barroca* entgegen, doch sie hatte sich in der Schule nie besonders für Geschichte interessiert und verstand nicht, was er damit meinte. Nur im Musikunterricht hatte sie einmal den Begriff *Barock* aufgeschnappt. Hatte es also etwas mit Cembalos und Fagotten zu tun? Oder waren es Oboen gewesen?

Doch genug der Tagträumereien. Die Flut kam, und die Wellen wurden immer stärker. Der Südwind peitschte auf Pips Schultern ein, und sie ließ sich tiefer ins Wasser sinken, um sich warm zu halten. Pip zitterte, doch sie nahm an, dass es am Adrenalin lag und nicht am kalten Wasser. Sie schwamm weiter. Es wurde Zeit, ans Ufer zurückzukehren.

Sie war aufgeregt, weil Eduardo sie eingeladen hatte, ihm und dem gesamten Kreativteam des *Azure* heute Abend – während des Essens für die Angestellten und bevor das Abendgeschäft begann – ein Gericht zu präsentieren, das sie selbst entworfen hatte. Falls es etwas taugte, würden sie sogar in Erwägung ziehen, es in ihre Speisekarte aufzunehmen. Es war die höchste Ehre, die einer Küchenhilfe zuteilwerden konnte.

Pip hielt es zwar für unwahrscheinlich, dass sie die Prüfung bestand, aber sie hatte dennoch vor, die anderen mit etwas Originellem vom Hocker zu reißen. Tatsächlich war sie von ihrem täglichen Schwimmtraining vor genau diesem Strand dazu inspiriert worden. Sie hatte Pedro letzte Woche um die baskische Übersetzung für *mächtiger Ozean* gebeten. Sie wusste, dass sie keinen spanischen Namen für ihr Gericht wählen durfte. Also entschied sie sich für *Abiega Ozeano.* Sie hoffte bloß, dass Pedro sich nicht über sie lustig machen würde. Es war schon nervenaufreibend genug, sämtliche Kochschritte richtig hinzubekommen.

Pedro hatte sie nach einer Woche vom Petit-Four-Posten abgezogen. »Hier ist es zu einfach für dich«, hatte er mit einem lässigen Schulterzucken gemeint und sie auf den Dessertposten versetzt, wo die Sache langsam interessant wurde. Dort hatte sie gelernt, aus Trockeneis eine Eiscreme mit Jamón- und Eiergeschmack herzustellen und dazu eine Emulsion aus Pilzen und Balsamico-Karamell zu mischen, die anschließend auf die Teller gesprüht wurde. Außerdem entzog sie Tausenden hauchdünnen Apfel-, Birnen- und Radieschenscheiben das Wasser, um sie danach über das Eis zu streuen. Sie extrahierte die Geschmacksstoffe aus dem Saft frischer Äpfel, fror die Flüssigkeit ein, um das Wasser zu entziehen, und vermischte das daraus entstandene reine Apfelkonzentrat mit Gelatine, Flechten und Joghurt, um glänzend grüne »Apfel-Sphären« zu kreieren. Dann strich sie Holunderblütenhonig aus der Region zu langen Platten aus, denen sie schließlich ebenfalls das Wasser entzog und sie zu einem Toffee-Crunch verarbeitete, der als *Erde* unter der Eiscreme und den Apfel-Sphären fungierte.

Eduardo und Pedro bläuten ihr ein, dass sie hier keine Desserts vorbereitete, sondern »Landschaften erschuf« und täglich »neue Gemälde kreierte«.

Eduardos Englisch war exzellent, und er sprach voller Nostalgie über das Essen seiner Kindheit: »der perfekte knackige Apfel«, »die dickste, cremigste Eiscreme«, »der süße rote Liebesapfel auf dem Jahrmarkt«. Wochenlang zerlegte Pip jeden Tag Eduardos baskischen Traum in seine Einzelteile und setzte ihn auf einem weißen Teller wieder zusammen. Oder auf einer Schieferplatte. Oder in einer von Hand gehobelten Schüssel aus uraltem Eichenholz. Die akribische Präsentation der Speisen unterschied sich vollkommen von dem französischen Stil, den Dan im *Zest* zelebrierte.

In der ersten Woche stellte Pip fasziniert und erfreut fest, wie sehr sie sich konzentrieren musste, um mitzuhalten. Zugleich fragte sie sich allerdings auch, warum sie sechzehn Stunden am Tag daran arbeiteten, einfache Lebensmittel in ihre Einzelteile aufzuspalten, wenn Perfektion eigentlich nichts anderes als Schlichtheit bedeutete.

Obwohl es sich bei den Lebensmitteln um das Beste handelte, das die Region zu bieten hatte, fielen Pip die großen Mengen auf, die in den einzelnen Abteilungen verschwendet wurden. Sie hatte freie Sicht auf den Posten, wo die Hauptgerichte zubereitet und angerichtet wurden. Dort sah sie ihr vollkommen unbekannte Tintenfischarten, Makrelen und Muscheln – die Behälter waren randvoll mit glänzenden Meeresfrüchten, und an manchen Tagen fühlte es sich in der Küche wie in einem Schlachthaus an.

Aus einem halben Frühlingslamm wurden die zarten Koteletts zwischen der Wirbelsäule und den oberen Rippen herausgetrennt, doch der Lammrücken und die unteren Rippen wurden entsorgt. Eine gut abgehangene Rindsschulter wurde zerteilt und *sous vide* vakuumgegart. Sämtliches Fleisch – ob Kalbfleisch, frischer Fisch oder Hühnerbrust – wurde in perfekt geformte Stücke geschnitten und in Plastikfolie eingeschweißt. Pip konnte den Hype, Fleisch in genau der richtigen Temperatur zu kochen, zwar nachvollziehen, doch als sie Eduardo nach den Lebensmitteln fragte, die dabei verschwendet wurden, winkte er ab und meinte, dass sie an eine Wohltätigkeitsorganisation in der Altstadt gehen würden. Als Pip in der Woche darauf wissen wollte, ob es wirklich notwendig sei, so viel Plastik zu verwenden, und ob sie vielleicht eine Alternative zum *sous vide* finden könnten, begegnete man ihr mit eisigem Schweigen.

Die etwa ein Dutzend Köche umfassende Mannschaft an ihrem Posten erstarrte einen Augenblick lang in der Bewegung.

Auch wenn Pip befürchtete, dass man sie gleich auf die Straße setzen würde, machte sie dennoch munter weiter: »Eduardo, die Meere werden von Müll überflutet. Ich sehe es jeden Tag, wenn ich schwimmen gehe. Die Fische ersticken im Plastik, und es ist einfach überall. Musst du denn wirklich so viel davon verwenden?« Eduardo kräuselte die Lippen, zuckte mit den Schultern, drehte sich um und verließ die Küche. Er hatte sie ganz offensichtlich verstanden, doch ein perfektes Stück Kalbfleisch bedeutete ihm mehr als die Ozeane.

Dan würde sich schämen, dachte Pip. Sie erinnerte sich an seine sparsame Küche in Hobart, die sich der *Nose-to-tail-Philosophie* verschrieben hatte, wo von der Schnauze bis zum Schwanz des Tieres alles verarbeitet wurde. In Eduardos Küche hingegen wurde nur das Beste jeder Zutat verwendet und der Rest entsorgt. So wurde im *Azure* etwa ein Fingerhut voll Apfelessenz aus Unmengen einheimischer Äpfel gewonnen, und das Fruchtfleisch wanderte in den Müll. Und es wurde nicht einmal kompostiert. Es war einfach verrückt.

»Molekularküche. Das ist doch eigentlich gar kein richtiger Begriff, nicht wahr?«, bohrte Pip schließlich bei Pedro weiter, während Eduardo den fünf Beiköchen des Dessertpostens in der Testküche erklärte, wie man eine Emulsion aus Erdbeeren und Eichenrinde herstellte. »Alle Lebensmittel bestehen doch aus Molekülen. Es ist nicht einmal eine richtige Wissenschaft.« Sie merkte, wie sich Pedro in seiner weißen Kochschürze und der Küchenhaube versteifte, doch zumindest zuckte er nicht mit den Schultern und ging. Stattdessen warf er ihr einen raschen Blick zu und zwinkerte. Zumindest nahm er die Sache mit Humor – die anderen Köche waren immer so verdammt ernst und wirkten teilweise richtiggehend wichtigtuerisch.

Pedro verschwand durch die automatische Schiebetür in den klimatisierten Lagerraum für Gewürze. Nach etwa einer Minute steckte er den Kopf heraus und winkte Pip zu sich.

Pip folgte ihm und fand sich in einer übergroßen Speisekammer wieder. Der Linoleumboden war knallgrün, und die Edelstahlregale waren vom Boden bis zur Decke mit sorgsam beschrifteten Plastikbehältern gefüllt.

Sie trat vor eines der Regale und begann, die Etiketten laut vorzulesen. »Ajowan, Akudjura …«

»Das stammt aus Australien.«

»Noch nie gehört.« Pip las weiter: »Alisander, Alkanna …«

»Für die rote Farbe.«

»Okay. *Davon* habe ich auch noch nie gehört.« Sie ging einige Regale weiter. »Paradieskörner. Piment – das verwende ich schon mal, wenn ich Chinesisch koche. Engelwurz, Anis, Anis-Riesenysop … Gibt es denn einen großen Unterschied zwischen den beiden? Wer hat schon zwei verschiedene Arten Anis zur Verfügung?« Pip sah sich wie gebannt weiter um.

»*Artemisia* … Wermut. Das kenne ich, weil meine Mum Kräuter anpflanzt. Der Wermut wächst in der Nähe des Hühnerstalls. Sie schwört, dass er die Läuse fernhält.«

Pedro nahm zwei Plastikbehälter aus dem Regal. Im ersten befanden sich getrocknete Zweige, im zweiten gemahlener Wermut. »Wir verwenden dieses Kraut, um Spirituosen damit anzusetzen. Hast du schon einmal von Absinth gehört? Früher glaubte man, er rufe Halluzinationen hervor.«

Pip kicherte. »Das klingt wie bei Harry Potter.«

Pedro hielt einen seidigen, silberfarbenen Artemisia-Zweig hoch, und die feinen Härchen schimmerten. Pip roch den vertrauten, rauchig holzigen Duft, der viel süßer als Salbei war, und dachte an die alten Rezepte, die sie in den Kupfertöpfen gefunden hatte. Sie sollte Megs bitten, ihr eine Kopie zu schicken. Sie befanden sich immer noch in dem Probenglas, verstaut in einem Karton, irgendwo in Megs' Schuppen. Zusammen mit ihrer Traurigkeit.

Pedro dimmte das Licht, und als Pip den Blick nach oben richtete, tanzte eine zarte, gekräuselte Feder über die weiße Decke. Pip betrachtete das feine Muster, das sich über die Wand ausbreitete – es erinnerte sie an die Spitze für das Hochzeitskleid, das sie vermutlich niemals tragen würde. Pedro bewegte den Zweig, und der Schatten wirbelte über die Decke und den grünen Boden und schlang sich schließlich um ihre Beine. Sie brauchte weder Wermut noch Absinth. Pip hatte auch so einen Moment lang das Gefühl, sich in einem Kaleidoskop zu befinden.

Pedro hielt den Blick ebenfalls auf die zarten Fäden gerichtet, die über die Decke wanderten, und flüsterte: »*Artemisia.* Die Mutter aller Kräuter, wie dieses Kraut früher genannt wurde. Kräftig. Bitter. Und wunderschön.«

»Aber warum sollte man gerade dieses Kraut in einem Restaurant verwenden, wenn es doch bitter schmeckt?«

»Pip.« Er sprach ihren Namen immer noch als *Piep* aus, und sie fand das süß. »Hast du denn gar nichts gelernt? Beim Essen geht es um Nostalgie.« Pedro warf ihr einen enttäuschten Blick zu und machte das Licht wieder an. »Eine kleine Menge davon soll den Appetit anregen und die Verdauung fördern. Und das ist doch wunderbar für jedes Restaurant! Es sorgt für Wohlwollen und ist zudem antibiotisch. Die Hexen glaubten früher, dass ein Zweig, den man am Körper trägt, böse Geister fernhält. Und es ist auch sehr bedeutend. Die Hexen brauten damit Tinkturen, um die Fruchtbarkeit zu steigern. Du siehst also: Etwas Bitteres und Gefährliches kann auch neues Leben erschaffen. Neue Perspektiven eröffnen.«

Pip hielt den Blick starr auf den Boden gerichtet und bemühte sich, nicht in Tränen auszubrechen. Gab es in den Tausenden Behältern der Kräuterkammer vielleicht auch ein Kraut, das ihr ihre Bitterkeit nehmen konnte? Sie erschauderte. Sechzehn Grad war einfach viel zu kalt. Sie verließ die Kräuterkammer, so schnell sie konnte.

Pip schwamm gerade ihre letzte Runde entlang der Playa de la Zurriola, und ihr wurde langsam kalt. Sie dachte an den Nachmittag zurück, als sie mit Pedro in der Kräuterkammer gewesen war. Der grüne Boden, *Artemisia* …

Ihre Gedanken wurden von einem vertrauten Geräusch unterbrochen, als etwas durch die Wellen zu ihrer Linken schnitt. Verdammt! Es war zu spät. Pip wandte sich um und hörte eine wütende Salve unverständlicher Flüche, die über das Wasser getragen wurden. Sie versuchte, unterzutauchen, doch das Fiberglassurfbrett rammte ihre Schulter und wurde zurückgerissen, als der Surfer sich zur Seite kippen ließ, um der Welle auszuweichen und sie nicht zu verletzen. Doch die Kollision ging viel zu schnell vonstatten. Sie wurden beide von einer Welle überrollt, und die Gummifangleine, das Surfbrett und ihre Beine verhedderten sich ineinander, während sowohl Pip als auch der Surfer hektisch versuchten herauszufinden, in welche Richtung es nach oben ging.

Wasser drang in Pips Nase und in ihre Ohren, und sie schmeckte den bitteren Geschmack des Salzes. Sie befand sich noch immer unter Wasser und hatte das Gefühl, in einer Waschmaschine im Schleudergang zu stecken. Schließlich öffnete Pip die Augen und sah ein schwaches Licht, woraufhin sie kräftig mit den Beinen austrat, um dorthin zu gelangen und endlich aufzutauchen. Ihre Lungen brannten, ihre Ohren taten weh, und ihre Beine fühlten sich schwach an. Ihre Schulter schmerzte an der Stelle, wo das Surfbrett sie erwischt hatte. Doch dann durchstieß sie die Oberfläche, und Schleim und Wasser strömten aus ihrer Nase, während sie versuchte, wieder zu Atem zu kommen. Der verirrte Surfer war bereits auf sein Brett zurückgeklettert und paddelte davon, ohne sich umzudrehen und nachzusehen, ob mit ihr alles in Ordnung war. Sie trat fest mit den Beinen aus und schlug mit den Händen auf die Wasseroberfläche.

Der Salzgeschmack in ihrem Mund war so stark, dass Pip ihn nicht mehr loswurde, auch wenn sich ihr Mund langsam wieder mit Speichel füllte. Gab es eigentlich Abstufungen beim Geschmack von Salz? Der Schlag gegen die Schulter hatte sie ein wenig schwindelig gemacht, doch Pip konnte bloß über die Entdeckung nachgrübeln, dass das Salzwasser im D'Entrecasteaux-Kanal sehr viel süßer schmeckte. Und weicher. Sie erinnerte sich daran, wie sie auf die Felsvorsprünge der Sandsteinklippen um die Stinkpot und North West Bay geklettert war, um das Salz zu sammeln, das zurückblieb, nachdem das Wasser verdampft war. Das Salz, das sie nun auf ihrer Zunge hatte – das Salz der Playa de la Zurriola –, war so scharf, dass es Nase und Hals frei machte. Wie Eukalyptusöl.

Pip beschloss, sich nicht länger treiben zu lassen, sondern lieber so schnell wie möglich ans Ufer zurückzukehren. *Das ist es!,* dachte sie. Meinem Gericht fehlt genau dieser intensive Salzgeschmack. Er muss den Mund austrocknen, damit anschließend die Süße und das Gemüse die Vorherrschaft übernehmen können. Der Geschmack muss einen Angriff auf den Gaumen darstellen. Ich war zu weich. Meinem Gericht fehlt der Punch. Ich war ein totales Weichei.

Nach dieser Erkenntnis schwamm sie mit kraftvollen Schlägen zurück zu den Wellenbrechern und ließ sich dann von den Wellen ans Ufer tragen.

Heute Abend würde sie Eduardo, Pedro und das gesamte Team des *Azure* mit ihrer Interpretation der Playa de la Zurriola vom Hocker reißen.

Kapitel 17

Château de Boschaud, Mittsommer 1487

Artemisia warf einen Blick auf die auf dem Boden der Vorratskammer verstreuten gezuckerten Koriandersamen und seufzte beim Anblick des Durcheinanders. Sie ließ Andreas' Geschenk zurück in ihre Schürzentasche gleiten, um es später zu öffnen, und fegte mit einem kleinen Weidenbesen die Samen auf. Reinlichkeit kam laut Abt Roald gleich nach Gottesfurcht, und sie würde den vollen Zorn seines hochroten Antlitzes – und vielleicht auch seiner Faust – zu spüren bekommen, wenn er jetzt hier hereinplatzte. Dazu kam es tatsächlich gelegentlich. Und zwar üblicherweise dann, wenn sie gerade überaus beschäftigt war. Sie warf einen Blick auf die Pergamentbögen mit den letzten Bestellungen und Abrechnungen, die sie hierher mitgenommen hatte, und fragte sich, wann wohl der beste Zeitpunkt wäre, um den Chevalier de Boschaud darauf anzusprechen. Die Zahlungen wurden bald fällig – zusammen mit den Steuern an den königlichen Hof –, und wer wusste schon, wann er sich wieder in den Sattel schwingen würde, um in den Kampf zu ziehen oder an blutigen Turnieren im Norden teilzunehmen?

Doch heute hatte sie nun wirklich keine Zeit dafür – sie musste schließlich das Festessen vorbereiten.

Aber wenn nicht heute, wann dann?

Artemisia schob sich ein paar der gezuckerten Samen in den Mund und lutschte daran, während sie über ihre Zwangslage nachdachte. Ihr Kopf schwirrte vom Zucker, und sie biss auf die gerösteten Samen, um das Zitronenaroma freizusetzen. Die Samen würden ihren Atem frisch machen und die nervösen Säfte beruhigen, die in ihrem Inneren brodelten.

Sie sollte Emmeline und Hildegard auftragen, den wilden Koriander zu ernten, der neben dem Anis, dem Waldmeister und dem Kerbel wuchs, bevor er die Beete überwucherte. Die weichen Stängel waren mit winzigen, rosigen Knospen übersät, die sich nach der Sonne streckten. Die Kräuter hatten diesen Sommer schon früh Samen angesetzt, von denen die eine Hälfte zur Seite gelegt wurde, bis die Erde sich im nächsten Frühjahr wieder erwärmte, während die andere Hälfte über den Kohlen geröstet wurde. Die Menge sollte jedenfalls reichen, um sie durch den Herbst zu bringen, bevor sie einen neuen Sack beim *Épicier* bestellen mussten.

Artemisia nahm ein weiteres Samenkorn in den Mund und ließ den Zucker auf ihrer Zungenspitze zergehen. Er schmeckte kaum merklich nach Lakritze, und sie dachte an den kleinen Laden des *Épiciers* auf dem Dorfplatz, wo sich braune Säcke mit Samen und Gewürzen in sämtlichen Farbschattierungen – Kurkuma, Koriander, Muskatblüten, Mohn, Sandelholz, Fenchel, gelber und brauner Senf, schwarzer Pfeffer, Kreuzkümmel und Wiesenkümmel – auf dem einfachen Eichenbrett an der Wand drängten. Neben den Säcken befand sich eine große verschlossene Eichentruhe, in der die Familie de Vitriaco ihre teuersten Gewürze aufbewahrte, wie etwa Kubeben-Pfeffer, Mastix, Nardenähre und Sumach. Unter dem Brett lagerte der Zucker für die kandierten Samen und übergroße Säcke mit gemahlenem Zimt, Anis, schwarzem Pfeffer, Salz und getrocknetem Ingwer. Der Eingang zum Laden bestand aus einem einfachen, aufklappbaren Holztor, das nach dem Öffnen als Vordach diente und das man mit Bienenwachs poliert hatte, bis das Kirschholz glänzte und die Maserung sichtbar wurde.

An jedem Markttag stand Andreas' Mutter, Alba de Vitriaco, hinter dem Ladentisch neben einer großen Waage und verkaufte ihre Waren. Sie hatte breite Schultern und einen kräftigen Oberkörper, doch auch sie verfügte über die karamellfarbene Haut und elfenbeinfarbenen Zähne ihres Sohnes. Alba hatte die Augen immer ein wenig zusammengekniffen, als würde sie in einem fort lächeln, und die Falten um ihre Augen waren tief und breit.

Emmeline begleitete Artemisia an jedem Markttag durch die Kopfsteinpflasterstraßen des Dorfes.

Zuerst in die Gasse der *Bochiers,* wo das Blut über die Pflastersteine rann, vorbei an den Ständen mit den Schafköpfen, den Wildschweinen und den Innereien bis zu ihrem Lieferanten, dessen Stand sich ganz am Ende befand. Hier gab es das beste Schweine- und Rindfleisch des Tales. Danach ging es zum *Boulanger,* um die Lieferung der flaumigen weißen Brötchen und des etwas härteren Schwarzbrotes für die Bediensteten und Mönche in Auftrag zu geben. Je nach Jahreszeit bestellten sie Kapaune, Fasanen oder Wachteln oder statteten dem Pilzverkäufer einen Besuch ab, um einen Korb Morcheln zu erstehen. Am Freitag kamen die Fischhändler, und Artemisia stellte stets sicher, dass sie die besten Forellen und Karpfen bekam – und niemals den zähen, getrockneten Dorsch oder Hering aus dem fernen Norden.

Am letzten Markttag im Frühling hatte sie vier fette schwarze Aale für die fürstliche Summe von vier Francs erstanden, die nun in Käseleinen eingeschlagen und zusammengerollt auf dem Boden ihres Korbes lagen, als würden sie schlafen. Der Chevalier de Boschaud war auf Reisen, weshalb sie die Aale zum alleinigen Vergnügen Abt Roalds kochen würden. Er zog die Zubereitungsart aus dem Süden vor, wie sie etwa in St. Vincent Anwendung fand. Dazu benötigte sie noch Granatapfelsamen, Orangenschale, Zitrone, Rosmarin, gemahlene Nelken, Kardamom und Ingwer. Doch als sie Albas Stand erreichte und das Käseleinen zurückschlug, damit Alba den Fisch begutachten konnte, bestand diese darauf, dass Artemisia eine *Torta di Anguille* daraus zubereiten sollte. Alba machte sich daran, getrocknete Feigen, einige Safranfäden, Pinienkerne, gemahlenen Ingwer, Zimt und schwarzen Pfeffer aus den Säcken zu holen. Danach schlug sie die Mischung in Käseleinen und verschnürte das winzige Päckchen an den Enden.

»Hier.« Alba reichte es über den Ladentisch. »Machen Sie einen Pastetenteig, schneiden Sie den Aal in zwei Finger breite Stücke und kochen Sie diese kurz in Mandelmilch. Dann geben Sie zwei Handvoll mit Rosinen vermischten Spinat und ein wenig Zucker hinzu und mildern den Geschmack mit Verjus ab.«

Alba drückte Artemisia das Päckchen mit den Gewürzen in die Hand und fuhr fort: »Ich schreibe das Rezept auf und gebe es Andreas.« Sie blickte Artemisia tief in die Augen und grinste.

Emmeline hustete und wandte sich ab, um einige verdreckte, in Lumpen gekleidete Kinder zu beobachten, die hinter den langsam über die Pflastersteine rumpelnden Karren herschlichen in der Hoffnung, dass vielleicht ein Apfel, eine Birne oder ein Laib Brot hinunterfiel.

Die zierliche Metzgersfrau, Madame Deniau, schlenderte auf den Gewürzstand zu. Dahinter folgte ihre untersetzte Dienstmagd mit einem brüllenden Säugling auf dem Arm.

Artemisia und Emmeline nickten und traten zur Seite, damit sie ihre Einkäufe erledigen konnte. Artemisias Magen zog sich zusammen, so sehr wünschte sie sich, die Hand nach dem pausbäckigen Kind auszustrecken und es an ihre Brust zu drücken, um seine Tränen zu trocknen.

Alba lehnte sich über den Ladentisch und kniff dem Kind in die Backe. »Was ist denn los mit dem hübschen kleinen Kerl?«, fragte sie.

»Sein Gaumen ist offen und blutig. Er hat letzte Nacht die ganze verdammte Straße mit seinem Geschrei wach gehalten.« Madame Deniau schnaubte und richtete den Blick gen Himmel. »Wie auch immer, ich muss weiter. Monsieur Deniau bittet um zwei Säcke gutes Salz für morgen.« Sie machte sich auf den Weg und trat an Artemisia und Emmeline vorbei, ohne ihnen Beachtung zu schenken. Gerade so, als wären die beiden streunende Hunde.

»Warten Sie, Madame Deniau – wenn Sie erlauben …«

Die Metzgersfrau drehte sich um und rümpfte verärgert die Nase.

»Madame de Vitriaco, wenn Sie mir bitte einen Augenblick lang Gehör schenken würden …«, bat Artemisia leise.

Albas Augen funkelten, als sie eine Augenbraue hob.

»Madame de Vitriaco, könnten Sie bitte einige Nelken, ein wenig Salz, Kurkuma und Muskatblüten mit etwas von Ihrem getrockneten Rosmarin und einigen Tropfen Kamillenöl vermengen?«

Die vier Frauen sahen zu, wie Alba hinter dem Ladentisch hin und her eilte, um ein winziges Bündel zu schnüren, das sie schließlich in feinstes Leinen wickelte. Anschließend lehnte Artemisia sich nach vorn und presste das Bündel auf den Gaumen des brüllenden Kindes. Das Geräusch verstummte sofort und wurde von einem lauten Saugen abgelöst.

»*Merci*, Madame de Vitriaco«, bedankte sich die Frau des Metzgers mit einem knappen Nicken. Dann wandte sie sich erneut ab und bedeutete ihrer Dienstmagd mit einem Kopfnicken, ihr sofort zu folgen.

Artemisia war nicht wütend – sie war es ihr Leben lang gewohnt, dass die Menschen sie nicht weiter beachteten.

Hinter Alba entdeckte Artemisia Andreas, der gerade im Hinterhof leere Terrakottatöpfe von seinem Wagen lud. Violetter Blauregen umwucherte eine Loggia, und Zitronen- und Limettenbäume wuchsen an Spalieren die Wände empor. In den Ecken wucherte Lavendel und Rosmarin, und die dunklen Büschel des Thymians und Majorans streckten ihre Arme über die Pflastersteine aus. Es gab einen schmiedeeisernen Tisch mit zwei Stühlen, und einen Augenblick stellte sie sich vor, wie sie hier ihre *Porée* – vielleicht mit einem frischen weißen Brötchen und einer Scheibe Schinken – aß, bevor sie das Holztor öffnete und den Arbeitstag begann.

Artemisia fing Albas Blick auf und errötete.

»Das war sehr gütig von Ihnen«, erklärte Alba. »Sie haben dem hübschen Jungen sehr geholfen.«

»Das war doch nicht der Rede wert«, erwiderte Artemisia und wischte die freundlichen Worte beiseite. Sie war keine Komplimente gewohnt.

»Für Sie vielleicht nicht«, widersprach Alba. »Doch tief im Inneren will jede Mutter nur das Beste für ihren Sohn …« Sie lächelte wissend, als die verlegene Artemisia Emmeline am

Ellbogen fortzog und sich in der Eile auf dem schmutzigen, feuchten Kopfsteinpflaster den Fuß verdrehte.

Artemisias Herz pochte in einer Mischung aus Hoffnung und Verwirrtheit, während sie davonhumpelte. War es tatsächlich möglich, dass Alba eine Frau wie Artemisia – die bloß eine einfache Köchin war – hinter ihrem Ladentisch und in ihrem Hinterhof willkommen heißen würde?

Kapitel 18

San Sebastián, September 2014

Pip eilte durch die dunkle Gasse entlang der niedrigen Sandsteinvilla, in der sich das *Azure* befand. Sie war dankbar für ihre bequemen marineblauen Sneakers mit der Einlegesohle für zusätzlichen Halt. Die Schichten im *Azure* waren lang, und es war tödlich, wenn man dabei keine bequemen Schuhe trug. Das hatte sie während ihrer ersten Woche im Restaurant auf die harte Tour gelernt. Ein Ganztagsjob war etwas vollkommen anderes als der Teilzeitjob als Küchenhilfe, und die Schuhe waren nicht die einzige Umstellung gewesen. Als Mitglied der Belegschaft war es ihr verboten, die Villa durch die prachtvolle Doppelflügeltür aus Eichenholz zu betreten, die lediglich aufschwang, um die betuchten Gäste aus aller Welt einzulassen. Sie buchten Monate im Voraus und waren gerne bereit, vierhundert Euro für ein zehngängiges Menü zu bezahlen. Pip betrat das *Azure* durch eine diskrete und zweckmäßige Tür, die sich an der hinteren Ecke des Gebäudes versteckte.

Sie verstaute ihren Rucksack im Spind, wusch sich die Hände und holte sich ihre weiße, gestärkte Uniform. Danach trat sie vor das lange Waschbecken und begann, sich die Hände zu schrubben. Wenn Megs sie jetzt bloß sehen könnte! Sie hielt ihre Hände, die vom Ellbogen bis zu den Fingerspitzen makellos sauber waren, wie ein Chirurg in die Höhe und lehnte sich gegen die Schwingtür, um die Küche zu betreten.

Von außen wirkte das *Azure* wie eine barocke Symphonie aus Sandstein, Schiefer und Schmiedeeisen, doch die Küche war eher eine Mischung aus Operationssaal und einer Galerie für moderne Kunst. Der Raum war etwa fünfundzwanzig Meter lang und zwölf Meter breit. Fünf Edelstahlküchenblöcke waren in genauer Formation angeordnet, und jeder Posten verfügte über zwei große Gaskochstellen, Backöfen und ein riesiges Absauggebläse, das wohl auch in eine Fabrik gepasst hätte. Breite Arbeitsflächen zogen sich in strikter militärischer Anordnung meterlang durch den Raum, und jede war mit mindestens zwanzig Kupfertöpfen und Pfannen ausgestattet, die der Größe nach geordnet über den Arbeitsplatten an der Wand hingen. Die Küche war jedenfalls groß genug, um das Catering für eine ganze Fluglinie zu übernehmen.

An jedem Posten standen mindestens ein Dutzend – vorwiegend männliche – Mitarbeiter in Kochuniformen. Innerhalb einer Schicht bewegten sie sich lediglich in etwa zwei Quadratmeter großen Zonen. Seine Zone zu verlassen war ein Kündigungsgrund, es sei denn, man wurde von seinem Chef de Partie dazu aufgefordert. Das industrielle Ambiente wurde von einer Reihe altmodischer, leuchtend roter, grüner, blauer und gelber Lichtkugeln abgeschwächt, die über den jeweiligen Posten an einem einfachen schwarzen Seil künstlerisch arrangiert von der Decke hingen. Die Spritzwände aus dramatisch anmutendem silberfarbenem Laminat waren von maurischen Mosaiken durchsetzt. Die Fenster befanden sich direkt unter der Decke, sodass das Tageslicht hereinströmen und sich auf den glänzenden Oberflächen brechen konnte, während neugierigen Touristen jeder Einblick verwehrt wurde. Dazu markierten noch eine Reihe moderner, in die schweren Eichentüren eingelassene Buntglasblöcke in Apfelgrün und Rot den Zugang zum Servicebereich.

»Bist du bereit, Pip?«, flüsterte Pedro mit seiner tiefen, lakritzsüßen Stimme.

Auch wenn sie manchen Dingen dort skeptisch gegenüberstand, hatte Pip begriffen, dass sie durch das Kochen im *Azure* den Fähigkeiten eines Alchemisten so nahe kommen konnte wie sonst nirgendwo. An dem Posten, an dem die *Pintxos* zubereitet wurden, hatte sie eine vollkommene Neuinterpretation der Tapas miterlebt, für die diese Region berühmt war. Hier gab es weder geschnittene Baguettes noch Zahnstocher. Stattdessen wurde das Brot in weniger als einen Millimeter dünne Scheiben geschnitten, mit Öl beträufelt und gebacken, bis jedes Stück einem Kartoffelchip glich. Sobald das Brot abgekühlt war, wurde es mit marinierten Anchovis, geräucherten Kapernbeeren und winzig kleinen Quenellen aus süßem rotem Paprika und Knoblauchsorbet dekoriert. Es gab perfekt geformte, winzig kleine Eistüten aus Malsouka, die etwa so groß wie ihr kleiner Finger waren und mit herrlich cremigem *Bacalao* – gesalzenem Kabeljau – gefüllt und mit einer Emulsion aus reduziertem Pedro Ximénez abgerundet wurden. Und rohe Makrelen, die in etwa daumennagelgroße Stücke geschnitten wurden, sodass die Schuppen erhalten blieben und immer noch silbern schimmerten, wenn sie schließlich auf einer herbstlichen Pilzbrühe mit getrocknetem Thymian und einer Prise Zimt angerichtet und mit einheimischen *Zizas* – Pfifferlingen –, einigen Tropfen einer glänzenden Pinienkernemulsion, frischem Thymian und Farnen aus den Bergen verfeinert wurden.

Als Pip begann, ihr Gericht vorzubereiten, spürte sie, wie ihr der Schweiß über den Nacken rann. Sie biss in eine Babykarotte und anschließend in ein leuchtend rotes Radieschen und genoss das Knacken des frischen Gemüses. Sie konnte tatsächlich das Jod schmecken, von dem Pedro gesprochen hatte, als er vorhin einen Teller Wurzelgemüse sortiert hatte. Den salzigen Nebel, der zwischen den Stränden von Donostia und dem bergigen Hinterland in den Tälern hing, der in das Gemüse eindrang und seinen Geschmack verstärkte. Genau diese Mischung aus salzig und süß wollte sie einfangen. Es wurde Zeit, *Abiega Ozeano* zu vollenden.

Pip nahm eine der Kalksteinfliesen, die zum Anrichten der Entrées verwendet wurden, und rieb sie mit Olivenöl ein, bis sie glänzte. Sie wollte nicht, dass ihr Gericht aussah, als läge es auf dem schmutzigen Fußboden. Zunächst drapierte sie etwas galizisches Seegras auf dem Teller, das sie zuvor in einem dünnen Taloteig, der lediglich aus Wasser und Maismehl bestand, knusprig gebacken hatte. Anschließend kamen noch etwas Zitronenschale und gehackte Petersilie hinzu, um dem Seegras eine besondere Note zu verleihen. Um für ein zusätzliches Knuspern zu sorgen, hatte Pip weichen Ziegenkäse in dicke Scheiben geschnitten, in Aubergine und in Asche gegartem Knoblauch gewendet und gebacken, sodass er schließlich aussah wie die zerklüftete Küste der Playa de la Zurriola. Sie beugte sich nach vorn und atmete den rauchigen Geruch ein.

Für den Ozean färbte Pip Obulatoblätter – Oblaten aus Kartoffelextrakt – mit Tintenfischtinte. Danach kamen die Platten in den Backofen, bis sie sich einrollten und hart und knusprig wurden und als Wellen auf dem Teller angerichtet werden konnten. Anschließend fügte Pip kleine, glänzend rote Salsakügelchen hinzu, die sie am Tag zuvor aus Tomaten,

Paprika, Oregano, roten Zwiebeln und schwarzem Pfeffer reduziert hatte. Pedro hatte ihr dabei geholfen und etwas geräucherten Paprika aus der Kräuterkammer hinzugefügt, auf die anscheinend immer Verlass war. Nachdem die Salsa abgekühlt war, hatte sie nur noch Gelatine hinzugefügt. Sie war vollkommen begeistert von den perfekten roten Kügelchen, die daraus entstanden waren. Als Letztes verteilte Pip in hauchdünne Scheiben geschnittenen geräucherten Aal, rohen Thunfisch und *Jamón* auf dem Teller und bestäubte alles mit einem feinen orangefarbenen Pulver aus Cayennepfeffer und gemahlenem Safran. Auch das war Pedros Vorschlag gewesen.

Nach zwei Stunden war Pip mit ihrem Gericht fertig, und das gesamte Team versammelte sich jubelnd um sie. Ihr schlichtes graues T-Shirt klebte an ihrem Rücken, und ihre makellose weiße Schürze war zerknittert und mit schwarzer Tinte und roten Schlieren überzogen. Sie wischte sich eine Haarsträhne aus der Stirn, die sich aus ihrem Pferdeschwanz gelöst hatte, und sah, dass auch ihre Haare orangefarben gesprenkelt waren. Vermutlich sah sie vollkommen fertig aus. Pedro stand makellos weiß gekleidet am Ende der langen Arbeitsplatte und grinste wie ein stolzer Onkel. Er zwinkerte ihr zu, als sie den Teller hob und durch das Ehrenspalier der applaudierenden Kollegen auf die Holzschwingtür zuging, hinter der sich Eduardos Tisch befand.

Es war nach halb zwölf Uhr abends, und Pip wurde gerade damit fertig, ihren Posten aufzuräumen und die Edelstahloberflächen zu reinigen, damit keine Striemen mehr zu sehen waren, wenn die Sonne am nächsten Morgen auf die

Arbeitsplatten fiel. Ihre Beine schmerzten, und ihr unterer Rücken fühlte sich ein wenig steif an. Das Adrenalin schoss noch immer durch ihre Adern. Trotz dieser kleinen Wehwehchen fühlte sie sich großartig. Und auch ein wenig stolz. Pedro kam lächelnd mit zwei Champagnergläsern und einer Flasche Pierre Péters, Jahrgang 2004, auf sie zu und goss ihnen beiden ein Glas ein.

»Ein Gruß vom Sommelier. Er möchte dir gratulieren. Und Eduardo ebenfalls. Er war vor allem von dem scharfen, knusprigen Geschmack des Ziegenkäses im Kontrast zu der süßen Salsa begeistert. Und von dem hauchdünn geschnittenen Aal. Aber das wahre Meisterstück waren wohl die Wellen. Einfach genial.« Er grinste und hielt ihr ein Glas entgegen. »Das hier ist von ihrer kleinen Party übrig geblieben«, erklärte er und hob die linke Augenbraue.

»Salud.« Sie stießen an, und das Prickeln des Getränkes passte haargenau zu Pips Stimmung.

Pip schickte Megs eine Nachricht und ein Foto ihres Gerichts: *Mein Essen war der Hit! Sag meiner Nichte, dass ich bald eine Starköchin sein werde.*

Zu ihrer Überraschung folgte die Antwort unmittelbar darauf: *Das sieht ja unglaublich aus! Großartig. Hier gibt es bloß Super-Omelette von meinem Super-Will.*

Die Notfallrationen, mit denen Pip vor ihrer Abreise Megs' Gefrierschrank befüllt hatte, waren wohl bereits aufgebraucht.

Sie schrieb schnell zurück: *Ich sage Dan, dass er gegen Ende der Woche einige Vorräte vorbeibringen soll. Auf meine Rechnung. Kuss, Pip*

Megs antwortete sofort: *Das muss nicht sein. Außerdem liebe ich Omelette und Rührei. Will hat diesmal sogar einige*

Kräuter und etwas Parmesan in den Teig getan. Richtig raffiniert!

Selbst über die Entfernung hinweg klang ihre Schwester immer noch rechthaberisch. Pip antwortete: *Zu spät, es ist bereits alles bestellt. Sag mir Bescheid, wenn es angekommen ist. Kuss P.*

Sie würde Dan eine E-Mail mit den Fotos ihres *Abiega Ozeano* und dem neuesten Tratsch aus der Küche schicken, wenn sie zurück in ihrem Ein-Zimmer-Appartement war. Pip war sich sicher, dass es ihm nichts ausmachte, einige Suppen und Hauptgerichte mit viel Gemüse für Megs zusammenzupacken und sie vor der Arbeit bei ihr abzuliefern. Sie würde ihm auch gleich ihre Kreditkartennummer und ein Budget für die nächste Zeit schicken. Vielleicht konnten sie sich auf eine Lieferung alle zwei Wochen einigen. Nicht zu oft jedenfalls, sonst würde Megs sich damit nicht wohlfühlen. Bloß genug, um sie über Wasser zu halten, solange Pip unterwegs war.

Außerdem klang es, als würde sich Will sehr bemühen, jeden Tag ein selbst gekochtes Abendessen auf den Tisch zu bringen. Er war vermutlich total erschöpft. Megs und Will lebten in vollkommener Übereinstimmung. Sie waren das perfekte Paar. Pip hielt kurz inne und lauschte dem Pochen ihres gebrochenen Herzens.

Nein!, schalt sie sich selbst. Heute Abend musste gefeiert werden.

»Hey, Pedro«, sagte sie. »Wollen wir noch zusammen ein paar *Pintxos* essen? Wir könnten in diesen Laden in Gros gehen, dort gibt es *Pulpo.*«

»Klar, wir könnten mit meinem Roller hinfahren. Damit sind wir schneller, und es ist auch schon etwas kalt.«

»Einverstanden. Hast du denn einen zweiten Helm?«

»Natürlich«, sagte Pedro, als sie durch die Seitentür hinaustraten. Der Mond warf ein weiches Licht auf die Sandsteinwand gegenüber, und Pedros karamellfarbene Haut und seine dunklen Haare schienen zu leuchten.

Die Abende waren mittlerweile tatsächlich ziemlich kalt, und Pedro bot Pip seine schwarze Lederjacke an. Sie hing ein wenig lose an ihren Schultern, als sie sich auf den Roller schwang und die Arme um seine Hüften schlang. Sie kuschelte sich an ihn und redete sich ein, dass sie sich so nur vor dem Wind schützen wollte, der ihr ansonsten ins Gesicht geblasen hätte. Pedro fühlte sich warm an, und unter seinem dünnen Baumwollpullover konnte sie seine harten Bauchmuskeln spüren. Pip wusste, dass sie selbst ziemlich verschwitzt roch, doch Pedro duftete nach Knoblauch, geräuchertem Paprika und Nelken, und sie wollte sich einfach noch ein wenig fester an ihn drücken.

Während sie durch die engen Gassen und über Kopfsteinpflaster fuhren, ließ sie ihre Gedanken schweifen. Sie verspürte Aufregung, aber auch Unsicherheit. Heute hatte sie ein herrliches Gericht kreiert und einige wirklich kniffligе Kochtechniken gemeistert – aber was nun?

Sie merkte erst, dass sie bereits vor der Bar angekommen waren, als Pedro schließlich meinte: »Aufwachen, du Schlafmütze. Jetzt wird gefeiert.«

Seltsamerweise war sie enttäuscht, dass die Fahrt bereits vorüber war und sie sich von seinem warmen Rücken lösen musste.

»Gehen wir«, sagte Pedro und lehnte seinen Roller an eine Hauswand.

Sie traten durch eine winzige Holztür unter einem massiven Eichenbalken. Es war vermutlich für jeden, der nur etwas größer war als Pedro, schwierig, durch die Tür zu treten, und Pedro war kaum einen Meter achtzig groß. Ihr Dad hätte wohl den Kopf einziehen müssen. Und Jack ebenfalls.

»Ich hole uns zwei Bier«, erklärte Pip, nachdem sie die gut besuchte, laute Bar betreten hatten. »Und du bestellst die Meeresfrüchte, okay? Achte bitte darauf, dass *Pulpo* dabei ist – und Sardellen, falls sie noch frische haben. Und was diese Woche sonst noch auf der Karte steht. Ich bin am Verhungern.« Sie machte sich auf den Weg an die Bar, um zwei Gläser des heimischen, handgebrauten Bieres zu holen, das sie dem Flaschenbier vorzog. Es war ein wirklich köstliches Getränk, hatte allerdings einen furchtbaren Namen. Es war eine echte Herausforderung, es zu bestellen.

»Philippa Arnet? Pip, sind Sie das?«, fragte eine vertraute Stimme mit kanadischem Akzent.

Pip wandte sich um und stand einem großen, bärtigen Bären gegenüber. Es war ihr ehemaliger Dozent Tom Green. Er schien schlanker, wirkte aber immer noch wie ein Riese. War er einen Meter fünfundneunzig? Oder doch über zwei Meter groß? Das fragte sie sich wohl zum hundertsten Mal.

»Oh. Mein. Gott. Sie sind es, Pip! Ich wusste gar nicht, dass Sie auch zur Konferenz kommen. Ich habe gar kein Abstract Ihrer Doktorarbeit im Programm gesehen. Das ist ja aufregend. Dann schreiben Sie also endlich weiter? Ich vermute, Sie haben einige wirklich interessante Daten gesammelt, die Sie nun mit uns teilen wollen, nicht wahr?« Sein Grinsen war so breit wie seine Schultern, und seine Augen funkelten.

Pip sah, wie Pedro sich über die Bar lehnte, in seiner baskischen Muttersprache Essen bestellte und ihr dabei einen fragenden Blick zuwarf. »Hi, Tom. Schön, Sie zu sehen.« Sie umarmte ihn und reichte dabei kaum um ihn herum. Pedro starrte immer noch zu ihr herüber und wirkte irgendwie nervös.

»Welche Konferenz? Nein, ich arbeite seit etwa zwei Monaten hier, ich …«

»Oh«, unterbrach sie Tom mit dröhnender Stimme. »Dann arbeiten Sie also unten im MerCon? Aber wie können Sie da nichts von der Konferenz gehört haben? Die veranstalten sie doch schließlich. Wer ist denn Ihr Betreuer? Bo? Oder Jean?«

»Nein, nein. Ich arbeite in keinem Labor, sondern in einer Küche. Ich koche im *Azure.* Sie wissen schon, das vom Guide Michelin prämierte Sterne-Restaurant.« Blähte sie tatsächlich gerade vor Stolz die Brust auf?

Auf der anderen Seite der lauten Bar hob Pedro eine Augenbraue, als wollte er sie fragen, ob alles okay sei. Sie nickte ihm zu.

»In einer *Küche?* Wie bitte? Sagten Sie gerade, Sie würden kochen?« Tom legte verwirrt den Kopf schief. »Wie eine Köchin oder so? Was ist denn aus Ihrer Doktorarbeit geworden?« Sein Gesicht verdunkelte sich ein wenig. »Ich hoffe, Sie haben nicht alles hingeworfen, Pip!« Er sah sie mit zusammengekniffenen Augen an.

Das wundervolle Prickeln, das der Champagner und die Aufregung in ihr ausgelöst hatten, war mit einem Mal verflogen.

Tom lehnte sich näher heran und flüsterte ihr ins Ohr: »Ich kann mir nicht helfen, aber ich denke, dass Sie dabei Ihren äußerst wachen Geist verschwenden, Pip! Werfen Sie Ihre Fähigkeiten nicht fort.« Sie spürte seinen warmen Atem auf ihrer Wange und roch das süßliche Aroma von Rauch und Bier.

Erneut warf sie einen Blick auf Pedro, der sie immer noch beobachtete.

Tom folgte ihrem Blick. »Dann haben Sie Ihrem bodenständigen Farmerjungen also den Laufpass gegeben, nehme ich an? Deshalb kochen Sie also in einem Restaurant? Wegen dieses dunklen, geheimnisvollen Kerls in der Ecke dort?«

»Nein, Sie missverstehen die Situation vollkommen.« Warum klang sie so defensiv? Was wollte sie beweisen? Sie war in sehr vielen Dingen gut – es war bloß so, dass niemand, den sie kannte, das an ihr schätzte.

Außer vielleicht Pedro.

»Wir sind hier, um zu feiern«, erklärte sie. »Ich wurde eingeladen, ein eigenes Gericht zu präsentieren, und nannte es *Der mächtige Ozean – Abiega Ozeano.*« Zumindest hatte sie endlich die baskische Aussprache richtig hinbekommen.

Toms Blick wanderte bereits durch die Bar und blieb an einer Blondine mit langen Haaren hängen. Manche Dinge änderten sich wohl nie. Pip wusste, dass er mit Anfang zwanzig einmal mit einer anderen Laborratte verheiratet gewesen war, aber die Ehe war gescheitert, und er hatte eine Forschungsstelle in Tasmanien angenommen. »So weit weg von Vancouver wie nur irgendwie möglich«, hatte er immer gescherzt. »Das ist die beste Methode, um jemanden aus deinen Gedanken zu streichen. Das Land wechseln und die Sache vergessen.«

Pip versuchte, seine Aufmerksamkeit wiederzuerlangen. »Sie sollten einmal zum Dinner ins *Azure* kommen. Ich kann Ihnen einen guten Tisch besorgen.« Sie würde sich freuen, ihm ihre neuen, mühsam erworbenen Fähigkeiten zu präsentieren.

Bevor Tom antworten konnte, kam Pedro mit einem silbernen Krug Bier – verdammt, sie hatte ganz vergessen, das Bier zu bestellen! –, zwei Gläsern und einem Teller gegrilltem *Pulpo* auf sie zu.

Pip stellte die beiden Männer einander vor und versuchte, Pedro zu erklären, dass sie gerade über ihr Gericht gesprochen hatten. Es war schwer, über die laute Musik und das Stimmengewirr hinweg ein Gespräch zu führen.

Pedro begann zu strahlen und rief: »Es war wunderbar! Sie kann sehr stolz auf sich sein. Eduardo, unser Chef, hat es wirklich sehr genossen. Er hat es der Kreativabteilung übergeben, um zu sehen, ob sie es umwandeln können, damit wir es in unsere Speisekarte aufnehmen können.«

»Ich verstehe«, erwiderte Tom und musterte Pedro von oben bis unten. Pedro war schlank und braun gebrannt, während Tom groß und käsig war, ein Hipster-Bärtchen trug und einen riesigen Bauch hatte. Dennoch sickerte das Selbstvertrauen aus all seinen Poren. Sobald Tom aufgehört hatte, Pedro zu mustern, ignorierte er ihn vollkommen und wandte sich stattdessen wieder an Pip. »Also, Pip. Das war's dann? Sie werfen Ihre ganze harte Arbeit hin, um verdammte Tintenfischtinte wie Meerwasser aussehen zu lassen? Jahrelange Vorlesungen der Chemie und Zoologie – und nun kommt das dabei heraus?«

Pip spürte, wie ihr Gesicht vor Demütigung brannte. Sie war Toms direkte Art gewohnt, doch er war selten so grob zu ihr gewesen. Sie spürte, wie sie in der winzigen Bar, in der sich die Gäste Schulter an Schulter drängten, langsam zu schwitzen begann. Zahlreiche schwere, getrocknete Keulen *Porc Basque* hingen in geordneten Reihen von der Decke, und der Geruch vermischte sich mit dem Duft des gegrillten Oktopus und der Makrelen.

Um einer Antwort zu entgehen, stürzte Pip ihr Bier in einem Zug hinunter und hielt Pedro ihr Glas entgegen, damit er es erneut auffüllen konnte. Im Zweifelsfall war es immer am besten, alles in einem Zug auszutrinken. Zumindest konnte sie ihren Eltern sagen, dass die Jahre an der Universität nicht vollkommen umsonst gewesen waren. Sie kochte vor Wut, weil Tom sie derart herabgewürdigt hatte, aber eigentlich war es nichts, was sie nicht selbst auch schon einmal gedacht hatte.

Tom hatte wohl erkannt, dass er eine Grenze überschritten hatte. Er lehnte sich näher heran und sprach flüsternd weiter. Seine Hand lag dabei auf ihrem Rücken. Sie hoffte, dass Pedro es nicht sah. »Kommen Sie morgen zu der Konferenz, Pip. Ich bringe Sie schon irgendwie hinein. Sie beginnt um zehn. Lassen Sie mich Ihnen zeigen, was Sie verpassen.« Er gab ihr einen Kuss auf die Wange, zog sie an sich und umarmte sie, wobei er sie einen Moment länger als üblich an seine Brust drückte.

Pip kam nicht mehr dazu, ihm zu antworten, denn Tom hatte sich bereits umgedreht und bahnte sich seinen Weg zum Ausgang, ohne noch einmal zurückzublicken. Sie sah zu Pedro, der über sein Bier gebeugt an der Bar saß und seinen *Pulpo* mit einem Zahnstocher aufspießte. Pip fühlte sich hin- und hergerissen. Sollte sie zur Konferenz gehen und sich dort mit Tom treffen? Wollte sie immer noch als Meeresbiologin arbeiten? Die Chance, die sie im *Azure* erhalten hatte, hatte ihr gezeigt, dass sich ihre Persönlichkeit nicht auf ihren Universitätsabschluss reduzieren ließ.

Pedro hob den Kopf, und ihre Blicke trafen sich, während sie langsam an ihrem Bier nippte. Seine dunklen Augen sahen sie fragend an. Ihr Magen zog sich kaum merklich zusammen. Konnte es sein, dass er womöglich ein klein wenig eifersüchtig war?

Kapitel 19

Château de Boschaud, Mittsommer 1487

Artemisia verließ die Küche und eilte die mächtige Granittreppe hoch, die sich in der Mitte des Turmes hinauf in den großen Saal und weiter in die persönlichen Gemächer der Herrschaften wand. Sie raffte ihren Rock und fragte sich, wie oft sie die Treppe an diesem Tag wohl noch hochlaufen würde. Sie beschloss, lieber nicht darüber nachzudenken. Als sie um die erste Kurve bog, holte sie eine der neuen Dienstmägde ein, die eine Armladung silberner Kelche trug, und fragte: »Josette, nicht wahr? Kann ich dir helfen?«

»Jawohl, Köchin, ich bin Josette.« Das Mädchen warf einen Blick auf die Kelche, die es in ihre Schürze eingeschlagen hatte. »Es ist nicht mehr viel übrig. Aber danke …« Sie verstummte.

»Gewöhnst du dich langsam ein?«

»So gut es geht, nehme ich an«, flüsterte Josette, und ihre Stimme brach. Sie lehnte den Kopf an die gegenüberliegende Wand und versuchte, sich die Tränen mit den Schultern von den Wangen zu wischen.

Artemisia senkte die Stimme und tätschelte Josettes Unterarm. »Komm später unbedingt hinunter, um etwas *Porée* zu essen, in Ordnung, mein Kind?« Sie machte zwei Schritte, bevor sie hinzufügte: »Ich wollte nur noch ein letztes Mal die Tische überprüfen.« Sie lächelte. »Sie müssen doch mittlerweile beinahe fertig gedeckt sein, nicht wahr?«

»Ja, Köchin«, meinte das Mädchen leise und nickte, bevor sie weiter die Treppe hochtrippelte, um sich zu den älteren Dienstmägden zu gesellen wie ein Lamm, das den Schutz der Herde sucht. Artemisia kannte dieses Gefühl gut – es würde schwer werden, ihre Freunde in der Küche zu verlassen.

Das aufgeregte Geplapper Dutzender Dienstmägde drang in das Treppenhaus, als Artemisia sich dem Eingang zum großen Saal näherte. In einer Ecke stand eine Magd mit einem Korb und verteilte Gerste, Lavendel, weiße Lilien, Rosenblätter und Rosmarin auf dem Boden. Unter der Gewölbedecke hallte das Klirren der Silber- und Zinntablette wider, und auf den blauen Tischläufern aus Samt, die Artemisia am Abend zuvor aufgelegt hatte, wurden gerade die Kelche und Krüge angeordnet. Der Tisch der Brautleute stand auf einem kleinen Podest an der gegenüberliegenden Wand, und Artemisia überprüfte eilig, ob alles in Ordnung war.

Ein ausladender neuer Wandteppich prangte dahinter, und das Licht, das durch die winzigen Fenster hoch oben in der gegenüberliegenden Wand fiel, ließ ihn erstrahlen. Artemisia hielt inne und lehnte sich an die kalte Steinwand, um wieder zu Atem zu kommen.

An den Rändern des Teppichs waren die dicken braunen Stämme eines Eichenwaldes dargestellt, in deren Mitte sich eine Lichtung befand. Auf ihr tanzten mehrere wilde Jungfern im Kreis. Sie hatten die Arme ineinander verschränkt und lachend die Köpfe in den Nacken geworfen. Einigen der Frauen fiel das Haar lose über den Rücken, und sie hatten die Augen geschlossen und die Münder geöffnet, als ob …

Artemisia wurde rot, doch sie konnte den Blick nicht abwenden. Die Haut der Frauen wirkte, als würde sie leuchten, und in ihr Haar waren golden- und kupferfarbene Fäden geflochten, sodass es schien, als würde es sich tatsächlich bewegen.

Auf einer Seite der Lichtung entdeckte Artemisia drei weibliche Musikanten, die den Tanz begleiteten – eine Harfe, eine Laute und eine Fiedel. Auch diese Frauen waren nackt und hatten rosige Lippen und eine glänzende Haut, gerade so, als würde der Schweiß von ihren Leibern tropfen.

Dann war das also der geheimnisvolle Wandteppich, der als Geschenk der Brautfamilie aus Clinchy gekommen war? Es gab bereits seit Wochen Gerüchte darüber. Offensichtlich brachte Rose eine beträchtliche Mitgift in die Ehe ein, und der Chevalier de Boschaud war hocherfreut, sich diese gesichert zu haben. Nachdem er von seiner Verlobung ins Château zurückgekehrt war, hatte er voller Stolz bekannt gegeben, dass dies der beste Jagdausflug seines Lebens gewesen war.

Demnach war es wohl angemessen, dass das Hochzeitsgeschenk während des Festessens hinter dem Tisch des Brautpaares prangte. Abt Roald hatte Einspruch erhoben, als der alte Wandteppich abgenommen wurde, doch Artemisia nahm an, dass die Heilige Jungfrau Maria mittlerweile sorgfältig eingerollt in dem Lager in der Scheune ruhte, wo sie für immer lesend in ihrer Blumenwiese liegen würde, umgeben von Rosen, Lilien, Akeleien, Malven und Pfingstrosen. Während die Jungfrau Maria innerhalb der Gartenmauer umgeben von Heiligen lag, schienen diese tanzenden Nymphen eine andere Art von Paradies gefunden zu haben. Einige Mägde schlugen mit Besenstielen auf den Wandteppich ein, um die Falten zu glätten. Mit jedem Schlag stieg eine Staubwolke auf, und die

Mädchen kreischten, kicherten und hielten sich die Hände vor die Augen, während sie weiterschlugen.

Artemisia nahm an, dass die Kaufleute aus dem Dorf und die Bankiers an den Tischen Platz nehmen würden, die in U-Form um ein ausladendes Eichenparkett aufgestellt worden waren. Sie fragte sich, wo Andreas de Vitriaco wohl heute Abend sitzen würde.

Eine Dienstmagd entrollte einen roten Läufer in der Mitte jedes Tisches und platzierte anschließend ein Dutzend silberne Kronleuchter darauf. Es würde ein zauberhafter Abend werden.

Hinter Artemisia erklangen plötzlich eilige, schwere Schritte, und sie wandte sich um und sah das Grinsen des Chevaliers de Boschaud, dessen Gesicht im Gegensatz zu seinem hellen Jagdmantel aus Samt überaus gebräunt wirkte. Artemisia nahm an, dass es eine angenehme Jagd und eine noch angenehmere Feier danach gewesen war. Das stolze Lächeln des Herren und seine zuckenden Schultern erinnerten sie an das überaus reizbare Kind, das während des Unterrichts niemals still sitzen konnte.

Hinter ihm stand mit steinernem Gesicht Abt Roald.

Der Chevalier de Boschaud klatschte in die Hände. »Endlich hängt er an der Wand. Gerade rechtzeitig zum Fest. Man sehe sich diese glücklichen Nymphen an – ein wahrhaft großzügiges Geschenk von den Clinchys, meint Ihr nicht auch, Abt?«

»Nun ja, ich … ich glaube kaum …«

»Wundervoll!«, sagte der Chevalier de Boschaud strahlend. »Ein wahrer Schatz. So feurig. Wie meine edle Rose, kann ich nur hoffen.« Er stieß Abt Roald mit dem Ellbogen in den Bauch und kicherte freundschaftlich. Dann machte er auf dem Absatz seiner Stiefel kehrt, hob die Hände und klatschte zweimal. »Sehr gut. Sehr gut. Viel besser als diese derbe, zugeknöpfte Jungfrau. Entschuldigt, Abt, ich weiß, Ihr habt ein Gelübde abgelegt, aber ich bin mir sicher, dass Euch Euer Herr an Tagen wie diesem ein wenig Spaß gönnt.« Er lachte erneut.

»Wer ledig ist, der sorgt, was dem Herrn angehört, wie er dem Herrn gefalle …«

»Ja, ja. Ich weiß«, unterbrach ihn der Chevalier ungeduldig. »Ihr werdet doch jetzt nicht eine Eurer Predigten halten, nicht wahr, Abt Roald? Nicht heute!«

Abt Roald erbleichte und begann schnell von etwas anderem zu sprechen: »Artemisia, darf ich fragen, warum du hier herumstehst und anderen Leuten beim Arbeiten zusiehst? Ist es denn zu viel verlangt, dass *du* ebenfalls Hand anlegst? Immerhin soll es das beste Hochzeitsfestessen des ganzen Südens werden.«

Der Chevalier de Boschaud musterte sie neugierig, und sie entdeckte dunkle Schatten unter seinen Augen, die sie vorhin nicht bemerkt hatte, weil seine Jovialität sie abgelenkt hatte.

»Artemisia?« Die Stimme ihres Herren wurde ein wenig sanfter, als er eine Hand hob, um den Abt zum Schweigen zu bringen.

»Mein Herr«, antwortete sie.

»Laufen die Vorbereitungen für das Festessen nach Plan?«

»Ja, mein Herr.« Sie atmete tief durch und trat einen Schritt näher an ihn heran. »Ich habe mich gefragt, ob ich Euch an diesem Mittag womöglich einen Augenblick in Anspruch nehmen dürfte?« Artemisia warf einen Blick auf den Abt, dessen Gesicht immer röter wurde. »Ich muss etwas wegen der Weinlieferung klären …«

Der Abt hustete und trat einen Schritt vorwärts. »Es gibt keinen Grund, Eure Zeit zu verschwenden, mein Herr. Ich habe einfach aus eigenem Ermessen zwei zusätzliche Fässer bestellt, denn man kann Artemisia kaum zutrauen, die richtige Menge festzulegen.«

Artemisia zwang sich, unbeeindruckt zu wirken. Es war sinnlos, nun mit ihm zu diskutieren. Sie würde dem Chevalier de Boschaud später einen Brief schreiben. Doch wer stellte schon das Wort einer Köchin über das eines Abts?

Der Abt bot dem Chevalier seine geöffneten Hände dar. »Wir wollen doch nicht, dass Eure Gäste sich beschweren, nicht wahr?« Er warf Artemisia über die Schulter hinweg einen wutentbrannten Blick zu.

»Nun gut.« Der Chevalier de Boschaud klang müde – und mehr als nur ein wenig gelangweilt, weil er sich an einem Tag wie diesem mit so unbedeutenden Dingen herumschlagen musste.

Artemisia drehte sich langsam um, um den beiden Männern direkt ins Gesicht zu sehen, und drückte ihre Schultern nach hinten. Sie hatte einige Wochen lang achtzehn Stunden am Tag gearbeitet und sie war ebenfalls sehr müde, doch sie wusste, dass sie auf keinen Fall den Zorn des Abtes heraufbeschwören durfte. Seine Backen waren aufgedunsen, und seine Nase war so erdbeerrot wie sein geliebter Burgunder. Die braune Kutte und die rote Kordel spannten sich über seinen mächtigen Bauch.

»Ich bitte um Entschuldigung, Abt Roald.« Artemisia senkte den Kopf und blickte zu Boden. »Ich erwarte lediglich Eure geschätzten Anweisungen. In der Küche geht alles gut voran, und wir sollten schon bald so weit sein, die Anrichte zu bestücken.«

»Dürfte ich dich bitten«, spie Abt Roald ihr entgegen, »mir noch einmal die *Entremets* zu erläutern? Ich will sichergehen, dass sie meinen hohen Ansprüchen genügen.« Er warf einen Blick auf den Chevalier de Boschaud. »Wir haben etwas ganz Außergewöhnliches für Euch geplant, mein Herr.« Abt Roald stand so nahe bei ihr, dass sie seinen warmen, übel riechenden Atem auf ihrer Wange spüren konnte, als er sprach.

»Nun, in diesem Fall würde ich die *Entremets* natürlich auch gerne sofort sehen.« Der Herr grinste und offenbarte seine gelben Zähne, die mittlerweile rot vom Wein waren. Er zog einen der Stühle heran und setzte sich, bevor er einer hübschen blonden Magd ein Zeichen gab, dass sie seinen Kelch füllen und ihn vor ihm abstellen sollte. Die Magd hastete in die Ecke, um einen Krug Wein zu holen und seinen Becher zu füllen, doch in ihrer Eile verschüttete sie einige Tropfen auf seinen zerknitterten Samtärmel.

»Du wirst heute Abend noch genügend Gelegenheiten haben, das zu üben«, meinte der Chevalier de Boschaud und lächelte strahlend, während er den Wein mit dem Zipfel eines Tischtuches abtupfte.

Das Mädchen grinste den Herren an, ehe sie eilig den Blick abwandte und nach einem steifen Nicken unter dem steinernen Blick des Abtes davonhastete.

Artemisia trat zwischen die beiden. »Ich werde die *Entremets* sofort holen und auf der Anrichte platzieren, Abt«, meinte sie.

Sie lief die Treppe hinunter, und die Hitze traf sie wie ein Faustschlag, als sie die Küche betrat. »Schnell, Jacobus. Lass die Kohlen und hilf mir, die *Entremets* in den Saal zu tragen.« Sie trat in die Kühlkammer und hob ein Tablett mit bunten Geleefiguren hoch, die sie mit Sonnenblumen, Lavendel,

Safran und Lorbeer gefärbt hatten. Es gab ein Tablett mit weißen Schwänen und ein weiteres mit handtellergroßen blauen Pfauen, gelben Hasen und grünen Fasanen. Einige der Vögel trugen sogar echte Federn. Alle Füße und Schnäbel waren mit feinstem Blattgold bedeckt, das sie mit Eiweiß und einer Gänsefeder aufgetragen hatten, um diese besondere Wirkung zu erzielen. Artemisia stand mit einem Bein in der Tür zur Vorratskammer, um sie geöffnet zu halten, reichte die Tabletts mit den Geleefiguren an die Dienstmägde weiter und warnte sie gleichzeitig, vorsichtig damit umzugehen.

Als Nächstes kamen die Obstplatten: glänzende Orangen, Äpfel, Zitronen und Limetten, an denen noch frische Blätter hingen. Sie glitzerten in der Sonne, die durch die winzigen Fenster entlang der Wendeltreppe strahlte, als sie in den Saal hochgetragen wurden. Artemisia bewunderte Hildegards Arbeit sehr und hätte gerne in einen der leuchtend grünen Äpfel gebissen, doch sie wusste, dass auch diese Früchte ein Geheimnis bargen. Unter der glänzenden Schale jeder einzelnen Frucht befand sich feine Entenleberpastete, gewürzt mit einem Hauch Orangenschale und Zimt.

Die letzten schweren Tabletts, die die Treppe hinaufgetragen wurden, bestanden aus Gold und Zinn. Darauf hatten Artemisia und Hildegard eine Reihe von Pasteten und Tortelettes aus Kaninchen-, Kapaun-, Pfauen- und Rindfleisch und wilden Kräutern drapiert. Die beiden schönsten Skulpturen stellten einen Hasen mit riesigen, aufgestellten Ohren dar, der sprungbereit auf einem Bett aus Sauerampfer lag, und einen Pfau, der sich unter einer Lorbeer- und Hainbuchenhecke duckte. Artemisia war sehr zufrieden, dass ihre Anstrengungen so lebensechte Figuren hervorgebracht hatten.

Ihr Lieblingsstück war jedoch ein feines *Entremets,* das das

Château de Boschaud und den Garten darstellte. Der Garten bestand aus Pastetenteig, und sie hatte Wochen für die Herstellung benötigt und im Morgengrauen frische Kräuter gepflückt, um ihn zu dekorieren. Dies war Artemisias Hochzeitsgeschenk an die edle Rose und ihren Bräutigam. Sie konnte es kaum erwarten, das Entzücken auf dem Gesicht der jungen Frau zu sehen, wenn ihr Blick beim Festessen auf das Kunstwerk fiel.

Die Wände bestanden aus einer Mischung aus Marzipan und Teig, die Artemisia mit Tintenfischtinte gefärbt hatte, damit es aussah wie Granit. Der schachbrettartige Obstgarten wurde von sorgsam in Form gebrachten Buchsbaumhecken begrenzt, in denen sie kunstvoll einige Blüten verteilt hatte. Artemisia hatte den ganzen Frühling und Sommer hindurch Blumen gepflückt und die Form und den Duft der zarten Kirsch-, Apfel- und Birnenblüten in einem Trog Zuckerwasser in der Kühlkammer konserviert. Der kunstvolle Gemüsegarten war mit ordentlichen Reihen Lavendel, Rosmarin, Eisenkraut, Thymian und Salbei bepflanzt, und die winzigen Felder hatte sie mit Weizen, Gerste und Kalmus versehen. Jacobus – der liebe Junge – hatte einen Monat lang bis spät in die Nacht kleine Bänke, Wege und Laubengänge aus Kastanienholz geschnitzt. Doch ihr liebster Teil des *Entremets* waren die Wälder und das Feld, das sie außerhalb der Mauer erschaffen hatte. Sie hatte einen blauen Bach aus Gelee geformt, an dessen Ufern Kresse wuchs, und es gab eine wilde Blumenwiese und einen winzigen *Châtaigne* – einen Kastanienwald –, unter dem sie ein Bett aus Moos errichtet hatte, in dem zahlreiche Pilze sprossen. Sie lehnte sich näher heran und roch die erdige Mischung aus Moos, Marzipan und Zimt.

Es wurden zehn Bedienstete benötigt, um ihr Meisterwerk

Stufe um Stufe die Treppe hinaufzutragen, damit der Boden nicht brach. Und es nicht an der gerundeten Wand hängen blieb. Oder zur Seite kippte. Das nächste Mal würde sie solch ein *Entremets* in mehreren Teilen erstellen und anschließend zusammenbauen. Ihr Herz machte einen Sprung, und sie errötete, als ihr bewusst wurde, dass sie das nächste Stück für ihre eigene Hochzeit anfertigen würde. Sie hatte an einen kleinen Wald mit einem Teich und einer Reihe von Waldtieren gedacht.

Ihre Wangen waren immer noch gerötet, als sie die Träger schließlich zu dem großen Anrichtetisch aus Eichenholz an der Wand führte und das Silber anders anordnete, sodass ihr Château und der Garten einen Ehrenplatz einnahmen. So hatten es Rose und der Chevalier de Boschaud immer im Blick. Sie dankte den Mägden, die das *Entremets* langsam Zentimeter um Zentimeter auf die Anrichte schoben, bevor sie sich eilig wieder an ihre eigentlichen Aufgaben machten. Artemisia blieb allein neben ihrem Garten stehen. Ihr Blick ruhte auf den zarten Blüten, und sie bewunderte die hübschen Büschel aus Sauerampfer, Borretsch, Engelwurz, Fenchel und wildem Sellerie, die sie entlang der Außenseite der Mauer angeordnet hatte. Dann hob sie vorsichtig das Dach des Châteaus, um nachzusehen, ob es noch intakt war. Hier würde sie im letzten Augenblick drei Kaninchen einsetzen – sie musste nur dafür sorgen, dass die Troubadoure für Ablenkung sorgten.

»Und was haben wir hier?«, fragte der Chevalier de Boschaud, während er auf den Anrichtetisch zukam. Er beugte sich über den Garten, um ihn sich näher anzusehen.

»Es ist ein *Ent…*«

»Still! Ich sehe, was das hier ist. Es ist reizend.« Er bedachte Artemisia mit demselben schiefen Grinsen, das er schon als

Kind sein Eigen genannt hatte. Ihm wohnte seit jeher eine träge Güte inne. »Hast *du* das hier gemacht?«

»Ja, mein Herr, ich …«

»Werter Chevalier de Boschaud.« Abt Roald trat vor Artemisia, sodass er ihr die Sicht auf den Herrn verstellte und sich sein Absatz tief in ihre Zehen bohrte. »Wenn Ihr mir gestattet, Euch diesen Nachbau des Châteaus de Boschaud darzubieten. Es ist ein kleines Zeichen meiner Dankbarkeit und meines Respekts. Die Mönche und ich wünschen Euch und Eurer Verlobten, Demoiselle Rose, alles Glück der Erde.« Er verbeugte sich kaum merklich und vollführte eine übertrieben ausladende Geste mit der Hand.

»Nun, ich bin mir sicher, dass die holde Rose entzückt sein wird. Ich fühle mich überaus geehrt. Das hier ist die Arbeit eines Meisters und nicht die eines Gesellen. Zumindest wäre sie das – hätten wir nicht Artemisia.« Er nickte ihr zu, und seine zerzausten strohblonden Haare flossen über seine Schultern. Artemisia spürte, wie sich die Röte vom Kragen ihres Kleides über ihr Gesicht ausbreitete.

»Stellt sicher, dass einer meiner Diener *sorgsam* darauf achtgibt, bis das Festessen beginnt. Ich will nicht, dass jemand einen Krug Bier oder einen Teller Fleisch darüberkippt. Nichts soll Rose die Hochzeit verderben. Immerhin ist es ihre erste.« Er atmete tief durch, ehe er leise murmelnd hinzufügte: »Und wer weiß, was im nächsten Kampf passiert?« Der Chevalier de Boschaud drückte den Rücken durch, und sein Blick wanderte vom Abt zu Artemisia.

Der Abt sah aus, als hätte er in eine Zitrone gebissen.

Als der Chevalier de Boschaud an Artemisia vorbeitrat, blickte er ihr in die Augen und sagte mit einem breiten Lächeln: »Abt Bellamy wäre stolz auf dich, Köchin.«

Er verließ den Saal, und Artemisia raffte ihre Röcke und grinste, als sie die Schmetterlinge in ihrem Bauch spürte. *Er hatte die Bedeutung ihres Geschenks verstanden.* Hatte verstanden, dass es zeigen sollte, welch Freude es innerhalb der Mauern und des Gartens des Châteaus zu entdecken gab. Welche Liebe und Hingabe.

Artemisia atmete tief ein und strich ihre Schürze glatt, während sie sich selbst ermahnte, nicht töricht zu sein und seinem Lächeln zu viel Bedeutung beizumessen. Immerhin sprachen sie und der Herr selten über etwas anderes als die Abrechnungen. Es zählte bloß, dass Rose das Geschenk gefiel.

Sobald die Schritte des Chevaliers de Boschaud im Treppenhaus verklungen waren, wirbelte Abt Roald zu ihr herum. »Du glaubst anscheinend, du seist besonders schlau. Zu schlau.«

»Nein, Abt.«

»Unterbrich mich nicht!« Die Augen des Abts traten hervor, und sein Gesicht nahm die Farbe roter Rüben an. »Ich habe gesehen, wie du dich außerhalb der Mauern herumtreibst. Und deine Pflichten vernachlässigst. Glaube bloß nicht, ich würde dich nicht sehen. Und du kommst nie in die Kapelle, um Absolution zu erhalten. Oder um zu beichten.«

»Abt, ich …«

»Ich sagte, du sollst mich *nicht* unterbrechen!« Abt Roalds sonst so beherrschte Stimme war zu einem Brüllen angeschwollen. Die Mägde drehten sich um und warfen Artemisia mitfühlende Blicke zu, ehe sie sich wieder ihren Aufgaben widmeten.

Artemisia sah, dass der Abt außer sich war. Dunkle Flecken breiteten sich an seinen Armen und auf seiner Brust aus. Schweiß lief über seine Glatze und tropfte von seinen

Ohrläppchen und seiner Nase. Artemisia musste jetzt sehr vorsichtig sein. Sie brauchte ihre Zunge. Seine dunklen, bösartigen Augen verengten sich, und er packte ihr Kinn und zwang ihren Kopf nach oben, sodass sie ihm in die Augen sehen musste.

»*Du!* Du missachtest meine Anweisungen in der Küche. Machst ein *Entremets,* das nicht auf meiner Liste stand. Es ist meine Aufgabe, über sämtliche Posten der Hochzeitsfeierlichkeiten Buch zu führen. Und was deinen hinterhältigen Versuch mit dem zusätzlichen Wein betrifft … ich *verdiene* ihn«, tobte er. »*Ich* führe diesen Haushalt. Der Herr ist doch ohnehin nie da.«

Abt Roald rammte sich selbst den Daumen in die Brust. »Ich habe hier das Sagen. Wie oft muss ich dir das noch erklären?« Er senkte die Stimme und lehnte sich nach vorn, sodass seine Nase beinahe Artemisias Nase berührte.

»An deiner Stelle würde ich sehr vorsichtig sein. Du hast keine Familie. Ich sah dich mit dem *Épicier.* De Vitriaco … *Ich* führe sämtliche Verhandlungen des Châteaus mit den Meistern der Zünfte. Was hast du also mit dem *Épicier* zu schaffen, dessen Grund nicht unter deinen Röcken verborgen liegt?«

Artemisia begann zu schwitzen, während sich die Hitze über ihre Schultern, die Brust und den Kopf ausbreitete. Sie wünschte, sie würde nicht so schnell erröten.

»Ja.« Er nickte langsam. »Jetzt habe ich deine Aufmerksamkeit, nicht wahr?« Er verzog die Lippen zu einem hämischen Grinsen und offenbarte dabei seine schwarz-gelben, verfaulten Zähne.

Im nächsten Augenblick trat Abt Roald unvermittelt einen Schritt zurück, und Artemisia musste entsetzt mit ansehen, wie er ihren kostbaren Mittsommergarten mit einer Hand zu Boden fegte.

Sie war so entsetzt, dass sie sich nicht bewegen konnte.

Der Teig und das Marzipan zerbrachen beim Aufprall, und ein Durcheinander aus Blüten und Kräutern verteilte sich auf dem Eichenboden. Artemisia atmete scharf durch die Nase ein und machte einen Schritt vom Abt fort. Sie versuchte ihr Schluchzen zu unterdrücken, doch sie konnte kaum schlucken. Abt Roald packte sie an den Haaren und zwang sie in die Knie. Dann drückte er ihren Kopf zu Boden und rammte ihr Gesicht in den Fluss aus blauem Gelee.

Artemisia lag mit ausgestreckten Armen und Beinen auf dem Boden inmitten ihres ehemaligen Gartens, der überall verschmiert war. Sie versuchte, sich aufzurichten. Zwei Monde Arbeit, die mit einem Wimpernschlag zerstört worden war. Sie versuchte, sich auf die Knie zu stemmen.

»Bleib, wo du bist.« Der Abt drückte ihre Schulter mit seinem Lederstiefel zu Boden. »Mach hier sauber.«

Er wandte sich zu den anderen Mägden um. »Niemand hilft ihr!«, befahl er. »Verschwindet. Sofort.«

Josette warf Artemisia einen schmerzerfüllten, hilflosen Blick zu, und ihre Augen füllten sich mit Tränen, als sie den anderen Dienstmägden zur Tür hinaus folgte.

Sobald die Frauen außer Hörweite waren, drehte Abt Roald Artemisia herum und trat ihr so heftig in den Bauch, dass sein Schuh ihr Kleid zerriss. »Das wird dich lehren, ein wenig Respekt zu haben. *Hochmut kommt vor dem Fall.*« Er warf ihr einen stechenden Blick zu.

»Ich werde dem Chevalier de Boschaud Nachricht geben, dass seine unbeholfene Köchin das Herzstück des Festmahles zerstört hat. Zweifellos wird eine angemessene Bestrafung vonnöten sein.« Abt Roald machte auf dem Absatz kehrt und verließ den großen Saal.

Artemisia kauerte weiter auf dem Boden, rang um Atem und versuchte, ihre Tränen zurückzudrängen. Sie war um Roses willen zutiefst bestürzt. Natürlich war es bloß ein weiteres Besitztum. Doch Artemisia hatte ihr ein Geschenk machen wollen, das ihrem Namen alle Ehre erwies.

Liebe. Makellosigkeit. Hoffnung.

So, wie es Abt Bellamy Artemisia als Kind gelehrt hatte, wollte sie nun auch Demoiselle Rose zeigen, dass sich innerhalb dieser Mauern – und auch außerhalb – wahre Schönheit verbarg, wenn man nur genau hinsah.

Artemisia dachte verbittert an Abt Roald. *Ihr seid's, die ihr euch selbst rechtfertigt vor den Menschen; aber Gott kennt eure Herzen; denn was hoch ist unter den Menschen, das ist ein Gräuel vor Gott.*

Sie sollte sich auf den Weg nach unten machen und Emmeline und Hildegard in der Küche zur Hand gehen, doch zuerst musste sie diese Unordnung hier beseitigen. Würde sie es schaffen, aufrecht zu stehen? Sie versuchte, sich langsam aufzurichten und aufzustehen. Doch sie konnte nicht einmal den Kopf vom Boden heben, ganz zu schweigen von ihren Beinen. Artemisias Nerven waren ebenso zerschmettert und zerfetzt wie der Teig neben ihr, und kein Veilchentee der Welt konnte die heiße Galle besänftigen, die in ihrem Bauch brodelte. Sie schmeckte das Salz ihrer Tränen, die sich auf dem Boden unter ihrer Wange gesammelt hatten.

Und sie betete dafür, genügend Kraft zu finden, um den Abend zu überstehen.

Kapitel 20

Camino de Santiago – Jakobsweg,
Spanien, September 2014

Es war sieben Uhr morgens an einem ihrer seltenen freien Sonntage, und Pip hatte sich auf den Weg gemacht, um die grünen Hügel zu erkunden, die sich in Wellen bis hin zu den Pyrenäen erstreckten. Sie folgte einem ausgetretenen Ziegenpfad, der durch ein Feld verlief. Etwas an seiner Bescheidenheit erinnerte sie an die Wege durch den Busch, die sie im Laufe der Jahre mit ihrem Dad entlanggewandert war. Schmale Pfade, die sich durch hoch aufragende Eukalyptusbäume, Farne und Gräser auf den Mount Macedon schlängelten.

Hier, in den hügeligen Bergen nahe Mendiluze, war der Boden kultiviert worden und erfuhr eine intensive landwirtschaftliche Nutzung. Von ihrem Aussichtspunkt auf dem Hügel, wo Pedro geparkt hatte, sah sie weite, von Wiesen bedeckte Landstriche, die gelegentlich von in Reihen gepflanzten Apfel- und Kastanienbäumen unterbrochen wurden.

Pip schüttelte ihre Beine aus, um sich im kalten Herbstnebel aufzuwärmen. Der Himmel war ziemlich dunkel. Was hatte sie sich nur dabei gedacht, abgeschnittene Jeans anzuziehen? Zumindest hatte sie ihre Wollmütze dabei.

Pedro hatte gestern Abend an ihrem Posten haltgemacht, als sie gerade ihre Edelstahlarbeitsplatte mit heißem Wasser sauber geschrubbt hatte. Sie war in Eile gewesen, denn sie wollte den Samstagabend mit ein paar Kollegen in der Stadt verbringen.

»Hey, Pip. Gute Arbeit heute. Gehst du noch aus?«

»Jep. Ins *Gros.* Kommst du mit?«

»Nein, ich will morgen in der Nähe von Mendiluze ein Stück des Jakobsweges gehen. Ein wenig die Berge erkunden, bevor ich einen Zwischenstopp im besten Restaurant der Region einlege.« Er hob die Augenbrauen. »Hättest du vielleicht auch Lust darauf?«

»Ja, warum nicht. Ich wollte schon länger zumindest ein Stück des Pilgerwegs gehen. Deshalb kommen doch alle hierher, nicht wahr? Wann fährst du los?«

»Ich kann dich um halb sechs abholen.«

»Oh.« Trotzdem gefiel ihr die Aussicht auf eine Wanderung. »Super, danke.«

»Nimm einen Schlafsack mit – und robuste Schuhe«, riet er und warf einen Blick auf ihre alten Sneakers. »Wir gehen ziemlich weit, aber ich werde dir zeigen, woher wir unsere Zutaten beziehen und wo man die besten Kräuter findet. Wir können in dem Cottage neben der alten Villa meiner Eltern schlafen. Dort gibt es ein Gästezimmer für dich. Und ich verspreche, dass das Essen es wert sein wird.« Pip entdeckte überrascht, dass Pedro kaum merklich errötete, ehe er sich abwandte.

»Sicher, danke«, sagte sie. »Dann bis morgen.«

Pip musste sich noch immer an den Anblick der weit in den Himmel ragenden, zerklüfteten Kalksteinwände hinter den grünen Hügeln gewöhnen. Sie bewunderte die dunklen Silhouetten der Pyrenäen jedes Mal, wenn sie die Playa de la Zurriola entlangschwamm. Doch aus der Nähe sahen sie doppelt so groß aus. Pip war es nicht gewohnt, dass sie den Kopf in den Nacken legen musste, um eine gute Aussicht zu haben. Es war zauberhaft.

Während sie so dastand und ihren Blick über die Berge, die uralten Kastanienbäume und den Pfad vor ihr wandern ließ, fragte sich Pip, wie es wohl ihren Eltern ging. Sie holte ihr iPhone heraus und machte ein Selfie mit den Hügeln im Hintergrund.

Hi Dad, ich gehe heute mit einem Kollegen einen Teil des Pilgerweges nahe Mendiluze. Wir werden auch Pilze sammeln. Ich sage dir dann, wie sie im Vergleich schmecken. Kuss P.

Pedro folgte ihrem Blick die Berge hoch. »Ziemlich speziell, nicht wahr? Ich liebe diesen Teil des Weges, der mitten in die Berge führt. Vor allem zu dieser Jahreszeit. Und wir sollten auch einige Köstlichkeiten finden.« Er klopfte grinsend auf seinen Rucksack. »Gut. Also, bevor wir losgehen: Mach dir keine Sorgen, wenn du Schüsse hörst. Dann bleiben wir einfach stehen und warten.«

»Worauf? Dass uns jemand erschießt?«, witzelte sie.

»Nein. Bis das Schießen aufhört«, sagte Pedro lachend. »Sie haben es auf die Tauben abgesehen. Es ist immerhin bereits September.« Er sah, dass Pip keine Ahnung hatte, wovon er sprach. »Sie verbringen den Winter im Süden. Sie fliegen langsam und tief – es ist also sehr einfach. Hoffentlich können wir heute noch ein paar genießen.«

»Wo? Und wie? Hast du denn ein Gewehr dabei?«

Er warf ihr einen Blick zu, der ihr bestätigte, wie albern ihre Frage gewesen war. »Ach, Pip. Hab einfach ein wenig Geduld, okay? Wir haben einen langen Weg vor uns. Wir werden denen hier folgen.« Er tippte auf einen verwitterten Steinobelisken, in den die Schale einer Jakobsmuschel eingemeißelt war, als würde das alles erklären.

Pedro eilte mit großen Schritten einen Weg entlang, der durch eine Wiese führte, ehe er über einen stabilen Holzzaun kletterte, an den eine weitere Muschelschale genagelt worden war. Dahinter lag ein Feld voller seltsam zotteliger Schafe, deren Wolle bis zu den Knien reichte.

»Idiazábal«, rief Pedro über seine Schulter und deutete auf die Schafe. Pip kannte diese Bezeichnung für einen würzigen, krümeligen, nicht pasteurisierten Käse, den sie im *Azure* verwendeten. Wenn sie mehr darüber wissen wollte, musste sie zusehen, dass sie mit Pedro Schritt hielt. Das Feld nach den Schafen war in mehrere kleine Weiden unterteilt, wobei sich in jeder Ecke ein halbkreisförmiger Sperrholzunterstand befand, der mit einem seltsamen, pilzartigen Strohdach gedeckt war. Auf jeder Weide entdeckte Pip eine schwarz-rosafarbene Sau, die ein Dutzend Ferkel säugte. Die zahllosen Keulen des *Porc Basque,* die in San Sebastián überall von der Decke hingen, mussten natürlich auch von irgendwoher kommen.

Auf dem nächsten Hügel vor ihnen sah Pip zwei Menschen mit großen schwarzen Rucksäcken und Wanderstöcken.

»Sie sind auf dem Weg nach Santiago, oder?«

»Ja, einige Menschen gehen über siebenhundert Kilometer, und manche steigen sogar bereits auf der anderen Seite der Pyrenäen in Frankreich in den Weg ein. Ich glaube, man ist etwa zwanzig Tage unterwegs, wenn man auf der spanischen

Seite beginnt. Einige wollen sich damit ihre Ausdauer beweisen, für andere ist es eine spirituelle Erfahrung. Jeder Pilger hat wohl seine eigenen Gründe, warum er sich für den *Camino* entscheidet. Mein Vater meint immer, die Leute sind auf der Suche nach Antworten. Aber hier geht es bloß darum, einen Fuß vor den anderen zu setzen. Sich mit den anderen Wanderern ein einfaches Mahl zu teilen und in der Nacht gut zu schlafen.«

»Das ist unglaublich. Vielleicht sollte ich auch den Jakobsweg gehen, nachdem ich San Sebastián verlassen habe.«

Pedro hielt an und wandte sich zu ihr um. »Aber ich dachte … dass du deinen Aufenthalt verlängern würdest, nachdem dein *Abiega Ozeano* so großen Anklang fand.« Er legte den Kopf schief und hob eine Augenbraue. »Du bist klug. Und du hast echtes Talent für diese innovative Art des Kochens. Bist du nicht deshalb nach Spanien gekommen?«

Sie nippte an ihrer Wasserflasche, weil sie nicht wusste, wie viel sie ihm anvertrauen sollte. »Ich bin mir nicht sicher, Pedro. Meine Auswertungen im Labor gingen daneben« – und alles andere irgendwie auch – »also wollte ich etwas vollkommen Neues ausprobieren. Ich habe herausgefunden, dass ich das professionelle Kochen wirklich liebe – ich vergöttere diesen Beruf geradezu. Obwohl ich selbst eine einfachere Küche bevorzuge. Die wissenschaftliche Herangehensweise im *Azure* erscheint mir einfach …«

Pip brach ab. Sie hatte Pedro mit ihrer Meinung über Molekulargastronomie bereits genug beleidigt.

Pedro zuckte mit den Schultern, und sie gingen nebeneinander weiter.

»Ehrlich gesagt, als ich hierherkam, habe ich … nun, ich habe sehr viel hinter mir gelassen. Ich habe mich von meinem

Verlobten getrennt. Jack. Sein Name ist Jack.« Sie nahm einen Schluck aus ihrer Wasserflasche und trat nach einem Stein, der auf dem Weg lag. »Wie auch immer, ich war mir nicht sicher, ob ich in Hobart bleiben wollte. Klar will ich meine Doktorarbeit irgendwann abschließen – ich bin schon so nahe dran. Aber meine Laborauswertungen verliefen im Sande.« Sie hielt inne. »Als ich letzte Woche ein paar Tage freihatte, war ich mit Tom auf einer Konferenz für Meeresbiologen.«

Pedro runzelte die Stirn. »Mit diesem fetten Kanadier, den wir in der Bar getroffen haben?«

Das war ein wenig hart. »Tom ist manchmal ein ziemlicher Clown, aber auch ein brillanter Wissenschaftler. Und er hat mich immer immens bei meinen Forschungen unterstützt. Jedenfalls hat er mich gestern Abend angerufen und gemeint, er hätte eine Stelle in Paris für mich.«

Pedro schüttelte verwirrt den Kopf. »Das verstehe ich nicht. Ich dachte, nach der erfolgreichen Präsentation deines Gerichtes hättest du dich entschieden. Ich glaubte, du würdest eine Ausbildung zur Küchenchefin anstreben. Jede Woche bewerben sich Hunderte Menschen, um im *Azure* Teller zu waschen. Ohne Bezahlung. Und du wirfst diese Chance einfach fort? Du willst also nicht in Spanien bleiben?«

Pip atmete tief durch und warf einen Blick in den dunklen Himmel, über den schwarze Wolken zogen. Warum dachten alle Männer, die sie mochte – und vor allem die gut aussehenden –, immer, sie wüssten, was das Beste für sie war? Pip rang sich ein Lächeln ab.

»Doch, das will ich. Aber ich will auch meine Doktorarbeit abschließen. Ich kann in Frankreich meine Forschungen vorantreiben, und Tom hat einen zusätzlichen Betreuer für mich organisiert. Es ist eine unglaubliche Chance. Das Institut ist dem naturhistorischen Museum angeschlossen, was bedeutet, dass ich vollen Zugang zu den Archiven der benthischen Wirbellosen haben werde. Zur Schalensammlung und zu den Literaturdatenbanken – offenbar sind die Quellen unglaublich umfangreich. Es gibt Datenbanken über die Temperatur- und Umwelttoleranzen europäischer Muschelarten wie etwa der *Varicorbula.* Wer weiß, worauf ich dort stoße?«

»Die benth… was?«

»Es geht bei meinen Forschungen um Wirbellose, die im Sediment der Gezeitenzonen leben. Dabei richte ich mein Augenmerk besonders auf diejenigen, die nicht in Tasmanien beheimatet sind. Tierarten, die eingewandert sind und nun die heimischen Arten bedrohen.«

»Natürlich. Jetzt weiß ich auch, warum du immer so über den *Pulpo* herfällst. Er ist ein Eindringling!« Er lachte, doch irgendwie klang er ein wenig verärgert.

»Na ja, Oktopusse sind vermutlich hier in der Region beheimatet, das ist in Ordnung. Ich habe keine Ahnung, welche invasiven Arten im Golf von Biskaya eine Bedrohung darstellen – abgesehen von dem vielen Plastik.« Sie warf ihm einen vielsagenden Blick zu.

Pedro nickte und gab sich geschlagen. »Als Kind war ich einmal in Paris in einem Museum«, begann er. »Es befindet sich inmitten eines wunderschönen Gartens. *Jardin des Plantes.* Ich erinnere mich an die riesige Eingangshalle, die mehrere Stockwerke hoch war. Sie hatte ein Glaskuppeldach.« Er breitete die Arme aus, um die Außerordentlichkeit des Ortes zu betonen. »Wie auch immer, durch die Halle zog eine Prozession wilder Tiere. Ausgestopfter Tiere. Sie waren paarweise unterwegs, als würden sie gerade die Arche besteigen.« Pedro zog die Nase kraus. »In der Mitte befand sich eine

Giraffe, die mit ihren großen schwarzen Augen auf die anderen hinuntersah. An der Spitze ging ein Elefant mit langen Stoßzähnen. Neben ihm stand ein Tiger, der sich gerade zum Sprung bereit machte. Und hinter der Giraffe reihten sich zahlreiche Bären und Pinguine auf. Es war – wie sagt man? – unheimlich.«

»Warum fandest du es denn unheimlich? Es waren doch bloß tote Tiere. So wie die, die du jeden Tag in der Küche in Stücke hackst.« Pip keuchte mittlerweile. Die Hügel zogen sich stetig dahin, und es schien öfter bergauf als bergab zu gehen.

»Ich habe kein Problem mit toten Tieren. Mein Vater war Metzger. Es ergab einfach ein falsches Bild. Sie wirkten, als wären sie noch am Leben.« Er zuckte mit den Schultern und nippte an seinem Wasser. »Aber ich war damals erst acht Jahre alt. Ich denke, man versteht so etwas in diesem Alter einfach noch nicht.«

Pip fragte sich, ob man das wohl jemals tat.

»Na ja, jedenfalls ...«, fuhr sie fort, »... ist das Institut in Paris eines der besten Forschungszentren der Welt. Und die Marineabteilung ist unglaublich. Diese Ressourcen. Ich meine, so etwas gibt es in Australien einfach nicht.«

Pedros Gesicht blieb vollkommen ausdruckslos.

»Als Tom dort war, fiel ihm auf, dass die Sammlung der in der Südsee und der Tasmanischen See beheimateten Mollusken überprüft und elektronisch katalogisiert werden muss. Es gab einige Ungereimtheiten in der Datenbank, die die Franzosen mit dem IMAS teilten – also jenem Institut, an dem ich in Hobart forschte.«

»Was soll das heißen?«

»Ich bekomme einen Vertrag für drei Monate!« Sie trat

lachend einen Schritt nach vorn, nahm Pedros feingliedrige Hände und drückte sie. »Ich werde Mollusken katalogisieren und meine Doktorarbeit abschließen. Ich habe mit den Daten auf meinem Laptop jongliert, seit ich mit Tom auf dieser Konferenz war, und ich denke, ich habe einige grundlegende Muster entdeckt. In Tasmanien war ich am Ende so ausgelaugt, dass ich nicht mehr sah, wohin der Weg mich führte. Aber jetzt erkenne ich es. Ich werde den Durchbruch schaffen – jedenfalls hoffe ich das«, ergänzte sie etwas kleinlaut und ließ seine Hände los.

Pedro nickte schweigend und erhöhte das Tempo. Der Weg wurde langsam schmaler, und sie mussten hintereinandergehen. Die Sonne hatte den Nebel verbannt, und Pip taute langsam auf – die wärmenden Strahlen auf ihrem Rücken fühlten sich wunderbar an. Im Gegensatz zu San Sebastián, wo die ganze Nacht über gefeiert wurde, war es in den Bergen herrlich ruhig. Abgesehen von dem Blöken einiger Schafe hörte man nur das Knirschen ihrer Schritte auf dem Pfad.

Sie kamen an mehreren Obstgärten mit Apfelbäumen vorbei. Die Äste der knorrigen, in Reih und Glied stehenden Bäume mit den gelben Blättern waren sorgsam geschnitten, um das Pflücken zu erleichtern, und in der Ecke jedes Gartens standen mehrere haushohe Cider-Fässer aus Holz.

Immer wieder sahen sie Felder, in deren Ecken zwei oder drei große Kuppeln standen, die wie Strohjurten aussahen. Pedro erklärte, dass die Einheimischen darin das Stroh für die langen Winter lagerten. Sie wurden nur durch einen einzigen Pfosten in der Mitte und einige angespitzte Stangen gesichert, die wie Nägel horizontal in die Haufen getrieben worden waren, um das Stroh an seinem Platz zu halten. Sie erinnerten Pip an die gruseligen Figuren aus ihrem Lieblingskinderbuch.

Pedro kniff die Augen zusammen, hob die Arme und deutete auf eine dunkle, bewaldete Fläche auf einem entfernten Hügel, auf dem sich außerdem eine Ansammlung weißer Häuser mit geschwungenen Terrakottadächern befand. »Das dort ist für heute unser Ziel.«

»Es ist so hübsch! Bist du dir sicher, dass das dort nicht vielleicht Schnee ist?«, fragte sie und blicke angestrengt in Richtung des kleinen Dorfes. Die Felsen reflektierten die strahlende Sonne.

Pedro lachte. »Komm! Wir haben noch einiges vor uns, bis wir dort sind!«

Pedro hielt immer wieder an nach etwa einem Kilometer, um Pip vom Pfad in einen Eichen- oder Buchenwald zu führen und ihr zahllose winzige, frische Steinpilze zu zeigen. Überrascht entdeckte sie auch einige ziemlich seltene und wertvolle Bronzeröhrlinge, die tatsächlich so groß wie ihre Fußsohlen waren.

»Hier, versuch mal«, forderte Pedro sie auf und teilte einen der Pilze in der Mitte. »Sie sind in diesem Jahr früh dran.«

Als Pip ihn zweifelnd ansah, aß er seine Hälfte auf.

»Aber du trägst mich den Berg hinauf, wenn ich mich gleich übergebe«, lachte sie.

In Pedros Rucksack wanderten schließlich mehrere *Niscalo* – Edel-Reizker, die er in einem Windschutzstreifen aufgespürt hatte – und einige Pfifferlinge, die sie bereits aus dem *Azure* kannte.

An einer anderen Stelle schob er einige große Distelblätter beiseite, die ein wenig wie Artischockengewächse aussahen, und zeigte ihr die Pilze, die sich darunter verbargen. Nachdem er die Pilze geerntet hatte, pflückte er vorsichtig die obersten Distelblätter ab und legte sie ebenfalls in seinen

Rucksack. Er erklärte Pip, dass man daraus eine köstliche Suppe kochen konnte.

Und so verging der Tag, während die Sonne immer höher stieg.

Sie wanderten weiter bergauf und durchquerten schließlich ein kleines Dorf, ehe sie zu einer hübschen Steinvilla gelangten. Anstatt das Haus durch die Vordertür zu betreten, nahm Pedro Pips Hand und zog sie zur Hinterseite, wo sich einige Stallungen befanden. Sie beherbergten allerdings keine Pferde, sondern waren mit sorgfältig aufgeschichteten Holzstapeln gefüllt. Pedro nahm seinen Rucksack ab, und Pip ließ ihren Rucksack ebenfalls zu Boden gleiten.

Als sie näher herantrat, fiel ihr auf, wie unterschiedlich die Stapel aussahen. Jeder schien aus einer anderen Holzart zu bestehen. Einige Hölzer waren so dick wie herkömmlich gespaltenes Hartholz, andere Stapel bestanden bloß aus schmalen grauen Ästen. In einem Stapel entdeckte Pip die getupfte, silberfarbene Rinde der jungen Äste eines Kastanienbaumes, und zum zweiten Mal an diesem Tag vermisste sie ihre Eltern. Sie bewunderte die gewundenen Äste der Weinreben und musste sofort an Jack denken. Wie erging es ihm wohl in Italien? Ob er sie vermisste? Und hatte er sich jemals gefragt, ob ihre Trennung womöglich ein Fehler gewesen war? Sie schloss einen Moment lang die Augen. Sie musste sich konzentrieren.

Pedro deutete nacheinander auf die Stapel. »Eiche, Kastanie, Apfel, Birne und Kirsche. Das Holz dort …«, er zeigte auf einen besonders dunklen Stapel, »… stammt aus einer alten Orangenplantage etwas weiter den Hügel hinauf. Und das hier ist Birke. Das Holz ist hier sehr selten und wird nur sparsam verwendet.«

Pips Verwirrung war wohl offensichtlich, denn er begann zu lachen. »Wir nutzen es, um *Fleisch* zu grillen. Es werden verschiedene Holzarten verwendet, um dem Fleisch einen bestimmten Geschmack zu verleihen. Im Augenblick haben Tauben Saison, und dazu wird bloß Apfelholz genutzt. Beim Rind kommt es auf die Konsistenz des Fleisches an. Entweder fällt die Wahl auf das süße Kastanienholz oder auf die kräftigen Tannine der Eiche. Starkes Holz für muskeldurchzogenes Fleisch. Für die Lachsfilets ist meiner Meinung nach das Orangenholz die beste Wahl. Sein Geschmack ist nicht zu aufdringlich. Und was den Lachs-Rogen betrifft …«, sagte er mit einem Augenzwinkern, »… solltest du dich einfach überraschen lassen.«

»*Lachs-Rogen?* Willst du damit sagen, dass hier Fischeier gegrillt werden? Das klingt etwas … ähm … seltsam.«

Pedro lachte erneut und schüttelte den Kopf. »Ich spreche nicht vom Grillen – ich meine *asador.*«

»Okay«, erwiderte Pip zögernd. Hoffentlich merkte Pedro nicht, dass sie keine Ahnung hatte, wovon er sprach.

»Aus den verschiedenen Holzarten wird Holzkohle hergestellt, die wiederum dazu verwendet wird, das Fleisch zu räuchern. Nur Rauch, etwas Olivenöl und vielleicht ein paar Kräuter. Aber wo wir schon dabei sind …« Er zog sich wieder seinen Rucksack über und bedeutete Pip, dasselbe zu tun.

»Ich frage mich, wozu wohl Eukalyptusholz passen würde?«, scherzte Pip.

»Wie bitte?« Pedro rümpfte die Nase. »Ich kenne bloß das Öl. Aber ich bin mir nicht sicher, ob man damit kochen kann.« Er konnte so ernst sein.

»Ähm, ja, vermutlich wäre der Geschmack ein wenig zu stark. Aber vielleicht könnte man es für ein Stück Känguru oder Wallaby verwenden. Ich nehme an, es wäre wohl auch für das Wallaby zu kräftig, aber Akazienholz könnte funktionieren.«

Pedro lächelte. »Ja, ich habe schon gehört, dass Kängurufleisch gut schmeckt. Isst man es bei euch zu Hause denn häufig?«

»Na ja, nicht allzu oft. Wir sollten wohl mehr davon essen ...«

Pedro schien verwirrt. »Aber es sind doch Wildtiere, oder? Ihr züchtet sie doch nicht.«

»Genau. Es ist so wie mit euren Wildschweinen oder den Tauben. Aber es kommt immer wieder zu einer Überpopulation, und dann muss eine Auslese getroffen und Tiere müssen getötet werden. Also warum sollte man sie dann nicht gleich essen?«

»Ich verstehe. Ja, warum eigentlich nicht? Wie schmeckt denn das Fleisch?«

»Ein wenig wie Wild, aber etwas derber. Ich verwende für mein Ragout eigentlich immer Wallaby-Fleisch. Das ist süßer. Und nicht ganz so zäh wie Kängurufleisch.«

»Das Herumgehüpfe sorgt wohl für starke, zähe Muskeln«, meinte Pedro kichernd, bevor er Pip am Ellbogen nahm und sie in einen kleinen Steinzubau an der Rückseite der weißen Villa führte. »Mir scheint, du hast das Herz einer Baskin. Komm, ich möchte dir jemanden vorstellen.«

Pip spürte Pedros warme Hand auf ihrem Rücken, als er sie durch eine Tür führte, hinter der es nach Rauch und Kohle roch. Sie war überrascht, als ihr Blick auf fünf makellose Edelstahlgrillgeräte und eine Reihe von Dunstabzügen an der gegenüberliegenden Wand fiel. Zwischen den beiden Ebenen befand sich eine komplizierte Konstruktion aus Flaschenzügen, Seilen, Grillplatten und Netzen. Es sah eher wie die Takelage einer Rennjacht aus und nicht wie eine Restaurantküche. Auf der anderen Seite des Raumes stand eine Reihe neuer Kühlgeräte mit Glastüren, und durch die Mitte des Raumes verlief eine schlichte Arbeitsplatte aus Edelstahl, auf der etwa ein Dutzend Tauben aufgereiht waren. Ihre flauschig braunen Federn schienen unversehrt, und ihr Kopf steckte unter den Flügeln. *Mittagessen.*

»Papa!«

»Pedro!« Ein rundlicher Mann mit silberfarbenem Haar und einem Schnurrbart wie Charlie Chaplin schlang seine Arme um seinen Sohn und küsste ihn auf beide Wangen. Dann trat er einen Schritt zurück, musterte Pedro von oben bis unten und kniff ihm in die Bauchmuskeln. Pip hätte es ihm gerne gleichgetan.

Pedro nahm seinen Rucksack ab und holte den Thymian und Oregano sowie den feuchten Beutel mit den Pilzen heraus. »Hier, Papa, die sind für dich. Und darf ich dir meine Freundin Pip vorstellen? Sie ist die Praktikantin aus Australien, von der ich dir bereits erzählt habe. Die Wissenschaftlerin. Pip, das ist mein Vater und der zweitbeste Koch, den ich kenne – Telmo.«

»Pfft.« Telmo schüttelte den Kopf, legte ihn schräg und schenkte Pip ein strahlendes Lächeln. Jetzt wusste sie, von wem Pedro seinen Charme geerbt hatte. »Eine Wissenschaftlerin, eh? Und was halten Sie von Eduardo und dem *Azure*?«

»Es ist unglaublich. Ich hätte mir nie gedacht, dass es solche Texturen und Techniken gibt. Es ist verrückt, woraus er seine Geschmackskombinationen gewinnt. Eigentlich ist es Kunst.«

»Pfft.« Telmo pfiff erneut durch die Zähne und wandte sich um, um eines der Seile neu einzustellen und ein Stück Lachs näher an die Glut zu bringen. »Kunst. Wissenschaft. Nennen Sie es, wie Sie wollen. Aber es bringt die Leute wieder zurück in die Region. Lebensmittelhersteller und Handwerker haben auf diese Weise wieder Arbeit gefunden. Das ist wichtig. Mehr sage ich dazu nicht.« Er träufelte etwas Olivenöl über den Lachs und zupfte ein winziges Stück von Pedros Thymian ab, das er unter das Filet steckte, bis es zu rauchen begann.

Pip lief das Wasser im Munde zusammen. Die Wanderung war anstrengender gewesen als erwartet, und sie war am Verhungern. Telmo überprüfte das Filet mit seinem Finger und hob es vom Grill, um es auf einen angeschlagenen weißen Teller zu legen, wo es ruhen konnte.

»Okay, Papa. Gib dein Bestes. Sie sieht vielleicht schmächtig aus, aber ich habe gesehen, was sie verdrücken kann.« Pedro griff lachend nach Pips Hand und führte sie durch eine hölzerne Schwingtür zu einem kleinen Tisch in einer etwas dunkleren Ecke, der für zwei Personen gedeckt war. Hier war nichts von dem Pomp und dem architektonischen Überschwang zu sehen, die das *Azure* beherrschten. Das Restaurant *Telmo's* befand sich in einer bescheidenen umgebauten Steinscheune mit einem Giebeldach und einem Terrakottafliesenboden. In einer Ecke entdeckte Pip einen riesigen, von einem mächtigen Eichenbalken begrenzten Kamin, der beinahe so groß war, dass sie aufrecht darin hätte stehen können. Sein Feuer tauchte den Raum in ein warmes Licht, und eine seidig glänzende graue Katze lag ausgestreckt vor dem Feuer und präsentierte ihren weißen Bauch, damit die Gäste ihn kraulten.

Ihr Tisch war mit einem weißen Tischtuch und antikem Silberbesteck gedeckt. In der Mitte stand ein kleines Einmachglas voller Rosmarin- und Salbeizweige. Pip hob das

Glas, hielt es sich unter die Nase, schloss die Augen und dachte an den Garten ihrer Mutter. Dann stellte sie es vorsichtig zu dem einzelnen kleinen Teelicht.

Pedro nickte dem Kellner in der Ecke zu, der daraufhin einen Teller mit glänzendem, rosafarbenem Lachs-Rogen und einen Korb mit frischem, knusprigem Brot vor ihnen abstellte. Kurz darauf folgten eine winzige Schale Butter und eine weitere mit großen cremefarbenen Salzflocken.

Pedro hob sein Glas, um mit Pip anzustoßen.

Pip zog eine Augenbraue hoch. In Spanien war es sehr ungewöhnlich, dass sich etwas anderes als Olivenöl auf dem Tisch befand.

Pedro grinste. »Du wunderst dich über die Butter, oder? Ein Kerl aus der Region ging einmal über die Grenze, um zu lernen, wie man Butter herstellt. Die Franzosen sind also tatsächlich für etwas gut. Für Butter und Brot. Hier, probier mal. Es ist außen knusprig und innen ein wenig zäh. Versuch es mit dem Rogen.«

Pip wollte schon fragen, woher der Lachs-Rogen stammte, doch sie beschloss, damit zu warten, bis sie wieder zu Hause waren. Es war wirklich nicht notwendig, ein herrliches Mittagessen mit einem Streit zu verderben. Außerdem war es durchaus möglich, dass er tatsächlich aus der Region kam. Sie riss ein Stück Brot ab und verteilte eine dicke Schicht Butter, einige Flocken Salz und einen Teelöffel der winzigen, rosafarbenen Kügelchen darauf.

»Oh. Mein. Gott.«

Pedro beobachtete grinsend, wie sich Pip den Rest des Brotes in den Mund schob.

»Hat dein Dad den Lachs-Rogen tatsächlich *geräuchert?*«, fragte sie und leckte sich über die Lippen, um den Geschmack auszukosten. Die Kügelchen waren in ihrem Mund zerplatzt wie kleine Kapseln voll geräuchertem Meerwasser. Sie schwemmte sie mit einem kleinen Schluck prickelndem weißem Txakoli hinunter. Was für eine köstliche Art, ein Essen zu beginnen!

Sobald sie das letzte rosafarbene Kügelchen auf ihren Löffel geladen hatte, trat der Kellner nach vorn und nahm ihn mit.

Kurz darauf kam er mit einem Krug Cider und zwei Biergläsern wieder. In diesem Fall war Pip sich sicher, dass der Cider aus der Region stammte. Sie waren während der etwas weniger als dreißig Kilometer, die sie heute zurückgelegt hatten, vermutlich an mehr als hundert Fässern vorbeigekommen. Pedro goss ihnen beiden ein großzügiges Glas ein, und Pip lehnte sich in ihrem Stuhl zurück und begann, ihm von ihren Eltern, von ihrer brillanten Schwester und von dem Kastanienwäldchen zu erzählen, in dem sie aufgewachsen war. Sie beschloss, Jack nicht zu erwähnen. Niemand will während eines köstlichen Essens von einer Trennung hören.

Als nächster Gang wurde ein Teller eingelegte Glasaale serviert, deren ursprüngliches Weiß sich durch das Räuchern in ein sattes Grau verwandelt hatte. Sie waren knusprig und zart zugleich, und Pip schmeckte immer noch das salzige Öl.

»Wir halten die Aale während des Frühjahres und Sommers unter dem Wasserfall neben dem Gemüsegarten an der Rückseite des Hauses, bis sie schließlich eingemacht oder gekocht werden«, erklärte Pedro.

»Weißt du eigentlich, wie unglaublich Aale sind?«, fragte Pip. »Wie weit sie unterwegs sind, um ins Meer zu gelangen? Und wie sehr sie sich anpassen, um zu überleben?«

»Ich habe schon davon gehört. Sie bewegen sich sogar an Land weiter, nicht wahr?«

»Ja, sie verwandeln sich. Zuerst leben sie jahrelang in Teichen, Stauseen und Flüssen, bis sie irgendwann im Herbst an Land gehen und sich – wie Schlangen – von einem Kanalisations- oder Bewässerungssystem zum anderen über Hügel und Berge schlängeln, bis sie schließlich in der Bucht von Biskaya ankommen.«

»Du meinst, die Aale gelangen womöglich über die Kanalisation von Donostia ins Meer?«

»Im Grunde ist es ihnen egal, auf welchem Weg sie dorthin gelangen. Sobald sie im Salzwasser angekommen sind, beginnen sie, sich erneut zu verwandeln. Sie bekommen Kiemen und schwimmen Tausende Kilometer weit bis in die Sargassosee. Dort feiern sie schließlich eine kleine Party und legen eine Million Eier, ehe die Glasaale die Rückreise ins Süßwasser antreten.«

»Und dann beginnt der ganze Kreislauf von Neuem.« Pedro schüttelte den Kopf. »Das ist wirklich unglaublich. Genauso wie dein Wissen über all diese Meerestiere. Wir hatten noch nie jemanden wie dich in unserer Küche. Ich meine, wir sind alle sehr detailverliebt, aber niemand versteht die Grundlagen so wie du.«

Pip spürte, wie sie rot wurde, als sie nickte und mit Pedro anstieß. Es war bereits ihr drittes Glas.

»Und niemand sonst wagt es, Eduardos Ansichten infrage zu stellen!« Pedro prostete ihr zu und nippte an seinem Cider.

Und so lachten sie gemeinsam, unterhielten sich und genossen das in aller Ruhe aufgetragene achtgängige Menü. Pip kostete *Percebes* – Entenmuscheln, die auf den felsigen Ausläufern der nahe gelegenen Vorküste zu finden waren –, saftige Messermuscheln und riesige Garnelen, die am tiefsten Punkt der Bucht beheimatet waren. Pedro bestand darauf, auch etwas Taubenbrust zu versuchen, und sie teilten sich außerdem noch einige karamellisierte Rinderrippchen. Dazu aßen sie Salat aus mehreren Blattsalaten, weißem Spargel, Rüben, Fenchel, Zuckermöhren und roten Rüben aus Telmos Garten. Die Steinpilze und *Zizas* wurden geräuchert mit etwas Olivenöl serviert, das mit Knoblauch und Chili versetzt war.

Sie tranken mehrere Gläser eines samtig roten Riojas zum Essen, ehe Telmo darauf bestand, dass sie »nur einen kleinen Schluck« von seinem selbst gemachten *Patxaran*-Likör versuchen sollten.

Er sammelte die winzigen Früchte der Schlehen in der Umgebung und legte sie zwölf Monate in Anislikör ein, den er mit einer Handvoll Kaffeebohnen und etwas Zimt verfeinerte. Er servierte den Likör zu einem Carpaccio aus Roter Bete, Radieschen und etwas rohem Ziegenkäse von einem nahe gelegenen Gehöft.

»Ach, Telmo – das war unglaublich! Ich muss unbedingt meinem Dad von Ihrem Restaurant erzählen. Er schafft es wirklich jedes Mal, die Koteletts zu verbrennen. Ich sollte ihn hierherbringen, damit er von Ihnen lernen kann. Ehrlich. Und die Rote Bete passte ganz hervorragend zu dem Schafskäse. Ich bin mir allerdings nicht sicher, ob ich nach diesem großartigen Essen noch Platz für Eiscreme habe.« Sie nahm den Teller und wollte ihn an Pedro weiterreichen, doch der schüttelte den Kopf.

»Du musst sie unbedingt versuchen. Das ist Papas Spezialität.«

»Okay.« Sie hob einen Löffel voll an ihre Lippen, und der rauchige Geschmack nach Vanille und einem Hauch Rosmarin traf sie vollkommen unvorbereitet. Es war vielleicht die seltsamste – aber auch die beste – Vanilleeiscreme, die sie je gegessen hatte.

»Telmo, Sie sind ein wahrer Feuergott. Ein Genie. Ich glaube, das war eines der besten Menüs, die ich in meinem Leben genießen durfte. Vielen Dank.«

Telmo grinste. »Ich bin bloß ein *Parrillero.* Es gibt hier oben in den Dörfern viele Männer, die grillen.« Er schenkte Pedro ein Lächeln und legte ihm freundlich die Hand auf die Schulter. »Und wenn mein Sohn genug von dem schicken Essen in Donostia hat, dann kommt er vielleicht nach Hause und kocht mit seinem Papa.«

»Ich bin doch viel zu teuer für dich, Papa«, scherzte Pedro, doch Pip fiel auf, wie er wehmütig den Blick senkte. »Komm, Pip. Es ist bereits dunkel. Das war wirklich ein langes verspätetes Mittagessen! Wir gehen hinauf in die *Cabaña.* Es ist nicht weit.«

Er erhob sich und drückte seinem Vater einen Kuss auf beide Wangen. Im nächsten Moment fand Pip sich in einer herzlichen Umarmung mit dem fröhlichen Telmo wieder. Sie schaffte es, sich von ihm zu befreien, indem sie versprach, am nächsten Morgen wiederzukommen, damit er ihr erklären konnte, welches Holz zu welchem Gemüse und welchem Fleisch passte. Falls ich morgen überhaupt noch gehen kann, dachte sie reumütig. Sie hatten heute eine ordentliche Strecke zurückgelegt, und der Großteil des Weges hatte bergauf geführt. Die Mischung aus Erschöpfung und neuen Erfahrungen brachte ihren Körper auf angenehme Art zum Vibrieren.

Pedro und Pip traten durch die Vordertür und machten sich über den mit alten Steinplatten gepflasterten Vorplatz und entlang eines schmalen Pfades auf den Weg zu dem kleinen Steincottage, das zu der Villa gehörte.

Der Abend war klar, und Pip konnte gerade noch die Umrisse der Berge in der Ferne ausmachen. Vielleicht war es der Wein, aber die Sterne sahen weich und ein wenig verschwommen aus, als könnte sie ihre Hände daran wärmen, wenn sie nur die Arme ausstreckte. Sie überlegte, wie es möglich war, dass derselbe Himmel so fremd wirken konnte. Die Sterne ihrer Heimat unter dem tasmanischen Himmel wirkten immer so gestochen scharf und Ewigkeiten entfernt. Pedro trat einen Schritt näher, legte einen Arm um ihre Taille und zeichnete mit der freien Hand die Milchstraße nach.

Pip wandte den Kopf, um ihn zu küssen. Seine Lippen schmeckten nach Apfel, Vanille und einem Hauch Rauch, doch seine fordernde Art, sie zu küssen, war sehr viel weniger unschuldig. Er schlang beide Arme um sie und drehte sie sanft herum, sodass sie ihm gegenüberstand. Sie umarmten sich sanft und zögernd, ehe sie näher aneinander herantraten und sich aneinanderschmiegten.

Pip ließ die Hand über Pedros Rücken gleiten, fuhr damit unter sein loses Hemd und strich entlang seines Hosenbundes, bis sie die weichen Haare spürte, die zu seinen festen Bauchmuskeln hochführten. Sie ließ ihre Hand einen Augenblick dort verweilen und die Finger über seine Muskeln gleiten, während sie Pedro mit der anderen Hand an sich drückte.

Schließlich löste Pip sich langsam von ihm, um zu Atem zu kommen. Adrenalin schoss durch ihre Adern, und ihr Magen zog sich vor Angst und Aufregung zusammen. Sie sollte das hier nicht tun, oder? Sie liebte Jack noch immer. Aber Jack wollte sie nicht mehr.

Obwohl sie beschlossen hatte, Jack nicht mehr zu kontaktieren, hatte sie ihm am Vortag eine Nachricht geschickt und gefragt, ob sie ihn in Italien besuchen dürfte, doch wie immer hatte er nicht geantwortet.

Was hatte sie schon erwartet? Pip musste nicht in die Sterne blicken, um zu wissen, dass es zwischen Jack und ihr vorbei war. Es gab kein Zurück mehr. Jetzt nicht mehr.

Pip seufzte und bekam eine Gänsehaut, als Pedro mit der Hand über ihre Wange strich und ihr eine Haarsträhne hinters Ohr steckte. Seine dunkelbraunen Augen glänzten vor Verlangen.

Er lehnte sich vor und küsste sie erneut lange und innig. Pip erschauderte, als er an ihrem dünnen Baumwollshirt zerrte, und in ihrer Einsamkeit gab sie ihrer Sehnsucht nach, packte ihn und drückte ihn gegen die Wand des Cottages.

Sein Körper, der so elegant und muskulös wie der eines Tänzers war, war eine vollkommen neue Erfahrung für sie, und sie wollte jeden Zentimeter mit dem Mund und den Händen erkunden. Pedro liebkoste Pips Rücken, während er ihre Hüften an sich zog. Seine Fingerspitzen glitten ihre Wirbelsäule hinauf und folgten dem Bund ihres Sport-BHs bis zu ihren Brüsten. Er schob seine Hand unter den Stoff und umfasste ihre Brust. Dann begann er langsam, die Knöpfe ihrer Shorts zu öffnen. Bevor sie es sich anders überlegen konnte, fingerte auch Pip an seinem Gürtel herum.

Pip hatte sich vor der Wanderung geschworen, dass Pedro nichts weiter als ein guter Freund für sie war. Doch jetzt, wo sie sich in der kühlen Bergluft und unter dem Sternenzelt an ihn presste, dachte sie: Warum eigentlich nicht?

Ihre sämtlichen Körperzellen standen unter Strom. Sie *brauchte* das hier.

Pip schälte sich aus ihren Shorts und spürte, wie die kühle Luft ihren Körper umfing. Pedro kniete sich nieder und küsste sich ihre Schenkel hinauf, während er mit den Händen die Rückseite ihrer Oberschenkel liebkoste.

Dann erhob er sich, blickte ihr tief in die Augen und nahm zärtlich ihr Gesicht in seine Hände. Seine braunen Augen glänzten vor Liebenswürdigkeit und Verlangen. Er strich ihr die Haare aus dem Gesicht und streichelte ihre Wange. Wie konnte sie dem widerstehen?

Pip drückte sich seufzend an ihn, und ihre Körper fanden in eine Art Rhythmus. Pedro stöhnte und flüsterte: »Lass uns hineingehen.«

Pip öffnete die Augen und starrte an die Wand neben dem Bett. Die rötlichen Steine schienen in keinem besonderen Muster angeordnet zu sein, es war bloß ein Durcheinander, das mit Kalkmörtel anstatt mit Zement zusammengeklebt worden war. Pips Kopf pochte, ihr Gaumen war wie ausgedörrt, und selbst das Schlucken tat ihr weh. *Jede* Bewegung tat weh.

Sie wollte noch nicht aufstehen. Oder sich auf die Suche nach ihren Anziehsachen machen. Sie musste erst einmal verarbeiten, was letzte Nacht passiert war, also tat sie, als würde sie schlafen.

Pip hörte Schritte. Pedro zog das Laken und die Decke über ihre Schulter, um sie vor der kalten Morgenluft zu schützen. Sie brachte es einfach nicht fertig, die Augen zu öffnen und ihn anzusehen. Es war ein herrlicher Abend gewesen – und jetzt?

Nachdem Pedro und sie das Cottage betreten hatten, hatte er Feuer gemacht und ihr etwas von dem Absinth angeboten, der hier in der Region hergestellt wurde. Ihre Wangen brannten, und ihre Haut kribbelte, als sie sich daran erinnerte, wie sie ihn zur Couch geführt und sich auf ihn gelegt hatte. Sie hatten sich aneinandergeschmiegt und hin und her gewälzt, während Pip seinen stählernen Körper erkundete und Pedro seine sanften Hände – und auch seine vollen roten Lippen – über ihre Kurven wandern ließ und sie dabei immer näher und näher an sich heranzog. Sie immer inniger küsste.

Pip erschauderte, als sie versuchte, die Hitze und das Verlangen zu unterdrücken, die durch ihre Adern rasten. Letzte Nacht war himmlisch gewesen.

Bittersüß.

Doch *Artemisia* war ihr nicht wohlgesinnt. Pips Träume waren sengend heiß gewesen, ertränkt im Absinth. Und hier lag sie nun. In einem kleinen Cottage in den Bergen mit einem Mann, der ein Aal-Gericht mit ihr erschaffen wollte – und vielleicht sogar ein Zuhause. Doch alles, woran sie denken konnte, war Jack.

Sie wollte Jacks raue Hände auf ihrer Wange und auf ihren Schenkeln spüren. Wenn sie die Augen schloss, konnte sie ihn beinahe riechen – Erde und Salz. Sie drückte frustriert das Kissen zusammen. Wenn das hier kein Betrug war, warum fühlte sie sich dann so schuldig?

Sie rollte sich wütend zur Seite. Pedro war der Meinung, sie sollte Küchenchefin werden, weil sie sonst eine riesige Chance vergeben würde. Natürlich war das schmeichelhaft. Und Pedro war hinreißend. Dieser geschmeidige, karamellfarbene Körper, die eleganten Hände … Sie wurde rot.

Aber warum glaubte Pedro, er wüsste, was das Beste für sie war? Auf seltsame Weise verhielt er sich genauso wie Jack, bevor sie sich getrennt hatten. Pip ließ sich in das Kissen zurücksinken und atmete tief durch, als es ihr endlich bewusst wurde.

Die ganze Zeit über hatte sie sich selbst die Schuld daran gegeben, dass ihre Verlobung wieder gelöst worden war – und ihr Herz gebrochen. Aber in Wahrheit hatte Jack sie dazu *gedrängt,* seinen Heiratsantrag anzunehmen. Er war zu keinem Kompromiss bereit gewesen. Sie vergrub ihr Gesicht im Kissen, als diese Erkenntnis sie mit voller Wucht traf. Sie fragte sich, ob er jemals irgendetwas davon bereut hatte.

Pedro kam gerade ins Zimmer, als sein iPhone auf dem Nachttisch piepte, und er las die Nachricht.

»Entschuldige, ich dachte, es wäre meines, aber es ist deins«, erklärte er und reichte Pip das Telefon.

Ich freue mich darauf, dich nächste Woche zu sehen. Schön, dass du bleiben willst. Das Gästezimmer ist frei. Jack

Kapitel 21

Château de Boschaud, Mittsommer 1487

»Dein Gesicht sieht ja aus wie diese Aioli hier«, meinte Jacobus, als Artemisia in die drückend heiße Küche zurückkehrte. Sie war den ganzen Sommer über noch vor Sonnenaufgang aufgestanden, um Vorbereitungen für das Festessen zu treffen, und nun fühlte sie sich so ausgelaugt, alt und angeschlagen wie die Tontöpfe und Kessel, die an der Wand hingen. Sie erhaschte einen Blick auf ihr Spiegelbild in dem winzigen Küchenfenster. Ihre Augen waren rot und geschwollen und ihre Nase entzündet, weil sie sie immer wieder mit ihrem rauen Ärmel abgewischt hatte. Sie blickte auf die glänzende Oberfläche der Aioli hinunter, die Jacobus gerade rührte, und entdeckte einige Läuse, wo sein Schweiß in die Sauce getropft war. Sie hatte nicht die Kraft, den Jungen zu schelten, als er die Läuse mit seinem hölzernen Kochlöffel unter die Oberfläche drückte und zur Sicherheit noch einmal kräftig umrührte.

Hildegard führte Artemisia sanft zu einem Holzstuhl. Sobald sie saß, ließ sie die Stirn auf die Tischplatte sinken. Ihre Schultern bebten. Alle in der Küche hielten in ihren Bewegungen inne – selbst das Klappern, wenn die Kette für die Spieße ein Zahnrad übersprang, setzte einen Moment lang aus. Sie sollte nicht hier sitzen, wo es doch so viel Arbeit zu erledigen gab, doch sie war zu schwach, um aufzustehen.

Hildegard eilte an Artemisia vorbei und gab Jacobus mit einem Wink ihrer knorrigen Finger zu verstehen, dass er weitermachen sollte. Auch Pierre nickte und zog erneut an den Ketten, damit sich die Spieße weiterdrehten. Die alte Frau nahm eine Tasse von einem Haken über dem Herd und tauchte sie in einen kleinen Tontopf, der schon den ganzen Tag über dem Feuer köchelte und einen sauren, fauligen Geruch verbreitete. Hildegard tippte Artemisia auf den Rücken, und diese setzte sich folgsam auf und wischte sich erneut mit dem Saum ihres Ärmels über die Nase. Sie nippte an der Tasse und verzog das Gesicht. Hildegard versetzte Artemisia einen sanften Schlag, und sie versuchte es erneut und wischte sich dann mit dem Handrücken über den Mund.

»Heilige Muttergottes! Ich brauch etwas Stärkeres!« Ihr Blick wanderte durch die Küche und blieb an Jacobus hängen. »Junge, hol einen Krug aus der Vorratskammer und schleich dich zu den Fässern, in denen Abt Roald und die Mönche den Honigwein mischen. Bring mir einen ganzen Krug voll. Und nimm ja nichts für dich selbst! Lauf schon! Und wenn du erwischt wirst, dann werde ich persönlich das Auspeitschen übernehmen.«

Nachdem der Junge zurückgekehrt war, saß Artemisia zusammengesunken auf dem Stuhl, nippte an dem Met und versuchte, das Klirren und Klappern um sie herum auszublenden. Ihr Kleid und ihr Unterkleid klebten an ihren Armen und ihrem Rücken, und sie spürte, wie der Schweiß zwischen ihren Brüsten hinabrann. Sie musste ihre Körpersäfte wieder ins Gleichgewicht bringen. Es war zwar unwahrscheinlich, dass der Met Derartiges bewerkstelligen konnte, bevor sie mit den Vorbereitungen fortfahren musste, aber zumindest beruhigte der Alkohol ihre Nerven und dämpfte ihren Kummer. Jetzt war nicht der richtige Zeitpunkt, um sich dem eigenen Schmerz hinzugeben.

Der Met war ihr recht gut gelungen. Sie hatte auf Abt Roalds Befehl hin eine Mischung aus Wacholder, Anis, Fenchelsamen, Zitronenmelisse und Eisenkraut dafür zermalmt. Er hatte darauf bestanden, dass Abt Bellamys traditionelle Metmischung für Festessen, die Wermut und Koriandersamen enthielt, zu bitter war. In den Augen Gottes gab es keinen Platz für *Artemisia* – zu viele Männer hatten ihr Leben gelassen, weil das Wasser durch diese überaus giftige Pflanze zu bitter geworden war.

Obwohl Artemisia ein wenig beschwipst war, tat ihr Herz noch immer weh. Sie streckte die Hand aus und klopfte sanft auf ihre Schürzentasche, gerade so, als könnte ihr das Geschenk Trost spenden. Ihr Verlobungsgeschenk.

»Junge, wasch bitte den Krug aus. Und sieh zu, dass nicht noch mehr Läuse in die Sauce fallen. Ich sorge dafür, dass du sie einzeln herausfischst, wenn ich dich noch mal erwische. Ich gehe in die Kühlkammer. Pierre, pass auf das Schweinefleisch auf. Wir wollen doch nicht, dass die Füllung aufreißt.« Damit ging sie die wenigen Schritte in die Vorratskammer und sperrte die sengende Hitze der Küche aus, indem sie sanft die Tür hinter sich schloss.

Sie machte ein Streichholz an, entzündete die Kerze auf dem Regal und zog Andreas' Geschenk aus ihrer Tasche. Es war ein kleines Büchlein, wie sie an Markttagen in der Dorfdruckerei verkauft wurden.

Artemisia strich mit den Fingern über den Kalbsledereinband, ehe sie das Büchlein aufschlug und einen Blick auf die Widmung warf, die sich in Indigoblau über das edle Pergament zog:

Für Artemisia
Mutter aller Kräuter
Mit all meiner Liebe zu unserer Verlobung
Dein Andreas

Artemisia drückte das Buch an ihre Wange und atmete tief ein.

Ihr Andreas.

Sie blätterte die Seite um, und in diesem Augenblick sprang ihr beinahe das Herz aus der Brust. Ihr Blick fiel auf eine indigoblaue Skizze ihres *Entremets* des Châteaus de Boschaud, und der ummauerte Garten war von so herrlicher Textur und Schattierung, dass Artemisia beinahe den Granit der Mauer spüren konnte. Sie erkannte den von Beerensträuchern gesäumten Pfad, das verschlungene Labyrinth mit der runden Bank in der Mitte und auch die Weidenbegrenzungen und Streben des Heilmittelgartens. Im kreisförmigen Obstgarten sprossen zarte Kirsch- und Birnenblüten, und in seinem Herzen befand sich Abt Bellamys alter Rosengarten. Der Herr sei ihm gnädig.

Die Kastanienbäume waren mit makellosen Knospen übersät, doch Artemisias Herz wurde dennoch schwer. Demoiselle Rose würde nie zu Gesicht bekommen, was die Küche erschaffen hatte, um sie in ihrem neuen Zuhause willkommen zu heißen. Sie ließ die Finger in kleinen Kreisen über das Bild gleiten und befühlte die sanften Einkerbungen im Pergament, bis sie schließlich in die entfernteste Ecke der Zeichnung vordrang, wo sich der wilde Kastanien- und Eichenwald bis über den Rand hinweg erstreckte. Sie errötete, als ihr Blick auf zwei geisterhafte, eng umschlungene Gestalten in der Ecke fiel.

Die Striche waren so zart, dass sie sie beinahe nicht entdeckt hätte. Doch sowohl der Ort als auch die beiden Liebenden waren unverkennbar.

Kapitel 22

Toskana, Oktober 2014

»Ich war überrascht, als ich deine Nachricht erhielt«, erklärte Jack, während sie den Galileo International Airport hinter sich ließen. Es war ein sonniger Herbstnachmittag, und über den blauen Himmel, der sich hinter der Windschutzscheibe ausbreitete, zog lediglich das eine oder andere Flugzeug.

Pip betrachtete Jacks starke Hände, die das Lenkrad umklammert hielten, und schließlich auch sein Gesicht. Sein Blick war auf die Straße gerichtet. Was zum Teufel hatte sie hier verloren? Wie konnte sie ihm erklären, dass sie ihn immer noch wollte, nachdem … Sie verdrängte Pedro aus ihren Gedanken. Nein, sie *verdiente* Jack nicht. Ganz und gar nicht.

Pip wurde unruhig, als ihr plötzlich die funkelnden Sterne und Pedros Hände in den Sinn kamen, die ihren ganzen Körper erkundeten. Seine sanften Küsse auf ihrem Hals, seine tanzende Zunge. Ihr Magen zog sich vor bitterer Reue zusammen. Sie war bloß diese eine Nacht mit Pedro zusammen gewesen. Würde Jack ihr jemals verzeihen, wenn sie ihm davon erzählte? *Sollte* sie ihm davon erzählen?

Sie wollte sich hinüberlehnen und über Jacks gebräunten Arm streichen. Doch nach der etwas peinlichen Umarmung am Flughafen hatten sie kaum ein Wort miteinander gesprochen, sondern bloß ihr Gepäck in sein seltsames, altes weißes Auto geladen.

Plötzlich erschien es ihr wie ein schrecklicher Fehler, nach Pisa geflogen zu sein, um Jack zu treffen.

»Danke, dass du mich vom Flughafen abgeholt hast. Ich weiß, die Fahrt nach Pisa ist ziemlich umständlich für dich. Was ist das überhaupt für ein Auto? Es sieht aus wie ein aufgemotzter Peugeot auf Drogen.«

»Ein Panda. Ein regelrechter Klassiker. Allradantrieb. Passt perfekt zwischen den Weinstöcken hindurch. Ich habe ihn dem Engländer abgekauft, der vor mir auf der Tenuta di Falgino gearbeitet hat. Er war ein ziemlicher Idiot. Aber das Auto ist cool. Ich mag es.«

Jack grinste und tätschelte liebevoll das staubige, schwarze Armaturenbrett. Pip senkte den Blick auf ihre Füße und den vertrauten Müll auf dem Fußboden. Zaunstücke, Rebscheren, gelbe Lederhandschuhe, zerdrückte Orangina-Dosen und eine grüne Flasche Peroni. Die Grundausstattung eines weltgewandten Winzers.

»Noch mal dazu, dass du hierhergekommen bist – es hat mich nicht überrascht, dass du nach Pisa geflogen bist, sondern vielmehr, dass du mich *überhaupt* besuchst. Ich dachte, du hättest Witze gemacht, als du meintest, du würdest mich *vielleicht* in Europa besuchen kommen, obwohl wir Schluss gemacht haben. Ich hielt es jedenfalls für ziemlich unwahrscheinlich, nachdem … na ja …«

Pip wurde noch unruhiger und richtete den Blick aus dem Fenster. Sie fuhren gerade die kurvige Autobahnauffahrt hoch. Plötzlich sah sie in nur wenigen Hundert Metern Entfernung die berühmte Silhouette des Schiefen Turms von Pisa.

»Das ist er?«, platzte es aus ihr heraus. »*Das* ist der Turm? Er ist ja winzig!«

Der weiße Marmorturm mit den eleganten Säulen und Rundbögen erinnerte Pip an eine aufwendige Hochzeitstorte mit mehreren Lagen handgeschnittenem Fondant. Ihr Magen zog sich erneut zusammen, und ihr Kopf begann zu pochen. Was zum Teufel war bloß los mit ihr? Sie verbannte jegliche Gedanken an Hochzeitstorten und konzentrierte sich stattdessen auf den Turm.

»Da sind ja überall Baugerüste«, sagte sie. »Und er ist eigentlich gar nicht richtig schief, oder? Haben sie ihn denn wieder gerade gerückt?«

Jack lachte. »Sie versuchen bloß, ihn vor dem Umfallen zu bewahren. Es finden gerade wichtige Reparaturen statt.«

»Er sieht auch nicht sonderlich groß aus. Ich bin völlig überrascht. Er wirkt kleiner als die Pinien bei dir in Tassie.«

»Eigentlich ist er ziemlich hoch. Fast sechzig Meter, glaube ich. Aus dieser Perspektive ist es nicht leicht, die Größe abzuschätzen, aber du wirst ihn später noch einmal sehen, wenn wir eine Kurve drehen und auf die Autobahn in Richtung Lucca fahren.«

Jack warf einen Blick in den Rückspiegel, um die Spur zu wechseln, und ließ ihn schließlich weiter zu Pip wandern. »Wir könnten anhalten und ihn uns ansehen, wenn du möchtest. Die Warteschlangen sind allerdings immer ziemlich lang. Vor allem, seitdem sie immer nur ein paar Leute auf einmal hinauflassen.«

»Damit er wegen des Extragewichts nicht doch noch umfällt? Nein danke. Ich verzichte auf lange Wartezeiten und komme lieber immer gleich zum Wesentlichen.«

Jack schüttelte grinsend den Kopf und warf einen schnellen

Blick in ihre Richtung. Sie wollte die Hand ausstrecken und ihm die Locken aus dem Gesicht streichen. Und ihren Kopf in seinen Schoß legen.

»Du wirkst ziemlich dürr, Pip. Bitte versteh mich nicht falsch, du siehst natürlich toll aus, aber es kommt mir so vor, als hättest du gerade nicht allzu viel Fleisch auf den Rippen. Irgendwie hätte ich mir eine Art spanischen Donut erwartet, nachdem du beinahe vier Monate in einer Restaurantküche gearbeitet hast. Sollten Köche nicht fett sein? Fett und laut?« Er lachte über seinen eigenen Scherz. Sie hatte dieses kehlige Lachen vermisst.

»Wie Dan? Nein, ganz und gar nicht. Ich hatte mindestens fünf Mal die Woche Doppelschichten, und ich bin immer zum Schwimmen an die Playa de la Zurriola gegangen – das ist der berühmteste Surferstrand in der Region –, weshalb ich eigentlich ziemlich fit bin. Das hat mir geholfen, in Form zu bleiben.«

Es war eine Erleichterung, wieder in das vertraute Geplänkel zurückzufinden und sich Neuigkeiten zu erzählen, und so verbrachte Pip die vierzigminütige Fahrt nach Lucca damit, Jack von San Sebastián, der Playa de la Zurriola und dem Camino zu berichten. Es schien ihr nicht notwendig, Pedro zu erwähnen. Immerhin waren Jack und sie nicht mehr zusammen, und was hätte sie ihm denn erzählen sollen? Stattdessen beschrieb sie ihren *Abiega Ozeano,* erklärte, wie man Äpfeln das Wasser entzog, und berichtete von ganzen Gartenlandschaften, die sie auf den Tellern wieder aufleben hatte lassen.

»Jedenfalls bin ich wirklich aufgeregt, was Paris betrifft. Allein der Zugang zu den Datenbanken, den Wachstumssimulationen, den Sediment- und Toxinproben …«

»Aber du hast es nicht gerade eilig, dorthin zu kommen,

nicht wahr? Es wäre doch einfacher gewesen, mit dem Zug direkt von San Sebastián nach Paris zu fahren, anstatt zuerst hierherzukommen.« Seine Stimme ging am Ende ein wenig nach oben. Bildete Pip es sich bloß ein, oder schwang da ein wenig Hoffnung mit?

»Vermutlich.« Sie vertraute sich selbst nicht genug, um mehr zu sagen.

Mittlerweile hatten sie die ebene, fünfspurige Autobahn verlassen, waren an der Stadtmauer von Lucca entlanggefahren und befanden sich nun in den Gebirgsausläufern.

Hier war die Straße nur grob asphaltiert, und das Hinterteil des Wagens scherte jedes Mal aus, wenn Jack durch eine scharfe Kurve fuhr. Pip stützte sich mit dem Ellbogen an der Tür ab und fragte sich, ob sie sich wohl eine Hand auf den Kopf legen sollte, damit dieser nicht ständig gegen das Autodach prallte.

»Wie ich sehe, spielst du immer noch gern den Rallyefahrer. Was, wenn uns ein anderes Auto entgegenkommt?« Sie warf einen Blick auf die abbröckelnde Kalksteinmauer, die am Straßenrand entlangführte. Auch wenn sie ganz offensichtlich uralt und moosbewachsen war, sah sie ziemlich unverwüstlich aus. Zumindest sehr viel unverwüstlicher als die Blechbüchse von Auto, in der sie sich befanden.

»Dann weichen wir einfach aus! Außerdem sind hier in der Gegend ohnehin nicht sehr viele Autos unterwegs. Und wenn, dann vor allem Einheimische. Und ab und an ein Traktor. Das ist dann etwas kniffliger. Man muss zurückrollen, bis man zu einer Hauseinfahrt oder einer Ausweiche entlang der Straße gelangt.«

»Jetzt verstehe ich, warum es hier so viele davon gibt.«

Wenig überzeugt sah Pip aus dem Fenster und betrachtete

das Flickwerk aus bestellten Feldern und mit violetten Herbstkrokussen durchzogenen Weinbergen, die schließlich in steinige, von einem dichten, strauchartigen Wald bewachsene Berghänge übergingen. Die Landschaft überraschte sie. Sie hatte sich hügelige Sonnenblumenfelder und Olivenhaine erwartet, für die die Toskana so berühmt war, doch die einzigen Olivenhaine, die sie bis jetzt entdeckt hatte, befanden sich auf den kleinen Terrassen vor den in Gruppen zusammenstehenden Häusern, die sich an die Hügel schmiegten.

Im Norden Spaniens waren die Terrassen dichter bepflanzt. In einigen Hainen grasten Schafe zwischen den Bäumen und es liefen Hühner umher, während in anderen Netze auf dem Boden ausgebreitet worden waren.

»Was hat es eigentlich mit diesen Fischernetzen unter den Olivenbäumen auf sich?«, fragte Pip, als sie um eine weitere scharfe Kurve bogen, an der sich mehrere Häuser drängten.

»Die Olivennetze? Man legt sie auf den Boden und dann schüttelt man die Bäume, sodass die Oliven herunterfallen.«

»Natürlich! Das würde ich gerne mal sehen.« Sie spähte über eine Mauer in einen auf einer Terrasse angelegten Gemüsegarten und auf ein abbröckelndes Steinhäuschen. War das überhaupt ein Haus? Es wirkte so winzig. Der Garten war dicht bepflanzt: reihenweise dunkler Grünkohl und Mangold, niedrig wuchernder Majoran, ein riesiger Rosmarinbusch und zahllose Tupfen, von denen sie annahm, dass es sich um Rot- und Weißkohlpflanzen handelte. Sie konnte gerade noch die himmelwärts gestreckten Rispen und die zarten, gelblichen Blätter des Estragons sowie eine Reihe weißer und violetter Kugeln ausmachen, die darüber aufragten. Elefantenknoblauch vielleicht? Oder Zwiebeln? Am Rand des Gartens wuchs eine Reihe Sand-Thymian. Pip konnte beinahe den starken, holzigen Duft riechen, der hinter der Mauer herrschte. Sie wünschte, ihre Mutter könnte diesen Garten sehen. Pip wusste, dass Mary diese Mischung aus Kunst und Gartenbau sehr geschätzt hätte.

Sie seufzte. Sie durfte nicht vergessen, einige Fotos für ihre Eltern zu schießen. Und für Megs. Pip ging davon aus, dass es hier sauberes, fließendes Wasser gab, was die Toskana wohl zu einem akzeptablen Urlaubsziel für ihre Schwester machte.

Als sie um die nächste Kurve bogen, geriet der Garten außer Sicht, und an seiner Stelle tauchte ein mit Eichen bewaldeter Berghang vor ihnen auf. Die dicken Äste waren voller rostroter Blätter, die im Gegenlicht der strahlenden Sonne glänzten. Pip spürte die Sonnenstrahlen auf ihrem Arm und ihrem Gesicht und wandte es dem Fenster zu, um die Wärme aufzusaugen. Der grüne Rasen unter den Eichen sah so weich aus, dass Pip sich durchaus vorstellen konnte, wie ein Kind den Hügel hinunterzurollen.

Das Auto wurde langsamer und bog auf eine schmale Seitenstraße. Jack fuhr an den Rand und parkte. Pip warf einen Blick hinaus und sah, dass sich neben ihr ein dreißig Meter tiefer Abgrund befand.

Jack, der sie offensichtlich beobachtet hatte, grinste. »Ich denke, du solltest wohl besser auf meiner Seite aussteigen.«

Er sprang aus dem Wagen und öffnete den Kofferraum, während Pip über den Schaltknüppel und den Fahrersitz kletterte und sich dabei bemühte, wenigstens ein bisschen Würde zu bewahren. Auch wenn das in einem kurzen Sommerkleid nicht gerade einfach war.

Jack hob einen Weidenkorb aus dem Kofferraum, in dem Pip die Ecke einer Focaccia, eine Salami und eine Flasche

Rotwein entdeckte. »Willkommen in der Toskana.« Er breitete eine alte Decke auf dem Gras aus und ließ seine Hand darübergleiten, um sie glatt zu streichen und etwaige scharfe Steine aufzuspüren. Pip lächelte und wandte sich ab, um die Aussicht zu genießen.

Es war eine wilde Mischung aus Hügeln und Tälern mit verstreuten, winzigen Steindörfern und einem dunklen Wald, der sich bis zum Horizont erstreckte. Jack deutete auf die Stadtmauer von Lucca, die sie gerade noch erkennen konnte, wenn sie die Augen zusammenkniff. Das Tal wirkte verschwommen, und Pips Herz wurde schwer, als sie erkannte, dass es kein Nebel, sondern Smog war. *Diese* Seite der Toskana wurde nie irgendwo gezeigt.

»Es ist zauberhaft, nicht wahr?«, meinte Jack, während er den Korb auspackte und Gläser mit Oliven und gegrillten Auberginen, einige Ecken Hartkäse und etwas kaltes Fleisch anrichtete.

»Mmmm«, erwiderte Pip. Der Smog hatte ihre Freude ein wenig getrübt. »Aber die Luftverschmutzung ist eine Schande«, murmelte sie.

»Ja, an manchen Tagen ist es besonders schlimm. Seit ich angefangen habe, hier zu arbeiten, war es eigentlich ganz in Ordnung. Aber an so windstillen Herbsttagen wie heute bleibt der Smog hängen. Wir brauchen einen Südostwind vom Meer. Er trägt das Meersalz bis in die Hügel herauf und trocknet die Trauben. Und die Oliven. Probier mal den hier.« Er reichte ihr ein Glas Rotwein.

»Danke.« Sie nahm das Glas, betrachtete den dunklen, brombeerartigen Rotton des Weines und schnupperte. Der Wein roch nach Johannisbeeren und dezent erdig. Das Aroma war sehr belebend. Sie nahm einen Schluck und verzog das

Gesicht. Nach dem sanften Rioja, den sie die letzten Monate getrunken hatte, wirkte dieser Wein irgendwie hart.

Jack kicherte, und es klang wie ein Rumpeln, das tief aus seiner Brust emporstieg. »*Sangiovese.* Sehr reich an Tanninen. Passt perfekt zu *Cignale.*« Er schnitt eine dicke Scheibe Salami ab und reichte sie Pip.

Sie hob eine Augenbraue und roch daran. Ihr lief das Wasser im Mund zusammen, als sie den reichhaltigen Duft der Fenchelsamen roch.

»Wildschwein.« Die Salami schmolz auf ihrer Zunge. »Hier, leg etwas davon auf die Focaccia.« Er riss ein handtellergroßes Stück vom Brot ab und gab es Pip, die gerade einen weiteren Schluck Sangiovese versuchte. Der Rotwein löste das Fett und breitete sich in ihrem Mund aus. Es war eine seidig weiche Verwandlung. Sie biss in die Focaccia und bemerkte überrascht, dass die Kruste knusprig war. Das hier hatte nichts mit den pampigen Focaccias zu tun, die in den australischen Feinkostläden verkauft wurden. Das Brot war mit Salzflocken bestreut und an der Außenseite ein wenig verkohlt, doch im Inneren herrlich weich. Es war durchaus möglich, dass Pip gerade in das perfekte Stück Brot gebissen hatte.

Jack beobachtete, wie Pip die Augen schloss, ein weiteres Stück von der Focaccia riss und es sich in den Mund schob. Als er sie wiedergesehen hatte, hatte er gedacht, dass sie ein wenig dürr und beinahe krank aussah, doch nun, wo sie im hellen Sonnenlicht vor ihm saß, fiel sein Blick auf die Konturen ihrer Oberarme und ihre muskulösen Waden und

Schenkel. Sie trug ein türkisfarbenes Blumenkleid. Es wirkte ein wenig retro, wie etwas, das seine Großmutter zum Tanzen angezogen hätte. Er hatte Pip noch nicht oft in einem Kleid gesehen und er fand, dass es ihr gut stand. Es schmiegte sich eng an ihre Hüften und hatte einen großzügigen Ausschnitt. Er konnte gerade noch den Rand eines rosafarbenen BHs mit schwarzer Spitze erkennen, und ihm wurde bewusst, dass er diesen BH noch nie gesehen hatte. Normalerweise trug sie eher Sport-BHs.

Hatten dieser neue BH und der veränderte Look etwa mit einem neuen Mann zu tun? Vielleicht hatte sie in Spanien jemanden kennengelernt. Es war eigentlich abzusehen gewesen. Ein kluges, hübsches Mädchen wie Pip. Sicher waren diese aalglatten spanischen Kerle ganz verrückt nach ihr gewesen. Er konnte es ihnen nicht verübeln. Und schließlich hatte *er* ihre Beziehung beendet. Aber warum zum Teufel war sie dann hier?

Sie sah energiegeladen aus. Fit. Glücklicher, als er sie seit Ewigkeiten gesehen hatte. Ihre kastanienbraunen Stirnfransen fielen ihr in die Augen, und er entdeckte einige neue Sommersprossen auf ihrer Nase. Ihr Gesicht war gebräunt, und nun drehte sie sich zu ihm um und lächelte ihn tatsächlich an. Er musste sich zusammenreißen, um nicht ihre Hand zu nehmen und sie zu küssen.

»Schönes Kleid. Es steht dir wirklich gut.«

Er sah, wie sie rot wurde. Er wollte sie küssen. Sie auf die Picknickdecke drücken. Aber er würde natürlich nichts dergleichen tun. Sie hatten beide schon vor seiner Abreise gewusst, dass es vorbei war und kein Zurück mehr gab. Es war ziemlich klar, dass sie keine gemeinsame Zukunft hatten.

Allerdings war er froh, dass sie Freunde geblieben waren. Immerhin waren sie beide erwachsene Menschen. Trotzdem überraschte ihn diese Frau, die nun vor ihm saß. Und auch seine Sehnsucht nach ihr.

Doch es würde schon nichts passieren. Immerhin gab es da auch noch Valentina.

Kapitel 23

Tenuta di Falgino, Lucca, Oktober 2014

Nach dem Picknick saßen sie nun wieder in Jacks Wagen, und Pip fühlte sich immer noch berauscht von der fröhlichen Mischung aus Sangiovese und Sonnenschein. Sie lauschte begierig seinen Berichten über die Weinlese in Italien, und Jack schien fasziniert, als sie ihm vom *Azure* erzählte. Besonders interessierte ihn, wie Eduardo die zugige alte Familienvilla zu einem Restaurant umgebaut hatte. Er stellte unendlich viele Fragen: wie es gelungen war, die Küche in dem alten Gebäude unterzubringen und ob sie Wände herausgerissen hatten, um einen großen Raum zu schaffen, oder ob das Restaurant aus mehreren kleineren Räumen bestand. Gab es einen Außenbereich? Und was machten sie im Winter?

Es war eine schöne Idee von Jack gewesen, ein Picknick vorzubereiten. Im Laufe der Jahre hatten sie viele gemeinsame Picknicks genossen: ob zitternd an den Friendly Beaches, nachdem sie einen ganzen Herbstnachmittag im Meer verbracht hatten, oder beim Wandern entlang des Overland Tracks im Frühling, wenn die Steine und Farne noch schneebedeckt waren. Sie erschauderte, als plötzlich sehr lebhafte Erinnerungen daran hochstiegen, was sie im Laufe der Jahre auch *unter* der Picknickdecke genossen hatten.

War er jemals campen gewesen, seit er hier in der Toskana lebte? Pip senkte den Blick und konzentrierte sich darauf, langsam durch die Nase zu atmen. Sie betrachtete Jacks klobige Schuhe – seine abgetragenen, staubigen australischen Blundstones – und schloss die Augen. Vermutlich war sie einfach nur müde. Immerhin war sie bereits im Morgengrauen aufgestanden, um zuerst zum Bus, dann zum Zug und schließlich zum Flugplatz zu gelangen. Pedro hatte freundlicherweise angeboten, sie zu fahren, doch sie hatte ihn gestern Abend nach der Schicht umarmt und ihm erklärt, dass das nicht notwendig war.

Seit ihrer Nacht in Mendiluze war ihre Beziehung seltsam geworden. Als sie am darauffolgenden Tag nach San Sebastián zurückgefahren waren, hatte Pedro ihre Entscheidung, die Forschungsstelle in Paris anzunehmen, scharf kritisiert. Er hatte mehr als deutlich gemacht, dass er das für einen Fehler hielt – er fand, sie solle lieber als Küchenchefin in Spanien bleiben. Seitdem hatten sie kaum mehr miteinander gesprochen. Er war nur noch mit gesenktem Blick und klaren Anweisungen an ihren Posten getreten, und er hatte sie nie wieder in die Kräuterkammer eingeladen.

Als Pip die Augen wieder öffnete, sah sie, dass der Saum ihres zerknitterten Baumwollkleides ihre Oberschenkel hochgerutscht war, während der Panda über die Feldwege holperte und schlitterte. Sie versuchte, das Kleid möglichst unauffällig bis zu ihren Knien hinunterzuziehen. Sie musste es mit beiden Händen festhalten, damit es nicht sofort wieder nach oben rutschte und ihre Oberschenkel und ihre neue rosafarbene Unterwäsche hervorblitzten. Genau deshalb trug sie nicht oft Kleider. Sie waren zu umständlich. Ganz zu schweigen davon, dass sie auch noch unbequem waren. Ihr

Dekolleté war gerötet, und ihre Wangen wurden abwechselnd heiß und kalt. Sie warf einen schnellen Blick zu Jack, um zu sehen, ob er bemerkt hatte, wie sie auf dem Beifahrersitz herumgerutscht war und sich dabei unangemessen entblößt hatte. Doch seine Augen waren auf die Straße gerichtet, und seine Finger klopften im Rhythmus eines Liedes auf das Lenkrad, das nur er hörte.

»Okay, willkommen auf der *Tenuta di Falgino*«, erklärte Jack, als sie schließlich an zwei etwa zwanzig Meter hohen Zypressen vorbeirasten, die vermutlich den Eingang zum Landgut markierten. Vor ihnen lag eine Auffahrt aus hellem Kiesel. Sie wurde von niedrigen weißen Rosenbüschen gesäumt, die mit übergroßen Terrakottatöpfen gespickt waren, in denen mit reifen Früchten behangene Zitronenbäume wuchsen. Pip richtete sich auf und schnappte nach Luft. Ihre Mutter hätte diese Auffahrt *geliebt.*

Das Grundstück war als flache Terrasse angelegt – ein riesiger grüner Keil, der aus dem Berg herausgetrennt worden war. Wie hatte man es ohne Bagger und Planierraupen geschafft, eine derart große Fläche zu begradigen? Das Anwesen musste einige Hundert Jahre alt sein – mindestens. Älter als sämtliche Gebäude, die Pip in Australien gesehen hatte. Inmitten des Rasens erhob sich die Villa, deren gestochen scharfe Fassade lediglich durch den zarten Rosmarin abgemildert wurde, der an der Vorderseite entlangwuchs. Die Villa war etwa fünfzig Meter breit und hatte verblasste blaue Fensterläden und einen ocker-limettenfarbigen Verputz, der langsam abbröckelte. Leuchtend rote Weinreben umrankten das unterste Stockwerk, und zu beiden Seiten der gerundeten Eingangstür aus Eichenholz erhoben sich die schuppigen Stämme zweier Zwillingspalmen, die bis über das Terrakottadach reichten und deren grüne Wedel sich in den strahlend blauen Herbsthimmel reckten.

»Das soll wohl ein Scherz sein«, rief Pip und legte lachend den Kopf in den Nacken. »Es sieht aus wie in *Unter der Sonne der Toskana*. Ich wusste gar nicht, dass in solchen Häusern tatsächlich *Menschen* wohnen. Daran könnte ich mich gewöhnen.«

»Ja, es ist wirklich etwas ganz Besonderes«, stimmte Jack ihr zu. »Aber leider wohne ich selbst nicht in dem großen Haus.« Er bog von der Auffahrt auf eine Dienstbotenzufahrt ab, die sich hinter der dichten, zwei Meter hohen Lorbeerhecke entlang der Villa verbarg.

Pip öffnete das Fenster, um den Lorbeer zu riechen. Sie hatte noch nie eine so prachtvolle Kräuterhecke gesehen. Schließlich hielten sie vor der Eingangstür einer zweistöckigen, etwas baufälligen Steinscheune. Das alte Nebengebäude schloss sich an eine riesige Steinmauer an, die den Garten der Villa umgab. Knorrige Weinstöcke drängten sich zwischen den Kletterrosen, und es sah aus, als würden die Pflanzen das uralte Mauerwerk zusammenhalten. Pips Blick fiel auf die abgeblätterte weiße Tür mit einer alten Kuhglocke als Klingel und einer Reihe aus vier Terrakottatöpfen davor, in denen eine Mischung aus Sukkulenten und lippenstiftroten Pelargonien blühte.

Auf der anderen Seite der Zufahrt befand sich offensichtlich eine kleine Werkstatt. Buschiger Lavendel, Rosmarin und Majoran wucherte wild durcheinander. Am Ende des Weges begann schließlich ein Feld, das sich den Hügel hinunter in ein Tal erstreckte und auf der gegenüberliegenden Seite einen steilen Hügel empor verlief. Soweit Pip es erkennen konnte, wurde auf jeder freien Fläche Wein angebaut. Die in Reihen gepflanzten Weinreben erstreckten sich über die hügelige Landschaft hinweg bis zum Horizont. Kein Wunder, dass Jack schon seit Monaten hier lebte. Die Ernte und die Weinlese dauerten vermutlich eine Ewigkeit. Sie wandte sich zu ihm um, und er zuckte mit den Schultern und hob eine Augenbraue. *Hab ich dir's nicht gesagt?*

»Nicht schlecht«, meinte Pip lächelnd.

»Gut, dann lass uns reingehen.« Jack griff auf den Rücksitz und hob Pips Rucksack hoch. »Mein Gott, du hast ja ganz schön eingekauft.« Er schwankte ein wenig, als er sich den Rucksack über die Schulter warf.

»Kochbücher«, meinte sie erklärend und wurde rot.

»Auf Spanisch? Das könnte ein wenig schwierig werden, oder? Hast du die Sprache gelernt?«

»Nein. Aber es gibt viele Bilder. Und ich habe auch ein paar Gartenbücher gekauft. Als Geschenk für Mum und Dad. Erinnerst du mich daran, sie zur Post zu bringen, wenn du mich zurück nach Pisa fährst?«

»Ja. Das ist wirklich das perfekte Geschenk für deine Mum. Coole Idee. Ich sollte meinen Leuten vielleicht auch ein Souvenir von hier mitbringen.«

»Klar. Deine Mum wäre sicherlich ganz verrückt nach diesen Villen hier, oder?«

»Vielleicht. Aber ich glaube, sie hat langsam genug von alten Häusern. Das ständige Putzen und die Instandhaltung. Das andauernde Treppensteigen ist nicht gut für ihre Hüften, und das Hinunterbeugen zu den Weinstöcken, wenn sie geschnitten werden, tut ihr auch nicht gut. Das war ihr letzter Winter auf dem Feld. Zumindest *behauptet* sie das.« Er lachte. »Meine Eltern wären sicher am glücklichsten in einer schicken Wohnung in der Stadt, wenn sie schließlich von ihren

Reisen zurückkehren. Im Moment besuchen sie eine Handelsmesse in Singapur. Wir haben uns immer noch nicht geeinigt. Nicko sitzt in New York und ist schon ganz nervös. Ich versuche, das Finanzielle zu regeln, aber es ist nicht einfach.«

Pip schluckte und senkte den Blick.

»Aber *falls* ich es schaffe«, fuhr Jack fort, »dann wird Dad auch in Zukunft einige der Weinmessen übernehmen. Und das Marketing. Er reist gerne und liebt Asien. Er glaubt, dass die Nachfrage dort sehr groß ist. Und er ist verrückt nach asiatischem Essen. Er liebt Klöße, Nudeln und zähe Hühnerfüße. Du solltest mal mit ihm reden. Es ist, als hätte er nach all den Jahren auf der Farm und im Weingarten eine neue Berufung gefunden. Wenn es mir gelingt zu expandieren, werde ich ohnehin nicht reisen können. Die Weinkellerei wird ein kleines Vermögen kosten, und ich muss vermutlich auch neue Weinstöcke kaufen, bis wir die volle Kapazität erreicht haben.« Jack kickte einen Kieselstein beiseite und sah Pip dann direkt in die Augen. »Also ja: Vielleicht ziehe ich tatsächlich in das große Haus«, meinte er und drückte die kleine Tür zur Scheune auf. Der Türstock war so niedrig, dass er den Kopf einziehen musste, um einzutreten.

Pip blieb im Türrahmen stehen. Es war seltsam, sich Jack allein in dem großen alten Sandsteinhaus vorzustellen. Das Cottage war so klein und gemütlich. Und es enthielt kaum Möbel.

»Und deine Eltern lassen dir ihre Möbel dort? Ashfield House wird vermutlich ein wenig leer aussehen, wenn bloß Surfbretter als Dekoration vorhanden sind.«

»Ja, ich glaube schon. Ihre schweren Mahagonimöbel passen wohl kaum in eine kleine Wohnung. Und wer kauft schon einen alten, wackeligen Esstisch für zwanzig Personen? Es würde zwanzig Männer brauchen, um ihn überhaupt hochzuheben.«

»Oder Frauen.«

»Du weißt schon, was ich meine.« Er grinste und bedeutete Pip, ihm zu folgen. »Du kannst deine Taschen hier hereinstellen«, meinte er und führte sie eine kleine Holztreppe hinauf in ein Schlafzimmer mit einem schwarzen Schmiedeeisenbett. Es war mit einer bestickten weißen Überdecke versehen und sah sehr ordentlich aus. Am Fußende lag ein gefaltetes Badetuch.

Jack wandte sich der Tür zu. »Ich werde einfach ein paar Tage unten auf der Couch schlafen. Oder bei einem Freund, der auch hier arbeitet und mir ein Bett angeboten hat.«

Pip war das unangenehm. »Nein, du musst für mich doch nicht dein Schlafzimmer räumen. Ich kann auch gerne auf der Couch übernachten. Ehrlich. Außerdem scheint sie nicht gerade groß zu sein – deine Füße würden doch hinunterbaumeln.«

Jacks Hals wurde plötzlich rot, und er eilte zur Tür hinaus. »Ich lasse dich jetzt duschen. Richte dich erst mal ein. Das Badezimmer befindet sich auf der anderen Seite des Flurs.« Dann wandte er sich noch einmal zu ihr um. »Es ist wirklich schön, dich wiederzusehen, Pip. Ich … ähm.« Er brach ab, als kämpfte er um die richtigen Worte. »Kaffee?«

»Gerne. Danke.« Pip war müde und wollte sich am liebsten an seine Brust lehnen und seine Arme um ihren Körper spüren. Seine Haut wirkte dunkler und gebräunter, beinahe ledrig. Gerade so, als hätte sie die Terrakottafarbe des toskanischen Bodens angenommen. Sein Geruch war unverkennbar – Erde und Schweiß –, aber da war auch ein kaum merklicher, unbekannter Duft. Süß und moschusartig. Er zehrte an Pips Nerven, und sie fragte sich unruhig, woher – oder *von wem* – dieser Geruch wohl stammte.

Pip fühlte sich unendlich viel besser, nachdem sie geduscht und sich die Haare gewaschen hatte. Sie schlüpfte in ihre Lieblingsjeans und ein graues T-Shirt und rubbelte sich die Haare so gut es ging mit dem Badetuch trocken. Anschließend fuhr sie mit einer Bürste hindurch, um die Locken zu entwirren, und warf sie einmal nach vorn und wieder zurück, um sie erneut zu zerzausen. Sie mochte es nicht, wenn ihre Haare zu ordentlich aussahen, und ihre Locken würden ohnehin wiederkommen, sobald ihre Haare trockneten. Es hatte also keinen Sinn, dagegen anzukämpfen. Sie trug noch ein wenig Lipgloss auf und machte sich dann auf den Weg, um Jacks Kollegen kennenzulernen.

Pip trat durch die dicke Eichentür, die auf die Pool-Terrasse des Haupthauses führte. Leuchtend roter Wein rankte sich um die moderne Stahlpergola, und dahinter befand sich ein ebenso modernes Pool-Haus aus Glas und Stahl. Die kräftigen, einfachen Konturen des neuen Gebäudes schmiegten sich nahtlos an die alte Villa und den zwanzig Meter langen, altmodisch gefliesten Pool.

Pip entdeckte Jack, der nach vorn gebeugt in die Öffnung eines alten Ziegelofens starrte und mit einem Metallstab darin herumstocherte. Er hatte während der Fahrt erzählt, dass er am Morgen eine Wildkeule mit etwas Lorbeer und Weißwein abgeschmeckt und in den Ofen gelegt hatte, damit sie den Tag über garen konnte. Pips Magen knurrte, auch wenn sie ausgiebig zu Mittag gegessen hatte.

An dem großen Holztisch saßen ein kleiner muskulöser Mann mit gebräunter Haut und eine große, strahlende Frau, die für Pips Geschmack ein wenig zu sehr wie ein italienischer Filmstar aussah. Sie erbleichte. Das hier war doch nicht etwa Valentina, die Winzerin? Jack hatte sie kurz in einer E-Mail erwähnt, in der er Pip erklärt hatte, wie die Weinlese in Italien vonstattenging, doch sie hätte nicht erwartet, dass ... Pip zwang sich, den Gedanken nicht zu Ende zu führen. Jack und sie waren kein Paar mehr. Es ging sie nichts an, was er hier in Italien trieb. Außerdem hätte er ihr doch sicher erzählt, wenn er mit einer Frau zusammen wäre, oder?

Jack entdeckte sie und kam auf sie zu. »Ciao!« Er stellte sie Bruno und Valentina vor. Pip sah, wie Valentina gespielt entsetzt die Augen aufriss, als Jack versuchte, ihren Namen mit italienischem Akzent auszusprechen.

»Jack hat uns nicht erzählt, welche Schönheit uns besuchen kommt. Ihr Haar ist perfekt. Wie *la Castagna.* Eine beeindruckende, australische Schönheit.« Bruno deutete auf den klapprigen Metallstuhl neben sich. »Kommen Sie, *Bella,* setzen Sie sich neben mich. Ich bin alt, und meine Hände und Knie schmerzen.«

Er goss Pip ein Glas Weißwein aus einer nicht etikettierten Flasche ein. »Ein Trebbiano, Jahrgang 2013. Es war ein gutes Jahr.« Er lehnte sich über den Tisch und schnitt eine dünne Scheibe Prosciutto ab. »*Cignale.* Ich habe es letztes Jahr selbst dort draußen in den Hügeln geschossen. Und es auch selbst geräuchert.«

Pip schnitt sich ebenfalls ein Stück ab. Es zerschmolz wie Butter auf der Zunge. Sie griff nach dem Messer, um sich noch eine Scheibe zu gönnen.

»Jack hat erzählt, dass Sie nicht nur schön, sondern auch

klug sind. Eine Wissenschaftlerin. Meeresbiologin. Meine Tochter Brunella studiert Chemie in Bologna. Sie ist im zweiten Jahr. Vielleicht wird sie auch einmal Wissenschaftlerin und arbeitet in einem Labor. Vielleicht in Bologna. Oder in Rom. Sie ist ein kluges Mädchen.«

Pip warf einen heimlichen Blick auf Valentinas glänzende dunkle Haare, die ihr in Wellen auf die Schultern fielen. Ihre gebräunte Haut, die dunklen Augen, die zart geschwungenen Augenbrauen und die gemeißelten Wangenknochen wurden von ihren alten Jeans, den Arbeitsstiefeln und dem Baumwollshirt sogar noch betont.

Als Valentina bemerkte, dass Pip sie musterte, schenkte sie ihr ein strahlendes Lächeln. Überrascht versuchte Pip, es mit einem ebenso gewinnenden Lächeln zu erwidern. Es war nicht ihre Art, eifersüchtig oder besitzergreifend zu sein. Jack hatte sich immer schon von intelligenten Frauen angezogen gefühlt, die ganz nebenbei auch noch hervorragend aussahen. Zu seinen Ex-Freundinnen zählten eine Olympiateilnehmerin im Rudern, eine Rhodes-Stipendiatin und eine Frau, die in Peru für die UNO arbeitete und die er während eines Wandertrips in Südamerika kennengelernt hatte. Es war typisch für Jack, dass er mit ihnen allen in Kontakt geblieben war, und wenn eine von ihnen nach Australien gekommen war, dann hatte er sie auch zum Abendessen getroffen – natürlich gemeinsam mit Pip.

Jetzt war also nicht der richtige Zeitpunkt, um Unsicherheit aufkommen zu lassen. Außerdem waren sie und Jack kein Paar mehr. Sie waren Freunde, das war alles. Schockiert erkannte Pip, dass sie mittlerweile eine seiner »interessanten Ex-Freundinnen« war. Sie war überrascht, wie sehr diese Erkenntnis schmerzte.

»Bitte entschuldigen Sie, wir sind vollkommen verdreckt. Wir kommen direkt von den Pressen. Jack wollte unbedingt, dass wir Sie kennenlernen. Wir haben schon so viel von Ihnen gehört.« Valentina bedachte Pip mit einem intensiven Blick. »Kann ich bitte etwas von dem *Bianco* haben, Bruno?« Sie hielt dem alten Mann ihr Weinglas entgegen. *»Grazie.«* Ihre heisere Stimme glich flüssigem Karamell. Sie blickte Pip mit ihren großen, strahlenden Augen freundlich an. Wer zum Teufel konnte es Jack übel nehmen, wenn er sich in sie verliebt hatte? Und welche Chance hatte Pip schon gegen eine Frau, die so selbstsicher wirkte – und die in einem einfachen Männershirt so gut aussah?

Kapitel 24

Château de Boschaud, Mittsommer 1487

Andreas stand auf einer Seite des Kreuzganges, in dem sich Adelige aus den benachbarten Ländereien und Kaufmänner aus dem Dorf drängten. Sie trugen ihre besten Kleider aus Seide, Samt und Pelz in königlichem Blau, Rot und Grün und nippten an dem süßen Wein in ihren silbernen Kelchen. Im Garten herrschte ein Überfluss an Blumen und Blüten, und die Gäste waren von Birn- und Kirschbäumen umgeben, die mit dichten Lavendelbüschen unterpflanzt waren. Andreas sicherte sich einen Aussichtspunkt, etwas abseits der Menge, von dem aus er die Weidenlaube im Blick hatte. Sie wurde von unzähligen cremefarbenen und roten Kletterrosen umrankt, die die Luft mit dem süßen Duft der Liebe füllten. Er schloss die Augen und saugte den Sommer tief in seine Lungen, während er sich vorstellte, wie seine eigene bescheidene Hochzeit vonstattengehen würde.

Er öffnete die Augen und blinzelte zweimal im gleißenden Licht dieses Mittsommertages. Es war bereits Nachmittag, und die Sonne stand hoch am endlos blauen Himmel. Andreas ließ seine Schultern kaum merklich kreisen, damit sein grüner Seidenmantel nicht länger an seiner Haut klebte. Er wollte seine Strümpfe und Schuhe ablegen, seine Beinkleider nach oben rollen und seine Füße in den kleinen Bach tauchen, der am Fuße des Hügels vorüberfloss. So, wie Artemisia es oft tat, wenn die wilden Erdbeeren reif wurden. Sobald ein Diener vorbeikam, würde er sich eine Scheibe rosafarbene oder gelbe Melone nehmen, um seine Körpersäfte unter der sengenden Sonne ein wenig abzukühlen.

Einige Jungen und Mädchen rannten kichernd an ihm vorbei. Ihre Mäntel waren aufgeknöpft, ihre Strümpfe bis zu den Knöcheln hinuntergerollt, und goldene und silberne Bänder flossen über die Rückseiten ihrer bestickten Kittel aus weißer Seide. Sie liefen im Zickzack zwischen den knorrigen Birn- und Kirschbäumen hindurch und spuckten schwarze Kerne durch die Zähne, während ihnen der Melonensaft vom Kinn tropfte und sie immer wieder in den Lavendelbüschen hängen blieben. Der Duft der Pflanzen verweilte in der drückenden Luft, lange nachdem die Kinder in der entlegensten Ecke des Gartens auf die Obstbäume neben den Hainbuchenhecken geklettert waren und dort die Heckenbraunellen und Stieglitze aufschreckten, die vor Aufregung laut zu zwitschern begannen.

Das sorglose Lachen der Kinder, als die Vögel in einer Wolke in den Himmel stiegen, wurde unterbrochen, als mehrere junge Pagen in burgunderfarbenem Samt und mit Rosmarinzweigen an den übergroßen Manschetten durch den Kreuzgang marschierten, um das Hochzeitsspalier zu bilden. Das Spalier verlief durch die Mitte des Innenhofes und führte von den Hainbuchen am Eingang des Kreuzganges bis zu der Rosenlaube am anderen Ende. Die jungen Pagen standen so stolz und aufrecht wie Diener und verteilten blutrote Rosenblätter und weiße Lilien auf dem Rasen, um den Weg der Braut anzuzeigen. Dabei folgten sie dem beständigen Rhythmus einer

Trommel, einer Laute und drei schmachtenden Minnesängern. Neben der Laube begann plötzlich ein Harfenspieler an den Saiten zu zupfen, der Andreas bis jetzt noch gar nicht aufgefallen war. Die Harfe rundete das Musikstück ab und füllte den Kreuzgang mit einer so lauten Melodie, dass Andreas das Gefühl hatte, er wäre in einer Kapelle. Und schon wandte die Menge die Köpfe, um den Auftritt der Braut zu verfolgen. Andreas empfand Mitleid für die jungen Pagen, deren zuvor noch akkurat gekämmtes Haar nun schweißnass an den Köpfen klebte.

Demoiselle Rose trat zwischen ihren in Pelz gewandeten Eltern durch die beiden hohen, in Terrakottatöpfen gepflanzten Linden neben dem Eingang. Sie trug ein einfaches Seidenkleid mit V-Ausschnitt und weiten Ärmeln, das so blau war wie der Sommerhimmel und in dem goldene Fäden schimmerten. Ihr blauer Spitzenschleier floss wie ein Wasserfall über ihren Rücken und wurde von einem Kranz aus wächsern weißen Orangenblüten an seinem Platz gehalten, die eigentlich nicht der Jahreszeit entsprachen. Sie waren wohl zusammen mit dem Hausstand der Familie hierhergebracht – oder aus dem Süden gesandt – worden, denn Andreas hatte noch nichts dergleichen innerhalb der Mauern des Châteaus oder in der näheren Umgebung gesehen.

Hinter der Braut folgten der Chevalier de Boschaud und sein Vorsteher, der unter dem Gewicht des schweren Kettenhemdes und seines Schwertes beinahe zu humpeln schien. Abt Roald wartete bereits in der Laube. Das dunkle Purpur seines Ornats passte farblich zu seinem fleischigen Gesicht und den Hängebacken, und ihm standen Schweißtropfen auf der Stirn. Als Demoiselle Rose ihre kleine Hand auf die breite Pranke des Chevaliers de Boschaud legte, fiel Andreas' Blick auf den blassblauen, mit Bändern geschmückten Brautstrauß an ihrem Handgelenk. Er lächelte, als er die festen roten Rosenknospen, die Lilien, den Knoblauch, den Lauch und den Rosmarin sah, die sorgsam mit Efeu verschnürt waren. Am äußeren Rand des Straußes entdeckte er einige verdächtig fedrige, silberfarbene Büschel. *Artemisia.*

Die tiefe, gereizte Stimme des Abts donnerte durch den Kreuzgang, als er die versammelten Gäste fragte, ob jemand etwas gegen die Hochzeit des edlen Paares einzuwenden habe.

Als die Lesungen begannen, kehrte Andreas in Gedanken zum letzten Frühjahr zurück, als er Artemisia dabei überrascht hatte, wie sie mit einem königsblauen Band versuchte, einen Strauß für Demoiselle Roses Hochzeit zu binden.

Artemisia saß auf einem Grashügel, der die knospenden Apfelbäume und die Decke aus gelben Narzissen überblickte, die darunter wuchsen. Sie hatte drei rote Rosenknospen von dem Strauch gepflückt, der sich an einen nahe gelegenen Grabstein klammerte, und band sie nun zusammen mit einigen Veilchen mithilfe des Efeus zu einem kleinen Strauß, den sie anschließend mit dem Seidenband schmückte.

»Artemisia, darf ich mich zu dir setzen?«, fragte Andreas.

Sie war so vertieft in das Sträußchen gewesen, dass sie ihn gar nicht bemerkt hatte. Sie warf einen Blick über die Schulter, um zu sehen, wer sich sonst noch in dieser Ecke des Gartens aufhielt.

»Keine Sorge«, versicherte er ihr. »Ich kam vorhin an der Priorei vorbei, und der Abt rief die Mönche gerade zur Terz.«

Artemisia atmete erleichtert aus und knüpfte emsig weiter, während sie ihm zunickte und ihre Lippen zu einem Lächeln verzog.

Andreas setzte sich neben sie und sah zu, wie ihre kräftigen Finger den Efeu zwei weitere Male um die Kräuter und Blumen schlangen, sodass er wie ein breites grünes Band wirkte. Sie hielt ihre Hand mit dem Strauß am Handgelenk über ihren Kopf und ließ die Blumen im Sonnenlicht hin und her baumeln. Auf den Veilchen und den Gartennelken glitzerten noch letzte Tautropfen. Andreas roch den kräftigen Knoblauch, den Lauch und den frisch gepflückten Rosmarin und Lavendel. Sie saßen beide reglos da und bewunderten die Kräuter, die in der Sonne funkelten und sich in der sanften Brise wiegten. Die roten Gesichter der Stieglitze auf den Zweigen der Obstbäume blickten einen Moment lang stolz auf sie herab, bevor sie ihr fröhliches Gezwitscher fortsetzten.

»Der Strauß ist für Demoiselle Rose«, erklärte Artemisia mit einem wehmütigen Blick. »Sie werden die Ringe in der Abenddämmerung tauschen.«

»Warum bindest du nicht noch einen zweiten Strauß?«, schlug Andreas vor. »Für dich.«

Artemisia errötete und wandte sich ab, um die abgefallenen Blätter und Zweiglein von ihrer Schürze zu wischen. Dann wandte sie sich wieder zu Andreas rum.

»Und woraus sollte dieser Strauß wohl bestehen?«, fragte sie herausfordernd.

»Nun, da wären einmal Lauch und Knoblauch, um böse Geister fernzuhalten, und vielleicht auch etwas Johanniskraut, bloß zur Sicherheit.«

»Natürlich. Fahre fort.«

»Rosen.«

»Selbstverständlich.«

»Lilien, für viele kleine Engel«, meinte er mit einem Kichern und streckte die Hand aus, um ihren Bauch zu tätscheln. »Und *Artemisia* natürlich.«

»Ist das alles?«

»Weshalb? Habe ich etwas vergessen?«, fragte er überrascht.

»Nun, wie wäre es mit Efeu, weil er tief in der Erde verwurzelt ist; Ringelblumen für das künstlerische Feuer; Gartennelken für ein glückliches Leben …« Sie hielt inne und zählte es an ihren Fingern ab. »Und Iris, für die Weisheit.«

»Ich glaube nicht, dass du Iris brauchst.« Andreas umfasste Artemisias Handgelenk und sagte nachdrücklich: »Niemand versteht es so wie du, Kräuter und Gewürze zu mischen. Was für ein Paar wir doch wären. Ich könnte dich nach Genua mitnehmen. Dir die Welt zeigen.«

Artemisias dunkle Augen glänzten wie Kastanien, als sie den Kopf schüttelte. »Deine Mutter …«

»… vergöttert dich«, beendete Andreas lächelnd den Satz für sie. »Sie wird langsam zu alt, um den Marktstand allein zu betreiben.«

Artemisias Mund formte sich zu einer perfekten Rosenknospe, als könnte sie nicht wirklich glauben, was sie da gerade gehört hatte. »Oh« war alles, was sie erwidern konnte.

»Lass mich dir mein Wort geben. Stell dir vor, was wir erschaffen könnten …«

Andreas zog Artemisia auf seinen Schoß und schlang die Arme um ihre kräftigen Schultern. Er roch den Rosmarin in ihren glänzenden, dunklen Haaren und vergrub sein Gesicht in ihrem Zopf. Artemisia kicherte, als er ihren Kopf schließlich unter sein Kinn klemmte, und sie saßen beide da und beobachteten die hübschen Stieglitze und Zaunkönige, die in den Apfelbäumen von einem Ast zum nächsten sprangen. Andreas drückte Artemisias Schultern und drehte sie sanft herum, um ihr in die Augen zu sehen.

»Ich meine es ernst, Artemisia. Heirate mich.«

Sie schnaubte und versuchte, ihn fortzuschieben. »Genug! Was für ein Unsinn. Eine Köchin und ein Handwerksgeselle. Es ist …«

Er legte sich einen Finger auf die Lippen und steckte eine Haarsträhne hinter ihr Ohr, während er den Kopf schüttelte.

»Ich bin mittlerweile Meister-*Épicier.* Es steht mir frei, mir eine Braut zu nehmen.«

»Aber doch nicht …«

Er lehnte sich nach vorn und küsste sie auf die Lippen, um ihre Einwände verstummen zu lassen.

»Abt Roald wird niemals …«

Sie lehnte sich nach hinten, als er ihren Hals küsste, und der Blumenstrauß baumelte von ihrem Handgelenk.

»Artemisia, ich verspreche dir, dass du schon diesen Sommer keine Heimatlose mehr sein wirst. Mein Herz gehört bereits dir. Nun möchte ich dir auch noch mein Zuhause schenken«, murmelte er. »*Artemisia de Vitriaco.* Das wäre doch ein wohlklingender Name, nicht wahr?«

Artemisia richtete sich auf und strich ihre Haare und die weiße Schürze über ihrem Kleid glatt, ehe sie die Hand hob und den hübschen Strauß an ihrem Handgelenk im Sonnenlicht kreisen ließ. Diesmal sah Andreas die hauchdünnen Erdbeerfäden und die silbernen *Artemisia-Zweige,* die er vorhin übersehen hatte, und er saugte den Geruch von Knoblauch und Lauch ein.

»Artemisia de Vitriaco«, wiederholte sie langsam und ließ sich die Worte auf der Zunge zergehen, als wären sie beinahe zu viel für sie. Dann blickte Artemisia Andreas an, und ihr Lächeln war so rein wie die Frühlingssonne und die Hoffnung. »Ja, das wäre er wohl«, flüsterte sie zitternd und lehnte ihre Schulter an seine.

Andreas berührte versonnen seine Schulter, die nun in feinste smaragdgrüne Seide gehüllt war, und Abt Roalds Stimme hallte durch die warme Luft. »Hiermit erkläre ich Euch zu Mann und Frau.«

Andreas freute sich darauf, diesen Satz schon bald auf seiner eigenen Hochzeit zu hören.

Kapitel 25

Toskana, Oktober 2014

Pip streckte die Beine durch, nahm ihren Rucksack und hielt sich an dem Sitz vor ihr fest, um vom Rücksitz des klapprigen alten VW Caravelle zu klettern. Nachdem sie am Abend zuvor einige Flaschen Sangiovese genossen hatten, hatte Bruno angeboten, sie am nächsten Morgen zu einem abgelegenen Plätzchen in den Apenninen mitzunehmen, wo er als Kind Kastanien, Steinpilze und Morcheln gesammelt hatte. Sie waren direkt nach dem Frühstück losgefahren. Die vierzigminütige Fahrt führte von der Tenuta di Falgino ein Netz enger Straßen entlang, die sich durch die mit Weinreben und Gemüse bepflanzten Terrassen schlängelten.

Pip war überwältigt von den großen Flächen Ackerland, die die Toskaner erschaffen hatten, indem sie von robusten Kalksteinmauern gestützte Terrassen in die Hänge geschlagen hatten. Es wirkte zweckmäßiger, aber auch rauer als in San Sebastián.

Die Toskana hatte einen äußerst romantischen Ruf, und Pip musste zugeben, dass die Gärten, die Zypressen und die Kieswege einen gewissen Charme versprühten, doch aus der Nähe betrachtet sah es vor allem nach harter Arbeit aus: zerbröckelnde Mauern; Terrassen, die gejätet werden mussten;

Weinreben, die geschnitten, und Trauben, die gepflückt werden sollten; Oliven, die darauf warteten, geerntet und gepresst zu werden. Kein Wunder, dass Bruno so gebückt und drahtig wirkte. Selbst Valentina hatte von den Weintrauben gerötete Hände und Schwielen an den Fingern und Handflächen. So wie Jack. Das zumindest musste Pip der anderen Frau zugestehen: Valentina war keine Diva. Pip wusste, wie es war, in einem Männerteam zu arbeiten. Die Witze während der Tauchgänge, wenn die anderen meinten, sie sollte beim nächsten Mal den Neoprenanzug besser zu Hause lassen; das sofortige Sichern der besten Tauchausrüstung; der leise Spott, wenn sie versuchte, ihre Netze an Bord des Schiffes zu hieven. Der Wunsch, am liebsten vollkommen in den Arbeitsklamotten zu verschwinden, damit man unsichtbar wurde. Die Notwendigkeit, doppelt so viele Daten zu sammeln, um ernst genommen zu werden. Es frustrierte Pip, dass die Männer einander ständig aushalfen und ihre leeren Bierdosen dazu verwendeten, bei jeder Gelegenheit Proben zu sammeln. Ihre männlichen Kollegen schlossen sie nicht einmal absichtlich aus – es war bloß so, dass sie Pip oft gar nicht bemerkten.

Pip war als Letzte zum Auto gekommen, weshalb ihr nichts anderes übrig geblieben war, als sich neben Jack auf die Rückbank zu zwängen, denn die restlichen Sitzplätze waren voller Körbe und Eimer. Valentina saß direkt vor ihnen, drehte sich jedoch um, damit sie sich während der Fahrt unterhalten konnten. Heute trug sie ein legeres weißes T-Shirt mit U-Ausschnitt, eine schwarze Daunenjacke und blaue Jeans, und Pips Blick fiel auf die Wölbung ihres Rückens, ihr elegantes Kinn und ihren anmutigen Hals.

Pips Oberschenkel klebte an Jacks Bein. Während sich Bruno durch eine Reihe von Haarnadelkurven immer weiter den Berg hinaufschlängelte, prallten sie immer wieder aneinander und hüpften auf dem Rücksitz auf und ab. Der Van raste mit wahnsinniger Geschwindigkeit durch die Kurven, und Bruno hupte, sobald ein anderes Auto es wagte, vor ihnen aufzutauchen, bloß um im nächsten Moment auch schon zu überholen. Pip versuchte, sich nach jeder Kurve von Jack zu lösen, doch ihr war aufgefallen, dass er sein Bein die ganze Zeit über fest an ihres drückte. Wie hatte sie seine gestählten Oberschenkel vermisst. Ein Teil von ihr wollte die Hand ausstrecken und über sein Bein streichen oder sie einfach nur auf seinen Oberschenkel legen. Doch nachdem Jack Valentina nach dem gestrigen Festessen angeboten hatte, sie nach Hause zu bringen, war es ziemlich wahrscheinlich, dass eine solche Berührung nicht erwünscht gewesen wäre.

Pip hatte lange wach gelegen und auf das Geräusch der schweren alten Eichentür gewartet, die sich hinter Jack schloss, doch sie war wohl vorher eingeschlafen oder hatte es überhört. Vielleicht hatte er aber auch gar nicht zu Hause übernachtet. Die Couch sah nicht gerade aus, als hätte jemand darauf geschlafen, als er ihr auf seinem alten Gussherd einen Morgenespresso kochte.

»Ich musste Bruno beim Schneiden der Rosmarin- und Lorbeerhecken helfen, bevor wir gleich aufbrechen«, murmelte er. »Ich hatte es ihm versprochen. Auch wenn ich wahnsinnige Kopfschmerzen habe. Wir haben gestern ein paar Flaschen Rotwein zu viel geköpft, oder? Doch dafür geht es mir eigentlich noch gut. Wie steht's mit dir?«

»Ebenfalls, danke. Der Wein war wirklich großartig. Ich verstehe, warum du so gerne hier arbeitest.«

Im Van prallten ihre Schultern mittlerweile mit noch größerer Wucht aneinander, und Valentina klammerte sich mit beiden Händen an der Sitzkante fest, damit sie nicht zu Boden geschleudert wurde oder gegen das Fenster krachte. Die Werkzeuge – Baumscheren und Schraubenschlüssel – wurden klirrend und klappernd hin und her geschleudert.

»Hey, Bruno. Fahr doch ein wenig langsamer, okay? Sonst sind wir tot, bevor wir den Wald zu Gesicht bekommen haben.«

»*Si, si,* Jack.« Der alte Mann deutete mit der Hand aus dem geöffneten Fenster, und Pips Blick fiel auf ein großes gelbes Schild. »Wir sind fast da.«

Tatsächlich machten die Terrassen und Zypressen im nächsten Augenblick einem dichten Wald aus Eichen und Kastanienbäumen Platz, der sich wie ein Dach über die Straße spannte.

Bruno lenkte das Auto auf einen Parkplatz und zog die Handbremse. Außer ihnen war niemand zu sehen. »Gut, dass wir so früh hier sind«, meinte Bruno. »Am Nachmittag wird es im Wald von Familien wimmeln, die nach dem Sonntagsessen einen Spaziergang machen wollen. Kommt, kommt!«

Pip war etwas enttäuscht, als Jack Brunos Aufforderung sofort nachkam und Valentina aus dem Wagen folgte. Sie spürte den Abdruck seiner Arbeitshose an ihrem Oberschenkel und strich darüber, bevor sie ausstieg.

Die sorgsam angelegten Terrassen hatten zerklüfteten Felsbrocken Platz gemacht, auf die das durch die Buchen und hoch aufragenden Pinien gefilterte Sonnenlicht fiel. Wenn Pip den Blick auf das Blätterdach richtete, sah sie das Licht, während um ihre Füße der Nebel vom Boden hochstieg. Es war eisig kalt, doch das Morgenlicht munterte sie auf.

»Hier, Pip.« Bruno sagte *Piep,* genau wie Pedro. Sie stampfte mit den Füßen auf, als wollte sie die Erinnerung in die Erde treten. Sie wusste, dass sie sich wegen ihrer Nacht mit Pedro nicht schuldig fühlen sollte, doch sie konnte nicht anders. Nicht, dass es eine Rolle spielte. Jack war offensichtlich bereit, weiterzuziehen – falls er es nicht schon längst getan hatte.

Bruno reichte ihr einen Eimer und ein paar abgetragene Lederhandschuhe, bevor er die Gruppe zu einem schmalen Weg leitete, der direkt in den Wald führte.

»In meiner Kindheit gab es hier im Wald noch Bären«, erklärte er. »Eine Menge großer Braunbären. Und auch Wölfe. Meine Eltern meinten immer, ich müsse leise sein, damit ich sie nicht störe. Wenn sich die Blätter verfärben, suchen sie nach Nahrung, damit sie anschließend Winterschlaf halten können. Meine Eltern sagten immer, wenn ich ungezogen wäre, würden sie mich an die Bären verfüttern.«

»Das ist ja schrecklich!«, rief Valentina und rümpfte die Nase. Sie warf einen Blick über ihre Schulter, als wollte sie nach Bären Ausschau halten, und ihr dicker Pferdeschwanz vollführte eine makellose Kreisbewegung.

»Kommt, lasst uns von hier aus noch etwa eine Stunde gehen. Und nachdem wir genug Kastanien und Pilze gesammelt haben, lade ich euch zu *Arrego's* ein.« Bruno hatte ihnen ein Mittagessen in einem kleinen Restaurant in einem winzigen Gebirgsdorf versprochen. Pips Magen knurrte. Das italienische Frühstück, das nur aus einem Espresso bestand, war nichts für sie. Sie war am Verhungern.

Sie gingen nacheinander den Pfad entlang, und Bruno, Jack und Valentina verfielen kurz darauf in eine hitzige Diskussion über die Milchsäuregärung. Die Weinreben waren biodynamisch – es ging anscheinend darum, in einer bestimmten Mondphase in Kuhhörner gefüllten Schafsdung im Weingarten zu vergraben. Pip fand, dass es ziemlich fragwürdig klang. Sicher hatten gesunde Weinreben mehr von einer sorgfältigen

Nährstoffversorgung als davon, dass das Düngen den Mondphasen folgte. Was kam als Nächstes? Wurden vielleicht Jungfrauen geopfert? Pip konnte sich kaum vorstellen, dass ein moderner Winzer einen solchen Unfug glaubte. Sie würde Jack nach den wissenschaftlichen Beweisen fragen, wenn sie das nächste Mal allein waren. Er hatte immerhin einen Abschluss in Weinbau. Er glaubte diese Dinge doch sicher nicht.

Pip schenkte dem Gespräch keine weitere Beachtung, sondern ging bloß hinter den anderen her und hielt den Blick auf den feuchten Boden und das Moos gerichtet. Sie fragte sich, wie groß wohl die durchschnittliche Niederschlagsmenge in diesem Gebiet war. Von der Ausbreitung der Flechten ausgehend schätzte sie, dass sie mehr als fünfzehnhundert Milliliter betrug. Der Kastanienwald ihrer Eltern in Mount Macedon bekam in einem guten Jahr vielleicht achthundert Milliliter ab.

Auf dem Weg durch den Wald fiel Pip auf, dass viele Äste und auch Stämme zurückgeschnitten worden waren. Tatsächlich waren die Eichen und Kastanienbäume auf großen Flächen auf den Stock gesetzt. So hatten sich zahllose Reihen dünner, gerade nach oben stehender Äste gebildet, die aus den scheinbar abgestorbenen Baumstümpfen wuchsen. Es sah aus, als würde dieser Wald bereits seit Jahren kultiviert. Pip hatte sich eine Wildnis erwartet, weshalb sie umso überraschter von dieser Art der Holzwirtschaft war.

Der Weg stieg beinahe eine Stunde lang stetig an, und sie machten zwischendurch immer nur kurz Rast, um an ihren Wasserflaschen zu nippen. Kein Wunder, dass Bruno so drahtig war – er war eine echte Bergziege. Auch Pip war in Tasmanien viel in den Bergen unterwegs gewesen, doch Bruno machte das hier schon sein Leben lang. Das war offensichtlich. Schon bald wurde der Wald lichter, und die kultivierten

Baumreihen verschwanden. Sie gelangten auf eine mit Gras und Farnen bewachsene Lichtung. Die Bergwelt war hier vollkommen anders als in Australien, wo der Granit von Moosen und zarten, bräunlich gefärbten einheimischen Gräsern überzogen war; wo das Unterholz von glänzend dunkelgrünen Dianellas, Akazien und Farnen durchzogen war, die um das Sonnenlicht, aber auch um wertvolles Wasser konkurrierten und ihre langen Wurzeln unter der Erde in alle Richtungen ausstreckten; und wo die Schneegrenze von den glatten grau-weißen Stämmen der Bergeukalyptusbäume dominiert wurde. Hier roch es süßlich nach verrotteten Kastanien, üppigem Moos und Humus.

Pips Blick fiel auf die mächtigsten Kastanienbäume, die sie jemals gesehen hatte. Ihre gewaltigen grauen und moosbedeckten Stämme ragten hoch in den Himmel, und die Äste waren dick und schienen beinahe wie verzaubert. Der Nebel verzog sich, sodass Pip nicht mehr länger ihren eigenen Atem sehen konnte. Sie verteilten sich, um ihre Eimer mit Kastanien zu füllen. Die Früchte schienen größer und dunkler als die Kastanien zu Hause.

»Wir sollten ein Foto für deine Eltern machen«, meinte Jack grinsend. »Um ihnen zu zeigen, wie ein richtiger Kastanienwald aussieht. Hier, stell dich zu dem Baum dort, damit sie einen Größenvergleich haben. Lächeln. Perfekt!«

»Danke.« Pip griff nach ihrem Telefon und schrieb eine Nachricht.

Bin mit Jack zur Kastanienernte in den Apenninen unterwegs. Es ist der Wahnsinn. Ich hätte nie gedacht, dass ich um die ganze Welt reisen würde, um Kastanien zu sammeln. Ich bleibe ein paar Tage. Jack lässt grüßen. Hoffe, es geht euch gut. In Liebe, P.

Pips Freude wurde einen Moment lang getrübt, als sie an das letzte Gespräch zurückdachte, das sie via Skype mit ihrer Mutter geführt hatte. Mary war gerade von einem Wochenende in Tasmanien zurückgekehrt und meinte, Megs sehe ziemlich abgekämpft aus. Mary hatte Megs vorgeschlagen, eine Woche Urlaub zu nehmen, um ein wenig Ruhe zu finden, und ihr angeboten, länger zu bleiben, um auf Chloé aufzupassen. Anscheinend hatte Megs lachend abgelehnt. Wenn sie eine Woche nicht operiere, bedeute das bloß mehr Arbeit für die anderen, einschließlich Will. Megs würde ihn dann gar nicht mehr zu Gesicht bekommen. Mary hatte versucht, die Sache nicht zu negativ zu sehen, doch Pip wusste, dass sie sich Sorgen um ihre ältere Tochter machte.

»Pip? Hallo!« Jack fuchtelte mit beiden Händen vor ihrem Gesicht herum. »Komm, wir sehen uns die Hütten an. Dort wurden früher die Früchte eingelagert. Bruno hat uns ja gestern Abend davon erzählt. Lass uns einen Blick hineinwerfen.«

Pip sah auf und erkannte, dass die anderen bereits einige Hundert Meter vorausgegangen waren. Valentina warf einen Blick über ihre Schulter und winkte, als sie sah, dass Jack und Pip in ihre Richtung schauten. Dann wandte sie sich wieder den Pilzen zu. Selbst aus einiger Entfernung erahnte Pip an dem wie Gewehrsalven klingenden Italienisch, dass Valentina und Bruno über die richtigen Sorten und die geeigneten Zubereitungsarten debattierten. Bruno legte sich eine Hand auf den Mund und gab vor, mit der anderen eine Pfanne zu schwenken.

»Lass uns einen schnellen Blick in diese Hütte hier werfen.« Jack drückte eine verwitterte Tür auf und führte Pip in eine Steinhütte mit einem Dach aus geflochtenen Kastanienzweigen. Die Fenster waren bloß viereckige Aussparungen in den Wänden, und der erdige Boden war durch die jahrelange Lagerung der Früchte und das Niederstampfen trocken und hart.

Pip drehte sich im Kreis. »Wow, das ist wirklich toll. Ich sollte Dad ein Foto schicken. Vielleicht kann er solch eine Hütte bauen, wenn er sich zur Ruhe setzt.«

»Als würde das jemals passieren«, scherzte Jack.

»Na ja, er redet zumindest davon. Mum arbeitet nur noch einen Tag in der Woche in der Klinik, und sie haben überlegt, mich in Paris zu besuchen.«

»Ach ja, genau. Die Versetzung nach Paris. Das naturhistorische Museum, nicht wahr? *Oh là là.* Sehr schick. Ich habe einmal in einer dieser Quizshows etwas Lustiges darüber gehört: Offensichtlich stammt die Giraffe des Museums aus dem Sudan. Niemand hatte je zuvor eine gesehen. Das war in den 1820ern. Sie brachten sie im Laderaum des Schiffes unter, mussten jedoch ein Loch ins Deck schneiden, damit die Giraffe den Kopf hindurchstecken konnte. Das arme Ding. Und als sie schließlich in Marseille von Bord gingen, mussten sie den ganzen Weg bis nach Paris laufen. Mit einer verdammten Giraffe! Kannst du dir das vorstellen? Eine Giraffe an einer Hundeleine!« Er verzog das Gesicht. »Die Lederriemen, die dunklen Flecken, die blaue Zunge. Niemand hatte jemals etwas Derartiges gesehen. Das Lustigste daran ist jedoch, dass die *Giraffenfrisur* zum neuen Lieblingslook der modebewussten Französinnen wurde. *À la Girafe.*« Er stolzierte wie ein Laufstegmodel mit in die Hüfte gestemmten Händen durch die Steinhütte. »Wie auch immer. Genau *diese* Giraffe befindet sich noch heute irgendwo im Museum.«

Pip hatte das Gefühl, als wäre die Temperatur um fünf Grad gefallen. Pedro hatte ebenfalls von dieser Giraffe gesprochen.

Aber sie wollte jetzt nicht an Pedro denken. »Okay«, meinte sie zögernd und fasste sich langsam wieder. »Ich werde ein Foto für dich machen.« Warum triefte jedes Wort vor Schuldgefühlen? Vermutlich würden Pedro und sie in Kontakt bleiben – sie waren Freunde und Kollegen. Das war nicht ungewöhnlich. Und es war bloß eine Nacht gewesen …

»Ich will ein Selfie mit der ausgestopften Giraffe.«

»Das ist irgendwie krank. Die arme Giraffe.«

Sie lachten unbehaglich, und Jack legte den Kopf schief. Er machte einen Schritt auf Pip zu und dann noch einen. Er war nur noch wenige Zentimeter von ihr entfernt. Sie roch den Rosmarin. »Ich habe dich vermisst, Pip.«

»Aber du und Valentina«, erwiderte sie eine Spur zu schnell. »Seid ihr …?«

»Schhh.« Jack streckte seine breite Hand aus, umfasste ihren Nacken und zog sie an sich. Ihre Wange ruhte auf seiner Brust, und er streichelte mit der freien Hand ihre Haare. Pip begann zu schluchzen.

»Es tut mir so leid, Jack«, murmelte sie in sein T-Shirt.

»Warum bist du wirklich hier, Pip?«

Pip schluchzte noch mehr. Sie wischte sich ihre Nase an seinem T-Shirt ab – unauffällig, wie sie hoffte. Der grüne Stoff fühlte sich so angenehm und so vertraut an.

Ihr war durchaus klar, dass sie oft unentschlossen war, aber in diesem Moment wusste sie, dass sie mit Jack zusammen sein wollte. Vielleicht würde er lernen, ihr mehr entgegenzukommen? Pip hatte sich während der Monate in San Sebastián die Zeit genommen, über alles nachzudenken. Warum sollte dasselbe nicht auch auf Jack zutreffen? Sie spürte, wie ihre Wangen trotz der kalten Bergluft brannten. Viele Menschen führten Fernbeziehungen – das könnte ihnen beiden doch ebenfalls gelingen, bis sie ihre Pläne für die kommenden Monate verwirklicht hatten.

Pip ließ ihre Hände über Jacks Rücken und seinen Po gleiten und steckte sie schließlich in seine hinteren Hosentaschen, wie sie es früher oft getan hatte. Sie drückte ihn an sich. Mein Gott, sie hatte ihn so vermisst. Sie spürte ein Kribbeln im Unterleib und war sich durchaus bewusst, dass sie ihren Rücken durchdrückte und ihre Brüste ein wenig fester an ihn presste. Jack schlang die Arme um sie, seine Hand glitt unter ihr T-Shirt und wanderte ihre Wirbelsäule hinauf, bis sie direkt unter ihrem BH innehielt. Er öffnete ihn mit einer einzigen geschickten Bewegung, und Pip fragte sich wie jedes Mal mit einem Anflug von Eifersucht, wo zum Teufel er diesen Trick gelernt hatte. Sie zog ihre rechte Hand aus seiner Hosentasche, legte sie auf seinen Hinterkopf und vergrub sie in seinen Locken. Sie spürte, wie Jack seine Hüften zuerst langsam und dann immer drängender an ihre presste. Schließlich ging er ein wenig in die Knie, und im nächsten Augenblick küssten sie sich. Es war ein tiefer, zärtlicher und vertrauter Kuss.

Jack atmete leise stöhnend ein und zog Pip näher heran. Sie schloss die Augen und saugte den Geruch nach Rosmarin und Schweiß auf, während sie ihn immer leidenschaftlicher küsste und …

Jemand klopfte an die Tür. »*Scusi!* Wir sind mit den Pilzen fertig und machen uns jetzt auf den Weg ins Dorf.«

»Bruno, hallo«, antwortete Jack ein wenig außer Atem. »Wir kommen gleich – ich wollte Pip bloß die alten Hütten zeigen.«

Sie traten auseinander. Jack rückte fluchend seine Hose zurecht und steckte sein Shirt wieder in den Bund. Er griff nach Pips Händen und drückte sie. »Was soll ich bloß mit dir machen, Pip?«

»Ich will dich, Jack.« Sie starrte ihn an und fühlte sich plötzlich sehr klein. »Aber …«

»Bist du dir sicher?«, unterbrach er sie, und seine Lippen verzogen sich zu einem breiten Grinsen. »Wie in: Du willst mich heir…«

»Aber ich … ich war mit jemandem zusammen«, unterbrach sie ihn eilig. Sie trat auf ihn zu, um ihn in die Arme zu nehmen. »Es tut mir so leid. Es hatte keine Bedeutung.«

Jacks Lächeln verblasste. Er löste sich aus ihrer Umarmung und trat einen Schritt zurück. »Was? Wann?«

»In Spanien.« Pip atmete tief durch, bevor sie den Blick hob und in sein fassungsloses Gesicht sah. »Jack«, flehte sie. »Es war nichts. Bloß eine Nacht.«

Jacks Augen blitzten verletzt auf, und er blinzelte.

Einige Augenblicke lang sprach keiner der beiden auch nur ein Wort, während der Wind in die dünnen Wände der kleinen Hütte fuhr.

Pip schluckte. »Bitte, Jack.« Sie griff nach seiner Hand.

Jack zuckte zusammen und wich vor ihr zurück in Richtung Tür. Dann blieb er stehen. Als er Pip einen kurzen Blick zuwarf, war sein Gesicht rot und verzerrt. In seinen blauen Augen standen Tränen. Schließlich senkte er den Blick und zeichnete mit der Schuhspitze einen Kreis. Als er wieder sprach, klang seine Stimme leise und schroff. »Dann hast du also mit einem anderen geschlafen.« Er brach ab. »Ich hasse diese Vorstellung …«, er ballte die Hände zu Fäusten, »… aber du warst ja nicht an mich gebunden. Schließlich haben wir Schluss gemacht.«

Pip atmete tief ein und kniff sich in den Oberschenkel, um nicht nachzufragen, was zwischen ihm und Valentina war.

»Wer war es?«

»Bloß ein Arbeitskollege. Pedro. Ein Koch.« Pip wand sich unbehaglich.

»Natürlich«, erwiderte Jack. »Aber …«

»Jack, es war *nichts.* Wirklich.« Pip schloss die Augen und versuchte die Erinnerung an Pedros Finger zu verdrängen, die ihre Hüften nachzeichneten. Sie wollte bloß Jacks starke Hände auf sich spüren. Wenn sie ihn nur berühren könnte …

Sie öffnete die Augen, um ihm zu sagen, was sie sich wünschte, doch Jack war schneller.

»Lass mich ausreden.« Er hob eine Hand. »Nur damit ich es richtig verstehe. Du bist hier, weil du willst, dass *wir* wieder zusammenkommen.« Seine Stimme klang beherrscht. »Bist du dir sicher?«

Pip weinte beinahe vor Freude. Es würde alles gut werden. Jack würde ihr vergeben, auch wenn sie sich selbst nicht vergeben konnte.

»Es tut mir leid, Jack. Es war dumm von mir – es hat mir bloß gezeigt, wie sehr ich dich vermisse …« Sie brach ab und schluckte. »Wie sehr ich dich *liebe.*«

Pip drückte die Schultern durch.

»Ich verstehe, warum du unsere Verlobung gelöst hast. Aber ich bin jetzt bereit, dich zu heiraten. Ich verspreche es. Sobald ich …«

Doch als Pip Jack in die Augen sah, entdeckte sie, dass ein wilder grauer Sturm darin tobte. Sie erstarrte.

»Du hattest also eine Affäre, doch anstatt hierzubleiben oder nach Hause zurückzukehren, willst du jetzt auch noch nach Paris, um deine Doktorarbeit fertigzustellen.« Er kniff die Augen zusammen.

Die Härchen auf Pips Armen richteten sich auf, als die

Atmosphäre in der Hütte plötzlich abkühlte. Jack öffnete die Augen und meinte leise: »Also, was hat sich eigentlich verändert, Pip? Du bestehst noch immer darauf, dass wir erst heiraten, wenn es dir in den Kram passt.« Seine Stimme klang hart und spöttisch.

Pip spürte, wie ihr die Tränen über die Wangen liefen. Ihr Herz brach gerade zum zweiten Mal. Jack wollte sie überhaupt nicht heiraten. Es war ein Fehler gewesen, ihn in Italien zu besuchen. Und das Schlimmste war, dass sie Jack völlig falsch eingeschätzt hatte.

»Es hat sich *überhaupt nichts* geändert!«, donnerte er.

»Jack, hör auf!«, schluchzte Pip. »Was ist mit meinen Forschungsarbeiten? Langfristig betrachtet sind sie sicherlich wichtiger als irgendein dämliches Haus.« Sie schluckte und bereute ihre Worte sofort, auch wenn sie der Wahrheit entsprachen. Der Ozean würde noch da sein, lange nachdem Ashfield House in sich zusammengefallen war. »Willst du denn nicht, dass ich glücklich bin?«

»Mein Gott«, murmelte Jack kopfschüttelnd. »Was soll ich darauf bloß antworten? Es klingt, als würdest du es ganz gut allein schaffen, glücklich zu werden.« Er wandte sich ab und ging mit großen Schritten auf die Tür zu. »Wer bin ich schon, dass ich dich von deinem Rendezvous mit der Giraffe abbringen könnte?«, rief er über die Schulter, bevor er endgültig hinausstapfte.

Pip blieb wie erstarrt stehen, wiegte sich weinend vor und zurück und presste die Hände auf die Wangen, als hätte man sie geschlagen.

Jack fühlte sich, als würde er in Flammen stehen. Er war überrascht, wie sehr er sich danach sehnte, Pip die Klamotten vom Leib zu reißen. Das wollte er, seit er sie in diesem verdammten Kleid gesehen hatte. Und Pip wollte ihn ebenfalls. Er spürte das. Aber was dann?

Er schüttelte den Kopf und stapfte den Berg hinauf. Mit jedem schweren Schritt roch er den süßen, moschusartigen Geruch der Erde. Gesprenkeltes Licht fiel durch die langsam gelb werdenden Blätter, während er sich durch die Schatten unter dem Blätterdach des Kastanienwaldes bewegte. Die gefleckten grauen Äste spannten sich weit über ihn und verdeckten den Himmel. Die tief hängenden Zweige wirkten bedrohlich, gerade so, als würden sie ihn auslachen. Alles hier war so sanft und grün, und das Gelb glänzte wie leuchtendes Gold.

Jack vermisste die struppigen und knorrigen graubraunen Teebäume, die die Küste schützten, und die ausgebleichten Gräser und das bräunliche Farnkraut darunter. Den Geruch des Eukalyptus und das Knirschen der trockenen Blätter, wenn er zum Strand hinunterwanderte, um schließlich den trockenen, weißen Sand zwischen seinen Zehen zu spüren. Er vermisste den endlos weiten Himmel, der sich innerhalb von Minuten mit weißen Wolken füllen und bald darauf dunkel und grau werden konnte. Er stand inmitten dieses majestätischen, feuchten Waldes, umgeben von dem süßen Geruch der Kastanien, und sehnte sich nach der wilden, zerklüfteten Küste seiner Heimat.

Salz, Sonne und Meer. Er sehnte sich nach Pip.

Jacks Blick fiel auf einen flachen, roten Fliegenpilz, der größer als seine Hand war. Er war mit makellosen weißen Punkten übersät, als hätte eine Zauberfee ihn bemalt. So hübsch und doch so giftig. Tödlich.

Pip war hierhergekommen, um sich wieder mit ihm zu versöhnen. Trotzdem bestand sie darauf, nach Paris weiterzureisen. Warum stellte Pip immer ihre Arbeit an die erste Stelle? Wenn sie es diesmal ernst meinte, konnten sie doch sicher zusammen eine Lösung finden. Jack hielt inne und ließ zu, dass sich das schleichende Gefühl, dass die gelöste Verlobung womöglich seine Schuld gewesen sein könnte, langsam in seinen Gedanken einnistete. Nicht, dass es noch eine Rolle spielte. Er spürte, wie seine Halsschlagader unter der Haut pochte, und kratzte sich an der Stelle, dann trat er den Pilz wie einen Fußball, sodass er über die Lichtung purzelte und in viele winzige Stücke zerbrach.

Sie hatte mit einem anderen Mann geschlafen. Sie war weitergezogen.

Es gab kein Happy End.

Jack war sich nicht sicher, was er beruflich machen wollte, wenn die Weinlese beendet war, doch vielleicht blieb er auch den Winter über hier, um mitzuerleben, wie das Land bearbeitet, die Reben geschnitten und schließlich der Wein hergestellt wurde. Das würde zwar bedeuten, dass er noch einige Monate länger von zu Hause fort sein würde, doch der Papierkram würde vermutlich ebenfalls einige Monate in Anspruch nehmen, und eine solche Chance würde er jahrelang nicht mehr bekommen, wenn er erst einmal damit angefangen hatte, seine Schulden abzuarbeiten. Während der letzten Wochen war sich Jack nicht mehr sicher gewesen, ob er Ashfield House überhaupt noch wollte. Es schien ihm eher eine Last als ein Segen zu sein. Er hatte das alles zusammen mit Pip aufbauen wollen, aber jetzt … was nun?

Als Jack den Hügel hochhastete, erkannte er, dass Valentina ihn beobachtete. Er sah, wie sie verwirrt die Augenbrauen hob, doch dann blinzelte sie, und ihre dunklen Augen blitzten auf.

Gestern Abend hatte er sie nach dem Essen zu ihrer Wohnung auf der anderen Seite der Villa begleitet. Dort hatte sie ihr Haarband gelöst, und ihre dicken, glänzend schwarzen Haare waren über ihren Rücken und ihre Schultern geflossen. Sie war bezaubernd. Sie schüttelte ihre Haare auf, und er roch den süßen Duft ihres Rosenshampoos. Schließlich trat sie auf ihn zu und küsste ihn.

Es war ein vorsichtiger Kuss – bloß die logische Folge der in Italien üblichen Küsschen auf beide Wangen. Doch dann legte Valentina ihre Hände auf seine Schultern, drückte ihn sanft gegen die Wand und presste sich an ihn. Jack spürte ihre seidigen Haare an seinem Hals, während sie ihre schmalen Hüften an sein Becken drückte. Er war ziemlich überrascht. Warum jetzt, nach all den Monaten? Er war verwirrt und ein wenig betrunken. Keine gute Mischung. Trotzdem war er erregt – es war schon Ewigkeiten her.

Anders als bei Pip. Jack ertrug den Gedanken nicht, dass sie in den Armen eines anderen Mannes gelegen hatte. Wer war dieser spanische Koch? War er ein besserer Liebhaber? Hatten die beiden mehr gemeinsam?

Er trat auf einen weiteren Fliegenpilz und spürte, wie er von seinem Fuß zermalmt wurde.

Er seufzte, als er sich daran erinnerte, wie er Valentinas Baumwollshirt hochgeschoben und seine Hand auf ihren unteren Rücken gelegt hatte. Sie war erschaudert, hatte lächelnd ihre Hände auf seine Wangen gelegt und ihn erneut vorsichtig geküsst. Doch der Kuss wurde schnell leidenschaftlicher und hungriger. Ihre schwarzen Augen leuchteten vor Verlangen und drängten ihn, ihr in die Wohnung zu folgen.

Er wollte es. Bei Gott. Sie war klug. Witzig. Verdammt sexy. Ein richtiger Kracher. Sie hatten die ganze Weinlese über geflirtet, und wenn er ehrlich war, hatte er gehofft, dass sie zusammenkommen würden. Aber wie konnte eine solche Beziehung funktionieren? Sie arbeitete hier, er in Tasmanien. Auch wenn er sich nicht sicher war, ob das überhaupt das war, was er wollte.

Wie immer war das Timing, was Pip betraf, nicht gerade perfekt gewesen. Er hatte gedacht, sie wollte bloß höflich sein, als sie ihm mitteilte, sie wolle ihn übers Wochenende besuchen. So, wie es alte Freunde nun einmal taten.

Doch nun war plötzlich alles wahnsinnig kompliziert.

Er warf einen Blick über die Schulter und entdeckte Pip, die immer noch auf der Lichtung stand und ihr Gesicht in die Sonne hielt. Er war überrascht, als sie sich abwandte und einen Stein zur Seite trat, nachdem sie einander in die Augen gesehen hatten. Ihre gebräunten Wangen waren immer noch ein wenig gerötet.

Valentina ging vorsichtig mit ihren Eimern voller Kastanien und Pilzen vor ihm her und ließ die Schultern hängen. Frustration, Eifersucht und Lust kämpften in Jacks Herz um die Vorherrschaft. *Vielleicht heute Nacht.* Hätte er Valentinas Einladung angenommen und wäre ihr in ihre Wohnung gefolgt, wenn er von Pip und ihrem schicken spanischen Koch gewusst hätte? Hätte er es tun sollen?

Kapitel 26

Château de Boschaud, Mittsommer 1487

Artemisia ließ die Hand über die Zeichnung ihres *Entremets* gleiten, die Andreas angefertigt hatte, und atmete tief ein und aus, um ihren Herzschlag zu beruhigen. Sie blätterte weiter durch das Büchlein und bewunderte die kunstfertigen Abbildungen der verschiedenen Kräuter. Sie entdeckte einige der Rezepte wieder, die sie ihm heimlich zugesteckt hatte, wenn sie vor seinem Gewürzstand im Dorf haltgemacht hatte. Sauerampfer-Verjus, eine dicke Erbsensuppe, mit Kreuzkümmel gewürztes Hühnchen. Sie blätterte weiter, bis sie zu ihrem Lieblingsteil gelangte – den Süßspeisen. Es grenzte an ein Wunder, dass Artemisia noch nie von einem Zahnwurm heimgesucht worden war. Obwohl die Mundspülung aus Rosmarin natürlich dazu beigetragen hatte. Für jemanden, der nach einer derartig bitteren Pflanze benannt worden war, war es nur allzu verständlich, dass sie eine Vorliebe für alles Süße entwickelt hatte.

Ihr Blick fiel auf das Rezept für den Kirschpudding, den sie heute Abend servieren würde, und sie sah, dass die Mengenangaben für das alte Weißbrot, die Butter, den Bordeaux und die Nelken richtig niedergeschrieben worden waren. Als sie auf die Seite mit dem Rezept für die gewürzte Pflaumenmousse mit Honig stieß, glaubte sie einen Moment lang, ihre Knie würden unter ihr nachgeben. In der Speisekammer gab es keinen Platz, um sich zu setzen, also suchte sie stattdessen Halt an einem Regal.

Letzte Woche war sie – mit Erlaubnis des Abts – bereits am frühen Morgen in die Wälder jenseits der Mauer aufgebrochen, um zu einer Gruppe uralter Pflaumenbäume zu wandern. Sie wusste, dass die Früchte immer um das Hochfest Johannes' des Täufers reif wurden, und sie würden ein feines Gericht für Demoiselle Rose ergeben. Die Äste der Bäume waren nie mit einer Schere in Berührung gekommen und sahen aus wie die ausgestreckten Arme der Gewichtheber auf dem Jahrmarkt.

Artemisia hatte ihren Korb bereits zur Hälfte gefüllt, als sie ein Pferd schnauben und aufstampfen hörte. Sie wandte sich um und sah Andreas, der gerade von seinem schwarzen Wallach sprang und ihn anschließend an einem niedrigen Ast festband.

»Dann hast du meinen Brief also richtig gedeutet«, begrüßte sie ihn.

Er nahm ihre Hände und zog sie an sich. »Natürlich. Unsere Treffen sind so selten, dass ich meinen Jungen beauftragt habe, die Lieferungen in den Osten zu übernehmen. Warte, ich helfe dir mit den Pflaumen.« Er schlüpfte aus seinem Mantel, breitete ihn auf dem Boden aus und rüttelte kräftig an einem der Äste. Die reifen Früchte fielen auf den Mantel, und Andreas hob sie mitsamt dem Mantel vom Boden hoch und ließ sie in den Korb kullern. Anschließend wiederholte er den

Vorgang einige Male, bis der Korb voll war. »Bist du dir sicher, dass du den schweren Korb tragen kannst? Ich könnte ihn mit dem Pferd mitnehmen.«

»Und wie soll ich das Abt Roald erklären, wo ich doch allein hier draußen unterwegs war, um Pflaumen zu ernten?«

Andreas nahm eine Pflaume und biss hinein. Blutroter Saft spritzte auf sein helles Hemd.

Artemisia trat mit einem Taschentuch auf ihn zu. »Hier, ich wische es fort.« Doch im letzten Augenblick entschied sie sich anders und gab ihm stattdessen einen innigen, tiefen Kuss. Andreas schmeckte nach Sommer, und sie spürte die Hitze, die von seiner Brust ausging. Sie nestelte an den Bändern seines Hemdes, während er ihr Kleid hochschob. Sie spürte, wie er sich an sie presste und sie schließlich gegen den glatten Stamm des Pflaumenbaumes drückte.

Doch plötzlich ließ Andreas ihren Rock wieder hinuntergleiten und trat einen Schritt zurück. Artemisia erstarrte und hoffte, dass er nicht aufhören würde.

Andreas ging langsam zu seinem Mantel, der neben dem Korb lag, und breitete ihn auf dem Gras aus. Er achtete darauf, sämtliche Zweige und scharfen Steine darunter zu entfernen. Dann nahm er Artemisias Hand, führte sie zu seinem Mantel und legte sich neben sie. Seine Finger wanderten ihr Bein hoch und schoben ihr den Stoff bis über die Hüften. Sie rollte sich auf den Rücken und schob das Kleid weit genug nach oben, sodass ihre Brüste zum Vorschein kamen.

»Das sind die Pflaumen, nach denen ich gesucht habe«, sagte er lachend und küsste sie erneut. Sie spürte die Sonne auf ihrer Haut und drückte den Rücken durch, um sie aufzusaugen. Sie würde heute Abend und an jedem weiteren Morgen dieser Woche eine Brühe aus Wermut, Granatapfel, Raute und Wacholder bereiten und die dreifache Menge davon trinken, um eine Schwangerschaft zu verhindern. Und vielleicht auch noch die nächste Woche. Sie schloss die Augen und atmete den Duft des Rosenwassers ein, während seine Hände ihren Körper erkundeten.

Danach lag Andreas mit aufgestütztem Ellbogen neben ihr und streichelte mit der anderen Hand ihren Zopf.

»Ich habe einen Weg gefunden, wie wir beide heiraten können.«

»Wie? Abt Roald wird es niemals erlauben. Ein Meister seiner Zunft und eine Köchin? Das ist nicht sehr wahrscheinlich.«

»Emmeline kann doch die Küche weiterführen, nicht wahr?«, fragte Andreas lächelnd. »Man wird dich nicht vermissen.«

Artemisia lachte und versetzte seiner Schulter einen leichten Schlag. »Danke vielmals.«

»Ich meine es ernst. Ich werde den Chevalier de Boschaud während des Hochzeitsfestes um deine Hand bitten. Er wird es kaum ablehnen, denn sein Bauch wird prall gefüllt mit Essen und dem besten Bier sein. Gerade an seinem Hochzeitstag. Abt Roald kann nichts dagegen einwenden, wenn der Herr selbst dich mir verspricht. Und auch nicht die Bürgerschaft. Dein Verlobungsgeschenk ist bereits fertig. Ich gebe es dir, wenn ich die Gewürze liefere. Das ist unser Zeichen. Ich werde den Chevalier de Boschaud während der *Boute-Hors* um deine Hand bitten. Und nachdem alles serviert wurde, treffe ich dich draußen im ummauerten Garten, gleich hinter dem Tor.«

Ein forsches Klopfen an der Tür riss Artemisia aus ihrem Tagtraum. Sie schlug das Buch zu und drückte es an ihre Brust.

»Bitte um Entschuldigung, kann ich hineinkommen und den Zuckersack holen, bitte?« Es war Jacobus. »Emmeline will, dass ich die Süßspeisen damit bestreue. Jetzt sofort und dann noch einmal, bevor wir sie servieren. Damit es aussieht wie Schnee.«

»Ich hasse Schnee. Und ich kann mir nicht vorstellen, dass jemand ihn mag – erst recht nicht auf einem Sommerpudding.«

Artemisia ließ das Buch in ihre Tasche gleiten. Es war töricht gewesen zu glauben, dass Abt Roald ihr erlauben würde, ein *Entremets* zu fertigen, ohne seine Zustimmung einzuholen. Ihr Gesicht brannte vor Scham. Zumindest hatte sie nun die Zeichnung, um sich daran zu erinnern.

Kapitel 27

Toskana, Oktober 2014

Pip saß mit durchgedrücktem Rücken neben Bruno an einem rustikalen Kastanienholztisch in *Arrego's Taverna* und bemühte sich, Jack zu ignorieren.

Das *Arrego's* war eine winzige Steintaverne und nicht viel größer als ein Schlafzimmer. Es schmiegte sich an einen Berghang und verfügte über eine Terrasse, die das Tal überblickte. Vor dem Eingang standen eine Handvoll wackeliger Holztische und zahlreiche Terrakottatöpfe mit stark duftendem Rosmarin, Thymian und den leuchtend roten Pelargonien, die hier in der Toskana vor jedem Haus zu blühen schienen.

Die Pilzesammler saßen zusammengedrängt an einem Ecktisch und saugten hungrig die Gerüche auf, die aus der Küche drangen. Der Duft von Tomaten, gerösteten Kastanien, gebratenem Fleisch und buttriger Polenta füllte den winzigen Raum. Jack stand vor einer riesigen Platte aus unbehandeltem Eichenholz, die als Bar diente. Daneben befand sich eine selbst gezimmerte Käse- und *Salumi*-Vitrine, neben der sich mehrere rustikale Holzteller stapelten. Hier konnten sich die Gäste selbst an dünnen Scheiben getrocknetem oder gepökeltem Fleisch, eingelegtem Gemüse, hartem oder weichem Käse und gerösteten Mandeln bedienen, während sie auf das Tagesgericht warteten.

Hinter der Bar hing ein Furcht einflößender Wildschweinkopf mit riesigen Fangzähnen, der dringend abgestaubt werden musste.

»Ihr werdet es nicht glauben! Die haben hier sogar *Castlemaine XXXX* vom Fass«, hauchte Jack ehrfürchtig.

Die Italiener am Tisch verstanden kein Wort, doch Pip meinte – vielleicht etwas zu barsch –: »Was, jetzt trinken sie es nicht mal mehr in Queensland und müssen es sogar schon exportieren?«

Bruno sah mit zusammengekniffenen Augen von Jack zu Pip, ehe er sich Valentina zuwandte und warnend den Kopf schüttelte. Eine peinliche Anspannung trübte mit einem Mal die Stimmung in dem winzigen Raum, und Pip spürte, wie sie vor Scham errötete. Es war wohl besser, wenn Jack und sie ab sofort den Mund hielten.

Sie wünschte, sie wäre gar nicht nach Italien gekommen.

»Ha!«, erwiderte Jack gespielt fröhlich. »Wir wissen wohl beide, dass *du* kein Heimweh hast, Pip.«

»Und welches Bier gibt es noch?« Pip versuchte, Bruno und Valentina zuliebe fröhlich zu wirken, als sie das Thema wechselte, doch ihre Stimme klang dennoch kühl.

»Kastanienbier. Es wird in der nächsten Ortschaft gebraut.«

»Dann nehme ich das, bitte. Nenn es Recherche für Dad.«

»Gut. Dann also ein Glas schickes italienisches Bier für dich. Möchte sonst noch jemand einen australischen Klassiker probieren?«

Bruno klopfte mit den Fingerknöcheln auf den Tisch, während er und Valentina den Kopf schüttelten.

Jack seufzte. »Okay. Dann eben einen Krug Kastanienbier und Rotwein.«

»Nimm einen Chianti Classico«, schlug Valentina vor.

Jack kehrte mit dem Chianti, dem Bier und zwei kleinen Wassergläsern für den Wein an den Tisch zurück.

Arrego, der rotgesichtige Besitzer der *Taverna,* trat zu ihnen, um Bruno zur Begrüßung herzlich zu umarmen. Pip lehnte sich in ihrem Stuhl zurück, nippte an dem kühlen Kastanienbier und war dankbar, dass sie sich nicht mehr direkt mit Jack unterhalten musste. Stattdessen lauschte sie Arregos freundlichen Worten, die die schlechte Stimmung vertrieben.

Auch Valentina beteiligte sich an dem Gespräch der alten Männer, und es wurde einander auf den Rücken geklopft und in Lichtgeschwindigkeit Italienisch gesprochen. Arregos Figur ähnelte einem Weinfass, und er erinnerte Pip ein wenig an ihren Dad. Sie musste unwillkürlich lächeln.

Ein engelsgleicher Kellner – womöglich Arregos Sohn – brachte eine Platte mit Wurst und Schinken, und Bruno erklärte Pip, worum es sich handelte: »*Cignale* – entschuldige bitte: Wildschwein –, Schwein, Fenchel-*Salumi* und etwas Prosciutto vom Kastanienschwein. *Bellissimo.*« Pip fragte sich, auf wie viele Arten man *Cignale* eigentlich zubereiten konnte.

Der junge Kellner kehrte mit einer Käseplatte zurück, und Bruno deutete auf einen ziemlich ekelerregend aussehenden Käse. Er hatte rote Flecken und war in ein verrottetes braunes Blatt gewickelt, doch er roch leicht süßlich und würzig – jedenfalls besser, als er aussah. *»Pecorino«,* erklärte Bruno erfreut und schnitt sich ein großes Stück davon ab. »Er wird in Weintrub eingelegt, mit Weinblättern umwickelt und dann zwölf Monate in einem Fass gelagert. Arregos ist der Beste.«

»Rückstände nach dem Pressen der Trauben«, flüsterte Jack hinter ihr mit ausdrucksloser Stimme, ehe sie fragen konnte, was *Weintrub* bedeutete. Pip spürte seinen warmen Atem in ihrem Nacken und roch seinen vertrauten, erdigen Geruch, als er hinter ihrem Stuhl vorbeiging, um sich neben Valentina zu setzen. Auch wenn Pip enttäuscht von ihm war, sehnte sie sich immer noch danach, ihre Wange an Jacks Brust zu reiben und dort zu verweilen, oder ihm seine zotteligen Locken aus den blauen Augen mit den langen Wimpern zu streichen.

Pip bemerkte, wie Valentina Jack einen missmutigen Blick zuwarf. Ihr Herz zog sich zusammen, als sie darin den Blick einer verstimmten Geliebten entdeckte. Je früher Pip nach Paris aufbrach, desto besser – es war offensichtlich, dass Jack und Valentina sehr viel besser zusammenpassten. Sie gaben ein hübsches Paar ab. Pip trank ihr Bier aus und beschloss, gleich morgen früh abzureisen. Mit ihrer Doktorarbeit fortzufahren. Zu versuchen, ihr gebrochenes Herz zu heilen.

Nachdem das Kastanien- und Pilzesammeln sie allesamt müde und hungrig gemacht hatte, ließen sie sich den Käse und das Fleisch schmecken und schwemmten es mit dem süßen Kastanienbier hinunter. Bruno und Valentina wechselten anschließend allerdings zu einem kräftigen Brunello di Montalcino, als Arrego mit einer dampfenden Suppe aus Kastanien und Lammfleisch und noch mehr frischer *Focaccia* aus der Küche kam.

Pip bat um einen Nachschlag. Und dann um noch einen.

Arrego wirkte amüsiert, und Bruno meinte: »Es ist schön, eine Frau zu sehen, die so gerne isst.«

Pip warf einen Blick auf Valentina, die auf ihre Suppenschale hinunterstarrte und langsam in ihrer Suppe rührte. Ab und zu hob sie den Blick, warf Arrego ein kaum merkliches Lächeln zu oder beteiligte sich mit nicht mehr als einem Wort an dem Gespräch, doch sonst schien es, als hätte sich Valentina in ihre eigene Welt zurückgezogen.

Brunos Stimme wurde immer lauter, und Arrego trat mit einer Sammlung alter Schallplatten an den Tisch. Kurz darauf füllten die kräftigen und lauten Melodien italienischer Opern den Raum. Pip kannte die Stücke nicht, doch Bruno und Arrego begannen, lautstark mitzusingen.

Arrego drehte die Musik so laut, dass kein normales Gespräch mehr möglich war. Stattdessen lehnte sich Pip in ihrem Stuhl zurück und nippte an dem Chianti, den sie laut Bruno unbedingt probieren musste.

Jack vermied wie ein launisches Kind jeglichen Augenkontakt.

»*Sempre Libera*«, meinte Bruno beinahe zu sich selbst und schwang eindrucksvoll die Arme durch die Luft, als würde er ein Orchester dirigieren.

»*La Stupenda.* Ich habe sie 1966 gesehen, als sie diese Arie sang«, fuhr er mit geschlossenen Augen fort.

Pip hatte keine Ahnung, wovon er sprach. Jack grinste mit halb geschlossenen Augen und lauschte der Musik.

»Ihr kennt doch *La Stupenda?*«, beharrte Bruno. »Sie war Australierin.«

Jack sah Pip an, bevor sie beide den Kopf schüttelten.

»Wen?«, fragte Pip.

»Joan Sutherland – *La Stupenda*«, antwortete Bruno grinsend und hielt einen Moment mit dem Dirigieren inne, um einen Schluck von seinem Rotwein zu nehmen.

Natürlich! Sie war eine Idiotin.

Bruno lehnte sich vor, um sein Glas erneut zu füllen. Er zeigte zuerst auf Valentina und dann auf Pip. »Kennt ihr die Arie *Sempre Libera?* Sie ist aus *La Traviata.* Ah – eine Geschichte über gebrochene Herzen.« Er schlug sich dramatisch eine Hand auf die Brust.

»Es ist Verdis beste Oper – Violetta Valéry, die gefallene Frau.« Bruno nippte an seinem Wein und schloss die Augen, um zuzuhören.

Jack sah Pip an und hob eine Augenbraue, ehe er traurig mit dem Kopf auf seinen Rotwein deutete. Pip spürte, wie ihre Wangen und ihr Nacken vor Scham brannten. Es war doch bloß eine verdammte Nacht gewesen …

Joan Sutherlands Stimme erhob sich wie ein trillernder Vogel in die Lüfte. Hoch und immer höher.

Niemand sprach.

Bruno zitierte aus dem Libretto – gerade laut genug, damit die anderen ihn hören konnten:

Von der Freude Blumenkränzen
Sei mein Leben heiter durchwoben,
Auf des Jubels lust'gen Wogen
Gleiten schnell die Tage dahin.
Jeder Morgen soll mir als Bote
Neue Feste fröhlich verkünden,
Jeder Abend soll mich finden,
Wo frei die Lust, die Lust regiert!

Die Arie wuchs zu einem Crescendo an, und Sutherlands kräftiger Sopran erfüllte den Raum. Jack hatte den Blick auf Valentina gerichtet, die wiederum schweigend Bruno beobachtete.

Schließlich wanderte sein Blick langsam zu Pip, und er sah ihr in die Augen.

Adrenalin schoss durch Pips Adern. Sie saugte den Text der Arie in sich auf und dachte an ihre Reise, an ihre Freiheit. An ihre Fehler.

Sie hatte ihre *Freude* und den *Jubel* in San Sebastián erlebt. Das Kochen hatte sie geerdet. Pip fühlte sich stärker und ausgeglichener. Wer hätte geahnt, dass sie so viel über sich selbst lernen würde, während sie Gemüse verarbeitete und Obst das Wasser entzog?

Sempre Libera klang nicht wie das Lied einer gefallenen Frau, sondern eher wie ein musikalischer Ruf zu den Waffen. Pip *musste* ihre Doktorarbeit abschließen. Sie wollte eine Zeit lang in Paris arbeiten – neue *Feste – und* sie wollte Jack. Liebe.

Aber sie konnte Jack nicht haben. Das hatte er sehr deutlich gemacht. Es wurde Zeit loszulassen.

Sie ballte ihre Hände unter dem Tisch zu Fäusten, denn *La Stupenda* hatte recht. Pip musste einen neuen Weg finden, damit *jeder Abend sie fand* und sie *frei* sein konnte.

Und sie würde damit beginnen, indem sie half, neue Antworten – und eine Balance – für ihre kleine Ecke des D'Entrecasteaux-Kanals zu finden. Das war doch sicher genug?

Sie würde *erst einmal* ihre Arbeit in Paris fertigstellen und sich *dann* auf ihr Leben zu Hause konzentrieren. Es war schlichtweg unmöglich, sich gemeinsam mit Jack vorwärtszubewegen. Er verstand sie einfach nicht.

Sie warf einen Blick auf Valentina, die Jack gerade mit einem liebevollen Lächeln musterte.

Pips Haut brannte, und eine seltsame, wütende Eifersucht stieg in ihr hoch.

Jack neigte den Kopf, und ein strahlendes Lächeln breitete sich auf seinem Gesicht aus, als er Valentina in die Augen sah.

Pip war ohnehin bereits viel zu spät gekommen.

Kapitel 28

Paris, März 2015

Pip freute sich, dass die Sonne schien, als sie sich wie jeden Tag zu Fuß auf den Weg zur Arbeit machte. Sie konnte sich keine schönere Art des Pendelns vorstellen, als durch den herrlichsten aller Gärten zu spazieren – den *Jardin des Plantes.*

Nachdem der Himmel monatelang grau und wolkenverhangen gewesen war und sämtliche Farben gedämpft erschienen, tanzten heute die Sonnenstrahlen über die kurz geschnittenen Miscanthus-Gräser, die bereits wieder zu sprießen begannen. Hoch aufragende Artischockendisteln glänzten vom Tau. Grüne, cremefarbene und rötlich braune Christrosen erstreckten sich zwischen den Miscanthus-Gräsern, dem Mulch und den dunkelgrünen Bodendeckern, die einen Fixpunkt in den ganzjährigen Blumenbeeten darstellten. Die doppelreihig in militärischer Präzision entlang weitläufiger Alleen gepflanzten Platanen gingen bereits vor neuen Knospen über, und die Gärten dahinter waren mit einer Decke aus blauen Veilchen, goldenen Schlüsselblumen und im Wind tanzenden weißen Schneeglöckchen bedeckt. Es war unmöglich, bei diesem Anblick nicht fröhlich zu sein.

Pip bog nach links in die Rue Cuvier und machte sich auf

den Weg in die Allée Becquerel, um vor der Arbeit noch eine Runde um das Wallaby-Gehege zu drehen. Es war schön, ein wenig Heimatgefühl aufkommen zu lassen. Jack hatte ihr in der Woche zuvor eine kurze E-Mail geschrieben, in der er ihr über den Winterbeschnitt der Weinstöcke in der Toskana berichtet und auch eine mögliche Versuchszone für neue Weinstöcke in Tasmanien erwähnt hatte. Im Mai würde ein besonderes Fest stattfinden, zu dem sich alle verkleideten oder in hübsche Kleider und Anzüge schlüpften. Die gesamte Winzergemeinschaft kam zusammen, bevor Jack nach Hause zurückkehrte. Es sollte seine Abschiedsfeier werden – er hatte viele Freunde gefunden.

Ihr Besuch in der Toskana lag nun fünf Monate zurück, und seitdem waren Jacks E-Mails höflich und distanziert gewesen. Sie hatten einander seit damals nicht mehr gesehen. Pip nahm an, dass er neu verliebt war, und vermutlich war es höchste Zeit, dass sie dasselbe tat. Und welche Jahreszeit eignete sich besser dafür als der Frühling?

Pip legte an Tempo zu und bog erneut auf die Rue Cuvier, wo sich das Forschungszentrum befand, in dem sie arbeitete. Sie ging an der großen Holzeingangstür vorbei und öffnete eine kleine schwarze Tür. Im Gebäude nahm sie schließlich zwei Stufen auf einmal, bis sie im dritten Stock angekommen war. Nach dem Farbenspiel, das sie heute früh begrüßt hatte, war es eine Schande, wieder in die nüchternen grauen und beigen Flure zurückzukehren und sich hinter ihren kleinen Stahltisch zu zwängen. Wenn sie sich ein wenig nach links lehnte und aus ihrem Fenster spähte, konnte sie zumindest das bunte Blätterdach sehen, das sich wie eine Patchwork-Decke über mehrere Tausend Quadratmeter erstreckte. Die von Menschenhand gestaltete Farbzusammenstellung und die sich öffnenden Frühlingsknospen bereiteten ihr eine überraschende Freude.

Pip teilte sich ihr kleines Eckbüro mit Nadia, einer anderen Forscherin, die sich mit benthischen Wirbellosen beschäftigte. Nachdem noch kein blauer Kaffeebecher auf Nadias Tisch stand, wusste Pip, dass sie noch nicht da war. Vermutlich war sie bei einem Meeting im LOCEAN. Verdammt. Pip brauchte Nadias Hilfe, um das komplexe Passwortsystem der Datenbanken zu bewältigen. Sie warf einen Blick auf die Dutzenden französischen Passwörter, die in einem in Blau und Grün markierten Flussdiagramm aufgelistet waren, das am Fenster klebte, und die Härchen auf ihren Armen richteten sich auf. Das letzte Mal, als sie allein versucht hatte, sich einzuloggen, hatte ihr Bildschirm zu blinken begonnen, als hätte sie vorgehabt, die Firewall des Weißen Hauses zu durchbrechen. Anschließend war sie für zwanzig Minuten vom System gesperrt gewesen. Sie brauchte einen Kaffee, ehe sie es riskieren konnte.

Pip hängte ihren Mantel an die Tür, nahm ihren neuen Kaffeebecher aus Limoges-Porzellan und machte sich auf den Weg in die Personalküche.

Ariel, die unwirsche Küchenkraft, bewachte den Perkolator wie eine wild gewordene Bulldogge. Ihrem Verhalten nach zu urteilen hätte sie sich als Aufseherin in einem Frauengefängnis genauso wohlgefühlt. Pip schätzte sie auf etwa fünfzig, und sie trug ihre mit weißen Strähnen durchzogenen Haare in einem so engen Knoten, dass es aussah, als hätte sie sich einem Facelifting unterzogen.

Ariel stellte eines ihrer in blaue Strümpfe gehüllten Beine in die Mitte des Fußbodens, stemmte eine Hand in die Hüfte und streckte Pip die andere entgegen.

Pip legte einen Euro in die ausgestreckte Hand und gab ihr anschließend ihren Becher. Ariel grunzte ein *Merci* und wandte sich zum Perkolator um, um den Becher zu füllen. Pip wartete nicht darauf, dass Ariel ihr Milch anbot, sondern stürzte den lauwarmen Kaffee hinunter und steckte dann die Hand in die Hosentasche, um sich einen weiteren zu kaufen. Es war verdammt schwer, in Paris annehmbaren Kaffee zu finden, und Ariels Gebräu war zumindest besser als die flüssige Pappe, die sie in den Bars verkauften.

»Non«, bellte Ariel und hob die Hand, bevor sie Pip mit einem unerwarteten Kichern den Becher noch einmal bis zum Rand füllte. Heute war wohl ihr Glückstag.

Als Pip in ihr Büro zurückkehrte, war Nadia bereits da und sortierte einen etwa fünf Zentimeter hohen Stapel Ausdrucke in mehrere Stapel auf ihrem bereits übervollen Schreibtisch. Sie trug ein langärmeliges schwarzes Shirt mit der Aufschrift *Je suis Charlie*. Schließlich klebte sie auf jeden Stapel ein leuchtend rosa Post-it mit einer Zahl von eins bis siebzehn. Es war beruhigend, dass das System zur Befüllung der Datenbanken hier in Paris dasselbe war wie zu Hause, auch wenn die Datenbanken selbst gigantisch waren. An der Tischkante stand ein Plastikbehälter mit Couscous, gebratenen Auberginen und Zucchini. Pips Magen knurrte. Sie würde sich später vielleicht eine Crêpe mit Zitrone und Zucker von dem kleinen Stand vor dem Gebäude holen. Hoffentlich hatten sie Gelegenheit, sich in der Mittagspause zusammen in den Garten zu setzen. Nadia hatte immer irgendwo heimlich zwei grüne Metallgartenstühle versteckt. Wenn sie hinter der Alpin-Abteilung vor dem Wind Schutz suchten, standen die Stühle schon bereit. Und an besonders kalten Tagen schwitzten sie im Mexikanischen Glashaus zwischen Kakteen und

Sukkulenten. Pip vermutete, dass einer der Gärtner ein Auge auf Nadia geworfen hatte. Wer hätte das nicht?

»Entschuldige, Nadia, könntest du mir bitte zeigen, wie ich in die Datenbank für die räumlichen Abweichungen der benthischen Infauna komme? Und ich brauche auch die saisonalen Abweichungen der chemischen Protokolle.«

»Sicher«, erwiderte Nadia lächelnd und machte Pips Computer an. Sie arbeitete sich durch eine Reihe von Passwortabfragen, bis die Datenreihen aufschienen. Während sie sich über den Tisch beugte, bewunderte Pip ihre wohlgeformten Wangen und die dunkle Haut. Ihre eigenen Arme waren so blass, dass sie während des langen Winters beinahe blau geworden waren. Sie brauchte Vitamin D.

»Also«, begann Nadia, als sie fertig war. »Ich habe gute Nachrichten für dich. Ich bin beim *Herbier National* vorbeigegangen und habe dort Marie getroffen. Es ist ihnen gelungen, das Alter der Rezepte und Skizzen zu bestimmen, die deine Familie dir geschickt hat. Sie war ehrlich gesagt ein wenig ... ähm ... überrascht, dass du das Risiko eingegangen bist, sie mit der Post zu schicken. Sie sagte irgendwelche Dinge wie *Idiotin* und *diese Australier.* Zwei Mal!« Nadia verzog entschuldigend das Gesicht. »Egal, es sieht jedenfalls so aus, als stammten sie aus dem 15. oder frühen 16. Jahrhundert. Sie müssen noch mehr Tests machen, um es besser einzugrenzen.«

»Ist das dein Ernst?« Pip schlug sich eine Hand vor den Mund und stieß einen kurzen Schrei aus. Dann tanzte sie einen Augenblick lang vor Freude. »Warte, bis ich meine Schwester angerufen habe. Sie wird ausflippen! Sie hasst altes Zeug.«

Nadia legte ihren Kopf in den Nacken und lachte. »Na ja,

das Pergament ist jedenfalls sehr brüchig. Marie war erleichtert, dass du es während des Transports in einem so guten Zustand halten konntest. Sie lachte, als sie das Probenglas sah. Willst du es übrigens wiederhaben?«

Pip schüttelte den Kopf und lachte dann zusammen mit Nadia.

Dann fuhr Nadia fort: »Jetzt, wo die Echtheit bestätigt wurde, würden sie gerne die Herkunft bestimmen. Sie haben einen ersten Suchlauf in ihren Datenbanken gestartet, aber es scheint keine hundertprozentige Übereinstimmung für ein auf einem Leinengewebe basierendes Pergament zu geben. Marie fand es außerdem seltsam, dass die meisten Rezepte auf Französisch verfasst sind, während das Papier eher zu der Art passt, wie sie im Nordosten Italiens hergestellt wurde. Dort polierten sie das Pergament anscheinend mit einem Stein, damit es glänzte. Sehr außergewöhnlich.« Nadia zuckte mit den Schultern. »Es ist jedenfalls nicht germanischen Ursprungs. Allerdings gäbe es eine logische Erklärung dafür, denn zu dieser Zeit existierten ausgeprägte Handelsrouten über die Alpen. Es gab auch weder eine Entsprechung bei der Tinte noch bei der Handschrift. Sie haben auch versucht, eine Ähnlichkeit zu den Zeichnungen der *Artemisia* und den anderen Pflanzen wie dem Rosmarin oder den Rosen zu finden. Doch bis jetzt ohne Erfolg.«

»Es ist jedenfalls unglaublich, dass sie das Alter so schnell bestimmen konnten. Danke, dass du es nachverfolgt hast, Nadia, obwohl du so viel um die Ohren hast.« Pip warf einen Blick auf Nadias Tisch, der unter der Last der chemischen Modelle ächzte.

»Bevor ich es vergesse …« Nadia griff in ihre Handtasche und reichte Pip zwei Probensäckchen mit braunem Papier.

»Sie haben Kopien für dich angefertigt. Es scheint sich um zwei verschiedene Handschriften zu handeln. Einige Rezepte sind mit *Artemisia* und andere mit *Andreas* unterzeichnet. Es ist beinahe wie ein Briefwechsel. Sehr verwirrend. Sie haben auch einige Übersetzungen für dich angefertigt. Nicht viele – gerade so, dass du weißt, worum es geht.«

»Danke, das ist sehr freundlich von ihnen.« Pip hielt das oberste Säckchen ins Licht und sah, dass auf der Zeichnung des Wermuts immer noch die spitzen Härchen zu sehen waren. Aufgrund der Fotokopie sah es aus, als wäre die Skizze mit grauem Bleistift gezeichnet worden.

»Sie haben die Originale behalten, und sie werden mit dem Konservierungsteam der Hauptbibliothek sprechen, dessen Mitarbeiter sich um sämtliche Herbarien kümmern. Offensichtlich haben sie Tausende.«

»Was ist denn ein Herbarium?«, fragte Pip.

»So, wie Marie es mir erklärt hat, ist es wohl ein Buch wie dieses hier. Mit Kräutern und Rezepten. Außerdem verwendete man damals auch sehr viele Kräuter als Heilmittel. Das hier könnte so etwas sein. Oder auch nicht.« Sie hob beide Hände und wandte sich wieder ihrer Arbeit zu. Doch dann drehte sie sich noch einmal um. »Sie werden es auch ins *Cluny* bringen, damit es sich die dortigen Experten ansehen können. Um zu sehen, was sie sonst noch finden. Oft wurden solche Abschriften von Mönchen angefertigt, und vielleicht haben sie auch Aufzeichnungen, die diese beiden Namen enthalten.«

Pip hob eine Augenbraue und schüttelte den Kopf. Ging Nadia davon aus, dass sie das *Cluny* kannte?

»Das *Musée national du Moyen Âge.* Das Mittelaltermuseum. Gleich in der Nähe der Sorbonne.« Nadia wandte sich wieder ihrem Computer zu.

»Nun, dort sind meine Rezepte ja in guter Gesellschaft«, meinte Pip. »Danke, Nadia, ich bin dir wirklich sehr dankbar für deine Hilfe.«

Nadia drehte sich noch einmal um. »Du brauchst mir nicht zu danken, Pip. Du hast schließlich meine Arbeiten und Zusammenfassungen für die Konferenzen korrigiert. Mein geschriebenes Englisch ist wirklich miserabel. *Ich* schulde *dir* etwas.«

»Dann sagen wir, wir sind quitt. Also, ich werde am Wochenende nach Châlus fahren, um das Château de Boschaud zu besuchen. Es gibt wohl eine familiäre Verbindung väterlicherseits. Wir glauben, dass meine Großtante dort Verwandte hatte. Aber niemand weiß es so genau, denn Margot ist schon lange tot. Sie war die Großtante, die uns die Töpfe vermacht hat, in denen wir das Pergament gefunden haben, also werde ich diese Kopien hier mitnehmen und sehen, ob ich jemanden finde, der etwas darüber weiß. Es ist einen Versuch wert. Und dann gehe ich hinüber und spreche mit Marie.«

»Sehr gut.« Nadia wandte sich wieder ihrer Arbeit zu, während Pip sich einige Minuten Zeit nahm, um ein paar der übersetzten Briefe zu lesen.

Kapitel 29

Château de Boschaud, Sommer 1487

Werter Monsieur de Vitriaco,

bitte nehmen Sie die Liste der Vorräte zur Kenntnis, die wir für die Vorbereitung des Hochzeitsfestes des Chevaliers de Boschaud im nächsten Monat benötigen. Ich erwarte die Hauptlieferung Freitagfrüh.
Meine Bestellung lautet wie folgt:

30 Pfund Mandeln, 6 Pfund geschältes Getreide, 8 Pfund gemahlener Ingwer, 1 ½ Pfund gemahlener Zimt, 4 Pfund Reismehl, 6 Pfund Würfelzucker, 2 Unzen Safran, 1 Quart Nelken und 1 Quart Strelitziensamen gemischt, 1 Quart langer Pfeffer, ½ Quart Galgant, 1 Quart Muskat, 2 Quart Lorbeerblätter, 1 Pfund Zitronat, 2 Pfund roter Anis, 3 Pfund Rosenzucker, 1 Pfund Kümmelsamen und 1 Pfund Koriandersamen gemischt, 4 Pfund schwarzer Pfeffer, 10 Pfund körniges Salz.

Danke für Ihren letzten Brief und die Gewürzmischung für die kandierten Orangenschalen und Gewürzäpfel. Ich werde diese zu Beginn der Feierlichkeiten servieren.

Ich danke Ihnen auch für den ausführlichen Vorschlag zur Zubereitung der gewürzten Samen und Nüsse. Es ist zwar in diesen Teilen des Landes nicht üblich, aber ich stimme Ihnen zu, dass gezuckerte Koriander- und Kümmelsamen sowie Pinienkerne und gezuckerte Mandeln zusammen mit dem Obst aus dem Garten einen sehr guten ersten Gang ergeben, der sicherstellt, dass die Körpersäfte vor dem Festessen im Gleichgewicht sind. Der Koriander wird die Verdauung des letzten Ganges anregen, und der Kümmel wird den Bräutigam an seine Braut binden und für Liebe und Hingabe und die süßesten Küsse am Abend sorgen.
Natürlich ist es vermessen, sich zu wünschen, Abt Roald möge an den Samen ersticken, doch vielleicht wird die Mischung seine bittere Galle besänftigen und die Hitze sowie die Wut aus seiner Leber treiben. Zumindest wird sie seine Flatulenzen zähmen. Doch selbst Ihr bestes Pulver mag nicht dazu führen, den Atem dieses alten Schweines zu verbessern.
Ich kann Ihnen versichern, dass ich mich von Abt Roald fernhalte. Gott selbst kann den Anforderungen, die der Abt dieser Tage stellt, nicht entsprechen und würde wohl ebenfalls einen schnellen Tritt in den Bauch oder einen harten Schlag auf die Nieren abbekommen, um sein Verhalten zu maßregeln.
Ich habe es mir zum Ziel gesetzt, der neuen Herrin des Châteaus de Boschaud eine perfekte Hochzeitsfeier auszurichten, und ich danke Ihnen für Ihre Unterstützung in dieser Angelegenheit.
Ich brauche außerdem noch 7 Pfund dünne, lange Kerzen und 10 Töpfe von Ihrem Rosenwasser, das am

Morgen vor der Hochzeit geliefert werden soll, um die Waschschüsseln für das Fest zu füllen und die Hochzeitslaken und den Hochzeitsstaat zu waschen.
Ich vertraue darauf, dass Sie diesen Brief unserer Übereinkunft entsprechend verbrennen, sobald Sie eine Liste der benötigten Waren anfertigen konnten.

Ihre bescheidene Dienerin
Artemisia

Kapitel 30

Paris, März 2015

Pip sprang am oberen Ende der Rue des Martyrs aus dem Bus Nummer 67 und dankte wieder einmal dem Schicksal für den Kollegen ihres Vaters, Professor Trigg, der ihr seine Wohnung angeboten hatte, die sich gleich um die Ecke der wohl schönsten Straße in ganz Paris befand. Zurzeit kam er nur im Sommer mit seiner Frau in die Stadt, doch sie planten, nach Paris zu ziehen, wenn er sich einmal zur Ruhe gesetzt hatte.

Pip stieg gerne eine Haltestelle früher aus und schlenderte dann ihre Lieblingsstraße entlang, um das *Joie de vivre* aufzusaugen, das sich in jedem der sorgsam dekorierten Schaufenster zeigte. An diesem Abend beschloss sie, den Frühling und den Sonnenschein unter dem rot-weiß gestreiften Vordach ihres Lieblingsdelikatessenladens namens *Terra Corsa* zu feiern und ein Glas Rosé und eine kleine Schale in Olivenöl und Zitronenschale eingelegte grüne Oliven zu genießen. Baptiste, der Besitzer, brachte ihre Bestellung an ihren Tisch. Seine Haut war so dunkel und zerklüftet wie die korsische Küste, und trotz seines strahlend weißen Hemdes und der schwarzen Weste vermittelte er den Eindruck, gerade erst von einem Tag in den Bergen zurückgekehrt zu sein, wo er Katzenmelisse und Thymian gepflückt hatte. Entweder das, oder er war surfen gewesen. Pip hätte die ausgetrockneten, zerzausten Haare eines Surfers überall wiedererkannt. Sie wurde rot, als ihre Gedanken zu Jack wanderten.

»*Bonjour*, Pip. Essen Sie heute bei uns zu Abend? Ich könnte Ihnen drinnen einen größeren Tisch anbieten, wenn Sie möchten.«

»Nein danke, Baptiste. Heute Abend nicht. Und ich werde morgen nach Châlus fahren, um entfernte Verwandte zu besuchen, weshalb ich am Wochenende ebenfalls nicht hier sein werde.«

»Dann weiß ich ja, woher Ihr exzellenter Geschmack kommt!«, erklärte Baptiste mit einem Augenzwinkern. »Ich hole Ihnen rasch eine Scheibe *Jambon* als Kostprobe für den Nachhauseweg.« Er ging summend zur Schneidemaschine. Die hintere Ecke des *Terra Corsa* war zu Pips zweitem Zuhause geworden, und sie kam oft vorbei, um ein spätes Abendessen einzunehmen, ihre Arbeit durchzusehen oder um im Winter dem Wind und dem Schneematsch zu entkommen. Sie hatte Baptiste einmal von dem Garten ihrer Mutter erzählt, bloß um gleich darauf in Tränen auszubrechen. Manchmal kam ihr diese Stadt so kalt vor, und sie hatte Heimweh. Zur Aufmunterung verriet ihr Baptiste einige traditionelle korsische Zubereitungsarten, wie etwa ein Rezept für gebratene Hühnerkeulen mit Katzenmelisse. Sie wusste, dass ihre Eltern seinen Delikatessenladen lieben würden. Um neue Weine zu probieren und Rezepte auszutauschen. Sie konnte beinahe Marys Lachen hören und ihren Dad sehen, wie er die Weinkarte studierte und sich durch die verschiedenen Käsesorten probierte.

Aufgemuntert von dem Glas Rosé nahm Pip schließlich ihren Rucksack und machte sich auf den Weg. Im Schaufenster des *Poissonière* nebenan drängten sich Körbe voll mit Austern, Herzmuscheln und kleineren Muscheln aus der Bretagne.

Pip überlegte, welchen Zusammenhang es wohl zwischen einem sonnigen Tag, Champagner und benthischen Wirbellosen gab. Nun, das wäre sicher ein Thema, zu dem sich in Paris gute Daten sammeln ließen. Sie lachte.

Wie schon das *Terra Corsa* hatten auch die anderen Delikatessenläden und Weinbars in der Straße glänzende Meeresfrüchte als besonderes Angebot im Schaufenster platziert. Leider hatte Pip heute drei Stunden lang Proben der europäischen Muschelart *Varicorbula gibba* und der grünen Krabbe *Carcinus maenas* in einer Formaldehyd-Suspension bei 15,5 Grad analysiert, weshalb sie keine Lust auf Meeresfrüchte zum Abendessen hatte. Außerdem war es ihr lieber, wenn sie ihre Muscheln und andere Weichtiere frisch in einem Eimer mit nach Hause brachte und sich sicher war, woher sie stammten, anstatt zu wissen, dass sie in Plastik verschweißt geliefert worden waren. Sie war für ihr restliches Leben von den von Hand gesammelten oder gefangenen tasmanischen Meeresfrüchten verdorben, deren Herkunft sie auf den Millimeter genau bestimmen konnte. Sie schüttelte den Kopf.

Sie vermisste ihr Zuhause. Sie vermisste Jack.

Die starke Sehnsucht, die sie verspürte, traf Pip vollkommen unvorbereitet. Sie ging an den Körben mit den Fischen vorbei, warf einen Blick auf die Schlange vor der benachbarten *Fromagerie* und beschloss, heute auch auf den Brie und den Chèvre zu verzichten. Die Pariser hatten die Kunst des Take-aways perfektioniert. Gestern Abend hatte Pip eine Paella mit Muscheln, Fisch, Hühnchen und Chorizo und ein halbes Baguette mit nach Hause genommen. Den Abend davor hatte sie sich nach einem Zwölf-Stunden-Tag in den Archiven für eine Ententerrine mit Dörrpflaumen, Käse und ein ofenwarmes Baguette entschieden. Freitagabends gönnte sie sich üblicherweise etwas Besonderes: ein Freilandhuhn vom Spieß mit Kartoffeln, die in dem Fett gebraten wurden, das vom Spieß tropfte, und einen Mesclun-Salat mit exquisitem französischem Dressing – genau die richtige Mischung aus Senf, Olivenöl und Essig. Sie roch das Hühnchen, als sie sich auf den Weg den Hügel hinauf machte. Doch sie hatte bereits eine große Crêpe mit Schinken und Käse gegessen, und Nadia hatte das göttliche Couscous ihrer Mum mit ihr geteilt, also brauchte sie heute Abend nicht mehr das volle Programm.

Sie betrat einen weiteren Delikatessenladen und betrachtete die Reihe oranger, gelber, grüner, roter und cremefarbener Suppen in den eleganten Glasflaschen – der Anblick war so schön, dass sie ein Foto schoss und es Megs schickte. Es war eine Abwechslung zu den exquisiten Regenbogenfarben im *Macaron*-Shop nebenan. Pip hoffte, dass es Megs den Tag versüßen würde. Megs liebte Paris. Als Pip das letzte Mal mit ihrer Schwester gesprochen hatte, hatte Megs gerade eine grauenhafte Nachtschicht hinter sich und sollte am darauffolgenden Abend noch einmal ins Krankenhaus. Pip lächelte – ein paar Frühlingsfarben waren für ihre Schwester genau das Richtige.

Pip brauchte ein Trostessen, daher wanderten eine Hühner-Lauch-Suppe, ein Baguette und ein winziger Zitronenkuchen in ihre Tüte. Ihr letzter Halt war der Obstladen, vor dem offene grüne Körbe mit Erdbeeren aufgestapelt waren. Erdbeeren hatten noch nicht Saison, und vermutlich stammten die Früchte aus Spanien. Aber sie waren kleiner und süßer als die wässrigen Goliath-Erdbeeren in Australien, also nahm sie eine Tasse. Vielleicht wurden die Transportwege für Lebensmittel in Europa anders berechnet.

Pip hielt einen Moment lang inne, um den süßen Duft der Rosen zu genießen, die vor dem Blumenladen aufgereiht standen. Hunderte Kisten mit Sträußen aus prallen weißen, roten und rosafarbenen Blüten. Wenn man eine Hochzeitsfeier vorbereitete, brauchte man bloß hierherzufahren, den Van zu beladen, und schon war alles erledigt. Der vertraute Schmerz war wieder da, und Pip beugte sich rasch nach vorn, um einen Topf mit mehreren kunstvoll angeordneten Pflanzen zu bewundern. Winzige Pinienzapfen, Sukkulenten, Petersilie und ein dunkelgrünes, federartiges Gras. Über den Platz vor dem Laden spannte sich eine graue Markise, in der Hunderte kleine Lichter glitzerten.

Die *Pâtisserie* gegenüber war genauso überwältigend. Pips Blick fiel auf zahllose mit einem komplizierten Gitternetz bedeckte Apfel- und Birnentorten, mit Erdbeeren verzierte Zitronenkuchen, endlose Reihen von Plundergebäck und Schokoladenmousse, Jacks Lieblingsnascherei. In der Mitte des Schaufensters thronte eine *Croquembouche.* Pip fragte sich, ob die mit Zuckerguss überzogene Pyramide aus Windbeuteln womöglich eine Sonderanfertigung für eine Hochzeit an diesem Wochenende war. Sie nahm ihre Taschen und ging mit gesenktem Blick nach Hause. Sie hielt nicht einmal an, um die glänzenden Kostbarkeiten im Schaufenster des *Chocolatiers* zu bewundern.

Der letzte Halt war die kleine *Épicerie* im Erdgeschoss ihres Hauses. Mustafa nickte ihr zu und zählte weiter Münzen, ohne aufzublicken, als Pip an ihm vorbeieilte.

Mittlerweile war er selbst Pips verrückte mitternächtliche

Schokoladenhamsterkäufe bereits gewohnt. Sie kaufte mit Schokolade überzogene Kaffeebohnen und entschied sich im letzten Augenblick auch noch für ein paar dunkle Lindt-Kugeln. Warum nicht? Sie war heute Morgen immerhin zwei Mal die Treppen zur Sacré-Coeur hochgelaufen.

Pip trat vor die Tür des Wohnhauses und kramte in ihrer Tasche nach ihrer Zutrittskarte. Sie zog sie durch den Kartenleser, doch es war die falsche Karte. Sie suchte auf dem Boden ihrer Handtasche weiter. Warum hatte sie ständig Probleme, ihren Schlüssel zu finden? Jack hatte immer gescherzt, dass sie in ihrer Handtasche bereits archäologische Ausgrabungen durchführen konnte. Frustriert zog sie ihren Lee-Child-Roman (den sie bei sich hatte, falls Nadia zu beschäftigt war, um Pause zu machen) aus der Tasche. Es folgten ihr neues Make-up-Täschchen und ein Bündel Ausdrucke aus der Datenbank, die sie heute Abend noch durchsehen musste.

Außerdem hatte sie auch noch einen korrigierten, etwa zehntausend Worte umfassenden Teil ihrer Doktorarbeit dabei, den Monsieur Leroy ihr heute zusammen mit seinen Anmerkungen zurückgegeben hatte. Sie würden sich nächste Woche zum Kaffee treffen, um die Arbeit zu besprechen. Er war zwar kein offizieller Betreuer, aber ein weltweiter Experte auf diesem Gebiet und einer von Toms kanadischen Freunden, weshalb es nicht schaden konnte, sein Feedback zu hören, bevor sie die zusammengestellten Daten und Resultate nach Hause brachte. In Australien waren sowohl Professor Grant als auch Imogen zufrieden mit ihren Ergebnissen, sodass sie nun kurz davorstand, ihre Arbeit zu präsentieren. Sie machte einen kleinen Luftsprung. So kurz davor!

Pip hatte ihre Tasche nun beinahe ausgeräumt und drehte sie herum, um zu sehen, ob die Schlüsselkarte herausfiel.

Das tat sie tatsächlich – zusammen mit einigen verirrten Tampons.

Ein etwa siebzigjähriger Bewohner des Hauses, den sie schon einige Male gesehen hatte, kam durch die Tür, warf ihr einen strengen Blick zu und stieg grinsend über das Chaos hinweg. Doch dann hielt er plötzlich inne und hielt Pip die Tür auf. Er war also doch ein Gentleman! Pip stopfte ihre Habseligkeiten eilig in ihre Tasche und nickte dem Mann zu, bevor sie über den Marmorboden des Foyers auf die breite Wendeltreppe mit dem schmiedeeisernen Geländer zuging, die sich durch das Gebäude nach oben schlängelte. Sie joggte die Treppe in den vierten Stock hinauf. Ihr morgendlicher Lauf zur Sacré-Coeur machte sich langsam bezahlt. Sie tastete nach ihrer Schlüsselkarte – wie war es möglich, dass sie sie schon wieder verlegt hatte?

Sobald sie sie gefunden und die Wohnung betreten hatte, glitt ihr Blick über den alten Eichenparkettboden, die deckenhohen Erkerfenster mit den Fensterläden aus Holz und das Foyer, das direkt in das Ess- und Wohnzimmer überging. Es wurde kein Platz für einen Flur verschwendet. Es war eine der größten Wohnungen im Haussmann-Stil, und man hatte sie sorgsam renoviert und mit neuen Möbeln ausgestattet. Jedes Zimmer war über sieben Meter lang, und in der Mitte des Speisezimmers stand ein polierter Kirschholztisch mit Tischbeinen aus Zink, der zehn Personen Platz bot – sehr aufsehenerregend. Pip ließ sich in einen schwarzen Thonet-Stuhl mit leuchtend grünen Stuhlbeinen sinken, um wieder zu Atem zu kommen.

Sie wünschte, sie könnte Jack diese Wohnung zeigen. Er wäre sicher begeistert davon gewesen, wie dem alten Gebäude ein schickes, modernes Aussehen verliehen worden war. Sie hatte seine Skizzen für den Umbau von Ashfield House gesehen, als sie in der Toskana war. Sie fragte sich, ob er es mittlerweile geschafft hatte, den Papierkram mit seinen Eltern zu erledigen. Und ob er direkt nach dem Fest nach Hause zurückkehren würde. In seiner letzten E-Mail hatte er sehr viel darüber geschrieben, dass er in Tasmanien versuchen wollte, eine neue Fläche mit Sangiovese-Weinstöcken zu bepflanzen. Würde er dieses Vorhaben gemeinsam mit Valentina in die Tat umsetzen?

Mit roten Wangen holte sie schließlich ihren Laptop aus der Tasche und checkte ihre E-Mails. Nichts.

Um sich von Jack abzulenken, beschloss Pip, nach Informationen über das Château de Boschaud zu suchen.

Sie hatte mit Madame Boschaud gesprochen und sich für das kommende Wochenende selbst eingeladen. Sie wollte Madame Boschaud einige Fragen zu den alten Briefen und Rezepten stellen. Während eines Skype-Telefonats letzte Woche hatte ihre Mum angedeutet, dass das Château einige Bewertungen auf *Airbnb* hatte. Sie öffnete die Seite *TripAdvisor* und klickte auf *Google Translate.* Auch wenn Pip kein zahlender Gast war, waren die Bewertungen nicht gerade vielversprechend:

> Wir bekamen eine Buchungsbestätigung per E-Mail, doch als wir ankamen, existierte keine Buchung. Wir wurden in ein kleines Zimmer hoch oben in einem Turm gebracht, in dem es keine Heizung gab. Es war kalt, und die Fensterläden klapperten die ganze Nacht. Als wir uns beschwerten, meinte die Besitzerin, dass sie dagegen nichts unternehmen könne – als wäre ein Geist in dem Zimmer unterwegs. Seltsamer Ort. Fahrt nicht dorthin.

Und:

> Wir reisten aus dem Schloss ab, ohne jemanden zu Gesicht bekommen zu haben. Die Zimmer sind kalt, es war nichts vorbereitet, und das Essen im Schrank schien aus 2011. Die Betten waren hart. Dieses Haus ist keinen Besuch wert und wirkt vernachlässigt. KEINE EMPFEHLUNG! VOR ALLEM NICHT, UM DORT ZU ÜBERNACHTEN!!!!

Das Wochenende würde auf jeden Fall interessant werden.

Kapitel 31

Château de Boschaud, März 2015

Pip saß auf der Rückbank eines schnittigen weißen Peugeot-Taxis, das sie vor der Bushaltestelle in Châlus angehalten hatte. Sie klebte mit dem Gesicht am Fenster und beobachtete, wie die Klischees, die man aus so vielen Kinofilmen kannte, vor ihren Augen Wirklichkeit wurden: sanfte grüne Hügel, Ansammlungen kleiner Steinhäuser mit bezaubernden Holztüren, Felder mit hübschen braunen Limousin-Kühen. Es war alles so grün, und das Gelb schien so intensiv. Im Gegensatz dazu wirkte die australische Landschaft verblichen, stachelig und spröde. Trotzdem vermisste Pip den Geruch des Eukalyptus in der trockenen Luft und die heimischen Gräser, die ihr die Beine und Arme aufschnitten, wenn sie sich durch den Busch in Richtung Meer kämpfte. Das glucksende Geräusch des feinen Sediments, das durch ihre Zehen gedrückt wurde, wenn sie über das ausgedehnte Watt der North West Bay wanderte. Verdammt, sie vermisste sogar das dumpfe Surren der Fliegen in ihren Ohren, wenn sie Proben sammelte.

Doch am allermeisten vermisste sie Jack.

Das Taxi wurde langsamer und bog ab. Sie fuhren zwischen zwei dem Verfall preisgegebenen Säulen hindurch und über eine knirschende, kiesbedeckte Auffahrt an einer baufälligen alten Scheune vorbei. Pip warf einen Blick auf die Scheune zu ihrer Linken, die von zwei quadratischen Türmen begrenzt wurde, und war in ihrer Vorstellung bereits eingezogen. Durch die geöffnete Doppelflügeltür konnte sie die riesigen Holzsparren erkennen, und sie dachte sich ein Zwischengeschoss, einen mit Kiesel versehenen Vorplatz und einen Wandgarten mit automatischer Bewässerung dazu. So etwas sah man in Paris überall.

Das Château de Boschaud war quadratisch angelegt und prangte groß und stolz in der Mitte eines weitläufigen, flachen Parks mit hoch aufragenden, uralten Eichen, Linden, Pinien und Kastanien. Das Taxi hielt an, und Pip stieg aus, bezahlte den Fahrer und nahm ihre Taschen.

Eine untersetzte Frau in einem braunen Rock, einer weißen Bluse, einer braunen Weste und mit einem Kopftuch kam aus dem Haus, um sie zu begrüßen.

»Philippa Arnet, nehme ich an? Es ist mir eine Freude, Sie wiederzusehen! Sie waren noch ein kleines Mädchen, als Sie das letzte Mal mit Ihrer Familie hier waren, weshalb Sie sich vermutlich nicht mehr daran erinnern können.«

»Ich wünschte, ich täte es«, lächelte Pip. »Es ist schön, Sie wiederzusehen, Madame Boschaud«, meinte sie und streckte die Hand aus.

»Kommen Sie. Es ist wunderbar, dass Sie mich besuchen kommen. Sie gehören ja schließlich zur Familie! Ich bin so froh, dass Sie Kontakt aufgenommen haben.« Sie schenkte Pip ein Lächeln. »Und ich bestehe darauf, dass Sie im Jungfernzimmer schlafen.«

Madame Boschaud trat durch einen Torbogen in einen kleinen Vorraum mit einem Holzfußboden und schließlich durch einen weiteren Torbogen zu ihrer Linken. Pip folgte ihr mit ihrem Gepäck, bis sie einen Turm erreichten, durch den sich eine Treppe nach oben wand. Die breiten Granitstufen waren in der Mitte ausgetreten, und Pip fragte sich, wie viele Menschen im Laufe der Jahrhunderte wohl hier auf und ab gelaufen waren.

Als sie endlich oben ankamen, war Madame Boschaud vollkommen außer Atem. »Es ist eine ziemliche Kletterei, nicht wahr? Aber ich hoffe, Sie sehen das Besondere an diesem Zimmer. Nicht viele Leute übernachten hier oben. Man erzählt sich, dass hier die jungen Bräute vor ihrer Hochzeitsnacht schliefen. Andere meinen, die Herren des Anwesens hätten ihre Mätressen in diesem Zimmer untergebracht. Und wieder eine andere Geschichte berichtet davon, dass eine Frau, die auf dem Friedhof jenseits des Hügels begraben liegt, noch immer im Turm herumspukt.« Sie gluckste und zuckte unbeeindruckt mit den Schultern. »Vermutlich steckt in allen Geschichten ein Körnchen Wahrheit.«

Madame Boschaud deutete auf den eisernen Heizkörper an der Wand und warf Pip einen entschuldigenden Blick zu. »Er funktioniert nicht, fürchte ich. Es ist zu teuer, sämtliche Räume zu beheizen. Nur der Wohnbereich ist warm. Es gibt leider keine Säcke voll Gold, um das Château zu betreiben. Und auch keine Bediensteten. Also versuchen wir es mit dieser neuen Sache. Diesem *Airbnb.*« Sie zuckte erneut mit den Schultern. »Es ist sehr schwierig.« Sie schlang sich die Jacke um den Körper. »Aber wir bekommen es irgendwie hin.«

Pip sah sich in dem kleinen Zimmer mit den weiß getünchten Steinwänden um. Die Dachbalken waren so dick wie Baumstämme. Es gab ein einfaches schmiedeeisernes Doppelbett mit einer marineblauen Decke und einen runden Beistelltisch aus Holz mit einer kleinen Kristallglasvase. Darin steckte ein Bund Narzissen, die einem Feuerwerk an Farben glichen. Das einzige Licht drang durch ein Fenster, das ein helles Quadrat an die gegenüberliegende Wand warf. Es war etwa so groß wie Pips Rucksack, und der Effekt war bezaubernd und quälend zugleich.

Pip trat ans Fenster und spähte hinaus in den Abend. Ein Garten erstreckte sich vom Turm aus über mehrere Tausend Quadratmeter. Er war von der mächtigsten Steinmauer umgeben, die sie je gesehen hatte – sie war mindestens eine Armlänge breit. Direkt unter ihr sah sie ein halbes Dutzend Beete mit Umrandungen aus Bambusrohr, in denen zahlreiche Stauden wuchsen, die sich an den kunstvollen Spalieren emporwanden. In der gegenüberliegenden Ecke erkannte Pip die vertrauten, knorrigen Umrisse der Apfel- und Birnbäume, die in Form eines Gitters gepflanzt worden waren, und es schien auch eine Art Labyrinth aus hohen, dunklen Hecken zu geben, dessen Mittelpunkt ein runder Springbrunnen bildete. Madame Boschaud musterte Pip, während diese den Garten bewunderte.

»Ja, das ist unser ummauerter Garten. Er ist äußerst ertragreich. Er wurde bereits im Mittelalter von den Mönchen angelegt und bewirtschaftet. Sie lebten auf der anderen Seite des Gartens – sehen Sie den Kreuzgang dort drüben an der Mauer?«

Pip entdeckte die langen, schmalen Gänge entlang der Mauer, die auch auf der anderen Seite von einer im Verfall begriffenen Steinmauer begrenzt wurden. Direkt an den Kreuzgang grenzte ein Streifen apfelgrüner Rasen, auf den eine Reihe Hochbeete folgte, von denen jedes mindestens zwei Meter breit war und die in ordentlichen Quadraten angeordnet waren. Pip zählte zwanzig Stück. Jedes Beet wurde von einem geflochtenen Weidenzaun begrenzt – sie hatte solcherlei Gartenbegrenzungen noch nie gesehen.

Ihre Eltern wären von diesem Garten begeistert gewesen. Sie fragte sich, warum sie ihr nicht mehr davon erzählt hatten, als sie ihnen sagte, dass sie hierherkommen wollte. Selbst Megs würde es wohl kaum gelingen, sich von diesem Ort nicht in den Bann ziehen zu lassen, dachte Pip amüsiert.

Madame Boschaud trat neben Pip und folgte ihrem Blick. »Ah. Der Heilmittelgarten.« Pip warf ihr einen offensichtlich verwirrten Blick zu, denn sie fügte hinzu: »Diese Pflanzen werden zu medizinischen Zwecken verwendet.«

Dann fuhr Gabrielle fort: »Dort drüben in der gegenüberliegenden Ecke, im Schatten, bauen wir Waldmeister an, und in den mittleren Beeten wachsen Bohnenkraut, Bockshornklee, Rosmarin, Raute, Schwertlilien, Salbei, Goldmelisse.« Sie zählte die Pflanzen an ihren Fingern ab. »Dazu kommen noch verschiedene Minzen wie etwa Pfefferminz und außerdem auch Liebstöckel und Fenchel. Es gibt so viele verschiedene Pflanzen dort, Philippa. Sie müssen morgen mit mir kommen und es sich selbst ansehen. Wir könnten gemeinsam durch den Garten spazieren. Die Gärten innerhalb dieser Mauern wurden sehr lange vernachlässigt. Sie waren mit Brombeergewächsen überwuchert, und diese verdammten Hainbuchen wucherten wie verrückt.« Madame Boschaud riss ihren Blick vom Fenster los und sah Pip in die Augen. »Als ich zurückkam, um wieder hier einzuziehen – vor beinahe fünfundzwanzig Jahren …«

Sie hielt inne und atmete tief ein. Ihre gebückten Schultern sanken noch ein Stück weiter nach unten – oder bildete Pip sich das bloß ein?

»Damals beschloss ich, den Garten wiederzubeleben.« Madame Boschauds Unterlippe zitterte ein wenig. Eine tiefe Traurigkeit breitete sich auf ihrem Gesicht aus. »Es ist mein Vermächtnis, wenn Sie es so wollen.«

Pip erkannte mit einem Mal, dass sie denselben Ausdruck mehrmals auf Megs' Gesicht gesehen hatte, bevor sie Tasmanien verlassen hatte, und ihr Magen zog sich zusammen. Sie hatte seit zwei Wochen nichts von Megs gehört. Nun, sie hatte vielleicht ein oder zwei kurze Nachrichten erhalten, aber mehr nicht. Vermutlich maß sie dem allen zu viel Bedeutung bei, aber ihre Mum wirkte ebenfalls besorgt. Die Arbeit, die ihre Schwester sich auflud, während sie sich ja auch noch um ihr Baby kümmern musste, begann ihren Tribut zu fordern.

Wenn sie bis morgen nichts von Megs gehört hatte, würde sie Will kontaktieren. Natürlich würde Megs das wütend machen, aber was sollte sie tun? Sie wollte doch bloß wissen, ob alles in Ordnung war, und Chloés herrliches Gurgeln hören. Es war wirklich ein Jammer, dass sie ihr übers Telefon nicht in ihre pummeligen Beinchen kneifen konnte. Pip war überrascht, wie schmerzhaft sie ihre Schwester und ihre kleine Nichte vermisste.

Madame Boschaud deutete immer noch aus dem Fenster auf den zauberhaften Garten unter ihnen. »Wir haben versucht, die ursprüngliche Form zu bewahren, aber das ist schwierig. Pflanzen verändern sich nun mal und sterben, *non?*«

Madame Boschaud schüttelte den Kopf. »Und wir haben jetzt natürlich keine Mönche mehr, um den Garten zu bestellen. Aber es gibt einige Gärtner in der Umgebung, die mich unterstützen. Und ich selbst tue, was ich kann.« Madame Boschaud zuckte entschuldigend mit den Schultern. »Ich bezahle lieber die Gärtner, als Heizöl zu kaufen.« Sie deutete mit dem Kopf auf den Heizkörper. »Ich glaube, das ist wichtiger.«

Wenn sie sich den üppigen Garten unter ihr ansah, musste Pip Madame Boschaud zustimmen.

»Wie lange lebt Ihre Familie denn bereits hier, Madame?«, fragte Pip.

»Abzüglich einiger Revolutionen seit 1104. Richard Löwenherz und seine Männer machten hier halt. Ich besitze einige Bücher über die Geschichte des Châteaus.« Sie wandte sich um, um Pip anzusehen. »Ich kann Ihnen Ihren Familienstammbaum zeigen, wenn Sie möchten.«

»Das wäre wunderbar, *merci.* Ich habe auch einige alte Dokumente bei mir – Rezepte und Briefe. Das habe ich ja schon am Telefon erwähnt. Die Originale befinden sich in Paris, aber ich habe Kopien dabei. Ich habe mich gefragt, ob Sie mir vielleicht sagen könnten, ob sie von hier stammen?«

»Ich bin mir nicht sicher, ob ich Ihnen weiterhelfen kann, aber ich werde es auf jeden Fall versuchen.«

»Danke, Madame. Es war sehr freundlich, dass Sie mich so kurzfristig aufgenommen haben.«

»Kein Problem. Und bitte nennen Sie mich Gabrielle. Wir sind immerhin verwandt, da können wir uns auch duzen.«

Pip nickte.

»Wunderbar. Aber jetzt pack erst einmal in Ruhe aus und mach dich fürs Abendessen frisch – das Badezimmer befindet sich ein Stockwerk tiefer. Im Mittelalter hatte nicht jedes Zimmer ein eigenes Bad, *non?*« Gabrielle lächelte. »Wir werden unsere *Aperitifs* um sechs Uhr in der Bibliothek zu uns nehmen.«

Kapitel 32

Château de Boschaud, März 2015

Das Erste, was Pip an der Bibliothek auffiel, war der Geruch nach Orangenschalen. Sie sah sich um und entdeckte mehrere dicke Kerzen, die auf dem langen Holztisch und auch in einigen Decken- und Wandleuchtern verteilt waren. Die Wände waren voller deckenhoher Regale mit in Leder gebundenen Büchern, und ihr Blick fiel auf die riesigen Deckenstreben aus Eichenholz und einen gemeißelten Granitkamin, in dem man gut und gerne ein Auto hätte parken können. Als sie sich nach vorn lehnte, sah Pip ein verwittertes Wappen in der Kaminverkleidung.

Der Boden bestand aus uralten Dielenbrettern aus im Laufe der Jahre immer dunkler gewordenem Eichenholz, und an der Südseite des Zimmers zeichneten sich eine Reihe Quadrate auf dem Boden ab, die von dem schwachen Licht gezeichnet wurden, das durch mehrere nebeneinanderliegende Fenster fiel. Pip schätzte, dass die großzügige Bibliothek ohne Weiteres einhundertfünfzig Personen Platz geboten hätte. Das hier war sicher einmal ein sehr eindrucksvoller Speisesaal gewesen. Und eigentlich war es das noch immer. Es wäre der perfekte Ort für ein Festmahl.

»Ah, Philippa. Was möchtest du trinken?« Gabrielle hatte

ein altmodisches Tablett mit einem verzierten silbernen Champagnerkühler, Eis, Kristallgläsern, Oliven, Zitronenscheiben und einigen Flaschen vorbereitet, die Pip allesamt unbekannt waren.

»Ich habe etwas Champagner aus dem Weinkeller geholt.« Pips Blick fiel auf die handgemalten Art-déco-Blumen eines erlesenen Perrier-Jouët Belle Epoque. Es würde ein wunderbarer Abend werden.

»Oder«, fuhr Gabrielle fort, »ein Glas *Liqueur de Châtaigne* – Kastanienlikör? Auf Eis oder mit Champagner wie einen *Kir royal?* Und dann habe ich auch noch einen besonderen, sehr trockenen Wermut – das Rezept stammt von einem Freund, der etwas weiter die Straße hinunter wohnt. Es ist unser kleines Geheimnis.« Sie lehnte sich nach vorn und flüsterte verschwörerisch: »Er verwendet die übliche Mischung aus Nelken, Zimt, Kardamom, Orangenschalen, Wacholder und Eisenkraut – aber er gibt heimlich auch noch etwas Wermutkraut hinzu.«

»*Artemisia*«, nickte Pip.

»Wie gesagt, es ist ein geheimes Rezept aus verschiedenen Pflanzenextrakten.« Gabrielle hielt inne. »*Artemisia* – das bitterste, aber auch aromatischste aller Kräuter.«

»Die Mutter aller Kräuter«, meinte Pip leise und wiederholte damit den Namen, den Pedro ihr in der Kräuterkammer des *Azure* genannt hatte.

»Ja, natürlich«, stimmte Gabrielle ihr zu. »Man sagt, wenn man Ringelblumen, Thymian und einen Zweig *Artemisia* mahlt und verbrennt, um anschließend eine Paste daraus herzustellen, mit der man sich am Sankt-Lukas-Tag den Körper einreibt, wird man von der wahren Liebe träumen.«

Pip verzog das Gesicht. »Ich denke, dieser Zug ist bereits

abgefahren.« Sie fragte sich, ob Jack wohl gerade bei Valentina war.

Gabrielle hob eine Augenbraue, ging jedoch nicht weiter darauf ein. Stattdessen fragte sie: »Also, Pip – was kann ich dir anbieten?«

»Ich probier mal ein Gläschen Wermut – zu Recherchezwecken natürlich.«

»Natürlich«, erwiderte Gabrielle, die etwas Wermut in ein Weinglas goss und ihn mit ein wenig Eis und einer Orangenscheibe servierte.

»Und was trinkst du?«, fragte Pip.

»Champagner. Ich trinke bloß Erlesenes. In meinem Alter sollte man jeden Tropfen des *Grand Vin* genießen.«

»Warum nicht?« Pip lachte, als Gabrielle sich ein Glas sprudelnden Champagner eingoss. Sie musste sich davon abhalten, den Wermut in einem Rutsch hinunterzustürzen. »Gabrielle, können wir deinen Nachbarn vielleicht einmal besuchen, damit ich zusehen kann, wie er den Wermut herstellt?«

»Bien sûr«, erwiderte Gabrielle. »Er hat seine Brennerei gleich auf der anderen Seite des Gartens auf dem Gelände des alten Klosters. Die Mönche haben dort Absinth und natürlich auch andere Getränke hergestellt.«

Pip erschauderte, als sie an ihre letzte Begegnung mit Absinth dachte.

»Sie verwendeten heimische Pflanzen, die im Garten wuchsen, und auch andere Kräuter wie Wacholder oder Schlehdorn, die sie in den Wäldern ernteten. Die Gewürze wurden allerdings bei einem Kaufmann bestellt. In dieser Klimazone gibt es keine Nelken und auch keinen Zimt.« Gabrielle lachte und zog sich ihre graue Strickweste enger um ihre üppigen

Brüste. »Deshalb habe ich auch diese Kerzen hier. Sie verbreiten den Duft wärmerer Orte.«

»Es riecht herrlich«, stimmte Pip ihr nickend zu und nippte erneut an ihrem Wermut.

»Unten im Keller und im Garten stehen noch einige alte Tontöpfe, in denen die Gewürze gelagert wurden – das sagen jedenfalls die Restauratoren. Einige sind bereits zerbrochen, aber in anderen können die Gewürze noch genauso gelagert werden wie zur damaligen Zeit. Ich zeige sie dir morgen. Sie haben eine ganz besondere Form.«

Gabrielle malte die Form der Töpfe mit den Händen in die Luft.

»Anscheinend wurde das Château de Boschaud einhundertfünfzig Jahre lang von denselben Gewürzhändlern beliefert. Es war eine Familie, und sie stammte eigentlich nicht aus Frankreich, sondern aus Genua. Wer hätte das gedacht? Dem Wirtschaftsbuch der Mönche zufolge beendete der letzte Abt des Châteaus die Geschäftsbeziehung 1487 mehr oder weniger über Nacht, und die Kaufleute wurden vom Anwesen verbannt. Es wurde kein Grund genannt. Und es gab keine schönen Töpfe mehr.« Sie lächelte schief. »Eine wahre Schande.«

Über dem Steinkamin hing ein Wandteppich mit zahllosen Rosenblüten, und an der gegenüberliegenden Wand sah Pip einen riesigen Teppich mit mehreren nackten Frauen, die um ein Feuer tanzten. Die Kerzen flackerten und warfen ihr Licht auf das goldene Garn und die taufeuchten Körper der Tänzerinnen. Hätte Pip sich nicht gerade in einem muffigen alten Saal befunden, hätte sie geschworen, dass sie hier Teenager während einer Vollmondparty vor sich sah.

Gabrielle folgte Pips Blick. »*C'est magnifique, non?*«

»Er ist wunderschön. Und sehr … ähm …«

»Sinnlich? Sexy?« Gabrielle musterte den Wandteppich mit einem verschmitzten Lächeln. »Die staatlichen Restauratoren haben ihn vor etwa zehn Jahren entdeckt. Er lag in Leder gewickelt im alten Kloster. Es wird vermutet, dass der letzte Abt ihn in seinen Räumlichkeiten aufbewahrte. Das muss im späten 15. Jahrhundert gewesen sein. Eine ungewöhnliche Wahl für einen Mönch, *non?*«

»Ja, sehr«, stimmte Pip ihr nickend zu und nahm einen Schluck Wermut.

»Tatsächlich sind wir sehr froh, ihn in unserem Besitz zu haben. Die Inventarlisten des Châteaus führen ihn als Hochzeitsgeschenk. 1487 gab es hier ein großes Festessen – zur Hochzeit des Chevaliers de Boschaud, die am Mittsommertag stattfand. Den Aufzeichnungen zufolge war es unglaublich.«

Pips Kopf schwirrte. *1487.* Sie fragte sich, ob das Schicksal der Gewürzhändlerfamilie und der mysteriöse Wandteppich irgendetwas mit diesem Festessen zu tun hatten.

Gabrielle trat vor eines der Bücherregale. »Wir haben hier Aufzeichnungen zur damaligen Speisenfolge. Jetzt, wo ich so darüber nachdenke, erinnere ich mich sogar an Rezepte, Zeichnungen und Herbarien in dem kleinen Büchlein. Die Restauratoren meinen, es wäre von einem Abt verfasst worden.« Sie nippte an ihrem Champagner, während sie die Regale entlangschritt, um nach dem Manuskript zu suchen.

»Ich würde mir die Aufzeichnungen sehr gerne ansehen, Gabrielle. Aber darf ich dir vorher vielleicht die alten Briefe und Rezepte zeigen? Eine Freundin hat sie für mich vergrößert, sodass wir zumindest einen Teil lesen können. Ich würde gerne wissen, ob du sie wiedererkennst. Sie befanden sich in einigen alten Kupfertöpfen, die mir meine Mutter gab. Sie waren ein Geschenk der Großtante meines Vaters, aber niemand weiß genau, woher Tante Margot sie hatte. Ich glaube, es ist einfach niemand auf die Idee gekommen, sie danach zu fragen.« Sie griff in ihren Rucksack und holte die ordentlich in Plastikfolien verschweißten Rezepte hervor, um sie Gabrielle zu geben.

»Ah«, meinte Gabrielle nickend. »Waren die Kupfertöpfe etwa so groß und hatten Griffe an beiden Seiten?« Sie formte mit den Armen einen Kreis vor ihrer Brust. »Und etwa so tief?« Sie zeigte den Abstand mit den Händen.

Pip nickte. »Und dazu kamen noch einige Gusseisenkasserollen und ein paar Pfannen. Die Briefe befanden sich in einem mittelgroßen Kupfertopf.«

»Dann hast *du* also die Töpfe, die Margot geschickt wurden. Deine Großtante hat als Kind zusammen mit dem Vater meines Mannes die Ferien hier verbracht. Er sprach oft von ihr und ihrer Familie. Während des Ersten Weltkrieges wurden schließlich sämtliche Cousins aus dem Norden hierhergeschickt.« Sie lächelte. »Margots Familie wanderte nach dem Krieg nach Australien aus. In den 1920er-Jahren. Ihr Zuhause war zerbombt worden.« Gabrielle seufzte. »Ich überlege gerade, wie sie wohl zu den Töpfen gekommen ist.« Sie rieb ihr Kinn. »Vermutlich waren sie ein Geschenk der Großeltern meines Mannes. Die Familie tat ihnen leid. Sie hatten nichts, was sie zu ihrem Neuanfang am anderen Ende der Welt mitnehmen konnten. Ihr Haus und ihr Hof in Douaumont wurden zuerst von den Deutschen besetzt und dann zerstört.«

Sie schüttelte den Kopf. »Euch jungen Leuten müssen die Töpfe irrwitzig vorkommen. Unpraktisch. Aber denk bloß: Während des Krieges gab es nichts. Und Margots Familie führte eine Landwirtschaft. Mithilfe der Töpfe konnten sie Konfitüren und Chutneys herstellen und mit wenig Geld über den Winter kommen. Mit dem Geschmack der Heimat.« Sie zuckte mit den Schultern. »Vermutlich ist das nicht viel, wenn man sein Zuhause verloren hat, aber es ist wenigstens etwas.« Sie hob ihre Brille, die sie an einem Band um ihren Hals trug, und studierte die Briefe. Sie mischte sie durcheinander, nahm sich Zeit, sie zu lesen, und sprang immer wieder zwischen den einzelnen Seiten hin und her.

Schließlich hob sie den Blick und sah Pip an. »Und du sagst, sie befanden sich in einem der Töpfe?«

»Ja, sie waren zu einer kleinen Rolle gebunden, die sich in einem der Töpfe befand, dessen Deckel feststeckte. Ich musste ihn mit einem Messer öffnen.«

»Wirklich sehr interessant«, murmelte Gabrielle beinahe zu sich selbst. Sie wandte ihre Aufmerksamkeit wieder den Bücherregalen zu. »Wir hatten einen Kurator hier, der alles neu organisierte. Und nun findet man einfach *gar nichts* mehr.« Sie schüttelte den Kopf. »Aha! Hier ist es – in der Garten- und Pflanzenabteilung. Vielleicht ein wenig verwirrend.«

»Mmmm«, meinte Pip und nippte an ihrem Wermut. Er schmeckte göttlich. Die bitteren, süßen und blumigen Geschmäcke der Kräuter explodierten in ihrem Mund und wärmten ihre Kehle. Ihr ganzer Körper kribbelte. Es war unglaublich, dass die alten Töpfe den ganzen Weg von diesem Château bis zu ihr zurückgelegt hatten! Bedeutete das, dass sie so alt wie die Briefe waren?

»Also, das hier ist die Rezeptsammlung für das Festessen, das ich erwähnte. Von dem Abt.« Gabrielle zog ein Manuskript aus dem Regal und ließ ihre Finger über den Umschlag aus gehärtetem Kalbsleder gleiten. Sie hielt das Büchlein hoch, um Pip den Umschlag zu zeigen. Pips Blick fiel auf die zarten, eingeritzten Blätter eines Zweiges, der einer Feder glich.

Pip atmete scharf ein – sie kannte diese spitzengleichen Umrisse.

»*C'est Artemisia, oui?*« Gabrielle legte das Manuskript vorsichtig auf den Tisch und öffnete es. Die erste Seite fehlte. Der ausgefransten Kante nach zu urteilen war sie herausgerissen worden.

Gabrielle stieß einen missbilligenden Seufzer aus. »Ja, ja. Ich erinnere mich. Das ist frustrierend. Eine fehlende erste Seite. Es muss sich wohl um einen Titel oder eine Widmung gehandelt haben. Vielleicht war das Buch ein Geschenk. Manche Dinge bleiben in der Vergangenheit. Eingeschlossen in diesen Mauern.« Sie ließ den Blick durch die Bibliothek schweifen.

»Die Restauratoren haben es an ein Labor geschickt, wo die Abdrücke auf der nächsten Seite analysiert wurden. Eine Kopie davon befindet sich auf der Rückseite des Büchleins.«

Pip drehte das Buch um und zog ein loses A4-Blatt aus einer Plastikhülle. Sie faltete es auseinander und las:

Pour Artemisia

Mère d'herbes

Avec tout mon amour sur nos fiançailles

Vos Andreas

»*Mutter aller Kräuter*«, flüsterte Pip wie zu sich selbst. Schon wieder diese seltsame Bezeichnung. Was hatte das zu bedeuten? Sie ließ sich auf einen gepolsterten, mit verblichener gelber Seide bezogenen Lehnstuhl sinken. Eine Staubwolke stieg auf. Sie nieste.

»*Santé, ma chère.* Geht es dir gut?«

Pip nickte und biss sich auf die Unterlippe. Ging es ihr

denn gut? Wer war diese mysteriöse Artemisia, deren Briefe in einem Holzcottage in Tasmanien wieder aufgetaucht waren? War das kleine Büchlein, das nun in Pips Schoß lag, für sie bestimmt gewesen?

»Gabrielle, könnte diese Artemisia eine Verwandte gewesen sein? War sie eine Boschaud?«

»Non.« Gabrielle schüttelte den Kopf. »Ich habe einen vollständigen Familienstammbaum. Ich werde ihn dir morgen zeigen. Und ich erinnere mich nicht, dass eine Artemisia in den Archiven des Châteaus erwähnt worden wäre. Es ist ein sehr ungewöhnlicher Vorname. Aber ich kann den Archivar bitten, einmal nachzusehen, wenn du möchtest.«

»Ja, bitte. Vermutlich ist es nichts ...« Pip blätterte weiter und betrachtete die Tintenzeichnungen der Rosmarin- und Thymianzweige am Rand der Rezepte.

Gabrielle trat neben Pip und blätterte eine Seite weiter.

»Fête de la Saint-Jean.« Sie tippte auf die Seite. »Ah, das bezieht sich auf das Hochfest Johannes' des Täufers. Den Mittsommertag. Es verhieß Glück, an Mittsommer in einem Garten zu heiraten. Die Restauratoren glauben, dass es vielleicht ein Hochzeitsgeschenk war, das dieser Andreas beim Abt für seine Braut in Auftrag gegeben hatte. Wir wissen allerdings nicht, warum es sich unter den Besitztümern des Abtes befand. Vielleicht konnte dieser junge Mann – Andreas – am Ende nicht zahlen.«

Pip schnappte nach Luft, als sie sich über das Buch beugte und die kaum sichtbare Zeichnung einer Pflanze in der Mitte der Seite entdeckte: ein blätterbesetzter Zweig, so zart wie eine Feder. *Artemisia.*

»Ah, das ...« Gabrielle nickte. »Dieser Teil ist sehr interessant.« Sie nippte an ihrem Champagner, dann streckte sie die

Hand aus und deutete auf die Zeichnung. »Dieses Bild oder besser gesagt diese Gravur stimmt mit dem Bild auf dem Umschlag überein.«

»*Artemisia.* Mutter aller Kräuter«, hauchte Pip. Ihr Herz schlug ihr bis zum Hals, als sie auf die nächste Seite blätterte. Was, wenn diese Seiten von derselben Artemisia stammten? Wer war sie gewesen?

Gabrielle legte die Briefe neben das Manuskript, sodass Pip die Ähnlichkeit zwischen den beiden Zeichnungen sehen konnte – es erschien beinahe wie ein kleines Wasserzeichen in der Ecke jedes Rezepts. Pip war so aufgeregt, dass sie kaum noch atmen konnte, als sie erneut umblätterte.

Es sah aus wie eine Art Inhaltsverzeichnis:

Vin Moelleux, des Salades et des Fruits
Potagers et Brouets
Des Viandes Rôties
Entremets
Desserte
Issue de Table
Boute-Hors

Nein, jetzt erkannte sie es. Es war eine Speisenfolge.

Pip blätterte eilig zur nächsten Seite und dann zur nächsten. Sie verglich die beiden Dokumente. Ihr Herz raste und in ihren Ohren rauschte es, als sie vorsichtig weiterblätterte, bis sie zu dem Rezept kam, nach dem sie gesucht hatte: *Pour faire ung lot de bon hypocras.*

Pip klatschte lachend in die Hände. Gabrielle wirkte verwirrt. Pip würde mit Nadias Freundin im *Herbier National* sprechen müssen, doch tief in ihrem Inneren wusste sie es.

»Die beiden Seiten stimmen überein. Dein Manuskript und meine Rezepte stammen von derselben Person.«

»Einer der Briefe ganz unten wurde mit Artemisia unterzeichnet.«

»Vielleicht hat der Abt dieses Buch gar nicht geschrieben«, sagte Pip.

»Glaubst du, dass es Andreas war? Für Artemisia, seine Verlobte?«

»Vielleicht. Aber was wäre, wenn Artemisia es geschrieben hätte? Oder vielleicht auch Andreas *und* Artemisia, die beiden Liebenden?«

Gabrielle schürzte die Lippen und lächelte. »Vielleicht.« Sie deutete ins Zimmer. »Wer kann schon mit Sicherheit sagen, was sich innerhalb dieser Mauern zugetragen hat?« Sie prostete Pip mit ihrem Champagnerglas zu und nickte.

Kapitel 33

Château de Boschaud, Mittsommer 1487

Schon bald würde man den *Hypocras* ausschenken. Es war noch nie vorgekommen, dass es am Mittsommertag *Hypocras* gab, doch Abt Roald hatte darauf bestanden, dass Artemisia ihn zubereitete, weshalb es keinen Sinn gehabt hatte, ihm zu widersprechen, auch wenn es mehr als schwierig geworden war. Andreas hatte ihr geholfen, indem er das Gewürzpulver gemischt und den richtigen Wein bei seinen Handelspartnern im Norden bestellt hatte. Es war allerdings beinahe unmöglich gewesen, zu verhindern, dass er bitter oder sauer wurde, denn in der Woche vor dem Mittsommertag hatte es keinen Ort gegeben, wo Artemisia den Gewürzwein kaltstellen konnte.

Artemisia war es schwergefallen, die richtige Gewürzmischung für den *Hypocras* zu finden. Das Rezept, das ihr der Abt zur Verfügung gestellt hatte, war beim ersten Versuch misslungen, und sie hatte einen kräftigen Schlag zwischen die Schulterblätter erhalten, als er gekommen war, um ihn zu probieren.

Andreas war damals gerade in der Vorratskammer gewesen, um leere Töpfe abzuholen und volle Töpfe zu liefern. Er kam Artemisia zu Hilfe und versuchte, den Abt abzulenken und ihm zu schmeicheln, indem er ihm zu verstehen gab, dass der Met und die Liköre aus der Brennerei des Abts zu den besten zählten, die der *Épicier* jemals probiert hatte. Vielleicht würde der Abt sogar in Erwägung ziehen, auch diese Köstlichkeiten an diesem so verheißungsvollen Mittsommertag für die *Issue de Table* zur Verfügung zu stellen?

Am folgenden Tag hatte Andreas Artemisia die Lindenallee entlang in den Garten begleitet, um dort Abt Roald zu treffen. Dieser hatte sie wütend in Grund und Boden gestarrt, als sie unaufgefordert und auch noch mit Andreas vor ihm aufgetaucht war. Er tobte wegen der Hitze und auch wegen der Mischung seines Getränks.

Er weigerte sich, Artemisias Versuch der Öffentlichkeit vorzusetzen. Der Wein war zu bitter. Er konnte den Geschmack des *Artemisia*-Krautes nicht ertragen. Das Gebräu war vollkommen aus dem Gleichgewicht geraten, da dieses Kraut einfach nicht bezwungen werden konnte. Er schmeckte wie Gift. »So wie erwartet«, meinte er grinsend und spuckte Artemisia auf die Stiefel.

Sie zuckte zusammen, und Andreas warf ihr einen warnenden Blick zu. *Verhalte dich ruhig!*

Während die beiden Männer über den Wein für das Festessen sprachen, beobachtete Artemisia die Dutzenden kleinen braunen Zaunkönige, die mit erhobenen Schwänzen zwitschernd Verstecken unter den Blättern der blühenden Hecke spielten. Ihre Beine schmerzten, und ihr Rücken tat ihr in diesem Sommer jedes Mal weh, wenn sie sich bückte, um einen Tontopf zu heben. Tautropfen glänzten in der Morgensonne, und sie sehnte sich danach, sich auf dem Grashügel niederzulassen, von dem aus sie den Friedhof sah, auf dem ihr geliebter Abt Bellamy begraben worden war.

Artemisia hatte seither im Geiste oft mit Abt Bellamy gesprochen. Der Herr sei ihm gnädig. Sie hatte keine Zeit, um zur Beichte zu gehen – und sie war sich ziemlich sicher, dass der Herr im Himmel nicht eigens einen Platz für ihre ledrige Haut reserviert hatte. Aber von Zeit zu Zeit saß sie gerne in aller Ruhe auf dem Grashügel in der Ecke, der unter dem niedrigen Blätterdach der Apfel- und Birnbäume verborgen lag. Von dort konnte sie das Grab des Abtes sehen. Deshalb füllte sie auch jedes Jahr alte Gewürztöpfe aus Ton mit einer Mischung aus feiner, feuchter Erde und Schweinemist, sobald das Eis des Winters taute und die frostigen Nächte vorüber waren, und drückte anschließend einige Gartennelkensamen in die Erde.

Im Sommer blühten die rosafarbenen Blumen im Überfluss, und Artemisia benötigte einen Armvoll Zweige, um sicherzustellen, dass die Blumen hocherhobenen Hauptes vor dem Abt standen. Kurz bevor sie verblühten, sammelte Artemisia die Blütenblätter und trocknete sie vor dem Feuer, um anschließend Süßwein daraus herzustellen. Sie war überaus zufrieden gewesen, als sie beim letzten Mal gesehen hatte, dass die alte rote Rose, die sie aus dem Haufen, den Abt Roald verbrennen wollte, gerettet hatte, bereits Sprösslinge hatte und begann, sich um Abt Bellamys Grabstein zu ranken, als wollte sie ihn innig umarmen.

Liebe. Vollkommenheit.

Artemisia seufzte, und ihr Körper erschien ihr schwer vor Trauer. Sie hatte die geliebte Rose des Abtes bis an die Wurzel zurückgeschnitten, um sie zu retten, und danach befürchtet, dass der nackte Wurzelstock den unnachgiebigen Frost und Schnee im Winter nicht überleben würde. Doch zur Abwechslung war Artemisia das Glück hold gewesen, und sie hatte dankbar gelächelt, als sie die zarten grünen Sprösslinge gesehen hatte, die sich auf dem Grabstein der Sonne entgegenstreckten. Es gab ihr Hoffnung. Manchmal stellte sie sich vor, dieser Garten gehörte ihr und sie könnte dort tun und lassen, was sie wollte. Eines Tages würde sie außerhalb der Mauern einen eigenen Garten besitzen. Schon bald.

Artemisia atmete tief ein und ließ zu, dass sich die verschiedenen Vogelstimmen in ihrem Kopf vermischten und ihn erfüllten, sodass sie die leisen Stimmen der beiden Männer nicht mehr hörte, die über Gewürzmengen und Preise sprachen. Sie fragte sich, ob sie wohl bemerken würden, wenn sie die Lindenallee bis zu dem Labyrinth aus Eiben und Buchsbäumen entlangging, um schließlich zum Spaß darin zu verschwinden. Artemisia liebte es, durch das Labyrinth zu streifen, wenn sie die Küche einmal verlassen durfte – was selten genug vorkam.

Doch immer wenn sich ihr die Möglichkeit bot, dann saugte sie jedes Mal das scharfe, holzige Aroma ein, wenn sie auf den Thymian traf, der entlang des mit Steinplatten ausgelegten Weges wuchs, und achtete darauf, dass sie an den hoch aufragenden, lilafarbenen Blüten des Eisenkrauts entlangstreifte, das unter der Hecke hervorbrach und sanft im Wind wogte. In der Mitte des Labyrinths befand sich ein Springbrunnen, an dem sie gerne saß und dem Plätschern des Wassers lauschte. Und wo sie an heißen Tagen ihre Stiefel auszog und ihre Füße im Wasser kühlte. Hätte sie nicht Angst vor den Peitschenhieben gehabt, die sie ohne Zweifel erwarteten, wenn sie erwischt wurde, so hätte sie am liebsten ihr Kleid ausgezogen und wäre in dem seichten grünen Becken getrieben, damit das Wasser ihre raue Haut beruhigte. Ihr Gesicht wurde so rot wie Abt Bellamys Rose, als sie sich vorstellte, wie Andreas Wasser über ihre Haare und ihre Schultern schöpfte.

Sie wackelte in ihren Stiefeln mit den Zehen und versuchte, sich wieder auf das Gespräch der beiden Männer zu besinnen. Immerhin würde man *sie* auspeitschen, wenn die beiden einen Fehler begingen.

Andreas meinte gerade, dass es in den Wäldern einige Pflanzen wie etwa Wacholder oder Majoran sowie Fenchel- und Anissamen gab und er noch andere Kräuter wie etwa Koriander und Sternanis besorgen könne, die das Getränk süßer machen und ihm Tiefe verleihen würden. Er würde dem Abt dabei helfen, die perfekte Mischung zu finden. Es sei ihm eine Ehre.

Artemisia hätte sich beinahe verschluckt, als sie versuchte, sich ihre Verachtung für den Abt nicht anmerken zu lassen.

Nun stand sie in der Vorratskammer, beugte sich über den dritten Topf mit Zimtstangen und hielt einen Augenblick lang inne, um mit der Hand darüberzustreichen. Die Tontöpfe, die die Familie de Vitriaco für ihre Lieferungen verwendete, unterschieden sich von jenen der anderen Kaufleute. Sie waren gedrungen wie der Bauch einer werdenden Mutter, und die Wölbung verjüngte sich zum Deckel hin. Artemisia löste ihr Kleid von der Brust und fächelte sich damit Luft zu, um ihre Haut zu kühlen. Sie spürte, wie ihr warm wurde und ihr Herz schneller zu schlagen begann, als sie an Andreas dachte, der gemächlich die Wölbung des Topfes nachgezeichnet hatte, als wollte er ihn liebkosen. Das war an jenem Tag gewesen, als er die Lieferung seines Vaters in das Château de Boschaud gebracht und Artemisia in der Speisekammer angetroffen hatte. Mittlerweile war dieser Tag beinahe ein Dutzend Monde her.

Andreas hatte ihr in die Augen geblickt und gezwinkert. Ein Kaufmann! Sie hatte sich noch nie von einem der Männer auf dem Feld oder auf den Karren den Kopf verdrehen lassen. Wozu auch? Ihr Platz war hier, wo sie schwitzend zwischen den Kupfer- und Tontöpfen stand.

Schweißtropfen sammelten sich in ihrem Nacken, während Artemisia die Zimtstangen durchwühlte, bis sie Andreas' Rezept gefunden hatte.

Um einen guten Hypocras herzustellen, nimmst du eine Unze Cinamonde – Zimtstangen –, ein kleines Stück Ingwer und die gleiche Menge Galgant, die gut zermahlen werden wollen. Danach nimmst du eine Livre guten Zucker und zermahlst die Mischung erneut. Befeuchte sie mit dem besten Beaune-Wein, den du bekommen kannst, und lasse das Gebräu dann etwa ein oder zwei Stunden ziehen. Danach gießt du die Flüssigkeit durch ein Tuch, damit der Wein klar wird.

Obwohl sie nun nichts mehr an dem Ergebnis ändern konnte, beruhigte es sie, dass sie alles richtig gemacht hatte. Beim letzten Vollmond hatte sie zwei ihrer größten Kessel ausgewählt und Jacobus gebeten, ihr dabei zu helfen, sie an den Haken über dem Feuer zu befestigen. Beide Kessel waren groß genug, um Jacobus darin zu baden, und vielleicht würde sie ihm genau das auftragen, sobald das Festessen vorüber war.

Sie würde bloß zur Sicherheit etwas Verjus ins Badewasser gießen, um die Flöhe und Läuse zu vertreiben, die sich in seinen blonden Locken tummelten, und um ihre Bisse zu heilen.

Artemisia wusste, dass es verrückt war, die Briefe und Rezepte ständig von einem Topf in den nächsten zu befördern, doch der Abt würde sie übel verprügeln, wenn er die Schriftstücke entdeckte. Oder Schlimmeres. Nur auf diese Weise konnte sie sicherstellen, dass das Geheimnis bewahrt wurde. Sie nahm das Rezept für den *Hypocras* und band es zusammen mit dem Rezept für das Rosenwasser, für eine Gewürzmischung und mit einigen alten Briefen von Andreas zu einer kleinen Rolle, die sie mit einem Stück Zwirn verschnürte. Anschließend steckte sie den Artemisia-Zweig, den sie von Andreas bekommen hatte, in den Knoten und verstaute die Rolle in einem kleinen, etwas tieferen Kupfertopf. Er hatte eine unpraktische Größe. Zu klein für Eintöpfe und Konfitüren, aber zu groß, um ein oder zwei Tagesportionen *Porée* darin zu wärmen. Auch der Deckel des Topfes hatte nie wirklich gepasst, weshalb sie ihren Fleischhammer verwendete, um ihn mit einem Schlag an seinen Platz zu befördern.

Niemand würde jemals die Rezepte und Briefe hier finden. Es sei denn, er wusste, wo er suchen musste. Sie schob den unnützen Topf in die hinterste Ecke des Regals zu den anderen überflüssigen Behältnissen und betete zu ihren Rosen und Gartennelken, dass sie nicht vergaß, wo sie die Aufzeichnungen versteckt hatte.

Kapitel 34

Château de Boschaud, März 2015

Pip stand mit Gabrielle inmitten einer uralten Lindenallee, die sich wie ein Sonnenstrahl durch den ummauerten Garten zog. Der Himmel war dunkel und wolkenverhangen und der Frühlingswind ungestüm. Winzige, hellgrüne, von Tautropfen besetzte Limettenblätter fingen das Morgenlicht auf und verwandelten den Garten in einen glitzernden Edelstein. Das Vogelgezwitscher schien ungewohnt – es klang weicher und melodiöser als das schrille, unermüdliche Kreischen und Krächzen der Kakadus und Papageien zu Hause. Innerhalb dieser Mauern schien alles so sanft und weich.

Wie besprochen waren sie zu einem frühmorgendlichen Spaziergang aufgebrochen. Gabrielle hielt das Manuskript in der linken Hand und benutzte die rechte, um Pip etwas zu zeigen, eine Narzisse zu pflücken oder die Buchsbaumhecke entlangzustreichen, während sie gingen. Das Büchlein war auf einer Doppelseite geöffnet, die eine Skizze für ein Gartenmodell zeigte. Ein *Entremets.* Es war in der damaligen Zeit üblich gewesen, Tiere aus Teig nachzubilden, doch Gabrielle schien der Meinung, dass eine essbare Nachbildung eines Gartens einzigartig für das Château de Boschaud gewesen war.

Pip kicherte in sich hinein, als sie sich vorstellte, welches *Entremets* zu Megs' Hochzeit gepasst hätte. Ein elegantes Glashaus (Karamellbonbonmasse), riesige schwarze Bodenfliesen (dunkle Schokolade), Schneewittchen-Rosen (Zuckerblüten). Keine weiteren Pflanzen. Sie ertrug es nicht, sich ein *Entremets* für sich selbst zu überlegen. Es war, als würde man den Finger auf eine offene Wunde legen.

Pips Lächeln verschwand, und sie schlug sich einen Moment lang die Hände vors Gesicht, als sie an die Nachrichten dachte, die Megs ihr im vergangenen Monat geschickt hatte. Sie hatten alle nur aus wenigen Worten bestanden.

Es geht mir gut.
Ich bin bloß ein wenig müde.
Ich muss in den OP.
Ich komme gerade aus dem OP – rufe später zurück.

Oder die Nachricht, die ihr am meisten Sorgen bereitet hatte:

Es hat keinen Sinn zu skypen. Chloé ist bei Eva.

Oder: *Chloé ist bei Will.*

Es war frustrierend, ständig abgewiesen zu werden, doch Pip würde einfach weiter anrufen oder es via Skype versuchen, bis sie sich ausgiebig miteinander unterhalten hatten. Sie musste etwas nachsichtiger mit ihrer Schwester sein. Natürlich konnte sich Megs während ihrer Arbeit auf nichts anderes konzentrieren, aber war Pip denn so anders? Sie hatte gerade den ganzen Winter in vollkommener Abgeschiedenheit verbracht, um in einem Keller unter dem schönsten Garten von Paris die Sedimentwerte verschiedener benthischer Wirbelloser zu vergleichen. Sie hatte ihr Büro lediglich verlassen, um sich Crêpes, Couscous oder Kaffee zu besorgen.

Sie lehnte sich an den nächsten Lindenbaum, strich mit den Fingerspitzen über die graue, zerfurchte Rinde und schloss die Augen.

»Du siehst müde aus«, meinte Gabrielle. »Erschöpft. Du verlangst dir sehr viel ab, Philippa.« Sie nickte wie zu sich selbst. »Deinem Körper *und* deinem Geist. Ich spüre beinahe, wie die Gedanken in deinem Kopf kreisen. Du bist ständig am Grübeln.« Sie tippte sich an die Schläfe. »Wenn wir wieder in der Küche sind, mache ich dir eine Tasse Veilchentee – der beruhigt die Nerven.« Sie deutete auf das Manuskript. »Hier drin befindet sich auch ein Rezept für eine Veilchenbrühe. Es gibt doch Veilchen in Australien, *non?*«

Pip nickte mit geschlossenen Augen und genoss die warme Frühlingssonne auf ihrem Gesicht.

»Gut, dann werde ich dir einfach die Übersetzungen der Rezepte mailen.«

Pip öffnete die Augen und blickte die Allee hinauf und zurück zu dem Labyrinth, durch das sie gerade gewandert waren. Sie hörte noch immer das Plätschern des Wassers, und es beruhigte sie. Mit der Zeichnung in dem Manuskript als Vorlage hatte Gabrielle Pip durch die verschiedenen Bereiche innerhalb der Mauern geführt: den Küchengarten mit den in Reihen gesetzten Kohlköpfen, dem Brokkoli und den Salaten; den riesigen Heilmittelgarten, den sie gestern Abend aus dem Fenster gesehen hatte; und den Beerenweg mit den Stachelbeeren, den Loganbeeren und vier verschiedenen Himbeerarten. Kein Wunder, dass man hier so viele dieser riesigen Kochtöpfe gebraucht hatte. Vielleicht sollte Pip sie

Gabrielle zurückgeben – zurzeit verstaubten sie bloß in Megs' Schuppen.

Gabrielle trat einen Schritt nach vorn und hakte sich bei Pip unter. »Komm, ich zeige dir jetzt meinen Lieblingsbereich des Gartens.«

Sie gingen die Allee entlang und an einem gepflügten Feld vorbei, ehe sie nach links in einen Obstgarten bogen. Hier wuchsen mindestens zehn Reihen Apfel- und Birnbäume, mit einem Dutzend Bäumen pro Reihe. Die Bäume trugen hellgrüne Knospen, und ihre winzigen Blätter begannen, sich gerade zu öffnen. Zwischen den Stämmen wuchsen in geraden Linien Narzissen und Osterglocken in strahlenden Creme-, Gelb- und Orangetönen. Es war einer der schönsten Obstgärten, die Pip je gesehen hatte.

Gabrielle lächelte. »Es ist etwas Besonderes, *non?* Und jetzt komm, setz dich einen Augenblick mit mir dorthin.« Sie ging zu einem grasbewachsenen Hügel in der Ecke. Der obere Teil war abgetragen worden, und man hatte eine Steinbank aufgestellt, die einen herrlichen Ruheplatz bot. Gabrielle ließ sich darauf nieder und klopfte auf die Bank, damit Pip sich zu ihr setzte.

Pip fröstelte – die Steinbank war eiskalt, und die Kälte riss sie aus ihrer Benommenheit. Zwischen den Stämmen befand sich eine Handvoll schiefer alter Grabsteine, die im Verfall begriffen und mit Moos überzogen waren. Einige waren mit Kletterrosen bedeckt, andere bereits in sich zusammengefallen. Pip fiel auf, dass die beiden Grabsteine, die ihnen am nächsten lagen, nicht so verwahrlost wirkten. Vor ihnen standen einige alte Terrakottatöpfe mit blühenden Narzissen.

Gabrielle bemerkte ihren Blick.

»Es gibt so viele dieser Töpfe in diesem Garten. Ich pflanze Frühlings- und Sommerblumen darin an.«

Gabrielle sah seufzend auf die Grabsteine hinunter, öffnete das Manuskript und legte es auf ihren Schoß. Sie deutete auf die Skizze und den dort dargestellten Obstgarten. »Wir befinden uns hier. Aber diese beiden Gräber sind neu. Es sind die Gräber meines Ehemannes und meines Sohnes. Jean-Paul und Jean-Charles. Vor vierzig Jahren fuhr ein mit Äpfeln beladener Lastwagen zu schnell um eine Kurve auf einer engen Straße nicht weit von hier. Sie konnten nirgendwohin ausweichen.«

Pip öffnete den Mund, um etwas zu sagen, aber sie sah wohl vollkommen schockiert aus, denn Gabrielle lehnte sich zu ihr und tätschelte ihr mit einem mitfühlenden Lächeln das Bein. Pip fühlte sich schuldig – eigentlich hätte *sie* Gabrielle Trost spenden sollen.

Gabrielle ließ die Schultern sinken. »Man sagte mir, dass die beiden nicht leiden mussten. Es ist wohl eine Ironie des Schicksals, dass sie nun unter all diesen Apfelbäumen begraben liegen, nicht wahr?« Sie lächelte matt. »Aber die Familie Boschaud wird seit Jahrhunderten hier begraben. Mein Jean-Paul hätte es so gewollt. Mein Sohn, Jean-Charles, wäre heute fünfundvierzig. Vielleicht hätte er mittlerweile selbst Kinder.«

Sie atmete tief durch die Nase ein und dann wieder aus. »Aber es sollte nicht sein.«

Gabrielles Resignation war deutlich zu spüren. Pip fühlte sich so bleiern wie der graue Himmel – kein Wunder, dass Gabrielle all die Blumen in diesen fröhlichen Farben pflanzen ließ. Sie saßen schweigend nebeneinander und starrten auf die Bäume und die Blumen hinunter.

»Ich war eine Weile fort, weißt du? Ich bin einige Jahre

herumgereist und habe auf diese Weise versucht, dem Schmerz zu entkommen. Ich habe in Paris, Bordeaux und Lyon gelebt. Aber Davonlaufen heilt keine Wunden. Das schafft nur die Zeit.« Sie atmete erneut tief durch, ehe sie fortfuhr: »Das hier ist mein Zuhause.«

Gabrielle sah Pip in die Augen. »Ich versuche, meine Zeit hier zu nutzen. Ich arbeite im Garten und stelle Chutneys und Konfitüren für die Dorfschule her – aus den Äpfeln natürlich.« Sie lächelte. »Dieser Ort gehört nun mir. Aber wenn es so weit ist, dann werde ich hier in diesem Obstgarten neben meinen beiden Jungs begraben. Als Wurmfutter.«

Ehe Pip etwas sagen konnte, sprach sie bereits weiter: »Die Übergabe des Châteaus an das Département Haute-Vienne läuft bereits. Ich werde meine kleine Wohnung behalten, aber sie müssen die restlichen Räume und den Garten für die Besucher öffnen, um Geld einzunehmen. Es gibt Pläne für ein Café …«

Pip griff nach dem Manuskript, das immer noch geöffnet in Gabrielles Schoß lag. »Kann ich noch einmal einen Blick hineinwerfen, bitte?« Sie blätterte vorsichtig in dem Büchlein und schloss es dann einen Augenblick lang, um die eleganten Linien der Gravur auf dem Umschlag nachzuzeichnen.

Artemisia.

Bevor sie ihr den Garten gezeigt hatte, hatte Gabrielle Pip hinter die Mauer und an dem Kreuzgang und der Brennerei ihres Freundes vorbei bis an den Waldrand geführt. Dort hatte sie Pip die alten Eichen und die veredelten Kastanien und Ulmen gezeigt und ihr erzählt, dass sie mit Freuden die alte Tradition fortsetzte und mit einem Korb durch den Wald streifte, um verschiedenste Pflanzen, Beeren und Pilze zu sammeln. Sie hatte das Manuskript aufgeschlagen und die

Zutaten eines Rezeptes für Pip übersetzt: »Wacholderbeeren, Majoran, Fenchelsamen.« Sie blätterte noch einige Seiten weiter und sagte dann: »Komm, ich will dir etwas zeigen.« Sie führte Pip zu einer Lichtung mit einem verfallenen, moosbewachsenen Grabstein. Als Pip näher trat, bekam sie eine Gänsehaut. Gabrielle strich mit der Hand über die Überreste des Steins. »Der Legende nach ist dies der Grabstein des Mädchens, das im Jungfernzimmer spukt.« Sie zuckte mit den Schultern. »Aber nach so vielen Hundert Jahren werden wir die Wahrheit wohl nie herausfinden.«

Gabrielle lächelte, und um ihre Augen bildeten sich tiefe Fältchen.

Pip glaubte nicht an Geister, aber sie nahm sich vor, die Fenster ihres Zimmers auch in der kommenden Nacht ordentlich zu verschließen. Sie betrachtete noch einmal die Skizze des *Entremets* im Manuskript, und diesmal bemerkte sie zwei kleine Figuren am Rand. Sie kniff die Augen zusammen, um sie besser sehen zu können: Waren es zwei Liebende, die sich im Wald in den Armen lagen? Ihre Haut prickelte heiß und kalt. Waren das hier Andreas und Artemisia, die mysteriösen Verfasser ihrer Briefe?

»Ah, dann hast du die beiden Liebenden also entdeckt?« Gabrielle kicherte. »Ja, manchmal übersieht man Dinge, die direkt vor einem liegen. Wie bei diesem Bild – die Details sind wirklich außergewöhnlich, *non*? Aber wir lassen uns von den Laubengängen, den Rundbögen des Kreuzganges und dem perfekten Kreis in der Mitte des Labyrinths ablenken.« Sie deutete mit dem Finger auf den Springbrunnen. »Wir sehen die großen Eichen und Kastanien, die wilden Pflaumen- und Kirschbäume im Wald.« Sie lehnte sich näher heran und flüsterte Pip ins Ohr. »Aber wir übersehen das Wesentliche.«

»Und das wäre?«

»Die Liebe, *ma chère.* Die Liebe.«

Pip wirkte wohl ein wenig verwirrt.

»Das *Entremets,* die Zeichnung, die Briefe – hier hat jemand für die Liebe keine Mühe gescheut, Philippa.« Sie nickte lächelnd und legte sich eine Hand aufs Herz.

»Dieser Garten hier bin *ich.* Sieh dir nur an, wie alles um uns erwacht. Wie neues Leben entsteht.« Gabrielle deutete auf die Bäume und die Narzissen vor ihnen. »Dieser Garten hilft mir jeden Tag, mein gebrochenes Herz wieder zusammenzusetzen.«

Die Zaunkönige zwitscherten in der Ferne, und die Narzissen wogten sanft im Wind. Es fühlte sich zu aufdringlich an, Gabrielle jetzt anzusehen. Zu roh.

Pip spürte, wie warme Tränen über ihre Wangen liefen. Sie wischte sie mit dem Handrücken fort, doch es kamen immer mehr.

»Ich erkenne ein gebrochenes Herz, wenn ich eines sehe, Philippa.« Gabrielle schlang die Arme um Pip, und sie ließ es zu, gehalten zu werden. Pip vergrub ihr Gesicht schluchzend in Gabrielles ausladendem Busen. Und schließlich brach alles aus ihr heraus: die aufgelöste Verlobung und Jacks Weigerung, ihre Forschungen wertzuschätzen. Die Nacht mit Pedro, die sie verzweifelt und voller Schuldgefühle zurückgelassen hatte. Die Tatsache, dass alle in ihrer Familie in allem, was sie taten, erfolgreich waren – außer sie selbst.

Sie hielt inne, um den intensiven Duft der Narzissen einzusaugen und den Vögeln zu lauschen, die in den Ästen eines Apfelbaumes zwitscherten.

Und schließlich senkte sie die Stimme zu einem Flüstern und brachte das kleine Samenkorn zutage, das sie tief in sich begraben hatte: dass ihre Forschungen vor allem deshalb von Belang waren, weil sie bedeutsamer waren als sie selbst.

Während Pip sich ausweinte, tätschelte die ältere Frau ihr den Rücken und strich ihr sanft die an ihrer Wange klebenden kupferfarbenen Haare aus dem Gesicht. Die beiden Frauen saßen wohl einige Minuten lang so da, denn als Pip sich von Gabrielle löste, hinterließ sie einen großen feuchten Fleck auf deren grauem Kaschmirpullover.

»Es … es tut mir leid«, stotterte sie. »Ich … ich weine sonst nie.«

»Sch, sch. Du musst liebevoller mit dir selbst umgehen, Philippa, anstatt ständig alles zu analysieren. Gönn dir eine Atempause, um in den Wäldern Ruhe zu finden«, murmelte sie. »Vertraue auf dich selbst – du bist eine wunderbare junge Frau.« Gabrielle legte eine Hand auf Pips Herz. »Alles, was du brauchst, ist bereits hier drin. Brich dir nicht selbst das Herz – und deine Seele –, indem du dich fragst: *Was wäre, wenn?* Du musst dir selbst Raum schaffen. Und zu dir stehen.« Sie schüttelte lachend den Kopf. »Wenn du es nicht tust, dann tut es niemand, Philippa.«

»Richte eine kleine Ecke in deinem Leben für deine eigenen Projekte ein.« Sie hielt kurz inne. »Und dann lass die Liebe in dein Leben.« Gabrielles Blick wanderte über die Grabsteine. »Denn das Leben ist zu schön, um es allein zu verbringen und durch ein Mikroskop zu starren! Du hast so viel zu geben.«

Gabrielle hob das Manuskript aus Pips Schoß, schloss es und hielt es ihr feierlich mit beiden Händen entgegen.

»Das hier ist für dich, Philippa. Die Briefe kamen mit den Töpfen von deiner Großtante Margot. Und die Töpfe stammten aus der Küche ihrer Urgroßmutter. Sie gehören uns. Sie gehören dir.«

Pip erhob sich protestierend von der Bank – dieses Geschenk war viel zu wertvoll. »Gabrielle, ich kann nicht …«

»Still, Philippa. Du gehörst zur Familie. Ich bin alt.« Sie zuckte reumütig mit den Schultern. »Mein Körper verfällt genauso wie dieses Gebäude. Wenn du das Büchlein nicht annimmst, wird es an eine Bibliothek in Châlus gehen. *Du* bist meine Familie.« Sie lächelte und legte ihre Hände auf Pips. »Behalte es.« Nun hatte auch Gabrielle Tränen in den Augen. »Du wirst wissen, was damit geschehen soll.«

Kapitel 35

Paris, April 2015

Pip hastete die Treppe hinauf, die von der Metrostation zum Flughafen Charles de Gaulle führte. Sie trat in die kreisförmige Flughafenhalle, und ihr Blick fiel sofort auf die zahllosen rollenden Kaffeebuden, die sämtliche Ecken belagerten und außer Croissants auch noch andere köstliche Gebäckstücke anboten. Doch Pip war zu nervös, um etwas zu essen. Sie hatte kein Krümelchen mehr zu sich genommen, seit sie Jack gestern Abend eine Nachricht geschickt und ihm mitgeteilt hatte, dass sie auf dem Weg in die Toskana war, um ihm einen spontanen Besuch abzustatten.

Es war Jacks letzter Monat auf dem Weingut Tenuta di Falgino, und bald würde die pompöse Abschiedsfeier stattfinden. Er hatte die Feier zwar in einer E-Mail erwähnt, sie aber nicht dazu eingeladen. Nicht seit dem Moment in der Hütte im Kastanienwald. Pip hatte mittlerweile seit einigen Wochen nichts mehr von Jack gehört, und ihre Brust zog sich zusammen, wenn sie darüber nachdachte, was das zu bedeuten haben mochte. In zwei Stunden würde sie nach Pisa fliegen. Sie zog ihr iPhone aus ihrer hinteren Hosentasche und überprüfte ihre Nachrichten, während sie sich auf den Weg zu einer der rollenden Kaffeebuden machte, um sich einen Espresso zu gönnen.

Noch immer keine Nachrichten. Sie hatte erwartet, dass Megs sich melden würde, um sich dafür zu entschuldigen, dass sie ihr Telefonat gestern Abend so abrupt beendet hatte.

Pip hatte Megs angerufen, nachdem sie in Châlus in den Bus gestiegen war. Megs hatte verschlafen geklungen – was wenig überraschend war –, aber auch ein wenig abwesend, als würde sie nicht richtig zuhören. Ihre Stimme klang gedämpft, und im Hintergrund war ein Klicken zu hören.

»Wo bist du?«, fragte Pip. »Es klingt, als wärst du in einem Grubenschacht.«

»Entschuldige, ich pumpe gerade Milch ab – ich habe dich auf dem Lautsprecher.«

»Du bist bei der Arbeit?«

»Jep«, erwiderte Megs matt. »Im Moment sitze ich auf einem Karton in einer Vorratskammer. Umgeben von alten Infusionsständern.«

»Mein Gott, Megs. Hast du denn kein Büro oder so?«

»Wo denkst du hin? In der Notaufnahme? Da bekommen nur die Kerle ein Büro, die schon seit über zwanzig Jahren hier arbeiten. Mein Schreibtisch steht im Schwesternzimmer. Ich pumpe hier drin ab, damit ich es nicht auf der Toilette tun muss.«

»Aber warum kannst du dich nicht in einen Warteraum setzen? In manchen gibt es echt bequeme Stühle.«

»O-kay …«, erwiderte Megs mit ihrer Du-hast-ja-keine-Ahnung-Stimme. »Dann sehen die Angehörigen also die Chirurgin oben ohne. Richtig gute Idee, Pip! Sie würden glauben, ich wäre nur hier, um die Vorbereitungen zu treffen und Befunde zu schreiben, bevor der richtige Chirurg die Arbeit übernimmt.« Sie seufzte und wechselte dann eilig das Thema. »Also, erzähl mir, was es Neues gibt.«

Pip berichtete von ihrem Plan, Jack aus den Armen der überaus charmanten Valentina zurückzuerobern, doch Megs unterbrach sie und meinte, sie müsse noch ein paar Flaschen sterilisieren. Außerdem war Chloé erkältet, und Megs musste früher fort, um nach ihr zu sehen, weshalb sie eigentlich viel zu beschäftigt war, um zu reden.

Pip vermutete, dass das Baby bloß ein wenig schniefte. Sie war genervt – sehr genervt –, doch sie hielt sich zurück. Ihre große Schwester hatte mehr um die Ohren als die meisten anderen Menschen.

Pip suchte gerade auf der Anzeigetafel nach ihrer Abflugzeit, als sie eine Nachricht von Will erhielt.

Ruf mich an, sobald du das hier liest.

Ihr Herz begann zu rasen, als sie seine Nummer wählte. Hatte es einen Unfall gegeben? Ihr wurde übel – vielleicht hatte Chloé eine Lungenentzündung, und Pip hatte es als Schniefen abgetan! Das war mehr als zynisch.

Pips Hände zitterten so stark, dass sie sich ständig verwählte, und schließlich vergaß sie auch noch die Vorwahl. Irgendwann schaffte sie es endlich.

»Will?«

»Pip, danke, dass du zurückrufst. Es geht um Megs. Sie ist zusammengebrochen.«

»Wie bitte?« Pips Herz schlug noch schneller. »Aber ich habe doch erst gestern Abend mit ihr gesprochen. Da klang sie vollkommen normal.« *Nun, zumindest für ihre Verhältnisse.* »Sie meinte, Chloé hätte eine Erkältung. Haben sie denn beide die Grippe?«

»Das wissen wir noch nicht. Sie liegt im Krankenhaus …«

»Oh, mein Gott. Ich komme nach Hause.« Die Luft fühlte sich mit einem Mal dünn an.

»Nein, das ist nicht notwendig«, versicherte Will ihr. »Sie muss sich ausruhen, und sie pumpen sie mit Infusionen voll und machen einige Tests. Angiogramme. CTs. MRTs. Deine Eltern sind schon auf dem Weg hierher.«

»Was ist passiert?«

»Wir wissen es nicht. Sie hatte eigentlich Abenddienst auf der Intensivstation, aber sie hat sich wohl krankgemeldet. Es scheint, als hätte derjenige, der den Anruf entgegennahm, ihr die Hölle heißgemacht, weil alles umorganisiert werden musste. Offensichtlich waren die OPs in der Notaufnahme voll, also war sie in Bereitschaft für die allgemeine Chirurgie.«

Pip wusste, dass Megs *ständig* irgendwo gebraucht wurde. »Mein Gott. Dann dürfen Ärzte sich also nicht mal krankmelden?«

»Na ja, das hatte Megs ohnehin noch nie getan!«, fuhr Will fort. »Jedenfalls dürfte man ihr ein schlechtes Gewissen gemacht haben, denn sie rief noch einmal im Krankenhaus an und meinte, sie würde doch kommen. Ich kenne die genauen Einzelheiten nicht, aber laut Eva sah Megs ein paar Akten durch und pumpte, an die Arbeitsplatte in der Küche gelehnt, Milch ab, während Chloé auf ihrer Hüfte saß, und dann ist sie einfach ohnmächtig geworden. Sie fiel zu Boden und ließ Chloé fallen.«

Pip schnappte nach Luft.

»Chloé geht es gut«, fuhr Will eilig fort. »Ich glaube, sie fiel nicht einmal auf den Fußboden, sondern landete auf Megs. Und Eva hob sie sofort wieder hoch. Aber die arme Megs hat nun einige ordentliche Nähte auf der Stirn und eine schlimme Beule. Eva meint, sie wäre beinahe eine Minute lang ohnmächtig gewesen.«

»Okay, das war's. Ich komme nach Hause.« Jack würde es doch sicher verstehen. Sie musste zu ihrer Schwester.

»Hör zu, warte noch ein paar Tage, bis die Tests vorbei sind«, schlug Will vor. »Dann kannst du dich immer noch entscheiden. Es hätte keinen Sinn, zurückzukommen, wenn es bloß ein Fieberschub war. Du kennst doch Megs. Vermutlich ist sie schon wieder frisch und munter, bevor du hier ankommst.«

Pip konnte an Wills Stimme hören, dass er besorgt war.

»Es tut mir leid, Pip, ich muss jetzt gehen. Ich wurde gerade angepiept. Ich rufe dich an, sobald ich mehr weiß, in Ordnung?«

»Kann ich Megs anrufen?«

»Sie schläft jetzt, und dann führen sie weitere Tests durch. Versuch es in ein paar Stunden.«

»Danke.«

Pip machte sich sofort auf den Weg zum nächsten Informationsschalter und zog ihre Kreditkarte aus der Geldbörse.

»Könnten Sie mich bitte auf den nächsten Flug nach Melbourne oder Sydney buchen? Ich muss nach Hause. Es ist ein Notfall.«

Kapitel 36

Tasmanien, April 2015

Pip eilte bis zum Ende des Flurs, wo ihre Eltern auf grünen Plastikstühlen warteten. Ihre Mutter wippte Chloé auf den Knien auf und ab, klatschte in die Hände und sang ein Kinderlied. Ihr Vater hatte den Blick auf ein Blatt Papier gerichtet und kratzte sich am Kopf. Als sie Schritte hörten, sahen sie beide auf. »Pip!«, riefen sie gleichzeitig.

»Überraschung!«, erwiderte sie.

Ihr Vater sprang auf und umarmte sie. »Du hättest uns mitteilen sollen, wann du kommst, Liebling. Ich hätte dich abgeholt.«

Mary trat mit Chloé auf der Hüfte auf sie zu und schob ihren Mann zur Seite, um Pip ausgiebig zu umarmen. Chloé schlang ein kleines klebriges Ärmchen um Pips Hals. Sie roch nach Äpfeln und Milch. Mary reichte Chloé an Pip weiter, und Pip drehte sich mit ihr im Kreis und hielt sie dabei fest umarmt, während sie einen Blick auf Megs' Tür warf. »Kann ich zu ihr? Wie geht es ihr?«

Mary antwortete zuerst. »Die Krankenschwester sieht gerade nach ihr. Gib ihr noch eine Minute.«

Pip wandte ihre Aufmerksamkeit wieder ihrer Nichte zu. »Mein Gott, ich habe dieses kleine Wesen so vermisst. Sie ist noch schöner, als ich sie in Erinnerung hatte.« Sie griff nach einem der rundlichen Beinchen. »Und sie ist doppelt so groß.«

Mary wirkte amüsiert. »Nun, das ist der Lauf der Dinge.«

»Pippa?«, plapperte Chloé.

»Ja, das stimmt, mein kleiner Engel«, erwiderte Mary. »Du bist so clever.« Sie wandte sich an Pip, um es ihr zu erklären. »Megs hat ein Foto von dir auf ihrer Kommode.«

»Pa!«, meinte Chloé und deutete glucksend und offensichtlich zufrieden mit sich selbst auf David. »Gwam.« Sie zeigte auf Mary.

Mary zuckte entschuldigend mit den Schultern. »Na ja, *Grandma* ist noch etwas zu schwierig, nicht wahr, mein kleiner Schatz? *Gwam* ist völlig in Ordnung.«

Chloé streckte die Ärmchen nach Mary aus und kletterte dann wie ein niedlicher kleiner Schimpanse wieder zurück in ihre Arme.

Vermutlich war es der Jetlag, aber Pip fühlte sich beschwingt. Sie hatte sich solche Sorgen um Megs gemacht, dass sie seit Paris nicht mehr geschlafen hatte, doch nun war sie erleichtert, ihre Eltern wiederzusehen. Sie hatte ihre Familie vermisst.

»Ist Will bei Megs?«, fragte Pip.

»Nein, ich habe ihn nach Hause geschickt, um zu duschen und zu schlafen. Er hatte eine Doppelschicht und schlief anschließend hier bei Megs im Krankenhaus. Er war vollkommen erschöpft.«

»Du siehst aber auch aus, als könntest du eine Dusche vertragen!«, mischte Pips Vater sich ein.

»David!« Pip sah, wie ihre Mum ihrem Dad einen warnenden Blick zuwarf, den sie nur zu gut kannte.

»Danke, Dad.« Ihre Jeans klebte an ihr, und ihre Haut

fühlte sich feucht an. Sie musste tatsächlich unter die Dusche, doch zuerst wollte sie Megs sehen.

»Was hast du denn da in der Hand?« Sie warf einen Blick auf das Blatt Papier mit einer Tabelle in Blau, Gelb und Lila.

David reichte es ihr. »Hier. Lies, wenn du möchtest.«

Mary schüttelte den Kopf und richtete den Blick an die Decke, während sie die Tränen zurückblinzelte. Was zum Teufel war hier los?

Pip hielt das Blatt in die Höhe und begann zu lesen:

Datum
Zeit
Atmung
Sauerstoffsättigung
Sauerstofffluss
Blutdruck
Puls
Temperatur

Warum starrten die beiden auf ein leeres Krankenblatt?

»Nicht *diese* Seite. Dreh das Blatt um, Liebling«, forderte David sie auf. Seine Stimme klang leise und unsicher. Mary seufzte und drückte Chloé sanft an sich.

Pip drehte das Blatt um und erkannte sofort Megs' Handschrift wieder.

15. April 2015

Sehr geehrter Dr. Thompson,
mit großem Bedauern lege ich meine Stelle im Great Southern Hospital mit sofortiger Wirkung nieder.

Ich bedanke mich für die Chancen und die Fortbildungsmöglichkeiten, die Sie mir in den letzten vier Jahren in den Bereichen Intensivstation und Notaufnahme zuteilwerden ließen. Ich würde mich freuen, in der einen oder anderen Funktion wieder mit Ihnen zusammenzuarbeiten.

Hochachtungsvoll
Dr. Margot Arnet
MBBS, FRACS, MS (Trauma)

Pip las den Brief weitere drei Male, weil sie glaubte, etwas übersehen zu haben. Eine Krankenschwester schlüpfte aus Megs' Zimmer und ging an ihnen vorbei. David kratzte sich erneut am Kopf. »Margot bat deine Mutter, diesen Brief im Schwesternzimmer abzugeben.«

»Es fühlt sich irgendwie nicht richtig an, Pip«, erklärte Mary leise. »Nicht nach all den Jahren. Es klingt einfach nicht nach Megs. Was meinst du?«

Pip wusste nicht, was sie davon halten sollte. »Ich weiß es nicht. Hat Will den Brief schon gesehen?«

Mary und David schüttelten die Köpfe.

»Ist es ... isst sie denn genug?«

Mary nickte. »Will meint ja.«

»Gut.« Pip spitzte die Lippen. »Ich rede mit ihr.«

Sie öffnete die Tür zum Krankenzimmer ihrer Schwester, und ihr Blick fiel auf die dünne, blasse Megs, die unter einem ordentlichen weißen Laken im Bett lag und aus dem Fenster starrte. Eine Infusion hing an ihrem Arm, und in der Ecke piepte ein Herzmonitor und blinkte blau. Sie hatte einen Verband um den Kopf.

Pip hatte ihre Schwester noch nie so regungslos gesehen. Sie spürte, wie ihr die Tränen in die Augen stiegen, und atmete tief ein, um nicht loszuheulen. Megs würde sie beim ersten Anzeichen von Tränen sofort aus dem Zimmer werfen.

Als Pip die Tür hinter sich schloss, wandte Megs den Kopf, und ihre Mundwinkel zuckten.

»Du bist gekommen«, flüsterte sie, als bereitete ihr das Sprechen Schmerzen. »Ich habe Will gesagt, er soll es dir ausreden. Warum bist du nicht in Italien?«

»Weil du im Krankenhaus liegst, Dummerchen. Also. Was zum Teufel ist das hier?« Sie schwenkte das Kündigungsschreiben durch die Luft. Megs seufzte und sah wieder aus dem Fenster.

»Lasst ihr euch scheiden? Ist es das?«, fragte Pip sanft.

Megs schüttelte den Kopf.

Pip atmete erleichtert aus, doch dann fiel ihr etwas viel Schlimmeres ein. »Hast du Krebs? Einen Gehirntumor?«

»Einen *Gehirnschaden?*« Megs wandte sich zu Pip um und kicherte trocken, während sie den Kopf schüttelte.

»Du isst doch genug, oder?« Pips Stimme wurde langsam immer höher.

Megs nickte. »Dank dem Essen, das du liefern lässt. Und dank Will.«

»Ist dir vielleicht das Gehirn herausgefallen, als du auf der Anrichte aufgeschlagen bist? Oder warum kündigst du sonst, Megs?« Pip kitzelte sanft den Arm ihrer Schwester, um die Stimmung zu heben, doch als Megs sich erneut zu ihr umdrehte, liefen ihr dicke Tränen über die Wangen und tropften auf das Laken.

Pip ließ sich neben Megs auf das Bett sinken und nahm ihre Schwester sanft in die Arme. »Schhh«, meinte sie und streichelte Megs' Haare. »Ist schon okay. Ich bin hier. Wir müssen nicht jetzt darüber sprechen, wenn du nicht willst.«

Megs schniefte und antwortete mit tranceartiger Stimme, die so leise war, dass Pip sie kaum verstand: »Ich bin so müde.«

»Ich weiß. Schlaf einfach ein wenig.« Pip streichelte weiter Megs' Haare wie bei Chloé, wenn sie wollte, dass sie einschlief. »Wenn du noch ein Stückchen zur Seite rückst, Dickerchen, dann kann ich vielleicht sogar neben dir schlafen«, witzelte sie.

»Nein!«, erwiderte Megs schon ein wenig lauter. »Ich meine, ich bin so müde, dass ich es nicht mehr ertrage.« Ihre Tränen flossen nun ungehindert, und neben ihren Wangen hatten sich bereits zwei nasse Flecken auf dem Kissen gebildet.

Pip gab ihrer Schwester ein Taschentuch, und Megs schnäuzte sich.

»Ich bin eine furchtbare Mutter«, platzte es aus Megs heraus. »Ich kann mich nicht um Chloé kümmern – und ich kann sie nicht beruhigen. Sie schläft einfach nicht durch. Ich hätte ihr beinahe wehgetan.«

»Ist schon okay. Will meinte, es geht ihr gut. Sie ist nicht einmal auf dem Boden gelandet – dafür hast du offensichtlich eine ordentliche Beule abbekommen.«

»Nein.« Megs' Stimme war nun wieder so leise, dass Pip sich näher heranlehnen musste, um sie zu verstehen. »Du weißt nicht, was ich meine – ich bin nicht *in der Lage,* mich um Chloé zu kümmern. Es ist bloß eine Frage der Zeit, bis ich etwas falsch mache. Ich … ich …« Sie wandte sich ab und wurde rot.

Pip nahm Megs' Hand und drückte sie. Dann lagen sie beide nebeneinander und atmeten ruhig und im Gleichklang.

Pip empfand Schuld und Bedauern. Wie war es bloß

möglich, dass sie es nicht mitbekommen hatte? Ihre eigene Schwester hatte den Halt verloren, und Pip hatte es nicht bemerkt. Die ständige Müdigkeit. Die Gereiztheit. Die unbeantworteten Anrufe und Nachrichten. Aber Megs war Chirurgin und gerade erst Mutter geworden – es war nicht anders zu erwarten gewesen, oder? Megs war stark. In Skinny-Jeans und High Heels eilte sie von einem Erfolg zum nächsten. Trotzdem lag sie nun hier: in sich zusammengesunken, blass und gebrochen.

Megs konnte nicht aufhören zu schluchzen.

»Hör auf. Du hast *nichts* Falsches getan, Megs. Hörst du mich? Du bist eine großartige Mutter. Und verdrehe jetzt nicht die Augen, ich meine es ernst.«

»Ich *tue* so, als wäre ich eine Mutter. Aber Eva ist besser als ich.«

»Das ist doch gar nicht wahr«, flüsterte Pip und drückte erneut Megs' Hand, während sie selbst ihre Tränen hinunterschluckte.

»Ich kann nicht einmal Toast machen. Alles, was ich anfasse, verbrennt. Und das auch nur, wenn ich mich überhaupt dazu *durchringen kann* zu kochen. Will kümmert sich ums Essen. Und dann sind da auch noch deine Lieferungen, aber …«

»Aber was?«

»Das Essen von Dan … das ist mir so peinlich.« Megs bekam Schluckauf. »Als wäre ich eine Idiotin.« Sie starrte an die Wand. »Meistens schaffe ich nicht einmal die Wäsche.« Noch mehr Schluckauf. »Ich bin eine Versagerin.«

Megs lag mit Schluckauf im Bett, und die Scham entwich aus ihrem schlaffen Körper und drang durch die weißen Laken. Pip spürte, wie ihr Herz brach, während sie nach den richtigen Worten suchte. »Megs. Das ist doch nicht deine

Schuld. Das bist nicht du, die hier redet.« Sie berichtigte sich. »Na gut, du bist es *doch* – aber du brauchst Hilfe.« Eine Welle der Unsicherheit wogte über sie hinweg. War es möglich, dass Megs an einer Depression litt? Sie brauchten unbedingt professionellen Rat, um herauszufinden, was hier los war. Aber wäre Megs überhaupt bereit, mit einem Therapeuten zu sprechen? »Ich werde jetzt Will anrufen und ihn bitten herzukommen, und Mum wird wissen …«

Megs zuckte zusammen.

Pip ergriff die Hand ihrer Schwester. »Du musst das hier nicht allein durchstehen.« Sie lehnte sich näher heran und umarmte Megs fester. Sie roch nach Desinfektionsmittel und Seife. Nach einem vierundzwanzigstündigen Flug musste Pip vermutlich auch desinfiziert werden, doch Megs schien das nicht zu bemerken.

»Ich bin hier. Ich werde dir helfen herauszufinden, was mit dir los ist«, erklärte Pip sanft. »Ich gehe nirgendwohin.«

Megs seufzte und wischte sich mit dem Handrücken über die Wangen. »Ich bin so froh, dass du da bist«, flüsterte sie.

Pips Kopf pochte in einer Mischung aus Frustration und unbeantworteter Fragen. Jeden Tag bewältigte Megs eine Krise nach der anderen auf ihre methodische, ruhige und systematische Art. Sie hatte kein einziges Mal aufgegeben, wenn ihre Patienten und deren Familien sich auf sie verlassen hatten. Also warum jetzt?

Als Megs erneut das Wort ergriff, sprach sie langsam und klang seltsam unbeteiligt. »Letzten Monat, als Chloé fünf Milliliter Paracetamol brauchte, weil sie leichtes Fieber hatte, kam mir plötzlich die Idee, ihr stattdessen fünfzig Milliliter zu geben, damit sie die Nacht durchschläft.« Sie brach ab. »Am Ende war es beinahe die ganze Flasche.«

Pip schloss die Augen und drückte Megs fester. Ihre Schwester würde doch nicht ihrem eigenen Kind schaden, nicht wahr? Sie war *Ärztin.* Pips Herz blieb einen Augenblick lang stehen. Hier stimmte etwas absolut nicht.

»Und dann, letzte Woche, musste ich zurück ins Krankenhaus, um eine Notoperation an einem fünfzehn Monate alten Mädchen durchzuführen, das nach einem Verkehrsunfall eingeliefert worden war. Es hatte eine Verletzung an der Halsschlagader.« Megs wischte sich über die Augen. »Es war kein Spezialist da. Die Sanitäter hatten ihre Arbeit gut gemacht, doch es kam zu einer gastrointestinalen Blutung, und die Kleine stand kurz davor zu verbluten.«

»Ich ... ich stellte mir vor, dass es Chloé wäre, die dort auf dem Tisch lag. Ihre weichen schwarzen Locken, die sich über den Edelstahl und den sterilen grünen Laken ausbreiteten. Es wäre bloß ein kleiner Schnitt mit dem Skalpell nötig gewesen, ein plötzliches, unbewusstes Zucken des Kindes ...«

Pips Herz begann zu rasen. Wie lange ging das hier schon? Die arme Megs! Warum hatte sie niemandem davon erzählt?

»Danach bin ich sofort auf die Toilette, habe mich in meinem OP-Kittel niedergekniet, mich über die Schüssel gebeugt und zu würgen begonnen. Es kam nichts hoch.« Megs begann erneut zu schluchzen. »Ich kann mich nicht einmal mehr ordentlich übergeben.«

Pip begann nun ebenfalls zu weinen. Große, schwere, unaufhaltsame Tränen. Megs brauchte Hilfe. Pip musste Will anrufen, doch sie wollte Megs nicht allein lassen. Nicht jetzt.

»Als ich mich nach der Operation auf den Heimweg machte, sprang plötzlich ein Känguru hinter einem Busch hervor, und ich erwischte es, als es über die Straße sprang. Doch es hüpfte einfach den Hügel hinauf und in den Wald, ohne langsamer zu werden. Ich war erleichtert, weißt du? Dass ich es nicht getötet hatte.«

Pip hatte Angst vor dem, was nun kommen würde.

»Doch mir kam der Gedanke, dass ich, wenn ich gebremst und das Steuer bloß ein wenig mehr herumgerissen hätte, direkt in den Telegrafenmast zu meiner Linken geprallt wäre …«

Pip erschauderte, als sie erkannte, was das bedeutete. Ihre tapfere Schwester wollte ihr erklären, dass sie den Mast beim nächsten Mal nicht verfehlen würde.

Sie zog Megs näher an sich heran und streichelte weiter über ihren Kopf, als wäre sie ein Baby, während sie nach einer Lösung suchte.

Megs atmete tief ein, und als sie weitersprach, klang sie, als hätte sie sich wieder etwas mehr unter Kontrolle. »Pip, könntest du vielleicht Will anrufen und ihn bitten herzukommen? Und wenn er hier ist, dann bitte doch Mum, auch zu mir zu kommen. Sie kann Chloé bei Dad lassen.«

»Natürlich.«

»Ich … ich brauche Hilfe.«

Kapitel 37

Château de Boschaud, Mittsommer 1487

Das Sommerabendlicht fiel durch die hohen und schmalen Fenster des großen Saales, und die gelben Streifen, die es zeichnete, ließen den Raum beinahe magisch erscheinen. Andreas betrachtete den großen Wandteppich hinter dem Herrentisch. Es sah aus, als würden die nackten Jungfern, die ihre Köpfe in den Nacken legten und zur Musik einer Laute tanzten, jeden Augenblick aus dem goldenen Webstück heruntersteigen und sich den Feierlichkeiten anschließen. Große, mit Blättern geschmückte Ulmen-, Kastanien- und Eichenzweige zierten die kalten Steinwände und gaben den Gästen das Gefühl, sich mitten in einem Wald zu befinden. In der Mitte jedes Tisches lagen Sträußchen aus gebundenen Rosen, Lilien, Knoblauch und Rainfarn.

Andreas beobachtete die mürrischen Diener, die mit ihren Holzpantoffeln durch den Raum hasteten, um die Pagen anzuweisen, die gerade mit dampfenden Platten voll gebratenem Fleisch den Saal betraten. Sofort erfüllte der Duft nach Fleisch, Zimt, Knoblauch und Ingwer die Luft. Die Jungen trugen zu zweit jeweils eine große Platte und servierten karamellisierte Schweinsrouladen, aus denen weicher Käse und Knoblauch rann, Rind- und Lammfleisch mit Petersilie und zahllose Hasen und Kapaune. Dahinter folgten weitere Pagen mit glänzenden Silberterrinen voller Aioli, dicker brauner Bratensauce, Kamelinsauce und grünem Kräutergelee. Als die Pagen schließlich nickten und vom Herrentisch zurücktraten, begannen mehrere Trompeten zu spielen. Die Gäste stürzten sich auf die Platten, ehe der vor Wut kochende – aber trotzdem kaum beachtete – Abt Roald ein Dankesgebet sprechen konnte. Sie rissen mit ihren Händen, Messern und Löffeln ganze Brocken aus dem Fleisch.

Niemand hielt in seinem Gespräch oder dem Gelächter inne, um der Musik zu lauschen – stattdessen stieg das ungehobelte Lärmen der Gäste zu der gewölbten Decke empor und vermischte sich dort mit dem Dröhnen der Blechbläser. Wein aus Burgund wurde aus großen Krügen in goldene Kelche gegossen, und Andreas sah, wie der Abt, der zur Linken des Chevaliers de Boschaud saß, heimlich auf einen zweiten Kelch deutete, damit der unglückselige Page auch diesen füllte.

Die Braut und der Bräutigam saßen auf zwei breiten Eichenstühlen, an deren hoher Lehne zwei Salbeisträußchen befestigt waren. Andreas nahm an, dass Artemisia dafür verantwortlich war und sie dem edlen Brautpaar damit Weisheit und ein langes Leben wünschte. Er sah zur Anrichte hinüber und hielt nach dem *Entremets* Ausschau, mit dessen Herstellung Artemisia zwei Monde lang beschäftigt gewesen war. Er hatte auf all den Festessen, die er bereits besucht hatte, noch nie etwas so Außerordentliches gesehen. Doch nun erkannte er überrascht, dass es nicht da war. Vielleicht hatte Artemisia beschlossen, es erst nach dem Fleisch zusammen mit den Gelees und den anderen *Entremets* zu servieren? Er hoffte, dass alles in Ordnung war – seine kluge Verlobte hielt eine wahrlich wunderbare Überraschung für Madame Rose bereit.

Andreas erschauderte. Er erwartete den Augenblick, wenn er den Chevalier de Boschaud endlich um die Hand seiner Liebsten bitten konnte, mit immer größerer Ungeduld.

Die Braut löste etwas Rosmarin von dem Strauß an ihrem Ärmel, tauchte zwei Zweiglein in ihren Kelch und gab einen davon an den Chevalier de Boschaud weiter, damit er daran lutschte. Der Bräutigam wirkte belustigt, tat jedoch, wie ihm geheißen.

Der Vorsteher erhob sich und schnitt mit viel Aufhebens einen grünen Apfel mit seinem riesigen Schwert in zwei Teile. Die Brautleute lachten und fütterten sich mit ineinander verschränkten Armen gegenseitig. Es sollte ein Zeichen dafür sein, dass sie in Zukunft Freude und Leid miteinander teilen wollten. Das junge Paar schien recht zufrieden mit der Verbindung – die milchig weiße Haut der beiden war vor Aufregung und vom Alkohol gerötet. Der Chevalier würde bald wieder unterwegs sein, und Andreas sprach ein schnelles Gebet, dass der junge Mann wohlauf blieb, welchen Kämpfen er sich auch stellen musste.

Andreas stieg ein herrlicher Duft in die Nase, als die Pagen und Diener im Vorbeigehen auf die am Boden verstreuten Lavendel- und Rosmarinzweige und Rosenblüten traten. Die dicken weißen Leinentischtücher waren mittlerweile mit Rotweinflecken, Spritzern der Kürbissuppe und in Honig getunkten Orangenschalen übersät. Die samtig blauen Läufer waren verrutscht und zerknittert. Der Bäckermeister zu seiner Linken hob einen Zipfel des Tischtuches hoch und wischte sich damit den Met von den Lippen, ehe er erneut an seinem Kelch nippte.

Andreas saß mit den anderen *Corps de Métier* und Handwerkern an einem Tisch. Ihm gegenüber saßen die gut gelaunten Dorfflechter, bei denen er seine mittelgroßen Weiden- und Kastanienkörbe erstand. Daneben hatten die Böttcher, die Fischhändler und die Kesselmacher Platz genommen. Sie alle belieferten Artemisia und das Château, und Andreas fragte sich, was sie davon halten mochten, dass er die Köchin heiraten wollte. Würden sie Artemisia wie jede andere Frau eines Meisters seiner Zunft behandeln? Sein Blick wanderte zu der verkniffenen, schmächtigen Frau des Bäckers, deren Taille so schmal wie eine Zimtstange war und die gerade heimlich die Nase über die rotgesichtige Frau des Kesselmachers rümpfte. Die stämmigere Frau trank ihren *Beaune* mit großen Schlucken, lachte und pfiff durch ihre Zahnlücken. Andreas betrachtete ihre kräftigen Arme und dachte: Diese guten, hart arbeitenden Menschen werden meiner Braut gewiss Anerkennung schenken. Artemisia war kräftiger und klüger als alle anderen, und sein Herz schwoll an vor Stolz. Und außerdem: Welche Wahl hatten sie schon, wenn erst der Chevalier de Boschaud und die Bürgerschaft in die Hochzeit eingewilligt hatten?

Kapitel 38

Tasmanien, April 2015

Pip schnitt auf den Hackbrettern aus Plastik, um Megs' Edelstahlarbeitsplatte nicht zu zerkratzen, Fenchel, Zwiebel, Knoblauch und Kirschtomaten in kleine Würfel und schob sie zu Häufchen zusammen. Mary stand neben ihr, hackte Schnittlauch und zupfte Estragon- und Oreganoblätter. Sie war die ganze Woche unruhig durchs Haus gestreift, wenn sie nicht gerade mit Chloé spielte, weshalb Pip es für das Beste hielt, ihre Mum ordentlich auf Trab zu halten. Mary gab sich selbst die Schuld an Megs' Lage. Es war zwar unlogisch, aber Pip konnte ihre Schuldgefühle nachvollziehen. Sie spürte, wie sie auch durch ihren Körper wogten und ihr sämtliche Energie raubten, seit sie Megs auf dem gestärkten Krankenhausbett in die Arme genommen hatte.

Es war schön, nach so vielen Jahren wieder Seite an Seite mit ihrer Mutter zu kochen. Die Küche war vom Dampf des großen Topfes mit dem Fond erfüllt. »Wir sollten einen deiner Töpfe aus dem Schuppen holen«, meinte Mary und nippte an ihrem Wein. »Es wird eine ganze Menge Suppe.«

»Ich werde einige Portionen einfrieren.«

»Pip, Schätzchen. Ich weiß nicht, ob genug Platz im Gefrierschrank ist. Sie werden ein ganzes Jahr lang davon essen!«

Genau das hatte Pip vor. Zumindest bis Megs sich wieder besser fühlte.

»Gibt es in deinem Manuskript vielleicht auch ein Rezept für einen Fischeintopf? Es war ein so großzügiges Geschenk von Gabrielle. Bezaubernd. Hast du ihr geschrieben, um dich bei ihr zu bedanken?«

»Natürlich, Mum. Und ja, es enthält eine *Chaudumé* vom Hecht. Gabrielle schickt mir nach und nach die übersetzten Rezepte – wir mailen uns ständig –, und am Ende kann ich sie alle nachkochen.«

Pip warf einen Blick auf das Büchlein, das in einem versiegelten Probenbeutel auf dem leeren Regal lag. In drei Tagen würden die Feierlichkeiten auf der Tenuta di Falgino stattfinden. Ob Jack danach sofort nach Hause zurückkehrte? Allein? Sie spürte, wie sie rot wurde, während sie weiter Gemüse schnitt. Er hatte überrascht und auch ein wenig skeptisch reagiert, als sie ihm geschrieben hatte, dass sie ihn spontan in der Toskana besuchen wollte. Sie hatte nichts mehr von ihm gehört, seit sie ihren Besuch abgesagt hatte, abgesehen von einem kurzen Anruf, um nachzufragen, ob Megs okay war. Außerdem hatte er Megs einen großen Strauß rosafarbener und weißer Pfingstrosen geschickt.

Jack entfernte sich immer weiter von ihr, und sie konnte nichts dagegen tun. Außerdem brauchte Megs sie. Das war im Moment das Wichtigste: dass Megs wieder gesund wurde.

Will und ihr Dad hatten eine Abalone und einen Eimer mit Snoek, Plattkopf und Tintenfisch von ihrem frühmorgendlichen Fischausflug mit dem Boot mitgebracht, weshalb Mary und Pip nun einen riesigen Topf *Bouillabaisse* zubereiteten.

Mary kochte die Gräten für den Fond, und Pip fügte die geschnittene Abalone hinzu, um die Suppe cremiger zu machen.

Sie hatten drei Viertel einer Flasche Chardonnay in den Fond gekippt und sich selbst auch noch jeweils ein Glas davon gegönnt, während sie kochten. Als Pip den Safran hinzufügte, beschloss sie, auch noch etwas gemahlenen Chili und geräucherten Paprika zu verwenden, um der Suppe einen spanischen Einschlag zu verpassen.

David kam in die Küche, um zwei Flaschen Bier aus dem Kühlschrank zu holen. »Jetzt wird es langsam Zeit für einen kleinen Schluck. Wie ich sehe, habt ihr Ladys euch für Wein entschieden. Braucht ihr meine Hilfe? Will möchte mit Chloé hinunter zu den Felsen, um Muscheln zu suchen. Ich dachte, ich komme mit und passe auf, wenn ihr hier alles unter Kontrolle habt.« Er hob den Deckel der Kasserolle und schnupperte. »Köstlich.« Er nickte. »Okay, dann bis später.«

Pip sah ihrem Vater nach, als er durch den neu gestalteten Garten ging. Er war mit riesigen, glatten schwarzen Granitplatten ausgelegt und wurde von Dutzenden Buchsbaumkugeln in Stahltöpfen begrenzt. Er war genauso schick wie die Gärten in Paris. In der gegenüberliegenden Ecke des Gartens stand ein quadratischer Sandkasten aus alten Eisenbahnschwellen, der über einen Holzdeckel verfügte, damit der Sand trocken blieb. Dahinter stand eine hübsche Schaukel, die aus denselben Eisenbahnschwellen gemacht war und an der ein alter Autoreifen an einem Seil hing. Die Schwellen bildeten einen Rahmen vor dem klaren blauen Wasser der North West Bay, und die Szene glich einem Gemälde. Die Farbe des Meeres erinnerte Pip an Jacks Augen. Zum ersten Mal seit Tagen lächelte sie. Warum war ihr der Spielplatz bis jetzt noch nicht aufgefallen? Jack musste ihn für Chloé gebaut haben, als der Garten neu gestaltet worden war – also noch bevor er in die Toskana aufgebrochen war. Sie war sich sicher, dass er es gewesen war. Sie hätte seine Arbeiten überall wiedererkannt.

Mary folgt Pips Blick und drückte sie kurz. Sie schien Pips Gedanken gelesen zu haben und nickte. »Jack schaute vorbei und half Will beim Aufstellen.« Pip dachte bei sich, dass *helfen* wohl nicht das richtige Wort dafür war – der einzige Bohrer, mit dem Will umgehen konnte, hatte orthopädische Zwecke.

Marys Blick fiel auf die Buchsbäume. »Wir müssen einen Gärtner beauftragen, sie in Form zu halten«, flüsterte sie. »Ich traue es mir nicht zu, sie selbst so akkurat zu schneiden.«

Pip legte ihr Messer auf die Arbeitsplatte und schlang einen Arm um ihre Mutter.

»Mum, hör auf, dir selbst die Schuld an Megs' Lage zu geben. Will macht es auch. Aber *wenn* irgendwer die Anzeichen hätte erkennen sollen, dann bin wohl *ich* es. Ich bin schließlich ihre Schwester.«

Mary warf Pip einen liebevollen Blick zu und rieb ihren Rücken. »Das Gute daran ist, dass Megs eingesehen hat, dass sie Hilfe braucht. Wir haben eine Diagnose. Und einen Plan.«

»Ich weiß«, erwiderte Mary nickend. »Aber sie hatte sämtliche Anzeichen einer postnatalen Angststörung, und ich habe sie übersehen.« Sie zählte es an den Fingern ab. »Der Notkaiserschnitt, das Stillen, die baldige Rückkehr in den Job, hundert Stunden Arbeit jede Woche. Ich meine, wie soll irgendjemand mit einem solchen Arbeitspensum klarkommen?«

»Megs ist eine Besessene, Mum. Deshalb! Das weißt du doch. Die Psychiaterin meinte, Megs litt schon von Beginn an unter einer schweren postnatalen Depression. Die Erschöpfung hatte der Depression Tür und Tor geöffnet. Und die Depression führte schließlich zu der Angst, Chloé womöglich zu verletzen. Und sich selbst.« Sie erschauderte. »Ein Teufelskreis, der sich immer schneller und schneller drehte.«

»Ich weiß. Ich mag gar nicht daran denken«, meinte Mary. »Zum Glück beginnen die Antidepressiva langsam bei ihr zu wirken. Ich weiß, dass sie diese Tabletten hasst, aber sie werden ihr zumindest eine Atempause verschaffen.« Mary hielt einen Moment lang inne. »Ungeachtet dessen, was sie letzte Nacht zu dir gesagt hat.«

Pip hob eine Augenbraue.

»Ja, ich habe euer Gespräch zufällig mit angehört, Liebling.« Mary warf Pip einen strengen Blick zu. »Sie *muss* die Medikamente einnehmen. Und sie muss sich ausruhen. Die regelmäßigen Therapiesitzungen werden helfen – sie werden Megs auf der Spur halten, wenn sie versucht, uns hinters Licht zu führen.« Sie schüttelte den Kopf und murmelte: »Meine *eigene* Tochter. Dabei überprüfe ich jede Woche unzählige Patientinnen auf die ersten Anzeichen.«

»Mum, hör auf!« Pip stemmte die Hände in die Hüften und drehte sich zu ihrer Mutter um. »Du bist jetzt hier bei ihr, das ist alles, was zählt. Megs geht es bereits nach einer Woche sehr viel besser. Sie will selbst wieder gesund werden.«

»Ja, ich denke, du hast recht«, erwiderte Mary, während sie den Deckel vom Topf hob und die Zwiebel, die Tomaten, den Fenchel und den Fisch in den Fond kippte.

Schließlich wischte sie sich die Hände an ihrer Schürze sauber und drückte Pip an sich. »Danke, mein Liebling. Ich bin sehr stolz auf dich.«

Pip blinzelte die Tränen zurück und verließ die Küche. »Ich sehe mal nach Megs. Vielleicht ist sie wach.«

Pip ging die Treppe hoch und klopfte an die Schlafzimmertür.

»Komm rein.«

Megs saß im Bett und sah sich etwas auf ihrem silberfarbenen MacBook an.

»Du sollst dich ausruhen«, schimpfte Pip. »Das ist eine ärztliche Anordnung, erinnerst du dich?«

»Dann bin ich wohl eine fürchterliche Patientin!«

»Was siehst du dir an?«

»House of Cards.«

»Das ist ein wenig …«

Megs unterbrach sie mit einem leisen Kichern. »Deprimierend? Aber ich habe erkannt, dass andere noch viel verrückter sind als ich.«

»Du bist nicht *verrückt.* Erschöpft? Ja. Krank? Sicher. Aber das ist ein ziemlicher Unterschied.« Pip lächelte. »Und außerdem …« Sie deutete mit dem Kopf auf den Bildschirm. »Sind die dadrin nicht real.«

Megs lachte erneut, auch wenn es ein wenig wackelig klang.

Pip kletterte zu ihrer Schwester ins Bett und zog sich die Tagesdecke aus blauer Wolle über ihre Knie. »Das Abendessen ist in etwa einer Stunde fertig. Dad und Will sind mit Chloé runter zu den Felsen gegangen.«

Megs fuhr hoch. »Haben sie denn vernünftige Schuhe an?«, fragte sie, und ihre Stimme klang mit einem Mal schrill und verängstigt. Doch dann ließ sie sich wieder ins Kissen zurücksinken. »Entschuldige«, flüsterte sie. »Ich mache es schon wieder, oder?«

»Ist schon okay. Chloé geht es gut. Und *du,* meine große Schwester, wirst dich auch wieder besser fühlen, nachdem du dich ordentlich ausgeruht hast.« Oder war das bloß Wunschdenken? »Dieses eine Mal wirst *du* ärztliche Hilfe annehmen.«

»Die Medikamente scheinen zu wirken. Wer hätte das gedacht?« Megs wurde rot, als sie den Kopf auf Pips Schulter legte. »Danke, Pip«, meinte sie leise.

Sie saßen einige Augenblicke lang schweigend da und sahen zu, wie der Vorspann mit den Bildern von Washington DC über den Bildschirm flimmerte. Megs drückte auf Pause und wandte sich an Pip. »Hast du etwas von Jack gehört?«

Pip schüttelte den Kopf und hielt den Blick weiterhin starr auf den Bildschirm gerichtet. »Nicht seit er dir die Blumen geschickt hat.«

»Will hat gestern Abend mit ihm gesprochen.«

Pip sah Megs an. »Und?«

Megs seufzte. »Er wird nächste Woche doch nicht nach Hause kommen. Es gibt in der Toskana wohl noch einiges an Arbeit für ihn.«

Pip hatte das Gefühl, als wäre sämtlicher Sauerstoff aus dem Zimmer entwichen. Deshalb hatte er also nicht auf ihre Nachrichten geantwortet. Er hatte eine andere. Sie schlang die Arme um die Knie und zog sie an ihre Brust.

»Du musst hinfliegen, Pip.«

»Es ist zu spät«, murmelte Pip in ihre Knie. »Er ist jetzt mit Valentina zusammen.«

»Was? Nein! Davon hätte er Will doch sicher erzählt.«

»Vielleicht. Vielleicht auch nicht.« Pip schüttelte den Kopf und sah ihre Schwester an. »Und im Moment ist es auch nicht wichtig.«

»Was meinst du mit: *Es ist nicht wichtig?* Du willst den Rest deines Lebens mit diesem Mann verbringen, und da ist es *nicht wichtig?*«

»Dieses Gespräch ist sinnlos. Ich bleibe hier.«

»Wunderbar.« Megs seufzte. »Dann ziehst du also für ein ganzes Jahr bei uns ein?«

»Sicher! Warum nicht?«

»Weil ich Will habe. Er hat versprochen, mir in Gesundheit und *Krankheit* beizustehen, weißt du noch? Und abgesehen von diesem verdammten Hipster-Bart ist er wirklich sehr konservativ.«

»Megs, Liebling, ich bin mir nicht sicher, dass er es als seine eheliche Pflicht ansieht, dir bei der Überwindung deiner Depression zu helfen.«

»Okay, aber du weißt, was ich meine. Wir schaffen das. Gemeinsam.«

»Na, dann scheinst du mich ja nicht zu brauchen«, erwiderte Pip ein wenig beleidigt. Sie hatte keine Ahnung, wohin dieses Gespräch führen sollte. Vielleicht waren es die Medikamente?

»Pip, du warst diese Woche unglaublich. Ich habe genügend Vorräte, um eine ganze Raumstation ein Jahr lang zu versorgen. Du bist mit mir zu den Therapiesitzungen gekommen. Du hast zusammen mit Will und Mum einen Plan für mich erstellt. Mein Gott, du hast sogar *Listen* geschrieben. *Ziele auf dem Weg zur geistigen Gesundheit.*« Megs klopfte ihr auf die Schulter. »Ehrlich gesagt weiß ich nicht, wie lange ich es noch aushalte, dass *du* hier plötzlich die große Schwester spielst. Ernsthaft! Ich habe das Gefühl, ich würde plötzlich mit Mutter Teresa zusammenleben. Einer beschwipsten, fleischfressenden Version von Mutter Teresa.«

Pip lachte. »Ich habe Spaß an diesem herrischen Gehabe.«

»Und es ist echt beängstigend, wie *gut* du darin bist. Aber jetzt musst du deine Sachen packen und dich ins nächste

Flugzeug nach Italien setzen. Wenn du dir selbst nicht endlich in den Hintern trittst – dann werde ich es machen …« Megs brach ab, denn sie spürte, dass Pip zögerte. »Glaube nicht eine Minute lang, dass ich dich nicht hierhaben will – das tue ich. Aber in der letzten Woche ist mir klar geworden, wie sehr ich Will liebe. Er ist mein Knochenmark.«

»Wie romantisch«, erwiderte Pip trocken.

Megs ignorierte den Kommentar. »Ich meine, welcher Mann liebt es so sehr wie du, im Schlamm zu wühlen, wenn nicht Jack?« Megs umarmte Pip herzlich. »Er liebt dich. Ich meine, wie könnte er dir schon widerstehen?«

Nun waren es Pips Augen, die feucht wurden, doch diesmal waren es warme Tränen des Glücks. Sie drückte Megs ebenfalls.

»Aber was ist mit dir? Und Chloé …«

»Das haben Mum, Will und ich bereits besprochen.« Megs war unerbittlich. »Ich fühle mich schon viel besser, aber Mum und Dad werden noch eine Weile hierbleiben.« Megs hielt inne, als schiene sie zu überlegen, wie viel sie Pip verraten sollte.

Schließlich meinte sie vorsichtig: »Weißt du, Jack hatte eine Idee, wo Mum und Dad in der Zwischenzeit unterkommen können. Seine Eltern sind in Übersee, und er hat vorgeschlagen, dass Mum und Dad ein paar Monate in ihrem neuen Cottage am Battery Point wohnen können. Er hat den Weinkeller bestückt, die Betten beziehen lassen, eine Putzfrau organisiert und einen Zusatzschlüssel anfertigen lassen. Sie ziehen am Montag ein.«

Pip schwieg. Sie bekam am ganzen Körper Gänsehaut und schlang die Decke enger um sich. Jack hatte all das von der Toskana aus organisiert?

Adrenalin schoss durch ihre Adern, aber sie saß vollkommen regungslos da. Das war sehr großzügig von ihm. Sie wollte zu ihm und sich bei ihm bedanken, doch sie hatte Angst, Megs allein zu lassen. Was, wenn …?

Megs' schwarze Gedanken und selbstzerstörerische Tagträume hatten Pip jede Nacht wach gehalten, seit sie wieder zu Hause war. Megs' Therapeutin Tina, Mary und Will meinten, dass dies typische Symptome einer postnatalen Depression waren und dass sie mit der Zeit – und durch die richtige Unterstützung – wieder verschwinden würden. Doch wie konnten sie sich da so sicher sein?

»Und dein Kündigungsschreiben?«, fragte sie.

»Das habe ich verbrannt. Ich habe mich für drei Monate beurlauben lassen und dann werde ich versuchen, Teilzeit zu arbeiten.«

»Gut gemacht. Das Beste von beiden Seiten, nicht wahr? Aber pass auf, dass die Teilzeit nicht auf eine Achtzig-Stunden-Woche hinausläuft!«

»Ich werde ohnehin nicht wieder anfangen zu arbeiten, bis meine Therapeutin mir das Okay gibt.« Megs wirkte verlegen. »Es ist … es ist irgendwie seltsam. Ich fühle mich bereits erleichtert, wenn ich sie nur sehe. Tina stärkt mir den Rücken. Sie hat früher auch in einem Krankenhaus gearbeitet, und ich glaube, sie ist die Einzige, die wirklich verstehen kann, wie hart das manchmal ist.«

Pip ließ Megs diese Bemerkung durchgehen.

Megs fuhr fort: »Tina hat eine eigene Praxis eröffnet, nachdem sie ihr erstes Kind zur Welt gebracht hatte. Die Krankenhausatmosphäre war Gift für sie. Das Konkurrenzdenken, die …« Sie suchte nach den richtigen Worten. »Die Männer, die immer alles besser wissen. Die Rücksichtslosigkeit.«

»Das ist ja schrecklich«, erwiderte Pip und erkannte – vielleicht zum ersten Mal –, welchem Druck ihre Schwester bei der Arbeit ausgesetzt gewesen war. Tina schien ein Goldgriff gewesen zu sein, dachte Pip, während sie sich an Megs' Schulter lehnte.

»Also hör auf, mir zu widersprechen. Ich habe massenhaft Unterstützung. Und wir skypen jeden Tag, das verspreche ich dir. Du musst dich allerdings auf ein paar tränenreiche Anrufe gefasst machen.«

»Als hättest du das mit mir nicht auch schon durchgemacht!«

»Na ja, zumindest habe ich jetzt ein paar Glückspillen.« Megs zeigte mit dem Finger auf Pip und machte ein ernstes Gesicht. »Geh packen. Das ist das letzte Mal, dass ich dich in ein Flugzeug setze.« Sie streckte die Hand aus, legte ihren Arm um Pip und flüsterte: »Danke.«

Aus der Nähe betrachtet sah Pip, dass langsam die Farbe in Megs' Wangen zurückkehrte, und ihre Augen wirkten hell und klar. Sie begann, wieder wie ihre Schwester auszusehen.

»Danke, Megs. Ich werde sofort das Ticket buchen.«

»Raus mit dir«, erwiderte Megs mit einem breiten Lächeln und gab ihr einen sanften Schubs.

Kapitel 39

Château de Boschaud, Mittsommer 1487

Artemisia schloss die Tür zur Vorratskammer hinter sich, um dem Klirren, Klappern und Geschwätz in der Küche zu entkommen. Sie nahm ihr Gebände ab und zog die Nadeln aus ihrem Haar, um ihren Kopf ein wenig zu kühlen. Dann wischte sie sich den Schweiß von Stirn und Brust. Ihr Unterhemd aus Leinen und auch ihr Kleid klebten an ihrem Rücken, und sie raffte ihre Röcke und steckte sie unter dem Gürtel fest. Sie streckte die Arme über dem Kopf aus, während ihr Blick über die Platten mit dem Marzipan glitt, das nun vorbereitet werden musste. Der Geruch von Zucker, Mandeln, Zimt und Nelken erfüllte den Raum, und Artemisia überprüfte schnell, ob noch alles da war. Alle wussten, dass Jacobus sich gerne hier hineinschlich, doch das konnte sie dem Jungen kaum verübeln – es gab so wenig Freude in seinem Leben, und ein fehlendes Stück Marzipan tat niemandem weh.

Artemisia grinste. Sie genoss es jedes Mal, den süßen Teig zu kneten und ihn dann zu kleinen, etwa daumennagelgroßen Kügelchen zu formen.

Andreas hatte ihr geholfen und ihr letzte Woche das Rezept für ein *Nucato* verraten. Er hatte vorgeschlagen, es zu den *Issue de Table* zu servieren, als sie ihm vor einer Woche die letzte

Gewürzbestellung übergeben hatte. Er meinte, es sei ein uralter Glücksbringer seiner Verwandten, die im Süden jenseits der Alpen lebten. *Ein Aphrodisiakum,* hatte er geflüstert. Artemisias Herz begann zu pochen, und sie legte sich eine Hand auf die Brust, um sich zu beruhigen. Dann atmete sie tief ein.

Überzeugt davon, dass das Geschwätz seinen Höhepunkt erreicht hatte, und beruhigt, dass auch das Klirren und Klopfen nicht leiser wurde, ließ Artemisia sich auf dem Boden nieder und zog einen Terrakottatopf mit einer süßen Gewürzmischung hinter einem anderen hervor. Sie hob den Deckel und wurde mit einem Mal von dem mächtigen Duft der getrockneten und gemahlenen Gewürze gefangen genommen. Lorbeer, Nelken, Ingwer und Zimt. Ihre Hand glitt in den Topf und holte die Nachricht hervor, die ihr Andreas bei seiner letzten Lieferung vor der Hochzeit zugesteckt hatte:

Liebste Artemisia,
hier ist das Rezept für den Nucato, den ich dir vorschlug. Nimm gekochten, geschöpften Honig, vermische ihn mit grob gehackten Walnüssen und den Gewürzen (Ingwer, schwarzer Pfeffer, Zimt, Nelken) und lasse die Mischung zusammen aufkochen. Benetze deine Handflächen mit Wasser und rolle den Nucato aus. Lasse ihn anschließend trocknen und serviere ihn in kleinen, etwa kirschgroßen Stücken. Anstatt der Walnüsse kannst du auch Mandeln oder Haselnüsse verwenden.
Ich bin zuversichtlich, dass der Chevalier de Boschaud unserer Verlobung zustimmen wird. Wir treffen uns wie verabredet am Tor.

Dein Andreas

Sie drückte sich die Nachricht an die Brust, und die Sehnsucht packte sie. Die Haare auf ihren Armen richteten sich auf, als sie bemerkte, dass das Geschwätz in der Küche verstummt war. Nur noch das melodische Klappern der Töpfe, die geleert und gewaschen wurden, war zu hören. Sie steckte den Brief tief in den Gewürztopf, legte den Deckel obenauf und schob ihn gerade zurück an seinen Platz, als die Tür aufschwang und Abt Roalds Schatten die Tür ausfüllte.

»Ich habe bloß nachgesehen, ob mit dem Marzipan alles in Ordnung ist, Abt Roald.« Artemisia zog eilig ihre Röcke aus dem Gürtel. Sie hoffte, dass er nichts davon mitbekam, denn sie stand immer noch im Schatten.

»Und, ist es das?« Er schnüffelte und machte einen Schritt in die kleine Kammer.

Artemisia überprüfte mit der Ferse, ob der Topf auch ordentlich mit den anderen in einer Reihe stand. »Jawohl, mein Herr.«

»Gut, dann trag den Mägden auf, sie mögen kommen und es holen.«

»Jawohl, mein Herr.« Sie musste sich zur Seite drehen und sich mit dem Rücken an die Regale pressen, um sich an seinem gewölbten Leib vorbeizudrängen, ohne ihn zu berühren. Sie hatte es beinahe geschafft, als er sich nach vorn lehnte. Sein Bauch drückte auf ihren, und ihr Rücken wurde hart gegen das Regal gepresst, sodass er wie Feuer brannte.

»Mach keinen Unsinn, Artemisia. Keinen einzigen Fehler. Ich behalte dich im Auge. Immerhin steht hier mein Ruf auf dem Spiel«, flüsterte er.

Sie wandte den Kopf ab, um seinem Gestank zu entkommen, und warf einen Blick zurück auf den Topf. Der Deckel saß ein wenig schief, und eine winzige Ecke des Briefes blitzte heraus. Ihr Magen zog sich zusammen, und Galle brannte in ihrer Kehle, als sie bemerkte, wie der Blick des Abts nur einen Augenblick lang zu dem Regal huschte, in dem sie die Küchenbücher aufbewahrte. Vielleicht hatte er aber auch nur geblinzelt. Es war zu dunkel für ihn, um etwas zu erkennen. Sie musste sich beruhigen.

Artemisia atmete tief ein und zog alle Kraft aus ihren Gewürzen. »Natürlich, Abt Roald. Wie Ihr wünscht.«

Sie spürte, wie sich sein Blick in ihren Rücken bohrte, als sie zurück in die helle Küche trat und zuließ, dass das Klirren und Klappern sie mit sich riss.

Nur noch ein Gang.

Kapitel 40

Toskana, Mai 2015

Das Taxi schlängelte sich an den geisterhaften Silhouetten der Zypressen entlang der Straße vorbei und den Hügel hinauf in Richtung Tenuta di Falgino. Pip holte tief Luft und strich das marineblaue Seidenkleid glatt, das sich um ihre Oberschenkel bauschte. Die eine Hälfte ihres Gesichts, die sie gegen das Fenster gepresst hatte, war taub vor Kälte, doch der Rest ihres Körpers fühlte sich an, als würde er in Flammen stehen. Ein Teil von ihr wollte weiter, der andere am liebsten sofort umkehren.

Sie zog ihr Telefon aus der Vordertasche ihres Rucksackes und sah, dass Megs ihr geantwortet hatte.

Viel Glück. Ruf mich so bald wie möglich an, um mir alles zu erzählen. Mir geht es gut. Kuss, M.

Das Auto wurde langsamer, um die letzten paar Haarnadelkurven in Angriff zu nehmen, und hielt schließlich am Straßenrand, um einer Reihe Lastwagen Platz zu machen.

»Ah! *Il Carnevale di Viareggio*«, rief der Fahrer und tippte aufgeregt an die Scheibe.

Mehrere riesige, auf den Ladeflächen zahlreicher Umzugswagen platzierte Pappmaché-Figuren zogen im Licht des Vollmondes langsam an ihnen vorbei. Im nächsten Augenblick hatte der Taxifahrer sein Fenster geöffnet, und das Auto füllte sich mit kalter Luft und temporeichen Jazzklängen, als er hinausrief: *»Bellissimo! Bellissimo!«* Er begann, im Takt der Trompeten mitzuklatschen.

Es sah aus wie ein Karnevalsumzug. Auf dem ersten Wagen thronte eine übergroße schwarze Henne mit rotem Kamm und flatternden Flügeln, als Nächstes kam ein violetter, mit Edelsteinen besetzter indischer Elefant. Die Umzugswagen wurden von Fußgängern begleitet, die als Löwendompteure, Bauernmädchen, Mönche und Priester verkleidet waren. Dahinter folgte eine Gruppe, die venezianische Masken trug, mit blassen Gesichtern und bunten Tränen. Sie winkten, als sie an ihnen vorbeikamen, und der Taxifahrer wandte sich um und rief Pip zu: »Ah, *bello.* Dieser *Carnevale* bringt den Frühling. Die Parade zieht in die Stadt weiter, und dort gibt es dann ein Feuerwerk.«

Pip fragte sich, ob es ein Feuerwerk überhaupt mit dieser ausgelassenen Menge aufnehmen konnte. Ein mächtiger Clown mit pinken Haaren, Pfeil und Bogen und einer großen roten Nase glitt auf einem Umzugswagen vorbei. Er wurde von einem Dutzend Mini-Clowns in bunten Overalls begleitet, die im Rhythmus von vier großen Trommeln die Straße hinuntersprangen und Räder schlugen. Dahinter folgten eine riesige, schwarz gekleidete Gothic-Braut und ihr Bräutigam. Sie hatten die Zungen herausgestreckt, und ihre roten Augen wanderten suchend über die Menge. Die grauen Haare flatterten im Wind und wurden nur von zwei spitzen Hexenhüten an ihrem Platz gehalten. Eine Gruppe Geisterbräute, Hexen und Dämonen mit Strohbesen wirbelte grinsend um das Taxi herum und skandierte etwas auf Italienisch. Sie küssten und umarmten den Taxifahrer, der mittlerweile mit strahlendem Gesicht halb aus dem Fenster hing, und klatschten mit ihm ab.

Pip musste unwillkürlich lachen. »Was soll das alles?«, fragte sie.

»*Il Carnevale*? Früher wurde damit die Senkung der Steuern gefeiert, aber das ist doch langweilig, *eh*? Heute feiern wir den Beginn des Frühlings. *Hoffnung.*«

Er kletterte wieder zurück auf den Fahrersitz, während sich das Getöse weiter den Hügel hinabschlängelte. »Ich schließe mich ihnen an, nachdem ich Sie abgeliefert habe.«

Pip warf einen Blick auf die Uhr. Es war acht Uhr – die Feierlichkeiten hatten vermutlich bereits begonnen.

Der Fahrer fuhr weiter den Hügel hinauf.

Als sie in die Auffahrt der Tenuta di Falgino bogen, wurde Pip langsam nervös. Würde Jack sich freuen, sie zu sehen?

Sie bezahlte den Fahrer und ging über den Vorplatz. Der Kies knirschte unter ihren Schuhen. Pip blieb vor der Villa stehen, und ihr Blick ruhte auf der schweren alten Eichentür. Sie atmete tief ein, um sich zu fassen, und zählte dann bis zehn. Unter der Tür drang der feine, warme Duft von Holzkohle, gebratenem Fleisch und Rosmarin hindurch.

Adrenalin schoss durch ihre Adern. Es wurde Zeit hineinzugehen. Pip senkte den Blick und zog den tiefen Ausschnitt ihres neuen, marineblauen Abendkleides zurecht, damit ihr BH nicht darunter hervorblitzte. Sie hatte viel zu viel Geld dafür ausgegeben, doch heute Abend musste sie so schick aussehen wie nur möglich. Sie strich das Kleid über ihren Hüften glatt und lächelte.

Pip zog das Rezeptbüchlein aus ihrem Rucksack und glitt – wie schon so oft in dieser Woche – mit den Fingern über die Gravur des *Artemisia*-Zweiges. Nadia hatte mittlerweile die

Bestätigung aus dem Labor erhalten, dass die Briefe, die Rezepte und das Manuskript nicht von einer, sondern von zwei verschiedenen Personen verfasst worden waren. Die Zeichnungen und Skizzen sowie die Titelseite waren mit einer anderen Tinte angefertigt worden als die Rezepte. Die Wissenschaftler gingen davon aus, dass die geheimnisvolle Artemisia die Rezepte geschrieben hatte. Das hatte Pip zwar bereits ihr Instinkt verraten, doch nun hatte sie den wissenschaftlichen Beweis dafür.

Ein Lachen erklang hinter ihr, und als sie sich umdrehte, sah sie drei betrunkene Hexen mit Bierflaschen in den Händen, die Arm in Arm über den Vorplatz wankten. Sie nickten Pip zu und drückten die Eingangstür auf.

Pip trat hinter ihnen in das warme, hell erleuchtete Haus. Von der Decke des Saals schwangen Akrobaten, und der Gesang eines männlichen Baritons schallte aus allen Ecken. Der Ballsaal war mit roten und weißen Schleifen geschmückt, und die in Reihen angeordneten Tische waren mit rot-weiß karierten Tischtüchern gedeckt. Den zahllosen halb leeren Karaffen und herumliegenden Bierflaschen nach zu urteilen war das Fest bereits in vollem Gange.

Als Bäuerinnen verkleidete Kellnerinnen in langen braunen Kleidern und Hauben schlängelten sich durch die Menge und servierten riesige Terrakottaplatten mit Kalbs- und Hühnerfleisch, Schüsseln mit Polenta, die mit Käse verfeinert worden war, und Krüge mit Rotwein. Pip sah sich in dem Saal voller Jongleure, Geister und weinender Clowns um und suchte nach einem bekannten Gesicht.

In diesem Moment trat Bruno von links auf sie zu und zog sie in eine Umarmung.

»Ah, Philippa! Es überrascht mich, dich hier zu sehen. Lass

dich anschauen.« Er trat einen Schritt zurück, bewunderte ihr Kleid und nickte. »Dann also kein Kostüm. Ich mag das auch nicht«, meinte er und schüttelte energisch den Kopf.

Pips Blick fiel auf sein zerknittertes weißes Hemd, die schwarze Leinenhose und die rote Fliege, und sie lächelte. Er war ein netter Kerl, und sie war froh, ihn zu sehen.

»Komm. Nimm etwas Wein. Trink.« Er reichte ihr ein Glas Rotwein. *»Salute.«* Sie stießen an. »Und jetzt suchen wir deinen Jack.«

Pip nahm hastig noch einen großen Schluck Wein.

»Ah. Ich sehe ihn. Dort drüben. Nun geh schon!«

Jack stand in der gegenüberliegenden Ecke und hatte ihnen den Rücken zugewandt. Pips Blick fiel auf seine breiten Schultern in dem marineblauen Jackett. Ihm hatte ebenfalls nicht der Sinn danach gestanden, sich zu verkleiden. Sie musste lächeln. Neben ihm stand Valentina in einem roten Samtkleid im altgriechischen Stil. Sie trug ihre glänzend schwarzen Haare offen, und sie flossen in Wellen über ihren Rücken. Pip spürte, wie ihr Gesicht zu brennen begann. Sie wandte sich ab und nahm noch einen weiteren Schluck Wein.

»Ich halte das für dich«, meinte Bruno und nahm ihr Glas. »Und jetzt los, *Bella.* Tu das, weswegen du hergekommen bist.«

Der Opernsänger war verstummt. An seine Stelle war ein Dichter vor ein krächzendes Mikrofon getreten, der mit seufzender Stimme italienische Gedichte rezitierte und diese mit ausladenden Handbewegungen untermalte.

Nach zwei Zeilen flüsterte Bruno ihr ins Ohr: »Dante. Ein Gedicht über die Liebe.« Dann gab er ihr einen sanften Schubs.

Pip durchquerte den Saal und wurde dabei von den seufzend vorgetragenen Zeilen begleitet. Sie ging direkt auf Jack zu und tippte ihm auf die Schulter. »Jack.«

Er wandte sich langsam um, und Valentinas Hand glitt von seinem Arm. »Pip?« Er wirkte schockiert, aber dann machte sich ein strahlendes Lächeln auf seinem Gesicht breit. »Pip«, meinte er noch einmal mit Nachdruck, schloss sie innig in die Arme und hob sie hoch. Er roch immer noch nach Salz und Erde.

Über seine Schulter hinweg sah Pip Valentina, die ebenso erstaunt wirkte. »*Oh!* Was für eine Überraschung, Philippa!«

Jack wirbelte sie einen Moment lang herum, doch dann stellte er sie ab. »Aber ich verstehe nicht ...«

»Können wir dir helfen? Ist alles in Ordnung?«, fragte Valentina und legte besitzergreifend eine Hand auf Jacks Schulter.

»Was machst du hier, Pip?« Jack sah sich im Saal um. »Wie bist du überhaupt hierhergekommen?« Er zögerte. »Bist du allein?«

»Ja. Jack ...«

»Ist etwas mit deiner Familie? Noch ein Notfall?«, unterbrach Valentina sie.

Pip öffnete den Mund, um etwas zu sagen, doch dann schloss sie ihn wieder. Woher wusste Valentina von Megs? Wie nahe standen sich sie und Jack wirklich?

»Geht es dir gut?«, fragte Valentina freundlich. Sie trat näher heran und streckte die Hand aus, um Pips Schulter zu drücken.

Pips Herz pochte laut in ihren Ohren. Sie wünschte, die beiden würden sie zu Wort kommen lassen.

»Ich habe erst vor Kurzem mit Will telefoniert«, begann Jack. »Ich dachte, du wärst in Tasmanien.« Pip hatte keine Ahnung, ob er sich freute, sie zu sehen, oder nicht.

»Ich weiß, es ist verrückt, nicht wahr? Aber ich hatte nichts von dir gehört, also …« *Ich hätte nicht hierherkommen sollen,* dachte sie kläglich, als sie in die besorgten Gesichter der beiden blickte. Sie hatte hier nichts verloren. Sie hätte zu Hause bei Megs bleiben sollen.

»Wie geht es Megs?«, fuhr Jack fort. »Will scheint guten Mutes zu sein, dass sie sich wieder erholen wird. Sie werden sich um Hilfe bemühen. Gemeinsam.« Er warf Pip einen mitfühlenden Blick zu. »Die arme Megs. Ich kann mir gar nicht vorstellen, wie viel Energie sie das alles gekostet haben muss – allein schon, es vor allen geheim zu halten. Es muss schrecklich gewesen sein: der Druck im Job, das Haus, die kleine Chloé.« Er schüttelte den Kopf.

»Megs erledigt immer alles im Laufschritt«, erklärte er Valentina, die nickte. Jack drückte die Schultern durch und sah Pip aus seinen blauen Augen an.

Pip blinzelte.

Valentinas Blick wanderte von Jack zu Pip, und sie kniff einen Augenblick die Augen zusammen, ehe sie sich abwandte, um sich mit jemandem am Nebentisch zu unterhalten. Eines musste Pip ihr lassen: Valentina hatte Klasse.

Jack starrte Pip immer noch an, und langsam breitete sich eine Röte über seinen Hals aus. Er kratzte sich im Nacken und senkte den Blick. Jack sprach sehr leise, während er auf seine Füße hinunterschaute. »Ich habe ein wenig Zeit mit ihr verbracht. Mit Megs, meine ich. Ich habe ihnen bei einigen Dingen rund ums Haus geholfen. Sie schien so im Stress wegen der Arbeiten des Landschaftsgärtners.« Er zuckte mit den Schultern.

»Ich weiß. Ich habe es gesehen. Sehr beeindruckend.« Pips Stimme klang ein wenig härter als beabsichtigt. »Warum hast du mir nichts davon erzählt?« Sie war verwirrt.

Jack atmete tief ein und pfiff durch die Zähne. »Es war eigentlich keine große Sache. Außerdem hast du ständig gearbeitet. Es tut mir leid, so war das nicht gemeint …«

Pip unterbrach ihn. »Ich weiß, wie du es gemeint hast.« Sie schenkte ihm ein kaum merkliches Lächeln. Sie wünschte, sie hätte etwas mehr Rotwein getrunken. Das hier lief nicht gerade gut.

»Jack, ich …« Der Rest des Satzes ging in einer Arie von Puccini unter, die plötzlich aus den Lautsprechern drang. Eine Gruppe plappernder Bauernmädchen mit ausladenden Dekolletés drängte sich an ihnen vorbei und kreischte vor Lachen.

»Entschuldige, was hast du gesagt?« Jack lehnte sich so nahe zu ihr, dass sich ihre Gesichter beinahe berührten. »Ich kann dich nicht verstehen. Gehen wir vors Haus.« Er nahm Pips Hand und führte sie zur Tür hinaus.

Erst als sie nach draußen traten, fiel Pip auf, dass sie noch immer ihren Rucksack trug. So viel zu ihrem Versuch, schick auszusehen.

Doch Jacks Augen sagten etwas anderes. »Hübsches Kleid«, meinte er bewundernd. »Du siehst atemberaubend aus. Aber auch so, als wäre dir kalt.« Er zog sein Jackett aus und breitete es über Pips zitternde Schultern und den Rucksack. Aber …« Er atmete tief durch. »Ich kann nicht glauben, dass du hierhergekommen bist. Ich dachte, es wäre aus. Für immer.«

»Ich wollte dir dafür danken, dass du dich um meine Familie gekümmert hast. Dass du das Cottage für Mum und Dad zur Verfügung stellst. Aber ich … ich hätte nicht kommen sollen. Es ist verrückt. Ich … Es tut mir leid«, meinte sie leise und senkte den Blick. »Aber ich will dir etwas zeigen.« Sie hob den Blick und sah ihm in die Augen, bevor sie in ihrem Rucksack nach dem Manuskript kramte. Als sie es gefunden hatte, stellte sie den Rucksack auf dem Kies ab und gab Jack das Büchlein.

Er betrachtete die Gravur auf dem Umschlag und ließ die Finger über den Zweig gleiten, bevor er das Manuskript öffnete.

»Wow. Was ist denn das?«

»Erinnerst du dich an die französischen Rezepte und Briefe, die ich gefunden habe? In den Töpfen, die Mum und Dad uns zu unserer …« Sie schluckte. »… zu unserer Verlobung geschenkt hatten?«

»Ja«, sagte Jack. »Sie befinden sich mittlerweile im Schuppen deiner Schwester.« Er seufzte und trat einen Kieselstein beiseite. Als er wieder zu sprechen begann, klang seine Stimme hoffnungsvoll. »Was ist mit ihnen? Was ist so wichtig daran, dass du den ganzen Weg hierhergekommen bist?«

Pip schluckte. Sie hätte *unbedingt* noch ein Glas Rotwein trinken sollen. »Das Büchlein enthält Rezepte für eine Hochzeitsfeier. Aus dem Mittelalter. Sieh dir die Widmung am Ende an.« Sie legte eine Hand auf seinen Arm. »Bitte, Jack«, meinte sie sanft. »Es ist wichtig.«

Jack drehte das Manuskript herum und entdeckte dort das in Plastik eingeschweißte Blatt:

Pour Artemisia,
Mère d'herbes,
Avec tout mon amour sur nos fiançailles.
Vos Andreas

Pip beobachtete ihn voller Hoffnung, während er las.

Schließlich blickte Jack zu ihr auf, und ein Grinsen breitete sich auf seinem Gesicht aus. Er senkte erneut den Blick, um die Widmung noch einmal zu lesen, dann schloss er das Büchlein. »Ist es das, was ich glaube, dass es ist?«, neckte er Pip.

»Ähm, na ja …« Pip zögerte, doch dann sprach sie schnell weiter: »Das *Herbier National* in Paris hat bestätigt, dass die Briefe aus dem Topf und dieses Manuskript von derselben Person verfasst wurden. Sie glauben, dass die frühere Köchin des Châteaus de Boschaud – Artemisia – die Rezepte aufgeschrieben hat und Andreas sie illustrierte und binden ließ. Es ist Kalbsleder. Sehr teuer. Eine Köchin hätte sich so etwas niemals leisten können.«

»Das ist ja unglaublich.« Jack strich über den Einband und die feinen Linien des Zweiges.

»Es gibt allerdings keine Aufzeichnungen darüber, dass Artemisia jemals geheiratet hat. Sie ist unverheiratet gestorben. Aber sieh dir die Widmung an – es ist doch offensichtlich ein Verlobungsgeschenk oder zumindest etwas in der Art.«

»Vielleicht.« Jack hatte den Blick immer noch auf das Manuskript gerichtet. Es schien eine Ewigkeit zu vergehen, ehe er Pip ansah. Seine Augen glänzten.

»Ich will … ich will, dass wir beide zusammen sind«, erklärte Pip nervös. »Das hier ist ein Geschenk für dich. Ein Verlobungsgeschenk.« Sie atmete tief ein. »Ich will dich heiraten.«

Jack sah sie an. Er war offensichtlich sprachlos.

Als er nichts sagte, sprach sie einfach weiter, um das peinliche Schweigen zu durchbrechen. »Ich will ein Festessen zubereiten«, erklärte sie. »Wie Artemisia. *Für* Artemisia. Ich will, dass *wir* ein Festessen zubereiten.« Sie trat einen Schritt nach vorn und legte eine Hand auf das Büchlein. »Ich meine es ernst. Ich will mit dir zusammen sein. Für immer.«

Jack sagte immer noch nichts. Er sah sie bloß mit gerunzelter Stirn an.

»Bist du noch immer … willst du …?« Sie hielt inne. »Ich

will sagen: Willst du mich heiraten, Jack?« Pip spürte, wie sie errötete, und die Haut auf ihrer Brust und ihrem Hals wurde abwechselnd heiß und kalt.

Sie standen einander schweigend gegenüber, und die Worte hingen zwischen ihnen in der Luft. Gedämpfter Gesang drang durch die Tür, und irgendwo im Dunkeln kreischte eine Eule.

Jack trat näher heran. »Ich muss dir auch etwas sagen.«

Pip dachte, sie müsse sich übergeben. Nun würde er ihr sagen, dass er mit Valentina zusammen war. Sie hatte diesen weiten Weg zurückgelegt, aber es war zu spät. Sie starrte gedemütigt zu Boden.

»Ich habe diese Woche den Kaufvertrag für Ashfield House unterschrieben. Ich habe Mum und Dad zu hundert Prozent ausbezahlt. Selbst Nicko erklärte sich letzten Endes einverstanden und half mir, die besten Konditionen zu finden. Ich werde mein ganzes Leben lang Schulden haben!« Er holte tief Luft und streckte dann die Hände aus, um sie sanft auf Pips Schultern zu legen. Er sah ihr in die Augen und meinte: »Pip, wenn du deine Doktorarbeit abgeschlossen und die Sache mit deiner Arbeit geklärt hast …« Er atmete erneut tief durch und begann dann von vorn. »Was ich meine, ist: Wenn du wieder zurück in Hobart bist, würdest du dann darüber nachdenken …? Ich … ich liebe dich einfach unendlich. Du bist unglaublich. Ich will es nicht ohne dich durchziehen. Ich *kann* dieses Projekt nicht ohne dich verwirklichen.«

Er brach ab und seufzte.

Pip wartete mit klopfendem Herzen.

»Ich werde keine Pläne mehr schmieden, ohne vorher mit dir darüber gesprochen zu haben. Es war falsch, dich dazu zu drängen, mich zu heiraten, bevor du dein eigenes Projekt abgeschlossen hattest. Und Ashfield House ... es war eine verrückte Bitte. Ich habe versucht, dich in mein Leben zu zwängen. Aber deine Forschungsarbeiten sind wichtig. Du bist klug und kannst etwas bewirken – deswegen habe ich mich ja überhaupt erst in dich verliebt.« Er hielt inne und grinste. »Deswegen, und weil du beim Fischen recht geschickt bist!« Jack atmete durch und ließ seine Schultern sinken, ehe er Pip erneut in die Augen sah. »Es tut mir leid, aber was sagst du dazu? Bist du dabei?«

Pip schlang ihre Arme um ihn, und ihr Herz tanzte vor Erleichterung und Freude. »Natürlich bin ich dabei, Jack! Ein zugiges georgianisches Haus, das eine Menge Arbeit verspricht, und ein Ehemann, der bis zum Hals in Schulden steckt? Wie könnte ich da widerstehen? Außerdem: Wo soll ich sonst eine Küche finden, die groß genug für meine verdammten Kupfertöpfe ist?«

Jack beugte sich zu ihr hinunter, um sie zu küssen, und ihr wurde von Kopf bis Fuß warm. »Und jetzt befreien wir dich mal von diesem hübschen Kleid ...«

»Warte. Musst du ...? Müssen wir nicht noch mit Valentina sprechen? Wird sie sich nicht fragen, wo du abgeblieben bist?«

»Kann schon sein«, meinte Jack neckend. Er schlang seinen Arm um Pip und zog sie an sich. »Da ist nichts zwischen uns.« Seine Stimme klang klar und ehrlich. »Wir sind Kollegen. Das ist alles.«

»Aber ...«

»Pip! Da ist wirklich nichts. Ich würde dich niemals anlügen – Valentina ist großartig. Es gab ein paar Momente, wo sich vielleicht mehr hätte entwickeln können. Aber sie hat gerade eine schlimme Trennung hinter sich. Kommt dir das bekannt vor? Außerdem wäre es seltsam gewesen, dann noch weiter zusammenzuarbeiten. Also stellte es sich als weniger kompliziert heraus, einfach Freunde zu sein.«

Pip dachte daran, wie Pedro mit gesenktem Blick an ihrem Posten vorbeigeschlichen war, und wurde rot.

Jack drückte sie. »Das Einzige, was noch offen war, war die Sache mit dir. Ich bekam dich nach deinem Besuch hier einfach nicht mehr aus dem Kopf. Doch die einzige Möglichkeit für mich, damit zurechtzukommen, war, dich eine Zeit lang nicht zu sehen.«

»Na ja, Valentina scheint ziemlich toll zu sein«, meinte Pip.

»Das ist sie auch«, sagte Jack. »Sie ist äußerst klug.« Er beugte sich nach unten und flüsterte Pip ins Ohr: *»Aber sie ist nicht du.«*

Kapitel 41

Château de Boschaud, Mittsommer 1487

Im großen Saal legte Abt Roald wie ein gütiger Großvater eine Hand auf Artemisias Schulter und lächelte. Dann lehnte er sich zu ihr und meinte mit einem barschen Flüstern: »Madame Rose will, dass du in die Jungfernkammer gehst und ihr Öl-Fläschchen holst. Der *Épicier* hat es eigens mit Gold versetzt.« Dann zischte er: »Du dachtest, ich wüsste es nicht, hm?«

Artemisia erstarrte. Er hatte doch nicht den Brief gefunden, oder? Hatte er vielleicht ihre Aufzeichnungen entdeckt, die bewiesen, dass er ein Lügner und Betrüger war?

Abt Roald fuhr laut genug fort, um sich über das Geplänkel und die Musik im Saal hinweg Gehör zu verschaffen. »Sie besteht darauf, dass es in das Brautzimmer gebracht wird. Sofort.«

Artemisia zuckte zusammen. »Ich bitte um Verzeihung, Abt«, erwiderte sie. »Aber wäre es nicht besser, eine der Dienstmägde würde es holen? Mein Platz ist doch unten in der Küche.«

Aus den Augenwinkeln sah sie zwei Troubadoure, die mit einigen Weinkrügen aus Zinn jonglierten, während ein dritter auf seiner Fiedel ein fröhliches Stück zum Besten gab. Die

Menge lachte und klatschte zur Musik, und der Chevalier de Boschaud klopfte mit seinem Krug auf den Tisch, verpasste allerdings jedes Mal den Einsatz. Artemisia musste unwillkürlich grinsen, als ihr Blick auf die scheu lächelnde Madame Rose fiel, die wie verzaubert von dem Spektakel schien.

Abt Roald bemerkte, wie Artemisia Madame Rose musterte, und hob seine Stimme. »Widersprich mir nicht! Oder willst du etwa ausgepeitscht werden?« Während er noch sprach, wandte Abt Roald den Kopf und nickte dem Chevalier de Boschaud und seiner Braut lächelnd zu. Er schien der Inbegriff der Güte zu sein.

Artemisia glaubte, sich übergeben zu müssen.

»Ich werde gehen, sobald ich diese Platte mit den *Boute-Hors* abgestellt habe, mein Herr«, sagte sie.

Seine Drohung machte ihr Angst. Sobald der letzte Gang serviert war, musste sie eine Möglichkeit finden, von hier zu verschwinden.

Von seinem Platz am Ende des Tisches beobachtete Andreas erleichtert, wie Artemisia sich von dem abscheulichen Abt Roald entfernte und in seine Richtung kam. Sie stellte einen Teller gerösteten Kardamom und Anissamen vor Andreas auf den Tisch, vermied jedoch jeglichen Augenkontakt. Andreas nahm eine Handvoll der immer noch warmen Samen. Er zerbiss sie und hob dann einen Zipfel des fleckig gewordenen Tischtuches, um sich die Lippen abzuwischen. Er hatte sechs Gänge hinter sich und konnte jede Unterstützung bei der Verdauung brauchen, die er bekommen konnte.

Er sehnte sich danach, Artemisia die dunkle Locke, die aus

ihrem Gebände entkommen war, hinters Ohr zu stecken. Er sehnte sich danach, sich zu ihr zu lehnen und den Rosmarin zu riechen, mit dem sie ihr Haar wusch. Er wusste es, weil sie dieses Geheimnis wie so viele andere für ihn niedergeschrieben hatte. In diesem Augenblick wandte sich Artemisia zu ihm um und warf ihm einen kurzen Blick zu, der ihn zur Vorsicht mahnte. Dann schlüpfte sie aus dem Zimmer, und er sah, wie sie sich auf den Weg die Treppe hinauf machte, anstatt nach unten in die Küche zurückzukehren. Er fragte sich, was man ihr wohl aufgetragen hatte.

Der Erste Troubadour – der eine grüne Samtjacke und Beinkleider mit goldener Naht trug – trat vor und brachte die Menge mit einem Wink zum Schweigen. Es folgte eine dramatische Pause, dann begann er zu rezitieren:

's ist von der Rose die Geschichte, –
Wo Künst' der Minn' ich all' berichte.
Der Stoff ist neu und gut daran. –
Gott geb', daß dies nun leiden kann
Sie, der zu Lieb' ich es erdacht;

Die Gäste, die alle in Feierlaune waren, jubelten und klatschten, als er seine Stimme ein wenig erhob und seine Hüften in Richtung der bereits errötenden Madame Rose stieß. Wenn man den ersten Zeilen trauen konnte, erwartete sie nun alle ein besonderes Vergnügen. Während Andreas die *Reinheit* beiseitelassen konnte, freute er sich schon auf die Geschichten über *Eifersucht*, *Schönheit* und *Schicksal*. Mit ein bisschen Glück würde der Erzähler einige Reime überspringen und direkt zu der Stelle kommen, an der die Rose im Garten gepflückt wurde. Andreas zuckte mit den Schultern, und sein

Blick fiel auf einen Zinnbecher inmitten des Durcheinanders auf dem Tisch. Er goss sich selbst einen weiteren Digestif ein, lehnte sich zurück und genoss die Vorstellung. Das hier würde eine Zeit lang dauern. Und währenddessen konnte er nach einer günstigen Gelegenheit Ausschau halten, sich dem Chevalier zu nähern.

Andreas hatte seinen Becher beinahe zur Hälfte geleert, als er sah, wie Abt Roald sich bei dem Chevalier entschuldigte. Er musste in die Küche, um die Arbeit für den nächsten Gang zu überwachen. Andreas hielt mit dem Trinken inne, als er sah, dass der Abt sich nicht auf den Weg die Treppe hinunter machte, sondern stattdessen Artemisia nach oben folgte.

Kapitel 42

Paris, Mai 2015

An: maryarnet@bigpond.com
Von: parnet@unitas.edu.au
Betreff: Verlobung

Hallo Mum und Dad,

entschuldigt bitte, aber die Skype-Verbindung im Zug brach einfach zusammen. Ich konnte es nicht erwarten, euch die Neuigkeiten mitzuteilen. Megs und Will klangen begeistert. Ich bin so glücklich.

Unser Plan ist, dass ich erst einmal in Paris bleibe und meine Doktorarbeit abschließe. Es ist bald so weit. Ich denke, es wird noch etwa zwei Monate dauern. Jack wird einige Zeit bei mir bleiben, aber dann fliegt er nach Hause, um im Weinberg zu arbeiten. Er muss Geld verdienen.

Er will eine neue Kellerei bauen und hat vor, auch ein kleines Bistro zu eröffnen. Ich werde Dan bitten, uns zu beraten, und natürlich werde ich bei der Speisekarte helfen. Wir wollen heimische, nachhaltige Produkte verwenden und zum Beispiel mit der Angel gefangenen Fisch anbieten. Wir haben vor, so viele der Zutaten selbst zu sammeln und anzubauen wie nur irgend-

wie möglich. Vielleicht können wir Dad und Dom bei uns anstellen!
Sicher wird es eine Herausforderung werden, alles unter einen Hut zu bringen, aber versichere Dad bitte, dass ich diesmal die richtige Balance gefunden habe!
Wenn alles nach Plan läuft, werden wir in zwölf Monaten auf dem Weingut heiraten.
Sag Dad, dass ich außerdem eine Forschungsstelle am IMAS angenommen habe. Dr. Philippa Arnet wird Ende 2015 nach Hause zurückkehren.

Alles Liebe, Pip (und Jack)

An: parnet@unitas.edu.au
Von: maryarnet@bigpond.com
Betreff: Verlobung

Meine allerliebste Pip,

wir freuen uns sehr für euch.
Wie erstaunlich, dass die Töpfe, die ich dir zu deiner Verlobung geschenkt habe, damit sie über dich wachen, während du dein neues Zuhause einrichtest, dich bis ans andere Ende der Welt geführt haben.
Und wieder zurück.
Was soll ich sagen, meine liebste Pip? Ich erinnere mich noch gut an das erste Mal, als ich dich an meine Brust drückte und deine Haut auf meiner spürte. Du hast mit deinen neugierigen grünen Augen zu mir hochgesehen, deine winzige rosafarbene

Faust aus dem Mund gezogen und mich angestarrt. Da waren keine Tränen. (Margot weinte wie ein … na ja, wie ein *Baby!*) Es war, als wolltest du sagen: »Hier bin ich!« Und dann hast du den Kopf nach hinten gekippt und versucht, dich im Zimmer umzusehen. Ich werde mich immer daran erinnern, wie kräftig du warst. Wie ruhig und konzentriert. Ich dachte damals schon, dass das für ein Baby in diesem Alter ziemlich ungewöhnlich ist. Aber jetzt, wo ich dabei geholfen habe, Tausende zur Welt zu bringen, kann ich sagen, dass du tatsächlich eine Ausnahme warst!

Du warst von Anfang an ein neugieriges kleines Mädchen. Du hast auf der Arbeitsplatte gesessen und Fragen gestellt, den Kuchenteig gerührt und den Teig für die Pasta oder das Brot geknetet. Und den Löffel abgeschleckt. Du hast immer den Löffel abgeschleckt.

Wenn wir im Garten waren, hattest du ständig deinen kleinen gelben Laster dabei, um mir Zwiebeln zu bringen, wenn ich Narzissen pflanzte, und Samen, wenn ich im Gemüsegarten war. Du hast dir nie viel aus Unkrautjäten gemacht – aber das tue ich ja auch nicht.

Dein Vater und ich könnten nicht stolzer auf dich sein. Du bist stark und entschlossen, und ich frage mich, wohin dich deine Studien wohl noch führen werden. Tief in meinem Herzen weiß ich, dass es nicht der ausgetretene Pfad sein wird, den dein Vater und Margot wählten. Aber das ist in Ordnung, mein Schatz. Du musst lernen, deinen Instinkten zu vertrauen. Dir waren immer schon die versteckten Wege, die sich hier über unseren Berg ziehen, am liebsten. Die ruhigen Momente hoch oben in den Ästen unseres größten Kastanienbaumes.

Meine Pip mit den zerzausten Haaren. Denk immer daran, dass es manchmal schwer sein kann, sich auf eine Antwort festzu-

legen. Du musst flexibel sein und Veränderungen mit offenen Armen empfangen.
Und sei gut zu dir.
Du hast bereits ein Verlobungsgeschenk erhalten, und es stellte sich heraus, dass dieses Geschenk so viel besonderer war, als wir es uns jemals erwartet hätten. Trotzdem will ich dir eine Liste der Blumen und Kräuter schicken, die ich in meinem Brautstrauß hatte. Ich habe das Gefühl, sie würden zu dir passen – und du kannst ihn selbst binden!

- weiße Rosen für die Liebe (die Sorte Wedding Day natürlich!)
- Rosmarin für Erinnerungen
- Lavendel für Hingabe
- Thymian für Kraft und Stärke
- Melisse für Wärme

Sagt Bescheid, wann ihr nach Australien zurückkehrt, dann werden wir euch am Flughafen abholen.

Eine dicke Umarmung und alles Liebe an Jack

Mum

Kapitel 43

Tasmanien, März 2016

Pip warf einen Blick in den Korb und auf die Pilze mit den dunklen Kappen und den weichen, gelben Unterseiten. Sie atmete die klare Luft ein, und ihr fiel auf, dass es schon ziemlich kühl war, obwohl der Herbst gerade erst gekommen war. Ungewöhnlich kühl. Seit Weihnachten war Tasmanien immer wieder von einem sanften Regen überzogen worden, und die winzigen Pilzkolonien waren früher als erwartet und an ungewöhnlichen Orten aus dem Boden geschossen. Pip hoffte, dass sie den Herbst hindurch weiterwachsen würden. Pilze konnten sehr wankelmütig sein. Pip genoss den Duft der Zypressen, Eukalyptusbäume und – ja – die *Aufregung*. Ihre Nase und ihr Hals prickelten, als sich ihre Lungen mit kühler Luft füllten. Sie rüttelte ihren Weidenkorb, sodass die Sporen der Pilze auf den Boden fielen, und schob anschließend mit dem Fuß einige Nadeln über die Stelle. Für alle Fälle. Der alte Freund ihres Vaters war ihr ein guter Lehrmeister gewesen, was das Pilzesammeln betraf. Sie freute sich schon darauf, Dom heute wiederzusehen. Gabrielle war schon früh mit einem Korb und einer Liste von Dan aufgebrochen, um im ummauerten Garten Kräuter zu sammeln. Pip hatte ihr eine Hochzeitseinladung gemailt, und sie hatte begeistert zugesagt und sich sehr auf ihre erste Reise nach Tasmanien gefreut.

Auch wenn es erst März war, konnte Pip bereits ihren Atem sehen. Sie wusste, dass sich die Kälte schon bald verflüchtigen würde, und die Sonne stand immer noch hoch genug, um einen ordentlichen Sonnenbrand hervorzurufen, wenn man nicht eingecremt war.

Pip beobachtete, wie der feuchte Nebel aus dem Nadelteppich unter den riesigen Zypressen emporstieg, und ließ ihren Blick über die langen Reihen der Weinreben schweifen, die sich bis hinunter zum Kanal erstreckten. Der Geruch der Gärsäure, den die Nadeln verströmten, vermischte sich mit dem scharfen Duft der Eukalyptusbäume. Dazu kam ein kaum merklicher Hauch Salz, den die morgendliche Brise vom Watt emportrug.

»*Brrr.* Es ist verdammt kalt, Pip«, sagte Megs. Sie stampfte mit den Füßen auf, um sich warm zu halten, und schlang die Arme um sich. »Warum stehst du eigentlich immer so früh auf? Hast du noch nie etwas von Müsli zum Frühstück gehört?«

»Ich musste noch Muscheln sammeln, bevor die Flut kommt. Aber du hättest eigentlich eine gute Entschuldigung, um nicht so früh aufzustehen«, erwiderte Pip. »Bist du dir sicher, dass du nicht zu müde bist?«

»Ich kann nicht glauben, dass du denkst, ich würde heute *irgendetwas* verpassen wollen! Chloé und ich tanzen schon seit Wochen in unseren Kleidern durchs Haus.« Megs legte den Kopf in den Nacken, und ihr Lachen klang wie warmer Sonnenschein.

»Komm, ich glaube, wir haben jetzt genug beisammen«, meinte Pip. »Nimm du den anderen Korb. Ich muss noch etwas erledigen.«

Megs seufzte und schob den bauchigen Weidenkorb auf ihren Unterarm. Sie lüftete das feuchte Geschirrtuch und warf einen Blick auf die winzigen grünen Beeren, die am Boden des Korbes von einer Seite zur anderen rollten. »Was ist das?«, fragte sie.

»Heimische Preiselbeeren«, antwortete Pip. »Süß und sauer zugleich. Ich werde sie mit den Brombeeren und der Wassermelone kombinieren, die ich gestern im Garten geerntet habe – ich denke, das wird eine wunderbare Vorspeise ergeben. Ich werde die Früchte mit einer Portwein-Preiselbeeren-Sauce auf großen Platten servieren. Man kann sie mit den Fingern essen und sich anschließend die Sauce von den Fingern lecken. Es ist wie Honig – abgesehen vom Portwein.«

Megs sah ihre kleine Schwester an und hob eine Augenbraue. »Wir sollen mit den *Fingern* essen? Das klingt ja sehr mittelalterlich. Werden wir in den Pausen vielleicht auch noch Turnierkämpfe und Jongleure sehen?«

»Tatsächlich habe ich sieben Gänge geplant«, erwiderte Pip, während sie den Hügel hinauf in Richtung Ashfield House gingen, das hoch oben über dem D'Entrecasteaux-Kanal thronte. »Es soll ein richtiges Festmahl werden. Die Idee stammt aus der Rezeptsammlung für das Hochzeitsessen, die Gabrielle mir im Château de Boschaud gegeben hat. Wir werden mit einem trockenen Champagner beginnen, den Jack hier auf dem Weingut produziert. Es ist eine neue Sorte, die er gerade ausprobiert. Eine von vielen.«

Pip deutete auf die Reihen mit den goldenen Pinot-Blättern. Wenn die Sonne höher stieg, würden der Nebel und der glitzernde Tau verdampfen, und man konnte beinahe bis nach Bruny Island sehen. In der Ferne hörte sie das Brummen eines kleinen Motorbootes. Die Snoeks waren in diesem Jahr früh dran, und Jack hatte gemeint, dass er heute Morgen mit Will und ihrem Dad eine Stunde zum Angeln ausfahren würde. Pip war ihm im Morgengrauen über den Weg gelaufen, als er sich gerade mit seinem Akkubohrer und einer Tasche voller Schrauben auf den Weg in die Weinberge gemacht hatte. Es war schwer zu sagen, was genau er reparieren musste, er hatte ihr bloß mit dem Mund voller Nägel etwas zugemurmelt und war dann weiter den Hügel hinaufgeeilt. Vermutlich hatten sich einige Reben gelöst, oder es hing ein Tor schief in den Angeln. Typisch Jack, dass er den Schaden sofort behob, sogar noch bevor er mit den anderen zum Fischen fuhr.

»Danke für deine Hilfe in den letzten Tagen, Megs. Ich weiß, dass Dan dir ebenfalls sehr dankbar ist. Wenn es mit der Chirurgie nicht funktioniert, könntest du auch hier jederzeit einen Job haben.« Pip drückte die Schulter ihrer Schwester.

In den letzten Monaten waren viele Tränen geflossen, während Megs versucht hatte, sich eine neue Normalität aufzubauen und mithilfe ihrer Therapeutin langsam die Medikamente abzusetzen. Sie arbeitete Teilzeit. Operierte nur am Tag. Trieb gemäßigten Sport. Plante feste Verabredungen mit Will ein. Mit anderen Worten: Sie machte einen kleinen Schritt nach dem anderen. Pip erkannte voller Ehrfurcht, wie tapfer und stark Megs war, auch wenn sie eingefallen und müde aussah.

Doch heute strotzte Megs vor Energie.

»Vielleicht werde ich noch mal darauf zurückkommen. Sieh dir das doch nur mal an. Nicht schlecht.« Megs hüpfte mit schwingendem Korb die breiten Steinstufen zu dem georgianischen Haus empor. Sie gingen über den Vorplatz, bis sie zu dem neuen Wintergarten an der Nordseite von

Ashfield House kamen. Er bestand aus zwei Stockwerke hohen Glaswänden in einem eleganten Stahlrahmen, der so lange behandelt worden war, bis er rostrot aussah.

»Der Wintergarten ist wunderschön, Pip. Er sieht aus wie eine Galerie für zeitgenössische Kunst. Ihr beide seid so clever.«

»Na ja, es war Jacks Idee. Er brauchte eine große neue Kellerei, also schlug ich vor, dass es gleich ein multifunktionales Gebäude werden sollte.«

»Das war ein guter Einfall.«

Pip trat durch die alte Tür aus Zypressenholz. Schwer vorstellbar, dass es kaum mehr als zehn Monate her war, seit Jack auf der Zugfahrt von Lucca nach Paris die ersten groben Entwürfe angefertigt hatte.

Eine Handvoll Angestellter war damit beschäftigt, Teller und Besteck aufzulegen. Das Klappern des Porzellans und Gelächter erfüllten den Raum. Pip liebte die Art, wie Jack diesem Raum durch die hoch aufragenden Stahlträger einen zeitgenössischen Touch verliehen und ihn durch die Lamellenfenster aus dem alten Schuppen dennoch heimelig gestaltet hatte. Lange rote Kordeln mit großen, altmodischen Glühbirnen daran hingen in unregelmäßigen Abständen von der sechs Meter hohen Decke, und Jack hatte aus altem, verrostetem Zaundraht verdrehte zylindrische Lampenschirme gefertigt. An der Backsteinmauer waren überdimensionierte Paprikapulverdosen angebracht, die mit leuchtenden spanischen Cartoons bemalt waren und in denen eine Mischung verschiedener Sukkulenten und Kakteen wie Karkalla und Echeverien wuchs.

Pips Blick fiel auf die große alte Kiefernholzkommode, die aus der Küche des großen Hauses stammte. Sie hatte Jack und Will gebeten, sie in den Wintergarten zu stellen, damit sie ihre

Kupfertöpfe darin unterbringen konnte. Sie sahen wunderschön aus in ihrem neuen Zuhause. In *Pips* neuem Zuhause. Sie lächelte.

Eine Tür wurde aufgerissen, und ein schrilles Kreischen und Kichern erfüllte den Raum. Chloé lief auf Pip zu und schlang die Arme um ihre Beine, um sich vor Mary zu verstecken, die gerade mit ihr Fangen spielte. Das kleine Mädchen klammerte sich lachend an Pip.

Megs sah ebenfalls zu der Kommode hinüber, und ihre Augen funkelten. »Du hast einen Platz für die Töpfe gefunden.«

»Ja, na ja. Ich wollte dich nicht noch einmal um Hilfe bitten.« Jetzt, wo Megs wieder Teilzeit im Krankenhaus arbeitete, beobachtete Pip ihre Schwester mit Argusaugen, um sicherzugehen, dass sie es nicht wieder übertrieb. Offensichtlich war ihre Schwester eine begnadete Schauspielerin.

»Töpfe, Töpfe«, wiederholte Chloé, und Pip strich der Kleinen sanft über den Rücken.

»Was ist das?«, fragte Megs und nahm ein in Leder gebundenes Buch von der Kommode. Sie öffnete es. Mary trat neben Pip, schlang ihre Arme um Pips Taille und legte den Kopf auf die Schulter ihrer Tochter. Sie standen schweigend nebeneinander, während Megs das Büchlein durchblätterte, bis sie zur Titelseite der *Boute-Hors* und den Zeichnungen der Rosmarin- und Artemisia-Zweige kam.

Pour faire ung lot de bon hypocras
Dele mele bullito co le noci, detto nucato
Pour faire orengat

Megs schlug das Büchlein zu und ließ die Finger über die Gravur des Artemisia-Zweiges auf dem Umschlag gleiten, bevor sie es zurück auf die Kommode legte und ihre Schwester fragend ansah.

»Artemisia«, erklärten Mary und Pip wie aus einem Munde.

»Sie wurde auch *Mutter aller Kräuter* genannt«, fuhr Pip fort. »Ich denke, wir werden das Bistro nach ihr benennen. Das erscheint mir passend.«

Sie deutete auf das Büchlein. »Außerdem stammt daraus auch meine Inspiration für das hier.« Sie zog ein zerknittertes Blatt Papier aus der hinteren Tasche ihrer Jeans, legte es neben das Manuskript auf die Kommode und strich es glatt.

Hochzeitsmenü

Popcorn mit Kräutern und Gewürzen
Bruny Island Wagyū-Rind-Tatar mit Estragon-Emulsion
Angasi-Austern
Geräucherte Pink-Eye-Kartoffeln aus neuer Ernte an
Molkesauce, Knoblauch, Meerfenchel und Holunderblüten
Ackerbohnen, violette Artischocken und Burrata
mit grünem Wacholder-Öl
Gedünstete Venerupis-Muscheln mit Anis-Riesenysop
und Bellota-Schinken
Sanft gedünsteter, frisch geangelter tasmanischer Hapuka
und über Holzkohle gegrillte Pilze
Artemisias geräucherter Aal mit pochiertem Rhabarber,
Seetang und eingelegten Weißdornblüten
West Hobart Limetten-Posset mit geeisten Feigenblättern
und Liebstöckel-Kefir, Kümmel- und Dill-Plätzchen

»Popcorn?«, fragte Megs. »Das gab es sicher noch nie auf einer Hochzeit. Was für eine Art Appetithappen soll das sein?«

»Eine Art salziger Snack«, erwiderte Pip.

Megs lachte. »Gibt es überhaupt noch ein Gericht, zu dem du keine Kräuter oder Gewürze benötigst? Ich kenne Popcorn mit Salz, Butter und vielleicht auch noch Honig. Aber Kräuter und Gewürze? Das klingt irgendwie seltsam.«

»Warte, bis du es probiert hast«, sagte Pip.

»Ich finde, es klingt köstlich«, mischte sich Mary ein. Sie beugte sich hinunter, hob Chloé auf ihre Hüfte und schmiegte sich an ihren Hals. »Beinahe so köstlich wie du, mein Schätzchen.« Chloé kreischte vor Freude, als Mary so tat, als wollte sie ihr in den Hals beißen.

»Jeder mag doch salzige Snacks mit Bier oder Champagner«, erklärte Pip. »Es ist gesund und macht nicht allzu satt. Die Gäste werden danach noch genug Platz für mein Festessen haben. Es wird das beste Hochzeitsmahl aller Zeiten.« Pip zögerte. »Ich hoffe, die Leute verstehen es. Ich habe es Pedro gemailt, für einen prüfenden Blick. Er hat tolle Ideen beigesteuert und mir sogar einige Rezepte geschickt, die er ausprobiert hat, nachdem er die Küche im *Telmo's* übernommen hat. Es ist super, wenn man mit jemandem neue Rezepte besprechen kann. Dan ist ebenfalls von der Speisenfolge begeistert. Aber wir haben nur noch …«, sie warf einen schnellen Blick auf die Uhr, »… acht Stunden Zeit. Wir sollten besser loslegen.«

Pip ließ den Blick durch den Wintergarten wandern. Sie hatten mehrere alte Küchentische und Bänke aus den Unterkünften der Schafscherer aufgebaut, runde Mahagonitische aus den Empfangsräumen von Ashfield House, einen umfunktionierten Scheuertisch aus dem Wollschuppen, der mit einer Glasplatte versehen worden war, und mehrere quadratische Café-Tische. Hier würden leicht hundert Gäste Platz finden.

Megs sah sich ebenfalls um. »Es würde mich nicht überraschen, wenn Jack seine eigene Hochzeit im Sinn hatte, als er diesen Ort entwarf.« Sie schlang die Arme um Pips Schultern. »Das hier ist wirklich außergewöhnlich, Pip. Woraus bestehen eigentlich die Tischtücher?« Sie beugte sich nach vorn und ließ eine Hand über den weichen, grauen Stapel gleiten.

»Wolle. Als kleine Anspielung auf die Vergangenheit der Rodgers als Schäfer. Ich wollte keine reinweißen, gestärkten Tischtücher, und wir haben diese alten Decken drüben in den Unterkünften der Schafscherer gefunden, als Jack auf der Suche nach Möbeln und anderen Einrichtungsgegenständen war, die er für das Restaurant wiederverwerten konnte. Du weißt ja, wie er ist: Warum sollte man etwas kaufen, wenn man es selbst machen kann?« Sie lächelte glücklich, während sie sich weiter umsah.

Das matte Grau der Tischtücher wurde von den hellen, bunt zusammengewürfelten Tellern aus Wedgwoodporzellan und Bone-China aufgepeppt, die sie in den Schränken des Hauses gefunden und für das Restaurant wieder auf Vordermann gebracht hatten. Außerdem hatten Jack und sie auf dem Flohmarkt *Porte de Clignancourt* in Paris mehrere Kartons mit antiken französischen Gläsern, Porzellangeschirr und Besteck gefüllt und anschließend nach Hause verschifft. Es schien passend, auch zahllose Einmachgläser mit Kräutern und Blumen zwischen den Gedecken zu verteilen.

Kristallgläser spiegelten das Licht der in Gruppen angeordneten Teelichter und verteilten es im ganzen Raum. In der Mitte jedes Tisches standen mehrere einfache Gefäße mit Rosmarin, Schnittlauch, Efeu und weißen Rosen. Wieder andere waren mit blauem Lavendel und Katzenmelisse gefüllt.

»Hier riecht es wie in einem Blumenladen – oder in einer Apotheke«, meinte Megs, schloss die Augen und atmete tief ein.

Pip beugte sich über einen Tisch und befestigte noch ein paar lose Zweige der mittelalterlichen Brautsträuße, die auf einem Silbertablett lagen. Die Gäste durften die kleinen Sträußchen später als Geschenk mit nach Hause nehmen. Die drei Frauen hatten an diesem Tag bereits früh am Morgen um den Frühstückstisch zusammengesessen und gemeinsam die Sträuße gebunden. Mary hatte Pip erklärt, dass sie die Kräuter für ihren Strauß an ihrem Hochzeitstag selbst gepflückt und schließlich mit Efeu gebunden hatte. Efeu verkörperte Treue und Kraft, denn es war unmöglich, ihn aus der Erde zu reißen, sobald er Wurzeln gebildet hatte. Mary kicherte wie ein kleines Mädchen, als sie erzählte, dass sie auch ein Sträußchen für Davids Knopfloch gebunden hatte. Was Pips Eltern betraf, hatten die Kräuter offensichtlich ihren Zweck erfüllt.

Mary hatte Pip Weißdorn und Stechpalme für ihren Brautstrauß vorgeschlagen, doch Pip hatte auf einige Zweige heimische Goldakazie, Seetang, einem Zweig süße Kunzea und einige Blätter Lomandra bestanden. Megs hatte nur gelacht und gemeint: »Sind wir neuerdings etwa Hasen? Ich habe noch nie gehört, dass ein Brautstrauß Kräuter und Salate enthalten hätte.«

Nachdem sie die losen Zweige festgesteckt hatte, wandte sich Pip erneut an Megs. »Sieh nur, Megs, das dort ist die

Pflanze, von der wir gesprochen haben. Aus dem Manuskript – *Artemisia.* Wermut.« Megs richtete den Blick auf die graugrüne Reihe aus im Tau glänzenden Stauden, die sich bis zum oberen Ende der alten Gartenmauer erstreckten.

»Das ist die Basis für unseren Wermut. Wir ziehen einen Großteil der Zutaten selbst.« Pip deutete hinaus und zählte es an den Fingern ab: »Wermut, aber auch Rosmarin, Majoran, Koriander, Fenchelsamen, Wacholder und Schlehdorn. Den Rest ernten wir während der Saison entlang der Küste. Etwa Eukalyptuspollen, Meerfenchelsamen und Bergpfeffer. Die anderen Zutaten kann ich dir leider nicht verraten, sonst müsste ich dich töten. Jedenfalls ändert sich der Geschmack je nach Jahreszeit und dem, was wir finden. Es macht unglaublich viel Spaß. Jack hatte natürlich bereits übrig gebliebenen Weißwein, und den Wodka beziehen wir von einem heimischen Händler. Es ist unser kleines Experiment. Ich übernehme die Zusammenstellung und kümmere mich um die heimischen Pflanzen. Und Jack ist dafür zuständig, dass ein ordentliches Getränk daraus wird.«

Megs lachte. »Stammt diese Idee auch aus deinem französischen Kochbuch?«

»Gabrielle hat ihn gestern Abend probiert und uns ihren Segen gegeben!«

Neben dem Eingang stand ein langer Tisch, bestehend aus Auflageböcken und einem Holzbrett, und die Angestellten unterhielten sich und lachten, während sie mehrere Reihen glitzernde Champagnerflöten und Cocktailgläser aufstellten.

Megs hob eine Augenbraue. »Cocktails? Bei einer Hochzeit?«

»Ja, natürlich. Es gibt einen *Schlehdorn-Gin-Sling* und

natürlich einen *Artemisia,* für den wir unseren eigenen Wermut verwenden. Aber jetzt komm, lass uns weitermachen«, meinte Pip. »Wir müssen noch einiges kochen. Aber …« Sie hielt kurz inne. »Bevor ich es vergesse. Ich muss noch schnell in den Keller. Ich will euch etwas zeigen. Mum, könntest du bitte Gabrielle aus dem Garten holen? Es ist wichtig.«

Kapitel 44

Château de Boschaud, Mittsommer 1487

»Gib es mir«, zischte Abt Roald.

Artemisia blickte ihm mit hocherhobenem Kinn entgegen und zog das Pergamentpäckchen aus ihrer Schürzentasche. In der Ferne hörte sie die Nachtigallen in ihren Weidenkäfigen rufen, und sie fragte sich, wann sie wohl der Braut dargeboten werden würden. Sie warf einen Blick aus dem winzigen Fenster und sah, dass die Mittsommersonne immer noch hoch am Himmel stand. Darunter konnte sie die grünen Blätter des Beerengartens ausmachen, wo sich die Stachelbeeren, Preiselbeeren und Himbeeren an die Kastanienstöcke lehnten. Von dem Zimmer hoch oben im Turm aus betrachtet hob sich die grüne Lindenallee herrlich von dem Obstgarten und den Hainbuchenhecken ab. Ruhig und heiter zugleich. Artemisia atmete tief ein und ließ sich vom Anblick des Gartens beruhigen, der sich wie die bunte Steppdecke auf dem Jungfernbett vor ihr erstreckte.

Dann wandte sie sich erneut an den Abt. »*Nein.* Das braucht Euch nicht zu kümmern.«

»Ich sagte: *Gib es mir!*« Er trat näher, und zum zweiten Mal an diesem Tag zuckte Artemisia vor seinem faulen Atem zurück.

»Das werde ich nicht. Es ist ein Geschenk. Eine Privatangelegenheit. Es braucht Euch nicht zu kümmern.«

»*Alles* hier im Château kümmert mich. *Compris?* Auch das hier.«

Er zog Andreas' Brief aus der Tasche und schwenkte ihn durch die Luft. Artemisia schloss die Augen. Als sie sie wieder öffnete, hielt er auch die Küchenaufzeichnungen in der Hand. Er musste sie aus der Vorratskammer gestohlen haben.

»*Wahrlich, wahrlich ich sage euch: Der Knecht ist nicht größer denn sein Herr.* Das ist das Wort Gottes. Stellst du dich über Gott, Artemisia?«

»Nein, Abt«, flüsterte sie.

»Wie bitte?«, sagte er mit donnernder Stimme.

»Ich sagte: Nein, Abt«, wiederholte sie dieses Mal lauter.

Er hielt die Aufzeichnungen in die orangefarbene Flamme der Kerze neben dem Bett, und sie sah zu, wie sie zu brennen begannen. Als sich die Flammen seinen Fingern näherten, ließ er die brennenden Seiten zu Boden fallen und stampfte sie mit dem Fuß aus, bis nichts mehr übrig war außer Glut und Asche.

»Siehst du, Artemisia, eine Köchin kann es nicht mit einem Abt aufnehmen. Ich werde nicht zulassen, dass ein *Niemand* wie du mit unbedeutenden Klagen zum Chevalier de Boschaud läuft. *Ich* führe dieses Anwesen, und *ich* habe hier das Sagen. Was macht es schon, wenn ich ein wenig Wein und einige Vorräte für mich behalte? *Ich verdiene es.*«

»Der Chevalier de Boschaud wird es herausfinden. Er ist kein Narr. Auch wenn ich es ihm nicht sage, wird er bald selbst darauf kommen.«

»Ah, aber welchen Beweis hast du noch, jetzt, wo die Aufzeichnungen vernichtet sind?« Er knurrte. »Ich werde dir nicht erlauben, mich in Schande nach Limoges zurückzuschicken.«

»Ich würde nicht …«

Abt Roald hob die Hand. »Nein, Köchin. Das würdest du nicht!«

Artemisia erkannte, dass es wenig Sinn hatte, ihm zu widersprechen. Ohne Beweise konnte sie nichts mehr ausrichten, und diese lagen nun als Asche auf dem Boden.

Ihre Schultern sackten herab, doch dann ließ sie sich die Sache einen Augenblick lang durch den Kopf gehen: *Schon bald werde ich verheiratet sein, und der Chevalier de Boschaud wird dem Wort meines Mannes Glauben schenken. Niemand würde einen Meister seiner Zunft einen Lügner nennen. An ihrem Wort hängt ihr gesamtes Geschäft.*

»Und nun zurück zu diesem kleinen Buch.« Der Abt schwenkte den Brief erneut durch die Luft, und Artemisias Blick fiel auf den Strauß Johanniskraut, der über dem Bett hing. Das Glück würde ihr heute Abend treu bleiben – sie wettete auf den Kopf des heiligen Johannes.

»Warum bittest du nicht um *meinen* Segen für die Hochzeit? Stattdessen schleichst du wie eine dreckige Hure hinter meinem Rücken umher. Ich sah dich heute Morgen im Garten mit dem *Épicier.*«

»Nein, Abt. Andreas …«

»Es kümmert mich nicht, was der Kaufmann sagt. Du gehörst dem Château. Ich habe die Gewalt über die Diener und die Mönche. Du musst zu mir kommen, bevor du den Chevalier befragst.« Er schnaubte entnervt. »Du und diese Hildegard. Ihr wollt ständig Ausnahmen. Der Herr wird dich nicht freigeben. *Ich* werde dich nicht freigeben. Du gehörst hierher.

Dieses Buch in deiner Hand – es gehört mir. Gib es mir. Sofort.«

Artemisia machte ganz langsam einen Schritt nach dem anderen an der Wand entlang. »Nein.« Andreas war unten und bat gerade um ihre Hand, und es würde ihm gestattet werden. Wie sollte der Chevalier de Boschaud am heutigen Tage eine solche Bitte abschlagen? Sie war bereit, Emmeline und Hildegard weiterhin bei den Festessen zu helfen, falls sie sonst nicht die Erlaubnis erhalten würde, mit Andreas über seinem Gewürzladen im Dorf zu leben.

Artemisia drückte Andreas' Geschenk an ihre Brust. Frau des *Épiciers*, Meister seiner Zunft. Sie stellte sich ein rundliches Kind vor, das sich eng an ihre Brust schmiegte, während sie Bestellungen entgegennahm, Gewürze auswog und die Francs in den Lederbeutel fallen ließ, der tief um ihre Hüfte hing.

»Ich werde es Euch nicht überlassen.« Artemisia machte zwei Schritte auf Abt Roald zu. »Und jetzt muss ich zurück in die Küche. *Pardon.* Sie werden sich bereits fragen, wo ich abgeblieben bin.«

In diesem Moment versetzte Abt Roald Artemisia einen Kinnhaken, und sie wurde gegen die kalte Granitwand geschleudert. Sie ließ das Päckchen fallen, und er trat es über die breiten Eichendielen bis auf die andere Seite des Zimmers.

Artemisia kroch darauf zu. Sie war fest entschlossen, ihr Verlobungsgeschenk wiederzubekommen. Sie würde das Château de Boschaud nicht ohne dieses Büchlein verlassen. Und bei Gott – sie würde nicht zulassen, dass dieser widerwärtige Abt es den Flammen übergab.

Roald holte erneut aus und schlug seine Faust ein zweites

Mal in ihren Kiefer. Ein lautes Knacken erfüllte das winzige Jungfernzimmer.

Der Raum begann sich zu drehen. Etwas Warmes sickerte aus Artemisias Nase und ihrem Mund, und sie schmeckte den süßen und gleichzeitig salzigen Geschmack ihres eigenen Blutes, wo ihre Lippe aufgeplatzt war. Artemisia versuchte, sich aufzurichten, und klammerte sich an dem breiten Steinsims unter dem Fenster fest, um sich daran hochzuziehen. Ihre Wangen pochten. Ihre Handflächen waren feucht, und sie atmete schwer und abgehackt, so große Angst hatte sie.

Sie musste bloß die Treppe hinunter und zu Andreas gelangen. Dann konnte sie von hier fort.

Die warme Abendluft, die sie noch vor einer Stunde mit Wärme, Liebe, Hoffnung und dem süßen Duft des Sommers erfüllt hatte, war mittlerweile kalt und klamm geworden. Artemisia streckte den Kopf aus dem Fenster, sodass sie den Beerengarten, den mit Rosen überwucherten Kreuzgang, die Mauern, die dunklen Hainbuchen und die sanften Hügel außerhalb der Mauer sehen konnte.

Der Anblick spendete ihr Trost, und sie atmete langsam und tief ein.

Roald wischte sich mit dem Ärmel den Schweiß von der Stirn und zog sein purpurfarbenes Ornat zurecht. Er stand genau vor der schmalen Öffnung, die auf die Treppe führte. Er streckte die Hand aus, hob das Päckchen vom Boden und versuchte, das Band zu öffnen.

Artemisia zuckte zusammen, als er mit seinen dicken Fingern über den wertvollen Einband ihres Büchleins strich. Er schnupperte an dem Kalbsleder und meinte: »Teuer. Zu wertvoll für eine Dienerin.« Dann öffnete er das Büchlein und begann zu blättern.

Pour faire ung lot de bon hypocras
Dele mele bullito co le noci, detto nucato
Pour faire orengat

Artemisia sah zu, wie er das Pergament zwischen Daumen und Zeigefinger prüfte. Er schien sowohl das dicke Pergament als auch die feine Handwerkskunst und die Skizzen zu bewundern. Rosmarin, Koriander, Krokus, Katzenmelisse. Er blätterte Seite für Seite um, runzelte die Stirn und lobte lautstark die Genauigkeit der Zeichnungen und die zarten Tintenstriche, während er die Rezepte und Beschreibungen las.

Artemisia war stolz auf Andreas. Und nun sah der Abt, welch feiner und talentierter Mann Andreas war, und würde ihr das Büchlein zurückgeben.

Sie seufzte erleichtert und erlaubte sich trotz der Schmerzen in ihrem Kiefer ein kaum merkliches Lächeln. Es würde alles wieder in Ordnung kommen. Wenigstens hatte sie ihre Zunge noch.

Abt Roald kehrte zum Anfang des Manuskripts zurück und las Andreas' Widmung. Er saugte die Luft zwischen den Zähnen ein, und seine Augen wurden schmal, als er sie laut vortrug. *»Pour …«*

Artemisia presste sich die Hände auf die Ohren und schloss die Augen, während ihr Kopf pochte und schmerzte. Sie wollte die Worte ihres Liebsten nicht aus diesem abstoßenden, weinverschmierten Mund hören. Sie schob sich die Wand entlang und versuchte Zeit zu gewinnen, um sich das Buch zu greifen und nach unten in die Freiheit zu laufen.

Abt Roald schnaubte und grinste spöttisch, dann riss er die Seite heraus. Artemisia stürzte auf ihn zu und versuchte, ihm das Buch aus der erhobenen Hand zu reißen. Sie trat ihm ins Schienbein, doch Abt Roald zerknüllte das Pergament zu einem Ball und warf es aus dem Fenster. Sie musste hinunterlaufen und danach suchen, sobald sie aus dem Turm entkommen war, damit sie die Seite wieder an ihren Platz zurückstecken konnte.

Artemisia trat erneut nach Abt Roald und versuchte, ihm das Buch zu entreißen, doch er drückte sie an die Wand und ließ das Büchlein vorn in sein Ornat gleiten.

Der Lärm ausgelassen tanzender, stampfender, klatschender und wild kreischender Menschen drang die Treppe empor, als die Gäste sich schließlich in Paaren zusammenfanden, um mit den Troubadouren gemeinsam zu feiern und durch den Saal zu wirbeln. Das Stampfen fröhlicher Füße auf dem Eichenboden hallte durch das Château.

Selbst wenn Artemisia geschrien hätte, hätte niemand sie gehört. Sie saß in der Falle. Keine Menschenseele wusste, dass sie hier oben im Jungfernzimmer war.

Artemisias Blick wanderte zu dem Johanniskraut, das sie mit Weinraute, Rosmarin und Schafgarbe zu einem Sträußchen gebunden hatte, und sie erkannte, dass es diesmal womöglich nicht ausreichen würde, um die bösen Geister fernzuhalten.

Ihr Blut schmeckte bitter, und sie versuchte, es hinunterzuschlucken. Sie lehnte ihren Oberkörper an den Fenstersims und spürte, wie eine kalte Brise, die nach Hoffnung und Freiheit schmeckte, über ihre Wange strich. Sie schwor sich, das Jungfernzimmer verlassen zu haben, bevor das Lied zu Ende war. Morgen würde sie unter dem Blauregen im Hof der Familie de Vitriaco mit ihrem Verlobten frühstücken.

Artemisia nahm all ihre Kraft zusammen und versuchte,

sich an dem Abt vorbeizuducken, doch er rammte seine Faust in ihre Augenhöhle. Bevor sie zu Boden gehen konnte, griff er nach unten und packte ihre Füße. Es war nicht schwer, ihren zarten Körper hochzuheben, und im nächsten Augenblick lag sie auf dem Fenstersims und hing zur Hälfte aus dem winzigen Fenster.

Artemisia rang mit geschlossenen Augen um Atem. Ihr Herzschlag beschleunigte sich, als sie begann, sich zu winden und nach dem Abt zu treten.

Als sie die Augen wieder öffnete, konnte sie fünf Stockwerke unter ihr das Flickwerk ihres von der Mauer umgebenen Gartens erkennen.

»Nein! Aufhören! Lasst mich los, Schwein!«

»Du willst, dass ich dich loslasse?«, fragte Abt Roald und hob ihre Füße noch ein wenig höher.

Artemisia schrammte mit den Händen und Beinen an der Außenwand entlang, während sie versuchte, sich mit aller Kraft an die Wand oder das Fenster zu klammern.

Sie spuckte dem Abt auf die Brust, während sie sich wand, um endlich ihre Füße freizubekommen, und sich dabei immer noch an der Wand festklammerte. Noch ein Tritt, und sie wäre frei.

Eine Nachtigall kreischte und schlug mit den Flügeln gegen ihren Käfig.

Es war nicht mehr als ein kleiner Schubs nötig, und ein grinsender Abt Roald ließ Artemisia wie einen Sack Mehl über die Kante und aus dem Fenster gleiten.

Kapitel 45

Tasmanien, März 2016

Pip drückte die abgenutzte Tür aus Tasmanischer Eiche mit der Schulter auf und eilte dann die etwa ein Dutzend Steinstufen in den Keller hinunter. »Vorsicht, es könnte etwas rutschig sein«, meinte sie über ihre Schulter zu Mary, Gabrielle und Megs. »Lass Chloé lieber allein gehen, Mum. Halte sie bloß an der Hand.«

Die Temperatur fiel um zehn Grad, während sie hinunterstiegen. Der winzige Raum am Ende der Treppe wirkte feucht und verlassen, doch Pip roch auch einen Hauch Zimt und Ingwer. Sie machte das Licht an, und eine staubige, von einem Balken baumelnde Glühbirne tauchte die Sandsteinwände in warmes Licht.

»Warum sind wir hier?« Megs sah sich in dem Raum um. »Was zum …?«

»Hab ein wenig Geduld«, sagte Pip. »Und jetzt komm hierher zum Tisch und sieh unter dem Laken nach.«

»Bist du nicht schon etwas zu alt für Zaubertricks?«, fragte Megs, als Pip das ausgebleichte Laken mit Blumenmuster langsam von einem Gegenstand zog, der auf einer alten hölzernen Weinkiste stand. Dann trat sie einen Schritt zurück und stieß einen leisen Pfiff aus. »Pip. Das ist …« Sie berührte den Gegenstand mit dem Finger. »Ist es das, was ich denke, dass es ist? Kann man das *essen?*«

»Ja, klar kann man das. Es ist ein *Entremets.* Meine Hommage an Artemisia. Es gibt eine Skizze von dem *Entremets,* das sie für die Hochzeit gemacht hat.« Pip blickte lächelnd zu Gabrielle, die aussah, als würde sie gleich in Freudentränen ausbrechen.

Gabrielle trat ebenfalls nach vorn und tätschelte Pips Hand. »Dank Philippa wissen wir jetzt, dass Artemisia das Manuskript verfasst hat. Wir haben Beweise dafür. Und ihr Andreas hat es illustriert. Vielleicht waren die beiden ein Liebespaar – diese Vorstellung gefällt mir irgendwie.« Sie hob den Blick und verzog bedauernd das Gesicht. »Aber wir werden es niemals mit Sicherheit wissen.« Sie zuckte mit den Schultern. *»C'est la vie.«*

»Die Restauratoren haben keine Ahnung, wie dieser Abt Roald das Buch in die Finger bekam«, ergänzte Pip. »Aber sie glauben, dass er die Seite herausriss, um es als sein Werk auszugeben.«

»Dieses Schwein«, meinte Megs.

»Genau.« Pip nickte. »Also habe ich Artemisia zu Ehren dieses *Entremets* gemacht. Ich meine, seht es euch doch an …« Sie deutete auf das essbare Modell. »Auch wenn es albern klingt, aber ich bin wirklich stolz darauf.« Sie sah auf und grinste.

Mary trat zu ihr und legte einen Arm um sie. Chloé drückte sich an Pips Beine.

»Es ist einfach meine vielleicht etwas ungewöhnliche Art, Danke zu sagen. Für alles …« Pip verschluckte sich beinahe an den letzten Worten, und die Gefühle übermannten sie. Sie holte tief Luft und fuhr sich mit den Händen durch die Haare.

Dann wandte sie sich an Gabrielle. »Ohne dich würde ich heute nicht hier stehen.«

Gabrielle hüstelte und schlang sich ihre graue Kaschmirjacke enger um den Busen, während ihr die Röte ins Gesicht stieg. Sie tätschelte Pips Hand. »Es ist wunderbar, einfach nur hier zu sein. Durch deinen Garten zu spazieren. Diese Familienhochzeit mitzuerleben. *C'est très spécial.*«

Megs lehnte sich unter der hin und her schwingenden Glühbirne nach vorn und betrachtete das Modell des Anwesens und Ashfield House. Pip hoffte, dass alle den ummauerten Gemüsegarten, den Tennisplatz und die in Reihen bepflanzten Weinberge wiedererkennen würden. Sie hatte sogar das graue, bewegte Wasser des D'Entrecasteaux-Kanals nachempfunden.

»Besteht diese Wand aus Lebkuchen?«, fragte Mary staunend und musterte das zweistöckige georgianische Haus.

»Ja. Ich habe ihn in Blöcke geschnitten, damit es aussieht wie Sandstein.«

»Ich liebe den Lavendel entlang der Mauer und des Tennisplatzes. Fühlt mal das Moos auf dem Tennisplatz! Es ist so weich. Wie herrlich. Und die Beete im Gemüsegarten sind … hast du dort eine zurechtgeschnittene Karotte als Mauer verwendet?«

Pip nickte. »Sie sollte bloß als Unterlage dienen, aber dann hatte ich nicht genug Lebkuchen. Für die Erde habe ich Oliven das Wasser entzogen und sie mit Pinienkernen vermischt. Und dort sind winzig klein geschälte Babykarotten, Sellerie, Radieschen und Steckrüben. Seht ihr sie?« Sie deutete auf die kleinen, fedrigen Büschel, die in ordentlichen Reihen gepflanzt waren. Megs nickte, und Chloé nahm ihre Hand aus dem Mund und strich ehrfürchtig über das Moos.

»Aber es fehlen noch ein paar Details ...« Pip griff in ihren Weidenkorb und zog eine Handvoll winziger, rosafarbener und grüner Preiselbeeren hervor. »Ich werde ein paar von denen hier in einer Reihe auslegen – na ja, eigentlich in zwei Reihen –, um den Beerenweg darzustellen.« Sie wandte sich grinsend an Gabrielle, die die Lippen zu einem *Merci* formte und kaum merklich nickte.

Pip gab Chloé eine Handvoll Beeren und hob sie über den Tisch. Dann erklärte sie ihr mit sanfter Stimme, wo sie jede einzelne Beere ablegen musste. »Hier, Schätzchen. Schön gerade. So ist es perfekt.« Sie gratulierte der Kleinen mit einem Kuss auf den Scheitel.

Megs sah zu, wie Pip winzige grüne Blätter von einigen Zweigen zupfte. »Was ist das für ein Zeug?«

»Fenchel, Dill, Karottenkraut und die Blätter einer Roten Bete. Und außerdem etwas heimischer Meerfenchel, Spinat, Poa-Gras und einige Akazienknospen.«

»Verstehe«, meinte Megs, auch wenn sie sich mit Pflanzen überhaupt nicht auskannte.

»Ich konnte das alles erst in letzter Minute pflücken, damit die Blätter nicht zu schlaff wirken.« Pip faltete die violetten Blätter der Roten Bete wie ein Origami zu winzigen Rosetten, die sie zusammen mit den anderen Blättern in sorgfältigen Reihen im Gemüsegarten pflanzte.

»Sind das Zypressen?«, fragte Megs und hob einige dunkle, federnartige Zweige aus dem Korb, um daran zu riechen.

»Ja. Sie stammen von der riesigen Zypresse, die zwischen dem Haupthaus und Jacks altem Cottage wächst. Sie verhindert, dass der starke Wind, der vom Fluss heraufweht, ungebremst auf das Haus trifft.« Pip bildete mit den Zweigen eine Art Schutzmauer an einer Seite des Hauses.

Dann griff sie in den Korb mit den Pilzen, nahm eine Handvoll heraus, legte sie in ihre Schürze und schlug sie gegen die Wand. Die zermalmten Pilze rochen süß wie Erde. »Und jetzt der letzte Feinschliff.« Sie verteilte die Pilze am Ufer des Kanals. »Die Flussmündung.«

»Keine gute Torte ohne Watt!«, kicherte Mary. »Wie hast du es geschafft, dass der Kanal so stürmisch aussieht? Er wirkt eiskalt – das hast du genau richtig getroffen.«

»Gelee, Oblaten und Tintenfischtinte.« Pip holte einige breite grüne Blätter hervor. »Meerfenchel und Sellerie – sie wachsen hier in der Region. Ich habe sie heute Morgen unten an der Küste geholt. Sie schmecken hervorragend zu Fisch oder in einem Salat. Und sie sind auch ein Bestandteil des heutigen Menüs«, erklärte sie, während sie die Blätter in kleine Stücke zerriss und am Ufer des Kanals verteilte.

Gabrielle hob eine Augenbraue und klatschte in die Hände. »Bravo, Philippa. *C'est magnifique.*«

Der scharfe Geruch des Eukalyptus durchschnitt die Luft und vermischte sich mit den weicheren Düften der Kräuter, als Pip einige Eukalyptusblätter zwischen den Fingern zerrieb und entlang der Küstenlinie verteilte. Anschließend fügte sie noch einige kleinere Zweige hinzu, um der Landschaft ein angemessen zerzaustes Aussehen zu verleihen. Pip liebte vor allem jene Teile der tasmanischen Küste, die unberührt und wild geblieben waren.

Sie hatte das Gefühl, dass Artemisia mit ihrem *Entremets* zufrieden gewesen wäre. Es war das perfekte Hochzeitsgeschenk für Jack.

Kapitel 46

Tasmanien, März 2016

Pip stand mit ihrer Familie außerhalb des ummauerten Gartens und wartete darauf, dass die Hochzeitszeremonie begann. Sie schloss einen Moment lang die Augen und presste ihre Wange auf die alte Sandsteinmauer. Die Sonne wärmte ihre Haut und ihre Knochen, und sie lächelte. Der Abend roch nach Katzenmelisse, Lavendel und *Artemisia.*

Als sie die Augen wieder öffnete, fiel ihr Blick auf die Reihen goldener Weinreben, die sich über die Hügel hinab bis zu den trockenen Gräsern und dem Farnkraut am Ufer des Kanals erstreckten. *Ihr* Kanal. Das graue Wasser brandete an die zerklüfteten, mit Flechten überzogenen Felsen. Die Flut stand kurz bevor, und weiter die Küste entlang würde ihr Watt für heute in den Fluten versinken.

Der Kanal kühlte nun langsam aus, und im Winter würde er in der Tiefe sehr viel wärmer sein als an der Oberfläche. Sie würde mit Jack entlang der North West Bay schwimmen und zusehen, wie sich ihr Atem über den Winterhimmel ausbreitete.

»Sieh dich nur an: die verträumte Braut«, sagte Megs. Sie trug ein elegantes, knielanges Hemdkleid aus himmelblauer Seide. Hinter ihr standen ihre strahlenden Eltern. David trug einen schwarzen Smoking, und das Hemd spannte sich über seinem Bauch. Pip hoffte, dass die Knöpfe den Abend überstehen würden. Sie beugte sich nach vorn, um an der weißen Rose in seinem Knopfloch zu schnuppern, doch stattdessen roch sie bloß die Goldakazie. Wenigstens hielt der Efeu alles an seinem Platz. Pip rückte das Ansteckstäußchen zurecht, damit niemand die zerknautschten Stellen sehen konnte.

»Du siehst wunderschön aus, mein Liebling«, erklärte Mary und trat vor. Sie trug ein marineblaues Kleid im Stil der Zwanzigerjahre mit einer tiefen Taille und einem einseitigen Beinschlitz.

»Mein Gott, Mum. Du siehst aus wie fünfundzwanzig. Hast du noch nie davon gehört, dass man der Braut nicht die Show stehlen sollte?«

»Ach Pip, sei doch nicht albern«, erwiderte Mary, während sie Pips Schultertuch glättete. »Das Tuch passt wirklich gut, viel besser als ein Schleier.«

»Auf jeden Fall, Mum. Danke.« Mary hatte das Tuch aus einem Stück französischer Spitze genäht, die Gabrielle aus dem Château de Boschaud mitgebracht hatte. Etwas Altes und Blaues.

»Gut, dann sind wir also alle bereit.« Pip strich mit der Hand über ihr Kleid und fühlte sich wie eine richtige Braut. Es war seltsam; sie hatte nie von einer großen, ausgefallenen Hochzeit geträumt, doch nun stand sie hier und zitterte vor Aufregung. Vielleicht war ihr aber auch bloß kalt und sie hätte sich besser für ein Kleid mit langen Ärmeln entscheiden sollen.

Ihr Kleid war einfach und elegant: cremefarbene Seide, schulterfrei mit einem eng anliegenden Oberteil und einem A-Linien-Rock, der sich ein wenig am Boden bauschte. Sie wollte nicht zu brautmäßig, gerüscht und fluffig aussehen. Ihre einzige Bedingung war gewesen, dass das Kleid bequem war. Mary und Megs hatten schließlich dieses Modell vorgeschlagen, um das Schultertuch zur Geltung zu bringen, und Pip hatte zugestimmt. Sie wollte sich wohlfühlen, wenn sie zwischen den Feierlichkeiten und der Küche hin- und hereilte, um nachzusehen, ob bei Dan und seinem Team alles in Ordnung war.

»Okay, hier ist der Salat. Es fehlt bloß die Petersilie«, witzelte Megs, als sie Pip ihren Brautstrauß überreichte.

Pip hielt ihn mit ausgestrecktem Arm von sich und drehte ihn im Abendlicht. Er sah aus und roch wie ihre Heimat – ein lockerer Strauß aus Rosmarin, Katzenmelisse, weißen Rosen, Salbei, Lavendel, tasmanischem Bergpfeffer und Eukalyptusblättern, umrahmt von den silbernen, spitzenartigen Blättern ihrer geliebten *Artemisia.* Mutter aller Kräuter.

Pip hob den Strauß und schnupperte daran. Er roch in keiner Weise bitter. Da war bloß dieser starke Geruch nach Holz und Erde, vermischt mit dem Duft des Eukalyptus und der Süße der Kräuter. Pip hoffte, dass der Strauß in absehbarer Zeit auch die Fruchtbarkeit symbolisch unterstützen würde. Sie ließ die silbernen Gräser über ihre Nase streichen, damit sie ihr Glück brachten. Ob sie wohl die einzige Wissenschaftlerin war, die noch ein wenig an Magie glaubte?

Megs warf einen Blick auf die Uhr. »Schnell, Mum. Ich bringe dich zu deinem Platz.« Megs drückte die Klinke der alten Tür, die in den Garten hinter der Mauer führte, doch sie bewegte sich nicht.

»Tut mir leid. Sie ist ziemlich schwer«, sagte Pip. »Du musst ein wenig deine Muskeln spielen lassen.«

»Okay«, erwiderte Megs und drückte die Tür mit der

Schulter auf. »Das nenne ich mal eine Tür! Wir sehen uns auf der anderen Seite.« Sie lachte und hakte sich bei Mary unter, um sie über den Kiesweg zu ihrem Platz zu führen.

Pip wandte sich an ihren Dad. »Alles in Ordnung?«

Ihr Vater legte den Kopf schief und lächelte. Dann holte er ein Taschentuch aus der Innentasche seines Jacketts und tupfte sich die Augen trocken.

Pip umarmte ihn.

»Pip, mein Liebling«, sagte er und strich über ihre geglätteten Haare, die ihr auf die Schultern fielen. »Ich bin so stolz auf dich. Auf deine außerordentlichen Forschungsarbeiten. Auf Jack. Auf diesen Ort.« Er trat einen Schritt zurück und sah sich mit erhobenen Armen staunend um. »Du bist eine bemerkenswerte junge Frau.« Er legte ihr die Hände auf die Schultern, und Pip erinnerte sich an den Tag, als sie noch ein kleines Mädchen gewesen und ihr Vater zum Doktor ernannt worden war. »Du überraschst mich immer wieder, Pip.«

»Danke, Dad.« Nun war sie diejenige, die ihre Tränen zurückhalten musste. Sie presste zwei Finger unter ihre Augen und hoffte, dass die Wimperntusche nicht verlaufen würde. Dann atmete sie tief ein, drückte die Schultern durch und hakte sich bei ihrem Vater unter.

»Gehen wir.«

Jacks Blick fiel auf Pip, die mit ihrem Vater durch den alten Torbogen in der Mauer trat, und er musste blinzeln, um die Tränen zurückzudrängen. Ihre dicken, kastanienbraunen Haare fielen offen auf ihre Schultern und bildeten einen hübschen Kontrast zu dem Schultertuch aus blauer Spitze. Sie sah zu ihm hoch, und ihre grünen Augen versanken in seinen, ehe sie die Nase krauszog und sich ihr Gesicht zu einem breiten Lächeln verzog. Er warf ihr einen Kuss zu.

Die etwa hundert Gäste kicherten, angenehm beschwingt vom Champagner und ihrem Wohlwollen für das Brautpaar. Sie hatten zuvor die letzten nachmittäglichen Sonnenstrahlen, den Blick von der Terrasse auf den Kanal und eine großzügige Menge Champagner Jahrgang 2014 genossen.

Jack sah, wie seine Eltern strahlten. Mary nickte zustimmend, und Gabrielle saß lachend und mit geröteten Wangen an der Seite seines alten Nachbarn Percy Thompson. Hinter ihnen hatten Nicholas und seine aalglatte Partnerin Wei Platz genommen. Die beiden nickten ihm zu und hoben ihre Gläser in einem stillen Toast. Sie sahen aus wie richtige New Yorker – Nicko mit den zurückgegelten dunklen Haaren und dem weißen Smoking, und Wei mit ihrem tiefen Ausschnitt unter der weißen Smokingjacke und einer ordentlichen Portion Dreistigkeit. Die beiden hatten sich vor Kurzem ein ultramodernes Penthouse in Brooklyn gekauft. Eine lichtdurchflutete Wohnung aus Glas, Stahl und Schiefer. Jack fragte sich, was sie wohl von Pips neu gestaltetem und von der alten Mauer umgebenem Garten hielten.

Der graue Kies war mit robusten Terrakottasteinen bedeckt worden, und in der gegenüberliegenden Ecke wucherten Kräuter und Gemüse in quadratischen Blumenkästen aus alten Eisenbahnschwellen. Pips wundervolle *Artemisia*-Hecke bauschte sich, und die Pflanzen schimmerten wie riesige silberfarbene Federn im Licht der Nachmittagssonne.

Pip ging den Mittelgang entlang, den sie selbst entworfen hatte – zwei Reihen mit zwölf hüfthohen Terrakottatöpfen, in denen Olivenbäume wuchsen. Darunter hatte sie blauen

Lavendel und Katzenminze gepflanzt, die eine wunderschöne Bordüre ergaben und den ummauerten Garten mit einem herrlichen Duft und dem sanften Summen der Bienen erfüllten. In diesem Moment erklang »Summertime« von Billie Holiday, und Jack strahlte Pip an. Das war sein Lieblingslied.

Will lehnte sich zu ihm und klopfte ihm auf die Schulter. »Bist du bereit, mein Freund?«

»Ob ich bereit bin?«, fragte Jack. »Ich bin der glücklichste Mann der Welt.«

David und Pip hatten den Weg durch den Mittelgang hinter sich gebracht, und Jack griff nach Pips Hand. Er konnte es kaum noch erwarten. Er formte ein *»Du siehst wunderschön aus«* mit den Lippen, und Pip errötete.

Die Standesbeamtin trat nach vorn und räusperte sich.

»Wir haben uns heute hier versammelt …«

Kapitel 47

Château de Boschaud, Mittsommer 1487

Andreas bog ausgelassen um den Südturm und pfiff ein Lied, als er die Tür aus Kastanienholz aufdrückte, die in den Garten hinter der Mauer führte. Es war ein warmer Mittsommerabend, und der Himmel war hell und unendlich weit. Die Feierlichkeiten im großen Saal waren in vollem Gange, und die Musik der Troubadoure und Harfenspieler drang aus den Fenstern und erfüllte den Burghof.

Andreas summte zur Musik und fühlte sich glücklich und beschwingt. Er hatte einige Krüge von Abt Roalds Met und auch etwas von dem köstlichen Burgunder getrunken. Der Chevalier de Boschaud hatte seiner Heirat mit Artemisia zugestimmt, jedoch nicht ohne ihn aufzuziehen: Beim nächsten Mal solle Andreas doch bitte lieber eine Dienstmagd und einige Mönche mitnehmen.

Andreas blieb stehen, um die Lindenallee mit den golden schimmernden Blättern zu bewundern. Was für ein herrlicher Abend. Es gab keinen besseren für eine Verlobung. Er konnte es kaum erwarten, Artemisia auf seinen Wagen zu heben und sie nach Hause zu bringen, wo Alba ein Zimmer für sie hergerichtet hatte, in dem sie schlafen konnte, bis sie am nächsten Tag zu Mittag vor der Bürgerschaft des Dorfes verheiratet wurden.

Sie hatten neue, mit Lavendel und Rosenwasser gewaschene Laken aus Leinen aufgezogen und eine Überdecke aus Seide, die mit Gänseblümchen bestickt war. Außerdem hatte Alba ihren eigenen Spitzenschleier aus Genua vom Dachboden geholt, um ihn mit Zitronenwasser zu besprühen und in die Sonne zu hängen.

Aber wo war Artemisia?

Zuletzt hatte er sie gesehen, als sie sich auf Befehl des Abts auf den Weg in den Turm gemacht hatte. Aber die Vorbereitungen für das Rosenwasser und den Weihguss der Braut waren mittlerweile doch gewiss abgeschlossen?

Vermutlich berichtete sie gerade Emmeline und Hildegard, dass sie das Château noch heute Abend verlassen würde. Artemisia würde die beiden vermissen, das wusste er. Er beschloss, ihr noch einige Minuten mit den beiden zu gönnen, und klopfte aufgeregt mit dem Fuß auf den Boden, während er wartete.

Er rieb sich die Brust und genoss das weiche Gefühl seines neuen Seidenmantels, während er sich vorstellte, dass Artemisia ihre zarte Wange an dem glatten Stoff rieb. Nach der Hochzeit in der Dorfkirche würde er ihr ein pfauenblaues Samtkissen schenken, auf das sie ihren Kopf betten konnte. Sie würde sich natürlich zieren und meinen, es wäre zu extravagant. Sie würde darauf bestehen, dass ihr Geschmack viel einfacher gehalten war. Etwas anderes erwartete er nicht von Artemisia. Doch schon bald würde er seine Welt mit ihr teilen. Die Erregung packte ihn, als er sich vorstellte, wie sich ihr schlanker, gebräunter Körper mit seinem vereinte. Er stellte sich ihre kräftigen Hände vor, die seine Schultern mit Hagebuttenöl massierten.

Ein Windstoß ließ die Blätter beben, und Andreas trat in den quadratischen Klosterhof, der in vier gleiche Teile unterteilt und von Weinreben umwuchert wurde und in dessen Mitte sich der Springbrunnen befand. Das Plätschern des Wassers wirkte erfrischend. Er ließ sich einen Moment am Rand des Teiches nieder.

Die warme Sommerluft roch sanft und süß nach Lavendel und Rosen. Nun war der perfekte Zeitpunkt gekommen, um seiner Verlobten die Neuigkeiten zu überbringen. *La fête de la Saint-Jean* – ein Tag des Neubeginns, der Anfang eines neuen Lebens.

Andreas erhob sich und strich seinen Mantel glatt.

Irgendwo hinter der Hecke sang eine Nachtigall ihr Lied. Er fragte sich, wann man wohl die Käfige in den Saal bringen und die Vögel freilassen würde, damit sie für Madame Rose sangen.

Er begann erneut zu pfeifen, strich seine Haare glatt und trat aus dem Kreuzgang, um sich auf den Weg zum Treffpunkt zu machen.

Kapitel 48

Tasmanien, März 2016

Pip und Jack standen draußen vor der Kellerei im Mondlicht und pickten die letzten Reste des in sich zusammengefallenen Ashfield House von dem silbernen Tablett. Flutlichter beleuchteten die hoch aufragende Wand aus Glas und rostrotem Stahl und warfen einen warmen Schimmer auf die mit hellem Kiesel bedeckte Terrasse. Es waren keine Wolken am Himmel zu sehen und tagsüber war es heiß gewesen, doch mit der Dunkelheit war auch der vertraute kühle und salzige Herbstnebel aufgezogen. Pip sah ihren Atemwölkchen nach und wickelte sich ihr blaues Schultertuch enger um den Körper. Die winzigen Glasperlen, die Mary in die gestickten Blüten der Passionsblumen, Kornblumen und Rosen eingenäht hatte, glitzerten im Licht.

Durch die Glasschiebetüren hörten sie die sechsköpfige Hochzeitsband »Riptide« von Vance Joy spielen, und die heiteren Klänge der Ukulele drangen über die Reihen goldener Blätter bis hinunter zum samtenen, schwarzen Wasser des Kanals.

Jack trug einen Smoking, doch er hatte seine Fliege gelöst und die ersten paar Knöpfe seines Hemdes geöffnet. Pip lehnte sich zu ihm, um ihn zu umarmen, und presste ihre Wange auf sein weißes Hemd, sodass sie seinen Herzschlag hörte. Selbst die gestärkte Baumwolle konnte seinen erdigen Duft nicht verdrängen.

»Es war offensichtlich eine richtig gute Hochzeitstorte, Pip«, meinte Jack, brach ein weiteres Lebkuchenstück aus der Wand und steckte es sich in den Mund. Er grinste breit, und seine Augen glänzten vor Stolz. »Von dieser Torte waren alle begeistert. Und von deiner Rede – Spanien, Gabrielles Garten, die geheimnisvolle Artemisia. Die Art, wie du die letzten Jahre als Nautilusschale beschrieben hast, als … als logarithmische Spirale.«

»Spira mirabilis.«

»Egal, es war jedenfalls die beste Torte aller Zeiten …«

»Entremets.«

»Entremets.« Jack hielt einen Augenblick lang inne, ehe er in seine Smokingjacke griff und ein kleines Päckchen hervorzog.

Pip trat überrascht einen Schritt zurück. »Was ist das?«

»Nenn es ein Hochzeitsgeschenk, wenn du willst.« Jack gab Pip das in Käseleinen eingeschlagene Päckchen. Es war verschnürt, und in dem Knoten steckten ein Zweig *Artemisia*, etwas Farnkraut und ein Akazienblatt.

Pip schüttelte den Kopf und lachte über Jacks tolle Idee. Auf gewisse Weise hatte die Lösung des Rätsels um die Briefe, die in den alten Töpfen versteckt waren, sie beide verändert.

Sie schlug das Käseleinen zurück, und darunter kam ein kleines Büchlein mit einem weichen, hellbraunen Ledereinband zum Vorschein. Sie öffnete das Buch an einer willkürlichen Stelle, und ihr Blick fiel auf die geschwungene Handschrift ihrer Mutter auf einer mit Olivenölspritzern verzierten Seite. Marys Lasagne-Rezept. Die nächste Seite war mit Zimt verschmiert. Butterkuchen. Und so ging es Seite um Seite weiter. Pip blätterte das Büchlein durch und las die zahlreichen Rezepte, die mit Erinnerungen an Geburtstagskuchen, Abschlussessen und sonntägliche Lammbraten verbunden waren.

Mit Tränen in den Augen sah sie zu ihrem Mann hoch und presste sich das Buch an die Wange. »Woher hast du die hier?«

»Megs und deine Mum haben die Rezepte zusammengestellt. Es war ihr gemeinsames kleines Projekt, als deine Mum und dein Dad letztes Jahr einige Monate in Tasmanien verbracht haben.«

Pip hob eine Augenbraue.

»Okay, okay«, meinte Jack lachend. »Dann war es eben *Marys* Projekt. Sie nahm sich vor, ihre praktischsten Lieblingsrezepte für Megs niederzuschreiben. Sie dachte, sie wären vielleicht hilfreich. Und als Will mir von Marys Rezepten erzählte, bat ich sie darum, sie binden zu dürfen.«

Er hielt inne und lächelte schief. »Ich habe Megs auch ein Büchlein angeboten, aber sie hat dankend abgelehnt!« Jack lachte herzhaft, und Pip kicherte ebenfalls.

»Ich habe allerdings eine besondere Ausgabe für deine Eltern angefertigt und sie ihnen heute Morgen überreicht. Zusammen mit einem großen Dankeschön.«

»Wofür?«

»Für dich. Und dafür, dass sie wunderbare Schwiegereltern sind. Einfach so …« Er wurde rot und zuckte mit den Schultern.

Pip schloss das Buch und ließ den Finger über den eingravierten Zweig auf dem Umschlag gleiten. Sie erkannte die federartige Pflanze. Wermut. *Artemisia.* Sie drehte das Buch um, und ihr Blick fiel auf die dünnen Blätter ihres eigenen Lieblingskrautes. *Rosmarin.* Woher hatte Jack das gewusst?

Sie zeichnete die Blätter mit den Fingern nach, und als sie das Büchlein erneut umdrehte, fielen einige gepresste Rosenblüten und etwas Farnkraut auf den Boden.

»Oh, das hätte ich beinahe vergessen. Du hast etwas übersehen.« Jack lachte.

Pip öffnete das Büchlein an der Stelle, wo die Rosenblüten herausgefallen waren, und stieß auf zahlreiche leere Seiten.

»Ich dachte, du könntest ebenfalls beginnen, Rezepte aufzuschreiben. Jetzt, wo wir das Bistro haben, möchtest du vielleicht ein Kochbuch schreiben. Oder ein Gartenbuch. Oder beides. Du weißt schon, alles über deine Kräuter und Gewürze. Die Pflanzen. Die Fische. Und die benthischen Wirbellosen.« Er strahlte. »Es wäre auch genügend Platz, um neue Sedimentsdaten aufzuzeichnen.«

»Es ist perfekt«, sagte Pip und stellte sich auf die Zehenspitzen, um ihn langsam und zärtlich zu küssen. Dann öffnete sie das Büchlein auf der ersten Seite, und ihr Blick fiel auf Jacks eigenwillige Handschrift. Er hätte Arzt werden sollen. Sie kniff die Augen zusammen, um die Worte zu entziffern.

Für Pip, meine wunderschöne Ehefrau.
Marinebiologin, Doktorin, Sammlerin, Köchin und
Mutter aller Kräuter
Mit all meiner Liebe zu unserem Hochzeitstag
Jack

»Jack! Es ist … es ist unglaublich«, rief Pip und streckte die Hand aus, um durch seine dunklen Locken zu fahren, bevor sie ihn küsste. »Danke«, flüsterte sie.

»Es gibt noch etwas, das ich dir zeigen will«, meinte Jack. Er steckte das Büchlein wieder zurück in seine Smokingjacke, damit es nicht beschädigt wurde, nahm Pips Hand und führte sie in Richtung der Weinberge. Pip hob den Saum ihres Seidenkleids, damit sie nicht stolperte, und als sie die Treppe hinuntergingen, kamen die weißen Converse-Schuhe zum Vorschein, die sie darunter trug. Jack schüttelte den Kopf, als er die Schuhe sah, und legte kichernd eine Hand auf ihren Rücken.

»Jack, ich bin mir nicht sicher, ob wir …«

Er legte den Kopf in den Nacken und lachte. »Sosehr ich mich auch danach sehne, dich aus diesem hübschen Kleid zu schälen, ist es nicht das, was ich jetzt vorhabe.«

»Oh«, erwiderte Pip ein wenig enttäuscht. »Aber wohin gehen wir dann?«

»Es ist eine Überraschung.«

Er drückte ihre Hand, während sie die oberste Weinrebenreihe entlanggingen, bis sie an den höchsten Punkt des Weingartens gelangten, der auf den Kanal hinunterblickte. Pip wandte sich um und beobachtete, wie das Wasser in die Becken der Sandsteinfelsen schwappte. Zwei Keilschwanzadler glitten durchs Mondlicht, und ihre Körper spiegelten sich im Wasser, als sie über den Kanal segelten. Vermutlich waren sie auf dem Rückweg zu ihrem Horst.

Pip und Jack stiegen weiter den Hügel hinauf, bis sie zu Pips Lieblingsplatz auf dem Anwesen kamen – einem Plateau, etwa fünfzig Meter unter dem höchsten Punkt des Hügels. Von hier konnte man auf die ordentlichen Reihen der Weinstöcke blicken, die sich den Hügel hinab erstreckten.

Eine Seite des Plateaus führte in die Wildnis, doch von der anderen Seite aus konnte man auf Ashfield House sehen. Vom Nebel umgeben hob es sich in den Himmel und wurde von einer Reihe stolzer Zypressen bewacht.

An diesem geschützten Ort befand sich nun eine außergewöhnliche Holzskulptur. Wie eine Welle ergoss sie sich den Hügel hinunter in Richtung Küste. Pip trat näher und schnappte nach Luft. Jack hatte sie aus den restlichen Brettern des Schuppens gebaut, in dem früher die Schafe geschoren worden waren.

Pip ließ ihre Finger über die etwa fünfzig überlappenden, horizontal angeordneten, grauen Hartholzbretter gleiten und erkannte, dass sie sich durch eine leichte Verschiebung der Winkel und Planken zu einer stetig fließenden Form verbanden. Es war schwer zu sagen, wo die Landschaft endete und die Holzskulptur begann. An einer Seite erhob sie sich bis in den Himmel, während sie an der anderen Seite im Boden versank und sich auf der dritten Seite dem Wasser entgegenstreckte.

Jack legte sich auf die Skulptur, und Pip zuckte überrascht zusammen – es war eine Sonnenliege für zwei Personen.

»Komm.« Jack klopfte auf den Platz neben ihm.

Pip hob ihr Kleid, kletterte auf die Liegefläche und streckte sich darauf aus. Das Holz schmiegte sich an ihren Körper.

»Danke, Jack«, hauchte sie. »Nur du kannst etwas so …« Sie brach ab und suchte nach dem richtigen Wort. »… Magisches … Natürliches …«

Nein, keines dieser Worte schien passend. »Es ist einfach perfekt.«

Jack wischte ihr Kompliment beiseite. »Na ja, was soll man einer Frau schenken, die ihre Arme gerne bis zu den Ellbogen in Erde, Schlamm und Schlick versenkt?« Er legte den Kopf schief und grinste. »Und die den mächtigen Ozean liebt? Ich nahm an, dass ein Satz Steakmesser nicht ausreichen würde.«

Pip lachte. »Nein, und außerdem haben Megs und Will uns bereits einen Satz geschenkt.«

Pip legte ihren Nacken auf die Kopfstütze aus Holz und drehte sich zu Jack. Seine Augen waren so blau wie der Himmel um Mitternacht. Sie schloss die Augen, fand seine Lippen und drückte sich mit den Hüften an ihn.

»Mmm, das war die Arbeit wert«, sagte er. »Und was kommt jetzt?«

»Denk nicht einmal daran. Wenn ich dieses Kleid ausziehen wollte – was ich nicht vorhabe –, dann bezweifle ich, dass du es nachher im Dunkeln schaffen würdest, wieder alle Knöpfe zu verschließen.«

»Nicht mal ganz schnell zwischendurch?«, fragte er und richtete den Blick aufs Wasser hinaus.

Pip schüttelte den Kopf. »Morgen«, sagte sie bestimmt.

»Verdammt.« Jack lachte und schnippte mit den Fingern.

Ed Sheerans »One« hallte von der Tanzfläche hoch.

»Außerdem müssen wir zurück zu unserer Hochzeitsfeier«, sagte Pip. »Was werden die Leute sagen, wenn sie uns durch die Weinreben zurück zum Haus kommen sehen?«

Jack stützte sich auf einen Ellbogen und ließ die andere Hand auf Pips Hüfte liegen. »Wen kümmert das schon?« Er steckte ihr eine Haarsträhne hinters Ohr. »Ich dachte, dass wir am Ende jeden Tages, wenn du vom Labor oder von einer deiner Forschungsstätten zurückkommst und ich im Weinberg fertig bin, hier sitzen und uns von unserem Tag erzählen können.«

»Mit einem Glas Wein«, meinte Pip.

»Oder Champagner«, schlug Jack vor. Er rollte sich von Pip fort, griff unter die Liege und zog eine Flasche Schaumwein ohne Etikett und zwei Gläser hervor.

Pip klatschte in die Hände. »Weil ich heute noch nicht genug getrunken habe.«

»Ich dachte, wir sollten unverschämt sein und ein Glas vom Besten, das Ashfield House zu bieten hat, trinken, bevor wir zurückgehen.«

Nachdem Jack jedem ein Glas eingegossen hatte, lehnten sie sich zurück, und Pip beobachtete, wie der Wind über den Kanal tanzte und die Wellen im Licht des Vollmondes glänzten. Die Luft roch nach Eukalyptus und Salz. Pip fröstelte und sie spürte, wie sich die Härchen auf ihren Unterarmen aufrichteten. Jack breitete seine Jacke über sie aus und steckte sie unter ihr fest, wobei er einen Arm frei ließ, damit sie am Champagner nippen konnte, während er die andere fest umklammert hielt.

»Cheers! Und ich danke dir«, sagte Pip und ließ Jacks Hand los, um mit dem rechten Zeigefinger über den Rand des Holzes zu streichen und die Unterschiede in der Maserung zu spüren. Sie und Jack waren so verschieden, wie zwei Holzarten nur sein konnten, doch letztendlich hatten sie einen Weg gefunden, einander zu ergänzen.

Pip entdeckte ein winziges Loch, das einst einen rostigen Nagel beherbergt hatte, und bewunderte den nahtlosen Übergang zwischen den alten Brettern.

Kapitel 49

Château de Boschaud, Mittsommer 1487

Andreas strich seinen Seidenmantel glatt, während er an der Hainbuchenhecke vorbei aus dem Kreuzgang trat. Er beschleunigte seine Schritte, um schnell zu ihrem Treffpunkt zu gelangen.

Die Sterne glitzerten. Der Garten schien wie ein Labyrinth aus glänzenden Hecken, und der schwere Duft der Rosen und der Katzenmelisse trieb ihn an. Der Garten strotzte vor Überfluss. Der Abend fühlte sich an, als wäre er verzaubert.

Er würde seine Arme um Artemisia schlingen, um die freudige Nachricht zu feiern. Vielleicht sollte er anhalten, um einen kleinen Strauß Blumen für seine Braut zu pflücken?

Nein. Er hatte lange genug gewartet.

In dem Augenblick, als er den Beerenweg betrat, entdeckte Andreas seine Artemisia.

Sein Herz setzte aus. *Sie war doch nicht …?*

Artemisia hing in den Stachelbeersträuchern wie ein Laken, das zum Trocknen ausgebreitet worden war. Ihre Arme und Beine standen in seltsamen Winkeln ab, und ihr Genick war gebrochen wie das einer Gans vor einem Festessen.

Seine Knie gaben nach, und er ging zu Boden. Er umklammerte seine Mitte und brüllte. »Neeeeeeiiiin!«

Artemisia war tot.

Aber warum?

Es musste etwas mit Abt Roald zu tun haben. Das wusste Andreas mit Sicherheit. Er hatte gesehen, wie der Abt Artemisia die Treppe hinauf gefolgt war.

Andreas zwang sich aufzustehen. Artemisia war der stärkste Mensch, den er je kennengelernt hatte, und er würde die Erinnerung an sie nicht durch seine eigene Schwäche beflecken.

Schmerz und Wut tobten durch seine Adern, während er den Kiesweg entlang zu ihr lief.

»Helft mir!«, rief er, während er rannte. »So helft mir doch!«

Andreas war es egal, ob er womöglich die Hochzeitsfeierlichkeiten störte – sein Leben war in dem Moment zu Ende gewesen, als Artemisia ihren letzten Atemzug getan hatte.

Er drängte sich zwischen die dornigen Stachelbeersträucher, und die Zweige rissen sein Hemd auf und zerkratzten seine Hände und seine Brust, doch er spürte nichts von alledem. Er trat die Sträucher zur Seite, trampelte sie zu Boden und riss Zweige ab, bis er bei ihr war.

Dann hob er Artemisias geschundenen Körper sanft aus dem Gebüsch und schloss sie in die Arme. Ihre immer noch warme Haut roch nach Zimt, Galgant und Kümmel – seine eigene süße *Chambre des épices.*

Andreas ließ seinen Kopf auf Artemisias Brust sinken und begann zu weinen.

Jacobus half einem der Mönche und Andreas dabei, Artemisias Leichnam aus dem ummauerten Garten hinaus und zu dem Gewürzwagen zu tragen. Es war eine Last, die zu schwer für ein Kind erschien, doch Jacobus hatte darauf bestanden, und Andreas hatte nachgegeben. Artemisia hatte etwas für diesen Jungen übriggehabt und Andreas sogar gebeten, seine Steuerschulden zu begleichen, sobald er alt genug war. Sie wollte ihm seine Freiheit erkaufen, damit er außerhalb des Châteaus zu einem Mann heranreifen konnte. Es war, als hätte ihr ihre eigene rosige Zukunft noch mehr Grund gegeben, die Freiheit jener sichern zu wollen, die sie liebte.

Die Aufgabe, Artemisias Leichnam mit Kräutern zu balsamieren, fiel Hildegard und Emmeline zu. Mit Erlaubnis des Chevaliers de Boschaud würden die beiden noch heute Nacht mit Andreas ins Dorf kommen und Artemisias geschundenen Körper auf einen Tisch in seinem Gewürzlager betten. Abt Roald weigerte sich, Artemisias Leichnam in der Kapelle aufzubahren. Doch Andreas' Mutter würde ihm erlauben, Artemisia in ihrem Brautschleier zu begraben. Andreas würde ein Fläschchen mit Lavendel- und Rosmarinöl sowie einem Hauch *Artemisia* und Blattgold zubereiten. Kräftig. Bittersüß.

Nachdem Artemisia und Andreas verlobt waren, gehörte sie zu seiner Familie, und er war verantwortlich für ihre Beerdigung. Der abscheuliche Abt Roald würde nicht dulden, dass ihr Körper innerhalb der Mauern des Châteaus – dem einzigen Zuhause, das Artemisia jemals gekannt hatte – beigesetzt wurde, denn sie hatte eine Sünde wider den Heiligen Geist begangen, indem sie sich selbst das Leben genommen hatte. Noch nicht einmal der Chevalier de Boschaud konnte diesen religiösen Erlass außer Kraft setzen.

»Ich verstehe das einfach nicht«, erklärte Jacobus. »Artemisias Wangen waren noch nie so gerötet wie während der letzten beiden Monde.« Die schmale Brust des Jungen bebte. »Ich ... ich glaube, hier stimmt etwas nicht.«

Andreas zerzauste die goldenen Locken des Jungen, doch er war selbst so verzweifelt, dass er kein Wort des Trostes über die Lippen brachte.

Abt Roald bestand darauf, dass Artemisia außerhalb der Mauern begraben wurde. Einer Waise – einer Dienerin und einfachen Köchin – stand kein Platz auf dem Friedhof des Châteaus de Boschaud zu. Nirgendwo. Doch Andreas war ohnehin der Meinung, dass ein kleines Grab in dem Kastanienwald jenseits der Mauer besser zu seiner Artemisia passte.

Aus Tod entsteht Leben. Ihr Blut würde die Erde nähren – die Kräuter und Pilze, die sie so geliebt hatte. Sie würde frei sein, um sich auszuruhen und durch die Wälder zu streifen, wie es ihr beliebte.

Jacobus holte die herausgerissene Seite aus seiner Tasche, die er zusammengeknüllt neben Artemisia gefunden hatte. Er kniff die Augen zusammen, um die Worte im Mondlicht zu lesen, dann hielt er sie Andreas entgegen. »Monsieur de Vitriaco. Mein Herr. Ich ... ich habe das hier gefunden.«

Andreas schloss die Augen und stöhnte, denn er musste die Worte, die er für seine Liebste geschrieben hatte, nicht noch einmal lesen:

Für Artemisia
Mutter aller Kräuter
Mit all meiner Liebe zu unserer Verlobung
Dein Andreas

Es vermochte nichts mehr zu ändern. »Los, mein Junge.« Andreas weigerte sich, die Seite entgegenzunehmen. »Lauf in die Küche. Und wirf das Blatt mit etwas Schafgarbe, Knoblauch und einigen Rosenblüten in die glühenden Kohlen unter den Kesseln. Sieh zu, dass du es nicht vergisst, Jacobus. Und jetzt geh.«

Es wurde Zeit, dass Artemisias Geist Frieden fand.

Kapitel 50

Tasmanien, März 2016

Jack spürte die Bewegung des Wassers, die Pips Beine neben seinem Kopf verursachten, als sie ihn auf der letzten Runde durch die Bucht überholte. Er passte seine Schwimmzüge an und streckte sich, um sie einzuholen. Doch er hatte keine Chance.

Nach zehn weiteren Zügen wurde sie langsamer und stand schließlich bis zu den Schultern im Wasser. Als er hinter sie schwamm und sich ebenfalls aufrichtete, drehte sie sich herum, schlang ihre Arme um seinen Nacken und ihre Beine um seine Hüfte, presste ihre Brust an seine und klammerte sich an ihn. Er spürte, wie ihr Herz schlug und sich ihr keuchender Atem langsam wieder normalisierte. Ihr Körper fühlte sich warm an, während ihm der Wind, der über die Wasseroberfläche kam, ins Gesicht peitschte. Er fragte sich, ob er sie wohl davon überzeugen könnte, ihren marineblauen Speedo-Badeanzug auszuziehen, während die abendlichen Wellen sich langsam um sie beide herum aufbauten.

Als Pips Atem sich vollständig beruhigt hatte, ließ sie seinen Nacken los und legte sich mit dem Rücken aufs Wasser, wo sie wie ein Seestern trieb.

»Ich hab gewonnen«, sagte sie. »Schon wieder.«

Pips kastanienbraune Haare trieben wie Seegras um ihren Kopf. Seine Frau war wunderschön. Sie hatten niemandem erzählt, dass sie ihre Flitterwochen zu Hause verbrachten. Jacks Blick wanderte über die breite Bucht, das Blätterdach der Eukalyptusbäume, die Sandsteinklippen und das Watt, das sich wie geripptes Eisen bis zur Küste erstreckte. Die grauen Wolken jagten über den Himmel und verbargen den Mount Wellington. Der bittere Geruch der Eukalyptusblätter war milder und süßer geworden. Jack saugte die sanfte, feuchte Luft tief in seine Lungen. Es braute sich ein Sturm zusammen, doch das war ihm egal. Pip und er konnten sich jederzeit in das warme und trockene Ashfield House zurückziehen, bis der Sturm sich ausgetobt hatte.

Er drückte Pips Bauch sanft nach unten, bis sie vollkommen unter Wasser war.

Pip tauchte prustend auf. Der kalte Wind brannte in ihrem Gesicht, und sie tauchte erneut unter und stieß eine Reihe Luftblasen aus. Dann ließ sie sich noch einmal auf der Wasseroberfläche treiben und paddelte schließlich zurück zu ihrem Mann, um ihn zärtlich zu küssen. Seine Lippen waren warm. Er nahm ihren Kopf in beide Hände, presste seine Lippen auf ihr Ohr und flüsterte: »Aber morgen werde *ich* gewinnen, Liebling.«

»Dann lass uns noch ein paar Muscheln fürs Abendessen suchen und nach Hause gehen.« Mit zügigen, kurzen Schlägen schwamm sie auf die Küste zu.

Das Wasser hatte sich aus dem Watt zurückgezogen, und die mit Pockennarben übersäte Fläche lag roh und nackt vor ihnen. Jack holte einen Eimer, und Pip begab sich bis zu den Knöcheln in den Schlamm, bis neben ihren Füßen einige verdächtige Blasen an die Oberfläche stiegen.

Zunächst grub sie mit den Fingerspitzen ein kleines Loch, ehe sie ihren Arm bis zum Ellbogen in den sandigen Matsch steckte. Erst schien es, als hätte sie nur eine Handvoll Schlamm herausgefischt, doch als sie ihn verteilte, entdeckte sie mehrere Muscheln.

Pip hob den Blick und lächelte. »Noch ein paar mehr und wir haben genug.« Ein Windstoß traf Pips Rücken, und sie stemmte sich dagegen.

Sie hielt kurz inne und sah zu den Schatten hoch, die sich über die Sandsteinklippen ausbreiteten, sodass die orange Oberfläche samtig grau erschien. Hinter der Vorküste wogten die khakifarbenen und braunen Gräser und das stachelige Farnkraut wie Wellen im Wind. Nur der struppige Salzbusch zwischen den rauen Pfefferminzbäumen blieb unbewegt und wirkte beinahe stoisch.

Pip hielt nach der hellen, glatten Rinde des selteneren Blauen Eukalyptus Ausschau und hörte das schrille Trillern eines flinken Papageis. Der Ton zerriss das sanfte, abendliche Summen der Fliegen und Zikaden, und Pip fing Jacks Blick auf und lächelte. Es würde nicht mehr lange dauern, bis sich die Papageien vom kalten Wind aufs Festland tragen ließen, um dort den Winter zu verbringen. Es war ein ewiger Kreislauf.

Als Pip den Eimer bis zur Hälfte gefüllt hatte, fand sie eine etwas größere Muschel, zeichnete die sanften ockerfarbenen Linien nach und legte die Muschel schließlich ebenfalls in den Eimer. Jack hob ihn mit einer Hand hoch und griff mit der anderen nach Pips Hand. Dann zogen sie die Köpfe ein und die Schultern hoch und kämpften sich gegen den starken Nordwestwind vorwärts, während hinter ihnen die Sonne unterging.

Danksagung

Als ich meinem zwölfjährigen Sohn Henry den Cover-Entwurf für *Der Garten der Düfte* zeigte, meinte er, dass mein Name viel zu groß abgebildet wäre: »Denn eigentlich hast du das Buch ja nicht allein geschrieben, Mum. Du hattest eine Menge Hilfe!«

Wie wahr.

Ein dreifaches Hoch auf meine sehr umsichtige Agentin Clare Forster von Curtis Brown Australia. Sie musste viel zu viele Vorentwürfe lesen und hatte trotzdem immer einen weisen Rat für mich. Außerdem war sie eine fabelhafte Gesellschaft bei zahlreichen Abendessen. Danke auch an Dana, Benjamin, Fiona und an das Team von CB für ihren Enthusiasmus und ihre Professionalität im Umgang mit meinen Anfragen und Verträgen.

Annette Barlow ist eine brillante Lektorin und mittlerweile auch eine wunderbare Freundin. Sie hat eine scharfsinnige, warmherzige und liebevolle Art, mit dem Text und auch mit dem Autor umzugehen, was diesen Roman Tausende Male besser machte. Die sehr kluge (und geduldige) Lektoratsleiterin Christa Munns und der Korrektor Ali Lavau vervollständigten das Lektoratsteam von Allen & Unwin, und ich bin sehr, sehr dankbar für ihre harte Arbeit. Tatsächlich hat das gesamte Team von Allen & Unwin – Robert Gorman, Tom Gilliatt, Karen Williams, Caitlin Withey, Lillian Kovats, Andy

Palmer, Tami Rex und Andrew Brown – mein Konzept von Anfang an mit vollem Enthusiasmus angenommen, und ich freue mich, dass meine Geschichte eine so lebendige, warmherzige und professionelle Heimat fand. Danke auch an Nada Backovic für das traumhafte Cover.

Ohne die Großzügigkeit, den Rat und den sorgfältigen Fakten-Check der tasmanischen Marinebiologin Dr. Karen Parsons würde Pip wohl noch immer irgendwo im Kurs 101 für Chemie und Biologie herumdümpeln. Sophie Bestley von der University of Tasmania hat bereitwillig ihre Erfahrungen aus der Zeit mit mir geteilt, als sie im LOCEAN des Naturhistorischen Museums in Paris arbeitete. Sämtliche Fehler und Missverständnisse gehen auf mein Konto.

Jennifer Walker veröffentlichte im November im *Quartz* einen Artikel mit dem Titel: »Ein Doktortitel fordert einen Preis, über den niemand spricht.« Ich selbst habe zahlreiche Doktoranden interviewt, die mir gestanden, dass die permanente Angst vor einer Kürzung der Fördergelder und vor dem eigenen Versagen diese leistungsstarken Persönlichkeiten sehr unter Druck setzt.

Großer Dank geht an meine wunderbaren, klugen und scharfsinnigen Lese-Freundinnen Fiona Laird, Peta Heine, Sue Peacock und Kate Daniel. Ein Buch erwacht nur zum Leben, wenn es Leser gibt. Ihr alle habt euch die Zeit genommen, um einzelne Abschnitte (oder das ganze Buch) zu lesen und mit mir so oft darüber zu sprechen, dass ihr vermutlich gar nicht mehr daran denken wollt!

Vielen Dank auch an meine schöne (und sehr geduldige) Mum, Carolyn Manning, die während ihres Campingurlaubs im Outback auf Felsen kletterte, um die E-Mails mit meinen Entwürfen empfangen zu können, und die immer Zeit für einen Anruf hatte, wenn ich sie brauchte. Sie meinte immer, dass ich einmal ein Buch schreiben würde! (Genau wie mein Dad, der mir immer vorlas und mir zauberhafte Geschichten erzählte, als ich noch ein Kind war.)

Danke auch an meine schöne, kluge und sehr besondere Schwester, Prudence Hannon, für die Mode-Tipps, den Champagner und die »Detox«-Essen.

Danke an den gesamten Wilcox-Clan, der immer für eine Menge Abenteuer an der tasmanischen Küste (und auch allen anderen Küsten) sorgt, einschließlich unglaublicher Mahlzeiten, die ausnahmslos selbst gefangene Meeresbewohner beinhalten. Ihr seid eine fortwährende Inspirationsquelle.

Besonderen Dank an meine unglaubliche und fröhliche Leserin und Autorenkollegin Sara James Butcher. Das Schreiben macht so viel mehr Spaß, wenn man eine so großartige Freundin wie dich an seiner Seite hat.

Auch in der Verlagsbranche gab es viele Menschen, die einen Blick auf den ersten Entwurf warfen und mir voller Enthusiasmus ihr Feedback gaben. Ich bin jedem von ihnen zu tiefstem Dank verpflichtet.

Ende 2014 belegte ich einen Onlinekurs für kreatives Schreiben an der Penguin Random House Writer's Academy UK. Es war befreiend und verschaffte mir das Handwerkszeug, um mich an meinem ersten Roman zu versuchen. Barbara Henderson, meine Online-Tutorin, sagte mir, dass mein Ansatz vielversprechend genug wäre. Sie meinte: »Sie müssen Vertrauen in Ihre Idee haben. Ich denke, es könnte funktionieren.« (Ich habe die E-Mail noch!) Sie schaffte es, mich aus meiner Komfortzone herauszulocken und mich dazu zu bewegen, mehr als 3000 Wörter zu schreiben.

Zu Hause war Kate O'Donnell eine sehr geduldige und

professionelle Schreibtrainerin und Diskussionspartnerin. Ihre Deadlines und Ratschläge halfen mir, meinen ersten Entwurf fertigzustellen. Bravo!

Tony McNamara, selbst Autor und ein unvergleichlicher Regisseur, las meinen ersten, furchtbaren Versuch und gab mir drei einfache, aber grundlegende Tipps. Ein Hoch auf dich!

Der tasmanische Küchenchef (und begeisterte Surfer) Jahan Patterson-Were stand großzügig für zahlreiche Telefon-Interviews zur Verfügung, in denen er mir von seinen Erfahrungen als Koch in Spanien berichtete.

Die Restaurants *Zest, Azure, Telmo's* und *Gros* sind Fiktion, genauso wie sämtliche dort angebotenen Gerichte. Dasselbe gilt für das Dorf Mendiluze und die gesamte Region.

Danke an Magda Debiec und den Bar-Besitzer Gerald Diffey, die ihre baskischen Erfahrungen mit mir teilten. Und ein Hoch auf meinen Mann Alex Wilcox, der den besten Job überhaupt hat und immer gerne bereit ist, seine Reisen und kulinarischen Highlights mit mir zu teilen. Er nahm seine Recherchen in Spanien wirklich sehr ernst!

Der Gartenexperte Michael McCoy (www.thegardenist.com.au) war mir eine sehr große Hilfe, wenn es darum ging, Pflanzen, Jahreszeiten und noch vieles mehr zu überprüfen. Sämtliche gartenbaulichen Fehler gehen auf mein Konto.

Die frühere Herz- und Lungenchirurgin und derzeitige CEO von One Life Live It (www.onelifeliveit.net.au), Dr. Simone Ryan, hat öffentlich gemacht, wie sie ihre Kündigung auf der Rückseite eines Krankenblatts niederschrieb. Nun versucht sie, Menschen zu helfen, in ihrem Beruf gesund zu bleiben. Alle Personen dieses Romans sind zu einhundert Prozent Fiktion, und die Umstände, unter denen Megs ihre

Kündigung einreichte, haben keinerlei Ähnlichkeiten zu Dr. Ryans Situation.

Wenn Sie unter einer postnatalen Depression leiden – oder jemanden kennen, der es tut –, dann finden Sie Hilfe auf der Internetseite von PANDA: Perinatal Anxiety and Depression Australia (www.panda.org.au).

Pips und Marys Brautsträuße sind eine Nachbildung meines eigenen Brautstraußes, doch die ursprüngliche Idee stammt aus Christina Hindhaughs *The Great Herb Tour,* einem Buch, mit dem ich vor vielen Monden gearbeitet habe (und das immer noch zu meinen Lieblingsbüchern zählt).

Alison Pouiliot gab mir einige Tipps in ihrem Pilz-Workshop, den sie in den herrlichen Ard Choille Heritage Gardens in Mount Macedon abhielt.

Und zu guter Letzt gilt meine ganze Liebe meiner Familie. Danke an meinen reizenden Henry, meinen frechen Charlie und mein liebes Mädchen, Jemima Artemis, für das Lachen, die köstlichen Abendessen, die Hilfe im Garten und die Umarmungen, die Schokolade und die Gänseblümchenketten, um mich auf Kurs zu halten. Und an Alex – für alles. In Liebe.

Quellen

Eine vollständige Liste der Quellen, die ich beim Schreiben des Romans *Der Garten der Düfte* heranzog, wäre zu umfangreich. Es folgt eine Aufstellung der wichtigsten Quellen.

Die folgenden Bücher waren nützliche Recherchehelfer:

A Brief History of Swearing, Melissa Mohr; *The Medieval Cook,* Bridget Ann Henisch; *Medieval People,* Michael Prestwich; *A Study of Cooking Tasks, Methods and Equipment in the Renaissance Kitchen,* Chris P. Adler-France; *The Royal Horticultural Society New Encyclopedia of Herbs and Their Uses,* Deni Brown; *The Complete Book of Vegetables, Herbs and Fruit,* Matthew Biggs, Jekka McVicar and Bob Flowerdew.

Zwei wunderbare Websites, die mir den Hintergrund für das Château und den mittelalterlichen Garten lieferten, sind: www.chateaudebrie.fr und www.prieuredorsan.com/jardins/jardins-a.html.

Ausschnitte aus Originaltexten sind unter anderem: *Roman de la Rose* (Guillaume de Lorris, ca. 1230, und Jean de Meun, ca. 1275) in der deutschen Übersetzung von Heinrich Fährmann; Francesco Petrarca (1304–1374), *Soleasi nel mio cor,* deutsche Übersetzung mit freundlicher Genehmigung von Hartmut Schönherr; Giuseppe Verdi, *Sempre Libera* aus *La Traviata,* übersetzt von Natalie von Grünhof, erschienen 1966 im Verlag Philipp Reclam jun.; und die Bibel: Sprüche

29,15, 1. Buch Mose 2,15, Matthäus 23,26, Psalm 52,2, 1. Korinther 7,32. Sprüche 16,18, Lukas 16,15.

Einige Rezept- (z.B. *Tizanne doulce,* Rosenwasser, Veilchenbrühe) und Gartenideen stammen aus dem Ende des 14. Jahrhunderts verfassten Buch *Ménagier de Paris* (Englisch: *The Goodman of Paris,* übersetzt von Eileen Power, 1928).

Andere mittelalterliche Rezepte habe ich mit freundlicher Genehmigung der University of Chicago Press aus *La Gastronomie au Moyen Age: 150 recettes de France et d'Italie,* von Odile Redon, Françoise Sabban und Silvano Serventi, Éditions Stock, 1993 (Englisch: *The Medieval Kitchen, Recipes from France and Italy,* übersetzt von Edward Schneider; © 1998 by The University of Chicago) entlehnt.

Folgende Rezepte gehen auf diese Quelle zurück: *Hypocras, Crespes,* grüne *Porée,* diverse Gewürzmischungen, Senf, Zicklein mit goldener Sauce aus Kartoffeln und gelbem Gemüse, mit Petersilie gefülltes Lamm oder Hammel, gefülltes Spanferkel, gezuckerte Mandeln und Gewürzsamen (die dem Brauch zufolge nach der Hochzeit in die Luft geworfen wurden), *Torta di Anguille* (Aal-Spinat-Pastete), gegrillter Aal nach St. Vincent, *Entremets, Chaudumé* vom Hecht, Marzipan *(Caliscioni),* Kirschpudding, gewürzte Pflaumenmousse mit Honig, *Nucato,* kandierte Orangenschalen, pochierte Birnen in Gewürzsirup, gegrillte Makrelen.

Die Zitate aus *La Gastronomie au Moyen Age* stammen ursprünglich aus folgenden Texten: *Le Ménagier de Paris (Hypocras, Crespes); Libro de Arte Coqinaria,* Maestro Martino in: *Arte della Cucina, Libri di Ricette* (gegrilltes Zicklein, Spanferkel, Aal-Spinat-Pastete, Marzipan, *Caliscioni*); *Libro della Cucina del Secolo XIV,* Francesco Zambrini *(Nucato).*

Die Anekdote über die Giraffe, die aus dem Sudan nach Paris kam, hörte ich zum ersten Mal im *Muséum National d'Histoire Naturelle* in einer Rede von Molly Oldfield. Mehr darüber finden Sie in ihrem spektakulären Buch *The Secret Museum.*

Die Rezepte für das Rosenwasser basieren auf folgenden Quellen: Jadwiga Zajaczkowa, *Making Medieval Style Scented Oils and Waters,* 2008 (http://www.gallowglass.org/jadwiga/herbs/oil&water.html); Jeanne Rose, *Herbs and Things: Jeanne Rose's Herbal; Le Ménagier de Paris; Sixteenth-Century Sweet Water for Linens,* Bulleins Bulwarke, 1562 (aus *The Scented Garden,* Eleanour Sinclair Rohde).

Die mit Entenleber gefüllten Früchte wurden von Heston Blumenthal inspiriert.

»Ein Crossover aus Roman und Bastelbuch. Klingt seltsam, ist es aber nicht. Es ist gelungen.« *Land erleben*

Marina Boos

Jules Welt – Frühlingsglück und Gartenzauber

Ein Kreativ-Roman

Jule ist in Müggebach heimisch geworden: Ihre Beziehung zu Freund Mika ist glücklich, ihr Kreativ-Café läuft hervorragend, und sie sammelt bereits Ideen für das einjährige Jubiläum. Zusammen mit einem Kindergarten arbeitet sie an einem Gartenprojekt, sie richtet die Übergangswohnung ein, damit sie und Mika bald ihr eigenes Heim haben, und jeden Monat lässt sie sich ein inspirierendes Do-it-yourself-Projekt für ihr Café einfallen.
Als die Architektin Cora, eine von Jules besten Freundinnen aus Studientagen, einen Kurzbesuch spontan verlängert, kommt Jule das zunächst wie gerufen – helfende Hände kann sie immer gut brauchen. Bei einer Renovierungsaktion finden die beiden in einem Versteck alte botanische Zeichnungen und Blätter mit gepressten Pflanzen, die mit Initialen versehen sind. Ihre Neugier wird geweckt. Wer mögen W.S. und H.D. nur gewesen sein?

KNAUR

Ein Wohlfühl-Roman mit Nordseeküsten-Flair

Gabriella Engelmann

Strandfliederblüten

Roman

In Julianes Leben überstürzen sich gerade die Ereignisse. Neben einer großen Enttäuschung in Sachen Liebe verliert sie ihren Job. Und dann erhält Juliane auch noch die Nachricht, dass ihre Großmutter Ada, mit der sie nie Kontakt hatte, ihr ein Haus samt zugehörigem Leuchtturm auf der Hallig Fliederoog hinterlassen hat.
Einmal dort angekommen, ist Juliane wie verzaubert von der unvergleichlichen Natur der Nordseeküste und von den Ausblicken und Einsichten, die man nur auf einem Leuchtturm erleben kann.
Vor allem aber fasziniert sie Adas Leben im Einklang mit sich und der Natur, das in Briefen, Büchern und den Erinnerungen ihrer Freunde greifbar wird.
Wird Juliane auf Fliederoog wieder zu sich selbst finden? Und ist sie wirklich bereit, auf der Hallig ein neues Leben zu beginnen?

KNAUR